KB153934

근대문학과 구인회

상허문학회

근대문학과 구인회

상허문학회

깊은샘

책을 내면서

1992년 12월, '깊은샘' 출판사 회의실에서 첫모임을 가진 '상허(尙虛)문학회'가 세 번째 연구서를 펴낸다.

우리가 『이태준 문학연구』(1993), 『박태원 소설연구』(1995)에 이어 『구인회 문학연구』를 기획한 까닭은, 이태준 문학에 대한 관심으로부터 촉발된 연구회의 성격과 방향을 명확히 규정할 필요가 있다는 판단에 의한 것이었다.

'상허문학회'라는 명칭이 구속하는 연구 영역의 폐쇄성에서 자유롭기 위해서라도 '구인회'는 반드시 거쳐야 할 관문이고, 아울러 30년대 우리 문학의 특질과 성과를 이해하는 데 결코 빠뜨릴 수 없는 문학사적 질량을 갖고 있기 때문이다.

1년 6개월 이상 '구인회 문학연구'를 주제로 발표와 토론을 진행하면서, 처음의 계획과는 달리 우리의 작업은 미궁을 헤메는 듯했고, 따라서 작업도 지지부진할 수밖에 없었다. '구인회'를 구성하는 개별 작가들의 문학적 역량과 성과는 혜성과 같이 뚜렷한데, 정작 단체로서의 '구인회'와 그 구성원과의 상관 관계를 연계시키는 작업은 실마리조차 찾기 힘들었기 때문이었다. 각자 독특한 개성과 문학적 색채를 갖고 있었고, 회원들의 이합집산도 자못 빈번했기 때문이다. 그 미궁을 벗어나기 위해 일단 1930년대 문학사에서 '구인회'가 그 이전과 이후를 연결하는 독특한 입지에 자리하고 있으며, 그 자리는 근대적 미의식의 분화과정과 관련되리라는 데 잠정적으로 의견을 모으고, 그것의 구체적 양상을 살피기 시작한 것은 모임을 시작한 지 6개월이나 지난 시점이었다.

이 책의 Ⅰ부는 이같은 의도 하에서 쓰여진 항목이다. 모더니즘에 유독 주목했던 것은 구인회 작가들의 미의식이 모더니즘의 형태로 발현되었다는 공감대에 바탕을 둔 것이며, 카프를 비롯한 주변 단체에 주목한 것은 구인회의 상대적 위상을 드러내기 위한 의도에서였다. 처음 기획안을 확정하는 과정에서는, 수록된 6편 외에도, '구인회의 전통지향성' '구인회와 대중문학' 등 두 꼭지가 더 있었으나, 안타깝게도 후일을 기약할 수밖에 없게 되었다.

Ⅱ부는, 구인회에 남다른 열정을 보였던 이상, 이태준으로부터 제일 마지막에 이 모임에 참가한 김유정에 이르는 여덟 명의 작가를 대상으로 한 작가론·작품론에 해당하는 글들이다. 수록된 글들은 대부분 작가들의 구인회 활동 시기에 초점이 모아져 있다. 흔히 '구인회' 작가로 알려진 이효석를 비롯한 김유영, 조벽암 등 몇명의 작가들이 제외된 것은 이들이 구인회에 이름만 잠시 올렸을 뿐 거의 활동을 하지 않았기 때문이다.

Ⅲ부는 '구인회'의 유일한 기관지 『시와 소설』을 재수록한 항목이다. 이상의 열정으로 만들어진 이 책에서 우리가 구인회의 전모를 확인할 수 있는 것은 아니지만, 구인회의 역사적 실체를 단편적으로나마 이해할 수 있고 또 연구의 기초 자료라는 점에서 일독할 필요를 느꼈다.

이 연구서의 출간은 그 어느 때보다 난산이었고, 따라서 미흡한 부분도 적지 않다. 하지만 개별 논문들은 동어반복적인 토론의 지루함과 성가심을 꾸준히 인내하면서 자신에게 부관된 테마를 소화해 낸 회원 모두의 결과물로, '구인회'에 관심을 갖는 연구자들에게 조금이나마 도움이 되기를 바라는 마음을 담고 있다.

3년 6개월 동안 상허문학회는 제법 성실히 공부해왔다고 자부하고 싶다. 결코 짧지 않은 시간에 얼굴을 비쳤던 사람도 적지 않았고, 1년에 한권 꼴로 펴낸 연구서에 대한 평가도 그리 부끄러운 게 아니었던 것으로 안다. 그렇지만 이제 상허문학회도 변신해야 할 때가 되었다는 연구회 안팎의 지적을 우리는 겸허히 수용하려 한다. 상허문학회가 상허 이태준이라는 한 소설가만을 연구하는 것은 아니라는 점은 기회 있을 때마다 밝힌 바 있거니와, 이젠 우리 스스로가 그 울타리를 벗어나야 할 때가 된 것이다.

유례 없는 출판 불황에도 불구하고 이 책을 내주기로 한 깊은샘의 박현숙 사장님께 고마움을 전하며, 이태준과 박태원으로 안면이 익은 몇몇 지우들의 항상심(恒常心)에도 감사한다.

아울러 일년간 도움을 주신 대우학술재단 관계자 분들께도 감사드린다.

1996년 8월

상허 문학회

□차 례 —————————————————————

■근대문학과 구인회

□책을 내면서

3부 부 록

1부

■ 구인회와 근대성

'구인회'를 어떻게 볼 것인가

박 헌 호

1. 구인회의 실체성과 연구의 필요성

이 글은 구인회에 관한 지금까지의 연구를 살펴보고, 쟁점을 정리하며, 앞으로의 연구방향과 과제를 제시하는 것을 목적으로 한다. 구인회는 실체 자체가 의심의 대상이면서도 그 중요성을 인정받는 독특한 단체이다. 이 점을 반영하듯 구인회에 관한 지금까지 연구의 가장 특징적인 점은 그것 이 독자적인 연구과제가 되본 적이 거의 없다는 사실이다. 몇몇 문학사에 서의 언급을 제외하고는 김시태의 연구[1]가 독보적이다. 이외에는 대개 작 가론의 앞머리에서 짧게 언급하고 넘어가는 것이 대부분이다. 최근에 와서 야 30년대 모더니즘 운동에 대한 관심이 고조되면서 몇몇 논자들에 의해 서 구인회 연구가 나오고 있다.[2] 30년대 모더니즘 운동에 대한 관심이야 진작부터 있어왔지만, 구인회가 그 운동의 문학적 진지로 평가받지 못했다 는 사실이 이 단체의 연구사적 위치를 증거해 준다.

이러한 현상의 원인은 무엇보다 연구 대상 자체에 있는 듯이 보인다.

---

1) 김시태, 「구인회 연구」, 『국문학논문선』10, 민중서관, 1977.
2) 서준섭의 일련의 연구가 대표적이다.
   서준섭, 「모더니즘과 1930년대의 서울」, 『한국학보』45호, 1986, 겨울.
   _____, 「구인회와 모더니즘」, 『1930년대 민족문학의 인식』, 이선영 편, 한길사, 1990.
   _____, 『한국 모더니즘 문학연구』, 일지사, 1991.

구인회를 대상으로 설정했던 사람들은 연구를 시작하자마자 이내, 몽롱한 안개 바다 속에 자신이 빠져 버렸음을 확인하게 된다. 구인회의 실체가 선명히 잡히지 않는 까닭이다. 그것은 한 손 가득 움켜 잡아도 금새 손가락 사이로 빠져 버리고 마는 안개처럼, 존재하면서도 존재하지 않는 무정형의 무엇이다. 연구의 어려움은 일차적으로 구인회 나름의 독특한 존재방식에서 연유한다.

먼저 구인회는 특기할 만한 활동을 남기지 않았다. 1933년 8월경 창립하여 두 번의 강연회와 40쪽 남짓한 한 권의 기관지를 남겼을 뿐이다. 다음으로 구인회는 문학 단체로서의 정체성을 밝혀줄 특정한 문학 이념이나 주장을 내걸지 않았다. 결성 이유를 "순연한 연구적 입장에서 상호의 작품을 비판하며 다독다작을 목적으로"[3] 한다고 밝혔을 뿐, 강령이나 조직을 만들지 않았고, 심지어 모임의 리더조차 선출한 흔적이 없다. 가장 문제적인 것은 구성원들의 문학적 경향이 하나의 범주로 묶여지지 않는다는 사실이다. 그래서 개별 작가들의 문학적 공통점을 찾으려는 시도는 난항을 겪기 일쑤이고, 기껏해야 몇몇 예외를 인정하는 상태의 부분적인 논의로 그치게 마련이다. 곤혹함을 가중시키는 것은 구성원들 스스로가 구인회의 조직적 성격을 애써 평가절하하려는 듯한 발언을 하고 있다는 사실이다.

> …너무 9인회를 크게 보고 지나친 난해석(難解釋)을 부리다가 자기 자신이 오해하는 것은 물론 독자로 하여금 9인회에 엉뚱한 기대 혹은 실망을 갖게 하는 것은 사실이다. 9인회는 한낱 문학적 사교성을 가졌을 뿐이다.[4]

> 몇몇이 9인회를 한 것도 적어도 우리 몇몇은 문단의식을 가지고 했다느니보다는 같이 한번씩 50전씩 내가지고 아서원에 모여서 지나요리(支那料理)를 먹으면서 지껄이는 것이 ─ 나중에는 구보(仇甫)와 상(箱)이 그 달변으로 응수하는 것이 듣기 재미있어서 한 것이었다.[5]

---

3) 『조선일보』 1933. 8. 30.
4) 이태준, 「구인회에 대한 난해, 기타」, 『조선중앙일보』 1934. 8. 10.
5) 김기림, 「문단불참기」, 『문장』2권2호, 1940. 2, 18쪽.

중국요리를 먹으면서 한낱 '지껄이는' 재미로 모였었다는 당사자들의 평가는 무엇을 말해 주는가. 이를테면 구인회의 문학사적 의의를 밝히려는 연구자들의 뒷머리채를 구인회 스스로가 휘어잡고 있는 모습이 아닌가. 더욱이 이런 평가가—구인회에 관한 글에 빈번이 인용되는, 다소 미심쩍은, 조용만의 회고가 아니라—구인회의 중심 인물이라고 할 수 있는 이태준과 김기림의 것이라는 점에서 문제는 더욱 복잡해진다. 따라서 이러저러한 문제점들을 종합해 보면, 구인회에 대한 과도한 의미 부여는 자칫하면 문학사에 대한 왜곡이거나, 연구자의 자의적인 구도를 증명하기 위한 아전인수식의 논의로 전락할 우려를 안고 있는 것이다. 구인회'만'을 다루고 있는 논문이 썩 드물다는 사실이 바로 이러한 곤혹함을 웅변해 준다.

그렇다면 구인회를 어떻게 규정지어야 할 것인가. 조용만의 말대로 "그저 몇 사람 뜻을 같이 하는 사람들이 한 달에 한두 번 모여서 서로 작품 이야기나 하고, 잡담이나 하다가 헤어지자고 하는 대단히 소극적이요 샌님 같은 사교구락부"[6]에 그치는 것일까. 그러나 이렇게 규정하고 넘어가려고 해도, 무엇인가가 연구자의 뒷머리채를 잡아당기고 있다는 느낌은 여전히 남는다. '사교 단체'의 의미를 뛰어넘는 요소들이 구인회 내부에 엄연히 존재하기 때문이다.

우선 최초의 구성부터가 조직적 의도를 분명히 지니고 있었다는 사실을 부인할 수 없다. 카프에 관여한 적이 있던 이종명과 김유영에 의해서 발기되었으며 그 의도가 카프에 대항하는 문예단체를 만드는 것이었다는 점, 그리고 이를 위해서 염상섭을 리더로 추대하려는 움직임이 있었다는 사실은 잘 알려져 있다. 그러나 이런 지적은 늘상 다음과 같은 반문에 부딪쳐야 했다. 설령 이종명 등이 이러한 의도를 갖고 있었더라도 그것은 실현되지 못했으며, 결국 현재 우리가 알고 있는 구인회의 모습이 최종적인 것인 만큼 이를 중심으로 평가해야 한다는 그런 반문이다. 물론 이종명과 김유영이 자신들의 의도를 관철시키지 못했음은 그들의 조기 탈퇴로 확인되며,

---

6) 조용만, 「구인회의 기억」, 『현대문학』 1957. 1, 126쪽.

횡보의 영입 역시 본인의 고사와 이태준의 반대로 무산된 것이 사실이다.

하지만 이러한 사실들이야말로 구인회의 성격을 분명히 드러내 주는 증거가 아닐 수 없다. 두 가지 점에서 그러하다. 하나는, 구인회는 바로 이같은 방식을 통해 자신이 카프와 동일한 위상의 조직체가 아님을 분명히 했다는 사실이다. 카프에 대항하는 단체임을 확실히 했을 때 그것은 곧 카프와 같은 위상의 조직 성격을 갖게 된다는 점, 즉 그것 역시 카프와 같은 차원에서의 정치적 문학단체임을 스스로 표방하는 것에 다름 아니다. 김유영 등이 이를 의도했다면 이태준은 이런 의미의 정치성마저 배제하고자 방향선회를 했던 것이다. 횡보의 영입을 두고 상허가 못마땅해 했던 일, 선명한 증거이리라.[7] 이 점은 구인회의 결성 이후 카프측의 비판에 대해 묵묵부답으로 일관한 사실에서도 찾을 수 있다.[8] 그리고 영화감독(김유영)과 극작가(유치진)의 자연스러운 배제를 통해 문예단체가 아닌, 시와 소설을 중심으로 하는 문학단체로서의 성격이 확립되어갔음을 주목할 필요가 있다.

두번째는 구인회의 이와같은 조직방식이 30년대 후반에 일반화된 사실과 연관하여 살펴봐야 한다. 30년대 후반에 등장한 많은 동인지들은 이른바 '색깔'을 표방하지 않는 경우가 대부분이다.[9] 조연현에 의해서 한국 순수문학의 근간으로 평가된 바 있는 『시인부락』도 창간호에서 '꼭 무슨 빛깔을 달아야만 멋인가'라고 반문하고 있는 형편이다. 심지어 『단층』의 경우에는 창간취지나 편집동향을 엿볼 수 있는 일체의 언급을 하지 않은 채

---

7) 물론 횡보의 영입 문제가 카프에 대한 이념적 대타성을 드러내는 일에만 관계된 것은 아니다. 여기에는 이른바 민족주의 계열의 작가들에 대한 구인회 나름의 관계맺기 방식이 드러난다. 즉 이념적 차원에서의 친화성과 문학적 차원에서의 차별성을 구별하여 인식하고 있음을 보여주는 것이다.

8) 이상(李箱)은 이러한 묵묵부답이 앞으로도 계속 될 것이라고 말한 바 있다. 「편집후기」, 『시와 소설』 1936. 3, 43쪽.

9) 조연현, 『한국현대문학사』, 성문각, (1969년 초판, 1992년 판), 596~510쪽 참조. 윤병로, 『한국 근현대 문학사』, 명문당, 1991, 265쪽.

단지 작품만을 수록하고 있다.

이른바 '구인회 방식'이라고 부를 만한 이런 조직방식은 무엇을 의미하는가? 먼저 생각해 볼 것은 이것이 카프 침체 이래 이념적 추동력이 사라진 당시 문단의 상황을 반영한다는 점이다. 카프의 의미는 한국 근대문학의 형성과정에서 단순히 프롤레타리아 문예 이념을 주창한 단체였다는 사실에만 있는 것이 아니다. 카프는 자신의 이념을 뚜렷하게 표방함으로써 다른 계열 작가들의 소속도 강제적으로 구획했다는 의미를 지닌다. 따라서 카프가 왕성한 활동을 보여 줄 때에는, 작가들은 카프 계열이건 반카프 계열이건 —동반자 작가라는 명칭이야말로 이러한 구획방식의 소산이 아니겠는가—자신의 이념적 소속에 의해서 각기 작가로서의 존재가치를, 최소한이나마, 증명받고 있었던 셈이다. 다시 말하면 카프의 이념적 배타성은 작품의 문학성과 아울러 작가를 평가하는 주요한 기준으로 작용하였다.

그런데 구인회가 결성되던 1933년을 전후한 시점은 이미 이념적 추동력이 상실돼가던 시기이다. 카프는 제1차 검거 사건(1931)을 전후하여 침체기에 접어들었으며, 식민지 상황의 악화 역시 작가들을 이념으로부터 멀어지도록 강요하고 있었다. 따라서 카프에 대한 대타성으로 자신의 입지를 인식하던 작가들도 변모할 수밖에 없었다. 작가의 정신적 입지에 내적인 변화가 초래됐다는 말이다. 물론 이념적 구획이 완전히 사라진 것은 아니다.[10] 그러나 그것은 잠복의 형태를 취할 수밖에 없었기에, 이제 이념을 통해 작가로서의 존재가치를 연역할 수는 없다. 더욱이 상업주의화하는 당시의 문단 상황을 고려한다면 이 시기의 작가들은 이중의 선택 앞에 놓여져 있었다. 말하자면 작가는 작품의 수준을 통해서만 자신의 존재가치를 증명받게 된 것이다.[11]

---

10) 구인회는 말할 것도 없고, 『삼사문학』이나 『단층』과 같은 동인지에서 형식적(기법적) 공통성뿐만 아니라 이념적 공통성을 읽어내는 일이 그리 어려운 것은 아니다.

11) 지금까지 대부분의 연구들은 30년대 문학이 질적인 발전을 이룩했다는 평가에 동의한다. 그것을 '기법의 세련화'로 국한하건, '현대문학적 성격'으로의 전환으로 이해하건, '서구적 문화의 개념과 형태가 우리 문학에 뿌리를 내린' 것으로 판단하건 상관

사정이 이러하다면, 구인회의 독특한 조직 방식과 활동 방식의 의미는 좀더 분명해진다. 즉 이념에 의한 구획방식을 원천에서 부정하면서 이에 대응하는 새로운 문학적 공통성을 창출해 간 집단, 그러면서도 작품의 완성도를 중심에 놓음으로써 당시의 상업주의적 문학뿐만 아니라 딜레탕트한 문학과의 변별성을 강렬하게 인식했던 집단이라고 할 수 있다. 이들이 내세운 새로운 문학적 공통성이 무엇이었으며, 작품의 완성도라는 표현의 의미가 무엇인가는 좀더 세밀한 고찰을 요한다. 아무튼 '구인회 방식'이라고 불릴 수 있는 이런 조직 방식은, 한국 근대문학의 발전과정의 역사적 산물이었으며, 구인회로부터 비롯하여 30년대 후반의 대부분의 문학집단들에서 발견되는 공통된 현상이다.

최초의 구성원들이 당시 4대 신문의 학예부장 혹은 기자(출신)들이라는 사실도 구인회의 성격을 새삼 일깨워 준다. 예나 지금이나 문학 활동이 발표매체와 불가분의 관계를 갖는다는 점을 떠올릴 때, 이러한 인원 구성의 의미를 과소평가할 수는 없다.[12] 구인회가 주최한 두 번의 강연회가 이태준이 학예부장으로 있던 『조선중앙일보』의 후원으로 이루어진 것을 강조하자는 것이 아니다. 「기상도」, 「날개」가 동지(同紙)의 자매지인 『중앙』에 게재되었으며, 「오감도」와 「소설가 구보씨의 일일」 역시 『조선중앙일보』에 연재되었음에 주목하자는 말이다. 여기에 김기림의 『조선일보』와 자매지 『조광』, 이무영의 『동아일보』와 자매지 『신동아』, 조용만의 『매일신보』 등이 회원들에게 자주 지면을 제공했음은 무엇을 의미하겠는

<hr>

없이 발전했다는 사실에는 모두 동의하고 있다. 그러나 그 발전의 내적 추동력이 어디에서 왔으며, 또한 그 추동력이 지니고 있는 성격이 발전의 성격과 어떤 관련을 맺고 있는지에 대해서는 상세한 분석을 결여하고 있는 형편이다. 이런 점에서 카프가 지녔던 의미는 카프 내적인 차원만이 아니라, 문단 전반적인 차원에서 서로의 영향관계를 좀더 세밀하게 따져야 한다.
조연현, 앞의 책과 염무웅, 「1930년대 문학론」, 『한국근대문학사론』, 한길사, 1982, 참조.
12) 이 점은 이미 조연현의 앞의 책에서부터 주목받고 있다. 또한 김윤식, 「고현학의 방법론」, 『한국문학의 리얼리즘과 모더니즘』, 민음사, 1989, 123~126쪽 참조.

가?[13]

이러한 질문에 대한 답은, 가령 이 시대의 독특한 작가 이상(李箱)을 떠올려보는 것만으로도 충분하다. 주지하다시피 이상의 문학은 구인회 내부의 친분관계에 의해 세상에 널리 알려졌고, 옹호되어왔다. 『가톨릭청년』의 지용과 『조선중앙일보』의 상허를 고려하지 않는다면, 이상의 문학이 좀더 먼 길을 돌아와야만 했으리란 추측이 결코 과장은 아니다. 따라서 회원들의 작품이 '이슈'가 되고 그리하여 구인회의 문학적 경향이 문단 내적으로 헤게모니를 장악해 가는 과정의 저류에는, 저널리즘의 장악이 주요한 역할을 하였음은 아무리 강조해도 지나치지 않다. 구인회의 조직적 성격은 언표된 문학 이념의 유무나 조직적 실체의 명료함으로 판명되는 것이 아니라, 이처럼 발표매체의 장악을 통해서 회원 각자의 문학적 성장을 지속적으로 격려해왔다는 사실에서 찾아져야 한다. 실제로 구인회 결성과 카프의 해산 이후 가속화된 '매체의 블럭화'는 전 문단적인 현상이었으며, 여기에 끼지 못한 문인들의 불만의 대상이었음을[14] 볼 때 구인회의 조직적 성격은 발표 매체의 장악을 통해 확연히 드러난다.

발표매체의 장악과 더불어 짚고 넘어가야할 것은, 개별자로서의 존재 형태와 집단으로서의 존재 형태가 갖는 본질적인 차이점이다. '뜻을 같이 하는 사람들'끼리 만나서 집단적 정서를 체험하고, 개별자의 영역을 뛰어넘는 어떤 부분을 공유하는 일은, 각 개인에게는 자신의 삶의 방식이 보편적이거나 최소한 정당한 것이라는 인식을 심어주게 된다. 이에 따라 구성원들은 자신의 지표들을 현실화시키는 데 더욱 적극적이 되어서 이론과 실천의 모든 부문에서 배가된 역량을 발휘할 수 있게 된다.[15] 구인회에

---

13) 결성 당시를 기준으로 이태준은 『조선중앙일보』학예부장, 조용만은 『매일신보』학예부장, 김기림은 『조선일보』기자, 『문학타임스』 및 『조선문학』초기 발행인이었던 이무영은 『동아일보』의 객원기자였으며, 정지용은 『가톨릭청년』의 문예면을 담당하고 있었다. 후기 회원으로 참여한 박팔양 역시 『조선중앙일보』의 사회부장이었다. 서준섭, 앞의 책, 38~45쪽 참조.

14) 정지용, 김남천, 서항석외, 「문예좌담회」, 『조선문단』1935. 7. 참조.

15) 이런 관점에서 김윤식은 30년대 우리 문학을 작은 집단의 형성과정으로 이해한다.

소속됐던 작가들만을 놓고 보더라도, 구인회가 만들어지기 전 나름대로 작가적 위치를 확보하고 있었던 사람은 기껏해야 정지용 정도이다. 등단의 선후를 따지기에 앞서 이들의 문학이 자신의 목소리를 뚜렷이 하고 문단 내적 파장을 형성하기 시작한 것이 대부분 구인회의 결성 이후라는 사실은 바로 이 '집단화된 열정'이 전제되었기에 가능한 것이다.

따라서 앞에서 거론한 발표매체의 장악이 이 단체의 조직적 성격을 규정하는 외적인 요인이라면, 단체 결성 이후 회원들이 보여준 활동의 의미는 이 단체의 존재 의의를 설명하는 내적인 요인이다. 이태준은 구인회 결성 이후의 활동을 통해서 "비경향문학이 낳은 가장 큰 작가"[16]라는 평가를 받게 되었으며, 김기림의 모더니즘 시론은 구인회라는 울타리가 성립된 이후에 본격화되었다. 이상과 박태원은 두말할 나위가 없다. 물론 이러한 언급이 곧 이들 작가들의 독특함과 문학적 역량이 구인회 결성 이전의 작품에는 나타나지 않는다고 말하는 것은 아니다. 그러나 이들의 특성이 구인회 결성을 계기로 본격화된 것임을 부인하기는 어렵다.

김기림은 집단이 지니는 이러한 역동성을 분명히 파악하고 있었던 듯하다. 그는 구인회 결성 이전의 한 글에서 다음과 같이 말하고 있다.

'서클'은 문인 자체에게 있어서도 필요한 것이다. 낡은 전설에서 대척되는 지점에서 자신을 발견하는 기쁨을 의미하며, 전설과 새 출발의 경계선을 의미하는 점에서 유파는 자기 발전의 한개의 표석이다. (중략). 그것은 문단에서 회색성을 완전히 제거할 것이며 따라서 문단의 윤곽이 보는 자의 안계(眼界)에 선명해질 것이다. 집단은 개인보다도 항상 예외없이 더 큰 힘의 가능성을 가지고 있다.[17]

김윤식, 「가톨리시즘과 미의식」, 『한국근대문학사상사』, 한길사, 1984, 405~406쪽. 참조.

16) 임 화, 「본격소설론」, 『문학의 논리』, 학예사, 1940, 374쪽.

17) 김기림, 「'서클'을 선명히 하자」, 『조선일보』 1933. 1. 4.

이태준 역시 동일한 내용을 다른 목소리로 말하고 있다.

　무엇보다도 예술가로서의 기분 감정에서부터 주으린 우리들이다. 종일 만나
는 사람들이 예술가 아닌 사람들이요 종일 듣는 소리가 예술 아닌 소리들이
다. 그러다가 우연히 글쓰는 사람끼리 만나면 그 때의 반가움이란, 또 될 수
있으면 문학적인 회화를 갖고 싶을 것이란 결코 적은 욕망이 아니었다. 그리
고 그와 헤어질 때에는 가뭄에 풀이 몇방울 비에 젖는 듯 생기가 나고 작품욕
의 충동을 가슴 하나 느끼는 것이 사실이었다.[18]

　김기림에 비해 이태준이 좀더 비유적으로 말했을 뿐, 이들의 글이 의미
하는 바는 동일하다. 구인회가 이들의 문학적 열정을 갈무리하는 보호막이
었을 뿐만 아니라 자신들의 문학적 정당성을 지켜주는 방파제였다는 것이
다. 김기림의 예측대로 구인회 회원 작가들은 구인회를 결성함으로써 '낡
은 전설과 대척되는 지점'에 자신들이 서 있다는 강렬한 세대의식을 드러
냈을 뿐 아니라, 문단의 윤곽을 선명히 해줬으며, 개인으로 존재했을 때보
다 더 큰 힘의 가능성을 실현해 보였다. 이태준의 표현대로 구인회를 통한
이들의 만남은 서로에게 예술적 생기를 부어주었고, 서로의 견줌과 옹호를
통해 한국의 근대문학을 풍성하게 만들었다.
　이상의 분석에서 알 수 있듯이, 구인회는 문학사적 의미를 충분히 지닌
실체적인 문학단체이다. 따라서 구인회 전체에 대한 관점을 배제한 채 작
가론의 형태만을 고집하던 현재까지의 연구 경향은 재고되어야 한다. 그랬을
때 구인회 연구를 어렵게 만들었던 많은 '난관'들은 그대로 향후 연구의
과제가 될 것이다. 구인회의 조직적 실체성을 묻는 일에서 한걸음 나아갈
때 우리는 30년대 문학의 특성, 나아가 한국 근대문학의 특수성과 만날 수
있기 때문이다. 다음과 같은 이유에서 그러하다.
　첫째, 구인회에 관한 연구는 리얼리즘과 모더니즘이라는, 한국 근대문학
의 기본적인 구도의 정당성을 살펴볼 수 있게 해준다. 구인회가 모더니즘

---

18) 이태준, 앞의 글.

운동의 진지였다는 전제에 대한 성찰을 통해서 30년대 문학의 성격이 더욱 확연하게 들어날 것이다. 특히 구인회가 결성되던 시기가 카프 문학운동이 종말을 고하던 시기라는 점을 고려하면 전형기 문단의 진로 모색과 관련하여 이들의 문학적 행로를 재검토하여야만 한다.

둘째, 한국 근대문학의 특수성과 관련된 문제. 지금까지의 연구를 통해 드러난 바로는 구인회 소속 작가들을 모더니즘, 혹은 순수문학과 같은 하나의 틀로 모두 규정하기 어렵다. 따라서 이들의 내적 연관관계를 구명하는 것은, 30년대 한국 모더니즘의 특수성을 규명하는 일일 뿐만 아니라, 구인회의 의미를 제대로 읽어내는 일에 해당한다. 가령 다양한 경향을 지녔던 회원들이 하나로 묶일 수 있었던 원인, 저마다 독특한 문학적 경향을 범주화시킬 수 있는가의 문제, 특정 회원들에게 만연되어 있던 동양적 고전주의의 문제, 그리고 해방 이후 이들의 정치적 변신의 문제를 일목요연하게 설명하는 일이란 한국 근대문학의 특수성에 육박하는 작업이 아닐 수 없다.

셋째, 이들에 의해서 한국 근대문학의 양식적 특질들이 발전(형성)되었다는 평가와 관련된 문제. 이것은 말을 바꾸면 양식의 차원에서 문학사적 연속성을 검증하는 작업이다. '스타일리스트', '기교주의', '문장(표현) 위주의 문학관'과 같은 말들로 명명되어왔던 이들의 형식적 노력들을 그들의 문학 이념과 통합된 차원에서, 그리고 문학사적 차원에서 구명해야 한다는 것이다. 지금까지의 연구를 보면 '평가'만이 횡행했을 뿐, 평가의 근거가 되는 구체적인 분석이 드문 형편이다. 더욱이 작가나 작품의 개별적 논의가 아니라 문학사적 연속성 위에서 이를 분석하려는 노력은 전무하다. 이를 위해서 앞세대 문학과의 비교와 뒷세대에 미친 영향관계가 구체적으로 실증되어야 한다. 특히 이들의 영향 속에 성장한 신세대 작가들이 분단 이후 남한 문학의 원형질을 형성했다는 점을 고려하면 연구의 의의는 한층 가중된다고 할 수 있다.

넷째, 당연한 말이지만, 구인회 연구는 이 단체에 회원이었던 작가들을 연구하는 데에도 기폭제가 될 것이다. 구인회의 전체적인 성격을 문제삼는 것이 개별 작가들의 특이함을 무화시키는 것을 목표로 삼지 않음은 자명하다. 오히려 이것은 작가 연구의 든든한 기반으로 자리잡을 수 있다. 구인회 연구의 최종 목표는 문학사에 대한 새로운 안목을 보태는 일일 뿐만 아니라, 보다 정치한 작가론과 작품론 속으로 귀결되는 것이다.

2. 구인회 연구의 현황과 문제점

구인회의 문학단체로서의 성격을 묻는 일은 구인회 연구의 알파요, 오메가이다. 구인회 연구의 모든 난관은 여기에서 비롯되고, 그 의의 역시 여기로 수렴된다. 지금까지 구인회의 성격에 관한 견해는 크게 보아 다음의 다섯 가지로 정리할 수 있다.

첫째는 계급적 차원에서 바라보는 것인데, 당대의 카프측 평가가 이러하다.[19] 백철의 '무의지파'라는 규정으로부터 시작해서, '동반자적 그룹'(홍효민), '중간파적 작가'(김두용), '소부르적'(박승극)이라는 평가에 이르기까지 다양한 명칭이 주어지고 있다. 특이한 것은 권환이 구인회를 모더니즘 문예가들의 단체로 규정하면서, 앞으로의 문학적 관심이 그들에게 집중될 것임을 예견했다는 점이다.[20]

이러한 평가들에서 우리는 몇 가지 사항을 정리할 수 있다. 하나는 이념에 따른 구획이 기본 잣대로 작용하고 있다는 점이다. 당연한 언급같지만, 이것은 이후의 연구에서도 변형된 형태로나마 계속해서 나타나는 중요한 평가 척도이다. 해방 이후 이들의 정치적 입장을 '변신'으로 보는 시각

---

19) 당시 카프측의 논의는 다음을 참조할 것.
   백철, 「사악한 예원의 분위기」, 『동아일보』 1933. 10. 1, 홍효민, 「1934년과 조선문단」, 『동아일보』 1934. 1. 10, 「조선문단 및 조선문학의 전진」, 『신동아』 1935. 1, S. K생, 「최근 조선문단의 동향」, 『신동아』 1934. 9, 박승극, 「조선문단의 회고와 비판」, 『신인문학』 1935. 3, 「조선문학의 재건설」, 『신동아』 1935. 6, 김두용, 「구인회에 대한 비판」, 『동아일보』 1935. 7. 28~8. 1, 한효, 「문학비평의 신임무」, 『조선중앙일보』 1935. 8. 14, 박승극, 「문예시론」, 『조선중앙일보』 1935. 11. 6.
20) 권환, 「33년 문예평단의 회고와 신년의 전망」, 『조선중앙일보』 1934. 1. 14.

의 대부분이 여기에 기대고 있음은 명확한 일이다.

　식민지 시대 문단의 이념 문제에 대해 좀더 넓은 시각이 요청되는 것은 이 때문이다. 다음으로는 이념에 초점을 맞춘 결과 이무영, 조벽암, 유치진, 이효석과 같은 '동반자적 경향'의 작가들의 존재가 카프측의 판단을 흐리게(?) 만들었다는 점이다. 현재의 연구에서도 이들의 존재는, 카프의 그것과는 다른 의미에서, 자못 입 안의 가시와 같은 존재들인데 대부분의 논자들은 이들이 조기에 탈퇴하거나 활동이 미비하다는 이유로 애써 묵살하는 것이 보통이다. 심지어 백철은 "결국 이 「구인회」는 이무영등의 비순수문학파의 작가등의 참가가 무위하게 동회가 해산된 원인도 되었던 것"[21]이라고 주장하였다. 그러나 이무영의 경우 그의 탈퇴는 작가의 존재론적 결단과 연관된 것으로 이해해야 하며[22], 다른 작가들도 〈해외문학파〉를 비롯한 문단적 관계 내부에서 새롭게 파악해야 할 것이다.[23]

　두번째의 시각은 구인회의 조직적 실체성에 대해서는 회의적이거나 혹은 별다른 의미를 두지 않으면서, 개별 작가를 중심으로 논의를 전개하는 시각이다.

　　그런데 여기서 우리는 프로문학이 왕성하던 시대에도 사조의 문학과 대립해서 적은 세력이었으나마 예술파적인 문학이 일세력으로서 문단 일방을 분류(分流)해온 사실을 회상할 필요가 있다. 이러한 작가 개인으로선 김동인같은 사람이 예술지상주의적인 경향을 고지해온 사람이요 좀더 집단적인 표현으로서는 전술한 바 예의 「시문학」지와 「문예월간」지등을 중심한 서정시의 운동이었다…(중략)…조선의 신문학사상 예술파적인 순문학적인 또는 일부엔 기교

---

21) 백철, 『조선신문학사조사·현대편』, 백양당, 1949, 212쪽.
22) 이무영은 「작가자신의 생활혁명」(『조선일보』 1934. 1. 4)이란 글에서 자신의 문제점은 "인간적으로 루즈한 생활을 영위하고 있다는 데 있다"고 하면서 체험을 강조하고, 생활과 연관된 창작을 주장하고 있으며, 이는 이후의 낙향으로 이어져 그의 '농민문학'을 형성하는 동기로 작용한다.
23) 전체적으로 보면 이것은 구인회가 문단 역학적인 차원과 문학 성향의 차원에서 자신의 성격을 정립해가는 과정이라고 할 수 있다.

적인 경향이 뚜렷한 세력으로서 신흥하게 된 것은 이러한 정세와 환경 속에서
이다…(중략)…이상에 말한 정세 속에서 집단적인 형식으로서 예술파가 표현
된 것은 1933년 8월에 구성된 소위「구인회」의 등장이다.[24]

백철이 『조선신문학사조사』에서 구인회를 거론한 방식은, 조금씩 모습
을 달리하면서 현재까지 이어지는 몇 가지 분석틀을 제시한 것이어서 주
목할 만하다. 하나는 여전히 이념적 구획 구도에서 벗어나지 않으면서도,
그 틀이 프로문학과 예술파 문학이라는 구도로 모습을 바꾸었다는 점이다.
즉 카프 시기의 계급환원론적 태도('소부르적')나 통일전선적('중간파적 작
가', '동반자 그룹') 개념이 아니라 경향파 대 예술파라는 도식으로 단순화
되어 있다. 이 때문에 프로문학이 아니라는 점에서 김동인과 시문학파, 구
인회가 서로의 차별성 없이 하나의 동아리로 묶여져 다루어진다. 따라서
동반자적 경향이라고 지칭되던 이무영도 그저 '비순수문학파'일 뿐이다.

두번째 특징은 '카프의 해산=순수문학 발흥의 기회'라는 도식이다. 카
프 시기에 단편적으로 보였던 이러한 인식은 백철에 의해 정립되어 현재
까지 별다른 이론적 저항 없이 받아들여지는 형편이다. 그러나 이러한 진
술이 상황에 대한 일반적인 언급이라면 모를까, 비경향문학의 성격을 암암
리에 지시하는 진술로 받아들여진다면 문제가 아닐 수 없다. 이러한 인식
은 카프의 해산과 순수문학의 발흥을 인과적인 관계로 파악함으로써 당시
의 문학적 상황을 근본에서 규정하는 식민지 현실의 폭압성을 간과하게
만들 뿐더러, 이를 통해 이른바 순수문학조차 그러한 식민지적 폭압성에
의해 왜곡될 수밖에 없었다는 사실을 은폐시키고 있다. 그 결과 구인회를
포함한 30년대의 비경향문학이 주로 기교 위주의 문학으로 귀결되고 말았
다는 비판에는 도달할지언정, 그러한 귀결이 어디에 근본을 두고 있으며
그 의미가 무엇인지를 해명하는 데에는 눈감고 말았다.[25] 그러므로 카프의

---

24) 백철, 앞의 책, 211~212쪽.
25) 이러한 인식은 염무웅의 앞의 글과 황종연,「한국 문학의 근대와 반근대」, (동국대
   박사논문, 1992)에서 비판적으로 논의되고 있다.

해산을 순수문학의 발흥의 기회로 인식하기보다는 오히려, 노골적으로 야
만화해가는 30년대적 현실에서 경향문학이나 비경향문학이 모두 맞닥뜨릴
수밖에 없었던 굴곡의 계기로 인식하는 것이 올바를 것이다.

이 논의의 세번째 특징은 구인회를 사교그룹으로 한정시켰다는 점이다.
"이 「구인회」는 물론 프로예맹과 같이 행동강령이 있는 단체가 아니"[26]
라는 사실이 강조되며, '문인적 사교그룹'을 만들겠다는 당대의 구인회측
발표가 별다른 분석 없이 모임의 주목적으로 자리잡는다. 물론 이러한 인
식은 카프와의 잠재적인 대비에서 나온 것이다. 즉 이념과 강령이 뚜렷하
며 방대하고 강력한 조직적 실체를 갖고 있던 카프의 모습이, 문학 단체에
대한 연구자의 인식을 무의식적인 차원에서 규정하고 있는 것이다. 그러니
구인회를 카프에 대항한 문학 단체, 혹은 카프 이후 최대의 문학 단체로
규정하려고 하면 할수록 구인회의 초라함과 형체 없음이 더욱 분명해지지
는 현상이 되풀이된다. 그러나 앞에서 거론했듯이 조직의 형태는 조직의
성격에서 비롯한다. 문학과 사회에 대한 근본적인 지평이 다른 카프와 구
인회를 동일한 위상에서 비교할 수는 없는 일이다.

구인회의 조직적 실체성을 약화시킨 대신 작가를 중심에 놓는 연구방식
을 선보인 것도 백철이다. 즉 백철이 구인회를 이해하는 방식은 모임 전체
의 성격보다는 작가 개개인의 문학성을 개별적으로 탐색하는 것이다. 이
때문에 예술파적 경향을 띠는 모든 작가들이 구인회 작가들과 더불어 논
의된다. 범주간의 관계정립이 없이 기교파, 주지주의, 모더니즘, 이미지즘
등이 예술파라는 규정 속에 뒤섞여 있으며, 구인회 작가들도 사조의 깃발
에 따라 분류되어 있다. 따라서 구인회의 독자적인 의의는 사라지고 30년
대 중후반의 다양한 사조가 분석의 주체가 되어 있다.

세번째의 연구 경향은 구인회를 순수문학단체로 보는 조연현의 시각이
다.

---

26) 백철, 같은 책, 212쪽.

「구인회」의 문학사적인 의의는 다음 두가지 점에서 지적될 수 있다. 그 하나는 『시문학』파에서 유도된 순수문학적 방향을 계승하여 이를 1930년대 이후의 한국 현대문학의 주류로서 육성 확대시키는 동시에 이를 다음 세대에 전계(轉繼)시킨 점이다. 『시인부락』과 기타 1935년대 이후의 각종의 순수문학적인 제동향은 직접간접으로 모두 이 「구인회」의 영향을 조금씩은 다 받았던 것이다. 그 다른 하나는 종전까지의 한국현대문학이 지닌 그 근대문학적 성격을 현대문학적 성격에로 전환시키는데 중요한 측면적 활동을 한 점이다. 이것은 김기림의 모던이즘적 경향이나 이상의 신심리주의적인 경향을 「구인회」의 문학적 주방향인 순수문학적 개념 속에 포괄함으로써 조성된 것이다.[27]

문학사 중에서 구인회를 가장 비중있게 다룬 것이 조연현이다. 특히 개별 작가보다는 집단의 의미를 중시하고, 당시의 문단 역학 관계에서의 실제적인 영향을 논구했다는 점에서 의의가 크다. 조연현의 연구는 백철이 제공했던 기본적인 틀을 계승하면서도 나름의 문학사관에 의해 명료하게 정리한 공로가 인정된다. 다만 구인회를 순수문학을 육성·계승시킨 단체로 규정함으로써 역설적이게도 이후의 연구를 부진케 하였다.[28] 그러나 조연현의 연구에서 우리는 두 가지 연구 과제를 도출할 수 있다. 하나는 순수문학이라는 개념의 외연과 내포에 관한 것이다. 조연현은 백철이 사용했던 개념의 위상을 역전시켜, '순수문학'을 '예술파'라는 개념의 상층에 위치하는 문학적 이념으로 자리매김했고, 그 결과 백철에게는 사조의 차원에서 규정된 김기림과 이상의 문학도 순수문학의 하위 범주로 놓여진다. 말하자면 순수문학의 개념을 정치적 의미뿐만 아니라 미의식을 결합한 개념으로 상정하는 것이다. 이것은 순수문학 개념의 문제적인 측면들을 제시했다는 의미를 지닌다.[29]

---

27) 조연현, 앞의 책, 500쪽.

28) 김시태의 앞의 글과 김우종의 『한국현대소설사』(성문각, 1992년판)가 이러한 입장을 따르는 대표적인 연구다.

29) 순수문학관에 대해서는 한형구, 「일제말기 세대의 미의식에 관한 연구」, 서울대 박사학위논문, 1992, 참조.

조연현의 연구에서 주목할 만한 것은 그가 구인회를 역사적인 계보 속에 위치시켰다는 점이다. 이것 역시 백철이 '예술파'라는 개념 속에 허술하게 논의했던 것을 발전시킨 것으로, 자신의 독특한 문학사적 구도—『시문학』파에서 비롯하여 『시인부락』을 거쳐 김동리에 의해 완성되는 순수문학관의 형성과정—를 논구하는 과정에서 이루어졌다. '순수문학'이라는 개념의 타당성을 떠나서 따져보면, '계보화'의 방식 자체는 중대한 의미를 갖는다. 즉 구인회를 좀더 역사적인 맥락 위에서 사고할 것을 요청하는 대목이다. 이런 문제 의식을 받아들인다면 구인회를 단독적으로 연구하기보다는 춘원이나 동인과의 관계 속에서 살펴본다든지,[30] 이른바 신세대 작가들과의 영향관계들이 신중히 논의되야 할 것이다.[31] 단순 비교를 통한 선 그리기가 문제되는 것이 아니라 문학 사상적, 양식적 차원에서 구인회 내부의 모순적 측면들을 함께 아우르는 연구가 요망된다. 이 점은 구인회의 '새로움'을 규정하는 문제와도 연관이 깊다. 즉 서구 이론의 수입양상에 주목했던 연구 경향을 극복하여 한국 문학사의 자장(磁場) 내에서 상호간에 연속과 단절의 변증법이 어떻게 관철되는지를 밝혀줄 대목이기도 하다.[32]

최근의 주목할 만한 연구로 구인회를 모더니즘 단체로 규정하는 시각이 있다.[33] 서준섭으로 대표되는 이러한 논의의 특징은 30년대의 모더니즘을

---

30) 구인회 회원들이 필자로 나선 「흉금을 열어 선배에게 일탄을 날림」(『조선중앙일보』1934. 6. 17~29)이란 글의 대상도 이들 작가군이었으며, 제2차 강연회 때는 춘원과 동인이 강사로 참여하고 있다. 서준섭은 이것을 "구인회가 민족주의 문학의 실질적인 계승자로 자처하는 문학단체임을 대외에 명시한 것"이라고 평가하고 있다. 앞의 책, 45쪽.

31) 구인회의 미의식과 신세대와의 관련성은 서준섭, 한형구의 글과 강진호의 「1930년대 신세대 작가연구」, (고려대박사논문, 1994) 등에서 명시적으로 혹은 간접적으로 논의되고 있다.

32) 이런 점에서 개별적인 논의이지만, 춘원과 이태준 문학의 상관관계를 논의한 채호석의 「이태준 장편소설의 소설사적 의의」(상허문학회, 『이태준문학연구』, 깊은샘, 1993)은 의미가 크다.

33) 주2)의 서준섭의 글을 참조할 것.

당대의 현실상에 놓고 재구성했다는 점에 있다.[34] 모더니즘의 성립 배경으로 근대도시화한 경성의 존재를 중심에 놓는다든지, 리얼리즘과 모더니즘의 구도 속에서 그 문학사적 위치를 가늠하는 것 등이 이 시각의 특징이자 장점이다. 이러한 연구는 그동안 한국의 모더니즘은 내적 필연성에서가 아니라 단순히 외래문화의 수용에 불과하다는 시각을[35] 극복한 것이면서, 구인회의 의미를 미학적인 차원으로 부각시켰다는 의미를 지닌다. 이 연구가 미적 자율성론이나 매개론과 같은 모더니즘에 관한 그동안의 연구성과를 수용하여 구인회의 성격을 규정한 것은 이 때문이다.

서준섭의 연구는 지금까지의 문제들을 일정하게 넘어섰지만 동시에 구인회 연구의 난관을 새삼스럽게 깨우쳐 주고 있다. 이를테면 구인회가 하나의 범주로 규정되기 얼마나 어려운 존재인가를 일깨워 주는 것이다. 예를 들면 이효석은 모더니즘적 창작기술을 전통적인 소재로 확대시켰다는 의미에서 모더니즘 작가라고 평가하면서, 이태준은 '분명히 새로운 언어를 시도한 작가임에는 분명'하지만 현대문명에 밀려난 인물을 주로 다룬다든지 도시 서민들에 관심을 기울이고 있다는 점에서 리얼리즘에 가깝다고 평가하는 대목 등이 그렇다. 그러나 만일 이렇다면 이상과 박태원의 문학을 적극적으로 옹호한 이태준의 태도를 어떻게 평가해야 하며, 또한 '모더니즘적인 창작기술'(이효석)과 '새로운 언어에 대한 시도'(이태준)라는 두 가지 의미규정 사이에는 얼마만한 거리가 존재하는지가 밝혀져야 한다. 또한 모더니즘의 관점으로는 일제 말기 이태준, 정지용, 박태원 등이 동양적

34) 비록 구인회에 대한 본격적인 연구는 아니지만 김윤식 역시 구인회를 모더니즘적 관점에서 분석한다는 점에서 공통점을 보이고 있다. 가령 김기림, 이상, 박태원을 구인회적 문학 경향의 대표적인 작가로 인식한다든지, 이상이야말로 "구인회적 성격, 그러니까 이른바 모더니즘적 성격을 가장 본질적인 측면에서 육박한 것"이라고 평가하는 데서 그 태도가 드러난다. 김윤식, 「1930년대 한국평단의 문예시평과 문학이념의 관련양상에 대한 연구」, 『한국학보』 67집, 1992, 여름, 11~15쪽. 참조.
35) 오세영은 「모더니스트, 비극적 상황의 주인공들」(『문학사상』, 1975. 1)이란 글에서 단적인 예를 들어 에즈라 파운드가 '지하철 정거장'이란 작품을 발표한 것이 1914년이었지만 한국의 30년대에는 인력거가 달리고 있었음을 상기시키고 있다.

고전주의에 침잠한 것을 어떻게 설명할 수 있으며, 해방 이후의 정치적 변신을 어떻게 설명할 수 있는지 언급이 없다.

이러한 문제들은 우선, 리얼리즘과 모더니즘이라는 한국 근대문학의 기본 구도를 연구자가 너무 과도하게 의식한 나머지 파생된 것이 아닌가 여겨진다.[36) 구인회의 많은 구성원들이 모더니즘적 경향을 보여준다는 점에 착안하여, 카프=리얼리즘:구인회=모더니즘이라는 등식을 설정한 것이다. 그 때문에 조직적인 측면에서는 이태준의 역할을 고평하면서도 정작 작품의 측면에서는 그를 제외할 수밖에 없는 딜레마에 봉착하였다. 또한 모더니즘의 '보편성'에 무게중심을 둠으로써 한국 근대문학의 특수성이 은폐되는 결과에 이르렀다. 30년대 경성의 근대화 정도가 과다하게 강조된다든지, 논의의 지평이 모더니스트들의 해방 이후의 행로에까지 이르지 못한 점등은 여기에서 기인한다.

마지막으로 구인회의 성격을 하나의 범주로 지칭하지 않고 그 문학적 특성들을 추출하려는 연구가 있다. 김한식은 구인회의 문학전통이 이어져 온 맥을 해외문학파로부터 찾으면서, 그 특성을 표현론적 문학관, 형식과 언어 자체에 대한 관심, 소설양식에 대한 자의식, 예술가로서의 자부심으로 정리하고 있다.[37) 강진호는 표현론적 문학관과 문학의 자율성 인식을 중심적인 것으로 보고 있다. 특히 강진호는 신세대 문학과의 관련성을 따지면서, "구인회 작가들은 이광수 식의 '지식인 문학관'을 부정하면서 점차 문학의 자율성과 작가의 개성을 중시하는 '문인 문학관'의 특성을 보여주지만, 신세대 작가들처럼 그것을 지고의 가치로 숭상하지는 않은 중간적

---

36) 김유중은 최근의 구인회 연구 작업에 "카프를 중심으로 한 리얼리즘 문학과의 평형성 확보라는 심정적인 요인도 작용"했을 것이라고 비판함과 아울러 한국 모더니즘 문학의 특수성을 강조하는 견해를 반박하고 있다. 그러나 그의 견해 역시 모더니즘적 인식의 자기정합성과 '치열성'을 문제삼는다는 점에서 한국 근대문학의 특수성을 무화시키는 보편지향적 논의라는 한계를 갖는다. 김유중, 「1930년대 후반기 한국 모더니즘 문학의 세계관 연구」(서울대 박사학위논문, 1995, 6~8쪽 참조.
37) 김한식, 「구인회소설연구」, 고려대 석사논문, 1994, 16~27쪽 참조.

존재"[38] 라고 평가하고 있다.

이 연구들은 구인회의 문학적 특성을 구체적으로 밝히고 있다는 점에서 의의가 있다. 그러나 구인회 작가들에 의해 언표된 문학관을 축자적(逐字的)인 차원에서만 해석, 정리함으로써 그것의 의미를 드러내는 데는 미흡한 것으로 보인다. 가령 이태준이나 박태원의 표현론적 문학관이 '소박한 의미'의 것이라는 지적은 있지만 그 소박함이 갖는 문제점을 논구하거나 이를 통해 이들 문학관의 내적 구조를 밝혀내지는 못했다. 그 결과 언표된 것의 진실성과 모순성을 묻지 못했고, 의미 있는 일반화에 이르지 못하였다.

구인회를 역사적 차원에서 계보화하는 작업에도 문제가 있어 보인다. 해외문학파와 구인회를 일방적인 계승관계로 파악한 것이라든지,[39] '지식인 문학관'과 '문인 문학관'이라는 개념의 대비를 통해서 구인회를 중간적 존재로 파악하는 관점 등이 그러하다. 특히 강진호의 중간적 존재라는 평가는 해방 이후의 변모를 염두에 둔 평가인 듯하다. 그들은 '문인 문학관' 이외에도 '지사적 열정'을 동시에 가지고 있었기에 중간적 존재인데, 이러한 지사적 열정이 해방 이후의 정치적 변모를 가능케했다는 설명이다. 그러나 이 '지사적 열정'이 그들의 문학관 속에서 유기적인 관련을 맺고 있기보다는 병렬적으로 나열되어 있어서 설득력을 갖기 어렵다. 더욱이 이른바 '문인 문학관'이 '지식인 문학관'보다 근대적인 문학관이라고 했을 때, 구인회의 문학적 특징은 반근대적(半近代的)인 것이며 이후 신세대에 가

---

38) 강진호, 앞의 논문, 42쪽. 이외에도 그의 글로 「구인회'의 문학적 의미와 성격」, (『박태원소설연구』, 깊은샘, 1995)이 있으나 박사 학위 논문에서의 논의와 별 차이가 없다.

39) 구인회 연구에서 해외문학파와의 관계를 부각시킨 것은 조연현이다. 다른 차원에서 서준섭, 강진호 등도 이를 따르고 있다. 그런데 치밀한 분석 없이 문학의 순수성 강조라는 측면에서 그 연관관계를 설정하게 되면 이 시기 여타의 비경향문학 작가들과의 관계 설정 자체가 흐려질 염려를 안고 있다. 이에 대해 김윤식은 정지용이 해외문학파의 딜레탕티즘에 대해 대항의식을 갖고 있었음을 강조하여 주목된다. 김윤식, 「가톨리시즘과 미의식」, 앞의 책, 424쪽.

서야 근대적인 문학관이 본격화된 것으로 판단될 소지를 안고 있다. 이것
은 변형된 형태에서 조연현의 문학사 구도와 유사할 뿐 아니라, 지사적(지
식인적) 열정을 지닌 문학은 저급한 것이라는 단선적인 생각으로 환원될
위험도 안고 있다.[40]

3. 구인회, 또는 한국 근대문학의 특수성의 다른 이름

그렇다면 이러한 연구성과를 부여안으면서도 새롭게 출발하기 위해서는
어디에서 시작해야 하는가. 아마도 한국 근대문학의 현장에서 다시금 출발

---

40) 일반적으로 말하면, 예술가로서의 의식이 확고한 이른바 '문인 문학관'이, 문학을
여기(餘技) 내지는 계몽의 수단으로 인식하는 '지식인 문학관'에 비해서 보다 근대적
이라고 할 수 있다. 이런 개념들은 서구의 경우에 자본주의 사회의 발전에 따라 예
술이 사회의 다른 영역으로부터 분리되는 과정에서 파생된 것이며, 동시에 예술의
소외화(전문화)과정과 부르조아적 가치에 대한 비판의 양상들도 포함한다. 즉 예술
에 대한 태도의 차이만이 아니라 그러한 태도를 결정해 주는 사회의 제반 상황과의
관계가 중요한 요인이 된다. 이런 관점에서 따져본다면, 반봉건과 반제의 역사적 과
제를 동시에 지고 있던 식민지 조선의 상황에서 문인 문학관적 특질을 가졌다고 해
서 그것이 곧 보다 근대적이라고 평가하는 것은 문제가 있다. 왜냐하면 이렇게 평가
하게 되면 지식인 문학관에 내재한 여러 가지 근대적 징후들을 사장하게 되며, 또한
그들의 문학 속에 담겨 있던 민족적 위기 국면을 타파하기 위한 노력들을 반근대적
(半近代的)인 것으로 규정할 위험이 있다. 이는 자칫하면 의식 환원론적 발상에 떨
어져 문학사의 현실과 위배될 수 있으며, 민족의 위기에 대응하는 민족문학적 시각
을 차단할 수 있다. 따라서 지식인 문학관 대 문인 문학관이라는 개념의 문제의식은
타당하지만 그 실제적 적용에서는 단순한 이분법적 사고를 벗어나 보다 정치한 분
석을 거친 연후에 적용하는 것이 올바를 성싶다. 그래야만 민족적 현실을 담고자 하
는 갈망과, 형식의 새로움을 통해서 자신의 문학적 근대성을 증명하고자 했던 욕구
가, 흔히 선택적으로 받아들여졌던 한국 근대문학의 특수성이 보다 선명하게 밝혀질
수 있을 것이다. 실제로 흔히 문인 문학관의 담지자로 불려지는 작가들에게서 발견
하게 되는 예술상의 근대의식이, 종종 근대적 현실과의 치열한 대결에 의해 얻어진
것이 아니라는 사실을 깨닫기란 어렵지 않다.

하는 자세가 필요할 것이다. 이것은 반제와 반봉건이라는 이중의 문제에 대한 숙고를 재삼 요청한다. 때아니게 우리 근대사의 원초적인 문제로 회귀하는 것은 한국 근대문학의 특수성을 좀더 명료하고 실체적으로 이해하기 위해서이다.[41] 모더니즘의 경우만을 놓고 보더라도 그것을 세계사적 보편성의 차원에서만 해명하려 할 때, 우리는 현실이 이론을 배반하는 경험을 숱하게 겪어왔다. 그렇다고 보편성을 방기하는 것이 해결이 아님은 당연하다. 문제는 우리의 현실에 근대적 현실의 보편성과 식민지 현실의 특수성이 변증법적으로 매개되어 있음을 확인하는 일이다. 그래야만 서구 이론과의 대비를 통해서 한국의 모더니즘을 옹호 혹은 평가절하하였던 원전확인형의 연구나, 작품에 나타난 기법을 중시하여 그 의의를 부각시키는 기법중시형 연구를 극복한 연구로 나아갈 수 있을 것이다.

이때, 떠오르는 것은 한국의 근대문학에 나타난 근대성에 대한 착종된 인식이다. 그것은 다음의 전제에서 출발한다. 즉 한편으로 보면 여전히 봉건적 삶의 양식이 주도하는 현실이면서, 다른 한편으로는 민족적 생존이 근본에서 억압받고 있는 식민지적 현실이라는 사실이다. 이러한 전제가 당대의 지식인들에게 뜻하는 바는 현실에 대한 부정이 즉자적으로 주어졌다는 점이다. 이는 의미 있는 대안을 모색하기 위해서라면 반드시 거쳐야 할, 현실에 대한 천착이 무시된 채 당위적이고 추상적인 차원에서 대안이 모색되었음을 뜻한다. 조선적 현실의 열등함이 강조되는만큼 맹목적인 근대화 논리가 횡행하여, 종내에는 춘원의 경우에서 알 수 있듯이 친일의 논리로 귀결되는 파행상을 드러내기도 하였다.

그러나 근대성에 대한 착종된 인식이 친일론과의 연결 속에서만 문제되는 것은 아니다. 식민지 현실의 광폭함은 근대성에 대한 올바른 인식을 원천에서 봉쇄하였다. 일제는 철저하게 식민지 경영의 이해관계에 입각하여 조선 사회를 변모시켰기 때문에 현실은 착종과 왜곡의 일대 장관을 연출

---

41) 최근의 논의로 주목할 만한 것은 류보선, 「한국 근대문학의 특수성과 문학연구의 자리」, 『세계의 문학』 1994, 여름, 참조.

하였다.[42] 토지조사령을 통해 근대적 토지 소유 관계를 확립하는 한편으로 지주—소작인의 봉건적 관계를 안존시켰던 것은 그 한 예에 불과하다. 이러한 사회적 관계의 이중성은 식민지적 파행성의 몸체를 형성하면서, 개별적인 인간에게는 상충되는 의식의 형태로 현상한다. 즉 서로 모순되는 의식이 한 개인 속에서 동시적으로 발현되거나, 사회 제반 영역에 대한 인식이 서로 유기적인 관계를 형성치 못한 채, 각기 파편화된 형태로 온존하는 것이다.

결국 식민지적 파행성이 초래한 의식의 이중성은 식민지 해방에 복무해야 한다는 당위적 갈등을 잠재의식 깊은 곳에 숨겨둔 채, 개인에게는 생활의 논리와 인식의 논리 사이의 분열을 초래하였고, 더 나아가 예술가에게는 사회적 영역의 논리와 예술적 영역의 논리가 분리되는 현상을 빚어냈다. 춘원의 문학에 대해 동인이 자신만만하게 짓고 있던 포즈의 본질도 바로 이러한 인식의 파편성에 기인한 것이다. 그 결과 우리의 근대문학은 작가의 인식수준이 작품의 수준을 결정짓는 순환을 되풀이해왔다. 이 말은 당연한 언급 같지만, 그것은 곧 우리의 근대문학에는 발자크식의 '리얼리즘의 승리'가 존재하기 어려웠다는 것을 의미한다. 작가가 현실을 총체적으로 전유하지 못한 상태에서 또한 사회 각 영역에 대한 의식이 유기적인 관련을 갖지 못한 상태에서 작가의 세계관을 뛰어넘는 작품의 승리란 기대할 수 없었던 것이다. 작가의 세계관과 현실 상황이 작품의 수준을 결정짓는 기본조건이 되어왔으며, 동시에 동일한 시기에도 다루는 대상 영역의 차이에 따라 작가의 인식수준은 천차만별의 편차를 보여줬다. 하물며 식민지 상황의 변화에 따라 그나마 분열되어 있던 작가의 인식이 끊임없이 요동쳐 왔음을 상기하자.

카프의 존재가 선명해지는 것은 이 때문이다. 문학을 통해 정치를 대신하고자 했던 카프의 여정이란 자신의 현실(문학) 속에서 당위(식민지 해

---

42) 이에 대해서는 김경일, 「근대성과 헤게모니의 역사적 변화—식민지 시기의 경우」, 한국사회사학회편, 『설화와 의식의 사회화』, 문학과 지성사, 1995, 참조.

방)의 논리를 관철시키는 행로에 다름 아니다. 따라서 카프의 문학운동은 지식인의 잠재의식 깊은 곳에 자리잡은, 식민지 현실을 타개하기 위한 직접적인 투쟁에 몸담고 있지 못하다는 열등감을 잠재울 만한 것이었다. 더군다나 그들이 준거삼은 이론은 '근대'의 문제들을 뛰어넘은 것—프롤레타리아의 해방—이라 믿고 있었으므로, 그들은 단순히 '광복'을 문제삼는 논리를 극복한 것으로 자부하였다. 이러한 대목에 예술의 근대적 성격이 개재할 여지는 없으며, 문학의 독자성은 지배계급의 음험한 음모로 인식될 뿐이다. 따라서 문학이 수단적 의미로 전락한다는 것은 오히려 자기충실성의 표현이었으리라. 이같은 상황은 회월 박영희의 유명한 전향선언, "얻은 것은 이데올로기요, 잃은 것은 예술"이라는 말 속에 압축되어 나타난다.[43] 이것은 예술이 그 자신을 제외한 현실 세계 전반과 배타적인 관계에 있다는 의식을 표현한다. 즉 사회적 영역과 미적 영역이 선연히 분리되었음과 아울러 두 영역이 선택적·억압적 관계로 자리잡았음을 나타낸다. 두 가지 영역이 통합되지 못했다는 것, 아니 배타적인 관계로 인식됐다는 것부터가 우리 근대문학의 특수성을 보여준다.

따라서 카프가 한낱 배부른 부르주아의 사치물로 치부해 버린 '미'의 영역에서 카프와는 다른 문학적 경향들이 배양되었다는 역설을 만나게 된다. 요컨대 카프에 대항하고자 했던 이들이 자신의 정당성을 주장할 수 있었던 것은 그들 역시 근대성의 체현자라는 인식이 깔려있었기 때문이다. 그것은 미의 영역에서 근대성을 추구하는 일이며, 근대성을 추구한다는 점에서 민족의 발전을 선도하는 것이다. 또한 그것은 근대적 가치의 측면에서 사회의 제반 영역과 등가를 이루는 것이며, 심지어는 그것들을 능가하는 것이기도 하다. 경향문학과의 대립이 다만 정치이념적 차원에 그치지 않고 문학적으로 신념화될 수 있었던 것은 이처럼 미적 근대성(문화적 근대성)

---

43) 이 말은 그 진정성을 따져보는 절차 없이, 오랫동안 카프 문학에 대한 폄하의 언사로 사용되어 왔음은 주지의 사실이다. 그러나 역설적으로 이 말이 지니는 광범위한 대중적 영향력이야말로 한국 근대문학의 특수성을 나타내는 한 징표라고 생각한다.

이라는 또다른 근대성의 광채가 빛나고 있었기 때문이다.[44] 즉 카프가 사회적 영역에서 이론적으로 선취한 근대 극복을 시도하고 있었다면, 구인회 작가들은 미적 영역에서 근대성을 추구했던 셈이다.[45] 이런 점에서 이른바 구인회의 문학과 경향문학은 동전의 양면과 같다. 외형적으로 보면 이들의 대립은 근대 극복과 근대 추구의 충돌이자 사회적 영역과 미적인 영역의 충돌로 보이지만, 결국 근대 인식의 불철저성과 식민지적 파행성이라는 측면에서는 한 아비의 자식이었던 것이다.[46]

이러한 인식을 구인회에 적용시켜 본다면 상황을 이해하는 데 도움이 될 수 있다. 이태준의 문장에 대한 집착, 박태원의 기법에 대한 자의식, 김기림의 시론과 작품이 보여주는 모더니티에 대한 갈망은 예술의 영역에서 근대적인 것을 달성하려는 노력의 표현이다. 이들이 표현론적 문학관에 의거했다든지, 문학은 '제작되는 것'이라는 의식을 견지했다든지, 형식을 통해 드러나는 '작가적 개성'을 중요시했다든지 하는 것들이 이를 보여준다. 이상이 「오감도」에 대한 독자들의 항의에 분노할 수 있었던 것도 기실 미적인 영역에서의 선구자로서의 의식 때문이 아니었는가.[47] 미적 근대성의 영역에서 자신의 존재 가치를 찾고 그것을 구현하는 것으로 임무를

---

44) 미적 근대성에 대해서는 M. 칼리니스쿠, 『모더니티의 다섯 얼굴』, 이영욱 외 역, 시각과 언어, 1993, 53~72쪽, 참조. 서영채는 '두 개의 근대성'에 대한 인식을 토대로 이태준을 다루고 있어 주목된다.(「두 개의 근대성과 처사의식」, 상허문학회 편, 『이태준문학연구』, 깊은샘, 1994)

45) 이때, 동반자 문학이란 이미 개별화된 것으로 인식한 두 층위를 산술적으로 조합하려던 시도라고 볼 수 있다. 박헌호, 「현민 유진오 문학연구」, 『반교어문연구』5집, 성균관대학교 반교어문연구회, 1994, 참조.

46) 카프의 문학여정을 근대 추구의 식민지적 형태였는가, 아니면 맑시즘의 이론적 성격에 걸맞게 진정한 근대극복의 형태였는가는 논란의 여지가 있다. 그러나 해산기에 벌어진 일련의 창작방법 논쟁의 성과라든지, 임화의 문학사 서술과 「본격소설론」에 개진된 근대성에 대한 통찰, 그리고 해방이후 〈전국문학자대회〉에서 보고된 내용들을 종합해볼 때, 그것이 근대극복의 형태였다고 보기는 어렵다.

47) 박태원, 「이상의 편모」, 『조광』 1937. 6. 참조

삼는 것, 또한 그것을 자각적으로 강렬하게 인식하고 있었다는 점, 여기에 구인회의 일차적인 존재 의의가 있다.

하지만 이들이 인식한 '미적 근대성'도 식민지적 파행성을 담지한 것임을 주목해야 한다. 일반적으로 말해서 미적 근대성(문화적 근대성)은 사회적 근대성(부르주아 모더니티)에 대한 철저한 거부 및 부정적 열정으로 표현된다. 그것은 부르주아 모더니티의 일반적인 원리 -진보의 원리, 과학과 기술에 대한 신뢰, (계산 가능한)상품으로서의 시간, 이성숭배, 그리고 실용주의적 행동과 성공의 숭배를 지향하는 자유의 이상-에 대해 자신의 역겨움을 공공연히 드러낸다.[48] 또한 그것은 보들레르에게서 보여지듯이 중산층의 가치척도를 혐오하며, 근대생활의 일상이 지니고 있는 천박함과 진부함을 강렬하게 비난한다.[49] 그렇다면 구인회 작가들의 의식도 이러한 기반 위에 서 있었던가?

우선 구인회 작가들의 미적 근대성에 대한 인식이 서구의 그것과 갖는 공통성을 주목해보자. 그들은 예술의 독자성을 옹호하며 기법에 대한 자의식이 강하고, 실용성을 중심에 놓는 중산층의 물신숭배적 가치척도를 혐오한다는 점에서 모더니즘의 보편적인 측면을 공유한다. 특히 속물근성에 대한 강렬한 혐오와 정신성(精神性)에 대한 숭상, 그리고 장식적 미학과 비극적 취향을 내포하는 당디즘(Dandyism)적 경향을 같이 한다. 이 점은 이들 중 몇몇이 일제 말기에 이른바 '동양적 고전주의' 혹은 '상고주의'에 침잠하는 것과 관련하여 주목할 만하다. 흔히 이러한 침잠을 문학관의 변모로 보거나 혹은 그것이 복고적이라는 데 착안하여 반근대적인 것으로 평가하는 것이 일반적이다.[50] 그러나 상허나 지용, 심지어 구보에게서 보여

---

48) M. 칼리니스쿠, 앞의 책, 53~54쪽 참조.
49) 보들레르의 미학에 대해서는 M. 칼리니스쿠의 앞의 책과, 김붕구, 『보들레에르』, 문학과지성사, 1994, 제2편 참조.
50) 특히 황종연은 『문장』파의 상고주의적 지향을, '근대추구'라는 식민지 시대 일반의 가치축에 대립하는 '반근대(反近代)의 추구'로까지 격상시킨다. 그러나 이것은 물질과 정치에서의 예속을 아무런 매개 없이 정신의 영역에서 보상받고자 하는 공허한 정신의 표현일 뿐, '반근대의 추구'와는 관련이 없다. 즉 사회와 예술의 분리라는 식

지는 이러한 경향은 30년대 후반의 야만화하는 현실을 맞이하여, 이들이 지녔던 반속물적, 귀족적 반항정신이 발현된 것으로 이해함이 타당하다.[51] 따라서 이들의 동양적 고전주의로의 침잠을 모순적인 것으로 파악하기보다는 당디즘의 조선적 발현 양상으로 이해하는 것이 사실에 가까울 것이다. 이 점은 상허나 지용의 상고주의가 같은 문장파 안에서도 가람의 그것과 비교했을 때 훨씬 '장식적'인 모습을 띤다는 사실로도 증명 가능하다.

다른 한편으로 구인회 작가들의 미적 근대성에 대한 인식은 서구의 그것과는 상당한 차이를 갖는다. 그들은 근본적으로 사회적 근대성의 원리를 수용하며, "문명의 아들"·"도회의 아들"[52]임을 자처하였다. 이들이 표방한 모더니즘도, 해체과정에 있던 당대 사회에 대한 문학적 대응으로서 해체된 세계를 재통합할 수 있는 새로운 이념을 찾고자 했던 서구적 의미의 그것과 사뭇 다르다. 구인회의 그것은 근본적인 차원에서 사회적 근대성에 대한 수락이자 지향을 뜻하면서 동시에 예술적 세련화를 통해 미의 영역에서 근대적인 것을 선취하려는 의식의 산물이다. 이들이 자신의 문학관을 밝히는 자리에서 주로 문학원론에 대한 계몽적 담론을 전파하며, 또한 기법과 같은 문학형식적 관점에 치중하는 것은 이 때문이다. 또한 그들의 문학관이 예술적 세련화와 '작가적 개성'을 중심에 놓는, 이른바 전문가적 문학관에 그치고 마는 것도 이 때문이다. 이러한 인식의 뒤안에는 사회적

민지적 특수성이 30년대 후반의 상황에서 일본에 대한 대타적 자기 확인으로 전통에의 친화성을 드러낸 것뿐이다. 문장파의 상고주의에 민중에 대한 자각이나 조선 후기 실학파들의 고민과 같은 현실적 맥락들이 사장된 채, '난초'와 '골동취미'가 중심에 서는 것은 이 때문이다. 특히 이러한 인식이 일본적 예외주의를 부각시켜, 대동아 공영권 수립을 도모하던 당시의 일제 논리에 대한 식민지판 모사였다는 비판은 주목할 만하다. 황종연과 김경일의 앞의 글, 참조.

51) 이를 당디즘(Dandyism)이라 하며, 모더니즘의 한 측면을 이룬다는 것은 주지의 사실이다. 다만 사회적 근대성을 이룩하지 못한 당시 조선의 현실에서 이들의 당디즘은 부르주아적 모더니티에 대한 반항의 의미보다는, 야만화하는 식민지 현실에 대해 '조선적 정서'를 강조하는 형태로 나타난다.

52) 김기림, 「모더니즘의 역사적 위치」, 『김기림전집』 2권, 심설당, 1988, 56쪽.

근대성을 미처 체득하지 못한 조선의 현실과, 예술의 영역과 사회적 영역이 끊임없이 배타적 관계로 작용하던 식민지적 파행성이 자리잡고 있음은 두말할 나위가 없다. 구인회의 문학이 한국 근대문학 양식의 완성자로 평가받을 수 있었던 것도 이러한 분열된 인식에 기초한 것이지만, 또한 분열의 당연한 결과로 '작가적 개성'을 주체의 전인격적 개성과 구별함으로써 얻어진 것이다.

이 점을 분명히 보여주는 것이 구인회 작가들의 현실인식이다. 지금까지 초창기의 구인회 작가들에게는 현실인식이 희박하다는 예단이 암묵적으로 만연해왔다. 그러나 이것은 사회적 근대성과 미적인 근대성이 파행적으로 전개돼온 한국 근대문학의 특수성을 몰각한 단정에 지나지 않는다. 미적인 것에 대한 집착이 곧 사회적 현실에 대한 무지와 연결되는 것은 아니다. 생활인으로서, 식민지하에 사는 지식인으로서 그들도 현실에 대한 인식이 있다. 문제는 작가의 현실인식이 자신의 문학작업과 어떠한 관계를 맺고 있는가에 있다. 당대 현실에 대한 관념적 인식이라면 카프 작가들에게서도 쉽사리 발견되는 것이 아닌가. 따라서 구인회 작가들의 현실인식은 다른 차원에서 검토할 필요가 있다.

> '구인회 작가여 용감하여라. 민중도 생각하여라' 하는 것들은 참으로 무엇에 그렇게 놀랜 사람들인지 알 수가 없다. 우리도 그만한 민중 관념 그만한 자기 반성에 게을리하지 않는다. 그냥 막연히 민중 운운한다고 지금은 수가 아니다. 53)

이 글처럼 구인회의 현실 인식 방법을 명확히 보여주는 것도 없다. 이 것은 지식인으로서의 삶의 방식을 뚜렷이 자각한 자의 현실 대응 태도이며, 예술적 자아로서의 작가가 작품을 통해 표현하는 현실 인식과 사회적 자아로서 지니고 있는 현실 인식을 확연히 구별하는 태도이다. 말하자면 작품을 통해 작가의 사회현실에 대한 인식을 읽어내려는 질문방식 자체를

---

53) 이태준, 「구인회에 대한 난해, 기타」, 『조선중앙일보』 1934. 8. 10.

거부하면서 그와는 다른 영역에 자신들의 현실인식이 존재함을 역설한다. 그렇기 때문에 작품을 통해 자신들의 세계관을 단정하려는 것을 '무엇에 그렇게 놀랜' 것이냐고 비웃는 것이며, '우리도 그만한' 생각은 갖고 있다고 자부하는 것이다.

카프가 식민지 현실의 과제를 그 당위성이라는 이름으로 미의 영역에 휘둘러왔다면, 구인회 작가들은 미의 영역과 사회의 영역을 확연히 구분함으로써 식민지 현실에 대한 지식인적 양심을 견지하면서도 예술의 근대성을 달성할 수 있었다. 구인회 작가들이 이룩한 형식상의 발전들은 이같은 의식—미의 영역과 사회 영역의 분리에 대한, 확연하면서도 자각적인—에 기인한다. 즉 문학은 그 자체로 근대화되어야 할 또 하나의 대상으로 상정된다. 그것은 자신의 자신다움을 증명하는 방법으로부터, 구성요소에 대한 분석과 발전에 대한 가능성들이 독자적으로 탐색될 수 있는 무엇이다. 마치 기계의 구성 원리를 파악한 기계공이 그것을 분해·조립하며, 성능의 향상을 위해 부품을 교환하고 기름칠을 하는 행위와 크게 다를 바 없다.[54] 구인회 작가들이 전대 문학의 '자연스러움'과 '편내용주의'에 강력히 반발하면서 과학(제작)으로서의 문학을 주장한 의미가 여기에 있다.

그렇다면 이들의 현실인식의 내용은 무엇이며 이것이 그들의 문학작업과 어떤 관련을 맺는가. 이와 관련해 우리는 '하스코프'에서 열린 혁명작가회의를 국내에 처음 소개한 이가 박태원이라는 것[55], 파시즘에 맞서 문화 옹호를 위한 국제작가대회가 파리에서 열렸을 때 가장 흥분한 것이 이상(李箱)이었다는 김기림의 회고[56], 그리고 죽음 직전의 김유정이 예술을 위한 예술을 비판하면서 "크로포토킨의 상호부조론이나 맑스의 자본론이 훨씬 새로운 운명을 띠이고 있"[57]다고 갈파한 것이라든지, 김기림의 전체

---

54) 루카치는 일찍이 이러한 '수공업적 숙련성'을 시민성의 뚜렷한 증표로 보았다. 루카치, 「시민성과 예술을 위한 예술」, 『영혼과 형식』, 심설당, 1988, 참조.

55) 박태원, 「'하스코프'에 열린 혁명작가회의」, 『동아일보』 1931. 5. 6~5. 10.

56) 김기림, 「고 이상의 추억」, 『조광』 1937. 6. (『전집』 5권, 416쪽)

57) 김유정, 「병상의 생각」, 『조광』 1937. 3. (전신재 편, 『원본김유정전집』, 한림대출

시론, 상허의 장편 따위를 증거로 늘어놓을 수 있다. 여기에서 확인할 수 있는 것은 이들이 시대의 변화에 매우 민감하게 반응했었다는 사실과, 자신의 주된 창작의 공간에서는 이와 같은 인식을 피력하는 것을 자제해왔다는 점이다. 이 둘을 종합해보면 사회적 영역과 문학의 영역을 분리하는 이들의 사유방식을 재삼 확인함과 동시에 분리된 상태에서나마 이들의 사회인식은 끊임없이 민족의 현실과 교섭하고 있었다는 점을 깨달을 수 있다. 또한 그 구체적인 내용에서는 각 작가별로 여러 가지 차이가 존재함을 알 수 있다. 이런 점에서 30년대 후반에 강화되는 이들의 현실적 경향은 돌출적인 것이기보다는 잠재했던 것이 상황의 악화에 따라 전면화된 것으로 파악해야 한다.

더욱 문제적인 것은 이와 같은 분리적 사유방식이 문학 양식상의 구별을 통해서도 드러난다는 사실이다. 이태준(박태원도 마찬가지다)이 단편과 장편의 양식적 특성을 표나게 지적하는 것이 그러하다. 김동인에게서 일시적으로 산견되었던 이러한 인식[58]이 시대를 건너뛰어 상허에게서 다시 집중적으로 나타나는 것은 우리 근대문학사의 진기한 풍경이라고 할 만하다.[59] 왜냐하면 신문 통속소설이 횡행하던 당시의 상황을 인정한다 하더라도, 장편에 대한 이러한 평가절하는 『무정』으로부터, 『삼대』와 『고향』 그리고 『태평천하』로 이어지는—이들 역시 모두 신문소설이다—근대문학의 중심적인 맥락에 대한 의식적인 눈감음을 담고 있기 때문이다. 그렇다면 이러한 양식적 구분은 어디에서 연유한 것인가. 먼저 형식에 대한 관심을 주된 특성으로 하는 구인회의 문학 경향을 염두에 두어야 한다. 그러나 본

판부, 1987, 449쪽)

58) 단편양식에 대한 김동인의 인식적 특질은 박헌호, 「한국 근대 단편 양식과 김동인」, 『작가연구』 2호, 1996(근간), 참조.

59) 단편과 장편에 대한 이태준의 인식을 보여준 글로는 다음을 참조할 것.
「머리에」, 『가마귀』, 한성도서, 1937. / 「장편소설론」, 『조선일보』 1938. 1. 1. / 「소설독본」, 『여성』 1938. 7. / 「短篇과 掌篇」, 「조선의 소설들」(『상허문학독본』, 서음출판사, 1988)

질적인 차원에서 보면 사회적 영역과 미적 영역을 파행적으로 분리시켜 인식한 이들의 문학관이 작용하고 있다. 다시 말해서 사회적 영역과 미적 영역에 대한 분리가 그대로 장편과 단편의 특성과 맞대응하고 있다. 그 결과 단편으로는 자신의 '예술'을 보여주는 반면에, 장편은 자신의 예술과 관련이 없음이 천명된다. 단편이 단일한 상황이 환기하는 계기적 정서를 다룸에[60] 반하여 장편이 복잡한 구조와 다양한 인간, 사건을 통해 보다 총체적인 현실인식을 드러낸다는 것은 주지의 사실이다. 따라서 현실과의 연관에서 상대적으로 자유로운 단편이 창작의 주무대가 되는 것은, 이들의 문학관에 비춰보아 필연적이다. 또한 단편이 장편보다 기교의 세련함을 요구한다는 점에서 '제작으로서의 문학'을 주장했던 이들의 문학관에 더 부합되었던 것이다. 빛나는 단편을 창작한 상허의 문학세계에 춘원의 속류화로 평가되는 장편이 존재함은 이 때문이다. 상허의 장편양식에 대한 자의식은, 계몽적 민족주의로 요약되는 자신의 현실인식 수준을[61] 은폐하는 것이자, 사회성의 배제를 통해 얻어진 예술(단편)의 광채가 실상은 불구적인 것임을 토로하는 증거물에 지나지 않는다.[62]

이상에서 살펴본 구인회적 인식의 특성은 김기림의 '전체시론'에서 명확한 논리적 표현을 얻는다. 그것은 즉 조선적 현실과 모더니즘의 기법을 종합하는 것, 다시 말해서 미적인 영역 속에 사회적인 영역을 물리적으로 결합하는 것이다.[63] 이 이론의 관념성은 둘째치고라도, 근대성에 대한 총체

---

60) 브랜더 매듀스, 「단편소설의 철학」,『단편소설의 이론』, 정음사, 1983, 86쪽.

61) 이런 점에서 임화는 상허의 문학이 '연약하게 세련된 춘원이나 상섭의 전통이 태준의 소설'이라고 평가한다. 다시 말해서 상허의 계몽적 민족주의는 근대화에 대한 열렬한 지향을 담고 있다는 점에서 춘원의 그것과 동일하지만, 문학을 사상과 결연시킨 근본적인 차이로 말미암아 속화될 수밖에 없으며, 더욱이 시대현실의 변화를 담아내지 못하여 '계몽성'이 추상적 원리로 변모해버린 한계를 노정하였다. 임화, 「본격소설론」,『문학의 논리』, 학예사, 1940, 374쪽.

62) 이런 점에서 박태원의 장편『천변풍경』의 파편적 구성은 '구인회적 인식'의 전형적인 산물이라고 할 수 있다.

63) 이에 대해서는 김윤식, 「전체시론」,『한국근대문학사상사』(한길사, 1984)에서 명

적인 인식이 부재한 상태에서 이미 개별적인 것으로 인식한 것들의 산술적 조합이란 본질적으로 불가능한 것일 터이다. 덧붙여서 김기림은 새로운 진로의 모색이란 "무슨 의미로든지 '모더니즘'으로부터 발전이 아니면 아니"된다고 강조하고 있어서, 여전히 모더니즘을 문학 형식적 수준의 차원에서 이해하고 있음을 보여준다. 전체시론의 이론적 결함은 해방 직후 무정형의 정치상황에서 그 허상을 여지없이 폭로당하고 만다.「해방 전후」와『농토』를 남긴 상허를 제외하고는 구인회 출신 작가들 대부분이 의미 있는 창작을 수행하지 못하며 거의 절필 상태에 이른다. 그들이 파악하고 있던 미적 근대성의 범주 내에는 이러한 현실에 대응할 예술 창작방법론상의 대안이 없었음을 보여주는 것이다. 조선적 현실과 모더니즘의 종합이라는 이론은 자신의 효용성을 증명할 수 있는 터전에서 스스로 좌초하고 만다. 윤동주라는, 이름조차 처음 듣는 시인의 유고시집을 대한 뒤에 정지용은, "무시무시한 고독에서 죽었고나! 29세가 되도록 시도 발표하여 본 적도 없이!"[64]라고 신음같은 탄식을 내뱉고 만다. 윤동주의 고독과, 시와, 사상이 지용의 진 문학생애에 일타를 가하는 형국이 아닐 수 없다. 그러기에 지용은 "무엇이라고 써야 하나? 재조도 탕진하고 용기도 상실하고 8· 15 이후에 나는 부당하게도 늙어간다. 아직 무릎을 꿇을만한 기력이 남았기에 나는 이 붓을 들어 시인 윤동주의 유고에 분향하노라"[65]고 적고 있다.

남은 것은 식민지 시대부터 각자 간직해왔던 현실 인식이 전면화되는 길이다. 여기에서 해방 이후 이들이 보여준 행로가 사회주의 사상으로의 귀의가 아니라는 점을 지적해둘 필요가 있다. 유물사관을 "인류가 먹고 살아 온 법칙과 사실"[66]에 대한 원칙적 긍정으로 이해한다든지, 혹은 그것을 "인간의 정신관계를 전혀 몰각하는, 모든 정신문화나 전통에 대한

확하게 비판하고 있다.

64) 정지용,「윤동주시집 서」,『정지용전집』2권, 민음사, 1991, 315쪽.
65) 앞의 책, 같은 글, 313쪽.
66) 정지용,「평화일보 기자와의 일문일답」, 앞의 책, 408쪽.

선전포고로 알아온 것"[67]을 반성하면서 유물사관도 "정신의 존엄성"을 인정하더라며 안도의 한숨을 쉬는 것을 보아도 알 수 있다. 그렇다면 이들의 변모(?)를 어떻게 이해할 것인가. 해방 이후 발표된 이들의 글에 일관되게 흐르는 것은, 도덕성과 정치·문화적 민주주의에의 지향이다. 인민 대중이 역사의 주체여야 한다는 주장도 대체로 인민 대중이 정치적, 경제적, 문화적으로 착취의 대상이었다는 인식을 근거로 하고 있다.[68] 또한 상허는 『농토』라는 작품을 통해, 토지개혁을 진정한 문명화를 위한 경제적 축적의 가능성으로 파악한다든지, 정신적 노예상태로부터의 해방으로 받아들인다. 이는 곧 이들의 정신적 지반이 도덕적·문화적 차원에 자리잡고 있으며, 해방직후의 상황을 진정한 근대사회로의 여정으로 파악하고 있었음을 의미한다.

아울러 식민지 시대 이들이 지녔던 현실 인식이 동일한 것이 아니었듯이 해방 이후의 모습에서도 미세한 편차가 있다는 사실이 강조되어야 한다. 지금까지 해방 이후 이들의 행동을 '좌익화'라는 일방적인 말로 통칭해왔기에 혼란이 더욱 가중되었던 것으로 보인다. 정지용은 신탁통치 문제에서 반탁의 입장에 서면서 미·소 양군의 조속한 철수를 주장하는 백범 노선에 가까운 반면에, 이태준은 찬탁의 입장에 서면서 문화적·정신적 차원에서 누가 더 민주적일 수 있는가를 초점으로 삼는다.[69] 그러기에 정

---

67) 이태준, 『소련기행』, 백양당, 1947, 266쪽.

68) 정지용, 「민족해방과 '공식주의'」, 앞의 책, 385면과 김기림, 「우리 시의 방향」, 「시와 민족」, 『김기림전집』 2권, 심설당, 1988, 참조.

69) 이태준의 『소련기행』 전편에 흐르는 상허의 찬탄은 주로 문화적인 시설과 정책, 그리고 인민들이 노동보다는 문화적 생활을 향유하면서 사는 모습에 닿아져 있다. 특히 상허가 비교하는 기준이 식민지하의 조선 내지는 일본의 그것이었다는 사실은 상허의 천박함이 그의 책임이라기보다는 식민지적 현실의 소산이었다는 아픈 깨달음을 얻게 한다. 이 때문에 상허는 앙드레 지드의 『소련방문기』를 언급하면서도 다만 문화적 평등에 눈이 어두워, 지드가 그 평등이란 실상 비판정신의 몰락과 몰개성화 덕분에 얻어졌다는 것, 따라서 소련사회란 인간 이성의 자유로운 발전을 억압하는 반인간적 사회라고 비판했던 핵심을 놓치고 만다. 근대적 정신의 세례 속에 성장

지용은 단정 수립 후에 이태준의 서울 귀환을 촉구하는 성명을 발표하면서 '조국의 통일 독립'과 '완전자주'를 강조하고 있는 것이다.[70] 한편 김기림은 1939년 이후의 전쟁이 근대를 파산할 계기라는 식민지 시대의 인식을 연장하여 이 시기야말로 '초근대인'으로 나설 때라고 웅변하면서도, "대중의 말에 통하는 새로운 문체를 구비"[71]할 것을 요청하는 등, 자신이 기존에 지녔던 인식을 크게 수정하지 않고 있다.

요컨대 해방 이후 이들의 여정은 문학관의 급격한 변모가 아니라, 식민지 시대부터 견지해오던 현실인식이 새로운 상황을 맞이하여 전개된 것이다. 때문에 이 시기의 논의에서도 식민지 시대에 지녔던 이들의 한계—정신주의, 문화주의적 발상—가 지속되고 있음을 발견할 수 있다. 그리고 이것은 그들의 미적 근대성이 어떠한 정신적 지반 속에 자리잡은 것인가에 대한 지금까지의 논의를 증명해주는 것이기도 하다. '그냥 막연히 민중 운운한다고 지금은 수가 아'니었던 식민지 시대, 그들은 미적인 영역에서 근대성을 추구함으로써 스스로 반봉건의 과제에 복무하고 있다고 믿었다. 그리고 사회적 근대성이 달성될 수 있는 가능성이 열려진 공간 속에서는 그동안 '그만한 민중 관념 그만한 자기 반성을 게을리 하지 않'았음을 자신들의 방식으로 증명하였다. 그러므로 당연히 해방 이후의 여정도 식민지 시대에 보여줬던 근대성에 대한 파행적 인식이 그들의 행동을 규정했던 근본적인 동인이었음을 알 수 있다.

한 지식인의 관점과 식민지 현실에서 파행적으로 성장한 지식인 간의 슬픈 대비가 선명해지는 대목이다. 앙드레 지드, 정봉구 역, 『소련방문기』, 춘추사, 1994, 참조.

70) 정지용, 「소설가 이태준군 조국의 '서울'로 돌아오라」, 앞의 책, 415~416면. 이 글은 단정 수립 후 보도연맹에 가입할 수밖에 없었던 정지용이 자신의 입장을 고려하여 발표했다고 볼 수 있다. 그러나 글의 내용이 45~48년 간에 그가 발표한 글들에서 보여줬던 정세 인식과 동일하다는 점에서 인식상의 변화로 볼 수는 없다.

71) 김기림, 「시와 민족」, 앞의 책, 154쪽.

4. 남은 말

식민지 현실에서 비롯된 근대성에 대한 파행적 인식이 구인회에 이르러 하나의 분명한 형태를 얻었다는 것이 이 글의 논의의 요체이다. 이는 식민 지의 지식인으로서 반제와 반봉건이라는 숙명적인 과제를 어떤 방식으로 소화하고자 했는가 하는 물음을 전제로 얻어진 판단이다. 구인회 작가들은 근대 미달의 현실에서 근대를 지향했으며 이것을 미적 근대성에 대한 의 식적인, 그러나 불구적인 자각을 통해 달성하려고 노력하였다. 그 결과 이 들은 예술적 모더니티를 일정하게 구현하였으며, 한국 근대 문학 양식의 확립자라는 평가를 획득하였다. 그러나 식민지적 특수성이 강제한 의식의 이중성으로 말미암아 이들의 미적 근대성 추구도 파행적일 수밖에 없었다. 상고주의로 대변되는 일제 말기의 행적이 이들의 정신주의적 발상의 한계 를 예시한다면, 해방 직후의 모습은 사회적 근대성에 대한 이들의 숨겨진 열정을 보여준 예가 될 것이다. 이것이 서구의 이론으로는 이론적 정합성 을 찾기 어려운 한국 근대문학의 특수한 국면이다.

이런 관점에서 구인회의 출현과 그들이 이루어낸 문학적 성과와 한계는 30년대에 돌출한 사건으로 평가할 수 없다. 당연한 언급이지만, 구인회의 존재는 춘원과 동인으로부터 비롯되는 우리 근대문학의 전개과정의 한 귀 결점이다. 구인회와 이들의 사상적 친화성이야 이미 기존의 연구에 밝혀져 있지만, 양식의 측면에서도 구인회와 전후대(前後代) 문학의 관계는 밝혀 져야 한다. 김동인과 이태준의 단편에 대한 공통된 인식이라든지, 정지용 과 청록파의 관계가 예사롭지 않음은 이 때문이다. 굳이 조연현의 문학사 를 빌려 오지 않더라도 구인회의 문학이 단정 이후 남한의 주도적인 흐름 을 형성해왔음을 상기할 때, 연구의 필요성은 가중된다고 할 수 있다. 아 울러 카프를 비롯한 당대의 문예 단체와의 관련도 좀더 세밀한 고찰이 요 청되는 대목이다.   (세명대 강사)

근대적 자아의 세계인식
-'구인회' 시인들의 모더니즘

이 종 대

1. 모더니즘의 세계인식

1930년대는 1920년대 후반기의 목적문학, 곧 문학을 이념의 전달 수단으로 삼은 프로문학이나 시조부흥운동과 같은 민족주의 문학이 퇴조하고 그 자리에 자아와 세계의 일치를 지향하는 서정시가 안착하던 시대이다. 물론 30년대는 20년대의 프로문학이 미미하나마 그 잔재를 남기고 있는 시대이며, 훼손된 국민문학이 어두운 그림자를 드리우기 시작하는 시대다. 동시에 서구사조에 근거를 둔 지성론, 모랄론, 휴머니즘론, 행동주의론과 고전론, 세대론 등의 다양한 논의와 이들 이론에 힘입은 작품들을 쉽게 찾을 수 있는 시대이기도 하다. 그러나 30년대의 지배적 문학 정서는 파토스적이라기보다는 서정적인 것에 속한다. 20년대초도 탈이데올로기적인 서정시의 시대에 해당되겠지만 30년대의 그것은 시의 언어에 높은 가치를 부여했다는 점과 감정의 표현보다는 정서의 환기를 중시했다는 점에서 20년대의 서정시와는 구분된다.

30년대의 문학 현상 가운데, 검열에서 삭제된 구멍투성이어서 정서환기는커녕 의미 전달도 제대로 되지 않는 『카프시인집』(1931)이 현실과 유리된 프로문학의 한 단면을 보여주고 있다면, 『시문학』(1930)과 『시인부락』(1936) 그리고 〈구인회〉(1933)는 순수시를 지향하는 30년대의 새로운 문학적 초상이라고 할 수 있다. 그러나 30년대의 문학이 탈이데올로기적이며 순수문학[1]을 지향한다고 해서 동일한 시적 세계관과 시 형성원리를 지닌 것은 물론 아니다. 그들은 이른바 '순수시파' '생명파' '모더니스트' 등의 에피네트를 부여받을 만큼 고유의 문학적 세계관을 지녔고, 또 그것을 표방하였으며, 그 결과 그후의 우리 시에 일정량의 자산을 보탰다.

지나간 어느 한 시대의 지배적인 문학적 세계관을 찾고자 한다면 대체로 두 가지의 방법이 있을 수 있다. 하나는 화이트헤드(Alfred North Whitehead)가 주장한 것으로, "당대의 여러 이질적인 문학적 세계관을 관통하는 보편적 양상(general form)을 추출해 내는" 방법이고, 다른 하나는 "당대의 과학, 사상, 기술 등에 가장 깊이 연관된 형식으로 문학적 세계관을 표현한 작가들의 세계관으로 대체시키는" 방법으로 사이퍼(Wylie Sypher)가 일컫는 방법주의(mannerism)가 그것이다.[2] 1930년대 한국의 문학 지형을 조감하고 당대의 지배적인 문학적 세계관으로 모더니즘을 지목할 수 있는 것도 이와 관련된다. 좁게는 모더니즘의 작가, 시인들이 '당대의 사상, 과학, 기술 등에 연관된 형식으로 문학적 세계관을 표현'하였고, 그 결과 당대에 가장 빈번한 문학담론의 대상이 되었다는 점에서, 넓게는 후

---

1) 여기서 순수문학은 순수시의 개념으로, "비본질적인 것을 제거하고 본질적인 요소들만을 추출하여 창작한 시"를 가리킨다 (A. Preminger, F. Warnke and Hardison, Encyclopedia of Poetry and Poetic, Princeton University Press, 1974). 순수시의 본질에 대한 구체적인 내용은 포우(E. Poe)에게서 찾을 수 있다. 그에 따르면 순수시는 "강한 밀도를 가지고 음악에 일치하는 효과의 서정에 본질을 두며 오로지 심미적 현상에만 몰두할 뿐 지성이나 모랄에는 초연"하는 시이다. (E. A. Poe, 〈Poetic Principle〉, *The Great Poetics,* ed. T. Smith and E. Parks, New York, W. W. Norton and Company, 1960. 오세영, 『20세기 한국시연구』, 새문사, 1991, 100쪽 재인용)

2) 브래드버리는 전자의 방법이 그 시대의 모든 작품의 검토를 전제로 삼기 때문에 현실적이지 못한 방법으로 간주한다. 따라서 서구의 현대문학을 모더니즘으로 파악한 것도 후자의 방법을 따른 것이라고 밝힌다. 그에 따르면 현대의 모든 문학이 모더니즘의 세계관에서 출발한 것은 아니지만 모더니즘이 분명히 현대 서구 사회의 대표적인 문학 경향이라는 것이다. (Malcolm Bradbury and James Mcfarlane, *Modernism,* Penguin Books, 1991, p.24)

대에 끼친 영향이 지대하다는 점에서 그렇다.

〈구인회〉를 배태시키고 그들에게 독자적인 문학적 세계관을 제공한 1930년대의 모더니즘은 언어에 대한 새로운 인식이나 현실가공방법, 나아가 문학 방법론에 이르기까지 종래의 다양한 문예 사조, 문학적 세계관이 미치지 못하던 혹은 소홀했던 영역에서 그 후의 문학에 지대한 영향을 끼쳤다. 그러나 한편으로는 미흡함을 지적받곤 한다. 가령 "동시대 한국인의 삶을 반영하는 데 실패했다거나 본질보다는 허상으로밖에는 존재할 수 없었다"[3] 혹은 "동적인 전통의식과 내면성의 결여"[4] 등이 그것이다. 그러나 그러한 지적이 30년대 모더니즘이 우리의 현대시 형성에 끼친 영향을 초과하지는 않는다. 돌이켜 보건대 우리가 지나간 시대의 어떤 텍스트를 현대시라고 부를 수 있게 결정해 주는 구성원리나 시대약호를 찾는다면 그것은 아마도 그 텍스트가 모더니즘의 미학원리나 모더니즘의 세계관을 지니거나 갖추고 있는가를 먼저 찾아야 할 만큼 모더니즘의 영향은 절대적이다.

『시문학』이 순수서정시를 지향했고, 『시인부락』이 인간탐구의 시를 지향했다면 〈구인회〉는 모더니즘의 토양에서 맹아되고, 또 그것을 추구한 문학단체다.[5] 그러나 『시문학』 동인들의 시를 순수시라고 일컬을 수 있고, 『시인부락』의 시는 인간탐구의 시로 정리될 수 있겠지만[6] 구인회 멤버 가운데 시인으로서는 핵심이라고 할 수 있는 정지용, 이상, 김기림의 시를 하나의 일관된 문학적 세계관으로 묶기는 어렵다. 오히려 그들의 작품은 이질적이라고 할 수 있을 만큼 서로 다른 정서를 환기시킨다. 중·고등학교의 국어 교과서나 문학 교과서에 수록되어 우리에게는 너무나 익숙한 작품, 혹은 모든 한국문학사에서 빠짐없이 거론하는 정지용의 「향수」(1927)와 이상의 「오감도－시제 15호」(1934) 그리고 김기림의 「기상

---

3) 오세영, 『20세기한국시연구』, 새문사, 1991, 162쪽.
4) 송 욱, 『시학평전』, 일조각, 1964, 192쪽
5) 서준섭, 『한국모더니즘문학연구』, 일지사, 1993, 35쪽.
6) 오세영, 앞의 책, 108쪽. 조동일, 앞의 책, 408～439쪽.

도_(1936) 등에서 동일하거나 유사한 지배소를 찾아내는 일은 그리 쉬운
일이 아니다. 또한 그러한 어려움은 동시대의 서로 다른 시인들의 작품 속
에서 뿐만 아니라 같은 시인의 작품 사이에서도 쉽게 발견된다. 가령 정지
용의 「카페 프란스」(1926)와 「백록담」(1939)이 그러한 예에 속한다. 그렇
기 때문에 그들의 시적 세계관과 시의 형성원리가 모더니즘에서 출발하고
있다는 점에서는 많은 연구자들이 동의하면서도 각자의 시에 주목할 때
그들의 동의는 흩어진다. 다시 말해 정지용, 이상, 김기림의 시를 모더니
즘의 관점에서 조망할 경우 총론에서는 합의가 되지만 각론에서는 서로
충돌되거나 배타적인 것으로 논의되기 십상이다.

　그것의 일차적인 원인은 모더니즘의 다양한 속성에서 연유한다. 잘 알
려져 있는 것처럼 모더니즘의 형성소가 되는 모더니티[7]가 모더니즘을 비
롯하여 아방가르드, 데카당스, 키취, 포스트모더니즘 등의 속성을 지닌다[8]
는 점을 감안하면 모더니즘의 영역 안에서도 전혀 다른 시가 탄생되는 것
은 어쩌면 당연한 현상에 속한다. 가령 1920년대의 아나키즘, 다다이즘,
초현실주의, 표현주의 등이 그러한 예에 해당된다. 그러나 정지용, 김기림,
이상의 시가 전혀 다른 세계관과 시 형성원리를 지니는 직접적인 원인은
다른 데 있다.

---

7) 모더니티와 모더니즘을 구분하는 것은 지난한 일이다. "프랑스처럼 이 두 용어를
　같은 뜻으로 사용하는 경우 혹은 모더니즘을 '모더니티'에 대한 동의어로 설명하는
　옥스퍼드 영어사전"등의 언술은 그 구분의 어려움을 보여주는 예라고 할 수 있다.
　캘리네스쿠는 모더니티와 모더니즘의 구분에 대한 이러한 사정을 실증적 용례를 들
　어가며 꼼꼼하게 밝히고 있다. 그러면서도 "진정한 모더니즘은 모더니티를 향한 태
　도이며 모더니티에 대한 미적 표명"이라는 자신의 견해를 밝히고 있다. (Matei
　Calinescu, *Five Faces of Modernity -Modernism, Avant-Garde, Decadence, Kitsch, Postmod-
　ernism*, Durham, Duke University Press, 1987, p.94. pp.98-99) 두 개의 용어를 구분하지
　않으려는 경향은 30년대 한국문학의 경우도 예외가 아니다. 그러나 그 경우는 모더
　니티의 본질과 그 다양성에 대한 이해에서 비롯되었다기 보다는 오히려 모더니티,
　혹은 모더니즘에 대한 부분적 이해에서 비롯된다.
8) Matei Calinescu, 앞의 책, preface.

잘 알려져 있다시피 한국문학에서의 새로운 문학 곧 '신흥문예'의 등장
은 세계의 변화와 밀접한 관련을 갖는다. 물질문명의 도래와 기존의 가치
체계였던 주자학적 세계관의 붕괴, 식민지 지배체제 아래에서의 절망의식
등은 예술의 일반적 현상인 전통과 반전통의 길항관계에 강도를 더했고,
문학담당층의 교체현상까지 가져왔다.[9] 새로운 문학담당층에 속하는 지식
청년들은 주자학적 세계관에서는 비교적 자연에 한정되었던 세계를 현실,
역사 등으로 그 지평을 확대시켰고, 그에 따라 새로운 문학의 필요성을 역
설하기에 이른다.[10] 이때의 새로운 문학 곧 '신흥문학'은 "아나키즘, 다다
이즘, 초현실주의 등의 모더니즘을 지칭하였지만 20년대 중기 이후에는 새
로운 모더니즘 예술을 퇴폐적이라고 이해하는 프로레타리아문학을 지칭"
[11]하는 것으로 그 의미가 전이된다. 다시 말해 현대시 형성 시기의 새로
운 문학이란 다양한 모습의 모더니즘과 카프계열의 리얼리즘을 일컫는 것
이고, 그것은 모두 세계의 변화와 그에 따른 대응에서 비롯된다. 아울러
신흥문예의 의미가 모더니즘에서 리얼리즘으로 전이되는 과정에서 모더니
즘은 당대의 현실을 외면하고 예술의 심미적 세계로 도피했다는 비판을
받곤 한다. "현실의 사회성을 망각하고 창작에 자아 표현이 없는 몽환적

---

9) 1910년대와 20년대에는 종래의 문화담당계층이던 양반 계층의 한문학 등이 급속히
쇠퇴하고 새로운 문학에 대한 관심이 신문학을 배운 지식청년층을 중심으로 깊어지
던 시대다. 1919년 9월에 발간된 『태서문예신보』는 이러한 문학적 요구에 대한 응
답이면서 새로운 문학의 수용계층 즉 독자층이 형성되고 있음을 보여주는 예로도
볼 수 있다.
10) 1910년대부터 문학관련자들이 그 당시를 이전의 시대와 다른 새로운 시대로 인식하
고 '현대'나 '근대'라는 용어를 흔하게 쓰기 시작한다. 「현대조선에 자연주의 문학을
제창함」(백대진, 『신세계』 29, 1915, 14~16쪽), 「새 문학과 넷 문학의 비교」(백대
진, 『반도시론』 1, 1917. 4, 17~18쪽), 「문학이란 何오 ?」(이광수, 『매일신보』 1916.
11. 10~23) 등은 모두 문학이 새로와져야 된다는 것을 강조한 글들이다. 특히 이광
수의 「문학이란 何오?」에서는 빈부 문제, 자본주의와 노동자 문제, 도시 문제 등의
새로운 사회 변화를 거론하면서 문학도 이에 따른 새로운 문학이 필요하다고 주장
한다.
11) 박인기, 『한국현대시의 모더니즘 연구』, 단대출판부, 1988, 55~56쪽.

인 창작을 하고 있다"거나 "문예에 어한 지상주의로…… 인간본능의 사
회성을 결한 순여한 유희"[12] 혹은 "'예술적' 상아탑에다 그 추체(醜體)를
감추고 있는 제유파(諸流派)의 브르조아 문학군(文學群)"[13]이라는 지적이
그것이다.[14]

그러나 모더니즘이 역사·현실인식을 그 출발의 전제로 삼았다는 사실
은 새삼스런 일이 못된다. 잘 알려진 바와 같이 20세기에 들어서면서 인류
는 역사상 유래를 찾아볼 수 없는 급격한 변화와 위기에 직면하였다. 특히
서구에서는 그 변화와 위기의 극단적 폭발인 두 차례의 대전을 치르면서
그때까지 쌓아 온 문화와 문명에 회의를 갖게 되었고, 삶의 질이 획일화된

---

12) 임정재, 「文士諸君에게 與하는 一文」, 『開闢』 37.

13) 송 영, 「1931년의 조선문단 개관」, 『한국근대비평사의 쟁점』, 임헌영 홍정선 편,
　　동성사, 1986, 323쪽.

14) 서구 문학의 경우도 마찬가지다. 윌슨, 루카치 등은 모더니즘에 대하여 역사현실 속
　　에서 일어나는 구체적인 삶과 유리된 채 지나치게 형식과 기교에만 탐닉했다는 비
　　판을 가한다. 윌슨은 엘리어트, 조이스 등과 같은 모더니스트들의 작품을 높이 평가
　　하면서도 그들이 어느 때보다도 인간의 삶이 크게 위협받고 있을 때, 사회를 위한
　　어떤 노력보다는 예술의 심미 속으로 도피하였기 때문에 역사적 위기 속에서 삶의
　　방향을 제시하는 안내자로서는 부적절하다는 입장을 보인다. 또한 루카치는 모더니
　　즘의 주관적, 내면적 성향이 비역사성과 비사회성에서 연유한다는 비판을 가하기도
　　한다. 그러나 이러한 비판에 대해서 캘리네스쿠나 브래드베리는 모더니즘이 현실인
　　식에서 비롯된 문학정신이며, "리얼리즘은 삶을 인간화했고 자연주의는 그것을 과
　　학화했으며 모더니즘은 그것을 다원화·심미화했다."는 상반된 견해를 보인다. 다시
　　말해 모더니즘은 외면적 실재뿐만 아니라 내면적 실재를, 눈에 보이는 현실뿐 아니
　　라 보이지 않는 인간의 실재를 보여줌으로써 인간의 삶에 좀더 균형을 꾀한다는 점
　　에서 폭넓은 세계인식 태도라는 것이다. (Edmund Willson, Axel's Castle : A Study in the
　　Imageinative Literature of 1870-1930, New York, Charles Scriner's Sons, 1969, p.1～25.
　　Georg Lukacs, ⟨The Ideology of Modernism⟩, Realism in Our Times : Literature and the
　　Class Struggle, New York, Harper and Row, 1971, pp.31～32. Malcolm Bradbury, ⟨the
　　Cities of Modernism⟩, Modernism : A Guide to European Literature 1980～1930, eds.
　　Malcolm Bradbury and McFarlane, Penguin Books, 1991, p.99)

교환가치에 의해서만 이루어지는 현상을 묵묵히 지켜볼 수밖에 없었다. 더욱이 한국을 포함한 제3세계에서는 여기에다가 제국주의와 자본주의의 급격한 도래로 인한 충격, 그리고 그로 인한 이데올로기의 대립까지 겹쳐 더욱 무질서하고 부조리한 '현대'를 맞게 된다. 모더니즘은 이와 같은 '현실' 혹은 세계와 무관할 수 없다. 오히려 모더니즘은 그러한 현실의 부조리한 상황에 대한 새로운 인식의 예술적 형상화다. 모더니스트들은 세계의 '현상'에 접근하는 리얼리즘의 작가들과는 다르게 세계의 변혁이 오직 자아의 세계인식과 그에 대한 태도에서 비롯된다고 믿어 당대 사회현실의 객관적 묘사보다는 그 현실의 가공방법이나 주관적 내면세계와 내적 경험에 깊은 관심을 보인다. 리얼리즘이 '세계'의 현상에 주목한다면 모더니즘은 현상의 내적 동인에 주목한다는 차이가 있을 뿐이다. 그 결과 브래드버리의 적절한 지적처럼 삶의 외면적인 실재뿐만 아니라 내면적 실재를 강조함으로써 삶에 좀더 균형 있게 접근할 수 있도록, 삶을 훨씬 포괄적이고 상대적으로 보도록 하는 데 기여한다.

30년대의 한국 문학도 여기서 크게 벗어나지 않는다. 당대의 신흥문예에 속하는 모더니즘과 리얼리즘를 가르는 준거는 세계인식의 차이와 그것의 예술적 형상화 과정이 다르다는 것과 유관할 것이며 또한 모더니즘 안에서의 각기 다른 문학조류, 예컨대 초현실주의, 주지주의 등의 변별성도 거기에서 비롯된다. 요컨대 모더니즘이나 리얼리즘은 모두 결코 잃어 버려서는 안 되는 소중한 것들을 상실했다는 비판적 현실인식에서, 혹은 있어야 할 것과 있는 것의 균열을 지각하면서 출발한다. 정지용, 김기림, 이상의 시가 서로 이질적인 시 정신과 시 형식을 지닌 것도 이와 무관하지 않다. 그들은 예비적 징후 없이 급격하게 도래한 근대문명·자본주의·제국주의 앞에서 당황했으며, 그것에 어떻게 대응해야 하는가를 고민했고, 그것은 새로운 문학담당층이 감당해야 할 책무이기도 했다. 그 결과, 그들은 격변의 소용돌이 속에서 세계에 대한 인식의 지평을 확대시켰고, 나름의 대응을 시도한다.

시인이 지향한 문학적 세계와 그것의 미적 형성원리을 구명하는 방법은 다양다종하다. 시인의 시에 일관되게 나타나는 에피네트을 찾은 후에 그것들의 질서체계인 시대약호(period code)를 구명하는 것이나 동시대의 지배적 문학현상·질서 속에서 해당시인의 자리를 설정하여 당대 문학 흐름과의 연관성을 살피는 것도 이와 유관할 것이다. 그렇기 때문에 그것은 지금까지의 문학연구 방법으로 애용되어 왔다. 그리고 이러한 분석방법 결과의 하나로 정지용, 김기림, 이상 등을 모더니즘이라는 동시대의 지배적 문학정신으로 묶을 수 있었다. 그러나 잘 알려진 것처럼 그들의 시는 서로 이질적인 세계를 지향했고, 시 형성원리를 지녔다. 이 글은 그 이질성이 그들의 세계인식에서 비롯된다는 것을 밝히려는 글이다.

3. 세계의 거부와 융섭(融攝)

독특한 시세계를 지닌 시인의 시에서 시대약호을 찾고, 그것의 인식론적 배경을 구명하는 일은 비교적 그리 어려운 일이 아니다. 만해, 소월, 영랑 등이 그에 해당될 것이다. 그러나 다양한 시세계, 나아가 다양함을 넘어 상반되는 것으로까지 보이는 시세계를 보유한 시인에게서 그것을 찾는 일은 쉽지가 않다. 30년대의 시인 가운데 그러한 경우로 정지용을 꼽을 수 있다. 「카페 프란스」 등에 대한 "최초의 천재적인 모더니스트"[15]라는 찬사, 「장수산」「백록담」에서 보이는 "문장파의 동양고전적인 선비기질 및 그 감각"[16], 「불사조」로 대표되는 카톨릭시즘, 구체적인 작품을 남기지는 않았지만 그가 종내에 선택한 사회주의, 등의 사항들은 정지용의 문학적 초상을 그리는 데 숙고의 대상이 된다. 더욱이 모더니즘과 고전주의, 카톨릭시즘과 사회주의 등의 길항관계를 상기한다면 그 어려움은 혼란스럽기까지 하다.

정지용의 시적 세계관이 모더니즘이라는 데에는 논란의 여지가 없으며, 그것은 정지용 시에서 드러나는 언어의식과 이미지즘에 주목한 결과다.[17]

---

15) 김기림, 『시론』, 백양당, 1947, 76쪽.
16) 김윤식, 『한국근대문학사상사』, 한길사, 1984, 410쪽.
17) 한계전, 『한국현대시론연구』, 일지사, 1990, 154쪽. 오세영, 앞의 책, 142쪽. 이숭원,

그러나 현실세계에 대한 자각과 그에 대한 반응이라는 모더니즘의 또다른 관점에서 정지용은 완전히 자유롭지 못하다. 예컨대 그의 등단작 가운데 하나이면서 정지용 시의 모더니즘을 논의하는 자리에서 빈번하게 인용되는 「카페 프란스」는 동시대의 현실과 그에 대한 화자의 태도를 보여주는 시편이기도 하다.

옴겨다 심은 棕櫚나무 밑에
빗두루 슨 장명등,
카페뜨란스에 가쟈.

이놈은 루바쉬카
또 한 놈은 보헤미안 넥타이
뺏적 마른 놈이 압장을 섰다.

밤비는 뱀눈 처럼 가는데
페이브멘트에 흐늙이는 불빛
카페뜨란스에 가쟈.

이 놈의 머리는 빗두른 능금
또 한놈의 心臟은 벌레 먹은 薔薇
제비 처럼 젖은 놈이 뛰여 간다.

『오오 패롤(鸚鵡) 서방! 꾿 이브닝!』

『꾿 이브닝!』(이 친구 어떠하시오?』

「정지용의 시론」, 『한국현대시론사』, 모음사, 1992, 295~309쪽. 문덕수, 『한국모더니즘시연구』, 시문학사, 1992, 143쪽.

鬱金香 아가씨는 이밤에도
更紗 커-틴 밑에서 조시는구료!

나는 子爵의 아들도 아모것도 아니란다.
남달리 손이 히여서 슬프구나!

나는 나라도 집도 없단다
大理石 테이블에 닷는 내뺌이 슬프구나!

오오, 異國種 강아지야
내발을 빨어다오.
내발을 빨어다오.
                「카뻬뜨란스」(1926. 6), 전문[18]

1연과 2연에서 간결하게 묘사되고 있는 종려나무, 카페 프란스, 루바쉬카, 보헤미안 넥타이 등이 환기시키는 정서는 다분히 이국적 정취다. 아울러 화자와 그 일행을 '삐뚜른 능금'이나 '벌레 먹은 장미', '뱃적 마른 놈' 등의 이미지로 드러낸 것이나 불빛에 비치는 밤비를 '밤비는 뱀눈처럼 가는데'라고 한 것은 이미지스트인 정지용에게 있어 자연스러운 일에 속하며, 그것은 문학연구자들에게 많은 주목을 받는 대목으로, 정지용의 언어의식과 더불어 그의 시에 구현된 모더니즘의 한 단면이다.

여기서 경험적 자아인 화자는 그의 앞에 펼쳐진 현실이 근대의 낯선 풍경이면서 동시에 식민지로 전락한 조국의 모습이라는 점에서 종래에 볼 수 없었던 근대문명의 구체적 풍경을 호기심 어린 눈빛으로 바라보는 청

---

18) 정지용, 『정지용전집1 시』, 민음사, 1988, 15쪽. 앞으로 정지용의 시는 이 책에서 인용하며, 표기 맞춤법도 이 책의 체제를 따른다.

년이기도 하지만 나라를 잃어버린 식민지의 우국 청년이기도 하다. 그러나 화자가 나라를 잃은 채 자신의 조국을 강제로 지배하고 있는 일본의 도시 한복판에 서 있다는 것[19]을 감안하면 그곳에서의 근대 풍경은 화자에게 호기심의 대상이기보다는 오히려 상실과 그에 따른 자조의 정서를 환기시키는 대상이다. 2연의 '루바쉬카', '보헤미안 넥타이', '뼷적 마른 놈'에 각각 연결되는 '삐뚤른 능금', '벌레 먹은 장미', '제비 처럼 젖은 놈' 등이 지닌 이미지는 그러한 울분을 구체적 행동으로 이어가지 못한 도덕적 책무의 구체적 표현이다. 그런 점에서 화자의 세계에 대한 인식의 세목을 살피는 것이 필요하다.

　30년대에서 '자작(子爵)'은 국권상실의 산물이다. 일본은 한일합방에 공로가 있는 조선의 인사들에게 후작, 백작, 자작, 남작 등의 작위와 그에 따른 합방은사금을 지급하여 그들에게 귀족의 지위와 함께 불로소득의 소비생활을 보장해 주었다. 유종호는 여기서의 '자작'에 대하여 "이들 및 이들의 2세들이 현해탄 이쪽저쪽에서 유탕(遊蕩)생활에 탐닉하였고 특히 가난한 유학생들의 노여움을 샀으리라는 것은 짐작하고도 남음이 있다. '자작의 아들'이란 이런 조선난봉꾼들을 가리키며, 요즘 같으면 재벌의 아들 혹은 장군의 아들이라고 해야 할 것"[20]이라며 어느 시대나 존재하기 마련인 특권층으로 이해하고 있다. 그러나 바로 다음 행인 "남달리 손이 히여서 슬프구나!"와 연관시켜 읽을 필요가 있다. 흰손(白手)은 희다거나 깨끗하다는 의미보다는 '아무 일도 하지 못한다'는 의미에 가깝다. 그렇다면 '자작의 아들'과 '흰 손'은 특권계층과 특권을 지니지 못한 지식인의 계층적 대비에서 오는 이미지라기보다는 식민지 현실을 도래시킨 자와 그 부당한 현실 앞에서 아무런 힘도 발휘하지 못하는 무기력한 지식청년의 이

---

19) 유종호에 따르면 "이 작품의 무대가 일본이고 작품이 시인의 일본 경험에 기초하고 있는 것은 분명하다며"며 그 근거로 같은 시기에 정지용이 「鴨川」등 일본 교토를 무대로 삼은 시를 썼다는 점과 당시 교토에 〈프랑스〉란 이름의 카페가 있었다는 것을 꼽고 있다. (유종호, 『시란 무엇인가』, 민음사, 1995, 24쪽).
20) 유종호, 앞의 책, 26쪽.

미지로 치환되며[21], 화자의 내적 정서에 해당되는 '빗두른 능금', '벌레 먹은 장미', '제비처럼 젖은 놈' 등은 이러한 판단을 뒷받침한다.

부조리한 현실의 중심에서 그것의 흐름을 통어(統御)하지 못하고 그 변화를 고스란히 당해야 하는 화자의 태도는 부조리한 외부 현실을 강도 높게 비판하는 것이 아니라 그렇게 하지 못하는 자신 내부의 주체적 자아에 대하여 반성적 숙고를 요구하는 태도로, 자아 내면의 탄식에 속하며, 그것은 두 가지 점에서 주목을 요한다. 하나는 '탄식'이라는 정서를 드러내는 방식과 관련되고, 다른 하나는 그것이 내면지향적이라는 사실과 관련된다. 정지용 시의 다른 정서 환기도 마찬가지겠지만 특히 슬픔, 상실 등의 정서 환기는 "슬프구나"라는 토로의 방식이 아니라 "남을 슬프기 그지없는 정황으로 유도함에는 자기의 감격을 먼저 신중히 이동"[22] 시키는, 즉 자아와 세계의 거리확보를 통해 이루어진다. 다시말해 그의 시에서 경험적 자아의 태도는 정제와 절제를 거치지 않은 직정의 태도라기 보다는 "안으로 熱하고 겉으로 서늘옵기"[23] 의 모습이다. 그러나 여기서의 화자는 경험적 자아를 억제하거나 배제하지 못한 태도, 예컨대 "내 뺨이 슬프구나"에서처럼 슬픔을 슬프다는 탄식으로 직접 토로한다. 다시 말해 이 작품에서는 자아의 주관적 개입이 배제되기보다는 오히려 적극적이다. 이러한 태도는 정지용이 현실·역사가 아닌 시적 세계 앞에서 대상을 냉정히 바라보고 관찰하는 태도를 견지하며 대상과 일정한 거리를 유지하거나 자아와 대상을 구분하기 어려울 정도로 대상과 일체를 보이는 태도와는 대조를 이룬다. 아울러 그것은 세계 인식의 변화, 곧 사물과 자연을 세계로 받아들이는 징후이기도 하다.

---

21) '흰 손', 백수(白手)에 대한 이러한 이미지는 동시대의 김기진의 시에서도 발견된다. 가령, "카페依子에 걸터안저서 / 희고 힌팔을 뽐내여가며 / 우, 나로-드! 라고 떠들고 있는 / 육십년전의 노서아청년이 눈압헤잇다 너희들의 손이 너머도 희고나"(白手의 歎息, 김기진, 『개벽』, 1924. 6)등이 그것이다.

22) 정지용, 『정지용전집2-산문』, 민음사, 1988, 78쪽.

23) 정지용, 『정지용전집2-산문』, 민음사, 1988, 250쪽.

모더니즘의 세계관이 내면지향적이라는 점[24]에서 정지용의 내면적향적 태도도 주목을 요한다. 모더니즘이 내면지향적 특성을 가진다는 사실은 모더니즘의 세계 인식이 데카르트 철학의 제일원리인 코키토(cogito ergo sum)공식과 연관될 때 유효하다. 코키토 공식은 세계를 이해하는 방식과 그 존재론적 규정원리가 자아로 귀착한다는 것을 밝히는 전제로, 거기서 자아는 사유의 주체가 되며, 그때 자아 속에서의 사물은 '굴절현상'[25]이 제거된 상태로 존재한다. 말하자면 감각을 통해서 비치던 대부분의 속성들, 가령 색, 촉감, 냄새, 소리, 맛 등이 증발해 버리고 자아 내적 반성과 추론에 의해서만 존재하게 된다. 이같은 코키토 공식에서의 사유는 자아의 이성적 인식이며, 그것은 굴절현상이 나타나기 이전 원래 사물의 모습을 밝히는 것으로 모더니즘의 세계인식의 토대가 된다.

그런 점에서 「카페 프란스」와 같이 현실 역사를 세계로 다루고 있는 정지용 시의 내면지향은 그것이 자아와 세계와의 대립 속에서 비롯된 것이라고 해도, 현실을 인정하고 비판함으로써 자아와 세계와의 새로운 관계를 설정하기 위한 것이라기보다는 세계에 대한 나약한 탄식에 머무르고 있다는 점에서, 세계의 실체에 주목하기보다는 그것의 표면현상과 표현에만 관심이 쏠려 있다는 점에서 모더니즘의 내면지향적 성향과는 거리가 있다.

30년대의 시인에게 있어 아무런 준비 없이 맞닥드린 근대문명과 식민지 체제라는 세계는 벗어날 수 없는 질곡(桎梏)이며, 동시대의 시인들은 여기

24) 김준오, 「한국모더니즘 시론의 사적 개관」, 『현대시사상』 1991. 가을, 113쪽. 김명렬, 「모더니즘의 양면성」, 『세계의 문학』 1992. 가을, 민음사, 31쪽. 김욱동, 『모더니즘과 포스트모더니즘』, 현암사, 1993, 68~76쪽, 백낙청, 「모더니즘 논의에 덧붙여」, 『민족문학과 세계문학』, 창작과 비평사, 1985, 461쪽. 전홍실, 『영미모더니스트시학』, 한신문화사, 1990, 22~23쪽.

25) 굴절현상은 사물의 자극이 감각기관을 통과할 때 일어나는 순수 주관적 현상이다. 가령 고통이라든가 간지러움 같은 성질은 바늘 끝이나 깃털에 속하는 본질적인 성질이 아니라 감각기관에서만 일어나는 바늘이나 깃털의 '굴절현상'이다. (김상환, 「모더니즘의 책과 저자」, 『세계의 문학』 1993. 가을, 209쪽)

서 선택과 배제의 원리를 강요당한다. 예컨대 "경직되고 조잡한 현실인식을 서두르거나, 그렇지 않으면 협소한 내면의식에서 자기방어를 하는 데 치우쳐 현실과 시가 서로 배척할 수밖에 없다고 하는"[26] 경우로, 『가프시인집』(1931)과 『시문학』(1930)을 두 극단의 좋은 본보기로 꼽을 수 있을 것이다. 그러나 현실인식·역사인식과 심미성은 서로 배제되는 관계가 아니다. 현실의식으로 치달으려는 태도와 심미성을 고집하려는 태도 사이에 형성되는 탄력이 강하면 강할수록 시는 긴장미를 갖추게 된다. 30년대의 모더니즘이 미흡했다는 지적은 이와 관련되어야 할 것이며, 정지용도 거기서 완전히 자유롭지 못하다. 「카페 프란스」와 함께 발표된 10편의 시 가운데 동시를 제외한 「슬픈 인상화」, 「파충류동물」 등의 시편에서도 정지용의 세계인식과 그 대응은 「카페 프란스」의 경우와 크게 다르지 않다는 점과 관련되어서다.

정지용이 지각한 세계로서의 구체적 현실은 그에게 시의 질료로서는 부적합한 것이었는지 모른다. 모더니즘이 지향하는 현실·역사성과 심미성 가운데 정지용이 심미성에 치우친 시인이라는 사실을 상기하면 그의 시선이 사물로 옮겨 간 것은 어쩌면 자연스런 일에 속한다. 인공이 배제된 사물 특히 자연물에 대한 그의 관심은 지대하였고, 그것을 세계로 받아들이면서 정지용은 다양한 미적 실험, 예컨대 이미지즘(imagism)과 보티시즘(vorticism)의 구사, 3음보의 전통율격의 파괴 등을 감행하여 새로운 현대시 형성 원리에 소중한 자산을 보태기도 한다. 다음의 시는 사물·자연을 세계로 받아들인 많은 시편 가운데 하나다.

5.

바야흐로 海拔六千尺우에서 마소가 사람을 대수롭게 아니녀기고 산다. 말이 말끼리 소가 소끼리, 망아지가 어미소를 송아지가 어미말을 따르다가 이내 헤여진다.

---

26) 조동일, 『한국문학통사5』, 지식산업사, 1994, 408쪽.

6.

첫새끼를 낳노라고 암소가 몹시 혼이 났다. 얼결에 山길 百里를 돌아 西歸
浦로 달어났다. 물도 마르기 전에 어미소를 여힌 송아지는 움매 ─움매 ─ 울었
다. 말을 보고도 登山客을 보고도 마고 매여달렸다. 우리 새끼들도 毛色이 다
른 어미한틔 맡길것을 나는 울었다.

7.

風蘭이 풍기는 香氣, 꾀꼬리 서로 부르는 소리, 濟州회파람새 회파람 부는
소리, 돌에 물이 따로 굴으는 소리, 먼 데서 바다가 구길 때 쏴─쏴─솔소리,
물푸레 동백 떡갈나무속에서 나는 길을 잘못 들었다가 다시 측넌출 긔여간 흰
돌바기 고부랑길로 나섰다. 문득 마조친 아롱점말이 避하지 않는다.

8.

고비 고사리 더덕순 도라지꽃 취 삭갓나물 대풀 石茸 별과 같은 방울을 달
은 高山植物을 색이며 醉하며 자며 한다. 白鹿潭 조찰한 물을 그리여 山脈우
에서 짓는 行列이 구름보다 壯嚴하다. 소나기 놋낫 맞으며 무지개에 말리우며
궁둥이에 꽃물 익여 붙인채로 살이 붓는다.

「白鹿潭」(1939. 4), 부분

"물도 마르기 전에 어미소를 잃은 송아지", "우리 새끼들도 모색이 다
른 어미한틔 맡길 것을 나는 울었다" 등의 구절에서 군이 식민지 현실을
읽어낼 수도 있고, "한라산 등반 기록이면서 동시에 정신적인 상승에 대
한 상징을 내포하고 있다"[27]는 점에서 원형상징을 찾아낼 수도 있겠지만
그보다는 서정시의 장르적 특성으로 꼽는 자아와 세계의 동일성 추구, 구
체적으로는 투사(投射, projection)를 보여주는 시에 가깝다.

투사에 의한 동일성의 획득은 자신을 세계에 투사하는 것, 곧 감정이입
에 의해서 자아와 세계가 일체감을 이루도록 하는 것을 일컫는 것으로, 이
작품에서는 자아와 세계뿐만 아니라 세계의 형성소들의 관계에서도 동일

―――――――――――
27) 김우창, 『궁핍한 시대의 시인』, 민음사, 1977, 52쪽.

성을 꾀하는 것을 목격할 수 있다. "말이 말끼리 소가 소끼리, 망아지가 어미소를 송아지가 어미말을 따르다가"에서는 동물들이 어울려 살아가는 모습을, "고비 고사리 더덕순 도라지꽃 취 삭갓나물 대풀 석이(石茸) 별과 같은 방울을 달은 고산식물(高山植物)을 색이며 취(醉)하며 자며 한다."에서는 식물들의 그것을 담아내고 있다. 말하자면 인간과 자연, 곧 세계가 하나인 풍경을 보여준다. 그러나 이 작품이 자아와 세계의 동일성을 유지하지만 세계를 이루는 사물 하나하나에는 화자의 어떤 감정 사상도 침투하고 있지 않다. 그것은 세계를 세계 그대로 세밀히 관찰하고, 그 세계에 매료되어 화자가 세계로 다가간 것이지 세계가 화자의 내부로 들어오지 않고 있음을 의미한다.

앞에서 새로운 문학담당층의 형성과 그들의 세계인식의 지평확대, 곧 종래의 자연에서 벗어나 부조리한 현실세계로의 전환을 지적을 한 바 있다. 그러나 이 작품의 경우 사물을 현미경으로 들여다본 듯한 묘사와 언어의 섬세한 구사, 3음보 율격으로부터의 이탈, 리듬·의미·이미지 등의 단위로 구조화되는 행·연의 구분 등 모더니즘의 시 형성원리를 보여주지만 그 시적 세계관, 세계인식에서는 전 시대 문학담당층들의 그것으로 회귀했다는 느낌을 떨쳐내기가 어렵다. 이러한 태도 변화는 정지용 한 사람에게 국한되는 것이 아니라는 사실은 동시대의 『문장』지를 통하여 확인할 수 있다. 이 글의 성격상 그것에 대한 상세한 논의는 다음으로 미루어지겠지만 그것은 문학정신의 일반적인 사적전개 양상에서 벗어나지 않는 현상 가운데 하나다.[28]

요컨대 정지용의 시가 분명히 모더니즘의 영향권내에 속하지만 시에 드러난 세계인식은 '근대'와 거리를 두고 있다. 그것은 근대의 실체에 접근

---

28) 허버트리드의 견해에 따르면 문학사는 전통지향적인 것과 외래지향적인(반전통지향적) 것의 끊임없는 대립과 갈등 그리고 그 종합과 지양을 모색하는 과정으로 일관되어 왔다는 것이다. (Herbert Read, 〈Organic Form and Abstract Form〉, *Collected Essays in Literary Criticism*, London, Faber and Faber, 1953. 오세영, 「근대시 형성과 그 시론」, 『한국현대시론사』, 모음사, 1992, 27쪽. 재인용).

하지 못하고, 근대를 자각하려는 노력 없이 그것의 '현상'과 '표현'에만 주의를 기울이다 결국 전시대 문학담당층이 즐겨 다룬 세계로 복귀한 사실과 관련되어서다. 그런 점에서 끝까지 모더니즘의 세계인식을 유지하고 있는 김기림의 경우는 그 성숙도와 관련 없이 주목을 요한다.

3. 자아와 세계의 균열

김기림은 당대가 겪고 있던 격변의 소용돌이를 간파하고 그 변화 속에서 시와 시인의 사회적 역할에 지대한 관심을 보인 시인으로, 그 관심의 단초는 그의 최초의 시론이라고 할 수 있는 「시인과 시의 개념-근본적 의혹에 대하여」[29]에서 드러난다. 시와 시인의 사회적 기능을 스스로 문학의 '근본적 의혹'이라고 여긴 그는 "그리하여 시인의 사회적 위치의 근거는 어떠한가. 먼저 시인이라는 특정한 부류의 사람은 존재할 것인가. 그들이 작용하는 사회적 기능은 어떠한가. 그리고「시」라고 하는 개념의 내포는 무엇인가. 그 사회적 기능은 무엇인가. 지금까지 우리가 시인과 시에 대하여 품고 있던 관념은 정당한 것인가, 아닌가."라는 질문의 방식을 통하여 시가 관념의 부산물이 아니라 "생활의 배설물"임을, 시인은 생활 속에서 발견한 생활의 세목과 그것에 내재된 "시대정신"을 독자에게 전달하는 자라고 역설한다. 마치 하이데거의 휠더린론인 「시인의 사명은 무엇인가」를 연상시키는 제목의 이 글에서 김기림은 시인에게 세계에 대한 통찰을 요구하고, 시는 그것을 담아내야 한다고 주장한다.

그가 「시인과 시의 개념」에서 막연하게 말하고 있는 "시대정신"은 시인의 세계인식을 일컫는 것으로 짐작되며, 그의 경우 4권의 시집 제목으로도 짐작할 수 있듯이 몇 번의 변화를 보인다. 김기림의 초기 시에 보이는 세계인식과 그에 대한 태도는 그가 속한 〈구인회〉의 다른 구성원들에게서도 찾을 수 있는 정신풍경으로, 근대문명에 대한 호기심과 기대이다. 그

---

29)『조선일보』 1930. 7. 24.

것은 정지용이 예고 없이 도래한 근대의 낯선 풍경 앞에서 호기심어린 눈
빛으로 그것을 바라보는 모습과도 같은 것이다. 예컨대 다음의 시편이 그
러한 경우에 속한다.

　　　모래와 함께 새여버린
　　　너의 幸福의 조악돌을 집으러 가자.
　　　바다의 人魚와 같이 나는
　　　푸른 하눌이 마시고 싶다.

　　　「페이브멘트」를 따리는 수없는 구두소리.
　　　眞珠와 나의 귀는 우리들의 꿈의 陸地에 부대치는
　　　물결의 속삭임에 기우려진다.
　　　오─어린 바다여. 나는 네게로 날어가는 날개를 기르고 있다.
　　　　　　　　　　　「꿈꾸는 眞珠여 바다로 가자」(1931. 1), 부분[30]

　"모래와 함께 새여버린 / 너의 행복(幸福)의 조악돌"과 "하눌이 마시고
싶다"를 통하여 전시대가 보여준 관념의 바다가 아니라 구체적으로 감각
화된 바다를 보여준다는 점에서, 파도소리를 "「페이브멘트」를 따리는 수
없는 구두소리"라는 생소한 이미지로 드러내고 있다는 점에서 이미지즘을
지적할 수 있겠지만 그보다는 '바다'에 주목을 요하는 시편이다.
　한 시인의 시에서 특정의 시어가 유난히 자주 등장한다는 것은 시인이
그 시어에 부여한 의미가 예사롭지 않다는 것을 의미한다. 김기림 시의 경
우 '바다'가 거기에 해당된다. 특히 그의 첫시집인 『태양의 풍속』에는 위
의 작품 이외에도 「해상」「해도에 대하야」「조수」「기원」「밤항구」
「파선」「동해」「동해수」「물」「바다의 아츰」「풍속」「해수욕장」「섬」
「해수욕장의 석양」「항해」등 바다와 직접 연관되는 제목의 시편들이 두

─────────────

30) 김기림, 『김기림전집1─시』, 심설당, 1988, 34~35쪽. 앞으로 김기림의 시는 이 책
　　에서 인용하며, 표기 맞춤법도 이 책의 체제를 따른다.

드러진다. 특히 첫시집 이후의 시집인 『기상도』(1936. 7)『바다와 나비』
(1946. 4)『새노래』(1948. 4) 등에서는 『태양의 풍속』만큼 빈번하지 않다
는 사실을 감안하면 바다는 청년기의 그에게 각별한 의미를 지닌 것으로
짐작된다.

　20세기 이전의 우리 시에서 바다는 희귀할 만큼 찾기 힘들다. 설령 있다
해도 그것은 만경창파라는 관념에서 멀리 떨어져 있지 않다. 그러나 여기
서의 바다는 만경창파의 바다가 아니다. 근대 이후, 구체적으로는 모더니
즘 이후 바다는 새로운 시적 대상으로 다루어지는데 그것은 "하나의 구체
적 사물로서의 감각적 대상이 되기도 하고, 원형적 이미지로서 세계"[31]이
면서 동시에 "미지의 세계", 혹은 "새로운 세계로 떠나는 출발지"[32]라는
함의를 지닌다. 이 시에서의 바다도 그와 무관하지 않다. 전통적 가치체계
의 지배를 받는 폐쇄된 사회에서 벗어나 낯선 근대문명을 바다 건너에서
목격하고 체험한 김기림에게 바다는 새로운 세계로 떠나는 출발지라는 인
상을 주기에 충분했을 것이다. 정지용의 초기 시를 담고 있는 『정지용시
집』(1935. 8)에서 바다를 다룬 시편이 20여 편이나 된다는 사실도 이와 관
련된 참조사항이 될 수 있다.

　동시대인들에게 바다를 건너는 일은 새로운 것을 획득하기 위하여 반드시
거쳐야 되는 통과제의며, 김기림의 시에 바다가 등장하면 대부분 '항해'의
이미지로 이어지는 것도 이와 관련이 있을 것이다. 그런 점에서 이 시의
경험적 화자가 항해에 대하여 지니고 있는 욕망의 정체는 새로운 세계에
대한 기대, 예컨대 '행복의 조악돌'과 '푸른 하늘' 등에 대한 기대이다. 아
울러 부차적인 것이 되겠지만 그 기대는 화자만의 것이 아닌 동시대인 모
두의 것으로 확대시킬 수 있을 것이다. 이 시의 서술어가 청유형이라는 사
실과 관련되어서다. 그러나 김기림은 그의 체험을 통하여 '바다'의 실체를
확인하게 된다. 다음의 시는 그것을 보여준다.

---

31) 유종호, 앞의 책, 203~204쪽.
32) 문덕수, 『한국모더니즘시연구』, 시문학사, 1992, 171쪽.

아모도 그에게 水深을 일러 준 일이 없기에
흰 나비는 도모지 바다가 무섭지 않다.

靑무우밭인가 해서 나려 갔다가는
어린 날개가 물결에 저러서
公主처럼 지처서 도라온다.

三月달 바다가 꽃이 피지 않어서 서거푼
나비 허리에 새파란 초생달이 시리다.

「바다와 나비」(1939. 4), 전문

　김기림의 세번째 시집제목이기도 한 이 시는 파란 색을 매개로 삼은 바다와 청무우밭의 이질적인 이미지 결합에 주목을 요하는 시이기도 하지만 그의 시세계에서 바다에 대한 태도의 전환, 곧 세계에 대한 인식의 변화를 확인시켜 주는 시다.

　여기서의 바다를 스펜더의 「바다의 풍경」과 연관지어 죽음으로 이해한 지적도 있지만[33] 죽음의 이미지라기보다는 현실, 세계의 표상에 가깝다. "아모도 그에게 水深을 일러준 일이 없는" 바다는 종래의 바다 인식에 경험적 화자의 체험과 그에 따른 반성적 숙고가 가해진 뒤의 바다다. 다시말해 그 실체를 확인하기 이전의 바다는 「꿈꾸는 진주여 바다로 가자」에서처럼 막연한 호기심과 기대의 대상이지 두려움의 대상은 아니다. 그러나 「바다와 나비」에서의 바다는 더이상 호기심의 대상이 아니며, 더욱이 새로운 세계의 도래를 꿈꾸며 기대에 찬 시선으로 응시하던 바다가 이미 아니다. 생존을 갈망하는 나비에게 멀리서 바라본 청색의 바다는 자신의 생존에 필요한 청무우밭의 모습이지만 가까이 다가가 확인한 그것은 기대와

─────────────

33) 문덕수, 앞의 책, 209쪽. 김용직, 『한국근대문학논고』, 서울대출판부, 1985, 175~176쪽.

는 달리 생존의 터전이라기보다는 그 장애가 되는 바다이다. 아울러 허약하고 가냘픈 이미지를 수반하는 나비와 그것의 치환으로서의 공주는 바다의 실체를 파악한 김기림 자신이라고 해도 무방하다.[34] 다시말해 「꿈꾸는 진주여 바다로 가자」에서 보인 세계인식이 세계의 본질보다는 허상에 매료된 모습이라면 여기서는 세계 앞에서 허약하기 이를 데 없는 모습이다.

이미 김기림은 그의 두번째 시집 『기상도』를 통하여 피상적이고 관념적인 입장이긴 하지만 급격하게 도래한 훼손된 근대와 그것이 지향하는 문명을 비판하려는 시도를 보여준 바 있다. 모더니즘의 시형식과 시정신이 현실을 이루는 여러 가지 요소, 예컨대 물질 중시·자본주의·제국주의·탈인간주의 등에 대한 비판에서 출발한다고 믿은 김기림에게 그것은 어쩌면 자연스런 일에 속한다. 이 시에서의 세계에 대한 화자의 태도는 그러한 자세의 연장선이다. 잘알려진 사실이지만 비판이나 풍자는 지성의 몫이다. 그것은 경험적 자아의 적극적인 의지를 전제로 삼는 현실가공 방법 가운데 하나로 「기상도」에서 보여준 문명비판은 이러한 사고의 토대에서 출발한 것이며, 『바다와 나비』에 수록된 바다와 관련된 시편들은 그러한 비판의 성숙이다. 성숙이라는 판단은 이 시의 화자가 『태양의 풍속』에서 빈번하게 보이던 현상적 화자가 아닌 함축적 화자라는 점, 다시말해 대상과의 거리를 유지하고 그것을 객관적으로 바라보고 있다는 점과도 관련되지만 세계의 실체를 부분적으로나마 파악하고 있다는 것과 더욱 유관하다. 또한 그것은 당대의 모더니즘이 이미지즘으로 경도되어 이미지즘과 등가의 관계로 인식되거나 언어구사의 세련으로만 초점이 맞추어지는 것에 대한 자각과도 연관된다. 「바다와 나비」와 같은 시기에 발표된 「모더니즘의 역사적 위치」에서 김기림은 당대의 모더니즘이 세계의 실체와는 무관하게 그것의 표현에만 집중되고 있다는, 다시말해 언어의 말초화 현상이 두드러지고 있다는 비판을 가한 사실은 이러한 판단을 뒷받침한다.

---

34) 나비를 이상으로, 바다를 현해탄으로 받아들인 김윤식의 견해도 같은 맥락으로 이해할 수 있다. (김윤식, 『한국현대문학사상사론』, 일지사, 1992, 93쪽.)

『바다와 나비』이후에 그가 문학외적 현실에까지 관심을 갖는 것은 세계인식의 변화에서 비롯된다. 그 관심의 심층에는 근대의 파행성을 식민지 상황과 연관짓고 그것으로부터 벗어나려는 의식이 내재되어 있고, 그 태도는 김기림이「시인과 시의 근본개념」에서 밝히고 있는 것처럼 시가 생활의 배설물이고, 시인은 시대정신을 독자에게 전달하는 사람이라는 인식 위에서 가능하다. 시대정신을 대변하는 시인은 동시대가 지향하는 바를 이루기 위해 그가 속한 공동체의 관심사에 적극적으로 뛰어들어야 하고, 그 안에서 터득한 것을 매개로 독자와 교감을 가져야한다는 그의 주장은 여기서 설득력을 가진다. 그러나 그가 말하는 교감은 독자와의 의사소통이고, 그것이 효과적으로 실현되기 위해서는 그것을 담는 그릇 곧 미학적 장치도 새것이 되어야 한다는 점에서 카프, 리얼리즘의 논리와는 구분된다.

정지용이 자신에게 포착되는 여러 가지의 세계에 관심을 지니고 그것을 하나하나 거쳤다면 김기림은 구체적 현실이라는 하나의 세계에 천착하여 그것에 대한 인식의 전환과 그에 따른 자신의 태도를 보인다. 반면에 이상은 정지용이나 김기림이 관심을 가졌던 현상적 세계를 자신의 내면에 재구한 다음, 거기서 자아와 세계의 각각에 주목하고 그것들의 관계에 집요한 관심을 가진 시인이다.

4. 자아와 세계의 재구(再構)

자아와 세계와의 관계는 현실을 이루는 기존 질서가 붕괴됨으로써 주목의 대상이 된다. 앞에서의 지적처럼 1910년대부터 1930년대까지의 이른바 '신흥문예'로 통칭되던 문학적 세계관도 결국은 자아의 세계인식에서 비롯되며, 그것에 대한 차이로 인하여 모더니즘과 리얼리즘이라는 서로 다른 문학적 축으로까지 발전된다. 여기서 종래에 지녔던 질서체계가 붕괴되었다는 것은 자아와 세계가 분열되었다는 것을 의미한다. 그 분열 혹은 균열의 직접적 동인으로 자아를 설정하고, 자아에 관심을 쏟음으로써 그 균열을 메우려는 문학적 태도가 모더니즘의 태도라고 할 수 있다. 흔히 모더니즘을 일컬어 내면지향적이라거나 현실을 외면하고 있다는 단정을 내리는 경우는 이와 관련된다. 요컨대 모더니즘은 외적 경험보다는 내적 경험에, 집단의식보다는 개인의식에 더 많은 관심을 기울인다. 현상세계와 인간의 자아 사이에 존재하는 유기적인 상호관련성을 인정하는 앞시대의 작가들과는 달리 모더니즘의 작가들은 가치와 진리가 오직 자아에서 출발한다는 신념 아래 당대 사회현실의 객관적 묘사보다는 주관적 내면세계와 내적 경험을 드러내는 데 일차적 관심을 둔다.[35]

모더니즘이 주관적 내면세계와 내적 경험에 보이는 관심은 대체로 두 가지의 양상을 보인다. 하나는 자아와 외부세계와의 완전한 단절로, 다다이즘이나 초현실주의로 형상화된다. 이것은 현실에 대한 부정에서 출발하여 자아의 내부로만 침잠한 형태이다. 또 하나의 양상은 현실을 인정하고 비판함으로써 자아와 외부세계가 긴장관계를 유지하는 경우로, 자신의 내면세계에 주목하지만 그것은 내면세계로의 도피가 아니라 궁극적으로는 외부세계의 개혁을 위한 방법으로 삼는 경우다.[36] 여기서 부조리한 외부세계를 거부하고 자신의 내면세계에 몰두한 시인으로 이상을 꼽을 수 있다. 어쩌면 그는 자신의 내면에 몰두했다기보다는 자신이 체험한 외부세계를 고스란히 내면으로 옮겨놓은 것인지도 모른다. 다만 그의 시아에 포착된

35) 서구 문학의 경우 모더니스트들의 관심이 인간의 내면으로 쏠리게 되는 구체적인 계기는 자본주의의 정착과 제1차 세계대전이었다. 산업혁명 이후의 사회구조는, 마르크스의 지적처럼, 인간이 지닌 모든 가치의 기준을 교환가치로 획일화시키는 방향으로 전개되었고, 그것은 필연적으로 주체의 소외(the alienation of the subject)를 불러오고, 나아가 인간을 사물화하여 결국엔 주체의 파편화(the fragmentation of the subject)의 과정을 걷게 하였다. 그 결과 인간은 각자 고립된 상태에서 자신의 문제와 자신과 멀어져 가는 사회를 심각하게 되짚어 보게 된다. 그 되짚어 보는 방법의 하나로 우선 자신의 내부를 들여다 보는 방식을 취한다.
(Frank Kermode, Continuities, New York, Random House, 1968, pp. 23~24. Marshall Berman, All That Is Solid Melts into Air : The Experience of Modernity, 윤호병 이만식 역, 현대미학사, 1994, 435쪽. 백낙청, 『민족문학과 세계문학』, 창작과 비평사, 1985, 463~464쪽)
36) 이종대, 『김수영시의 모더니즘연구』, 동국대대학원, 1993, 96~120쪽 참조.

세계의 다양한 실체에 선택과 거부의 원리를 적용시키거나 그것에 나름의
가공방법을 구사한 것 뿐이다. 다음의 시는 그것을 보여주는 시편이다.

> 거울속에는소리가없소
> 저렇게까지조용한세상은참없을것이오
>
> 거울속에도내게귀가있소
> 내말을못알아듣는딱한귀가두개나있소
>
> 거울속의나는왼손잡이오
> 내握手를받을줄모르는―握手를모르는왼손잡이오
>
> 거울때문에나는거울속의나를만져보지를못하는구료마는
> 거울아니었던들내가어찌거울속의나를만나보기만이라도했겠소
>
> 나는至今거울을가졌소마는거울속에는늘거울속의내가있소
> 잘은모르지만외로된事業에골몰할께요
>
> 거울속의나는참나와는反對요마는
> 또꽤닮았소
> 나는거울속의나를근심하고診察할수없으니퍽섭섭하오
>   「거울」(1933. 10), 전문[37]

종래의 시 형성원리와 미학을 거부하여 난해한 시인으로 알려진 이상이
지만 이 작품은 띄어쓰기를 지키지 않았다는 점을 제외하면 동시대의 시
적 관습에서 이탈된 시라고 하기 어렵다. 오히려 이미지 단위로 행과 연을
구분한 점이나 자아와 세계에 대한 반성적 숙고를 보여준다는 점에서 모

---

37) 이 상, 『이상문학전집1』, 이승훈 편, 문학사상사, 1989, 187쪽. 앞으로 이상의 시는
이 책에서 인용하며, 표기 맞춤법도 이 책의 체제를 따른다.

더니스트 이상의 시적 세계관을 선명하게 보여주는 시편이다.

잘 알려진 것처럼 '거울'은 이상 시의 기본 모티프에 속하지만[38] 그가 거울을 제목으로 내세워 정면으로 다룬 시는 「거울」(1933. 10)과 「明鏡」(1936. 5)뿐이다. 일상적 의미와 존재론적 의미의 대응을 거울에서 찾고 있는 「詩第八號」(1934. 7)나 "나는거울없는室內에있다"로 시작되는 「詩第十五號」(1934. 8) 등의 시에서도 거울이 지배소임에는 틀림이 없으나 한쪽으로 비껴서 있는 반면에 「거울」은 사물 그 자체에 주목한 시다.

거울은 객관적으로 자신의 모습을 확인할 수 있는 도구다. 굳이 외국의 신화를 상기하지 않더라도 그것은 자신의 모습를 객관적으로 확인시켜줌으로써 자신의 모습에 대하여 호기심을 지닌 사람들에게 조금의 가감도 없이 그것을 보여 주어 자신에 대한 자부심이나 실망을 유발시키는 도구임에 틀림없다. 더욱이 거울은 거짓말을 하지 않는다는 묵시적 동의를 얻고 있기 때문에 자신의 모습을 보려는 사람이 거울을 찾는 것은 당연한 일에 속하고, 그들은 그곳에 비친 자신의 모습을 믿을 수밖에 없다. 그러나 '거울 앞의 나'와 '거울 속의 나'가 일치하지 않는다는 사실, 더욱이 거울 앞의 나와는 반대의 모습과 행동을 한다는 것을 깨달았을 때 거울 앞에 선 화자는 혼돈에 빠지게 된다. 그것은 있어야 할 것과 있는 것의 균열을 지각했을 때의 충격과도 같다. 이 시는 거기서 출발한다. 다만 그 균열을 지각했을 때의 충격에서 벗어나 그러한 현상에 대한 세밀한 관찰 결과를 감정의 가감 없이 보여주고 있을 뿐이다. 다시 말해 자아와 세계로 치환될 수 있는 '거울 앞의 나'와 '거울 속의 나'의 이질적인 속성을 밝히는 데 그 관심이 쏠려 있다.

거울이 대상을 객관화시키는 도구임에는 틀림이 없지만 한편으로 그것은 굴절현상을 유발시키는 대표적인 도구이기도 하다. 화자가 보려는 자아는 굴절현상을 거쳐 그 모습이 전혀 다른 형태가 돼버린 거울 속의 모습이 아니라 그것의 실체다. "거울때문에나는거울속의나를만져보지를못하는

---

38) 이 상, 『이상시전집1』, 이승훈 편, 문학사상사, 1989, 187쪽,

구료마는 / 거울아니었던들내가어찌거울속의나를만나보기만이라도 했겠소"에서 알 수 있듯이 거울은 그것을 방해하는 장애물이면서 동시에 자아를 확인하고 싶은 욕망을 유발시키는 단초로도 작용한다. 그 결과 화자는 세계 앞에 선 자신과 그 세계 속의 자신이 일치하지 않는다는 데서 비롯되는 절망을 감지하지만 그것은 말 그대로 '감지'일 뿐이지 분노라든가 절규의 모습이 아니다. 다시 말해 이 시의 현상적 화자인 '나'는 함축적 화자인 내부의 '나'에게 거울로 인하여 생긴 두 개의 자아에 대하여 가치판단을 요구하거나 어느 것을 지향하는 태도를 보여주는 것이 아니라 그 균열현상의 지각을 요구하는 태도다. 「거울」에서의 거울이 자아와 대립되는 현실 세계라면 다음의 시에서 거울은 지나간 시대의 정신 풍경이라고 할 수 있다.

여기 한 페―지거울이 있으니
잊은 季節에서는
엎은 머리가 瀑布처럼 내리우고

　　……(중략)……

거울이 책장 같으면 한장 넘겨서
맞섰던 계절을 만나련만

여기 있는 한 페―지
거울은 페―지의 그냥 표지―

　　　　　　　　　　　「明鏡」(1936. 5), 부분

「거울」과 더불어 이상 시의 기본 모티프인 거울을 제목으로 삼아 그것을 정면으로 다룬 시다. 「거울」에서의 거울이 부조리한 당대 현실이라면 여기서의 거울은 지나간 과거의 정신 풍경이다. "엎은 머리"가 '단정하게 빗어 올린 머리'라는 점, 그리고 그것이 존재하는 공간이 "잊은 계절"이라는 점에서 그렇다. 더욱이 거울로 비유된 "책이 도서관, 박물관 같이 과

거의 지식 문화 등의 집적물로서 전통을 표상한다"[39]는 점을 상기하면
더욱 그렇다. 그러므로 책 속에 단아하게 정리된 과거가 이제는 더이상 현
실 속에서 어떠한 영향력도 발휘하지 못한다는 판단은 과거의 질서 곧 전
통에 대한 그의 태도를 보여주는 것이기도 하다. 오랜 동안 세계를 유지시
키고 그것의 흐름을 통어하던, 그래서 전통으로 불리우는 과거의 지식들이
급격하게 도래한 격변의 소용돌이 속에서는 아무런 쓸모가 없다는 것을
자각한 새로운 문학담당층의 대표적 인물인 이상이지만 그가 목격한 현실
은 어느 쪽으로도 피할 수 없는 암담한 것이었다는 점에서 이상은 과거의
사유체계를 만나고 싶었는지도 모른다. 그러나 그것은 거울의 건너편에 존
재할 뿐이다. 그러면 이상이 목격한 현실은 어떠한 모습이기에 그는 그토
록 거기서 벗어나고 싶어했고, 전통은 쓸모없는 것이 되고 마는가. 다음의
시는 그것을 보여준다.

  내 키는 커서 다리는 길고 왼다리 아프고 안해 키는 작아서 다리는 짧고 바
른 다리가 아프니 내 바른 다리와 안해 왼다리와 성한 다리끼리 한 사람처럼
걸어가면 아아 이 夫婦는 부축할 수 없는 절음발이가 되어 버린다 無事한 世
上이 病院이고 꼭 治療를 기다리는 無病이 끝끝내 있다 (띄어쓰기 필자)
                                     「紙碑」(1935. 9. 15), 전문

  '안해' 역시 이상 시의 기본 모티프로, 그의 시에서 화자가 주체적 자아
라면 안해는 객체적 자아이면서 세계를 표상한다. 이상 작품에서 대부분
그렇듯이 여기서도 화자는 안해를 세밀히 관찰하고 그와 조화를 꾀하려는
태도를 보인다. 그러나 키가 크고 작다는 어쩔 수 없는 사실, 더욱이 상처
받아 훼손된 다리마저도 서로 반대라는 현실을 상기하면 그들의 조화는
원천적으로 봉쇄되어 있음을 짐작할 수 있다. 아내라고 부를 수 있는 사람
은 자기가 아내라고 부르는 사람에 대하여 누구보다도 잘 안다는 것은 상
식에 속한다. 그러나 이상 시에서 아내는 화자가 가장 이해할 수 없는 존

---

39) 이종대, 앞의 논문, 44~45쪽.

재, 화자와 대립하고 갈등을 불러일으키는 존재다. 화자가 자신이 목격한 세계를 아내로 치환시킨 것은 그러한 역설의 효과를 고려한 것으로 보인다.

화자의 세계인식과 동시대인들이 지니고 있는 그것과 차이가 있다는 화자의 고백 속에서 그러한 부조화의 원인을 찾을 수 있다. 부조화 혹은 균열을 깨달아야 그것의 수정을 요구하거나 벗어나기 위하여 애쓸텐데 불행히도 이상의 눈에 비친 동시대인들의 세계인식은 그렇지 못했던 것 같다. "무사한 세상이 병원이고 꼭 치료를 기다리는 무병이 끝끝내 있다"는 역설이 이러한 판단을 뒷받침한다. 동시대인들이 알고 있었던 세계는 무사한 개인과 사회이며, 이상이 알고 있는 세계는 병든 사회와 개인이기 때문이다. 그의 시에서 병원, 진료, 해부, 진찰 등의 시어를 쉽게 발견할 수 있는 것도 이와 유관할 것이다.

동시대의 문학담당층들이 낯선 근대문명에 거는 기대를 이상은 애초부터 갖고 있지 않았다. 그가 파행의 현실을 누구보다도 먼저 체험했으면서도 그것에 대한 조금의 호기심이나 기대를 갖고 있지 않았다는 사실은 그 세계의 실체를 이미 알았기 때문이라고 짐작할 수도 있다. 그에 따라 이상은 일상의 언어질서도 거부한다. 다시 말해 일상적 의미가 사상된 순수기호를 비정합적으로 결합시키거나 추상화시켜 운용하는 등 세계인식을 드러내 주는 매개로서의 언어, 시를 해체시킨다. 그것에 대한 논의는 다음으로 미루어지겠지만 이상의 시를 읽는 것은 마치 미로찾기나 광산의 광맥을 찾는 일처럼 지루하고 끈기를 요구하는 작업이라는 것도 이와 관련될 것이다.

"無事한 世上이 病院이고 꼭 治療를 기다리는 無病이 끝끝내 있다"에 내재된 그의 세계인식도 소중한 것이지만, 그것이 마비된 의식과 깨어있는 의식의 차이를 보여준다는 점에서 그의 진술은 오늘날에 더욱 값지고 소중한 것이다. 예컨대 60년대의 김수영의 시도 그렇거니와 80년대의 후반기부터 보이는 포스트모더니즘 논의도 거기서 자유롭지 못하기 때문이다.

5. 맺음말

〈구인회〉멤버 중에서 정지용, 김기림, 이상 등은 그들이 체험한 세계에 대하여 전혀 다른 방식으로 대응한다. 그들이 언어에 대한 새로운 인식을 바탕으로 문학형식에 다양한 실험을 감행하고 현실가공 방법의 혁신을 도모한다는 공통점을 지니고 있는 반면에 김기림이 신흥계급의 세계관을 드러내고 문명비판을 시도하는 등 당대의 현상에 정면으로 맞섰다면 정지용은 인공적 세계에 등을 돌리고 자연과 신앙을 세계로 받아들이는 태도를 보여준다. 또한 이상은 세계를 자신의 내면으로 옮겨 그 안에서 자신와 세계를 관찰하고 그들의 비정상적인 관계에 주목한다.

정지용, 김기림, 이상 등의 서로 다른 세계인식은 모더니즘의 세계관 안에서도 전혀 다른 시 형성원리와 미학을 지니는 단초로 작용했으며, 그것은 한국현대시의 형성에 지대한 영향을 끼쳐 오늘날의 현대시를 정착시키는 데 기여했다. 예컨대 그들 시의 토대가 되는 세계에 대한 지평의 확대, 전혀 다른 이미지들의 돌연한 결합, 대상과의 거리, 상징공간의 확대 등의 미학적 관점이 지금도 여전히 시읽기의 참고사항으로 남아있다는 점과 관련해서다.

그러나 그보다 더 중요한 것은 그들이 겪은 변화 못지 않은 변화의 소용돌이가, 그 변화의 축이 자본주의의 심화와 그것의 훼손으로 달라지긴 했지만 지금도 진행되고 있다는 사실이다. 어쩌면 그들이 목격하고 체험한 자아와 세계의 균열이 더욱 심화되었는지도 모른다. 물론 식민지 상황의 반봉건사회에서 겪은 세계체험이 오늘날에도 유효하지는 않을 것이다. 그러나 모든 가치가 교환가치로 획일화되는 자본주의 사회, 주체의 소외와 파편화가 더욱 심화되는 과정 속에서의 세계인식은 30년대의 그들 못지 않게 중요하다. 그것이 문학적 세계관은 물론 삶의 질과 방향을 좌우하기 때문이다. 그런 점에서 김기림의 「시인과 시의 근본문제」나 이상의 "무사한 세상이 병원이고 꼭 치료를 기다리는 무병이 끝끝내 있다"라는 지적은 우리시의 윤리적 관점에서 여전히 유효하다고 할 수 있다. (동국대 강사)

'구인회'의 소설가들과 모더니즘의 문제
—이태준과 박태원의 경우

이 선 미

1. '구인회' 소설가들의 문학적 유대

  구인회는 1933년 아홉 명의 문인을 중심으로 결성되었다. 조직적인 구
속력을 띠지 않았던 탓에 가입과 탈퇴의 절차도, 준수해야할 강령도 존재
하지 않았고, 많은 인원이 자유로이 교체되었다. 따라서 이름은 구인회지
만 구인회를 거쳐간 문인들은 열다섯 명에 이른다. 구인회하면 떠올리게
되는 대표적 소설가인 이태준, 박태원, 이상은 거의 처음부터 끝까지 활동
을 했거나, 중간에 참여했더라도 주도적으로 구인회를 이끌었던 사람들이
다. 그래서 그렇겠지만 문학사적으로도 이들의 문학은 거의 항상 구인회와
의 연관성이 중요 항목으로 거론된다. 이들은 구인회라는 단체를 통해 본
격적으로 문학 활동을 보여준 소설가들인 셈이다.

  이태준은 구인회의 결성을 주도했으며, 『조선중앙일보』에서 일하면서
구인회 작가들을 위해 많은 지면을 확보하기도 했다. 그리고 실험적인 작
품들의 발표에도 앞장섰던 사람이다. 박태원과 이상의 실험적 작품들이
『조선중앙일보』를 통해 소개되었던 점이나, 구인회의 강좌가 이 신문에
연재된 점들을 통해 이것을 확인할 수 있을 것이다. 박태원과 이상은 나중
에 구인회에 합류한 작가들이지만 이들의 작품은 실험성이 강하여 구인회
회원들에게 주목을 받았으며, 독자들의 반발에도 불구하고 『조선중앙일
보』에 연재되기도 하였다. 또 구인회의 유일한 기관지였던 「시와 소설」
(1936)은 거의 이상 혼자 만들었을 정도로 이상의 구인회에 대한 열정은

대단했던 것으로 보인다. 특히 이상과 박태원은 서로의 문학에 막대한 영향을 끼칠 정도로 어울려 다니던 관계였으며, 이들의 활동은 많은 부분 구인회를 중심으로 이루어졌음이 작품 곳곳에서 발견되기도 한다.

이처럼 이들은 전기적인 사실들에서 이미 구인회와 직접적으로 관계되어 있으며, 작품에도 서로 많은 영향을 끼쳤음이 드러난다. 그러나 정작 이들의 작품세계에 대한 연구는 이들의 전기적인 사실에서 추측할 수 있는 구인회라는 집단적 활동과의 연관성이 거의 드러나지 않는다. 즉 작품에 대한 연구는 대부분 작가별로 이루어져, 같은 회에 참여했던 사람들로서 가질 수 있는 작품세계의 연관성이 제대로 의미화되지 못하고 있다. 예컨대 문학사에서만 보더라도 백철의 경우 구인회를 설명하는 항목에서 예술파적, 순문학적인 문학경향으로 분류하여 이태준, 박태원, 안회남, 김영랑, 김환태 등을 거론하고 있으며, 김기림과 정지용은 다음 항목에서 모더니즘 작가로 서술하고 있다. 그리고 조연현은 예술파적 전통의 하나로서 구인회의 작가들을 분류한다. 이 연구들은 문학 단체로서 구인회의 의미를 문제시하기보다 단지 구인회에 속했던 작가들이 보여준 문학경향들을 기능적으로 분류하고 있을 뿐이다. 이같은 문제점을 지적한 대표적인 연구는 서준섭의 연구라 할 수 있다. 서준섭은 구인회를 문학단체로 규정하여 그들의 공통적인 문학성을 중심으로 연구를 시작하고 있다. 그러나 그 공통의 유대를 도시성과 연관시킴으로서 이태준이나 정지용 등이 보여주는 미의식의 문제를 제대로 해명하지 못하는 논리적 모순을 드러낸다.[1]

이태준, 박태원, 이상 등이 독특한 자기세계를 구축하고 있는 것은 물론이다. 그렇다고 이들이 활동한 집단인 구인회의 집단적 의미를 무시하고 이들 중 몇몇 사람만을 중심으로 구인회의 특성과 연관시키는 것은 오히려 구인회의 의미를 이들 각각의 작품세계로 축소시키는 결과에 이르게 될 것이며, 구인회 작가들이 지향한 공통적인 미적 태도를 간과하는 문제

---

1) 구인회에 대한 연구 업적에 관해서는, 이 책 맨처음 논문인 박헌호, 「구인회를 어떻게 볼 것인가」 참고.

점을 낳게 될 것이다.

이태준, 박태원, 이상, 또 구인회에서는 거의 활동하지 않았지만 구인회의 회원이었으며 개인적으로도 이들과 각별한 친분관계를 유지했던 김유정 등은 당대 소설계를 주도한 작가들이며 구인회를 매개로 이들의 문학적 유대는 알게 모르게 작용하고 있는 것으로 보인다. 이 글은 이런 유대를 가정하면서, 또 이 유대가 단지 개인적 친분관계만이 아닌 문학적 태도나 지향의 유대일 것을 가정하면서 그중 이태준과 박태원의 작품들을 중심으로 일차적인 검증을 시도해보려 한다. 그리고 이런 유대는 1930년대의 새로운 문학경향인 모더니즘의 조선적 양상과 연결될 수 있으리라는 것도 함께 밝혀보려 한다.

2. 이태준 ─ 심미적 경험을 드러내는 내면묘사

개별적인 인간의 삶(시간)은 수많은 현재들로 구성되며, 모든 시간이 그러하듯이 우연적이고 불합리한 것투성이로 현재는 구성된다. 그리고 이것은 그야말로 구체적인 일상으로 경험되는 것이다. 내면화는 이 구체적 일상을 이루는 순간순간의 감각적 체험들 속에서 이루어지며, 추상적 가치나 역사적 문제들은 이런 개별적 주체들의 구체적 경험이라는 내면화를 통해 인간적인 의미가 될 수 있다.

우리 근대 문학사에서 생각해보면, 1920, 30년대 리얼리즘 문학에서도 물론 내면묘사는 중요한 미적 덕목이었다. 『고향』의 김희준이 구체적인 인물로 평가받을 수 있었던 것은 그 인물의 내면이 보여준 '그럴듯함'이었다. 그러나 이 '그럴듯함'의 자장은 그다지 개방되어있지 않다. 작품에 설정된 농민운동을 이끌어갈 지도적 인물로서 겪는 갈등에 한정된 내면이지, 개별적인 정서적, 감각적 체험을 떠올릴 수 있는 인물로서 그려질 틈은 거의 주어지지 않는다.

구인회의 좌장격이었던 이태준은 심미적 경험이 드러나는 내면묘사를 통해 개성적인 인물을 창조한다. 이태준의 인물들은 주로 정서적 교감 속에 기억되는 순간을 통해 개성화된다. 이 순간은 개별적 인간이 자연과 느

끼는 정서적 충일감과도 통하는 것으로 삶에의 집착이나 의미는 이런 정
서적 경험에 근거한다. 특히 이태준의 소설에서 이것은 주로 자연과 인간
이 주고받는 감정적 흐름으로 구체화된다. 때문에 자아가 자연이라는 대상
세계에 동화되거나 투사되는 상태의 정서적 경험을 내면의 기억으로 드러
내는 묘사가 우세해지고, 서정성도 두드러진다. 그래서 그의 소설들은 한
편의 시에서 얻는 감흥을 연상시키기도 하며, 읽는 이의 감정적 동화를 의
도하기도 한다.

> 이 고개, 집에서 오 리밖에 안 되는 고개, 나무를 해 지고 이 고개턱을 넘어
> 설 때마다 제일 먼저 눈에 띄곤 하던 저 우리집, 집에서 연기가 떠오르는 것을
> 볼 때마다 허리띠를 조르고 다시 나뭇짐을 지고 일어서곤 하던 이 고개, 이 고
> 개에선 넘어가는 햇빛에 우리 집 울타리에 빨아 넌 아내의 치마까지 빤히 보
> 이곤 했다. 이젠 이 고개에서 저 집, 저 노랗게 가주 간 병아리처럼 새로 영을
> 인 저 집을 바라보는 것도 마지막이로구나!3)

「꽃나무는 심어놓고」의 한 대목이다. 방서방은 정든 고향을 버리고 도
시로 일자리를 구하러 가족을 데리고 떠나고 있다. 이들은 일본 지주의 높
은 소작율을 견디지 못하고 '사꾸라'(벗꽃) 핀 정든 고향을 떠나 도시로
간다. 그러나 도시에서는 더 적응하지 못하여 결국 아이는 굶어 죽고 아내
는 유곽으로 팔려가고 방서방은 인력거꾼으로 살게 된다. 이 작품은 당시
농정이 일본에 의해 주도되면서 조선 땅 어디에서나 흔히 볼 수 있었던
이농민을 다루고 있다. 그러나 이 이별 장면에서 묘사된 방서방은 많은 이
농민 중의 한 사람이 아닌, '그' 방서방으로 의미화되고 있다. 방서방이 지
금 서있는 고개는 예사 고개가 아니다. 나뭇짐을 지고 힘들어 쉬어가던 고
개이며, 그 고개에서 아내의 속옷을 보며 아내를 생각하던 고개이다. 방서
방의 고통과 희망이 결을 이루어 스며있는 체험의 공간이다. 이미 이 고개
는 조선 산하 어디에나 있는 고개가 아니라, 방서방의 감정이 이입된 방서

---

3) 이태준, 「꽃나무는 심어놓고」, 『달밤』, 깊은샘, 1995, 213쪽.

방만의 '그 고개'인 것이다. 이 고개에서 발을 돌려야 하는 방서방이 고개를 떠나면서 겪는 이별의 경험은 삶의 절망을 느끼게 한다. 고개와의 이별은 그가 소중히 여기던 삶 전체의 상실을 의미하는 것이기 때문이다. 방서방이 그 상실감을 설명하지 않아도 방서방이 고개에 대해 가진 경험의 질로 그 고통과 상황의 문제성은 정서적 공감을 얻는다.

> 방서방네도 허턱 타관으로 떠나기는 처음부터 싫었다. 동리를 사랑하는 마음, 자연을 사랑하는 것이나 이웃을 사랑하는 것이나 모두 사꾸라를 심어주는 그네들보다는 몇 배 더 간절한 뼛속에서 우러나는 것이었다. 사꾸라 나무를 심었을 때도 혹시 죽는 나무나 있을까하여 조석으로 들여다보면서 애를 쓴 사람이요, 그것들이 가지에 윤이 나고 싹이 트는 것을 볼 때는 자연 속에 묻혀 사는 그들로서도 그때처럼 자연의 신비, 봄의 희열을 느껴 본 적은 일찍 없었던 것이다.[4]

방서방이 땅에 대해 경험한 것을 서술한 부분이다. 방서방은 농민이다. 농민이 자신이 살아온 삶의 방식을 벗어나 도시에서 정착하기는 쉽지 않다. 다른 식의 삶이 요구되기 때문이다. 이것은 이성적인 판단이나 정보의 습득이 아닌, 감정과 습관, 기쁨을 느끼는 방식 등 삶의 전면적인 변화를 요구하는 것이다. 게다가 방서방의 삶의 의미와 기쁨의 경험은 땅을 통해서만이 가능했다. 이제 강제로 농토를 떠난 방서방은 기쁨이나 행복을 경험할 수 없다는 정서적 절망감까지 느끼게 된다. 이로써 방서방에게 이농을 요구하는 현실의 부당함은 땅에 대한 방서방의 내면화된 기억 속의 행복감에 의해 고조된다. 이것은 상황의 설명이 아닌, 기쁨을 느낀 구체적 경험을 기억함으로써 실감나게 전달된다.

> 바람이 차서도 떨리었거니와 그보다도 길고 어마어마하게 넓은 길, 그리고 눈이 모자라게 아득하니 깔려 있는 긴 길, 그 길은 그들에게 눈에도 설거니와

---

4) 앞 책, 216쪽.

마음에도 선 길이었다. 논틀과 밭둑으로 올 때에는 그래도 그런 줄은 몰랐는
데, 척 신작로에 올라서니 그젠 정말 낯선 데로 가는 것 같고 허턱 살길을 찾
아 떠나는 불안스러운 걱정이 와짝 치밀었던 것이다. 그래서 앵앵하는 전봇줄
소리도 멧새나 꿩의 소리보다는 엄청나게 무서웠다. 서로 말은 하지 않았어도
사내나 아내나 다같이 그랬다.[5]

인용문은 방서방네 부부가 서울로 가는 첫 관문인 신작로 길로 들어서
면서 느끼는 정서적 이질감과 불안을 묘사한 것이다. 방서방네도 많은 농
민들이 그러하듯이 도시로 접어들면서 주눅들기 시작한다. 그것은 낯선 경
험들로 인한 것이며, 정서적 불일치에서 오는 것들이다. '어마어마하게'
'눈이 모자라게 아득하니' '설다' 등은 인물들의 주눅들고 불안한 감정이
투영된 표현들이며, 멧새나 꿩의 소리보다 들어보지 못한 전봇줄 소리가
더 크게 들리는 상황 또한 인물의 심리 상태를 그들의 익숙한 삶의 방식
에 정서적으로 비유한 것으로 볼 수 있다.

이같은 묘사는 주로 초점화자의 서술로 특징화된다. 화자가 있지만, 대
상세계와 정서적으로 동화되어 내면이 드러나는 인물이 주인공으로 설정
되어, 그 인물의 시선과 느낌이 화자에 의해 전달되는 경우이다. 이런 화
자와 초점화자의 관계를 통한 서술방식은 초점화자의 느낌이 주로 화자에
의해 재해석되는 측면이 강하기 때문에 화자의 성격이 중요한 역할을 하
는 경우가 많다. 「꽃나무는 심어놓고」는 전지적 화자가 방서방의 초점으
로 방서방의 내면을 드러내고 있지만, 이태준 소설들 중에 일인칭 소설들
이 주로 이런 특성을 보여준다. 어떤 삶이 소개되고 있으나, 그 삶 자체의
맥락보다는 그것을 바라보는 일인칭 화자의 삶의 맥락과 정서에서 그 삶
이 의미화된다.

어떤 것이 왜 그 사람에게 의미있는가는 그것과 그 사람이 나눈 정서적
교감의 기억에 의한 것이며, 이런 것들이 가져온 생리적 친화력에서 나온
다는 것이다. 그리고 나아가 이런 것이 유지될 수 있는 삶의 방식에 가치

---

5) 앞 책, 214쪽.

를 두고 있다. 이태준의 소설들에서 이런 삶의 방식은 시골스러운 것, 옛
스러운 것에서 가능한 것으로 드러난다. 그래서 상대적으로 도시적인 것,
자본주의적인 것, 새로운 것에 대한 정서적 거부감이 강하게 드러난다. 그
것도 정서적으로 드러나는 것은 물론이다.

「달밤」이나 「손거부」 등 시골에서 흔히 볼 수 있는 모자라는 인물들을
통해 이런 가치지향이 구체화된다.

서울이라고 못난이가 없을리야 없겠지만 대처에서는 못난이들이 거리에 나
와 행세를 하지 못하고, 시골에선 아무리 못난이라도 마음놓고 거리에 나와
다니는 때문이지, 못난이는 시골에만 있는 것처럼 흔히 시골에서 잘 눈에 뜨
인다. 그리고 또 흔히 그는 태고 때 사람처럼 그 우둔하면서도 천진스런 눈을
가지고, 자기 동리에 처음 들어서는 손에게 가장 순박한 시골의 정취를 돋워
주는 것이다.6)

「달밤」의 첫부분이다. 주인공 황수건은 반편같은 인물이다. 그는 성북
동 변두리 작은 동네의 신문 배달부인데 원배달도 아닌 보조배달부이다.
그는 모자라는 성격으로 인해 어떤 직업도 온전히 수행하지 못하고, 그나
마 보조배달부 자리에서도 밀려나게 된다. 이 인물은 천성적인 성격적 결
함으로 인하여 사회에 적응하지 못한다. 그런데 이 소설은 글쓰는 인물인
작품의 화자 '나'에 의해서 황수건의 성격이 재해석된다. 위의 인용문에서
드러나듯이 화자인 나는 못난이의 성격을 시골스러운 것으로 의미화하여
가치 있는 것으로 채색한다.

황수건은 신문을 배달하면서 배달만 하지 않는다. 황수건에게 일은 일
그 자체만을 의미하는 것이 아니라, 사람과의 관계를 의미한다. 황수건은
신문을 배달하면서 그 집의 작은 일에까지 관심을 갖고 주인과 이야기하
려 한다. 그래서 정확한 시간에 빠르게 신문을 배달하지 못하고 밤 열시나
되어 배달하는 경우가 태반이다. 이런 신문배달부를 좋아하고 대꾸해주는

6) 앞 책, 255쪽.

사람은 거의 없다. 그런데 작품의 화자인 '나'는 황수건의 태도에 대해 진지하다. 그리고 그러한 그의 태도를 소중한 것으로 생각한다. 모자란 듯하지만 남의 일이 자기 일인 듯이 관심을 가지고 진심으로 그 사람의 일을 걱정해주며, 사람과 사람이 관계된다는 것이 단순히 기능적인 일 관계로만 ―신문배달이라는―이루어지는 것이 아니라 그 사람의 삶과 관련된 전반의 것과 관계된다고 여긴다. 그러나 요즘 사회에서 이런 사람은 바보로 취급되기 십상이다. 전문화를 지향하는 현대사회의 질서에는 맞지 않는 태도이기 때문이다. 모든 일이 합리화라는 명분으로 기능적으로만 수행되는 도시적 삶의 속악함을 알고, 또 그것에 대한 혐오감을 갖고 있는 화자는 황수건의 반편같은 삶의 방식이 태고적 순수를 일깨워주는 순박한 시골정취를 느끼게 하는 것이어서 소중하게 여긴다.

> 나는 그 다섯 송이의 포도를 탁자 위에 얹어 놓고 오래 바라보며 아껴 먹었다. 그의 은근한 순정의 열매를 먹듯 한 알 가지고도 오래 입안에 굴려 보며 먹었다.[7]

황수건은 자신을 이해해주고 도와주는 화자인 나가 고마워 나에게 훔친 포도를 선물한다. 그리고 훔친 것인 줄 알면서도 그 포도에 들어있는 황수건의 내면을 아는 화자는 포도 다섯 송이에 들어있는 황수건의 정감을 느끼면서 '은근한 순정의 열매'를 먹듯이 음미하면서 포도를 먹는다. 황수건과 화자인 나는 이 훔친 포도를 통해 정서적으로 교감하며, 이 교감의 중요성을 알고 있는 화자는 자신의 감상으로 황수건의 성격을 더욱 미화한다.

「꽃나무는 심어놓고」와 「달밤」은 1933년을 전후로 창작된 이태준 소설의 대표적인 작품이다. 이태준은 구인회를 만들 무렵, 갈고 닦은 문장에 대한 강조와 개성적인 인물의 창조에 역점을 두고 창작을 생각한다. 실제

---

7) 앞 책, 265쪽.

로 이태준의 작품들은 이 두 가지 점으로 평가된다. 이것은 모더니즘 운동과 관련하여 어떤 인식적 기반 위에서 작용한 것일까? 대부분 이 질문에 이르면 답을 유보하곤 했다. 이태준이 추구하는 정서적 특질이 반도시적이며 전근대적인 것이기 때문이다.

이 글에서는 일단 내면묘사와 관련된 문장의 특징과 그 속에 드러나는 정서적 지향을 통해 모더니즘적 특성을 살펴보려 한다. 이태준 소설의 내면묘사는 주체가 대상에 대해 경험한 정서적 교감의 기억과, 그러한 세상과 사람들에게 느꼈던 친화력을 드러나게 하는 미학적 기법이라 할 수 있다. 즉 구체적 인간이 개별적인 삶의 과정에서 겪는 우연적이고 비합리적인 감정적 움직임들이 정서적으로 내면화되어, 현재의 현실상황을 받아들이게 되는 사소하고 일상적인 과정이 그 내면화된 기억의 시간으로 드러나 있다. 이런 내면의 묘사는 문학 고유의 정서적 동화라는 효과를 낳고, 개성적인 인물 창조에도 기여한다.

그렇다면 이 내면화된 정서의 내용에 대해서 한번 생각해보자.

「꽃나무는 심어놓고」의 방서방이 느끼는 땅에 대한 감각적 경험과 기억은 농민의 삶에서만 느낄 수 있는 고유한 정서는 아니다. 땅에 대한 이같은 애정과 관심이 농민들의 삶의 동력이 될 수는 있겠지만 땅을 경작하는 사람들이 느끼는 일반적인 그 계급의 정서라 할 수는 없다. 이것은 어떤 이해관계에 얽매이기 이전의 인간 심성의 한 측면이라 할 수 있을 것이다. 즉 땅을 경작하고 거기서 나온 열매가 그 노동의 대가로 지불되기 때문에 느끼는 감정이기 이전에 인간 일반이 생명 있는 자연현상과 만나서 본연의 모습을 대하는 듯한 본능적인 정서에 가깝다 할 것이다. 그러나 물론 이 둘의 느낌이 항상 분리되지는 않으며, 어느 것이 선후인가를 따지는 것은 무모한 일일 것이다. 왜냐하면 방서방의 삶에서도 알 수 있듯이 방서방이 고향을 떠나지 못하는 것은 그 땅에서의 삶이 자신의 삶을 유지시켜줄 경제적 기반이었으며, 동시에 그 삶은 방서방에게 심미적 경험을 통하여 인간적인 정서적 충일감을 경험하게 해주었기 때문이다. 방서방에게 이 두 가지 의미는 어느 것이 먼저랄 것 없이 서로로 인해서 가능한 삶의 의미이다.

황수건에게서는 조금 달리 나타난다. 황수건을 통해 화자인 '나'가 느끼는 정서적 교감과 그 삶의 방식에서 발견한 천진성은 사회적 맥락이 없다. 사회적 의미라면 화자인 '나'가 황수건과 같은 삶을 도시적인 공간에서는 발견할 수 없었고 시골스런 삶에서만 발견할 수 있는 것이어서, 물질문명에 의해 유지되는 도시적 삶의 속악함을 부각시킨다는 것이다. 그렇지만 황수건의 모자람이나 결핍이 선천적으로 타고난 것이라는 점은 황수건의 삶의 방식이 가져다 준 감동의 느낌이 인간의 원시적 상태에서나 경험할 수 있는 순수 그 자체에서 느껴지는 본능적인 정서임을 말해준다.

이런 면에서 볼 때 이태준 소설들에서 보이는 내면화된 정서와 감각적 경험은 어떤 삶에서 나온 것이기 때문에 의미 있는 것이라기보다, 주체로서의 인간이 세계나 자연대상으로부터 소외되지 않고 그 세계에 동화될 때 느낄 수 있는 충일적인 정서의 일반적 경험을 의미하는 것이라 생각된다. 그리고 그러한 것을 경험한 과거의 시간이 기억으로서 한 인간의 성격을 형성하게 되는 과정을 중요하게 부각시킨다. 이런 경험과 감각을 고양시킬 수 있는 것이면 무엇이든지 이태준의 소설들에서는 중요하게 취급된다.

그의 대표작인 「패강냉」을 보자. 「패강냉」은 '현'이라는 식민지 소설가가 국어를 가르치는 자신의 친구를 만나러 평양에 갔다가 변화하는 평양의 모습을 보고 비탄에 빠진다는 이야기이다. 이 작품에서 일본의 문화침략으로 훼손되어 가는 조선의 문화와 국토의 아름다움이 가치 있는 것으로 의미화된다. 그 의미의 정체는 조선적인 것이 가져다주는 심미적 우월성이다.

> 다락에는 제일 강산이라, 부벽루라, 빛 낡은 편액들이 걸려 있을 뿐, 새 한 마리 앉아 있지 않았다. 고요한 그 속을 들어서기가 그림이나 찢는 것같이 현은 축대 아래로만 어정거리며 다락을 우러러본다.
> 질퍽하게 굵은 기둥들, 힘 내닫는 대로 밀어던진 첨차와 촛가지의 깎음새들, 이조의 문물다운 우직한 순정이 군데군데서 구수하게 풍겨나온다.[8]

---

8) 이태준, 「패강냉」, 『돌다리』, 깊은샘, 1995, 103쪽.

현은 평양 여자들의 머리수건이 늘 보기 좋았다. 현은 단순하면서도 흰 호접과 같이 살아 보였고, 장미처럼 자연스런 무게로 한 송이 얽힌 댕기는, 그들의 악센트, 명랑한 사투리와 함께 '피양내인'들만이 가질 수 있는 독특한 아름다움이었다. 그런 아름다움을 제 고장에 와서도 구경하지 못하는 것은, 평양은 또 한 가지 의미에서 폐허라는 서글픔을 주는 것이었다.[9]

평양에 남아있는 조선시대의 유적과 평양 여인들이 즐겨쓰던 흰머리수건은 한 폭의 산수화와 같은 자연적 세계의 아름다움과 정서를 느끼게 하는 것이어서, 그리고 단순하면서도 구수한 인정 많은 평양 여인들의 독특한 아름다움을 전하는 것이어서 가치 있다. 그런데 일본의 군국주의 정책으로 그러한 것들이 훼손되고 사라져 가고 있다. 많은 사람들이 독립을 외치다 죽거나, 학병으로, 징용으로, 정신대로 끌려가 상처받는 현실이어서 일본의 침략이 화나고 슬픈 것이 아니라, 조선의 문화유적이 그 아름다움을 잃고 조선 여인들의 우아한 자태가 천박한 모양으로 변하는—이것은 유성기 소리에 맞춰 딴스를 추는 기생들에 대한 혐오감에서도 드러난다—현실 때문에 현은 슬퍼하고, 이런 것을 막을 수 없는 자신의 무력감을 원망한다. 이처럼 현은 자신의 문화적 취향이 거부되는 식민지 자본주의 현실에 강한 거부감을 드러낸다. 이같은 문화 취향을 매개로 한 정서적 거부감으로 현은 일본을 부정하게 되지만, 그렇다고 방서방의 경우에서처럼 현이 일본에 대해 느끼는 분노가 반일의식이라는 현실적 의미로 연결되지 않는 것은 아니다. 왜냐하면 이 작품에서 지식인 작가가 느낀 조선 문화에 대한 감각적 경험과 그것의 복원을 향한 감정적 저항은 당대 삶의 문제를 실감하게 하는 면이 있기 때문이다.

그러나 이태준 소설 전반의 특성들과 연결시킬 때 이 작품도 인간 일반이 세계에 대해 소외되지 않고 동화되는 순간의 정서적 경험을 향한 가치 추구의 자장 안에서 그다지 벗어나지는 않는다. 현에게 내면화되어 있는 조선적 정서와 그로 인한 심미적 경험은 인간소외를 극복할 수 있는 태고

---

9) 앞 책, 105쪽.

적 순수를 향한 정서적 친화력에 가깝기 때문이다.

이런 내면화된 정서의 성격은 그의 수필들이나 그런 것의 기반이 되는
취미에서도 드러난다. 그는 낚시를 즐기고, 난 가꾸기를 즐겼다. 그리고
골동품을 고완이라고 하며 즐기기를 권했다. 이를 두고 이전의 연구자들은
상고주의라 칭한다. 상고주의는 옛 것을 숭배한다는 의미이다. 그리고 이
것이 문장파의 세계관과 통한다고 보기도 한다. 그러나 이런 취향도 단순
히 옛 것 일반에 대한 가치지향이라 볼 수는 없다. 그보다는 '어떤' 옛 것
에서 자연과 동화되는 순간의 정서적 충일감을 경험할 수 있었으며, 감상
주체가 느끼는 그 정서적 교감의 의미 때문에 소중한 것으로 여기게 되는
것이라 생각된다. 나아가 이것은 거기서 발견할 수 있는 인간의 고귀한 품
격과 우아한 아름다움, 세련성 등을 중요한 가치로 여기는 심미주의적 태
도에서 연유하는 것은 아닐까 생각된다.

　　가) 이날 저녁 나는 가람宅에 제일 먼저드러섰다. 미다지를 열어주시기도前
　　인데 어느듯 呼吸속에 혹 끼쳐드는것이 香氣였다.
　　옛사람들이 開香十里라 했으니 房과 마당사이에서야 놀라는者―어리석거니
　　와 大小十數盆中에 제일 어린 絲蘭이피인 것이요 그도 단지 세송이가 핀것이
　　그러하였다. 난의 본격이란 一葉一花로 다리를 옴츠리고 막 날아오르는 나나
　　니와 같은 자세로 세송이가 피인것인데 房안은 그다지도 香氣에찼고 窓戶紙와
　　문틈을새여 밖앝까지 풍겨나가는 것이였다.[10]

　　나) 물론 고기를 죽이는 것은 사실이다. 그러나 낚시는 총부리와 같이 달아
　　나는 것을 쫓아가며 그의 급소를 겨누는 것은 아니다. 맑은 혹은 흐린 물 속에
　　서 고기 그것이 먼저 와 다루는 대로 이끄는 것이며 이끌어내다가 떨어뜨리는
　　경우라도 입맛을 한번 다실 뿐이다. 그리고 고기는 노루나 호랑이처럼 비명을
　　하지 않는다. 꾸럼지에 끼여서나, 족댕이에 들어가서나 그들이 뻐들컹거리는
　　것은 오직 보기 탐스러울 뿐, 조금도 처참한 동작으로 보이지 않는 것이며 또
　　그의 죽음이 고요하고 잠들 듯함이 현인과 같아 차라리 생사일여生死一如의

10) 이태준, 『시와 소설』, 6쪽.

경境에서 노닐 수 있는 것이다.

그러므로 낚시질은 스포츠의 유類가 아니며 다시 사냥의 유類도 아닌 것이다.[11]

다) 조선시대 자기도 차츰 고려 자기만 못하지 않게 세계 애도계愛陶界에 새로운 인식을 주며 있거니와 특히 이조의 그릇들은 중국이나 일본 내지內地 적들처럼 상품으로 발달되지 않은 것이어서 도공들의 손은 숙련되었으나 마음들은 어린아이처럼 천진하였다. 손은 익고 마음은 무심하고 거기서 빚어진 그릇들은 인공이기보다 자연에 가까운 것들이다. 첫눈에 화려하지 않은 대신 얼마를 두고 보든 물려지지 않고 물려지지 않으니 정이 들고 정이 드니 말은 없되 소란騷亂한 눈과 마음이 여기에 이르러 서로 어루만짐을 받고, 옛날을 생각하게 하고 그래 영원한 긴 시간선時間線에 나선 호연浩然해 보게 하고 그러나 저만이 이쪽을 누르는 일 없이 얼마를 바라보든 오직 천진한 심경이 남을 뿐이다.[12]

이태준의 취미를 알 수 있는 세 개의 글이다. 가)는 구인회의 유일한 동인지인 「시와 소설」에 실린 글이다. 소설가인 이태준은 구인회의 동인지에 소설을 내지 않고 수필을 썼다. 어떤 의도인지 정확히 알 수는 없지만, 이 글이 여러 가지로 이태준과 구인회의 의미를 드러낼 수 있는 글이라 생각된다. 이 글은 후에 「문장」을 같이 하게 된 이병기, 정지용과 함께 난을 즐기기 위해 가람의 집에 모였던 일화를 소재로 난의 아름다움을 얘기한 글이다. 이태준은 난과 함께 낚시도 즐기고 고전도 즐겼다. 위의 세 글은 이에 대한 각각의 감상 방식을 적은 글이다.

이 취미들은 이태준에게 하나의 의미로 모아지고 있다. 인용문에서 드러나듯이 이태준은 향기로 느껴지는 난의 한마리 새의 날개짓 같은 우아한 자태에서, 고기의 죽음을 통해 현인들이 느끼는 생사일여의 경지에서, 자연에 가까운 도공의 무심한 흔적 속에 경험할 수 있는 영원의 시간에서

---

11) 이태준, 『무서록』, 깊은샘, 1994, 132쪽.
12) 이태준, 앞 책, 139쪽.

정신적 세계를 향유할 수 있는 인간만의 본질을 깨닫는 체험을 할 수 있다고 생각하고 있다. 그리고 이런 경험이 가능한 것이라면 그것이 바로 미이며, 이런 삶의 방식이 인간이 추구할 세상의 모습이라 생각하고 있다. 이태준에게 이런 심미적 경험은 인간의 고유성을 드러내는 핵심이라 할 수 있다. 그리고 이런 경험은 정서로, 느낌으로만 전달 가능한 것이다. 이런 삶에 인간적인 가치를 두었던 이태준에게 일본 자본을 통해 이식된 식민지 현실은 폭력과 야만 그 자체로 인식되었다. 이를 피해 고전으로, 옛 조선의 문화로, 조선의 선비정신으로 치달았던 이태준의 행로는 어찌보면 자연스러운 것인지도 모른다.

이같은 심미적 태도와 그러한 정서적 경험이 내면화된 인물묘사는 미적으로 많은 의미망을 형성한다. 그의 소설들은 기본적으로 심미적 태도에 경도되어 있지만 고유한 경험적 시간을 기억으로 드러내는 내면의 문체를 보여줌으로써 모더니즘적 문장의식의 확립에 기여했으며, 이 내면의 고유한 정서가 인공의 흔적이 없는 순수 자연상태의 원시적, 본능적 욕망과 닿아있는 면에서 낭만주의적으로 보이기도 한다. 또 「꽃나무는 심어놓고」나 「패강냉」에서 볼 수 있듯이 심미적 정서와 계급적 현실인식이 동전의 양면처럼 인물의 개성화에 구체성을 부여하여 당대 리얼리즘 작품에 견줄만한 성과도 보여준다.

그렇지만 일본의 파시즘이 강화되고 고전부흥이라는 문예계 변화에 휩쓸려 이태준은 「문장」지를 통해 고전적인 정서에 귀착한다. 그러나 이 또한 현실적 의미를 간과할 수 없다. 모더니즘적 미의식의 연장선으로서 전근대적인 정서지향은 식민지적 현실에서 전근대적인 가치의 부각이라는 긍정적인 의미를 띠게 된다. 식민지 자본이 이식되면서 발전한 조선의 근대는 전근대적인 여러 가지 질서들이 근대와 동등하게 적대적인 관계 속에서 지양되지 않고 외부 자본에 의해 억압되는 상황이었기 때문에, 식민지 조선에서 전근대적인 것은 서구 근대사회에서처럼 근대적인 것과 대립관계에 있으면서 동시에 일본 식민지 자본과 대립관계에 처하는 특이한 현상을 보여준다. 따라서 식민지 자본이 전면화되고 일본의 억압이 강해질수록 조선사회에서 전근대적인 것, 더 구체적으로 조선적인 것은 지양해야 할 구질서가 아닌 보존하고 지켜야 하는 민족적 전통과 뒤섞이게 된다. 이로써 전근대적인 것은 고전부흥론과 더불어 가치로운 것으로 의미화되기 시작한다.

이런 여러 가지 의미맥락의 그물 속에 걸려 있는 것이 이태준의 문학이며, 그러하기 때문에 여러 가지 해석이 가능한 것도 사실이다. 그러나 그 많은 그물망을 꿰고 있는 근원의 실마리는 아마도 인간의 자연스러운 상태를 아름다움의 극치로 보고 그 아름다움을 향해 가고자 하는 그의 심미적 의식일 것이다.

극단적으로 말하면, 땅과 농민의 관계가 정서적으로 충분히 만족할 만한 것이 되려면, 오히려 둘 사이에, 소유가 함축하는 바 금전적인 이해가 너무 화급하게 끼어들지 말아야 한다. 그러나 이것은 너무 이상적인 요구인지는 모른다. 전통적으로 정서적으로 가장 만족할 만한 관계는 공리적 이해가 끼어 있지 않은 관계─흔히 말하여지는 바 심미적 거리 또는 초연성의 유지를 허용하는 관계이다. 이 관점에서 사람과 땅의 이상적인 관계는 정원을 가꾸는 사람과 정원의 관계일 것이다. 물론 이것은 비현실적일 뿐만 아니라 실제적으로 사람과 사물과의 관계를 정서적으로 약화시키는 것일 것이다. 사람의 사물과 세상의 관계는 사실적인 것을 포함하지 않을 수 없으며 그것이 곧 다른 관계를 왜곡하는 것은 아니다. 오히려 사실적 관계야말로 우리를 사물과 세계에 묶어놓는 가장 강한 끈이다. 문제는 관계의 성격과 정도에 있다.[13]

여기서 말하는 '심미적 거리 또는 초연성'을 이태준의 심미적 태도와 연결시켜 본다면 그의 심미적 태도가 어떤 것으로 읽히든지 간에 자본주의적 삶의 비인간화를 부정하는 주체의 내적 목소리로서의 의미는 부여할 수 있을 것이다. 이태준의 소설들에서는 이것이 모더니즘으로 읽히든지 낭만주의로 읽히든지 그러한 것은 그다지 중요하지 않을지도 모른다. 이는 역으로 어느 것으로 읽혀도 상관없다는 말도 될 것이다. 그리고 그 경계를

---

13) 김우창, 「정치, 아름다움, 시」(『세계의 문학』 1992, 겨울), 39쪽.

넘나드는 것이 이태준의 문학사적 자리일 것이다.

3. 박태원 —기교주의자의 내면과 전근대적 정서의 결합

박태원은 30년대 후반에 주로 작품활동을 했으며, 해방 후에도 활동하여 대부분의 구인회 작가들처럼 문학사에서 이데올로기적 숙제까지도 끌어안고 있는 문제적 작가라 할 수 있다. 그런 탓에 박태원도 모더니즘과 관련하여서는 '기교' '형식실험'이라는 측면에서 대표적으로 손꼽히고 있으면서도,『천변풍경』이후의 작품 세계는 일관되게 잘 설명되지 않고 있다.[14]

우선 박태원은 기교주의자로 일컬어진다. 구인회의 유일한 동인지 『시와 소설』에 실린 「방란장주인」은 한 문장의 소설로 유명하며, 의식의 흐름이나 잦은 쉼표의 사용, 연결어미의 사용 등 많은 기교를 구사한다. 기교가 의도하는 것은 대개의 경우 형식실험에 의해 동반되는 새로운 의식이며, 이 새로움이란 어떤 것에 대해 새롭게 생각한다는 단순한 의미가 아니라, 의식 자체의 형식이 새로워진다는 것을 말한다. 흔히 말하는 자유연상의 방법이나, 의식의 흐름 수법이 이에 해당된다.

이전의 문학, 즉 근대문학의 출발이라 할 수 있는 이광수의 문학에서조차 내면의 문제는 중요한 것으로 생각되었다. 그러나 인간의 의식이 드러난다 하여도 객관적 시간의 흐름 즉 객관세계의 현상과 교호하는 인간의 심리상태가 드러나는 정도였지만, 새로운 형식실험과 자유연상에서 객관세계의 시간은 삶을 드러내는 데 별로 중요한 역할을 하지 못한다. 사람이 경험한 의식의 시간, 즉 객관세계를 주체가 경험하여 개별적 인간의 경험 혹은 의식으로 내면화된 시간들로 삶(시간)이 구성된다. 이런 의식의 구성을 위해 개별 인간의 내면적 경험이 중요하게 기능한다. 즉 기억, 내면의식, 순간적인 이미지, 감각적 느낌 등 내면화된 의식의 조각조각들이 중요하며, 기억되는 순서에 따라 병치됨으로써 객관 시간을 대신한다. 그리

---

14) 박태원에 대한 연구는『박태원 소설 연구』(깊은샘, 1995)를 참고.

고 이것이 삶을 구성한다. 박태원의 기교는 이런 모더니즘적 기교의 실험에 가장 가깝다 할 것이다.

그의 대표작인 「소설가 구보씨의 일일」(이하 「구보」)은 이런 특징이 두드러지는 작품이다. 일단 「구보」는 소설가 구보의 의식을 중심으로 그의 하루를 따라간 소설이라는 점에서 주목할 만하다. 구보는 소설가이다. 그는 아직 결혼하지 않고 어머니와 같이 산다. 글이 써지지 않는 날은 보통 느지막히 일어나 어머니의 걱정을 뒤로 하고 거리를 쏘다니다가 한밤중이 되어서야 돌아오는 것이 일과이듯이 오늘도 거리로 나가 자정이 넘어 돌아오기까지 거리를 배회한다. 「구보」는 이처럼 하루 종일 배회하는 구보의 의식에 떠오르는 여러 가지 삶의 단편들을 자유연상의 수법으로 기술하고 있는 소설이다. 이 소설은 어떤 중심 서사도 없다. 구보의 고독과 행복찾기의 여정이 내면의 목소리로 드러날 뿐이다. 그리고 그 내면은 평범한 사람이 생각할 때 누구나 경험하게 되는 이중적 자의식을 통해 확대되어 드러난다.

구보는 어느 것으로도 쉽게 가치를 확인해주지 않는다. 삶은 이렇게도 저렇게도 볼 수 있는 것이다. 구보는 행복이 무엇인가에 대한 가치평가에서부터 자신의 진의가 무엇인가를 파악하는 대목까지, 즉 일반적으로 어떤 것이 진실이라고 확답할 수 없는 추상적인 문제에서부터 사소한 감정의 진정한 동기가 무엇일까 하는 문제에 이르기까지 모든 것은 확실하지 않다는 것을 끊임없이 일깨운다.

예컨대 백화점 앞에서 식사하러 나온 듯 보이는 한 가족의 모습을 보고 어떤 사람들에게 행복은 저런 것일지 모른다고 말하면서 그렇지만 자신의 행복은 다른 데 있으리라 생각하는 부분이나, 우연히 전차에서 만난 선 본 여자를 두고 이리저리 그 여자에 대해 자신이 품었던 감정들을 재보는 모습에서 잘 드러난다.

　　젊은 내외가, 너덧 살 되어 보이는 아이를 데리고 그곳에가 승강기를 기다리고 있었다. 이제 그들은 식당으로 가서 그들의 오찬을 즐길 것이다. 흘깃 구보를 본 그들 내외의 눈에는 자기네들의 행복을 자랑하고 싶어하는 마음이 엿보였는지도 모른다. 구보는, 그들을 업신여기어 볼까 하다가, 문득 생각을 고쳐, 그들을 축복하여 주려 하였다. 사실, 4, 5년 이상을 같이 살아왔으면서도, 오히려 새로운 기쁨을 가져 이렇게 거리로 나온 젊은 부부는 구보에게 좀 다른 의미로서의 부러움을 느끼게 하였는지도 모른다. 그들은 분명히 가정을 가졌고, 그리고 그들은 그곳에서 당연히 그들의 행복을 찾을 게다.[15]

구보는 자신을 이 젊은 부부와는 다르게 생각한다. 업신여겨 보려는 생각까지도 있다. 그러나 그 의식에 묻혀있는 무의식에는 혹시 이들의 행복을 부러워하는 마음에서 열등감이 엿보이는 것은 아닐까 하고 자신의 생각을 의심해 본다. 자신이 그동안 가져온 행복에 대한 판단을 자신의 감정의 움직임들을 통해 '혹시'하며 의심해본다. 그리고는 어정쩡한 태도로 그들의 행복도 있고 나의 행복도 있다는 식으로 타협한다. 의식적으로 생각해왔던 단일한 사고를 의심하고 그 이면에 억압된 무의식 속에 다른 생각들이 있을지도 모른다고 의심한다. 그러나 무엇을 결론내리려고 하지는 않는다. 다만 생각들 속에 자신을 풀어놓고 있을 뿐이다.

이것은 작년에 선 본 여자를 만난 우연한 사건에서 마주친 의식을 통해 더 구체화된다.

여자는 남자를 그 남자라 알고, 그리고 남자가 자기를 그 여자라 안 것을 알고 있을지도 모른다. 이러한 경우에, 나는 어떠한 태도를 취하여야 마땅할까 하고, 구보는 그러한 것에 머리를 썼다. 아는 체를 하여야 옳을지도 몰랐다. 혹은 모른 체하는 게 정당한 인사일지도 몰랐다. 그 둘 중에 어느 편을 여자는 바라고 있을까. 그것을 알았으면, 하였다. 그러다가, 갑자기, 그러한 것에 마음을 태우고 있는 자기가 스스로 괴이하고 우스워, 나는 오직 요만 일로 이렇게 흥분할 수가 있었던가 하고 스스로를 의심하여 보았다. 그러나 그 여자와 한번 본 뒤로, 이래 일 년간, 그를 일찍이 한 번도 꿈에 본 일이 없었던 것을 생각해 내었을 때, 자기는 역시 진정으로 그를 사랑하고 있는 것은 아닌지도 모르겠다고, 그러한 생각이 들었다. 만약 그렇다면 자기가 여자의 마음을 헤아려

15) 박태원, 『소설가 구보씨의 일일』, 깊은샘, 1994, 25쪽.

보고, 그리고 이리저리 공상을 달리고 하는 것은 이를테면, 감정의 모독이었고, 그리고 일종의 죄악이었다.[16]

　행복은 그가 그렇게 구하여 마지않던 행복은, 그 여자와 함께 영구히 가버렸는지도 모른다. 여자는 자기에게 던져줄 행복을 가슴에 품고서, 구보가 마음의 문을 열어 가까이 와 주기를 갈망하였는지도 모른다. 왜 자기는 여자에게 좀더 대담하지 못하였나. 구보는, 여자가 가지고 있는 온갖 아름다운 점을 하나하나 헤어 보며, 혹은 이 여자 말고 자기에게 행복을 약속하여 주는 이는 없지나 않을까, 하고 그렇게 생각하였다.[17]

구보는 할일없이 목적도 없이 탄 전차 안에서 우연히 작년 여름에 선본 여자를 만난다. 그리고 그 여자를 두고 자신이 그동안 의식하지 못했던 그 여자에 대한 자신의 생각을 이리저리 추측해본다. 물론 그 여자의 생각도 같이 포함해서. 기억이나 의식된 내면의 생각들을 중심으로 의식을 드러내는 것뿐 아니라, 그 의식의 뒷면에 자신도 모르게 있었을지도 모르는 무의식의 자락들을 들추어 짚어보고 있다. 인간의 삶을 동기화하는 의식적인 행동들은 무의식적인 여러 가지에 의해 제약받거나, 의심되곤 한다. 박태원은 인간의 의식이라는 것이 이런 무의식이 자라나는 과정에서 좀 더 풍부하게, 또는 적나라하게 드러날 수 있다고 생각한 듯하다. 작품 속의 구보는 의식되지 않은 의식을 드러내기 위해 끊임없이 '모른다' '모를 것이다' '일 게다' '생각하여 본다' 등의 추측형 어미를 사용하고 있으며, 생각이 진행중이며, 다른 생각들로 계속 이어지고 있음을 나타내기 위해 많은 쉼표를 사용하고 있다. 또 3인칭 시점을 사용하고 있지만 인물의 목소리와 화자의 목소리가 섞여있기 때문에 인용 표시도 없이 '나'와 구보가 혼재되어 쓰이기도 한다.
　이처럼 오늘 집을 나와 거리를 배회하는 구보는 아무것도 하는 일 없지

---

16) 박태원, 앞 책, 28쪽.
17) 박태원, 앞 책, 29쪽.

만, 그러나 구보는 의식되어야 하는 것들의 억압에 밀려 의식의 밑바닥에
팽개쳐 있는 무의식의 편린들을 한조각 한조각 의식의 이편으로 끄집어내
어 맞춰보고 있다. 그저 이렇게 의식되지 않은 것들을 의식하는 것으로 소
일하고 있다. 그리고 이것은 외로움을 동반하는 과정이다. 사람이 외로움
이나 불안정한 정서를 드러내는 것은 자신의 은밀한 부분을 보여주는 것
으로 쉽지 않은 일이다. 그런데 구보는 왜 이렇게 힘들여가며 하루를 보내
는 자신의 내면을 자세히 보여주고 있는가? 소설이 그러하듯이 ―소설에서
는 어떤 것도 확실한 것으로 드러내 주지 않는다―우리도 그저 추측할 수
밖에 없을 것이다. 구보는 소설가의 내면을 보여주기에 고심하고 있는 듯
하다. 소설가라는 구체적 인간이란 구보처럼 자신을 모델로 하든 어떤 인
물을 모델로 하든, 의식에 가려진 무의식의 심정과 내면의 바닥 또한 볼
수 있어야 한다는 것이다. 그리고 이것은 바로 소설가가 소설쓰는 과정에
다름 아니다. 소설가 구보는 소설쓰기라는 자신의 미학적 재료들을 구성하
는 과정을 재료로 하여 소설을 쓰고 있다. 그리고 그 과정은 소설가 구보
가 현실의 갈등을 긴장감으로 유지하는 힘이기도 하다. 이는 모더니즘 글
쓰기의 한 특징과도 통한다.[18]

그런데 의식의 긴장을 유지하며 균형감 있게 내면을 관찰하던 구보는
마지막에 갑자기 어머니의 행복과 화해하고 만다. 이것은 작품의 주제로도
연결되는 구보의 의식이 보여주던 소설가의 진지함과 연관지어 어떻게 해
석될 수 있을까?

구보는 개별적 인간의 내면을 구석구석 살펴보려고 하였다. 그 대상은
소설가인 구보 자신이다. 왜냐하면 작가가 주관세계를 그리려고 할 때 서
사가 없는 그 빈곤함은 자신의 내면을 소재로 택하는 것에서 보충될 수
있기 때문이기도 하며, 미학적 자의식을 드러냄으로써 모더니즘 글쓰기를
시도해보려는 것 때문이기도 하다.[19] 이것은 형식실험이 가져온 의식의 새

---

18) 모더니즘의 특성으로 미학적 자의식은 빠지지 않는 항목이다. 소설가 주인공 소설
　　들이 이에 해당된다 할 것이다.

19) 서은주, 「고독을 통한 행복에의 열망」, 『박태원 소설연구』, 309쪽.

로움에 연결된다. 박태원은 이런 방법들을 통해서 고독한 소설가의 내면을 드러내고 있다. 이 소설가의 고독은 가난한 시인과 어머니의 행복 사이에서 부대끼는 생활 속의 소설가의 내면이어서 진지하다. 그리고 일상적 삶에 대한 열망과 그것을 억압하고 이루려는 소설가의 고독이 힘겨워 고뇌하는 소설가의 내면으로서 그럴듯하다. 이런 긴장관계가 그려놓는 자장 안에 소설가의 내면은 자유연상에 따라 객관적 시간을 무시하고 주관적 시간을 구성하면서 자유롭게 드러난다. 그러나 한 순간 이 긴장을 놓고 내면화된 동기도 없이 구보는 어머니의 행복으로 기울어버린다. 긴장은 풀어지고 내면의 진지함은 김이 빠진다. 복잡하고 쉽게 걷잡을 수 없는 소설가의 내면과, 그러한 삶이 낳은 고독과 행복, 이런 것들이 속물적인 일상적 삶과 겨루어 의미화되는 소설가의 주관적 삶의 진지함과 가치가 이 한 순간의 간단한 화해로 빛을 잃는다. 여기서 박태원의 형식실험과 기교는 과연 새로운 정신을 낳을 수 있을 것인가를 의심하게 된다. 기교의 기교화, 정신이 없는 형식실험의 가벼움, 이런 것들이 박태원의 소설세계를 『천변풍경』의 세계로 몰고가는 계기는 아닐까 생각해본다.

『천변풍경』은 일정한 주인공이나 중심서사 없이 천변에 사는 사람들의 작은 이야기들로 구성된 장편소설이다. 카메라의 앵글을 한 공간에 맞추어 놓고 기록하듯이 전개되는 이야기들의 나열로, 각 장별로 독립된 50개의 이야기인 듯 구성되어 있다. 이 작품은 1936년 8월부터 이듬해 9월까지 「조광」에 연재된 소설로 구인회 활동이 점점 희미해져가던 무렵의 작품이다. 이 작품은 「구보」와는 달리 작품이 나올 당시 문단에서 주목을 받았다. 대중적인 인기도 있었지만 평자들에게도 호평을 받았으며, 당대 대표적인 평론가였던 최재서와 임화 두 평론가에게 주목을 받았던 작품이다.

「구보」는 내면화된 의식의 편린들로 시간이 재구성되면서 현재의 삶이 이루어지는 과정을 도시공간의 이동을 매개로 보여준 작품이라면, 『천변풍경』은 일정한 공간을 중심으로 정지된 시간 속에 화해로운 삶을 이루어내는 이상적 삶을 보여주는 작품이라 할 것이다. 천변의 삶을 전해주는 빨래터의 '수다'와 이발소 재봉이의 시선과 목소리는 천변이 자본주의적 삶의 방식의 전형인 도시라는, 인간적 친화력이 거세된 소외의 공간 한가운데에서 그 친화력을 유지한 이상적 공간이 되게 하는 기능을 한다.

가) 그러나 오히려 고독은 그곳에 있었다. 구보가 한 옆에 끼어 앉을 수도 없게스리 사람들은 그곳에 빽빽하게 모여 있어도, 그들의 누구에게서도 인간 본래의 온정을 찾을 수는 없었다. 그네들은 거의 옆의 사람에게 한마디 말을 건네는 일도 없이, 오직 자기네들 사무에 바빴고, 그리고 간혹 말을 건네도, 그것은 자기네가 타고 갈 열차의 시각이나 그러한 것에 지나지 않았다. 그네들의 동료가 아닌 사람에게 그네들은 변소에 다녀올 동안의 그네들 짐을 부탁하는 일조차 없었다. 남을 결코 믿지 않는 그네들의 눈은 보기에 딱하고 또 가엾었다.[20]

나) 이만한 지식을 얻은 뒤부터 소년은 매일같이 조석으로 반드시 남쪽 천변을 걸으며, 꼬박꼬박이 한약국 앞에서 모자를 벗고 하는 포목전 주인의 모양을 볼 때마다, 어린 생각에도 '밑천 들지 않은 인사'가 '카페에나 그런데서 값나가는 술대접 한 것'만 할 수는 없을 것이라, 이제 설혹 골백번을 그가 한약국 앞을 지나다닌다더라도, 그 흉측스러운 주인 영감은 반드시 투표용지에다 민 주사의 이름을 기입할 것에는 틀림없을 것이며, 따라서 민 주사가 우승하는 대신에, 포목전 주인의 매부되는 이는 낙제국을 먹을 것이라, 그러한 내막은 아무것도 모르고, 그대로 부질없이 헛애만 쓰고 있는 듯싶은 포목전 주인을, 소년은 한편으로 우습게도 생각하고, 또 한편으로 몹시 딱하게 여겨도 주었다.[21]

다) 평소에 소란하던 빨래터도 지금 당장은 방망이 소리 하나 들리는 일 없이, 십여 명이나 모여 있는 빨래꾼들이, 바로 약속이나 한 듯, 얼마동안은 입들을 봉하여 애닯게 조용하다.
점룡이 어머니는 문득 눈을 들어, 언제나 다름없이 의도 좋게, 동부인을 하여 어데로 또 나가는 한약국집 젊은 내외를 보고, 저도 모르게 가만한 한숨을 토하였다.[22]

---

20) 박태원, 『소설가 구보씨의 일일』, 깊은샘, 1994, 39쪽.
21) 박태원, 『천변풍경』, 깊은샘, 1994, 79쪽.
22) 박태원, 앞 책, 95쪽.

가)는 도시를 배회하는 구보가 그에게 내면화된 도시적 삶을 드러내는 부분이다. 구보에게 도시적 삶은 서로가 서로를 불신하고 익명화된 삶이다. 그래서 구보의 산책이 구보가 자신의 의식과 무의식이 넘나드는 내면으로 침잠할 수 있는 여백의 공간, 침묵의 공간을 제공할 수 있게 되기도 한다. 구보는 스치며 지나가는 많은 사람들과 알고 있지 못하며, 이들은 서로의 삶에 무관한 사람들로 설정되어 있다. 이 도시라는 북적거리고 소란스러운 공간에서 구보는 한 개의 섬처럼 외따로 존재할 수 있으며, 그래서 산책이라는 모티프는 구보의 내면을 드러내기에 적합한 형식이 된다. 서로가 서로의 삶에 개입할 수 없는 무관한 도시적 삶의 방식 속에서 구보는 어느 누구에게도 간섭받지 않고 자신의 내면에 몰두할 수 있게 된다. 이렇듯 「구보」는 군중 속의 산책이라는 모티프를 통해 내면화된 의식에 투영된 '소설가'의 자의식을 드러내는 소설이라 할 수 있다.[23]

그런데 천변의 삶은 구보가 느끼는 경성의 소외와 고독감과는 정반대의 공간이다. 이 공간도 도시 한가운데 있는 공간이지만, 이태준이 서울 변두리 성북동 시골 같은 동네에서 황수건을 보며 시골의 정취를 느끼듯이, 천변이라는 공간은 도시 한복판에 있으면서 도시적 삶에서 구보가 이미 경험한 소외와 비정의 공간이 아닌 정감이 넘치고 서로가 친화력을 획득하고 있는 공간이다. 인용문에서 드러나듯이 재봉이는 이 작품의 초점화자로

---

23) 구보라는 삭책자가 보여주는 삶은 보들레르 시의 산책자의 그것과는 다르다. 구보는 자신의 내면을 들여다보는 것에 열중하고 있는 산책자이다. 그래서 그를 고독하게 하는 경성 역의 사람들이 보여준 무관심은 오히려 그의 자의식을 전면화하는 데 기여하고 있다(그는 속물성과 고독을 비교하여 자신을 탐색한다). 보들레르의 시에 등장하는 군중 속의 산책자는 군중들의 삶이 보여주는 공동체적 친밀감의 상실을 충격으로 체험한다. 그리고 그 충격 속에 보들레르는 그 군중들을 자아화하려고 애쓴다. 그의 서정시들은 이 애씀의 기록이며, 동시에 이 애씀이 헛됨을 보여주는 것이 보들레르의 댄디적 면모라고 벤야민은 말하고 있다. 따라서 구보의 산책에서 군중은 철저히 외적 환경으로만 존재하지만, 보들레르 시의 산책자에게 군중은 자신의 변화된 삶을 경험하게 하는 직접적 계기라 할 수 있다. 발터 벤야민, 「보들레르의 몇가지 모티브에 관해서」 (반성완 역, 『발터벤야민의 문예이론』, 민음사, 1983) 참고.

기능하는 인물이다. 그는 천변에 위치한 이발소에서 일하는 소년으로 그의
일과는 문밖으로 보이는 동네사람들의 행동을 관찰하는 것이며, 그는 이런
관찰로 이미 동네사람들의 삶의 속내를 어느 정도 꿰고 있다. 일개 동네
이발소 소년인 재봉이는 그와 아무런 이해관계도 없는 많은 사람들에게
식구와 같은 관심과 배려를 보여준다. 이것은 때로 심심풀이 대상에 대한
장난기 어린 호기심 같은 것으로 드러나기도 하지만, 그들의 삶 일반에 대
한 근원적 배려와 친화력이 전제된 것으로 서로 무관한 익명의 사람들에
둘러싸여 살아가는 도시적 삶의 방식과는 사뭇 다르다.

이들의 삶을 연결시켜 주는 유일한 물줄기인 청계천은 빨래터로 유명한
곳이다. 빨래터에 모인 사람들의 대화인 '수다' 또한 이 사람들이 서로 어
떤 관계를 맺고 있는지를 잘 말해 준다. 이들은 서로 하나의 커다란 공동
체처럼 결속력을 가지고 있다. 한 식구처럼 서로의 삶에 대해 속속들이 알
고 있으며, 이 청계천이라는 자리는 이런 정보의 교환을 도와주는 물질적
조건이기도 하다. 이 천변 빨래터에서 동네사람들의 행복과 불행, 슬픔과
기쁨은 모조리 공유되고 있다.

게다가 각자의 삶을 서로가 공유하는 이들의 태도가 더욱 천변의 삶의
질을 두텁게 하고 있다. 이미 연구된 바 있듯이, 이것은 유머라는 희극적
양식의 효과로 볼 수 있는 것으로[23], 이들 천변의 삶을 바라보는 재봉이나
빨래터 아줌마들의 시선에 배어있는 감정이다. 인용문에서처럼 재봉이는
포목점 주인의 그 '헛일'을 한편으로는 '딱하게' 여기며, 빨래터 아줌마들
은 이쁜이의 불행에 모두가 할말을 잃고 '애닲은' 침묵으로 다같이 슬퍼한
다. 심지어 이 침묵은 이쁜이의 결혼을 못내 아쉬워 하던 점룡어미에게서
도 예외가 되지 않는 것이어서 이들이 맺고 있는 공동의 정서적 유대는
한결같은 것으로 확인된다.

이 시선들은 천변의 사람들에 대해서는 그 인물이 부정적인 인물이더라
도 악한 감정을 유발하는 평가를 드러내지 않는다. 속물적 삶의 방식에 가

---

23) 한수영, 「천변풍경의 희극적 양식과 근대성」, 『박태원 소설연구』, 95쪽.

장 가까이 있는 민주사나 아내를 학대하는 만돌아범에게까지 이들의 시선
은 따뜻함과 비애를 보여준다. 이 정감의 원인은 그들의 악한 행동을 유머
스럽게 해석하는 태도에 있다. 민주사는 의원 후보로 나온 동네의 유지이
며, 도박과 오입을 일삼는 돈많은 중년이다. 그런데 그는 자신이 살림을
차려준 젊은 첩이 학생녀석과 바람 피우는 장면을 보고도 바보같이 그냥
나오고 마는 소심한 인물로 그려지고 있으며, 만돌아범은 아내를 학대하는
못된 술주정뱅이면서도 자신이 좋아하는 여자가 남편에게 매 맞는 것을
보고는 엉엉 소리내어 우는 순진한 인물로 그려지고 있다. 이들은 순진하
다 못해 얄밉지 않은 미소가 절로 나오는 인물로 그려지고 있다.

　이처럼 천변은 온갖 자본주의적 소외와 이기주의 등 비인간적인 행위들
이 인간적인 가치들을 빼앗아가는 도시적 삶에서 그것에 맞서 친화력을
회복하고 서로를 감싸안을 수 있는 본능적 정서가 가능한 유일한 공간으
로 설정되어 있다. 이 공간에 소속된 사람이면 누구든지 이런 친화력의 자
장안에서 보호될 수 있다. 이 안에 소속된 사람들에 대한 시선에는 계급적
이해관계도 없고, 선악의 가치판단도 유보된다. 천변은 태고적 순수와 같
은 무조건적인 화해와 애정으로 감싸여지는 공간이다.

　그런데 이 화해와 애정의 정서는 전근대적인 친화력의 회복 속에서만이
가능한 것이며, 인용문에서 볼 수 있듯이 이것을 유머러스한 정서로 볼 줄
아는 재봉이의 시선이나 빨래터 아줌마들의 인정적 시선을 통해서만 의미
를 가지게 된다. 이 시선들은 억압의 근원과 소외 대상을 이성적으로 인식
하지는 못하지만, 그 시선들에 배어있는 정서적 공감의 차이들을 통해 본
능적으로 느끼고 있다. 이 정서적 공감은 모든 삶에 대해 일반적으로 느끼
는 연민의 정서로 천변 사람들의 삶을 보호하고 있다. 이 시선들은 청계천
을 경계로 일종의 보호막 역할을 한다. '가치'를 문제삼는다면, 천변 안에
서가 아니라 천변의 삶과 천변 바깥의 삶—예컨대 이쁜이가 시집가서 혹
독한 시집살이를 살고 다시 돌아오는 것—이 맺는 관계에서 가치판단이
얘기될 수 있다. 천변을 벗어나 있는 삶은 천변에서 가능한 인간적 친화력
이 제거된 자본주의적 삶의 소외와 폭력이 횡행하는 야만적인 삶으로 드
러난다. 그곳에서 천변 사람들은 상처받고 버려지며, 그 상처는 천변에서

만이 치유될 수 있는 것이다.

그렇다면 도시적 삶의 비정함과 소외감을 산책하는 소설가의 자의식을 통해 부각시키고 있는 「구보」의 작가 박태원은 왜 도시 한복판에 전근대적 친화력이 유지되는 화해로운 이상적 공간을 만들어놓았을까를 생각해 보자.

구보는 어머니의 행복으로 갑자기 의식의 긴장을 풀어버린다. 구보는 자본주의적 속물성을 극복하기 위해 그것을 관찰하며 그의 의식의 표면으로 떠오르는 많은 무의식적인 욕망의 자락을 들추어본다. 백화점에 식사하러 나올 수 있는 보통사람들의 행복과 자신의 고독 사이에서 유지되는 내면의 긴장감을 균형 있게 유지하며 소설가의 하루를 보내고 있다. 이 긴장의 끈으로, 무의식에 널려있는 욕망을 보는 소설가의 균형감으로 자본주의적 삶의 속물성을 견디고 있다. 혹은 맞서고 있다. 그러나 그는 절망의 바닥에 닿아야 하는 내면화의 깊이를 다하지 못하고 그저 별 이유 없이 어머니의 행복으로 일상을 받아들인다. 그 일상은 무엇일까?

자본주의적 삶의 속물성을 견디는 방식으로 자신의 무의식 속에 숨겨져 있던 욕망의 끝까지 자신을 벗겨볼 수 있는 균형감을 가지고 일상적 욕망을 극복하고 견제했던 박태원은 쉽사리, 아무런 제한 없이 일상과 화해하지는 않는다. 돌아간 그 일상의 성격은 천변의 사람살이다. 무작위적으로 떠오르는 극도로 내면화된 주관적 기록으로 객관세계의 속물성에 맞서려다 어정쩡한 화해로 긴장감을 잃은 소설가 구보는 역으로 속물적인 것을 배제한 전근대적인 관계들이 줄 수 있는 원시적 친화력과 그것으로 가능한 행복한 일상들을 통해 자본주의적 삶과의 정면충돌을 포기하고 우회하고 있다. 어쩌면 정면충돌이 박태원에게는 역부족이었는지도 모른다. 구보의 어정쩡한 화해와 천변의 이상적 공간은 이런 맥락 안에서 비로소 설득력을 가질 수 있을 것이다.

그렇다면 이제 이런 박태원의 문학적 행로가 우리 모더니즘의 문제와 어떤 식으로 연결되는지를 살펴보아야 할 것이다. 이미 이태준을 통해 인간적 친화력과 내면화된 문장의 의미에 대해 생각해본 적이 있다. 이태준의 심미적인 정서적 경험으로 내면화된 문장은 인간적 친화력이 유지되고 있는 삶의 특성을 드러내기 위한 묘사적 기술에 기여했다. 이 내면은 구체적인 인물묘사와 풍부한 미적 경험으로 연결되기도 할 것이다. 박태원은 내면의 시간으로 객관적 시간을 대신하려 한다. 내면이 삶의 전면으로 부각된다. 구보는 내면으로만 진실에 다가가고 있다. 객관적 시간은 어디에서도 그의 삶을 움직일 수 없다. 그는 외부현실을 규정하는 시간과는 무관하게 일부러 거리를 산책하며 내면에 몰두하는 인간이다. 그리고 산책이라는 행위는 많은 사람 가운데서 내면에만 몰두할 수 있는 객관적인 조건을 제공한다. 그러나 여기서 내면은 어떤 것으로 의미화되지 못하고, 그저 객관시간과 대비되는 의식의 나열을 의미하게 된다. 소설 쓰는 과정을 그저 기록하는 것처럼. 기교만이 승하고 정신이 빈약한 기교주의자의 면모로 떨어지게 된다. 그 증거는 어머니의 행복과 갑자기 화해하는 것에서 찾아 볼 수 있다.

모더니즘의 미의식을 실현하려는 '의식적인' 노력과 조선사람의 삶을 지배하고 있던 전근대적 정서에 대한 가치지향 사이에서 박태원의 소설들은 분열적 징후를 보여준다. 그리고 『천변풍경』을 통해 우회로를 찾고 있다. 그러면 잠깐 이상을 한번 생각해 보자. 박태원은 이상과 친했지만 이상과 같은 삶과는 거리가 멀다. 이상은 삶 자체를 형식실험을 하듯이 살았던 작가이기도 했다. 그에게 있어 모더니즘적 형식실험은 정신의 폭과 깊이에 비례한다고 할 것이다. 그는 그가 즐겨 사용한 수사학인 위트와 패러독스처럼 삶을 장난처럼 또는 역설적으로 살았다고 할 수 있다. 그래서 그의 문학은 우리 문학사에서 독특한 입지를 형성하게 되는 것이라 생각된다. 그러나 평범한 서울의 중산층으로 살았던 박태원에게 이상과 함께한 '의식적' 형식실험은 그의 정서적 지향과 잘 어울릴 수 없는 것이었다. 박태원의 소설들이 보여주는 두 가지 면모가 이런 분열상의 한 반영일 것이다.[24] 그리고 이 분열의 자장은 『천변풍경』에서 어느 정도 정리되고 있는 듯이 보인다. 항상 창밖의 사람들에게 관심을 갖고 있는 재봉이의 시선이나 빨래

---

24) 류보선, 「이상과 어머니, 근대와 전근대」, 『박태원 소설연구』, 60∼61쪽.

터 아줌마들의 수다에 배어 있는 전근대적인 삶에 대한 연민과 정감어린 마음이 박태원의 모더니즘적 태도와 더 가까운 것일 수도 있다. 그리고 이런 모순적 관계는 식민지적 조건을 전개해야 설명되는 것이라 생각된다.[25]

4. 글을 마치며

'구인회를 중심으로 한 소설가들의 문학적 유대'라는 전제를 놓고 이태준과 박태원의 작품세계를 살펴보았다. 이들은 서로 다른 자리에서 출발했지만, 어느 정도 닮아가고 있다고 생각된다. 그 만남은 이들의 문학에 드러나는 '삶에 대한 태도' 혹은 '가치지향'과 같은 것들에서 이루어지며, 이들이 중시한 문체에서 이 특성들은 구체화된다. 이태준은 내면에 기억된 심미적 경험과 그로 인한 이상적 삶이 사람살이의 중요한 의미로 드러나는 내면의 문체를 보여주고 있으며, 박태원은 가벼운 기교에서 나아가 유머러스한 정감어린 시선으로 전근대적 삶의 미덕을 드러내고 있다. 이런 특성들은 근대적인 형식의 도입(비록 작가마다 정도의 차이는 크지만)이라는 문제와 전근대적 정서의 미화라는 묘한 아이러니를 빚고 있다. 그리고 좀 비약하면, 이것은 구인회 작가들의 특성과 연결될 수 있을 것이다.

근대적인 것에 대한 열망과 또 전근대적인 가치에 대한 염원은 이들에게 문학을 통해 드러나야할 중요한 것들이었다고 생각된다. 그리고 식민지의 삶이 바로 이런 것들이 서로 충돌하지 않도록 현실적 조건을 만들어주

---

25) '실패한 모더니스트'로 평가되는 김기림의 경우도 이런 맥락 속에서 설명될 수 있을 것이다. 김기림은 모더니즘을 '근대' 일반의 문제와 뒤섞여 받아들였다. 그는 과학문명의 힘도 찬미하였고, 그 힘의 부정적 영향으로 생겨난 인간 소외와 물질만능의 세태에 대한 비판도 하였다. 서구 모더니즘이 자본주의에 대한 부정과 같이 시작되었던 것에 비해 식민지 조선의 김기림은 '근대적인 것' 모두를 한꺼번에 동시적으로 고민했던 것이다. 따라서 실패는 어찌보면 이런 모순성 속에서 자명한 것이었을지도 모른다. 구인회를 둘러싼 모더니즘의 문제는 이런 식민지성의 문제가 전제되지 않고는 잘 해명되기 어려울 것이다. 이남호, 「현실과 문학과 모더니즘」(『세계의 문학』 1988, 가을) 참고.

고 있었을 것이다. 식민지 지식인의 딜레마가 이것일 수 있으며, 형식실험의 비중이 그 어느 때보다도 강조되는 구인회 시절 작가들에게 이런 딜레마는 선택의 문제라기보다 분열적으로라도 공존할 수밖에 없는 것으로 보인다. 그리고 이것이 바로 구인회 중심으로 이루어진 모더니즘의 실체이지 않을까 생각된다.

서구의 모더니즘과는 달리 미적인 것과 사회역사적인 문제들이 같이 성장하고 있던 식민지에서 모더니즘의 문제는 의식적인 형식실험과 전근대적인 정서가 아이러니하게 어우러져 이태준의 심미적 정서나 박태원의 천변의 삶으로 귀결되는 것이라 생각된다. 도시적 경험으로 이 아이러니한 관계는 소화될 수 없었고, 도시 한복판에 전근대적 삶의 방식이 온존하는 천변을 통해서 오히려 미적 성과를 보여주는 박태원의 경우에서 이는 여실히 증명될 수 있을 것이다. 이것을 굳이 모더니즘과 연결시킨다면, 식민지 모더니즘의 특징이라 할 수 있을 것이며, 이는 1930년대 후반 문학사에서 리얼리즘과 모더니즘이 정확히 구별되지 않는 문학사의 문제와도 연관될 것이다. 구인회의 주요 회원이었으면서도 모더니즘에서는 논외로 치부되는 이태준이나, 모더니즘에서 리얼리즘으로 전환된다고 평가하는 박태원이나 이같은 식민지 모더니즘의 특징으로 분류한다면 일관되게 서술될 수 있을 것이다. 나아가 이렇게 본다면, 이태준이 보여주는 낭만적이고 과거지향적인 정서나 박태원이 보여주는 모든 삶 일반에 대해 차별 없이 퍼부어주는 감상적 연민은 단순히 소시민적인 정서로 평가절하되기보다 전근대적인 것, 조선적인 것, 반일적인것으로 의미화되는 민족적 정서로 연결될 수 있을 것이다. 이로써 1930년대 모더니즘은 문학사적으로도 의미 있는 문학전통으로 평가될 수 있을 것이다.

그러나 문제는 남아있다. 이상과 같은 도시적, 근대적 삶의 극단에서 삶과 문학을 동시에 실험하며 살아간 작가가 있기 때문이다. 그리고 그는 죽는 날까지 동경으로, 브로드웨이로 근대지향의 꿈을 포기하지 않았던 작가이다. 그렇지만 그에게는 1937년의 죽음이라는 끝이 있다. 극단으로 밀고 가다 일찌감치 그 끝에 이른 것 또한 이상뿐이다. 이 두 가지 사실은 어느 정도 지금까지 끌고 온 이 글의 논지를 적용할 수 있는 여지를 남겨줄지도 모른다. 그러나 아직까지 이상도 함께 논의하기에는 필자의 능력은 역부족이었다. 남는 문제로 남겨놓을 수밖에 없다. 이상과 더불어 항상 두루마기를 걸치고 기침을 하며 이들의 주위를 맴돌았던 김유정의 문학까지 함께 얘기될 때 구인회를 중심으로 한 모더니즘의 실체는 좀 더 많은 부분 해명될 수 있으리라는 것이 이 글이 기대하는 바이며, 후일에 마무리될 수 있으리라 믿는다.   (연세대 강사)

반파시즘 운동과 모더니즘
-김기림의 모더니즘관을 중심으로

진 영 복

1. 들어가는 말

김기림의 문학적 작업은 1930년대와 해방기를 관통하며 펼쳐진다. 주지하다시피 김기림은 30년대 초 주지주의를 주창하고 30년대 중반 기교주의 논쟁을 통해 리얼리즘론과 긴장 속에 모더니즘의 성격을 생활세계와 더욱 밀착시키려는 반성적 사고와 행동적 지향을 펼치고, 해방기에는 '참여적' 지식인으로 활동하고 한국전쟁중 북으로 사라진 인물이다. 그러나 김기림은 리얼리즘 입장에서는 모더니스트라는 이유로, 모더니즘 입장에서는 월북했다는 사실로 인해 북한은 물론 남한에서도 과거 전설의 이름으로 기억될 뿐이었다. 특히 기존의 연구에서는 시인으로서의 김기림과 모더니즘 비평가로서의 김기림의 차별성과 상관성을 엄밀히 고찰하지 않은 채「기상도」의 시적 성취의 한계를 바탕으로 김기림의 '전체시론'과 '모더니즘 반성'을 모더니즘의 실패라는 결론으로 막바로 귀결시키고 김기림의 문학론을 부정적으로 평가해버리고 만다. 다른 한편으로, 비교문학적 입장에서 김기림과 다른 서구의 이론가들을 실증적으로 비교하는 연구는 실증적 연구의 일정한 성과에도 불구하고 우리 현실과의 관련성 속에서 김기림 모더니즘의 면모와 유의미성을 전체적으로 드러내지 못하는 한계를 지닌다. 본고에서는 김기림의 문학론과 그가 지향한 문학운동이 우리문학에 끼친 정신적 지향의 유의미성을 먼저 검증해 보고자 한다.

김기림에 대한 여러 가지 상반된 평가에도 불구하고 기존 연구들은 어느정도 공통적으로 김기림을 모더니즘의 대표적 논자로 평가하고 있다. 그러나 모더니즘이 때로는 시공간의 상이함에 따라 상반되는 성격까지 지니고 문학사에 나타나는 '역사적 운동'이라고 할 때, 일반적인 모더니즘의 미학과 원리로 김기림의 문학론을 평가하는 것은 그의 문학론의 개별성과 역사적 운동으로서의 성격을 사상화하는 결과를 초래하게 된다. 특히 모더니즘이 하나의 역사적 운동이라면 대사회적 운동의 지향점이 있을 것이고 그 지향점의 특성에 따라 모더니즘 운동은 다른 경향의 문학과의 유대와 긴장 속에 펼쳐질 수밖에 없을 것이다. 이처럼 모더니즘을 텍스트의 대상으로 바라볼 것이 아니라 시대의 구체적 산물임과 동시에 뚜렷한 지향점과 방법을 모색하는 현실적·역사적 운동으로 보아야 하는 연구태도가 필요하다.

사실 우리 문학사에서 다양하고 또한 반복적으로 나타나는 모더니즘의 성격과 차별성을 드러내는 섬세한 분석 작업과 이에 기반한 통시화 작업은 아직 미완의 연구 영역이라 할 것이다. 우리 문학사 연구는 30년대의 모더니즘 속의 다양한 차별성과 각 시대별 모더니즘 운동의 지속과 단절의 관계양상을 일괄하여 드러내는 수준에까지 이르지 못하고 있다. 사실 이러한 작업은 그 분석의 정밀함이 요청될 뿐만 아니라 그 체계의 방대함으로 인해 쉽사리 달성될 수 있는 성질의 것이 아니다. 또한 이러한 작업은 단지 모더니즘 운동의 개별적 성격에 대한 연구에 국한되는 것이 아니라 우리 근대문학의 형성과 발전의 차별성과 고유성에 대한 연구에 입각하여야 한다는 점에서 본질적인 문제를 내포하고 있는 것이다. 본고에서도 역시 이러한 작업을 해 낼만한 준비는 되어 있지 않다. 다만 김기림의 모더니즘 비평의 전개과정과 성격을 살펴봄으로써 다양한 유파 속의 김기림의 위치와 이후 다른 시대의 모더니즘과의 차별성을 비교해 볼 수 있는 해석의 기틀을 마련하는 데 본고의 목적이 있다.

2. 문학에 대한 태도

김기림의 문학적 태도는 삶과 예술, 세계와 문학의 간격과 거리를 없애

고 삶으로부터 분리된 예술을 삶의 현장 속으로 되돌리려는 래디컬 모더
니즘의 성격을 지닌다. 이는 '삶의 미학화'라는 김기림의 주장의 요지라
할 것이다. 김기림은 근대 시민 예술의 미적 자율성이라는 범주를 부정하
고 '미학이라는 형이상학'의 실체를 해부한다.

> 이렇게 지배계급의 향락적 욕망의 지지로써 그 '살롱'의 1매의 액면과 같이
> 불가결한 시는 모든 문화체계 속에서도 우월성을 획득하였으니, 이리하여 이
> 것을 한 개의 형이상학으로 완성하기 위하여 추상작용이 시작되었다. 불필요
> 한 중에서도 가장 불필요한 미학이라는 형이상학이 그것이다. 그것이 범한 첫
> 째 과오는 시를 고정된 상태에서 관찰한 일이다. 그래서 시에 대한 과장된 관
> 념적 추리와 사색은 스스로 시의 형태와 가치의 가능성에 대한 무조건 찬미에
> 까지 도달하였다. 시를 흡사히 인생생활의 제일의적 존재인 것처럼 상아의 제
> 단에 봉사하였다. 일방에 있어서 '로맨티시즘'은 이러한 경향을 격찬하였다.[1]

김기림은 '시를 시라고 하는 선입적 우월한 시각에서 조망하는 낡은 습
관'과 '창조라는 말을 너무나 안가(安價)로 남용하는 습관'에 물들은 낭만
주의적, 예술지상주의적 태도를 비판한다. 대신 김기림은 '시는 인생 생활
의 여기'로 '생활의 배설물'이라는 실질적 가치를 지닌다는 생활의 문학론,
즉 생활존재로서의 시와 문학을 주장한다. 김기림은 지배계급의 후원으로
시로 먹고 사는 '시인', '아무 생산적 사업에 참여함이 없이 시를 직업으로
쓰는 시인'은 사회적 낭비라고 단언한다. 프로문학인에 대한 태도도 마찬
가지이다. 김기림이 보기에 프로시인이 노동자·농민이 흘린 노동의 부분
적 소비에 의하여 시를 논의하고 제작할 시간적인 여유를 제공받는다면
이 역시 시인의 사회적 책무에 대하여 불필요하게 숭배하는 태도로써 극
복해야할 낡은 요소인 것이다. 프로문학이 시와 예술의 사회적 공리성이나

---

1) 김기림, 「시인과 시의 개념」, 『조선일보』 1930. 7. 24.~7. 30. (『김기림전집』2권,
   294쪽, 심설당, 1988에서 재인용. 이하 『김기림전집』은 『전집』으로 축약표기하고 출
   판사와 간행연도는 같으므로 생략한다.)

전투적 작용을 높게 생각하는 것은 낭만주의와 예술지상주의의 예술관과
마찬가지로 시에 대한 우상숭배적 태도에서 나온 것이 아니냐는 주장이다.
이러한 문학관에서 세계대공황 이후 프로레타리아문학의 침체는 '무기로
서의 공리성'이라는 문학관의 허상을 증명하는 것[2]이라는 김기림의 단언
이 나올 수 있는 것이다.

'문학의 공리성'을 부정하는 것이 대타적으로 미래파, 입체파, 다다, 초
현실주의의 운동을 긍정적으로 평가하는 쪽으로 기우는 것만은 아니다. 김
기림은 이들 그룹의 예술파괴 운동은 근대시의 자기붕괴 과정이었으며 그
것은 시라고 하는 관념형태가 의존하는 지배계급의 자기붕괴와 동반하여
일어나는 과정이라고 본다. 오늘의 세계를 지배하고 있는 힘은 벌써 피로
해지고 있고 거기에는 처참한 생활의 자기분열이 있다. 또한 예술작품은
이미 한 개의 상품 이상도 아니며 근대시라는 쟝르는 대중과 지배층으로
부터 외면당하고 고객을 잃어버린 화상(花商)일 뿐이다. 이러한 이유로 김
기림은 상징주의, 미래파, 표현주의, 다다, 초현실주의 등을 포괄하는 근대
시의 파탄을 선언한다. 초현실주의자 루이 아라공이 꿈과 자살의 유혹에서
사회혁명으로 '의외의 변환'[3]을 하지만 김기림이 보기에 이것은 근대시의
갱생이 아닌 근대시의 구원의 길이 아무데도 없음을 증명하는 것일 뿐이다.

김기림은 생활에 근거한 새로운 포에지, 이것을 명일의 시로 제시한다.
김기림은 일상언어로 생활의 감성을 그리는 '새로운 포에지'[4]를 주장한다.
그러나 새로운 포에지의 강조점이 현실과 생활세계의 진실한 리얼리티에
주어지기보다는 명랑한 감성으로 대상을 그리는, 즉 '주지적 태도에 의하
여 대상을 감각화'하는 것에 초점을 두는 한계를 지닌다. 김기림에 따르면
주지적 태도란 센티멘탈이나 로맨티시즘[5]의 소박한 표현주의적 방법을
배척하고 (1) 운동과 생명의 구체화(기계에 대한 열렬한 미감), (2) 정지

2) 김기림, 「문예시평」, 『동광』1932. 10
3) 김기림, 「상아탑의 비극」, 『동아일보』 1931. 7. 20-8. 9. (『전집』 제2권).
4) 앞의 각주.
5) 김기림에 따르면 센티멘탈리즘은 창작과정에서 예술적 형상의 작용을 방해하고 시

대신에 동하는 미(행동의 가치에 대한 새 발견) (3) 노동의 미[6]에 대해 주목하는 경향이다. 이 당시 김기림은 주지주의의 내적 한계와 아직 대면하지는 못한 상태에서 주지적 태도를 오늘의 시의 주된 특질이라고 소개하는 수준에 머무르고 있다. 해체기에 들어선 근대시의 극복을 '명랑한 감성'이라는 주지적 태도로 감당해 낼 수 있는지의 여부에 대해 김기림은 아직 전면적으로 문제의식을 갖지 못한 상태인 것이다.

김기림은 20세기 신시운동은 생활세계의 강조에 지나지 않는다며 생활세계를 강조한다. 김기림에 따르면 최초의 프롤레타리아 시인인 에세닌이나 마야코프스키가 나중에 자살로 귀결한 것은 노동제도에 대한 환멸이 아닌 새로운 생활세계와 자아와의 괴리에서 나온 지식인의 비극이다. 김기림은 생활세계의 강조를 통해 그의 모더니스트적 면모와는 일견 어울리지 않는 것처럼 보이는 '리얼리티'와 '모랄'의 문제를 제기하게 된다. 김기림에 따르면 위대한 예술일수록 우리를 사로잡는 힘이 강한데 그것은 바로 인생 및 세계의 어떠한 '리얼리티'를 추구하기 때문이라는 것이다. 김기림은 리얼리티를 현실보다는 진실에 가까운 것이라고 해석하면서, 예술가가 광대한 세계와 복잡한 인생 속에서 어떠한 리얼리티를 붙잡는 것은 그의 자유이고 또 그 리얼리티를 어떠한 방법으로 붙잡느냐 하는 것도 전혀 그의 자유와 개성의 활동에 맡겨져 있다고 설명한다. 또한 김기림은 선택과 방법에 있어서의 개성적 활동의 자유―대상의 선택과 방법 이 두 가지의 자유가 예술을 일양화의 위험으로부터 건져주는 것으로 이것은 예술가의 창조적 활동에 속한다고 파악한다. 또한 김기림에 따르면 작가는 그 작품 속의 사람의 행동 내지 인생의 위치에 대하여 한 개의 각도 내지 태도를 가지기 쉽고, 그러한 한에서 작가는 모랄리스트이다. 그러나 작품 속의 작

의 내용으로서 나타날 때는 한 개의 사회적 모랄로서 단순한 치정(癡情)의 옹호에 그치는 한계를 지닌다. 김기림은 시론으로 '센티멘탈리즘'을 주장한 박용철과 이 점에 대하여는 대척점에 서 있다고 말한다. (「1933년도 시단의 회고와 전망」, 『조선일보』 1933. 12. 7~12. 13, (「1933년도 시단의 회고」, 『전집』 제2권))

6) 「포에지'와 모더니티」, 『신동아』 1933. 7. 「시의 모더니티」, (『전집』 제2권)

가의 모랄이 나타나는 것은 아주 자연스러운 상태에서 드러나야 한다. 즉 작품 속에 나타나는 모랄은 작가가 그 속에서 진지하고 냉정하게 리얼리티를 추구할 때 거기서 자연스레 나타난다. 예술에 있어서 영구히 또한 결정적으로 우리에게 육박해오는 생생한 힘은 리얼리티의 박력[7]이라고 김기림은 설명한다.

김기림이 로맨티시즘이나 프로문학을 비판적으로 바라본 이유는 이들 문학이 모랄을 그대로 드러내거나 혹은 생활세계의 리얼리티를 일양화할 위험이 있기 때문이라고 유추해 볼 수 있다. 김기림의 논지에 따르면 진리를 파악해내는 방법은 여러 가지가 있을 수 있다. 예술의 대상 또한 고정되어 있거나 한정되어 있는 것이 아니다. 원론적으로 이 두 가지의 지적은 타당한 것이고 당시의 프로문학에도 적절한 비판으로 여겨진다. 문제는 생활세계의 리얼리티가 내포하는 가치체계와 질서, 곧 진실내역에 대한 가치평가에 관한 것이다. 가령 정지용의 「유리창」을 두고 비감을 투명하고 절묘한 태도로 그려냈다는 김기림의 평가와, 이와 달리 잘 그려냈지만 결국은 사회성과 유리된 한 개 개인의 비극을 그려냈으므로 소시민적이라는 임화의 상반된 평가는 문학이 내포하는 리얼리티의 진실과 모랄에 대한 가치평가의 차이에서 기인하는 것이기 때문이다.

김기림과 임화간에 소위 기교주의 논쟁이 벌어지게 된 것은 바로 1933년 시단에 대한 가치평가의 상이함에서 비롯된다. 김기림은 「1933년 시단의 회고」를 통해 정지용을 시 속에 '현대의 호흡과 맥박'을 불어넣은 최초의 시인으로 상찬한다. 또한 김기림이 보기에 정지용은 상징주의 시의 시간적 단조에 불만을 품고 시 속에 공간성을 이끌어 넣었고, 우리말 하나하나의 단어가 가지고 있는 무게와 감촉과 광(光)과 음(陰)과 형(形)과 음(音)에 대하여 특이한 식별력을 가진 시인으로서 일상 대화의 어법을 그대로 시에 이끌어 넣어 생기 있고 자연스러운 내적 리듬을 창조한 시인이다.

---

7) 「예술에 있어서의 리얼리티와 모랄문제」, 『조선일보』 1933. 10. 21~24, (『전집』 제3권)

이에 반해 임화는, 정지용의 시에는 '개인적 자유나 근대문명의 모든 빛깔과는 절연된 절대적 신과(神科)와 형이상학이 자리'하고 있으며 이러한 시적 경향은 '현실 가운데서 아무런 희망을 찾을 수 없고 자기를 상실한 소부르주아지적 태도'에서 비롯되었다고 비판한다. 임화에게 정지용, 신석정, 김기림의 시는 인간의 내성적 측면, 주로 심리적인 실화(實話)나 도시생활의 소비적 반면(半面) 등으로 인해 감정과 정서의 표면에 나타나는 포말을 그리고 있는 것으로, '현실과 단절된 조그만 주관의 세계'에서 '형식주의적인 언어의 애완에 그치고 내용의 새로움을 빼놓고 형식의 새로움만 찾는'8) 모습으로 비친 것이다.

이러한 임화의 전면적 비판에 대해 김기림은 임화의 비평은 모랄의 성격을 기준으로 삼는 정치주의적·공식주의적 비평이라고 일축한다. 또한 올바른 비평이라면 "한 사람의 작가가 그가 사는 사회와 시대의 모순을 어떻게 그의 예술 속에서 몸으로써 고통하였느냐 하는 진실성을 보아야 하고(중략) 한 개의 작품이 어느 부분에서 어떻게 현대의 질병과 자발적으로 의식적으로 관계하고 있는가를"9) 먼저 분석하고 구명해주었어야 한다고 주장한다. 김기림은 계속해서 "창백한 지식계급의 존재는 자본주의 사회의 숙명이다. 그 개개의 분자의 모랄의 문제가 아니다. 사회적 비평가의 메스는 아모 방위도 없는 개개의 분자에게 향하기 전에 그들이 의존하는 사회적 시대적 질병의 심소로 향할 것이 아닐까?"라고 반문한다. 위와 같이 김기림의 글을 검토해 볼 때 김기림은 모더니즘을 현실의 병적 상황에서 발생한 것으로 병적 상황의 현실세계와 관계 맺는 예술적 방법으로 파악한 것임이 드러난다. 그러나 김기림은 임화가 이들의 모더니즘의 성격이 '세계와 단절된 주관의 세계'라고 비판하는 부분에는 별다른 반박을 하지 않는데 이후 김기림의 변화와 관련하여 주목되는 지점이다.

이상에서 살펴본 바와 같이 생활세계의 리얼리티와 '생활의 미학화'를

---

8) 임화, 「33년을 통하여 본 현대조선의 시문학」, 『조선중앙일보』 1934. 1. 1~11, 『문학의 논리』, 학예사, 1940.
9) 김기림, 「문예시평」, 『조선일보』 1934. 3. 30.

주장한 김기림과 현실의 진리성을 추구하는 임화는 결국 문학의 가치와 생활세계의 가치체계를 놓고 일대 논전까지 벌이게 될 정도로 가치에 대한 평가에 있어서 큰 차이를 보여준다.

그렇다고 이 둘의 거리가 만날 수 없도록 고정된 것만은 아니다. 생활세계에 대해 객관적이려는 태도는 세계와 예술에 대한 가치평가의 부분에서 서로 접근할 가능성을 지니고 있는 열려진 태도이다. 의욕과 적극성이 뒷받침된다면 이러한 태도는 생활세계의 리얼리티에 대하여 가치체계가 없는 실증적·상대주의적 태도에서 벗어날 수 있게 하는 원동력이 될 수 있기 때문이다. 주정적인 센티멘탈리즘이나 현실에 대한 '반항적 거부의 일종'이라고 할 수 있는 유미주의가 내포하는 현실도피적 성격과는 다르게 김기림의 모더니즘은 생활세계에 대한 관심 속에 대사회적 비판의 가능성을 담지하고 있는 이론인 셈이다.

3. 모더니즘의 새로운 방향과 반파시즘 연대의 모색

1934년부터 김기림의 모더니즘관에 내적인 변화가 일어난다. 김기림은 모더니즘이 기교를 중시하는 기교주의로 떨어지지 않기 위해서는 적극적으로 현실의 깊은 곳으로 들어가야 한다고 주장하기 시작한다. 김기림의 새로운 방향모색 과정은 서구의 오든 그룹[10]의 경향과 상당한 유사성을 띠며, 스펜더 이론의 수용[11]이라는 영향관계도 추측해볼 수 있는 것으로

---

10) 이창배,『20세기 영미시의 형성』, 민음사, 1994, 참조.
    문혜원,「오든 그룹의 시 해석」,『모더니즘연구』, 자유세계, 1993, 참조.
11) 김용직,「1930년대 모더니즘시의 형성과 전개」,『현대시사상』, 1995. 가을호, 참조.
    앞에서 살펴보았듯이 김기림의 모더니즘은 생활세계의 예술을 주장하고 리얼리티와 모랄을 중시한다는 차원에서 볼 때 가치체계에 대한 실증적·상대주의적 태도에서 벗어나 현실과 사회에 적극적으로 개입해 들어가는 문학을 주장할 수 있는 충분한 가능성을 갖고 있었다. 그러므로 김기림의 모더니즘이 새로운 방향정립을 모색하게 된 것은 일방적 영향관계가 아닌 내적 필연성에 의한 경향의 유사성이라고 보는 것이 옳은 듯싶다.

보인다.

스펜더는 엘리엇의 「황무지」가 유럽의 사회와 문화의 붕괴와 유럽과 아메리카의 지식계층의 전후 상황을 묘사하는 데 다른 어떤 작품보다도 뛰어나지만 엘리엇은 오직 개인의 영혼의 구원에만 매달리는 종교적인 것으로 귀의함으로써 그 극복 방법의 제시에는 너무나 무력할 수밖에 없다며 주지주의를 극복하고자 한다. 김기림 역시 모더니즘의 새로운 방향모색 과정에서 주지주의의 사상적 배경이었던 T.E 흄이나 엘리엇을 비판적으로 바라보기 시작한다. 김기림의 다음 글을 보기로 하자.

> 우리가 가진 가장 뛰어난 근대파 시인 이상은 일찌기 「위독」에서 현대의 진단서를 썼다. 그의 우울한 시대병리학을 기술하기에 가장 알맞은 암호를 그는 고안했었다. 다만 우리는 목표를 바라본 이상 다음에는 노력이 있을 뿐이다. 우리는 일찌기 20세기의 신화를 쓰려고 한 「황무지」의 시인이 겨우 정신적 화전민의 신화를 써놓고는 그만 구주의 초토 위에 무모하게도 중세기의 신화를 재건하려고한 전철은 똑바로 보아 두었을 것이다. (밑줄, 인용자)[12]

스펜더는 오든 그룹의 한 사람으로 문학에서 흄과 엘리엇의 정치배제 경향으로는 파시즘에 유린되는 시민대중과 인간성을 보호할 수 없으므로 시가 정치를 방관할 것이 아니라 그 적극적인 개혁을 시도해야 한다고 주장했던 인물이다. 나중에 스펜더는 1936년 스페인 내란에 공산당원 자격으로 참가하기도 한다.

김기림은 1934년부터 모더니즘이 현실에 대해 관심을 갖고 적극적인 비판자의 역할을 수행하여야 한다고 주장하기 시작한다. 김기림은 「새인간성과 비평정신」(『조선일보』 1934. 11, 16~18)에서 문학의 문제는 작가가 얼마나 깊이 인생의 진실에 육박하여 그것을 형상화할 수 있느냐에 있다고 보면서 다음과 같이 새로운 휴머니즘을 제창하고 나선다.

---

12) 「과학과 비평과 시」, 『조선일보』 1937. 2. 21~2. 26, (『전집』 제2권, 33쪽).

　　그런데 우리 문학 속에는 한 때 확실히 인생에서 멀어져 가는 경향이 나타
나고 있던 것도 사실이다. 조선에서도 편내용주의, 공식주의의 풍미에 대하여
반발한 나머지 문학의 옹호가 그릇 형식의 옹호로 되어버린 인상을 준 때가
있었다. 이러한 경향은 문명사적 근거가 있다. 근대문명은 인간에서 출발해서
이미 인간을 무시하는 경지에까지 이르렀다. (…)문명의 집중지대인 도회에서
는 그들의 생활은 노골하게 인간을 떠나서 기계에 가까워간다. 인간에서 멀어
지는 비례로 또한 그들과 민중과의 거리도 멀어지는 것이다. (…)이러한 '아나
르시'의 상태에 문학도 사람도 그렇게 오랫동안 견디고 있을 수는 없었다. 이
윽고 문학은 인간을 그리워하게 될 것이었고 심오한 휴매니티 위에 문학의 모
든 분야를 새로이 건축하려는 욕구가 나타나고야 말 것을 우리는 믿었다. 그
것은 광범하고 또한 전체적인 새로운 휴매니즘의 문명비판의 태도를 확립하고
그 위에 모든 문학현상을 통일할 것이었다. 구라파에 있어서는 이러한 경향이
부분적으로 대두하였다. 그것은 주로 정치에의 관심의 형태로 나타났었다.
　　불란서의 신진평론가 '페르난데스'의 행동주의에도 나타나 있었고 또 지드
의 전향, 일부의 '슈르리얼리스트'의 집단적 전향도 이러한 사태를 예고하였다.
영국에서는 그 엄혹한 엘리엇의 주지주의의 온상에서 자란 '오든'·'스펜더'·'
데이·루이스' 등이 사회주의의 신명을 들고 나왔었다. (…)새로운 휴머니즘은
광범하고 심오한 인간성의 이해위에 서서 더 고귀하고 완성된 인간성을 집단
을 통하여 실현할 것을 목적으로 하고 있다. (…)현실 속에서만 미래를 발견할
줄 아는 참된 리얼리스트여야 될 필요를 느낀다.

　　김기림은 그 동안의 모더니즘 문학이 비인간화되고 수척한 지성의 문명
에 갇혀 있었다고 진단하며, 시가 수동적으로 현대문명을 '반영'함으로써
만족한다면 흄이나 엘리엇의 고전주의로 족할 것이지만 현대문명에 대한
능동적인 비판을 구한다면 현대문명의 발전과 방향과 자세를 제시해야 할
것[13]이라고 주장함으로써 모더니즘의 방향전환을 꾀한다. 인간의 진실에
육박하는 새로운 휴머니즘을 제창한 김기림은 자연스럽게 비정치적인 성
격과 현실초연의 자세를 띠고 있었던 당시의 모더니즘 문학에 대한 비판

---

13) 「오전의 시론」, 『조선일보』 1935. 4. 40~5. 2. (「고전주의와 낭만주의」 『전집』 제2권).

과 방향전환의 촉구로 이어진다. 「시에 있어서의 기교주의의 반성과 발전」(1935. 2. 10~3. 14)이라는 글이 그것이다. 음악성이나 외형 같은 부분을 추상하여 고조하는 것은 시의 순수화가 아니라 일면화이며 이에 대한 대안으로 늘 높은 시대정신이 살아있는 '전체로서의 시' 즉 '높은 시적 사고와 풍부한 시적 표현의 완성'을 추구하는 시를 주장하게 된다. 김기림은 '어떤 정신의 형해'를 형상화하거나 '문학적 이미지를 유지함으로써 겨우 극히 회박한 정도의 인간성을 남겨 가지고 있는 시'는 인간적 감격과 비판이 참가하지 아니한 시이므로 문자의 장식에 지나지 않으며[14], '대낮에 피로한 오후의 심리'의 시라고 비판한다. 이러한 비판과 반성의 토대 위에 김기림은 시의 현실 연관성을 통하여 비판성을 회복하고 자기 성찰을 통하여 진실성과 건강성을 획득하는 '오전의 시론'을 제시하기에 이른다. 그렇다면 프로문학에 대하여 김기림은 어떻게 생각하고 있었는가? 명백히 밝히지는 않았지만 「기교주의의 반성과 발전」이라는 글에서 보이는 로맨티시즘에 대한 설명에서 김기림의 프로문학에 대한 태도를 읽을 수 있다. 김기림은 주지주의가 극복대상으로 삼은 바 있는 로맨티시즘 시론을 다음과 같이 설명한다.

　어떠한 사고나 감정의 자연적 노출을 그대로 시의 극치라고 생각했다. 영감이라는 말이 존중되었으며 그것은 시의 원천인 동시에 시인의 특권을 지키기 위한 신비로운 주문인 것처럼 생각되었다. 그것은 때때로 내용주의라는 새로운 복장으로 바꾸어 입으나 역시 자연의 존중이라는 소박한 사상에서 출발한 점에서 동일하다. 어떠한 사상적 흥분도 그대로 시가 될 수 없다. 시적 사고와 시적 표현의 완성으로 나타나야 한다.

　앞장에서 살펴본 대로 모랄이나 세계관을 그대로 표현하는 것은 공식주의에 빠질 수 있다는 지적과 일맥상통한다. 김기림은 프로문학의 오류로 편내용주의을 들고 있으며 이러한 오류의 본질은 사상이나 감정을 그대로

---

14) 「오전의 시론」, 『조선일보』 1935. 4. 20~5. 2. (「인간의 결핍」, 『전집』 제2권).

표현하는 로맨티시즘 태도와 다를 바 없다고 보고 있다.[15]

김기림은 기교파들이 현실에 대하여 도망하려는 자세를 동일하게 가지는 점에서 일치한다고 지적하고, 파시즘의 협위에 있는 현실에 대해 문학이 얼마나 진지하게 대응하고 있는가를 고통스럽게 반성한다.

> 지난해(1935년-인용자) 6월에 '파리'에서 문화의 옹호를 위한 국제작가회의가 열렸을 때 그들은 근대문명의 현실을 비판하고 초극하려는 문학이었다. 과연 우리들의 기교파는 옹호되어야 할 문학 중에 들었을까? 그보다 국제작가회의가 적대하려는 세력이 무해무익한 카나리아로서 방임하거나 도리어 장려할 그러한 종류의 문학 속에 들지나 않았을까? 필자가 수 많은 동료에게 즉 현실에의 적극적 관심을 제의한 까닭도 거기 있었다. (루이 아라공, 엘리엇, 뉴 시그내튜어, 뉴 컨트리 등-인용자) 비판자, 초극자만이 내일에 참여할 권리를 가질 수 있는 까닭이기 때문이다.[16]

김기림은 이러한 자신의 의견이 기교주의에 대신해서 편내용주의를 취하라는 것은 아니라고 강조한다. 내용과 기교의 통일을 향한 전체적 시론이 요망된다는 것이다. 김기림은 자신의 글「기교주의의 반성과 발전」에 프로문학의 위상이 빠져 있다는 임화의 지적[17]은 타당하다고 인정한다. 이러한 인정의 의미는 김기림이 프로문학이 갖는 반파시즘적 성격과 대항력을 인정하고 이후 김기림의 문학구도에서 프로문학을 염두에 두고 연대적 실천과 문학적 공동과제를 사고할 수 있는 토대를 마련했다는 점에서 찾을 수 있다. 그러나 김기림은 프로문학이 내용과 기교를 통일한 전체주

---

15) 김기림은 프로문학 일반을 거부하는 것은 아니다. 프로문학의 편내용주의를 경계할 따름이다. 2장에서 살펴보았듯이 모랄과 리얼리티의 자연스러운 결합으로 좋은 예술이 나온다는 서술은 프로문학이 편내용주의를 극복한다면 좋은 예술이 될 수 있다는 지적이다. 사실 김기림은 자신의 노트에서 러시아 프로문학에 대한 공감과 감동을 이야기한 바 있다.

16)「시인으로서 현실에 적극관심」,『조선일보』1936. 1. 1, (『전집』 제2권).

17) 임화,「담천하의 시단 1년」,『신동아』1935. 12.『문학의 논리』, 학예사, 1940, 참조.

의의 시를 완성했다는 임화의 주장하는 데에는 승복할 수 없다고 말한다.

임화씨는 신동아 12월호에서 나의 이 제안(「시에 있어서의 기교주의의 반성과 발전」 1935. 2. 10-14 인용자)에 대한 비판을 시험했다. 나는 **의 적막한 해안에서 병을 나스랴고 있다고 하는 이 시인이 내가 제시한 일편의 논문을 충실히 읽어준 일에 대하여 기뻐해마지 않는다. 그의 논설에는 많은 승복할 점도 있으나 또한 승복할 수 없는 점도 있다. 가령 나의 논문이 프로시를 간과한 것을 비난한 일은 옳다. 나로서는 내가 시를 쓰고 또 생각하기 시작한 때는 벌써 프로시가 왕성하지 못하였고 따라서 내 사고 속에 강렬하게 압박해오지 않았던 까닭에 그 일은 극히 자연스러웠다. 그러나 내가 말한 시에 대한 전체적 견해를 프로시가 졸업한 것처럼 말한 것은 사실에 대한 착각이거나 무고같다. 1930년 이전의 프로시는 암만해도 내용편중의 오류에 빠져든 것 같고 그것이 기교를 의식하고 내용과 기교를 통일한 한 전체로서의 시에 도달하는 것은 오히려 금후의 과제가 아닌가 생각된다. 나는 물론 우로부터 기울어지는 전체주의의 선을 그려보았다. 프로시가 만약에 금후 전체주의의 선을 ╱아서 발전을 꾀한다고 하면은 그것은 물론 좌로부터의 선일 것이다. 이 두 선이 어떠한 지점에서 서로만날까 또는 반발할까는 이제부터의 과제다. 나는 다만 여기서는 같은 제네레이슌에 속한 동료들에게 새해에도 계속해서 이 시에 대한 전체주의적 의견을 제시하려고 한다.[18]
(밑줄친 부분은 조선일보 발표당시에는 있었으나 『시론』에 「시와 현실」로 실리면서 빠진 부분임.)

김기림은 기교주의에 대해 자기반성을 행하고 현실비판과 인간성 옹호의 행동주의 문학에 대한 관심을 보이고 있는 와중에 파리작가회의의 소식을 전해듣고 자신의 반성과 기획 내역에 일치한다고 확신하여 크게 고무된 듯하다. 김기림은 근대문명의 비판에만 머물던 자세에서 근대문명의 병리적 현상의 극복이라는 적극적 입장으로 선회하고 파시즘에 공동으로 대항할 수 있는 연대전선체로서 프로문학을 자신의 문학적 구도 속에서

18) 「신춘조선시단 전망」, 『조선일보』 1936. 1. 1.~1. 5.

파악하기 시작한 것이다. 그러나 김기림은 프로문학은 연대전선의 대상이지 편내용주의로 인해 그대로 받아들일 수 없는 한계를 지닌다고 본다. 즉 프로문학은 공식주의적 한계로 인해 '전체성의 시'에 도달하지 못하였고 기교파도 또한 기술의 일부면의 강조로 인하여 그 역사적 의의를 잃어버린 상황에서 양 사조 모두 더 높은 차원인 '전체로서의 시'로 통일되어야 하는 과제가 앞에 놓여있다고 김기림은 판단한다. 이러한 사실을 살펴볼 때 김기림의 기교주의의 비판 속에는 반파시즘 인민전선에 입각한 연대의식적 사고와 정치적 의도가 있었으며 그의 '전체로서의 시' 역시 이러한 산물이라는 점이 드러난다. 이와 같이 김기림이 제시한 '전체시론'은 광폭해져 가는 파시즘의 위협에 대한 대응과 파탄에 이른 근대를 초극하려는 사회적 과제와 함께 편내용주의와 편형식주의를 극복하고 붕괴과정에 이른 근대문학을 초극하려는 문학적 과제를 결합시킨 반파시즘 연대의 제안인 것이다.[19] 반파시즘 인민전선이 프로문학에서는 1937년 이후 휴머니즘 논쟁을 통해 본격적으로 제기되고, 자유주의문학론에서는 1935년 파리 국제작가회의의 파시즘에 대한 공동대응이라는 정치적 의미는 빼버리고 단지 문화의 옹호라는 식의 자기합리화로 이용되는 실정과 비교할 때 김기림의 자기반성에 근거한 실천제안은 더욱 돋보이는 측면이 있다고 할 수 있다.

김기림의 자기반성에 근거한 문학론의 변화양상과 박용철이나 최재서와 같은 다른 '모더니스트'의 문학론을 비교해 보면 김기림의 모더니즘의 성격과 1930년대 모더니즘의 다양성이 보다 명확히 드러난다. 임화의 「담천하의 시단 일년」이라는 글에서 행한 주지적 태도에 대한 비판에 대하여 박용철은 「을해시단총평」[20]에서 반비판을 시도한다. 박용철은 순수시파

---

19) 김기림의 '전체시론'을 시대적 맥락 속에서 읽지 않고 단지 하나의 완결된 텍스트인 〈시론〉으로 놓고 보는 태도는 김기림의 문제의식을 놓치기 쉽다고 보여진다. 모더니즘과 사회성의 결합, 혹은 기교와 내용의 결합으로만 '전체시론'을 이해한다면 '형식논리학의 레벨에서 문학사를 바라보기에 단선적인 절충주의에 빠졌다'(김윤식, 「전체시론」, 『한국근대문학사상사』, 한길사, 1984)는 입장에서 벗어날 수 없을 것이다.

20) 박용철, 「을해시단총평」, 『동아일보』 1935. 12. 24~28.

는 '한가지 가슴에 뭉얼거리는 덩어리'인 '내용'을 가지고 '언어 가운데서 그것에 가장 해당한 표현을 찾으려 헤메'이는 것으로 시인의 창작과정을 설명함으로써 분명한 내용을 가지고 있으므로 기교주의는 다르다고 주장한다. 즉 박용철은 김기림의 기교주의 비판을 내용보다는 기교 우위의 문학에 대한 비판으로 이해하고, 순수시파는 '내용'과 '형식'이 일치된 문학이므로 김기림의 기교주의 비판에 포함되지 않는다며 기교주의와 순수시파를 분리하여 설명하는 것이다. 박용철은 김기림의 기교주의 비판을 단순히 내용, 형식의 관계로 해소해 버림으로써 김기림이 제시한 현실에 대한 적극적 관심은 얼버무리고 만다. 박용철의 이러한 논의 속에서 모더니즘의 다른 일면인 순수파의 모습을 파악할 수 있거니와 그것이 가지는 대사회적 단절이라는 부정적 모습의 일단을 볼 수 있다. 이후 우리의 문학사에서 모더니즘은 지속적으로 나타나지만 그 경향이 다양하게 때로는 상반된 성격으로 나타나기도 하는데 이것은 바로 모더니즘 자체가 내포한 모순적으로까지 보이는 다양성을 설명해 주는 부분일 것이다.

김기림과 더불어 모더니즘의 이론의 소개와 해석적 비평을 행한 최재서의 면모를 살펴보자. 최재서는 행동이란 대부분 기계적 행동 아니면 충동적 행동이므로 행동은 부정적인 가치를 지니는 것이며 지성은 대상을 관조하는 수단으로 비행동적인 것[21]이라면서 행동과 지성을 대립적으로 나누어 놓고 있다. 이러한 관조적 태도의 지성관은 대상을 순수 객관적으로 보는 태도 곧 실증주의의 방법과 밀접히 연관된다. 이러한 태도는 하버마스에 따르면 도구적 합리성으로 귀결[22] 되고 결국 파시즘의 체제대화에 이용될 수 있는 소지를 지닌 것이다. 최재서가 「날개」와 「천변풍경」을 평하면서 그 대상이 외부세계거나 내부세계거나 상관없이 그것을 진실하게 관찰하고 정확하게 표현했기 때문에, 즉 객관적 태도로서 표현하였기에 리얼리즘이라고 한 사실은 그의 실증주의적인 지성관이 리얼리즘관에 투

---

21) 최재서, 「현대적 지성에 대하여」, 『문학과 지성』, 인문사, 1938.
22) 하정일, 「1930년대 후반 문학비평의 변모와 근대성」, 민족문학사연구소 엮음,
　　『민족문학과 근대성』, 문학과지성사, 1995, 참조.

영된 것이라고 보인다. 최재서의 이러한 태도는 김기림과는 명백히 구별된
다. 김기림이 흄을 비판하고 스펜더를 수용한 것은 이미 실증주의적이고
관조주의적인 태도를 비판한 것이다. 또 김기림은 "우리는 투명한 지성이
라고 하는 것이 시대의 격동 속에서는 얼마나 쉽사리 부서질 수 있다는
것을 눈으로 보아왔다. 지성과 정의(情意)의 세계를 아직 갈라서 생각한
것은 낡은 요소심리학의 잘못이었다. 정신을 육체에서 갈라서 생각하는 것
도 오래인 형이상학적 가설이었다. 시는 그 어느 하나에만 의존하지 않는
다"[23]고 「오전의 시론」에서 완전히 극복하지 못한 지성과 정의의 이분법
을 폐기한다. 최재서가 지성과 행동을 대립적으로 파악한 반면 김기림은
그것을 낡은 요소심리학적 오류라고 자기비판하고 있는 것이다. 또한 최재
서의 비행동적 지성관과는 다르게 김기림은 전체시론과 모더니즘의 반성
을 통해 반파시즘 인민전선에 의거한 행동주의를 주장했다는 점에서 대비
된다.

4. 모더니즘 문학운동의 성과와 한계의 점검

김기림의 방향모색과 파시즘에 대한 공동연대의 제안에 대해 임화는 다
음과 같이 대응한다.

김기림이 말한대로 물론 조선의 경향시가 근대시의 전체적 과정을 완전히
졸업하지는 못했으며, 1930년 이전의 경향시가 내용편중의 공식주의 가운데
있었다는 김기림의 지적은 정당한 것이요, 그것의 완성이 금후에 있다는 것도
또한 시인할 수밖에 없다. 그러나 경향시가 갖는 근대시상의 지위와 성질은
그것이 창작적으로 자기를 아직 완성치 못하고 있음에도 불구하고 고전주의
시로부터 근대 낭만주의 데카다니즘 등의 역사적 발전의 일정한 달성과 그 과
정 가운데서 필연적으로 생성한 것이다. 앙드레 지드가 파리작가회의에서 아
직 미숙한 쏘비엣 문학을 발전시키기 위하여 협력할 것이며 또한 가치있는 문

---

23) 김기림, 「시의 장래」, 『조선일보』 1940. 8. 10. (『전집』 제2권 참조).

학이란 금일에 있어 이 사회에 대립하는 문학 이외의 것이라고 생각할 수 없다는 그러한 아량을 나는 우리 성실한 시인에게 기대하고 싶다.[24]

임화는 경향문학의 편내용성을 인정하고 이것이 경향문학의 유년시대적 성격에서 비롯된 것이며 문학적 완성은 금후의 과제라고 시인한 후 김기림에게 사회주의문학에 대한 협력을 요청한다. 그러나 당시 김기림은 서구의 앙드레 지드나 오든 그룹처럼 사회주의 문학에 대한 협력을 공공연하게 행하지 못하고 1936년 일본으로 재차 유학을 떠나고 만다. 이상 역시 김기림을 좇아 일본으로 가 그곳에서 사망한다. 이들이 왜 일본으로 떠났는지는 명확히 알 수 없다. 단지 강화되는 식민지 지배로 인하여 문학적 저항을 하기 어려워진 사회적 상황과 현실에 적극적 관심의 호소가 시단의 별반의 관심을 얻지 못했다는 점 등 여러 가지 정황 추정이 가능할 뿐이다.

김기림은 일본 유학에서 돌아온 후 30년대 모더니즘운동의 결산서라 할 수 있는 「모더니즘의 역사적 위치」(『인문평론』 1939. 10.)를 발표한다.

30년대 중쯤에 와서는 벌써 이 모더니즘, 아니 우리 신시 전체가 한 가지로 질적 변환을 일으켰던 것이다. 그 변환이 순조롭게 발전 못한 곳에 그 뒤의 수년 간의 혼미의 원인이 있었던 것이다. 이 탄탄한 발전을 초시작에서 막아버린 데는 외적 원인과 함께 시단 자체의 태만도 또한 원인이 되었던 것이다. (중략) 그래서 시단의 새 진로는 모더니즘과 사회성의 종합이라는 뚜렷한 방향을 찾았다. 그러나 그 길은 어려운 길이었다. 시인들은 그 길을 스스로 버렸고 또 버릴 밖에 없었다. 가장 우수한 최후의 모더니스트 이상은 모더니즘의 초극이라는 이 심각한 운명을 한몸에 구현한 비극의 담당자였다. 새로운 진로는 발견되어져야 한다. 그것은 어떤 길이든지 무슨 의미로든지간에 모더니즘으로부터 발전이 아니면 아니되었다.

---

24) 임화, 「기교파와 조선시단」, 『중앙』 1936. 2. 『문학의 논리』, 학예사, 1940. 참조.

김기림은 이상을 모더니즘을 초극하려고 온몸으로 실천했던 최후의 모더니스트로 평가한다. 김기림에게는 이상을 통해 이상을 극복하는 것이 앞으로의 문학적 과제인 것이다. 김기림은 「우리 신문학과 근대의식」(1940. 10)에서 "오늘의 우리 문학은 근대정신을 완전히 붙잡았으며 그것을 체현하였는가. 그래서 20세기적 단계에까지 도달하였는가"라는 질문을 던진다. 거기에 대하여 김기림은 부정적으로 답한다. 현재 우리 문단은 "혼돈과 '아나르시' 상태"에 처해 있는데, 그 원인은 1. 모방 혹은 수입의 형식을 거쳐 속성해야 하는 동양적 후진성, 2. 보다 근본적으로는 '쇼윈도처럼 단편적으로 진열'된 우리의 왜곡된 근대화에 있다고 김기림은 진단한다. 김기림은 문학을 역사화시켜 우리문학의 발전과정과 과제를 더듬는 거시적 안목을 보여준다. 김기림은 "우리가 추구하던 근대가 막다른 골목에 처해 있으며" "르네상스 이래 오늘날까지 근대사회를 꿰뚫고 내려오던 지도원리는 파산"했다고 판단한다. "파리의 낙성으로써 가장 상징적으로 표현된 곤혹" 속에서, 즉 근대사회가 파시즘으로 귀결되고 전세계적으로 파시즘이 승리하고 있는 상황에서 근대에 대하여 전면적인 반성을 꾀한다. 김기림은 근대와 모더니즘에 대한 반성 속에서 우리의 앞으로의 방향과 과제는 무엇인가에 대하여 고민하는 것이다. 근대에 대한 무조건적인 추종에서 벗어나 근대의 수용과 발전의 주체적 과정에 대하여 김기림은 어렴풋하지만 전면적으로 고민하기 시작한 것이다. 김기림은 "최근 10년간 우리가 끌어들인 여러 가지 사상 모더니즘, 휴머니즘, 행동주의, 주지주의 등등은 어찌보면 전후 구라파의 하잘 것 없는 신음 소리였으며 근대 그것의 말기적 경련이나 아니었던가." 라고 고통에 찬 회의와 성찰의 반성을 행한다. 그러나 김기림은 "이상의 혼돈이 근대 그것의 피할 수 없는 과정이라면 우리에게 있어서 그것은 차라리 미래를 위한 값있는 체험일 것"[25] 이라고 주장한다.

---

25) 김기림, 「시의 장래」, 『조선일보』 1940. 8. 10. (『전집』 제2권, 338쪽) 참조.

"현대의 시인은 근대에 대한 열렬한 부정자요 비판자요 풍자자로서 등장했다. 그들은 정신적으로 현대 그 속에 국적을 두지 못한 영구한 망명자였다. 이러한 정신적 망명자의 눈이 그 자신의 안으로 향할 때에 거기 일어나는 것은 침통한 자기분열일 밖에 없다. '보들레르'에서 시작된 이 쓰라린 과제는 오늘에 이르러서도 민감한 시인들이 드디어 도망가지 못하고 있는 연옥인 채로 남아 있다"[26]

김기림은 근대문학의 성격을 근대 속에서 근대를 부정하고 비판하고 풍자하는 정신으로 규정하고 근대의 초극과 미적 모더니티의 문제를 제기한다. 또한 "시대와 시인의 끝없는 대립은 시인의 정신 속에 늘 격심한 불균형을 결과했다. 현대시인의 위기의식이라는 것은 정신적 균형에 대한 갈망과 동시에 절망에서 오는 것인가 한다. 그러면 그는 그의 정신적 균형의 지점을 언제까지고 구할 길이 없었는가. '근대'가 번영하는 동안 그것은 시인에게 만족할 해답을 줄 리 없다. 시인은 자신을 위해서, 세계를 위해서도 '내일'을 발견해야 한다. 그것은 다름아닌 한 시대를 사는 사람의 역사적 자각과 통찰과 예감에 의하여 붙잡은 생존의 신념이다"[27] 라고 김기림은 비통히 토로한다. 근대를 사는 모더니스트의 운명을 말해주는 것이라고나 할까?[28]

김기림은 "한 민족을 건질 수 있는 것은 동시에 세계적인 원리"이며 "한 민족이 세계에 향해서 실로 그 자신이 이해되기를 원한다면 그것은 자신의 문화를 버림으로써 얻어질 리는 만무하다. 보다도 전통 및 생리와 보편성과의 축적과 조화와 충격의 끊임없는 운동을 따라 그 자신의 문화

---

26) 앞의 각주.

27) 앞의 각주.

28) 1939년부터 이러한 '생존의 신념'으로서의 문학론이 김기림의 시창작에도 동시적으로 나타난다. 「기상도」식의 경박함은 사라지고 고통과 절망 속에서 시린 '새파란 초승달'로 스스로를 각인하는 운명을 받아들이고 있다. 김기림, 『바다와 나비』 신문화연구소, 1946, 참조.

를 더 확충하고 심화하고 진전시킴으로서 이루어 질 수 있다"[29]고 함으로써 '오히려 당분간은 먼 혼란과 파괴와 모색의 저편에 있는' 새로운 시대와 새로운 문화건설을 민족문화의 범주 속에서 구상한다.

해방 후에도 김기림은 근대비판과 극복의 새로운 문화를 식민지 시대와 동일하게 제기[30]한다. 김기림은 1935년 파리국제작가회의 정신으로 해방기의 혼돈과 혼란을 헤쳐나가기 위한 선언을 하고 실천하는 것임을 알 수 있다.

5. 맺는말

김기림은 임화에 비해 '탈'근대의 사회적 발전경로와 근대초극의 문학을 어떻게 설정하고 있는지 구체적으로 보여주지는 못하지만 임화 등의 리얼리즘론과 연대할 충분한 가능성을 보이고 있음은 사실이다. 이들의 연대는 사회적 과제와 문학적 과제의 이중의 틀 속에서 이루어진다. 사회적 과제

---

29) 김기림, 「조선문학에의 반성」, 『인문평론』 1940. 10, 「우리 신문학과 근대의식」 (『전집』 제2권).

30) 김기림은 〈전국문학자대회〉(1946. 2. 8.)에서 시부문을 대표하여 행한 강연에서 다음과 같은 선언을 한다. "우리는 일찌기 이번 전쟁이 일어나던 1939년에 이 전쟁이 야말로 르네상스에 의하여 전개되기 시작하던 근대라는 것이 한 역사상의 시대로서 끝을 마치고 그것이 속에 깃들인 뭇모순과 불합리 때문에 드디어 파산할 계기라고 보았으며 또 계기를 만들어야 되리라는 견해를 표명한 적이 있다. 문화의 면에 있어서는 근대는 그 지나친 아나르시 상태 때문에 대량적으로 한편에 있어서는 무지와 빈곤의 압도적 횡일의 결과 정신의 황무지가 남아있는데 다른 한편에서는 문화적 과잉으로부터 오는 정신적 낭비와 퇴폐가 퍼져가고 있는 불균형을 가져온다. 문화의 건강을 회복하기 위하여도 근대는 이번 전쟁(파시즘과 제국주의 세력 대 민주주의적 연합세력간의 전쟁 —인용자)을 통하여 스스로의 처형의 하수인이 되었던 것으로 알았다. 오늘 전후의 세계는 물론 근대의 결정적 청산을 가져오지 못하고 있다. 새로운 시대가, 근대를 부정하는 새로운 시대가 지구상의 어느 지점에 시작되어도 상관이 없을 것이다. 세계사의 한 새로운 시대는 이땅에서부터 출발하려한다." 『건설기의 조선문학』, 참조.

는 근대의 완성(임화)이든 근대 초극(김기림)이든 근대의 틀 속에서 이루어지고, 문학적 과제는 문화의 건강성과 현실의 진리성을 회복하는 모더니즘으로부터의 발전과 시대핵심을 파내려는 리얼리즘의 정신으로부터의 발전이 민족문화의 틀 속에서 만날 수 있는 것이다. 그러나 이 연대의 출발의 조건들은 매우 포괄적이고 구체화된 것이 아니라는 점에서 한계를 지니고 있다. 연대의 실천적 과정에서 구체화되고 난항을 겪으면서 해결되어야 할 문제들이 많다는 의미이다.

김기림 모더니즘의 우로부터의 선회와 프로문학의 좌로부터의 선회의 1936년의 제안[31]과 임화의 '시대현실의 핵심을 파내려는 집요한 사실을 주의로하는 문학정신 속에 장대한 휴머니즘의 창조를 기획[32](1938년)하려는 리얼리즘의 정신이 반파시즘인민전선을 통하여 근대성의 틀, 새로운 민족문화 건설이라는 틀 속에서 해방기에 만난 것이다. 그러나 행복한 조우도 잠시, 세계의 질서는 자주적으로 해방을 성취하지 못한 조선을 세계냉전체제 대립의 한가운데로 몰아넣어 버린다. 결국 비자본주의적 근대화라는 해방기의 거대한 실험은 세계 냉전체제로 원심분리되어 흡수되어 버리고 경향문학과 모더니즘을 넘어서는 새로운 민족문학을 건설하려는 의욕 또한 체제와 시대적 억압 속에 위축되고 파편화된 길로 들어서게 된다.

(연세대 강사)

---

31) 김기림, 「시인으로서의 현실에 적극관심」, 『조선일보』 1936. 1. 1~6., 「시와 현실」
   (『전집』 제2권) 참조.
32) 임 화, 「휴머니즘 논쟁의 총결산」, 『문학의 논리』, 학예사, 1940.

'구인회'와 주변 단체

구 자 황

Ⅰ. 문제의 제기

　문학 단체로서의 구인회 규정은 구인회의 독특한 존재 방식을 해명하는 과정이기도 하다. 주지하다시피 구인회는 표면적으로 뚜렷한 이념이나 주장을 표방하지 않았다. 게다가 구인회라는 이름을 걸고 행한 단체 활동은 미미한 편이었으며 회원의 들고남이 잦았던 데다 그들의 문학적 지향 또한 단일하게 모아지기 어렵다. 그러므로 일반적인 기준에서만 보면, 구인회는 문학 단체로서 자격 미달일런지도 모른다. 그러나 이러한 판단은 구인회의 성립 배경과 독특한 존재 방식을 전혀 감안하지 못한 것이다.

　구인회의 결성 과정을 보면 당시 그들이 갖고 있던 카프에 대한 반감을 엿볼 수 있다. 구인회가 "순연한 연구의 입장에서 상호의 작품을 비판하며 다독다작을 목적으로"[1] 한다고 하였을 때, 이는 사실상 카프의 공리적 문학관과 편내용주의 그리고 지도비평이라는 이름하에 행해진 창작의 질식 현상을 염두에 둔 것이었다. 하지만 구인회가 단체적 성격을 선언하거나 표방하게 될 경우, 구인회 역시 또 다른 정치주의적 문학 단체로 비춰질 수 있고, 그렇게 되면 그들의 소위 '순연한' 입장이란 의도와 어긋나게 되고 만다. 이에 구인회는 실제 작품 창작을 통해 그들의 원칙과 주장을

---

1) 『조선일보』(1933. 8. 30) 학예면 '구인회 창립' 기사.

대체하려는 데 암묵적으로 합의하고 최소한의 표현을 취했던 셈인데, 이것이야말로 카프에 대한 구인회의 반감을 역설적으로 드러내는 대목이 아닐수 없다. 그러므로 명시된 문학이념이나 강령이 없다든지 조직적 실체가불분명하다는 점은 단체로서의 구인회의 성격을 규명하는 데 더이상 장애가 될 수 없다. 오히려 구인회의 경우 독특한 존재방식을 해명하는 방증자료가 된다.[2] 그러나 어느 단체의 고유한 존재방식이란 그것의 내용적측면과 무관하지 않다고 하더라도 그 자체로 성격을 대변하는 것은 아니다. 따라서 단체의 독특한 존재방식을 규정한 당대의 주객관적 조건을 살펴봄으로써 구인회의 성격을 규명하는 과정도 필요하다.

근대 문학사에서 구인회가 결성된 1933년은 변화의 징후가 뚜렷했던 시기로 주목된다. 대체로 그 변화란 프로문학의 영향력이 서서히 상실되고재래의 민족주의 문학 역시 쇠퇴하면서 '새로운 경향이 들어설 여지'가 마련된다는 점이다. 여기에서 예술적 표현을 중시하는 새로운 문학적 감성이움트게 되는데, 이러한 경향은 '사회현실과 유리된 문학'의 토양이 되기도하지만 다른 한편으로 기존 문학과의 미학적 불연속성을 강조하고 도시적감수성 또는 예술가로서의 전문가 의식을 공유하는 쪽에서 구인회와 같은단체의 단초를 마련한다. 구인회의 출현을 프로문학에 대한 단순한 반감이나 혹은 일본의 영향(신감각파, 심리주의 등)만으로 설명할 수 없는 이유가 여기에 있다.

한편 구인회는 저널리즘에 기반을 둔 학예부 기자들로 결성되었다. 이것은 당시 신문을 중심으로 이루어지던 문단 현실을 감안할 때, 구인회가어느 단체보다도 활발한 활동을 보장받았던 것을 의미한다. 그럼에도 불구하고 단체로서의 구인회가 보여준 활동은 두 번의 문학 강연회(1차 1934. 6. 30, 2차 1935. 2. 18~22)와 한 권의 동인지(『시와 소설』, 1936. 3)를 발간한 것뿐이다. 다른 단체의 활동과 비교해 보거나 만 4년여의 활동 기간

---

2) 구인회의 독특한 존재방식과 그 의미에 대해서는 이 책의 박헌호, 「구인회를 어떻게 볼 것인가」를 참조할 것.

을 생각해 보아도 결코 활발한 편이라고 하기 어렵다. 그렇다고 해서 구인회의 개별 작가나 작품 활동이 미미했느냐 하면 그건 그렇지 않다. 오히려 프로문학이 성원들의 잇단 검거와 해소 문제로 침체에 빠지고 민족주의 문학이 통속화의 길로 치닫던 점을 감안해 보면 가장 왕성한 활동을 보여주었던 것이 바로 구인회의 개별 작가·작품들이었다.

여기서 우리는 구인회가 그들의 활동을 단체의 차원에서가 아니라 주로 개별적 차원에서 분산·진행하였다는 점을 알 수 있다. 이것은 구인회의 독특한 존재 방식, 즉 정치적 의미를 배제하기 위하여 단체로서의 위상을 거부할 때부터 예견되었던 것이다. 그리고 예술가로서의 개성을 강조하는 분위기와 대다수의 회원이 겸업 작가라는 점도 그들의 단체 활동을 제약했으리라 생각할 수 있다. 결국 단체로서의 구인회는 1933년 '새로운 경향이 들어설 여지' 속에서 움튼 것이며, 그들이 개별적인 활동 방식을 취했던 점이야말로 구인회의 독특한 존재 방식에서 유래된 것이라 하겠다.

그렇다면 구인회의 성격은 마땅히 새로운 경향의 실체에서 찾아져야 할 것이다. 최근 연구에서 구인회를 모더니즘 단체로 보는 견해가 주목받는 이유는 이러한 문제의식을 이어받고 있기 때문이다. 일반적으로 예술에 있어 모더니즘은 서구의 19세기 후반 혹은 20세기 초에 본격화되며 대도시를 중심으로 형성된 전위적·실험적 문학운동을 일컫는다. 그리고 이러한 모더니즘은 미학적 자의식, 다양한 형식실험과 모사적(mimetic) 미학에의 대항 등을 통해 자신을 기존 문학과 구별짓는다. 이같은 관점에서 1930년대 조선의 도시적 면모와 새로운 경향의 요구, 그리고 그 속에서 성장한 도시세대의 세대의식이 구인회를 낳았다고 보는 것이다.[3]

그러나 구인회를 모더니즘 단체로 파악할 때, 몇 가지 보완해야 할 문제가 있다. 우선 구인회 내부의 이질적 성향(혹은 다양한 경향)을 온전히 설명하는 것이다. 예를 들어, 이태준 같은 작가와 그의 작품을 도시세대의 의식이나 감수성으로 파악하는 데는 적지 않은 무리가 따르는 게 사실이

---

3) 서준섭, 『한국모더니즘문학연구』, 일지사, 1988.

다.[4] 한편 이질적 성향에 대한 해명은 작가 개인의 차원에서도 요구되지만 그러한 이질적 성향이 구인회 안에서 공존할 수 있었던 구조와 특징에 대해서도 설명이 요구된다. 왜냐하면 이질적 성향이 착종(錯綜)된 형태로 존재하는 구인회의 모습이란 결국 단체로서의 구인회의 특징이 아닐 수 없으며, 이는 궁극적으로 한국 모더니즘의 성격과 관련되기 때문이다. 다음으로, 구인회의 성격과 특징을 규명하는 데 대외적 측면도 고려되어야 한다. 구인회의 성격은 개별 작가나 작품을 통해 추출하는 동시에 문단적 관계 내부, 즉 주변 단체와의 상호 관계 속에서 파악되어야만 좀더 객관성을 띨 것이다.

이에 본고는 단체로서의 구인회를 모더니즘과 관련지어 파악하되, 주로 주변 단체와의 관계를 통해 구인회가 자기 성격을 정립하고 확산시키는 과정을 살펴보고자 한다. 아울러 이질적 성향이 공존할 수 있었던 구인회의 구조와 특징을 검토하고 궁극적으로 이러한 구인회의 성격이 한국 문학의 근대성과 만나는 접점을 찾아볼 것이다.

II. '구인회'와 카프

넓은 의미에서 근대 일반을 계몽의 기획이라 규정할 때, 프로문학은 맑시즘이라는 급진적 계몽 기획의 전통에 속한다. 이러한 맥락에서 프로문학은 문학적 근대 기획의 일종으로 파악할 수 있다. 그러나 1930년대 초반 조선의 프로문학에서 근대란 용어는 '자본주의', '부르주아'와 동격의 의미로 사용되었다. 그 결과 근대 문학 전체가 부르주아 문학으로 규정되고 부

---

4) 이러한 이태준의 독특함을 설명하는 방식으로는, 지사 의식과 예술가 의식의 팽팽한 긴장으로 파악한 서영채의 견해(「두 개의 근대성과 처사의식」, 『이태준문학연구』, 깊은샘, 1993)와 이태준의 사상적 거처가 민족주의 좌파에 근사하기 때문이라는 최원식의 견해(「한국 문학의 근대성을 다시 생각한다」, 『민족문학과 근대성』, 문학과지성사, 1995)를 경청할 만하다. 그러나 이들의 견해는 이태준 개인의 차원에서만 혹은 단편적으로만 접근한 것이기 때문에 구인회와의 관련성까지는 언급하지 않았다.

정의 대상이 되는 경향을 띠었다. 다소간의 편차에도 불구하고 그들은 미학적 내용을 근대 문학 '이후'에 맞춤으로써 동시대 진보적 문학 경향들을 부르주아 문학으로 매도하는 단절론적 시각을 보인다든지 혹은 현실의 실상을 과장하거나 왜곡하는 등의 문제점을 보인다. 이러한 사고 방식은 1930년대 후반, 특히 임화 등의 이론적 변모가 있기 전까지 프로문학의 지배적 논리였다.[5]

카프의 구인회에 대한 시각은 1930년대 초반 프로문학의 단절론적 시각을 고스란히 반영하고 있다. 백철은 구인회를 현실적으로 존재할 의의가 없는 단체로 본다. 이것은 그가 구인회를 부르주아 문학 단체로 보았기 때문인데 부르주아 문학의 역사적 의의가 상실된 마당에, 그것도 '산만한 성질'(이는 곧 구인회의 조직적 형태를 두고 한 말이다)을 띤 단체란 자연 소멸될 수밖에 없다는 게 그의 논리다.[6] 따라서 백철이 구인회를 '무의지파'라 명명했던 것은 기실 부르주아 문학의 무의미 내지 진보성 상실을 의미하는 것이었다. 홍효민은 구인회의 의의를 좀더 적극적으로 평가하였으나 백철에 비해 구인회를 새로운 반동시대의 전위파 혹은 동반자적 그룹으로 보는 정도였다.[7] 1933년 문학을 결산할 당시, 임화의 견해 역시 크게 다르지 않다. 그는 정지용 등이 관여한 카톨릭 문학의 등장을 부르주아적 정신 문화의 위기 표현으로 보았다. 그리고 이태준, 박태원, 김기림, 이종명, 안회남 등의 창작 경향에 대하여는 현실에 대한 절망과 도피의 문학으로, 소시민적 인텔리의 애수의 문학으로 규정한 뒤, 이러한 현상들이야말로 심화되어 가는 근대문학의 위기를 반증하는 것이라고 단언하였다.[8] 이러한 임화의 견해는 딱히 구인회를 지칭하진 않았지만 구인회 문학─소시민·인테리 문학─근대문학의 위기로 파악한 것이다.

---

5) 하정일, 「1930년대 후반 문학비평의 변모와 근대성」, 『민족문학과 근대성』, 문학과 지성사, 1995, 368~370쪽.

6) 백 철, 「사악한 예원의 분위기(하)」, 『동아일보』 1933. 10. 1.

7) 홍효민, 「1934년과 조선문단」, 『동아일보』 1934. 1. 4~10.

8) 임 화, 「1933년의 조선문학의 제경향과 전망」, 『조선중앙일보』 1934. 1. 1~14.

그러나 카프의 구인회에 대한 평가는 1934년을 경과하면서 차츰 달라지게 된다. 카프는 이른바 '전주사건'(1934. 5)을 계기로 조직적 실천이 형해화됨으로써 조직적 지도력은 물론이고 문단의 주도권을 상실한 채 사실상 해체 상태에 이른다. 따라서 프로문학은 오직 매체를 중심으로 한 개별적 문필 활동에 의존할 수밖에 없었는데, 그나마도 매우 지엽적인 논의에 매달리거나 프로문학의 현실적 존재를 사수하기 위해 창작방법론에 몰두할 뿐이였다. 반면 구인회는 창작적 경향을 통하여 그들의 존재를 부각시키고 상대적으로 문단에서의 위상을 높여갔다. 카프가 "구인회는 조선문학계에 있어서 카프에 버금가는 문제의 문학 단체"[9]로 인정하게 되거나, "사회 정세가 급각도로 변환되지 않는 한에는 이들의 조직체가 수년동안 지속"[10]되리라 본 것은 이러한 객관적 정세의 변화를 수용한 표현들이었다.

김두용은 구인회에 대하여 가장 적극적인 관심을 보였다. 그러면서도 기존의 프로문학적 시각과는 다소 구별되는 점이 있다.

　그것은(구인회—인용자) 카프에 대한 반항으로 발생하였다고 볼 수 있다. 누구나 다 아는 바와 같이 구인회의 작가들은 소위 중간파적 작가로 부르주아 민족주의 문학에도 가담치 않았고 또한 프롤레타리아 문학체에도 참가하지 않았다. ……(중략)……소위 동반자 작가의 입장과 태도를 취하여 왔다. 그러나 정세가 곤란하여지고 프롤레타리아 문학이 일층 침체하게되는 때에 그들은 구인회에 모이게 되었다. 그들의 결성의 근거는 그들의 이데올로기가 명확치 않은 곳에 있었고 또한 문학의 예술성 옹호와 주장에 일치한 점에 있다. ……(중략)……조선의 프로작가, 비평가는 카프가 해체된 오늘날 다시 전진하는 동시에 무엇보다도 자기 자신의 세력을 강화시키는 동시에 그 힘에 의하여 구인회 작가와 손을 잡고 정당히 이를 지도하면서 전진하여야 될 것이다. 기계적 배척 혹은 반발은 가장 우열한 일이다.[11]

9) 박승극, 「조선문학의 재건설」, 『신동아』 1935. 6, 136쪽.
10) 홍효민, 「조선문단 및 조선문학의 전진」, 『신동아』 1935. 1, 153쪽.
11) 김두용, 「'구인회'에 대한 비판」, 『동아일보』 1935. 7. 28~8. 1. 그는 「조선문학의

먼저 그는 구인회를 중간파 문학 단체로 규정한 뒤, 그들의 근거가 문학의 예술성 옹호와 불명확한 이데올로기에 있음을 지적하고 카프 조직의 재건 차원에서 구인회에 대한 비판적 지도와 연대를 강조하고 있다. 즉 구인회를 부르주아 문학 단체로 규정하던 견해와는 달리 구인회의 중간파적 성격을 중요하게 거론하면서 소위 동반자적 문학 단체로서의 역할과 연대 가능성을 주목하고 있는 것이다. 이것은 김두용의 논리가 당시 국제적으로 논의되던 '반파시즘 인민전선'에 영향을 받고 있었기 때문으로 보인다. 그럼에도 불구하고 그의 견해는 '반파시즘 인민전선'을 일정한 미학적 범주로까지 구체화시키지 못하고, 단지 이러한 논의를 자유주의적으로 해석하려는 견해를 비판하는 데 그친다.[12] 그러므로 그가 구인회에 제의한 '연대'란 미학적 매개항이 없는 한에서 단순히 객관 정세의 변화만을 수용한 것이며, 이는 곧 전술적·조직적 차원에서의 논의일 뿐이다. 더욱이 이러한 사고의 근저에는 기존의 프로문학관, 즉 문학을 정치·사회적 전망이나 이데올로기에 종속시키려는 관점이 깔려있다는 점에서 김두용의 견해 역시 근본적으로는 이전 프로문학의 시각과 논리에서 벗어난 것이라 보기 어렵다.

그런데 앞서 지적하였듯이 구인회는 카프에 대한 강한 반감을 기초로 한 단체였다.

(A)이것은 잠깐 탈선이지만 문학은 늘 간접적이고 관념적일 수밖에 없는 宿命을 가지고 있다. 가장 유효한 싸움을 찾는다면 戰士는 마땅히 문학과 같이 본질적으로 간접적이고 관념적이고 姑息적인 수단은 버릴 것이다.[13]

(B)미지의 人 임화는 결국 루나챠르스키, 플레하노프, 藏原惟人 등의 指令的

평론확립 문제」(『신동아』 1936. 4)에서도 구인회 문제를 다루고 있다.
12) 해외문학파의 정인섭은 '반파시즘 인민전선'을 신자유주의운동으로 해석하였는데 김두용은 「문학의 조직상 문제」(『조선중앙일보』 1935. 11. 26~12. 5)라는 글에서 이를 강력히 비판하였다.
13) 김기림, 「문예시평 — 현 문단의 부진과 그 전망」, 『동광』 1932. 10.

문학론을 오리고 붙이고 함에 종사하는 사람임을 스스로 폭로하였으니 이것은
박영희, 김기진씨 등이 수년전에 졸업한 것이오, 또 낙제한 것이다.[14]

　(C)「오몽녀」즉후에 나는 사상문제에 얼마쯤 고민하였다. 루나찰스키의 예
술론을 도저히 이해할 수 없었고 이해하려면 할수록 반감만 커갔다. 당시 주
위의 문학청년이란 거개 루나찰스키의 신도들이었다. 나는 외로운 나머지 화
가인 김용준, 김주경 몇 친구의 정통예술파란 旗下에 뛰여들기까지 하였다.[15]

　김기림이 간접적으로나마 카프의 해소를 지적할 수 있었던 것이나(A),
정지용이 임화의 카톨릭문학 비판에 대응할 수 있었던 근거(B), 그리고 이
태준이 회고로 말한 반감에서(C) 이들의 공통점은 공리적 문학관에 대한
거부이다. 문학을 정치나 계몽의 도구가 아닌 그 자체로 고유한 가치를 지
닌 자율적 존재로 인식하려는 태도였다. 나아가 이들의 문학적 지향은 '새
로움에 대한 감수와 표현에의 열망'으로 이어진다.

　우리들은 이 새로운 성격을 생각할 때 그 새로운 성격을 창조해내게된 '시
대'를 분리해 낼 수는 없을 것이다. 그것은 결코 작가의 우연한 공상에 의하여
창조된 것은 아니다. '시대'가 작가에게 그러한 성격에 창조를 요구한 것이다.
……(중략)……순수예술파의 작가들은 부질없이 곰팡내 나는 자연주의속에서
枯死할 날을 기다리고 있고, 프롤레타리아작가들 역시 소극적인 사회현상이나
하소연같은 불평을 나열하기에 여념이 없는 모양이다.[16]

구인회는 기존 문학과의 미학적 불연속성(aesthetic discontinuity)을 강조
하면서 새로운 성격의 창조와 새로운 개념을 요구했다. 구인회의 작가들이
지속적으로 보여준 언어와 문장, 묘사에 대한 관심은 그들의 미학적 자의
식을 증명해준다. 그들의 이러한 관심은 언어와 문장, 묘사가 새로운 시대

---

14) 정지용, 「한 개의 반박」, 『조선일보』 1933. 8. 26.
15) 이태준, 「소설의 어려움 이제 깨닫는듯」, 『문장』 1940. 2.
16) 이종명, 「문단에 보내는 말―새로운 성격의 창조와 새로운 개념에 대하여」, 『조선
　　일보』 1933. 8. 8.

의 분위기를 감수하고 표현하는 '예민한 감각의 촉수'라는 점에서 당연한
것으로 여겨진다. 특히 그들은 1930년대 경성(京城)으로 대표되는 근대적
(자본주의적) 문명 속에서 체험했거나 체험하지 않을 수 없던 감수성을 집
단적인 창작경향으로 표현하였다. 이태준의 소설에 자주 등장하는 '소외된
인물', 파편화된 개성을 보는 이상(李箱)의 시각과 그것을 조합해 보려는
'여러 테크닉'은 사실상 근대적 문명의 빛과 그림자를 포착한 것에 다름
아니다. 또 이러한 과정에서 구인회의 작가들은 전문성을 띤 예술가로서의
의식을 체현하게 된다. 이러한 의미에서 그들의 모더니즘은 미적 근대성을
구현한 문학적 근대 기획의 일환으로 볼 수 있다.

   그러나 구인회의 모더니즘은 리얼리즘과 자연주의를 극복하고 들어선
형태가 아니라는 점에서 문학적 전통이 허약한 것이었다. 뿐만 아니라 구
인회의 모더니즘은 근대문명에 대한 열망과 극복의지 속에서 동요하는 모
습을 보여준다. 다음 장에서도 서술하겠지만 이러한 동요의 양상은 근대
문명에 대한 감수와 비판을 동시에 수행할 수밖에 없는 조선의 특수한 상
황 속에서 나온 것인데, 이는 구인회 내부의 다양한 성향이 착종된 형태로
공존하는 근거를 마련할 뿐만 아니라 결국은 분화에 이르는 원인을 제공
하기도 한다.

   결국 구인회와 카프는 상이한 문학관과 존재방식에도 불구하고 각각 미
적 근대성과 사회적 근대성을 지향한 단체로서의 위상을 지니며 문학적
근대 기획의 두 양상을 보여준다. 그러나 카프는 근대 이후의 문학이념에
압도되어 현실을 축소 혹은 과장하는 문제점을 드러내고 구인회의 근대
기획적 성격을 간과한 채 조직적·전술적 차원에서의 연대 이상을 거론하
지 못한다. 구인회 역시 불안정한 정체성으로 말미암아 동요하는 과정에서
두 단체의 행복한 조우는 이루어지지 않았다.

Ⅲ. '구인회'와 시문학파

근대 문학의 전체상 속에서 프로문학의 주류성을 해소하자는 견해[17]도 있지만, 문학사적 현상으로서의 카프와 프로문학의 주도성을 인정하지 않은 채로 근대 문학의 온전한 실상은 파악되기 어렵다. 그러므로 구인회의 성립을 일차적으로 카프에 대한 대타의식에서 찾으려는 발상은 그 자체로 무리라 볼 수는 없다. 그러나 이같은 반감 혹은 대타의식을 토대로 구인회를 프로문학에 대한 문학사적 반동으로 규정하고, 이를 곧바로 순수문학의 계보 안에 편입시키는 견해에 동의하기는 어렵다.[18] 우선 이러한 견해는 반감 혹은 대타의식의 의미를 미학적으로 규정해야 할 뿐만 아니라 순수(문학)의 개념 규정에도 역사적 관점의 세심함이 요구된다. 그러나 이같은 견해가 더욱 문제적인 이유는 다양한 문예이론이 본격적으로 분화·전개된 1930년대 문학을 프로문학과 순수문학의 이항 대립구도로 파악함으로써 한국 문학사를 왜곡하거나 단순화시킨다는 점이다.

일반적으로 1930년대 순수 문학은 『시문학』지(1930. 3)의 활동에서 공식화되었다고 볼 수 있다.[19]

---

17) 최원식, 「한국 문학의 근대성을 다시 생각한다」, 『민족문학과 근대성』, 문학과지성사, 1995, p. 59.

18) 이러한 견해는 조연현(『한국현대문학사』, 인간사, 1961)과 김시태(「구인회 연구」, 『제주대학 논문집』, 1975)가 대표적이다. 이들은 카프에 대한 안티테제를 가지고 등장한 『시문학』(30)이래, 『문예월간』(31)→구인회(33)→『문학』(34)→『시원』(35)을 순수문학의 흐름으로 보고, 순수문학의 본격적인 양상을 드러낸 집단으로 구인회를 파악한다.

19) 이 경우 소위 '시문학파'란 단순히 『시문학』에 참여한 사람을 가리키는 편의적 명칭이라기보다 문학적 동질성을 지향한 유파의 의미로 해석되고 범주화되는 것이 타당하다. 이러한 관점에서 오세영은 '시문학파'의 동인으로 박용철, 김영랑, 이하윤, 신석정, 허보, 김현구, 임춘길, 김상용만을 들고 있다. 오세영, 『20세기 한국시 연구』, 새문사, 1989, 108~114쪽.

美의 追求……우리의 감각에 여릿여릿한 기쁨을 일으키게 하는 자극을 전
하는 美, 우리의 심회에 빈틈없이 폭 들어 안기는 感傷, 우리가 이러한 시를
추구하는 것은 현대에 있어서 흰거품 몰려와 부딪치는 바위위의 古城에 서 있
는 感이 있습니다.[20]

이처럼 시문학파는 이데올로기가 난무하는 속에서 사회현실과 유리된
'고성'을 쌓고 절대적 미의 세계, 즉 사회와 관념이 배제된 절대적 존재로
서의 심미적 예술성을 추구하였다.

박용철은 시문학파의 활동을 주도하였을 뿐만 아니라 그의 시론은 사실
상 시문학파를 대변하는 것으로 볼 수 있다. 그는 시란 시인이 창조한 한
낱 존재요 고처(高處)라고 하여 '존재로서의 시'를 주장하였다. 시를 존재
로 생각한다는 것은 넓은 의미의 낭만주의적 시론, 즉 유기체론을 벗어나
지 못한 것으로, 이는 시와 시인의 비분리를 전제한 데에 그 특징이 있다.
시와 시인의 비분리 현상은 어떤 의미에서는 옛부터 있어온 동양적인 선
비정신에 이어진 것인만큼 그 자체가 근대적이라 하기는 어렵다.[21] 더욱이
그것이 '출발을 규정하는 목적',[22] 즉 사물 혹은 상황의 전체성을 가늠하
는 정신을 강조할 경우, 이는 필연적으로 시보다 시인의 생리나 체험, 감
정상태를 절대시함에 따라 신비주의로 내닫기 쉽다. 실제로 박용철은 "이
미 정신 속에 성립된 어떤 상태를 표현의 가치가 있다고 판단하고 그것을
표현하는 길"로 시를 설명하기도 하였다.

그런데 구인회의 핵심적 멤버였던 정지용은 시문학파와 흡사한 문학적
논리를 보여준다.[23] 특히 "태반이 돈다"라든가 "꾀꼬리가 운다"라는 비

20)『시문학』3호 편집후기(1931. 10).
21) 김윤식,『한국문학의 근대성과 이데올로기 비판』, 서울대 출판부, 1987, 162쪽.
22) 박용철,「'기교주의'설의 허망」,『박용철전집』(평론집), 22쪽.
23) 박용철과 정지용의 관계는 박용철의 詩文學社에서『정지용시집』(1935)을 발간했다
   는 점, 정지용은 박용철이 관계한 여러 잡지에 꾸준히 작품을 실었다는 점, 그들이
   금강산을 함께 기행한 점 등으로 미루어 매우 돈독하였음을 알 수 있다.

유로 설명되는 정지용의 시작(詩作)에 대한 태도는 박용철의 '생리적 시론'과 거의 일치하고 있다. 아래 인용문에 나타나는 것처럼 '생리를 압복(壓伏)'시켜야 한다는 점을 덧붙이는 정도가 두 사람의 차이로 보인다.

안으로 熱하고 겉으로 서늘옵기란 일종의 생리를 압복시키는 노릇이기에 심히 어렵다. 그러나 시의 威儀는 겉으로 서늘옵기를 바라서 마지 않는다. ……(중략)……정열, 감격, 비애, 그러한 것 우리의 너무도 내부적인 것이 그들 자체로서는 하등의 기구를 갖추지 못한 無形한 業火的 塊體일 것이다. 제어와 반성을 지나 표현과 제작에 이르러 비로소 조화와 질서를 얻을 뿐이겠으니 슬픈 어머니가 기쁜 아기를 탄생한다.[24]

그러나 이러한 차이는 결코 사소한 것이 아니어서 박용철이 시적 방법론보다 순수한 시정신을 탐구하는 것에 관심을 두었다면, 정지용은 시에 있어서 감정의 절제와 그것을 표현·제작하기 위한 과정에 좀더 주목한 것이다. 그리하여 '시의 청빈', 즉 감정을 절제함으로써 불필요한 수사를 없애고 정확한 감각을 지향하였던 것이다. 따라서 정지용의 시적 지향은 '시문학파'의 낭만적 발상이나 박용철의 '선시적(先詩的)' 논리와 공감하는 부분도 있지만 감상벽에 대한 부정적 견해와 기교에 대한 인식에 있어서는 일정한 거리를 두고 있던 것으로 보인다.

그런데 이만한 거리를 포착하는 일이란, 정지용이야말로 1920년대 후반 '센티멘탈·로맨티시즘'의 황무지를 가로질러 새로운 시의 지평을 향해 가던 시인이었음을 기억하는 사람, 구식 로맨시티즘 시론이야말로 반세기 이전의 시대와 교섭하려는 것이므로 이를 단호히 거부할 수 있는 사람에게서만 가능하다. 이러한 의미에서 김기림이 박용철의 시론과 대척점에 서고자 했다는 사실은 결코 우연이 아니다.

범박하게 말해서, 김기림의 모더니즘 시론은 자연발생적인 시(센티멘탈리즘, 로맨티시즘)에 일관되게 대항하면서 시의 제작과정에 지성의 도입을

24) 정지용, 「시의 威儀」, 『정지용전집2』, 민음사, 1988, 250~251쪽.

주장한 것으로 볼 수 있다. 그의 견해는 시가 언어를 재료로 한 하나의 물건에 지나지 않으며 그렇게 제작된 물건의 질을 문제삼는다는 점에서 시와 시인을 분리하는 것이다. 김기림을 비롯한 구인회의 작가들이 언어에 주목했던 또 다른 이유도 실상은 그 물건의 정교함과 관련된 것으로써 그들의 미학적 자의식을 보여주는 예이다. 그러나 김기림이 언어에 의한 감각과 세련만을 강조했던 것은 아니다. 그는 시인 저마다의 특이한 감각(『시론』(1947)에서는 감성으로 바뀜)을 통해 현대의 지적 정신을 민감하게 포착하고, 나아가 그 문명을 비판하는 시를 추구한다. 이러한 김기림의 모더니즘 시론은 기교주의 논쟁을 거치면서 더욱 뚜렷해진다. 그는 당대의 모더니즘 시가 문명의 '외면'만 받아들이고 감각적인 심미성을 드러낸다고 한 비판을[25] 수용하고 문명비판에 보다 적극적인 방법을 모색하였다.

이같은 김기림의 모더니즘 반성은 당시 정세의 변화를 반영한 것이면서도, 이후 구인회의 변모와 관련하여 주목되는 점이 있다. 구인회의 모더니즘이란 기본적으로 반(反)속물주의적 태도에서 비롯된 것이다. 그리하여 기존사회에서 벗어나고 그것을 거부함으로써 정신적 귀족성을 확보하려는 측면에서 일종의 댄디즘적 경향을 띤다. 구보(仇甫)나 이상(李箱)의 댄디즘은 고의적으로 자신의 작업을 드러내고 그것이 창조의 장인적·귀족적 신비성의 형태를 취하도록 한다는 점에서 모더니즘적 면모를 보여준다. 또한 그들이 보여준 기이한 풍모나 행태 역시 댄디즘의 외화로 볼 수 있겠는데, 그러면서도 구보나 이상이 조선의 낙후성이나 독자가 적음에 불평하였던 것[26]과 달리 이태준과 정지용의 댄디즘은 아래와 같이 좀더 고고한 '예술가 의식'으로 고착된다.

(A)자기를 한번 정확하게 진단한 이상은 자기의 것을 자기의 투로 써서 천

25) 임화, 「담천하의 시단 일년」(『신동아』, 1935. 12)
26) 李箱은 "대체 '李箱'에게 '독자'라는 것이 야구단 하나 조직할 만큼이나 있느냐?"라고 반문하면서 독자들을 조소한 바 있다. 이상, 「문학과 정치」(『이상전집3』, 문학사상사) 260쪽, 박태원, 「이상의 편모」(『조광』 1937, 6) 참조.

하에 떳떳이 내어놓을 것이다. ……목전에는 독자가 적어도 좋다. 아니 한 사
람도 없어도 슬플 것이 없다. 그 고독은 그 작가의 운명이요 또 사명이다.
고독하되, 불리하되, 자연이 준 자기만을 완성해 나가는 것은 정치가나 실업가
는 가져 보지 못하는 예술가만의 영광인 것이다.[27]

   (B)시인은 정정한 巨松이어도 좋다.

   그 위에 한마리 맹금이어도 좋다.

   굽어보고 高慢하라.[28]

결국 구인회의 댄디즘적 경향이란 그들의 반속물적 태도와 예술가로서
의 전문가 의식에서 비롯된 것이며 그들이 새로운 문명에 대한 감수성을
표현하였을 때, 거기서 느끼는 독자(식민지적 현실)와의 괴리감을 공유하
면서 더욱 응집된 것이라고 할 수 있다. 구인회가 '정신적 연대감'[29]을 확
인하는 곳으로 기억되는 이유도 여기에 있으며 이질적 성향이 공존할 수
있었던 근거도 이와 관련이 깊다.

따라서 김기림의 변모는 구인회의 댄디즘을 더욱 더 현실 속에 근접시
키려는 의도로 파악된다. 김기림의 장시 「기상도」(1935. 5~12)의 실험과
전체시로의 모색이 그러하고, 이 시기 이상의 시와 「지주회시」(1936. 6)
등은 이러한 문맥에서 재인식될 수 있다. 그러나 이와 달리 구인회의 다른
멤버들, 즉 이태준, 정지용 같은 이들은 비슷한 시기 고답적인 고전이나
전통의 세계로 회귀하는 반근대적 지향을 보이기도 한다. 이는 식민지라는
조선의 특수성과 허약한 전통에서 나온 모더니즘이 일종의 댄디즘적 경향
으로 그 긴장과 갈등을 공유하다가 좀더 현실과 밀착하는 과정에서 두 갈
래로 분화됨을 보여주는 것이다. 원래 모더니즘 안에는 근대적 감수성의
탐닉과 자본주의를 비판하는 일종의 고전적 반근대적 지향을 동시에 지니
고 있다고 할 때, 구인회 내부의 이질적 성향은 모더니즘의 본래적 성격

27) 이태준, 「누구를 위해 쓸 것인가」, 『무서록』, 깊은샘, 1995, 49쪽.

28) 정지용, 「시의 옹호」, 『정지용전집2』, 민음사, 1988, 246쪽.

29) 김기림, 「문단불참기」, 『문장』, 1940. 2.

-근대적인 것과 반근대적인 것의 동시 지향-안에서 폭넓게 수용될 수 있다. 그러나 구인회의 경우 두 가지 지향이 유기적으로 결합되지 못하고 착종된 형태를 띠다가 결국 분화·편향되고 말았던 것이다.

이상에서 살펴본 바와 같이 구인회와 시문학파는 프로문학에 대하여 대타의식을 공유하고 문학적 논리에 있어서도 유사한 점이 있지만 이론적 연원과 방향에서 각각 상이함을 볼 수 있다. 시문학파는 시와 시인의 비분리를 전제한다는 점에서 낭만주의에 이론적 연원이 있으며 시작(詩作)에 있어서 신비주의적 색채를 띤다. 시문학파가 시인의 위치를 절대화시키고 반사회적 태도를 확고히 하는 반면, 구인회는 반속물적 태도와 전문적 예술가의식을 통해 모더니즘적 면모를 갖추는데, 이후 기교편중에 대한 반성을 거치면서 좀더 문명 비판쪽으로 나아가거나 전통적 세계로 회귀하는 양상으로 분화된다. 구인회의 모더니즘이 갖는 착종성과 다면성을 간과할 수 없는 이유는 이러한 분화의 과정과 양상이 실재하기 때문이다.

Ⅳ. '구인회'와 해외문학파

1930년대 초반 구인회와 더불어 지속적인 활동을 편 단체로 '해외문학파'를 들 수 있다. 1926년 동경에서 조직된 '외국문학연구회'(1926~1931)는 기관지『해외문학』을 중심으로 외국문학의 번역과 소개의 활동을 펴던중, 당시 카프 논자들에 의하여 '해외문학파'로 명명되면서 주목받기 시작하였다. 이후 결성된 '극예술연구회'는 해외문학파의 후신이라 할 수 있다.

외견상 해외문학파는 구인회와 유사한 점이 있다. 우선 두 단체는 느슨한 조직적 형태에다 그 조직적 성격이나 실체마저 부인하는 편이었다.[30] 이들은 그룹내의 다양성을 인정하는 한편, 적어도 표면적으로는 어떤 중심을 가진 조직체이길 거부하였던 것이다. 또 해외문학파와 구인회는 저널리즘에 확실한 기반을 두고 활동했다는 점에서도 유사점을 찾을 수 있다.[31]

30)「신년 좌담회」,『동아일보』1933. 1. 8. 참조.
31)『동아일보』는 연극에 대한 지면을 많이 할애했는데, 특히 해외문학의 후신이라 할

당시 카프가 구인회와 극예술연구회를 '동체이명(同體異名)'으로 파악한
것이나,[32] 최근 연구에서 해외문학파의 문학사적 의미를 받아들인 단체로
구인회를 보는 견해[33] 등은 일단 이러한 유사점을 중시하고 있는 듯하다.
그러나 이들 사이에는 '딜레탕티즘 이전과 이후'라는 본질적 차이가 가로
놓여 있음을 더욱 주목하여야 한다.

해외문학파의 명명과 더불어 그에 대한 비판은 카프측에서 행해졌다.
그들은 해외문학파를 우익적 반동단체(송영)로 보거나 예술파 조직(임화)
으로 규정하였다. 카프의 볼세비키화 시기였던 만큼 이들의 전의(戰意)는
매우 강렬한 것이었는데, 한편으로는 해외문학파의 『시문학』과 『문예월
간』 참여를 예술파의 형성으로 확대 해석하여 이를 경계했던 탓이기도 하
였다.[34]

이헌구는 이러한 카프측의 비판을 반박하면서 해외문학파가 구성원 각
자의 취향에 따른 자유주의적 성향의 단체임을 주장하고, 그들의 집단적
·조직적 실체를 부인하였다. 그는 해외문학파의 활동이 외국문학의 단순
한 번역·소개에 그쳐서는 안 되며 조선에 필요한 문학을 전문가의 입장
에서 충실히 번역하는 데 있다고 주장한다. 아울러 독자가 번역물을 감상
하고 비판할 수 있도록 문화적 계몽운동의 임무를 제시하였다.[35] 즉 해외
문학파가 교양인으로서의 역할에 그치는 것이 아니라 전문가로서의 역할
과 문화적 계몽의 임무를 자임하고 나선 것이었다.

수 있는 극예술연구회의 활동에 편중되었다. 이는 극예술연구회의 실무를 담당하던
서항석이 기자로 있었기 때문이며, 이밖에도 『중앙일보』에는 이하윤(후엔 『동아일
보』로 옮김),『조선일보』에는 이선근, 함대훈, 이헌구 등이 있었다.

32) 박승극,「조선문단의 회고와 비판」,『신인문학』 1935. 3.

33) 김한식,「구인회소설연구」, 고려대 석사학위논문, 1994, 16~17쪽.

34) 『시문학』 4호는 발간되지 않았다. 그러나 발간 광고에 의하면, 3호까지와 달리 이
헌구, 서항석 등 해외문학파가 참여할 예정이었다. 『문예간』 역시 이하윤이 책임
편집을 받았던 대중문예지로서 여기에도 해외문학파의 대거 참여가 눈에 띤다.

35) 이헌구,「해외문학과 조선에 있어서 해외문학인의 임무와 장래」,『조선일보』 1932.
1. 8.

그러나 이들이 전문가로서의 소임을 다하였다고 보기는 어렵다. 그 이유는 무엇보다도 이들이 당시 문단에 내용상의 새로움을 전달하지 못했기 때문이다. 그들은 익히 알려진 고전 작가와 작품을, 그것도 기껏해야 '초보적·개론적' 수준에서 소개하는 데 그쳤다.[36] 같은 해외문학 전공자이면서도 최신 이론으로 문단에 새로움을 줄 수 있었던 김기림, 최재서, 이원조 등과는 현격히 비교된다. 이런 의미에서 아래와 같은 최재서의 해외문학파 비판은 정곡을 찌른 것이었다.

　이 집씨(해외문학파―인용자)는 저명한 외국작가가 죽으면 訃電이 보도된 다음날 아침 頭巾道袍에 苑杖을 짚고, 주문을 읽고 그들은 50주기가 되면 祭主가 되어 ……그들은 6分의 불안과 4分의 자신을 가지고 고전세계에 逍遙한다.[37]

한편 해외문학파의 성격은 '극예술연구회'(1931. 7. 8~1939)의 활동을 통해서도 드러난다. '극예술연구회'는 그 인적 구성만 보아도 해외문학파의 활동무대라는 것을 알 수 있다. 창립총회 당시 총 12명의 동인(나중에 회원제로 바뀜) 중 극계 원로인 윤백남과 홍해성을 제외하고는 거의 모두가 해외문학파의 멤버들이었으며, 또 그들이 핵심적 위치를 차지하고 있었다.[38] 그러나 이들의 주요 활동은 각본의 번역과 해설, 그리고 특정 작가에 대한 특집란을 장식하는 정도였다. 극예술연구회에서의 활동 역시 그들의 번역 활동과 마찬가지로 비전문적인 성격을 드러내준다. 오히려 극예술연구회의 전문적 논의나 활동은 실천부에 속한 홍해성과 유치진에 의해 이루어진다. 특히 유치진은 번역극 소개를 통해 극문화를 수립하고자 했던 해외문학파의 견해에 반대하고, 소인극(素人劇)에서 전문극(專門劇)으로 전환할 것과 대극장 중심의 전문극단을 지향하였다.[39]

---

36) 현　민, 「해외문학파의 재출발」, 『동아일보』 1933. 10. 3.

37) 최재서, 「호적없는 외국문학연구가」, 『조선일보』 1936. 4. 26.

38) 이두현·유민영 편, 「극예술연구회연보」, 『연극평론』 1971, 가을.

39) 양승국, 「1920-30년대 연극운동론 연구」, 서울대 박사학위논문, 1992.

그렇다면 결코 예술파가 아니면서 문화적 계몽을 자임하였으나 끝내 전문가가 될 수 없었던 단체의 본질은 무엇이겠는가? 김윤식의 적절한 지적대로 '하나의 교양 있는 딜레탕티즘(dilettantism) 집단' 이외에 아무 것도 아닐 것이다. 그들이 연극활동에서 보여준 탁월한 섭외 능력, 신문과 잡지를 통해 보여준 세련된 편집 이외에 문학사적 의미를 찾기란 어렵다. 따라서 해외문학파와 구인회는 외견상의 유사성에도 불구하고 딜레탕티즘 집단(해외문학파)과 문학이념을 공유하는 전문가 집단(구인회)이라는 본질적 차이를 내포하고 있는 것이다.

물론 구인회 멤버 중 유치진, 이무영, 조용만, 이효석, 김상용, 조벽암 등은 『해외문학』 혹은 「극예술연구회」에도 직간접적으로 관여하였다. 그러나 일부 구인회 멤버의 '극예술연구회' 참여는 당시 문단의 풍토 속에서 행해진 일반적 교류 이상이 아니며, 의미를 확대하더라도 당시 비프로문학계 연극활동이 갖는 계몽성과 교양적 활동에 대한 관심을 넘는 것이 아니다. 또 이들의 면면을 살펴보면 구인회를 조기탈퇴하였거나 사실상 구인회의 중심 작가가 아니라는 점을 확인할 수 있다. 오히려 구인회의 중심 작가들은 시와 소설에 대해 지속적인 관심과 노력을 기울였다. 이태준의 경우 전업 소설가로 창작에 더욱 몰두하였고, 김기림, 이상의 유학은 문학적 대안을 향한 도일(渡日)이었다. 따라서 문제의식을 더욱 심화시켜나간 구인회의 경로는(물론 개개인이 다른 양태로 모색되지만) 그들의 예술가 의식, 전문가 집단의 성격을 반증하는 것으로써 해외문학파의 경로, 즉 전문성의 결여에 대한 자각과 극분야·수필로 전공을 수정(?)한 것과 대비된다. 여기에다가 해외문학파가 대거 참여한 『문예월간』의 창간을 두고 정

이 논문에서 양승국은 유치진을 해외문학파로 간주하는 견해에 반대한다. 해외문학파의 본질이 비전문적 성격에 있다고 할 때, 극연에서 연극 전문을 떠맡은 것은 홍해성과 유치진뿐이었으며 유치진이 극연에 가담하게 동기도 해외문학파와는 관련이 거의 없다고 보기 때문이다.(151~153쪽 참조) 이러한 의미에서 유치진을 극연내 비해외문학파로 분류하는 것은 타당하다고 생각되며 그의 중심 활동이 연극 분야를 벗어난 적이 없는 것으로 보아 구인회와의 관련성은 거의 없다고 판단된다.

지용과 박용철이 충돌하였던 점으로 미루어 볼 때, 구인회는 해외문학파의 딜레탕티즘에 대해서 일종의 대항의식을 가졌던 것으로 보는 것이 타당하겠다.[40]

V. 결론 – 모더니즘의 착종성과 그 거울로서의 '구인회'

이 글은 구인회가 단순한 친목단체가 아니며 비슷한 경향의 혼성 그룹도 아니라는 판단에서 출발했다. 즉 '공통'의 문학이념과 '집단'적 발현이라는 측면에서 구인회 혹은 구인회 문학을 접근하였던 것이다. 그러나 카프와 같은 조직적 실체와 선명한 이념(혹은 강령)에 익숙한 시각으로는 우선 구인회의 독특한 존재방식과 구인회의 다양한 성향이 의미하는 바를 이해할 필요가 있다. 그럴때라야 구인회와 카프가 문학적 근대 기획의 두 가지 양상을 보여준다는 점과 서로가 갖는 단체로서의 위상을 인정할 수 있다. 또한 동시기 문단 내부, 즉 시문학파나 해외문학파와의 관계 속에서는 구인회의 변별적 자질을 분명히 할 필요가 있다. 물론 이러한 구별과 차이점이 뚜렷하다고 보기는 다소 무리가 있지만, 적어도 구인회는 해외문학파의 딜레탕티즘에 대항·극복한 단체임을 확인할 수 있으며 시문학파의 이론적 연원과 거리가 있음을 알 수 있다.

구인회의 모더니즘은 1933년 '새로운 경향이 들어설 여지'에서 마련되었다. 프로문학과 민족주의 문학의 쇠퇴—이는 극단적으로 말하면 일제의 식민지 정책의 소산이라고 할 수도 있으나—는 필연적으로 새로운 문학적 지형, 즉 새로운 경향(혹은 감수성)을 요구하였는데, 이러한 요구는 근대 문명에 세례받은 이들로 하여금 그들의 의식을 모더니즘의 바다에 진수시켰다.

원래 모더니즘은 근대적 감수성의 탐닉과 자본주의를 비판하는 일종의 고전적 반근대적 지향을 동시에 가지고 있다고 할 때, 구인회 내부의 이질

---

40) 김윤식, 「카토릭시즘과 미의식」, 『한국근대문학사상사』 1984, 424쪽.

적 성향은 모더니즘의 본래적 성격(이중성)에서 비롯된 것이라 볼 수 있
다. 그러나 구인회의 경우 두 가지 지향이 유기적으로 결합되지 못하고 착
종된 형태를 띠다가 결국 분화·편향되고 만다. 이것은 주지하다시피 우
리의 근대가 타율적으로 강제된 것이며 이로부터 근대성에 대한 총체적
인식이 제한받을 수 밖에 없는 상황과 밀접한 연관이 있다. 이를 두고 '자
의반 타의반적인 묘한 간음형태'[41]라 한다면, 구인회란 이속에서 그들의
근대문명에 대한 열망과 식민지 극복이라는 딜레마를 미적으로 체현한 단
체라 할 것이다. 사실상 구인회의 '정신적 연대감'은 이러한 딜레마, 즉 긴
장과 갈등의 공유에서 비롯된 것이며 이질적 성향이 공존할 수 있었던 것
도 이러한 특수성에서 연유한다고 보여진다. 따라서 구인회는 허약한 전통
과 특수성속에서 형성되었고, 이질적 성향이 개인에 따라, 시기에 따라 저
마다 다양하게 전개되는 만큼 모더니즘의 착종성을 반영해주는 거울로서
의 의미와 특징이 있다.   (성균관대 박사과정)

---

41) 김우종, 『한국현대소설사』, 성문각, 1982, 14쪽.

『시와 소설』과 '구인회'의 의미

이 명 희

1. 들어가는 말

유일하게 모임의 입지를 "순연한 연구의 입장에서 상호의 작품을 비판하며 다독다작을 목적으로" 한다고 표명한 구인회는 1933년 창립한 이래 공식적인 행사로 두 번의 문학 강연회를 개최하고 한 권의 동인지 『시와 소설』을 발간하였다.

『시와 소설』의 발간 동기와 과정이 어쨌든 한 기관지의 펴냄은 구성원들의 호흡을 맞춰야 가능한 일이며, 『시와 소설』이 발간된 1936년은 1933년에 뜻을 같이했던 한 구성체가 해를 거듭하고도 남는 기간을 보낸 후이고 그 시기는 대내외적으로 '구인회'의 입장이 결성 시기보다는 더욱 분명하게 인식되었던 시기이다. 그렇다면 그들의 동인지 발간에 대해 소위 무책임이라거나 무의미라는 어휘를 걸을 수 없을 만큼 우리는 그 무게를 느끼지 않을 수 없다. 달리 표현하자면 그 당시 구인회는 그들만의 색깔을 지니고 문단의 비중을 더해가거나 일원들의 개개인의 작품세계가 성숙기 또는 변환기의 단계에 들어섬으로써 완숙 또는 전환의 계기를 맞았다.

지속적으로 내고자 하는 각오로 출발하였지만, 창간호만을 간행했던 '구인회' 회원들은 기관지 『시와 소설』을 발간한 후 그 시기를 정점으로 하여 새로운 국면을 맞이한다. 이상의 동경행, 일부 작가들의 장편소설로의 몰입과 동시에 신문소설이라 칭해질 수 있는 대중소설로의 전이, 정신 또는 전통으로의 역행, 그 다음해 이상과 김유정의 죽음 그리고 결성 시기와는 다르게 정확한 시기를 점칠 수 없는 그들의 자연스러운 해체 등이 바로 위의 논리를 뒷받침하고 있다. 이러한 논리를 적용한다면 '구인회'를 구심점으로 그들 회원들의 울타리 역할을 했었던 그 테두리가 더 이상 의미를 지닐 수 없었던 시기는 바로 『시와 소설』을 발간한 바로 후이다.

이렇게 놓고 볼 때, 『시와 소설』은 어쩌면 '구인회'의 정점이라 할 수 있는 구극점과 와해의 모습을 동시에 지니고 있는 물증이며 '구인회' 회원들의 지향과 고민을 읽어낼 수 있는 거울이 아닌가라는 의구심을 불러 일으킨다. 여기에는 이상 한 개인의 이유 있는 의도에 의한 결과라든가 이미 지면을 확보하고 있었던 회원들에게 있어서 『시와 소설』에 낸 작품은 하나 집어준 것에 지나지 않는다는 자질구레한 관형구절이 붙지만, 그리고 그러한 사실을 우리는 간과할 수 없지만, 그것은 그들의 성격을 단적으로 드러낼 동인지이며 그들이 회원으로 있는 '구인회'의 층을 표출시키는 기관지가 될 것이기 때문에, 그들이 그 곳에 실릴 작품들을 별 의미 없이 생각하거나 예사스럽게 받아들이지 않았을 것이라는 확신은 어쩜 분명한 사실일 것이다.

그럼에도 불구하고 지금까지의 연구는 『시와 소설』 기관지 자체만을 주목해 오지 않았고, 그 결과 『시와 소설』에 실린 작품들은 각각 작품집에 편자의 작의에 따라 또는 작가의 작품세계를 논할 때 논자의 편의에 따라 들고 남으로써 그들의 기관지 『시와 소설』에 대한 일관된 의미망을 건질 수가 없었다.

그래서 이 글은 '구인회'의 유일한 기관지 『시와 소설』를 가지고 회원들의 작품을 세밀하게 들여다 봄으로써 즉 구성원들의 한두 작품에서 보여지는 그들의 편린을 주워 모아 그 조각을 맞춰 '구인회'가 지니고 있었던 지향점과 하향점의 일모를 찾고자 한다. 그렇게 함으로써 '구인회'의 성격을 짚어보는 과정이 될 것이며 이것은 『시와 소설』의 의의를 논의하는 일과 맥을 같이 하게 될 것이다.

2. 동인지로서의『시와 소설』

『시와 소설』이 발간되었을 때의 회원은 창간호에 적힌 순서대로 적자면 박팔양, 김상용, 정지용, 이태준, 김기림, 박태원, 이상, 김유정, 김환태이다. 이때의 회원들은 이미 몇 번의 탈퇴와 가입이라는 과정을 거친 후의 일원들이다. 처음 이종명, 김유영, 이태준, 정지용, 김기림, 이효석, 조용만, 이무영, 유치진으로 출발한 '구인회'는 몇 차례의 들고남을 걸쳐 이종명, 김유영, 이효석, 조용만, 이무영, 유치진이 탈퇴하고 대신 박태원, 박팔양, 이상, 김유정, 김환태, 김상용이 가입한다. 그래서『시와 소설』이 발간되었을 때 위와 같은 회원으로 조정된다.

실린 작품은 제목과는 다르게 시 일곱 편, 소설 두 편, 수필 네 편이다. 우선 수필을 보면 김기림의「걸작에 대하여」, 이태준의「설중방란기(雪中訪蘭記)」, 김상용의「시」, 박태원의「R씨와 도야지」이다. 시 일곱 편은 정지용의「유선애상(流線哀傷)」, 김상용의「눈오는 아침」과「물고기하나」, 백석의「탕약」과「이두국진가도)(伊豆國湊街道」, 이상의「가외가전(街外街傳)」, 김기림의「제야(除夜)」이며 소설 두 편은 박태원의「방랑장 주인」과 김유정의「두꺼비」이다.

여기서 우리는 두 가지 사실에 주목할 필요가 있다. 하나는 서문이며 또 다른 하나는 회원이 아니었던 백석의 존재와 그의 작품에 대한 의미 부여이다. 우선 전자를 살펴보면, 동인지『시와 소설』에서 서문 격에 해당하는 부분에 각 회원들의 단문이 실려 있다. 그런데 중요한 점은 그 내용을 통하여 각 회원들이 동인지를 통하여 표출하고자 했었던 자신의 문학관이나 그 시기에 개인 자신에게 절실했었던 문제들을 거론함으로써, '구인회'의 성격과 의미를 우리에게 제공하고 있다는 점이다. 회원들의 서문[1]을 보자.

---

1) 앞으로『시와 소설』의 인용은 1936년에 창문사에서 간행한 것으로 한다.

소설은 人間辭典이라 느껴졌다.   尙 虛

어느時代에도 그現代人은 絶望한다. 絶望이 技巧를 낳고 技巧때문에
또絶望한다.   李 箱

言語美術이 存續하는以上 그民族은 熱烈하리라.   지 용

藝術이藝術된 本領은 描寫될對象에있는것이아니라 그를綜合하고
再建設하는 自我의內部性에있다.   換 泰

위의 인용에서와 같이 서문에서 이태준은 소설이란 인간 사전이라 하였
다. 그에게 있어 인물 묘사는 곧 작품의 완성도를 의미한다. 인물 창조를
위해 그는 인물의 특징을 잡아주는 단 하나의 언어찾기와 그 언어가 들어
가야 할 위치찾기 즉 적재적소라는 문제에 고심하였다. 언어찾기는 대상의
발견에 의해서 이루어지는 것이 아니라 그 대상의 개성과 특징을 살리도
록 만드는 즉 제작하는2) 데에 달려있다. 그래서 이태준에게 있어 소설은
다른 모든 예술과 함께 '표현'과 '개성'이었던 것이다. 그러므로 이태준의
문장과 언어에 대한 집착은 이런 의미에서 작가적 개성을 살릴 수 있는
기본항이었으며 제작의 의도와 노력에 대한 그의 열정은 표현론적 문학관
에 인접해 있다.

세상에 널려 있는 잡다한 현실이 아니라 자기 자신을 글감으로 삼았던
이상의 경우, 자살충동이라는 죽음으로부터 탈출하기 위해 그는 글쓰기의
방식을 택했으며 그에게 있어 글쓰기의 온갖 기교와 그에 동원된 방법은
운명적으로 극복할 수 없는 죽음에 대항하는 자신의 절망의 또 다른 표현
이었다. 이상은 그의 첫소설인 「12월 12일」3)에서 자신에게 찾아온 자살

---

2) 이태준, 「소설선후」(문장, 1939. 6),『문장강화』, 박문출판사, 1948.
　 이태준, 「소설의 맛」,『무서록』, 박문서관, 1944, 참조.
3)『한국문학전집 9 이상』, 삼성출판사, 1993, 16쪽.

충동이 '본질적이요, 치명적'인 것이기에 '죽을 수도 없는 실망'이 그의 전 생애를 지배하고 있다고 그는 신음한다. 그래서 자신의 일생이란 '죽지 못 하는 실망과 살지 못하는 복수' 속에서 호흡하고 있으며 글은 그의 '최후 의 말'인 동시에 '무서운 기록'이라 토로한다.

이상에게 있어서 죽음과 절망 그리고 기교(방법론)는 서로 등가를 이루 고 있었으며 그의 문학의 핵심은 무서운 기록과 모더니즘 문학과 그 맥이 닿아 있었던 것이다. 이러한 문제를 그는 『시와 소설』의 서문에서 암시적 이고 축압적으로 제시하고 있다. 말하자면 현대인은 절망하며 그 절망이 기교를 낳고 다시 기교에 의해 절망한다는 연결식을 통하여 그는 현대와 절망 그리고 기교를 병치시키고 있다. 이 부문에서 현대와 절망 그리고 기 교는 근대로의 지향과 죽음 그리고 제작으로 절묘하게 대치된다.

문학은 죽음으로부터 도망할 수 있는 방법이라는 것, 현란한 기교의 놀 음만이 죽음과 대응할 수 있다는 것 그리고 이러한 모든 행위와 태도가 현대에서 유일하게 의미를 건질 수 있다는 것들은 근대성의 획득뿐만 아 니라 작가의 개성과 표현을 인정하는 문학관에서 나온 결과이다.

다음 정지용의 경우를 살펴보면, 다양한 미적 실험과 태도를 지니면서 지성을 기반으로 대상에 대한 감각을 정확하게 묘사했던 정지용에게도 언 어는 예술 그 자체를 의미하며 미술 즉 그리는 것 달리 말하면 제작하는 것이다. 그러하기에 『시와 소설』의 서문에서 밝혔듯이 그는 '언어미술'이 란 민족을 지탱하는 원형질이라 말할 수 있었던 것이다. 그 역시 표현론적 문학관을 지니고 있음을 단적으로 보여주고 있다.

예술의 생산에 있어서 가장 중요한 것은 예술가의 천재성과 개성에 있 다고 생각한 김환태는 문학이란 자유 정신의 표현이기 때문에 문예비평가 는 작품 그 자체에서 인상과 감동을 충실히 표출해야 한다는 예술지상주 의적 비평태도를 강조한다. 이러한 순수예술의 입장에서 예술의 기능과 의 의를 강조한 그는 "작품에 의하여 부여된 정서와 인상을 암시된 방향에 따라 가장 유효하게 통일하고 정합하는 재구성적 체험"[4]에 비평태도의

---

4) 김환태, 「나의 비평태도」, 『조선일보』 1934. 11. 23.

기초가 자리잡아야 함을 거듭 재론한다. 작가의 개성과 자율을 강조하는 그의 이같은 비평태도는 『시와 소설』의 서문에서 예술의 본령이 '대상을 종합하고 재건설'하는 '자아의 내부성'에 있음으로 압축되어 있다. 여기서의 대상에 대한 종합은 예술가의 천재성과 개성에 기초한 인상을 뜻하며 재건설은 자유정신의 표현 또는 제작에 다름 아니다.

이런 논리에서 중론을 끌어내자면 구인회 작가들의 핵심이었던 표현론적 문학관, 모더니티에 대한 선망 그리고 형식을 통한 작가의 개성 창조들은 창간호로 끝나버린 한 권의 동인지 『시와 소설』의 서문에서도 충분히 있다는 것이다.

그러나 김기림에 이르면 상황은 달라진다. 초기에 두 개의 부정 즉 센티멘탈과 편내용주의를 부정하면서 시론과 시를 출발시킨 김기림은 '시는 언어의 건축'이며 '시인은 제작자'이고 예술이란 하나의 '과학적 태도와 방법'[5]임을 새로운 모토로 내세운다. 그러나 그의 이러한 표현론적 시론과 언어의 과학성은 1930년대 중반에 이르러 심각한 자기 반성을 거친다. 그의 공허한 근대문명에 대한 추수와 메마른 기교주의가 일제 제국주의 시대를 견뎌가는 지식인에게 있어 어떤 의미가 있는가, 형식의 새로움 즉 그들의 미적 근대성은 근대라는 허울을 뒤집어 쓴 일제의 식민지화와 맞닿아 있는 것이 아닌가라는 자각에서 김기림의 자기반성은 시작한다. 이러한 이중고에 대한 대안으로 그는 '전체시론'을 들고 나온다. 기교의 메마름을 '인간성의 부흥'으로 무마하고 근대성 추구가 주는 자책감에 사회성과 역사성을 고려한다. 그래서 김기림은 모더니즘과 형식주의에 대한 반성을 장시 『기상도』를 통해 하고자 한다. 『기상도』가 1935년 5월부터 시작하여 12월에 끝난 것을 고려해 본다면, 1935년에 들어서면서 반성과 모색이 시작되었음을 알 수 있다. 그의 대안과 지식인으로서의 고민이 『시와 소설』의 서문에서 다음과 같이 응축되어 있다.

---

5) 김기림, 「과학과 비평과 시」, 「비평과 감상」, 「동양인」, 『김기림 전집 2』, 심설당, 1988, 참조.

結局은 『인텔리겐챠』라고하는것은 끈어진 한部分이다. 전체에대한 끈임없는 鄕愁와 또한 그것과의 먼距離때문에 그의마음은하로도 凱定할줄모르는 괴로운 種族이다.　　　　　　起 林

과학에 인간성을 결합하거나 또는 언어와 형식에 사회성과 역사성을 조화시키는 것을 자기 비판의 대안으로 삼았던 김기림은 이를 서문에서 '전체에 대한 향수'로 명명하고 형식과 내용의 조화가 그 시대에 있어서 얼마나 어려운 문제인가를 실감하고 그에 대해 괴로워한다. 이같은 심리상태를 그는 '끈어진 한 부분'으로 표현하고 있다. 여기서 그가 실감한 사항은 일본 제국주의의 중압감이며 괴로워한 것은 지식인으로서의 그의 이중감이었을 것이다.

이렇게 보았을 때 『시와 소설』의 서문은 문장과 언어에 대한 집착, 기교의 유희, 작가의 개성과 자율성, 내용보다는 형식 즉 제작하는 과정을 중요시하는 표현론적 문학관을 표명하고 있다. 또한 동시에 그를 분수령으로 그들의 미적 태도가 와해되는 모습을 김기림의 '전체시론'을 통하여 보여주고 있다. 요컨대 '구인회'의 지향점과 이완점을 동시에 포함하고 있는 것이다. 바로 이 점이 구인회의 성격인 동시에 그들의 양면성인 것이다.

다음으로 우리가 주목해야 할 사항은 백석의 존재와 그의 의미부여이다. 백석은 '구인회'의 회원이 아님에도 불구하고 그의 시 두편이 실린다. 「탕약」과 「이두국진가도」가 그것이다. 편집 후기에 의하면 동인지가 빛을 보기까지 많은 시간을 필요로 했음을 '전부터 몇번 궁리가 있었으나 여의치못해 그럭저럭해오든 일'에서 단적으로 보여주고 있다. 또한 '會員밖의 시분것도 勿論실닌다.'라고 하여 작품에 한하여 회원에 국한하지 않을 것임을 시사하고 있다. 그런데 회원을 맞는데 있어서 '너무동떨어지지안는 限에'라는 조건부를 붙임으로써 백석의 경우 확대 해석하자면 그것은 너무 동떨어지지 않는 내용이라면 그들의 동인지에 얼마든지 실릴 수 있다로 풀이된다.

그럼 너무 동떨어지지 않는 내용이란 무엇인가. 그의 대표작으로 평가

되고 있는 「여우난곬족(族)」은 비교적 길게 이어지고 있는 줄글 형식을 통하여 지역 사투리의 과감한 도입과 잊혀져 가는 토속적 제재를 새롭게 조명함으로써 우리 시문학사에서 고유한 시적 영역을 확보하고 있다. 그러므로 주지하고 있듯이 백석은 언어를 통하여 민족의 주체성을 살린 시인이다. 특히 농촌의 정서를 토속적인 언어찾기로 생경하게 그려냈다. 토방과 곱돌탕관, 삼과 숙변과 목단과 백복령과 산약과 택사를 넣고 끓이는 육미탕, 달큼한 구수한 향기, 옛사람의 기억, 내 마음의 고요와 맑음(이상 「탕약」)이라는 과거와 현재의 교섭은 옛적본의 휘장마차, 촌중의 새 새악시, 바닷가의 거리, 금귤을 먹는 것(이상 「이두국진가도」)으로 과거에서 현재 그리고 미래로 나아간다. 그는 토방에서 나는 시골 냄새가 물씬 풍기는 언어를 통하여 농촌의 생활과 정서를 형상화하였으며 일제에 의해 억압받는 이 민족의 참 모습을 현장감 있게 살리는 언어를 구사함으로써 현실을 실감나게 그려내었다.

그러므로 동떨어지지 않는 내용이란 바로 '언어'를 의미한다. 언어 찾기 그리고 언어 살리기는 '구인회' 회원들의 핵심 사항이었으며 이런 의미에서 백석은 부담스러운 존재가 아니었고 그의 시는 한울타리에서 어울릴 수 있는 최소한의 의미소를 지니고 있었던 것이다.

3. 근대로의 지향과 그 정점

편집 후기에서 '전부터 몇번 궁리가 있었으나 여의치못해 그럭저럭해오든일'이라 밝힌 것으로 보아 『시와 소설』의 발간은 오래 전부터 계획이 있었으나 여의치 않아 시간을 오래 끌었던 모양이다. 그런데 '이번에 이렇게 탁방이 나서 회원들은 모두 기뻐'했다는 이상의 표현으로 미루어 구인회 회원들은 그럭저럭 흡족해 했던 것 같다.

창작에 있어서 작가의 영감과 개성을 중요시 여겼던 창작태도를 견지하였고 언어의 마술성과 문장의 긴장성에 집착한 표현론적 예술관을 중요시 여기면서 현란한 기교와 형식적 실험을 통하여 이룩한 근대성의 지향은 문학사에서 '구인회' 작가들의 존재 방식을 가능하도록 한다. 일련의 이러한 근대로의 지향과 그 구극점을 우리는 박태원의 「방랑장 주인」, 이상의 「가외가전」, 정지용의 「유선애상」에서 찾을 수 있다. 띄어쓰기의 의도적 무시, 소설이 한 문장으로 이루어진 장거리 문장의 시도, 대상에 대한 감각적 접근과 절제되고 정확한 언어선택 등 실험적이고 표현 중심적인 그들의 창작기법은 근대로 지향하는 길목에서 작가로서의 존재가치와 긍지를 가늠하고 세워주는 척도였다.

박태원은 구인회 작가 중에서도 언어와 문체에 대한 집요한 관심[6]을 보여줬을 뿐만 아니라 다양한 기법 실험도 실행한 작가이다. 장거리 문장을 통한 의식의 흐름을 제시한다거나 영화의 이중노출 기법을 소설에 활용한다거나 숫자의 과감한 도입 또는 신문광고나 처방전의 삽입 그리고 시점의 혼용 등이 바로 그것인데, 「방랑장 주인」은 적절한 쉼표와 연결어미를 사용하여 한 문장을 이룬다. 여기서 쉼표와 연결어미의 기능이 무엇인지 살펴볼 필요가 있다.

　　事實 젊은 男女만 單 둘이 그렇게도 오랜도안을 한집안에가 맞붙어살어 오면서 그들의 純潔이 그래도 維持되었으리라고는 그러한것을 믿는 사람이 어쩌면 도리혀 怪異할지도 몰으나 亦是 事實이란 어찌 하는수 없는것으로 그것은 惑은 自己가 「미사에」에서 愛情이라든 欲情이라든 그러한것을 느낄수 있기前에 爲先 그렇게 쉽사리는 갚어 질듯도싶지않은 너무나 큰 負債를 그에게 갖었든까닭애 이미 그것만으로 그를 對하느때마다 마음속에 짐은 묵어워, 그래 무슨 다른 雜스러운 생각을 먹어 볼 餘地가 없었든것인지도 몰으나 그러한것이야 事實 어떻든 이제 일으러서는 設使 그에게 支拂할 그동안의 給料 全額의 準備가 있다손 치드라도 그것을 칠어 주었을 그분으로 어데로든 가라고 그렇게 말할수는 없을것 같했고 또 「미사에」도 그러면 그러겠노라고 선선히 나가 버릴듯도싶지 않어 생각이 어떻게 이러한곳에까지 미치니까 다음은 必然的으

6) 박태원, 「창작여록 —표현, 묘사, 기교—」(『조선일보』 1934. 12. 27～12. 31), 「내 예술에 대한 항변 —작품과 예술가의 책임—」(『조선일보』 1937. 10. 12～10. 23) 참조.

로 그러면 大體 이 女子는 그 自身 自己 將來에 關하여 어떠한 생각을 가지고
있는 것인지 그것부터 밝힐 必要가 있다고 그는 그러한것을 생각하여 보았으
나 아모대도 「미사에」에게는 그러한 方針이니 計劃이니 하는 것이 全혀 없는
듯도싶어 그러한것은 마치 自己의 主人이나 또는 「水鏡先生」이 아르켜 줄것
으로 自己는 그들이 하라는 그대로하여 가기만 하면 그만일것 같이 어째 곡
그렇게만 생각하고 있는지도 몰을일이라,

크게는 '묶어워'와 '몰을 일이라'는 연결어미로 이어져 있지만 작게는
'묶어워'의 연결어미 안에 '오면서', '라고는', '몰으나', '것으로', '까닭에'로
연결되고 있고 다시 '몰을 일이라'는 연결어미 안에 '몰으나', '치드라도',
'같했고', '싫지않어', '미치니까', '보았으나', '듯도 싶어'로 연결되어 있다.
이러한 연결어미는 의식의 흐름을 끊지 않고 이어줌으로써 세심하게 내면
세계의 흐름을 효과적으로 살리고 있다. 또한 적절한 쉼표의 사용은 장거
리 문장이 지니고 있는 긴 호흡을 아주 적절하게 끊어줌으로써 흐름 속에
서도 휴지와 여유를 갖도록 한다.
　이상의 「가외가전」은 의도적인 띄어쓰기의 무시와 단락의 무구분으로
인해 노야(老爺)와 소년(아이)으로 분열되는 자의식을 혼돈의 상태로 방치
하는 효과를 거두고 있다. 훤조(노파의 결혼을 걷어차고 어른 구두가 맞부
딪치면서 나는 육중한 구두소리로 상징되는) 때문에 마멸되는 작중화자의
몸은 주변에서 소년이라고들 하지만 백발이 성성한 노파의 기색이 깊다.
번번히 구두바닥의 징 소리에 쫓겨 아이들은 애총이 되고 노파는 고통을
되씹는다. 이러한 세계의 질서는 방대한 방으로 표상되어 쓰레기를 치운
정결한 공간이 되기도 하지만 곧 그 세계는 다시 벽에 쓰레기가 붙는 혼
란의 공간이 된다. 자의식과 세계의 분열이라는 혼동과 감당하기 벅찬 무
질서의 혼란은 이 시에서 띄어쓰기와 단락의 무시라는 형식에 있어서의
기교로 한층 더 그 효과를 얻고 있다. 실험적 기교를 통해 내용을 지배하
는 형국이다.
　그밖에 박태원의 「R씨와 도야지」, 김유정의 「두꺼비」가 있다. 이 두 작
품은 1인칭으로 쓰여졌고 자전적 작품에 가깝다. 주지하듯이 「두꺼비」는

김유정이 당대 유명한 기생이었던 박녹주와의 체험을 그린 애정 체험 소
설이다. 두 작품은 자전적 성격을 지녔다는 점에 주목할 필요가 있다. 왜
냐하면 이상과 박태원의 일련의 자전적 소설이 내면의식의 흐름을 드러낼
수 있는 조건이 되었기 때문이다. 「두꺼비」의 경우 나의 행위와 의식이
구분없이 연결되어 있고, 상대방이 나에게 전하는 말과 그의 행동 그리고
나의 행동과 말이 계속 연결됨으로써 의식의 흐름을 방해받지 않고 있다.
또한 「R씨와 도야지」의 경우도 상대방의 행동과 말 그리고 나의 행동과
말이 그대로 연결됨으로써 내면의식의 흐름을 세밀하게 보여준다.

　　그는 上京할때마다 으레히내집에들러 시골 消息을傳하고 때로 亦是 서울이
그리워 못견듸겠다고 그러한말을하다가는 그래도 結局 돈만있다면 돈 한가지
만 있다면 시골에서의 生活도 決코 不愉快하지는 않겠다고 結論하였다. ……
(중략)…… 내가 그機會를타서 참도야지는 어떻게되였느냐고 下回를물었드니
그는 갑작이 기운이나서 세마리 中에 두마리난 無事히 合格이되었다고 마모리
學問을하였드라도 그것이 本來 까만털인지 染色한털인지를 눈으로보아 分揀하
는 재주는 없나보다고 크게웃고 自己는 이뒤로도 같은方法으로 利를보겠노라
고 그는 자못 愉快한듯싶었다.
　　　　　　　　　　　　　　　　　　　　　　「R씨와 도야지」에서

　　이렇게도 내가 모조리 처신을잃엇나, 생각하매 제물에 화가 나서 그 손을
홱 뿌리치니 이게 재미잇단듯이 한번 빵끗 웃고 그러나 팔꿈치로 나의 허구리
를 쿡 찌르고나서 사람괄세 이렇게 하는거 아니라고 괜스리 성을 내며 토라진
다. ……(중략)……나는 얼 빠진 등신처럼 정신없이 나려오다가 그러자 선뜻
잡히는 생각이 기생이 늙으면 갈데가 없을것이다, 지금은 본체도 안하나 옥화
도 늙는다면 내게 밖에는 갈데가 없으려니, 하고 조곰 안심하고 늙어라, 늙어
라, 하다가 뒤를 이어 영어, 영어, 영어, 하고 나오나 그러나 내일 볼 영어시험
도 곧 나의 연애의 연장일것만 같애서 에라 될대로 되겟지, 하고 집어치고는
쾡한 광화문통 큰 거리를 한복판을 나려오며 늙어라, 늙어라, 고 만물이 늙기
만 마음껏 기다린다.
　　　　　　　　　　　　　　　　　　　　　　「두꺼비」에서

위 인용 중 「R씨와 도야지」에서 '그는 상경할때마다 ～ 소식을 전하고' 까지는 R씨의 행동을 나타내고 있으며 그 다음에 계속 '亦是 서울이 그리워 못견듸겠다'는 그의 말이 이어지고 그가 이같이 말한 행위 뒤에 다시 '그래도 결국 돈만있다면 ～ 않겠다'는 그의 말이 끊임없이 이어짐으로써 의식의 흐름을 끊지 않고 지속시키고 있다. 다음 문장은 나의 말, 그의 행위, 다시 그의 말, 그의 행위, 그의 말, 그의 행위가 한 문장으로 연결되어 외면적 행위와 내면적 의식이 중단 없이 넘나들고 있다.

이러한 기법의 활용이 「두꺼비」에서도 나타난다. '이렇게 내가 모조리 처신을잃엇나'라는 생각 뒤에 화가 나 손을 뿌리치는 나의 행동이 이어지고 상대의 웃는 모습을 그린 후 팔꿈치로 나를 찌르는 행위에 이어 다시 '사람괄세 이렇게 하는거 아니라'는 상대의 말 다음 그의 행위가 다시 계속된다. 이렇듯 그의 작품 마지막에서도 길목을 내려오는 나와 그의 생각이 서로 지속적으로 교차되면서 그의 행동과 생각이 별 구분없이 이어져 표면적 행위가 내면적 내적 독백을 방해하지 않고 장거리 문장으로 자연스럽게 넘어가고 있다. 결국 그렇게 함으로써 내면의식의 흐름을 세밀하고 섬세하게 그려내는 효과를 얻어내고 있는 것이다.

그럼 김유정은 행위와 의식의 교차와 내적 독백의 휴지를 무엇으로 처리하고 있는가. 그는 이 부문에서 바로 연결어미와 쉼표를 사용하고 있다. 그러니 김유정은 「두꺼비」에서 박태원의 장거리 문장에서 볼 수 있는 연결어미와 쉼표를 사용함으로써 긴 문장을 통한 내면 독백을 행하고 있는 것이다.

이러한 설명에서 유추해 보건대 김유정은 『시와 소설』이 '구인회'를 대표할 수 있는 기관지라는 사실을 강도 있게 의식하였고, 그들을 대변할 수 있는 성질이 '기교', '제작', '실험'이라는 형식적인 것에 있음을 꿰뚫어 본 것이다. 여하간 이렇게 볼 때 김유정의 「두꺼비」는 『시와 소설』의 의미와 '구인회'의 성격을 아주 명징하게 보여주는 표본인 셈이다. 그 이유는 궁핍한 농촌의 생활을 그린 여타 농촌소설과는 기법적으로 다른 성격을 소유하고 있기 때문이다. 결과적으로 김유정은 『시와 소설』을 내고자 했을 때 그것의 의미와 그와 연결된 '구인회'의 성격을 잘 간파하고 그러한 의미와 성격에 부합하는 소설을 썼던 것이고, 그렇게 함으로써 '구인회'를 통하여 자신의 입장과 문학을 표명하고자 했던 것이다. 이는 위에서 살펴보았듯이 「두꺼비」가 박태원과 이상의 일련의 자전적 소설과 닮음꼴을 하고 있다는 점에서도 의심의 여지가 없다.

그러므로 이상과 박태원의 일련의 자전적 소설, 그리고 그런 소설을 통한 내면의식의 들여다봄을 상기한다면, 그리고 김유정의 위와 같은 입지를 고려한다면 위의 두 작품 박태원의 「R씨와 도야지」, 김유정의 「두꺼비」는 '구인회'의 성격 즉 형식적 실험을 통한 소설만들기라는 그들의 의식을 잘 드러내고 있다는 측면에서 그 의미 부여가 가능하다.

이렇듯 언어와 문장에 대한 지대한 관심, 다양하고 실험적인 형식적 기법의 시도는 근대성에 맞먹는 행위로 간주되면서 '구인회' 작가들을 묶을 수 있는 테두리 역할을 할 수 있었다. 그러나 이와 같은 근대지향과 그 구극점은 정지용의 「유선애상」에 이르러 정점에 도달하면서 동시에 하향곡선을 준비하게 된다. 어울리지 않는 서양 예복을 입고 있는 대상에 대한 연민을 그린 정지용의 「유선애상」은 그가 초기에 지향한 시적 태도와 형상화 방법을 그대로 보여주고 있지만, 작가 자신의 반성이 동시에 이루어지고 있는 작품이다.

생김생김이 피아노보담 낫다. / 얼마나 뛰어난 연미복 맵시냐. // 산뜻한 이 紳士를 아스팔트우로 곤돌란듯/ 몰고들다니길래 하도 딱하길래 하루 청해왔다. // 손에 맞는 품이 길이 아조 들었다. / 열고보니 허술히도 半音키 ―가 하나 남었더라. // 줄창 練習을 시켜도 이건 철로판에서 밴 소리로구나. / 舞臺로 내보낼 생각을 아예 아니했다. // 애초 달랑거리는 버릇때문에 구진날 막잡어부렸다. / 함초롬젖어 새초롬하기는새레 회회떨어 다듬고 나선다. // 대체 슬퍼하는 때는 언제길래/ 아장아장 괘괘거리기가 위주냐. // 허리가 모조리 가느러지도록 슬픈行列에 끼여/ 아조 천연스레구든게 옆으로 솔처나쟈― // 春川三百里 벼루ㅅ길을 냅다 뽑는데/ 그런 喪章을 두른 表情은 그만하겠다고 꽤― 꽤― / 몇킬로 취달리고나 거북처럼 興奮한다. / 징징거리는 神經 방석우에 소스듬 이대로 견듸 밖에. // 쌍쌍히 날러오는 風景들을 뺨으로 헤치며/ 내처 살폿 꿈을 깨여 진저리를 쳤다. // 어늬 花園으로 꾀어내여 바늘로 찔렀더니만/ 그만 胡蝶같이 죽드라.

'아스팔트', '곤돌라' 등 그 당시로는 생경한 외래어들, 그리고 서양의 대표적 예복인 '연미복', 서구 악기를 다룰 때 불려지는 '반음키'들은 낯설고 생경한 새로움을 주고 있다. 그러나 동시에 이러한 것들은 '함초롬' 젖고 '새초롬'하면서 '춘천삼백리'를 뽑고 휘달리는 연미복 입은 그를 '슬픈 행렬'에 끼여 '상장(喪章)을 두른 표정'을 짓게 하는 동인이 되기도 한다. 그래서 그는 '징징거리는 신경방석우에 소스듬 이대로 견듸 밖에' 없다. 견디는 과정에서 그는 진저리치며 상처받는다. 그러니 바늘로 찔렀더니 호접같이 죽을 수밖에 없다.

연미복이 주는 유선형의 아름다움은 허리를 가늘게 하는 함정이 도사리고 있으며 그것을 참는 인내는 허리잘린 나비처럼 죽음을 초래한다. 애시당초 연미복은 그에게 어울리지 않는 옷이다. 조화되지 않는 그 옷을 입고 야위어 가는 그를 정지용은 '허리가 모조리 가느러지도록 슬픈 행렬' 또는 '상장을 두른 표정' 그리고 '호접같이 죽드라'라는 감각적이고 정확한 표현으로 표상하고 있다. 그러나 동시에 작중 화자인 시인은 서구의 문명세계와 정신을 좇다가 허리 잘룩한 나비가 되어버린 작가 자신과 민족의 운명을 이 작품에서 감지하고 있다. 그래서 그는 이같은 시대적 운명을 슬프고 연민어린 시선으로 바라보고 있는 것이다. 그가 동적인 바다의 세계에서 종교적 시를 거쳐 정적인 산수의 세계로 잠입한 사실을 우리는 기억한다.

그러므로 동적인 세계 다시 말하면 서구지향의 모더니즘의 세계에서 동양적 정관의 세계 즉 산 정상에서 내려오지 않는 정신지키기의 세계로 넘어가는 전이의 길목에 바로 이 시는 위치해 있는 것이다.

그러므로 『시와 소설』은 문학의 형식적인 측면, 특히 언어나 문체에 대한 깊은 관심, 다양하고 실험적인 기법의 활용, 물상이 주는 외포에의 충실보다는 작가의 내부성의 강조 예컨대 작가의 개성을 중요시 여기는 창작태도를 보여줌으로써 '구인회'가 표현론적 예술관을 견지한 단체였음을 드러내고 있으며 그들의 구경점은 근대적 가치에 대한 지향이었음을 확연하게 나타내고 있다. 특히 정지용의 「유선애상」에서는 서구지향의 모더니즘의 세계 즉 근대로의 지향성을 추구하는 동시에 작가의 자아 내지 민족적 반성이 이루어지는 것을 보여줌으로써 그 지점을 극점으로 근대성의 지향과 반성이라는 분수령을 우리에게 제시하고 있다.

그러면 이제 다음에 해야 할 일은 자각과 비판 그리고 반성의 끝에서 구인회 작가들은 『시와 소설』을 통로삼아 그들의 작품 세계를 어떠한 세계로 몰이하면서 현실과 대상을 형상화해 나갔는지 살펴보는 일이 될 것이다.

4. 근대 부정과 전통적인 세계로의 회귀

'구인회' 작가들은 대부분 1930년대 중반을 거치면서 문학적 핵심사항들이었던 기교 편중에 대한 반성을 함과 동시에 그들의 지향점이었던 근대성에 대하여 회의를 하기 시작한다. 압제적인 일제의 제국주의 앞에서 지식인으로서 그들은 무엇을 하고 있었던가, 또는 굴욕적인 식민지 시대의 예술인으로서 형식적 실험과 표현은 시대의 엄중함 앞에 어떤 의미가 있는 것인가, 혹은 그들이 추수하였던 근대는 그 정체가 진정 온전성과 진정성을 내포하고 있는 근대인가 다시 말하면 그들이 지향하고 있는 근대성은 민족성과 대척점을 이루고 있는 것은 아닌가라는 문제에 봉착한다.

동시에 이와 같은 문제는 예술인에게 있어 그들 내부에 잠재해 있는 양면성, 다시 말하면 근대에 대한 열망과 혐오─여기서의 혐오는 그들이 그토록 선망의 대상인 근대가 일제에 의해 이루어지고 있다는 데 기인하고 있지만─로 나타나지만, 그것은 표면적으로 그들 작품에서 갈등과 혼재의 양상으로 표출되기도 한다.

그러므로 그들은 그들이 걸어왔었던 근대(문명)에 대한 추구를 비로소 돌아보게 되었으며 동시에 이러한 반성을 기초로 하여 근대문명에 대한 비판이 가해진다. 이런 암중 모색의 결과 김기림의 '전체시론'이 탄생하는 것이다. 그는 현재(1936년:필자주) 세계의 문학적 동향은 근대문명의 현실을 지지하는 문학이 아니라 오히려 그것을 비판하고 초극하려는 문학이라 하면서 '내용과 기교의 통일을 통한 전체성적 시론'[7]이 요망됨을 역설한

---

7) 김기림, 「시와 현실」, 『김기림 전집 2』, 심설당, 1988, 100~102쪽 참조.

다. 이러한 그의 시적 반성과 모색은 『시와 소설』에 실린 시 「제야」에서 그 결실을 이루고 있다.

시적 화자는 광화문 네거리에 서서 주변에서 일어난 사건이나 현상 그리고 스쳐지나가는 천차만별의 사람들을 보고 시대의 현상과 역사의 조류를 읽어내고 있다.

光化門 네거리에 눈이오신다.
꾸겨진 中折帽가 山高帽가 「베레」가 조바위가 四角帽가 「샤포」가
帽子 帽子 帽子가 중대가리 고치머리가 흘러간다.

거지아이들이 感氣의 危險을 列擧한
노랑빛 毒한 廣告紙를
軍縮號外와함께 뿌리고갔다.

電車들이 주린 鰊魚처럼
殺氣띤 눈을 부르뜨고
사람을 찾어 안개의 海底로 모여든다.
軍縮이될리있나? 그런건
牧師님조차도 믿지않는다드라. ……(중략)……

戰爭의요란소리도 汽笛소리도 들에 멀다.
그무슨感激으로써 나에게
「카렌다」를 바꾸어달라고 命하는
「바치칸」의 鐘소리도 아모것도 들리지 않는다.

光化門 네거리에 눈이 오신다. 별이어둡다.
몬셀卿의演說을 짓밟고 눈을차고
罪깊은 복수구두 키드구두
강가루 고도반 구두 구두 구두들이 흘러간다.
나는 어지러운 安全地帶에서
나를 삼켜갈 鰊魚를 초조히 기다린다.

중절모, 산고보, 베레, 조바위, 사각모, 샷포라는 모자의 종류를 나열하여 전통적인 모자와 서구의 모자가 혼재된 양상을 보여줌으로써 광화문 네거리와 시적화자로 표상되고 있는 당대의 우리의 모습을 단적으로 드러내고 있다. 그러나 여기서 말하는 서구 근대화의 지향은 제국주의 아래에서 행해진 외피적이고 허울에 불과한 근대화이다. 시적 화자는 이같은 사실을 일본의 제국주의가 영화의 역사를 가진 이 민족을 '먼 어느 종족의 한쪼각 부스러기'로 전락하게 했음으로 명징하게 표현하고 있다. 그 형상은 우리에게 있어 '쥐처럼 매겁'한 일임에 틀림이 없다. 거지아이들이 돌리는 광고지와 군축호외는 믿을 수 없는 휴지조각이며 현대문명과 근대화를 대변하는 전차는 살의를 가진 고철덩어리이다. '데파ー트'로 나타나고 있는 근대가족은 '애정의 찌꺽지'로 유지하기에는 이미 그 색깔이 바래가고 있으며 아이들은 '사자의 우름'보다 '곡예사의 교양'을 배우고 있다. 이러한 방향 없는 현대문명의 도래를 시적 화자는 '컴컴한 골목'이라 하고 있으며 일제하의 근대화 추구를 맹목적으로 따라온 우리의 모습을 '차디찬 손목' '피묻은 몸둥아리'로 표상하고 있다. 또한 이러한 사태에 대하여 '뉘우침과 회한'을 가져보나 이미 때늦은 후회라 '피묻은 몸둥아리'를 싸야할 방어용 '나의 외투'를 스스로 준비하지 않을 수 없음을 그는 고백하고 있다.

한 해를 보내면서 시인은 현대문명으로 황폐화되어가고 있는 우리의 모습을 바라보면서 제국주의를 마감할 구원의 소리를 듣고자 갈망한다. 그러나 그는 그 종소리를 들을 수 없고 평화의 메세지를 상징하는 '몬셸경의 연설'을 짓밟고 가는 '죄깊은' 구두들만 바라본다. 그래서 시인은 전통과 근대가 방향 없이 혼재된 또는 근대문명으로 인하여 혼탁해진 '어지러운 안전지대'에서 현대문명의 노도에 휩쓸릴 수밖에 없는 자신을 발견하는 것이다.

이 시에서 김기림은 초기에 그가 맞이했었던 현대문명에 대한 건강성, 즉 '어족', '태양', '아침', '오전', '희망'으로 표상되었던 근대에 대한 이미지가 그 희망과 건강성을 잃어버리고 '노랑빛 독한 광고지', '살기 띤 눈', '애정의 뇌옥(牢獄)', '컴컴한 골목'으로 형상화되고 있다. 희망의 종소리가

들려 오는 미래에 대한 어떤 제시도 없다는 점에서 이 시의 한계를 들여다 볼 수밖에 없지만, 이 시를 통하여 김기림은 제국주의화된 근대문명에 대한 비판을 행하고 있으며 그 비판은 그가 시대나 역사에 대하여 개안하지 않고는 불가능한 일임을 우리에게 목도하도록 하고 있다.

이와 같은 현대문명에 대한 비판과 시대에 대한 개안은 정지용의 경우 전통적인 세계나 정적인 세계로 몰입하면서 압제적인 일제시대의 혼류 속에서 자신의 정신을 고고히 지키도록 한다. 일련의 산수시라 일컬어지는 「옥류동」,「구성동」,「백록담」,「조찬」,「장수산 1」,「장수산 2」,「인동차」 등이 바로 그것이다. 그는 이미지나 기교에 치중했던 것을 지양하고 관념이나 자연스러운 표현으로 나아간다. 이런 상황이 이태준에 이르면 상고주의와 동양적(한국적) 미를 선호하는 것으로 나타난다.『시와 소설』에 실린 「설중방란기」를 통하여 이태준은 이를 증명하고 있다.

이태준이 점찍어 놓은 난이 팔린 것을 확인한 후 우울한 가운데 있는데 정지용으로부터 편지가 온다. 편지 내용인즉 가람 선생님께서 난에 꽃이 피었으니 보러 오라는 것이다. 그날 저녁 정지용과 함께 가람 선생님 댁을 방문한다. 그리고 꽃을 피운 난을 보고 다음과 같이 말한다.

> 蘭의 本格이란 一室一花로, 다리를 옴츠리고 막 날아오르는 나나니와 같은 姿勢로 세송이가 피인것인데 房안은 그다지도 香氣에찼고 窓戶紙와 문틈을 새여 밖앝까지 풍겨나가는 것이었다. ……(중략)…… 술이면 蘭酒요 고기면 蘭肉인듯 입마다 香氣였었다. ……(중략)…… 客中에 芝溶兄은 웃음소리가 맑다.
> 淸香淸談淸笑聲속에 鹿雜을잊고 半夜를즐기였도다.

난을 좋아하고 그 향기를 즐기며 여유를 갖는 그 모습에서 우리는 정적인 세계 또는 동양의 미를 찾을 수 있다. 그는 「난」,「동양화」,「고완」,「고완품과 생활」,「매화」,「인사」라는 수필을 통하여 이러한 동양의 세계와 고전의 세계를 그리고 있다. 그에게 있어 동양화라 할 수 있는 매화와 난은 마음을 맑게 해주고 고결한 성품을 고양시켜 주는 촉매이다. 그래서 그는 "완서(阮書) 한 폭을 얻은 후로는 어서 겨울이 되어 그 글씨 아래

매화 한분을 이바지하고 폐문십일을 해보려는 것이 간절한 소원"8)이라
말한다. 그리고 그에게 있어 근대와 전통은 천양지차일 뿐만 아니라 그 차
이는 속(俗)과 미(美)라는 추함과 아름다움으로 대조되어 있다.

> 외국의 공예품들은 너무 至巧해서 손톱 자리나 가는 금 하나만 나더라도 벌
> 써 병신이 된다. 비단옷을 입고 수족이 험한 사람처럼 생활의 자취가 남을수
> 록 보기싫어진다. 그러나 우리 조선시대의 공예품들은 워낙이 순박하게 타고
> 나서 손때나 음식물에 절수록 아름다워진다.9)

위 인용을 통해서 이태준은 외국의 공예품은 쓰면 쓸수록 추해지지만,
우리의 공예품들은 길이 나고 아름다워진다고 말하고 있다. 그에게 있어
전통과 동양 내지 한국의 미는 속악하고 현실적인 근대가 도저히 흉내낼
수 없고 따라갈 수 없는 고풍을 지닌 것이었으며 그곳에서 풍기는 여유과
향기는 속악한 현실로부터 그를 지켜주는 보호막이었던 것이다. 이런 의미
에서 1936년 6월에 시작한 『황진이』와 1942년 12월에 시작한 『왕자호동』
은 한국의 인물, 즉 한국의 성격을 드러내 줄 수 있는 역사소설이라는 점
에서 주목하지 않을 수 없다.

또한 그가 1938년 3월 1일 조선일보에 실린 「이 시대의 내 문학 ─참다
운 예술가노릇 이제부터 시작할 결심이다.」에서 자신의 작품에 애수는 있
고 사상이 없다는 것은 정확한 표현이나 자신을 그런 범주 내에서만 보는
것은 속단이며 이제 단편 하나라도 정말 참다운 예술을 시작하겠다는 자
기반성과 성찰의 기회를 갖는다는 것은 이런 선상에서 의미심장하다. 자기
반성과 함께 이루어진 상고주의는 일제와 맞닿아 있는 근대성에 대한 회
의 다시 말하면 속악한 근대에 대한 외면이라 할 수 있는데, 그의 이와 같
은 반성은 훗날 그가 월북을 선택하게 되는 단초가 되기도 한다.

이와 같은 사실은 박태원에게도 적용된다. 그 역시 1936년 『조광』에

---

8) 이태준, 「매화」, 『무서록』, 깊은샘, 1994, 123쪽.
9) 이태준, 「고완」, 위의 책, 139쪽.

「천변풍경」을 연재하기 시작하면서 이를 극점으로 하여 일련의 장편에서 문학적 변이를 보여주고 있다. 일련의 장편 『명랑한 전망』, 『금은탑』, 『여인성장』에서 보여주고 있는 감상적 휴머니즘과 통속적인 현실타협, 『삼국지』, 『수호지』, 『서유기』를 통한 중국문학에 대한 관심, 그밖에 영웅적 인물을 형상화한 역사소설을 통한 과거로의 회귀 등은 이런 맥락에서 그 설명이 가능하다.

그들에게 나타난 근대 부정과 동양적 정관의 세계로의 침잠은 문학적 방법에 차이가 있을 뿐 제국주의에 대한 반목 또는 부정이라는 맥락에서 이루어진 그들 나름의 현실에 대한 대응 양상이었다. 현재 이루어지고 있는 일제하 식민지시대의 근대와 합류하지 않겠다는 그들의 의지가 바로 근대 이전의 세계를 지배했던 전통적인 세계를 그리움의 대상으로 바라보도록 했던 것이다. 바로 이러한 점이 당대 지식인들이 겪어야 했던 굴레였으며 그들이 근대 지향과 부정이라는 혼재된 양상을 보일 수밖에 없는 이유 역시 위와 같은 상황에서 찾아야 한다. 이와 같은 굴레는 당내 문학인들이 짊어져야 할 운명과도 같은 길이었다.

따라서 '구인회' 회원들이 기교 편중에 대한 반성을 거치면서 근대성에 대하여 회의를 하고 근대 문명에 대한 비판이 이루어져 전통적인 세계로 몰입한 사실을 『시와 소설』은 확연하게 보여주고 있는 셈이다. 그러므로 이태준의 상고주의와 후기 이후의 사상적 반성, 김기림의 전체시론의 모색, 몇 작가들의 장편소설로의 전이, 정지용의 정적인 세계, 동양적(한국적) 미를 강조하면서 폭압적인 일제시대에 정신지키기, 현대 문명(물질)의 추수라기보다는 정신의 추구나 전통적 세계로의 회귀는 '구인회' 작가들이 지니고 있는 또 하나의 중요한 특성인 동시에 『시와 소설』이 지니고 있는 특질인 것이다.

5. 『시와 소설』의 의의와 '구인회'의 성격

글의 서두에서 밝혔듯이 이 글은 『시와 소설』을 통해 '구인회'의 성격을 추적하고자 한 글이다. 『시와 소설』은 '구인회'의 유일한 기관지 겸 동인지였다는 점, 그럼에도 지금까지 일관되고 통일된 의미매김이 없었다는 점, 주목되지 않은 그 이유를 동인지에 실린 그들의 작품에 대한 부족함으로 돌리는 우리의 게으름은 없었는가라는 점에서부터 실상 이 글은 출발하였다.

'구인회'의 실체가 문학적 사교성에 있다고는 하지만 카프 침체 후 문단을 주도했거나 그후 문단에 영향을 주었다는 점에서 그들의 존재를 단지 사교그룹으로만 볼 수 없는 여지가 다분히 있다는 데에 문제의 심각성이 있고 이런저런 문제들은 오늘날까지도 구인회 문학을 연구할 수밖에 없는 자양분이 되고 있다. 따라서 그들을 하나의 단체 아래 묶었던 그 동인이 무엇이었던가를 밝혀내는 것이 곧 구인회의 성격인 동시에 구인회 문학 연구의 핵심 사항일 터이다.

그런데 이 시점에서 우리는 다음 두 가지 사항에 주의를 해야만 한다. 그 하나는 그들이 절대절명으로 매달렸던 당대 문학의 토대가 일제 강점기 아래였다는 점이고 다른 하나는 '구인회'가 형성되고 그를 기반으로 작가들이 왕성한 활동을 전개했던 그 시기가 서구 근대문학에 대한 전반적인 문제의식이 발아하고 근대적 삶에 대한 반성과 비판이 문학의 중요한 화두로 등장하기 시작한 때라는 점이다. 단적으로 말하자면 그들은 일제 제국주의 과정에서 이루어진 근대화나 근대성 지향에 대하여 의심을 하기 시작했다는 것이다.

그래서 '구인회'의 유일한 동인지 『시와 소설』의 경우, 근대지향과 근대적 삶에 대한 회의는 그들의 성격을 드러낼 수 있는 기본축으로 작용한다. 요컨대 근대성 지향과 근대 부정이라는 이율배반적인 명제가 바로 구인회의 성격을 아우를 수 있는 핵심사항이라는 것이다.

이와 같은 사실을 단적으로 드러내 주고 있는 것이 『시와 소설』의 서문이다. 서문에서 '소설은 인간사전'(이태준), '현대인은 절망, 절망이 기교를 낳고, 기교 때문에 또 절망'(이상), '언어미술이 곧 민족'(정지용), '예술은 재건설하는 자아의 내부성'(김환태)이라 하여 그들은 표현론적 문학관, 모더니티에 대한 선망, 그리고 형식적 실험을 통한 작가의 개성 창조들을 주창하고 있다.

그러나 김기림은 '전체에 대한 끊임없는 향수'라 하여 기존의 과학적 태도와 방법에 대한 반성과 비판이 이루어지면서 과학에 인간성을 결합하거나 형식과 언어에 역사성을 조화시키는 것을 자기 비판의 대안으로 삼는다.

이렇게 보았을 때 『시와 소설』의 서문은 '구인회' 작가들이 형식 즉 제작하는 과정을 중요시하는 표현론적 문학관을 지니고 있었으며 이러한 기교를 통하여 근대적 가치에 대한 지향을 꿈꾸었고 동시에 김기림의 '전체시론'을 통하여 근대적 지향에 대한 비판 즉 근대부정을 준비하고 있었음을 보여준다.

서문에 나타난 위와 같은 실상은 작품을 통하여 구체적으로 다시 나타난다. 『시와 소설』에서 근대 지향적이라 할 수 있는 작품은 박태원의 「방랑장 주인」과 「R씨와 도야지」, 김유정의 「두꺼비」, 이상의 「가외가전」이다. 이들 작품에서는 작가의 영감과 개성을 중요시 여기는 창작태도를 지니고 있으며 언어와 문장의 긴장성과 기교 그리고 형식적인 실험을 행하고 있다. 그러나 정지용의 「유선애상」에 이르면 그들의 근대지향적 성격이 정점을 이루면서 동시에 반성이 나타난다. 대상에 대한 감각적인 접근과 절제되고 정확한 언어선택이라는 지적 창작태도는 「유선애상」에 이르러 작가 자신과 민족에 대한 성찰을 함으로써 지나온 과거를 회상한다. 그러므로 이 시는 서구지향적 모더니즘의 세계라는 그 위치에서 작가의 자아 내지 민족적 반성이 이루어짐으로써 그 지점을 정점으로 하여 근대성의 지향과 반성이라는 분수령을 이루고 있다.

그런데 이태준의 「설중방란기」와 김기림의 「제야」에서는 정지용의 시 「유선애상」에서 이루어지고 있는 반성과 비판이 극복되면서 전통의 세계나 동양적(한국적)인 미에 몰두하거나 형식과 내용의 조화 또는 기교와 역사성의 종합을 꾀하고 있다. 따라서 정지용의 자연귀의적인 동양적 정관의 세계와 자신의 정신을 지키기 위한 일련의 산수시, 이태준의 상고주의와 동양의 미에 대한 극찬, 이것과 연관되면서 이어지는 몇 작가들의 장편소설과 역사소설로의 전이, 정신적 세계에 대한 추구나 정적인 세계로의 잠입은 근대성에 대한 반성이 이루어지면서 전통의 세계로 돌아온 것을 명징하게 증명해 보이고 있다.

선망의 대상이었던 근대를 받아들임에 언어와 기교 그리고 표현과 기법으로 대응했었던 그들은 선망 뒤에 숨어 있었던 제국주의의 희생양인 그들과 그들의 국가에 대한 운명을 생각하기에 이른다. 그리하여 근대의 열망에 대한 자책과 성찰이 근대 부정으로 나타나고 그것이 상고주의, 전통적 세계로의 회귀, 정관적 세계로의 몰입 등으로 구체화된다.

이러한 근대에 대한 선망과 부정이라는 혼재와 이율배반은 일제시대 문학인들이 처한 운명이었고 그 운명이야말로 그들의 문학세계를 이루는 기본축이었다. 이렇게 놓고 볼 때, 근대 지향과 근대 부정은 그 양상이 대립되어 있을 뿐, 작가들의 방어적인 자기 존재성 확보라는 측면에서 보면 동궤에 있는 것이다. 여기에 그들의 비극과 슬픔이 있었고 『시와 소설』의 위상도 이같은 운명과 비극에서 한치도 벗어나지 않는다.

그러므로 『시와 소설』은 창간호로 끝나버린 단명성을 지녔지만, 표현주의 문학관으로 대변될 수 있는 근대성에 대한 지향과 전체시론으로 표상될 수 있는 근대에 대한 비판과 부정이라는 '구인회'의 이율배반적인 성격을 단적으로 드러내고 있는 그들만의 기관지 겸 동인지였던 것이다.

(숙대강사)

2부

■작가론

계몽의 내면화와 자기 확인의 서사
-이태준론

하 정 일

1. 이태준 문학의 심미주의와 계몽성

이태준은 흔히 30년대의 대표적인 심미주의자로 손꼽힌다. 그러나 이런
식의 평가는 부분적으로만 타당할 뿐이다. 이태준이 문학의 예술성을 중시
한 작가인 것은 분명하다. 이태준이 구인회를 결성하고 카프의 정치주의를
비판하고 문체와 개성을 강조한 사실만 보더라도 그가 심미주의자임을 쉽
사리 짐작할 수 있다. 하지만 그렇다고 해서 그가, 이태준을 심미주의자로
평가하는 사람들이 흔히 생각하듯, 반(反)계몽적 작가는 결코 아니다. 오
히려 이태준은 문학의 계몽성에 충실한 작가였다. 요컨대 이태준은 심미적
인 동시에 계몽적인 작가였던 셈이다.

사실 이태준 문학에 대한 해석은 매우 다양하다. 심미주의에서 민족주
의까지, 복고주의에서 모더니즘까지, 그리고 반계몽에서 계몽까지 이태준
문학에 대한 해석의 스펙트럼은 다양하다는 차원을 넘어 대립적이기조차
하다. 그런 점에서 이태준을 반계몽적 심미주의자로만 해석하는 것은 그의
다른 면모들을 배제한 일면적 논리에 불과하다. 물론 이를 연구자의 탓으
로만 돌릴 수는 없다. 왜냐하면 이태준 스스로가 종종 상호 모순적인 듯
한, 그래서 상반된 해석을 가능케 만드는 여지를 제공하고 있기 때문이다.
가령 다음과 같은 발언들을 보자.

아뭏든 현대는 문화 만반(萬般)에 있어서 개인적인 것을 강렬히 요구하고

있다. 개인적인 감정, 개인적인 사상의 교환을 현대인처럼 절실히 요구하는 시대는 일찌기 없었을 것이다. 그런데 감정과 사상의 교환, 그 수단으로 문장처럼 편의(便宜)한 것이 없을 것이니 개인적인 것을 표현하기에 가능하기까지 방법을 탐구해야 할 것은 현대 문장연구의 중요한 목표의 하나라 생각한다.[1]

소설을 가리켜 '가담항설'이요 '도청도설'이라 했음은 멀리 창창한 한서의 고전이거니와 그때 이미 얼마나 정시(正視)한 소설관(小說觀)인가! 소설은 진화(進化)까지는 하지 않는다. 한서가 해놓은 정의를, 오늘 소설이 꼼짝 벗지 못하는 것이다. 도청도설, 요즘으로 말하면 신문(新聞)이다. 한 개 목적을 위해 효과적이게 편집된 인간 신문이다.[2]

앞 글이 문학을 개성을 표현하는 수단으로 규정하는 데 반해, 뒷 글은 문학을 생활의 기록으로 해석한다. 앞 글이 표현론적 문학관에 기반하고 있다면, 뒷 글은 반영론적 문학관을 주장하고 있다. 앞 글의 관점에서 보면 이태준은 영락없는 심미주의자요, 뒷 글에 촛점을 맞추면 확실한 계몽주의자다. 이 때문에 많은 이들이 극심한 혼란에 빠지거나 한 측면만을 붙잡아 그것이 이태준의 정체라고 강변하게 된 것이다. 그러나 혼란에서 벗어나지 못한 채 우왕좌왕하는 것은 말할 필요도 없거니와 어느 한 쪽만을 인정하고 엄연히 실재하는 다른 한 쪽은 애써 무시하는 태도 또한 학문의 정도(正道)라고는 할 수 없다. 따라서 혼란에 질서를 부여하는 것, 즉 상호 모순적인 경향들간의 연관을 해명하는 것이야말로 학문의 바른 길이자 이태준 문학의 비밀을 푸는 열쇠라 해도 과언이 아니다. 문제는 어디서부터 시작하냐는 것인데, 논의의 출발점으로는 심미주의가 가장 적당할 듯싶다. 왜냐하면 이태준 문학 전체를 일관되게 관류하는 미학적 지향이 바로 심미주의이기 때문이다. 그런데 이와 관련하여 중요한 것이 이태준의 심미주의가 반(反)계몽과 동의어가 아니라는 점이다. 반대로 이태준의 심미주

---

1) 이태준, 『문장강화』, 창작과 비평사, 1988, 22쪽.
2) 이태준, 「소설」, 『무서록』, 깊은샘, 1994, 145쪽.

의는 계몽성과 밀접하게 연관되어 있다. 정도의 차이는 있겠지만, 김유정
·박태원·정지용·이상 등 구인회의 주요 회원들도 이 점에서 예외가 아
니다. 그런 점에서 심미주의를 곧바로 반계몽과 연결시키는 논리는 근거
없는 편견에 불과하다. 하버마스식으로 말하면, 그것은 칸트의 미적 자율
성론에 대한 니체주의적 해석이 낳은 산물이다.[3]

칸트가 과학이나 도덕과 구별되는 예술미의 고유한 특성을 '목적 없는
합목적성'이라는 명제로 정식화한 것은 잘 알려진 사실이다. 칸트는 사물
의 본질이 목적으로부터 나온다고 보았다. 즉 '그것이 어떠하다'가 아니라
'그것이 어떠해야 하는가'라는 당위적 목적으로부터 사물의 본질이 형성된
다는 것이다. 과학적 인식과 도덕적 판단은 언제나 이 목적의 문제와 필연
적 연관을 맺고 있다. 반면에 미적 판단(취미 판단)은 대상의 목적과 무관
하다. 예술이 과학이나 도덕과 확연히 갈라지기 시작하는 지점이 여기이
다. 그럼에도 예술의 세계에는 일정한 합목적적 질서가 존재하는데, 그것
을 칸트는 '형식적 합목적성'이라고 규정했다. 그러므로 목적 없는 합목적
성이란 바로 '내용이 결여된' 형식적 합목적성인 것이다. 심미주의-형식주
의-반계몽으로 이어지는 칸트 해석은 이로부터 유래한다. 하지만 이러한
칸트 해석은 칸트에 대한 일면적 이해에 불과하다. 그 이유는 두 가지이
다. 하나는 칸트의 『판단력 비판』이 『순수이성비판』과 『실천이성비판』
의 연장선상에 놓인, 다시 말해 이성이라는 커다란 수원(水源)에서 갈라져
나온 세 지류(支流) 중의 하나라는 점이다. 따라서 미적 판단은 궁극적으
로 순수 이성이나 실천 이성과 만날 수밖에 없다. 다른 하나는 칸트가 미
를 도덕성의 상징으로 규정한 점이다.[4]

그런데 나는 미는 도덕적으로 선한 것의 상징이라고 주장하는 바이다. 그리
고 이러한 관점(이것은 누구에게나 자연스러운 관점이요, 누구나가 다른 사람

---

3) 하버마스, 『현대성의 철학적 담론』, 이진우 옮김, 문예출판사, 1994, 357~359쪽.
4) 이에 대한 자세한 설명으로는 크로포드의 『칸트 미학 이론』(김문환 옮김, 서광사
  1995)을 참조.

에게 의무로서 요구하는 관점이다)에서만 미는 우리에게 만족을 주며, 다른 모든 사람들의 동의를 요구하는 것이다. 이때 우리의 심의(心意)는 동시에 감관(感官)의 인상에 의한 쾌(快)의 한갓된 감수(感受)를 넘어선 어떤 순화와 고양을 의식하며, 다른 사람들의 가치도 그들의 판단력의 비슷한 격률(格率)에 따라 평가하는 것이다.5)

칸트에게 상징이란 간접적이고 유비(類比)적인 표현을 의미한다. 요컨대 칸트는 예술을 도덕성의 간접적이고 유비적인 표현으로 이해한 것이다. 예술이 철저히 주관적인 활동임에도 불구하고 보편적으로 의사소통될 수 있는 것도 이 때문이거니와 칸트의 미적 자율성론이 계몽성과 긴밀히 연관되어 있음이 이로써 더욱 분명해진다. 물론 칸트의 미적 자율성과 계몽성 사이에는 묘한 긴장 혹은 모순이 존재한다. 칸트에 대한 다양한 해석도 거기에서 기인하며, 칸트 미학의 한계 또한 그러하다.6) 그러나 한계는 한계대로 비판하되 소중한 문제의식은 문제의식대로 계승하는 것이 과거와의 보다 변증법적인 대화 방식이라는 점에서 칸트 미학의 내적 모순과 한계를 과장하거나 소중한 문제의식마저 팽개쳐 버려서는 곤란하다.

그렇다면 우리가 소중히 계승해야 할 칸트 미학의 문제의식은 무엇일까. 그것은 한마디로 '분화에 기초한 종합적 합리성'의 지향이라 할 수 있다.7) 칸트가 『비판』 삼부작을 저술한 의도는 결국 각각의 자율성에 기초하여 인식적·도덕적·미적 합리성의 본질적 연관을 재구성하는 것 아니었을까. 분화 이전의 예술은 철학이나 종교에 종속된 '시녀'에 불과했다. 따라서 분화는 예술의 자율화를 가져다 주었고, 그런 점에서 분화란 민주

---

5) 칸트, 『판단력 비판』, 이석윤 옮김, 박영사, 1974, 243쪽.
6) 가령 칸트 미학의 한계에 대한 재미있는 분석으로는 이글턴의 『미학사상』(방대원 옮김, 한신문화사, 1995) 제3장을 참조.
7) 이에 대한 하버마스의 구상은 앞책, 366쪽-369쪽에 잘 나타나 있다. 하버마스는 이러한 종합적 합리성이 지향하는 세계가 헤겔이 말한, 인륜적 총체성이라고 강조한다.

화였던 셈이다. 하지만 분화가 종합으로 이어지지 않고 단절로 끝난다면, 그 결과는 자율성의 신장이 아닌, 새로운 종속화일 뿐이다. 왜냐하면 근대화 과정의 실상이 보여주듯, 끝없는 분화는 도구적 합리성의 특권화를 초래했기 때문이다.[8] 그렇다고 해서 합리성 자체를 부정하는 것이 대안일 수도 없다. 그런 식의 저항은 분화가 낳은 진보적 성취들을 깡그리 부인하는 것일 뿐 아니라 또 다른 특권화로 귀결될 가능성이 높다. 파시즘이 우리에게 준 교훈이 그것 아니겠는가. 그러므로 적어도 현재로서는 예술이 지향해야 할 이상이란 미적 자율성에 기초한 종합적 합리성의 세계일 수밖에 없다. 이는, 칸트나 헤겔에게서 확인할 수 있듯이, 계몽의 본뜻을 복원하는 것이기도 하다. 왜냐하면 이들에게 계몽이란 인간이 스스로의 이성적 잠재력을 자각하고 그것을 사회적 실천으로 확산시키는 것을 뜻하기 때문이다.[9] (이때의 이성이 도구 합리적 이성이 아닌, 종합적 이성을 가리킴은 물론이다)

전문가도 아닌 주제에 칸트 미학을 거론한 까닭은 이태준의 심미주의가 칸트의 문제의식에 맞닿아 있기 때문이다. 이태준의 심미주의 밑바닥에는 미적 자율성에 기초한 종합적 합리성의 정신이 뚜렷하게 각인되어 있다. 즉 이태준에게 심미주의와 계몽성은 결코 모순 관계가 아닌 것이다. 그렇다면 표현론적 문학관과 반영론적 문학관을 동시에 운위한 것도 이태준의 입장에서는 지극히 자연스러운 일이었을 터이다. 물론 이태준의 심미주의가 계몽성 그 자체는 아니다. 그보다는 이태준의 심미주의는 계몽의 좌절이라는 내적 체험에 깊이 연루되어 있다. 그래서 이태준 문학에서는 몇몇 작품을 제외하고는 계몽의 문제가 직접적으로 다루어지지 않는다. 대신 계몽의 실천이 실패한 이후의 세계가 전면화된다. 계몽의 정신은 작가가 세

---

8) 이에 대한 자세한 설명으로는 하버마스, 『의사소통의 사회이론』(장은주 옮김, 관악사, 1995) 제4장을 참조. 하버마스는 이를 체계의 논리가 생활세계를 지배하면서 초래된 결과로 해석한다.

9) 이에 대해서는 칸트의 「계몽이란 무엇인가에 대한 답변」(『칸트의 역사 철학』, 이한구 옮김, 서광사, 1992)을 참조.

계를 관조하는 시각 속에 은밀하게 깃들어 있을 뿐이다. 다시 말해 계몽의 정신은 식민지적 근대의 왜곡상을 인식하는 방법론적 기반이자 왜곡된 근대로부터 자신의 순결성을 지키는 내면적 힘이다. 요컨대 이태준의 문학은 내면화된 계몽의 정신과 왜곡된 근대가 맞서 있는 갈등과 긴장의 세계인 것이다. 그런 점에서, 결론부터 미리 말하자면, 이태준의 심미주의는 **계몽의 내면화**가 낳은 산물이라 할 수 있다.

2. 이태준 문학의 원점으로서의 『사상의 월야』

이태준의 문학이 계몽의 정신을 바탕에 깔고 있음을 보여주는 작품은 적지 않다. 그중에서도 『사상의 월야(月夜)』는 그의 자전적 소설이라는 점에서 이태준이 계몽의 정신을 수용하게 된 과정을 이해하는 데 많은 도움을 준다. 『사상의 월야』를 이태준 문학의 원점으로 본 까닭도 그 때문이다. 말하자면 『사상의 월야』는 그의 문학적·사상적 원형질이 형성된 경로에 대한 보고서인 셈이다. 이 작품이 일제가 진주만 공습을 시발로 2차세계대전에 뛰어든 해인 1941년에 연재되었다는 점도 주목할 필요가 있다. 왜 이태준은 흔히 '암흑기'라고 불리는 엄혹한 탄압의 시절에, 많은 지식인과 작가들이 절필하거나 훼절하던 암울한 절망의 시절에 계몽의 논리를 설파하는 작품을 썼을까. 어쩌면 그것은 자신의 문학적·사상적 거점을 새로이 성찰함으로써 시대의 거센 압박에 맞서 스스로의 정체성을 재정립하기 위해서였을지도 모른다. 실제로 30년대 후반에 발표된 이태준의 작품들 가운데는 자기 성찰이 주를 이루는 경우가 종종 눈에 띈다. 「패강랭」이나 「토끼 이야기」 등이 대표적이거니와 자기 성찰이 정체성을 세우기 위한 준비 작업이라는 점을 감안하면 『사상의 월야』를 쓴 숨은 의도를 어렵지 않게 이해할 수 있다. 거칠게 비유하자면, 『사상의 월야』는 침묵이냐 훼절이냐는 양자택일의 궁지에 몰린 이태준이 택한 최후의 방어 수단, 즉 '이것이 나의 참모습이다'라고 선언함으로써 더 이상은 물러설 수 없음을 스스로에게 다짐한 일종의 배수진인 것이다. 그래서 우리는 『사상의 월야』에서 아무런 분식(扮飾)도 없는 이태준의 맨얼굴을 만나게

계몽의 내면화와 자기 확인의 서사 181

된다.

『사상의 월야』는 주인공인 송빈이 조실부모한 후 갖은 역경을 겪은 끝에 동경 유학을 하게 되기까지의 과정을 그린 일종의 성장 소설이다. 대부분의 성장 소설이 그러하듯 이 소설 역시 주인공이 자신의 정체성을 자각하기까지의 통과제의가 플롯의 중심을 이루고 있다. 따라서 정체성의 내용이 무엇이냐가 이 작품의 핵심을 이해하는 데 있어서 관건이 된다. 먼저 주목할 것이 아버지의 삶이다. 송빈의 아버지는 강원도 철원의 대부호 집안 출신으로 젊은 나이에 덕원 감리까지 오른 재사(才士)이다. 그런데 그는 어느날 갑자기 그 좋은 벼슬자리도 마다한 채 집안 재산을 몽땅 날리다시피 하면서 개화 운동에 적극 참여한다. 하지만 개화 운동은 실패하고 송빈의 아버지는 개화당에다 역적으로 몰려 도망다니는 신세가 된다. 그럼에도 불구하고 그는 거기에 굴하지 않고 동지들을 재규합해 "서북간도 일대를 중심으로 거기 널려 있는 조선 사람들을 모아가지고 일본의 유신과 상응하는 이곳 유신을 일으킬 큰 뜻을" 품고서 식솔들을 모두 데리고 망명길에 나선다. 그러나 그는 망명 도중 행인에게서 '무슨 소문'을 들은 후 갑자기 병이 도져 "불붙듯 급한 이상을 품기만 한 채 밤중 달 걸친 파도소리 고요한 이국 창 밑에서 삼십오 세를 일생으로 한많은 눈을 감고" 만다.

송빈 아버지의 이같은 이력으로 보아 그는 개화를 통해 조선의 근대화를 달성하려 했던 투철한 계몽주의자임에 틀림없다. 벼슬과 재산마저 포기한 채 개화 운동에 매달린 것이나 망명지에서라도 자신의 뜻을 이루려 한 것을 볼 때 그는 계몽의 이념에 대단히 철저했던 사람이라 할 수 있다. 소설의 서두를 이처럼 투철한 계몽주의자인 아버지의 삶과 죽음에 대한 이야기로 시작하고 있다는 사실은 자못 의미심장하다. 왜냐하면 서두를 아버지 이야기로 시작했다는 것은 결국 송빈이 아버지의 뒤를 잇는 삶을 살아갈 것임을 암시해주기 때문이다. 다시 말해 아버지 이야기는 송빈의 성장 과정이 계몽의 정신을 계승하는 과정이 되리라는 점을 암시하기 위한 장치인 것이다. 실제로 이후의 플롯도 그 방향으로 흘러간다. 아버지를 잃고 어머니마저 사별한 송빈은 할머니를 따라 고향으로 돌아오는데, 그때부터 송빈은 숱한 시련을 겪게 된다. 그가 어떤 시련을 겪고 그것을 어떻게 극복해 가는지가 이 글의 관심사는 아니다. 중요한 것은 시련을 견디도록 해 주는 힘이 무엇인가 하는 점이다. 그 힘은 한마디로 말해 신학문에 대한 열망이다. 송빈에게 신학문은 계몽 정신의 상징이다. 그러므로 신학문을 배우는 것은 곧 아버지의 유업(遺業)을 잇는 일이 된다.

> 송빈이는 전에 서울 청년회관에서 여름마다 동경 유학생들의 강연과 음악을 듣던 생각이 났다. 그들이 모두 이 배를 타고 이 현해탄을 건너다녔거니! 그들에게 몸매 나는 검은 세루의 대학 교복을 주고, 그들에게 시대를 투시하는 날카로운 눈과 정열에 찬 주먹으로 연단을 치는 사상을 주는 데가 동경이거니 생각하니, 송빈이는 미국보다도 우선 동경이, 태평양보다도 우선 이 현해탄을 건너는 것만도 여간 큰 감격이 아니다.10)

식민지 조선의 청년들에게 동경은 신학문의 중심부이다. 그리고 신학문이란 바로 "시대를 투시하는 날카로운 눈과 정열에 찬 주먹으로 연단을 치는 사상"이다. 즉 신학문은 계몽의 정신과 동의어인 것이다. 소청거리에서 철원으로, 철원에서 서울로, 서울에서 동경으로의 여정은 그런 점에서 신학문의 중심부로 진입해 들어가는 과정인 동시에 계몽의 정신을 굳게 다져가는 과정이다. 그렇다면 송빈의 동경 유학은 삼중의 의미를 지니는 셈이다. 근대적 신학문을 익히는 곳, 계몽의 정신을 완성하는 곳, 아버지의 유업을 계승하는 곳. 따라서 『사상의 월야』는 송빈이 이 세 가지의 과제들을 풀어나가는 과정을 추적하면서 그것들이 궁극적으로 계몽의 정신으로 귀일(歸一)됨을 증명하려 한 작품이라 할 수 있다.

『사상의 월야』는 이처럼 송빈의 성장 과정을 통해 작가의 문학적·사상적 근거가 계몽의 정신임을 극명하게 보여준다. 제목의 뜻도 이로써 분명해지는데, 굳이 풀이하자면, '계몽의 정신이 탄생하는 달밤'쯤이 적당하겠다. 아버지가 죽은 날도 달밤이고 송빈이 계몽에 대한 확고한 신념을 다지는 날도 달밤이라는 점에서 달밤을 매개로 아버지의 정신이 아들에게

---

10) 이태준, 『사상의 월야』, (『이태준 전집』 6), 깊은샘, 1988, 188쪽.

계승되었다는 점을 작가는 강조하고 싶었던 듯싶다. 요컨대 시대의 어두움이 극에 달한 시점에서 이태준은 계몽의 정신을 뜨겁게 달구던 동경 유학 시절의 어느날 밤을 회상하면서 『사상의 월야』라는 배수진을 친 것이다. 그런데 하나 의아한 것은 이 소설이 계몽의 실천으로 나아가기 전에 끝난다는 점이다. 물론 동맹휴업이라든가 대중 강연회 등이 나오지만, 대중 강연회는 연애담의 한 부분으로 그야말로 스치듯 언급될 뿐이고 동맹휴업은 비교적 상세히 다루어지기는 하나 계몽의 본격적 실천으로 보기엔 미흡하기 그지없다. '시대의 복잡성'을 도중하차의 이유로 제시하고는 있지만, 그것만으로는 충분치 않다. 이제부터야말로 본론 아닌가. 그러므로 이태준이 동경 유학 부분에서 연재를 중단한 데에는 무언가 내적 요인이 있다고 보아야 한다. 필자의 생각으로는, 그 내적 요인이 '자신 없음'인 듯하다. 말하자면, 계몽의 실천에 대한 자신 없음 때문에 이태준은 더이상 소설을 끌고나갈 수 없었던 것이다. 필자가 그렇게 추측하는 까닭은 계몽의 좌절이라는 체험과 관련이 깊다.

이태준 문학에서 계몽의 실천을 다룬 작품들이 없는 것은 아니다. 「어떤날 새벽」·「고향」·「실락원 이야기」 등의 단편과 『제2의 운명』·『불멸의 함성』 등의 장편이 그것이다. 이 작품들이 이태준 문학의 초기에 속하는 30년대 초반에 쓰여졌다는 점이 이채롭다. 30년대 초반이 프로문학과 민족·민중운동의 전성기였다는 점에서 그것들의 영향을 무시할 수는 없겠지만, 『사상의 월야』에 나타나는 그의 청년기 체험을 고려하면, 그보다는 오히려 내적 문제의식이 낳은 산물로 이해하는 것이 보다 적절할 듯싶다. 먼저 단편소설들이 하나같이 계몽의 실패를 그리고 있다는 사실에 주목할 필요가 있다. 「고향」은 『사상의 월야』의 후일담이라 해도 과언이 아니다. 망명지인 해수애에서 배기미와 서울을 거쳐 동경에까지 이르는 윤건의 행로는 그야말로 송빈의 복사판이다. 그러나 「고향」은 『사상의 월야』와는 달리 그 부분을 단 한 문단으로 요약해 버린다. 대신 「고향」은 『사상의 월야』가 끝나는 시점에서부터 시작된다. 이를 통해 우리는 이 시기의 이태준을 지배한 관심이 '실천'의 문제에 맞추어져 있었음을 짐작할 수 있다. 따라서 「고향」은 윤건이 동경 유학을 마치고 귀국해 실천의 길을 찾는 과정이 주된 내용을 이룬다. 하지만 그를 통해 윤건이 확인하게 되는 것은 끝없는 좌절뿐이다. "교수들이 혀를 차는 훌륭한 논문"을 쓰고 M대학 정치학부를 졸업한 전도유망한 청년 지식인인 윤건을 쓰디쓴 좌절 감에 빠지도록 만든 것은 민족의 미래에는 아무런 관심도 없이 자신의 출세와 치부에만 매달리는 지식 사회의 속물성과 이기주의이다. 신문사, 신간회, 고등학교 등을 찾아다니면서 자신의 신념을 펼칠 장을 찾아보지만 그때마다 윤건은 속물성과 이기주의에 부닥쳐 실패를 거듭한다. 윤건이 술에 취해 난동을 부리다 사지를 묶인 채 경찰서로 끌려가는 결말은 그래서 차라리 희극적이다. 계몽의 실천은 시작도 하기 전에 이미 끝장나고 만 것이다.

「어떤 날 새벽」도 마찬가지다. 이 작품은 윤선생의 몰락한 모습을 통해 계몽의 실천이 실패로 마감되기까지의 전말을 비교적 자세하게 보여준다. 윤선생은 신흥학교의 교원이었는데, 그가 재직하고 있는 신흥학교는 '설립자이자 교주'인 교장이 3·1운동으로 감옥에 갇힐 정도로 민족의식이 투철한 학교이다. 그러니 학교 사정이 좋을 리가 없다. 하지만 윤선생은 거기에 굴하지 않고 쓰러져 가는 학교를 살리기 위해 막노동판에까지 나가면서 갖은 노력을 다한다. 윤선생이 그처럼 신흥학교의 회생에 전심전력을 다하는 까닭은 물론 계몽에 대한 신념 때문이다. 그러나 그 결과는 역시 참담한 실패일 뿐이다.

　그러나 **신흥학교의 운명은 윤선생의 노력 여하에 달린 것이 아니었다. 이미 결정된 때가 있었고 결정한 곳이 있었다.** (강조-필자) 신흥학교는 자격 있는 교원 세 사람 이상을 쓰지 못한 지가 오래다. 해마다 새로 나는 교비품(校備品)을 장만하지 못한지가 오래다. 윤선생의 졸업생들을 찾아다니고 청년회원들을 찾아다니고 경찰서와 군청을 드나들며 '신흥학교 후원회'를 조직하였다. 그리고 기부금 허가원을 제출하였다. 그러나 이 신흥학교에는 기부금 허가 대신에 '학교를 유지할 재원이 없는 것을 인정한다'는 이유로 학교 허가 철회와 해산 처분을 내리고 말았다.

　윤선생은 눈이 뒤집혀 군청으로 달려들어갔다. 그러나 윤선생의 열성을 알은 곳이 있으랴. 그날 밤 학교 가까이 있는 사람들은 첫잠을 울음소리에 놀라

깨었다. 그것은 윤선생이 술에 취해서 학교 마루청을 두드리며 우는 소리였다.

그 이튿날 윤선생이 미쳤다는 소문이 퍼졌다.

그것은 윤선생이 학교 마당에 서서 십리, 이십리 밖에서 멋모르고 모여드는 학생들에게 마치 채마밭에 들어간 닭이나 개를 쫓듯이, 조약돌을 집어가지고 팔매질을 하여 쫓아보낸 것이다.

윤선생은 자기도 그날로 아내와 젖먹이 딸을 데리고 그 동리를 떠나가고 말았다는 것이다.[11]

계몽의 이념은 개인의 노력만으로는 실현 불가능하다. 송빈 아버지의 조직적인 운동마저도 실패하고 말았는데, 혼자의 힘으로는 아무리 날고뛰어도 결과가 뻔한 법이다. 게다가 관(官)의 교묘한 방해와 전근대적 교육 관습에 포위된 상황까지 감안하면 윤선생의 실패는 어쩌면 너무도 당연한 귀결이다. 인용문의 강조 부분은 이태준의 그같은 인식을 분명하게 확인시켜 준다. 그렇다고 해서 이태준에게 또 다른 실천의 방도(方途), 가령 동조 세력을 규합해 보다 조직적인 운동으로 나아가는 등의 방도가 마련되어 있는 것도 아니었다. 좀도둑으로 전락한 윤선생은 모습은 그런 점에서 계몽의 가능성이 완전히 차단되었다는 암담한 좌절감의 표현이라 할 수 있다. 이러한 좌절감은 「실락원 이야기」의 다음과 같은 귀절, 즉 "나는 P촌과 같은 낙원을 잃어버린 이상, 내 한 입도 건사하기 어려운, 경제적으로 철저한 무능자인 조선 청년의 하나"라는 탄식에서 보다 구체적으로 나타나기도 한다. 계몽의 이상을 잃어버린 데다 경제적으로도 무능력한 지식인, 그것은 곧 신흥학교를 떠난 후 좀도둑으로 전락한 윤선생의 모습이기도 하다. 이를 통해 우리는 계몽의 실패라는 체험이 이태준에게 가져다준 좌절감의 깊이를 쉽게 헤아릴 수 있다.

그렇다면 계몽의 가능성을 여전히 쫓고 있는 『제2의 운명』이나 『불멸의 함성』과 같은 장편소설들은 무엇인가. 완연한 통속소설인 『불멸의 함성』은 차치하더라도 『제2의 운명』 또한 단편과는 달리 계몽의 가능성을

---

11) 이태준, 「어떤 날 새벽」, 『달밤』, 깊은샘, 1995, 101쪽.

포기하지 않는다. 『제2의 운명』 역시 「어떤 날 새벽」과 「실락원 이야기」
처럼 교육 운동을 통해 계몽의 가능성을 탐색한다. 이 작품의 후반부가
「어떤 날 새벽」이나 「실락원 이야기」와 상당 부분 겹치는 것만 보더라도
세 소설의 밑바닥에 깔려 있는 문제의식이 비슷함을 알 수 있다. 그런 점
에서 「고향」이 『사상의 월야』의 후일담이라면, 「어떤 날 새벽」과 「실락
원 이야기」는 『제2의 운명』의 초고인 셈이다. 하지만 『제2의 운명』의 필
재는 교육 운동의 실패에도 불구하고 계몽의 이상을 계속 실천해 나간다.
주변 조건이 달라진 것도 아니다. 필재를 둘러싼 환경은 여전히 열악하다.
지식인들은 속물주의와 이기심에 사로잡혀 있고, 일제의 교묘한 방해와 전
근대적 교육 관습도 그대로이다. 따라서 똑같은 환경에서 다른 결과가 나
온 격인데, 이를 가능케 해준 것이 마리아와 천숙의 헌신적인 도움이다.
마리아와 천숙은 필재의 이념적 동지인 동시에 연인들이다. 어느쪽이 먼저
냐 하면 후자이다. 말하자면 마리아와 천숙은 필재와 이념적 동지였기 때
문에 연인이 된 것이 아니라 반대로 필재의 연인이었기 때문에 이념적 동
지가 된 것이다. 물론 그런 경우가 없으란 법은 없다. 그럼에도 후자의 경
로에서 우리는 분명 무언가 은밀한 통속성의 냄새를 맡게 된다.[12] 그 통속
성은 일차적으로 소설의 대부분을 차지하는 삼각 관계의 연애담으로부터
나온다. 주제와의 연관을 잃고 자립화된 연애담이란 통속성에 빠지기 십상
이다. 『제2의 운명』 또한 마찬가지다. 더욱 문제인 것은 폐교 위기에 처했
던 관동의숙이 천숙의 자선 행위 덕에 되살아난다는 사실이다. 외부로부터
의 우연한 도움에 의한 위기 극복은 문제의 진정한 해결과는 거리가 멀다.
위험 상태에서 일단 벗어나기는 했지만 그것은 그야말로 문제의 일시적
봉합일 뿐 위기는 여전히 내연(內燃)하고 있는 상태이기 때문이다. 스스로

---

12) 이태준 장편소설의 통속성에 대한 날카로운 분석으로는 채호석, 「이태준 장편소설
   의 소설사적 의미」(『이태준 문학연구』, 깊은샘, 1993)를 참조하시오. 그러나 이 글은
   이태준의 장편소설 중에서도 통속성이 가장 심한 편에 속하는 『불멸의 함성』을 대
   상으로 작품 분석을 하고 그 결과를 곧바로 일반화시킨 바람에 그의 모든 장편소설
   에 그대로 적용하기에는 지나친 바가 있다.

의 주체적 역량으로 문제를 풀어갈 능력이 전무한 형편이어서 또 다시 위기가 닥치면 외부로부터의 도움 아니고는 헤쳐나갈 길이 전혀 없다. 그러므로 이런 식의 해결은 일종의 거짓 화해에 불과하다. 그보다는 오히려 「어떤 날 새벽」이나 「실락원 이야기」가 개인의 노력만으로는 구조나 제도의 모순을 해결하기 불가능하다는 것을 정직하게 인정하고 있다는 점에서 훨씬 진실되다.

이로써 어느 편이 이태준 문학의 본류인지가 자명해진다. 요컨대 계몽의 실패에 의한 좌절감이 이태준의 속마음에 맞닿아 있는 것이다. 『제2의 운명』이나 『불멸을 함성』은 계몽 이상의 실현이 불가능하다는 암담한 좌절감을 통속적 방식—따라서 비주체적 방식—으로나마 위안받고자 한 자기 기만의 산물일 따름이다. (『사상의 월야』를 제외한 이태준의 대부분의 장편소설이 이러한 자기 기만의 범주에서 벗어나지 못한다) 그러나 통속소설가로 안주하려 하지 않는 한 자기 기만만 계속하고 있을 수는 없다. 이태준으로서는 따라서 통속적 방식과는 다른 길을 모색하지 않으면 안 됐을 터이다. 그렇다고 계몽의 정신 자체를 부정하는 것이 이태준 문학의 다른 길이 될 수는 없다. 왜냐하면, 『사상의 월야』에서 확인했듯이, 계몽의 부정은 곧 자신의 근본에 대한 전면 부정이 되기 때문이다. 그렇다면 계몽의 가능성은 사라졌음에도 불구하고 계몽의 정신은 포기할 수는 없는 딜레마 속에서 이태준이 택할 수 있는 길은 무엇이었을까. 여기서 우리는 계몽의 내면화라는 이태준 문학의 새로운 길을 만나게 된다.

3. 계몽의 내면화와 자기 확인의 서사

하나의 실천이 실패로 마감되었을 때 취할 수 있는 대응은 두 가지이다. 하나는 그 실천을 가능케 해주었던 정신이나 이념을 포기하는 것이고, 다른 하나는 이전과는 다른 방식으로 실천을 계속해 나가는 것이다. 하지만 이태준에게는 둘 중 어느 것도 선택 가능한 대안이 못되었다. 방금 지적했다시피 전자는 자신의 근본에 대한 전면 부정이고, 그렇다고 후자를 선택하기에는 계몽의 실현 가능성에 대한 믿음이 너무도 부족했기 때문이다. 특히 문제가 되는 것이 후자이다. 이태준은 어째서 계몽의 실현 가능성에 대해 그토록 절망한 것일까. 무엇때문에 자신의 원형질과도 같은 계몽의 또 다른 길들에 대한 모색을 포기한 것일까. 그 까닭을 밝혀낼 때 우리는 이태준 문학이 계몽의 내면화라는 길로 나아간 근본 원인을 이해할 수 있게 될 것이다. 물론 우리는 그 이유로 일제의 탄압이나 구조적 모순 같은 외압을 거론할 수 있다. 그리고 이 또한 중요한 이유의 하나임에 분명하다. 하지만 그것만으로는 이태준 문학이 이미 초기부터 계몽의 실패에 대한 좌절감에 빠져 있던 점을 설명하기 어렵다. 게다가 당시가 민족·민중운동이 무척 활발하던 때였다는 점을 감안하면 더욱 그러하다. 프로문학이나 민족주의문학이 전성기를 구가하던 시절에 이태준은 오히려 계몽의 실현 가능성에 대한 심각한 회의에 시달리고 있었다는 사실은 외압만으로는 계몽의 내면화를 설명하기 어려움을 입증해 주는 뚜렷한 증거이다. 그런 점에서 계몽의 내면화와 관련해 보다 중요한 것은 내적 원인이다. 말하자면 계몽의 내면화는 이태준 문학의 내적 한계가 낳은 필연적 산물인 것이다.

먼저 지적할 수 있는 것이 계몽의 내용적 빈약함이다. 계몽에 대한 투철한 신념에 비해 이태준 문학이 보여주는 계몽의 구체적 내용성은 빈약하기 짝이 없다. 이태준이 생각하는 실천은 거의 대부분이 교육운동에 한정되어 있다. 「어떤 날 새벽」이나 「실락원 이야기」 혹은 『제2의 운명』이 모두 그러하다. 더 나아간댔자 언론이나 출판쪽이다. 요컨대 이태준에게 계몽의 실천이란 철저히 문화운동만을 의미할 뿐이다. 게다가 그 문화운동이란 것도 어떤 조직이나 연대에 바탕한 활동이 아니라 선각적 지식인의 개인적 노력에 의해서만 이루어진다. 그러니 사실은 운동이랄 것도 없다. 한 개인의 노력에 의한 실천은 운동이라기보다는 '봉사'에 가깝다. 개인의 헌신적 봉사가 아무런 가치도 없다는 말은 아니다. 윤선생이나 필재의 헌신과 자기 희생은 얼마나 아름답고 고귀한가. 그러나 개인적 봉사만으로 교육 제도 더 나아가 사회 구조를 바꾸기란 하늘의 별 따기만큼이나 어려울 수밖에 없다. 그런 점에서 이태준의 계몽은 출발부터 실패의 운명을 안고 있었던 셈이다.

이와 관련하여 그의 근대 인식의 단순함도 짚고 넘어가야겠다. 이태준에게 근대란 누구도 거스릴 수 없는 역사의 대세이다. 이러한 인식은 가령「영월 영감」같은 작품에서도 잘 드러난다. 과거에 영월 군수를 지내 영월 영감이라 불리는 영월 아저씨는 한일합방이 되자 벼슬을 그만두고 은거하다 3·1운동으로 옥고를 치룬 인물이다. 그런 점에서 위정척사파쯤으로 분류할 수 있을 터인데, 그러던 그가 감옥살이 후에는 돌변하여 금광을 찾아 전국을 떠돌아 다닌다. 다음의 대목은 그의 돌변이 갖는 의미를 해명해준다.

"넌 너의 아버닐 너무 닮는구나! 전에 너의 아버지께서 고석을 좋아하셔서 늘 안협(安峽)으루 사람을 보내 구해오셨지… 그런데 난 이런 처사(處士) 취미 대 반대다."
"왜 그러십니까?"
"더구나 젊은이들이… 우리 동양 사람은, 그중에도 우리 조선 사람이지. 자연에들 너무 돌아와 걱정이야."
"글쎄올시다."
"자연으루 돌아와야 할 건 서양 사람들이지. 우린 반대야.
문명으루, 도회지루, 역사가 만들어지는 데루 자꾸 나가야 돼…"[13]

영월 아저씨는 성익의 상고(尙古) 취미를 처사 취미라고 비판하면서 '문명으루, 도회지루, 역사가 만들어지는 대루'를 주장한다. 역사가 문명과 도회지에서 만들어진다고 믿는 영월 아저씨의 생각은 전형적인 근대주의이다. 이러한 논리는 "현대의 승리는 서구 저들에게 있다. 하시(下視)는 하면서도 저들의 뒤를 슬금슬금 따라야 하는 데 동방의 탄식이 있는 것이다"(「동방정취」)나 "젊은 사람이 '현대'를 상실하는 것은 늙은 사람이 고완경(古翫境)을 영유(領有)치 못함만 차라리 같지 못하다"(「고완품과 생활」)와 같은 표현에서도 분명하게 나타난다. 이것만 보더라도 이태준을 상

13) 이태준, 「영월 영감」, 『돌다리』, 깊은샘, 1995, 119~120쪽.

고주의자로 해석하는 것은 그의 진심과 거리가 멀다.[14] 반대로 이태준은 사라져 가는 과거에 대한 향수는 그야말로 향수로만 간직할 뿐 역사의 대세는 근대임을 분명히 자각하고 있다. 그가 계몽의 이념을 버리지 못하는 근본적인 이유도 이것이다. 왜냐하면 이태준이 보기에 계몽의 이념은 바로 근대의 정수에 해당하기 때문이다. 따라서 계몽의 이념을 버린다는 것은 역사의 대세인 근대의 중심에서 벗어나는 것을 의미하거니와 '고고표일(孤古飄逸)'의 동양문학에 심정적으로는 끌리면서도 '여풍항속(閭風巷俗)'의 서양문학을 우리가 따라야 할 모범으로 받아들이는 것도 그래서이다.

사실 그의 상고 취향도 계몽의 정신과 밀접히 연관되어 있다. 과거를 바라보는 이태준의 시각에는 사라져가는 세계에 대한 향수와 함께 동경의 정서가 깃들어 있다. 과거에 대한 그의 동경은 주로 정신의 어떤 경지에 대한 동경이다. 「불우선생」의 송 선생, 영월 아저씨, 「돌다리」의 아버지에 대한 작가의 동경이 그것이다. 이들은 한때 나름대로 화려한 시절을 보냈던, 그러나 이제는 영락한 구시대의 인물들이다. 그럼에도 이들에 대한 작가의 존경심은 상당하다. 그것은 이들이 작가가 동경하는 정신의 경지에 대한 상징이기 때문이다. 그들의 공통점은 구시대에 속하는 존재들임에도 불구하고 당대의 역사나 세상사에 대한 깊은 이해를 갖추고 있다는 점이다. 가령 송 선생은 생계가 위태로울 정도로 몰락했지만 여전히 "조선의 최근 정변이며 현대 사상의 여러 가지"에 적극적인 관심을 보여준다. 그래서 주인공은 그에게 음식을 사주면서도 압박감을 느낀다. 「돌다리」의 아버지 또한 땅에 대한 '종교적 신념'과 진보적 통찰력을 겸비하고 있다.

"나 죽은 뒤에 누가 거두니? 너두 이제두 말했지만 문서쪽만 쥐구 서울 앉

---

14) 이태준의 근대 지향성을 강조한 대표적 글로는 서영채, 「두 개의 근대성과 처사 의식」(윗 책)을 참조하시오. 하지만 이 글은 이태준의 근대 지향성을 단지 '태도'의 측면에서만 분석하고 있을 뿐 구체적 '내용'에 대해서는 별다른 언급이 없다. 이처럼 내용을 결여한 태도 분석만으로는 이태준 문학에 대한 역사적 가치 평가가 사실상 불가능해진다.

어 지주 노릇만 하게? 그따위 지주허구 작인 틈에서 땅들만 얼말 곯는지 아
니? 나 죽을 임시엔 다 팔테다. 돈에 팔 줄 아니? 사람한테 팔테다. 건너 용문
이는 우리 느르지논 같은 건 한 해만 부쳐보구 죽어두 농군으루 태났던 걸 한
허지 않겠다구 했다. 독시장밭을 내논다구 해봐라, 문보나 덕길이 같은 사람은
길바닥에 나앉드라두 집을 팔아 살려구 덤빌 게다. 그런 사람들이 땅 님자 안
되구 누가 돼야 옳으냐? 그러니 아주 말이 난 김에 내 유언이다. 그런 사람들
무슨 돈으로 땅값을 한목 내겠니? 몇몇 해구 그 땅 소출을 팔아 연년이 갚어
나가게 헐테니 너두 땅값을랑 그렇게 받어갈 줄 미리 알구 있거라. (중략)"15)

마치 해방직후 남한의 토지개혁안을 연상시키는 아버지의 발언은 땅에
대한 사랑과 땅과 함께 살아가는 사람들에 대한 믿음으로부터 나온 통찰
이라 할 수 있다. 이러니 이들은 "아버지와 자기와의 세계가 격리되는 일
종의 결별의 심사를 체험"하면서도 그를 진심으로 존경하지 않을 수 없는
것이다. 그런 점에서 이들은 근대주의자이되 도구적 합리성의 노예가 되어
버린 천박한 근대화론자가 아니라 삶에 대한 깊은 혜안과 역사에 대한 확
고한 신념에 바탕한 근대주의자이다. 따라서 이들은 이른바 문(文)·사
(史)·철(哲)의 동양적 전통을 계승한, 서두의 표현을 빌리면, 종합적 합리
성을 지향하는 진정한 계몽주의자의 전형인 셈이다. 이로써 우리는 이태준
문학의 계몽성이 종합적 합리성의 정신에 맞닿아 있음을 다시 한 번 확인
할 수 있는데, 영월 아저씨의 근대관 역시 이러한 계몽이 이념으로부터 나
온 것임은 말할 나위도 없다.

문제는 "힘없이 움즉일 수 있니? 금만한 힘이 있니?"라는 식의 단순 논
리이다. 돈=권력=근대화라는 등식은 '금을 금답게 써야 한다'는 전제에도
불구하고 언제든지 자본주의적 근대화론으로 함몰될 수 있는 단순 논리이
다.16) 물론 영월 아저씨의 근대관은 자본주의적 근대화론과는 다르다. 그

---

15) 이태준, 「돌다리」, 윗책, 240쪽.
16) 「영월 영감」의 도구적 근대관에 대한 비판으로는 이선미, 「단편소설에 드러난 현
    실인식 연구」, 윗책, 148~149쪽 참조.

의 금광 사업은 돈벌이 자체가 목적이 아닌, 자신의 계몽주의적 신념을 펼치기 위한 하나의 수단이다. 뿐만 아니라 이태준 또한 영월 아저씨의 이같은 도구 합리적인 단순 논리를 그대로 받아들이지는 않는다. 하지만 이태준이 그에 대신해 내놓을 수 있는 대응 방식이란 기껏해야 '처사적' 방식뿐이다. 이 '처사적' 방식이 결코 바람직한 해결책이 못된다는 것은 이태준도 잘 안다. 그래서 영월 아저씨에게 아무런 항변도 하지 못하는 것이다. 게다가 영월 아저씨의 단순 논리와 진정한 근대의 실현을 꿈꾸는 계몽 이념 사이에는 메꿀 길 없는 간극이 분명 존재한다. 왜냐하면 근대를 돈이나 과학[17]과 동일시하는 도구 합리적 단순 논리에 기반하고 있는 한 계몽 이념의 변질은 불을 보듯 뻔하기 때문이다.

실천의 주체가 언제나 지식인에 한정되어 있다는 점도 지적하지 않을 수 없다. 「농군」이나 『농토』를 제외하고는 실천의 주체가 항상 지식인에 한정되어 있다는 것은 그가 지식인적 시각에서 세계를 바라봄을 뜻한다. 작가가 지식인의 시각에 갇혀 있는 한 민중과의 연대란 요원할 뿐이다. 민중과의 연대가 결여된 소수 엘리트 지식인만의 운동이 성공할 수 없음은 역사가 실증해주는 진리이다. 그런데 더욱 문제인 것은 실천의 주체인 지식인이 생활적 기반을 상실한 상태라는 사실이다. 「어떤 날 새벽」의 윤선생은 교단을 떠난 후 생활고로 인해 좀도둑으로 전락한다. 「고향」의 윤건은 실천의 근거는 고사하고 호구지책도 마련하지 못한 채 굶기를 밥 먹듯 하다가 유치장에 갇히는 신세가 된다. 「실락원 이야기」의 나는 "내 한 입도 건사하기 어려운, 경제적으로 철저한 무능자"라고 자탄한다. 『제2의 운명』의 필재 역시 '돈 오백 원'이 없어 관동의숙의 문을 닫아야 할 위기에 몰린다. '수신제가후 치국평천하' 운운하지 않더라도 스스로를 꾸릴 생활력도 없는 형편에 사회의 변혁을 외치는 것은 얼마나 공허한가. 그래서 필재는 "남보다 먼저 나다"라고 외치고, 「토끼 이야기」의 현은 생활적

---

17) 근대를 과학과 동일시하는 논리는 『사상의 월야』에서 잘 나타난다. 송빈은 "과학적이다! 과학이다! 현대인의 안신입명할 길은 오직 과학의 길이다!"라고 외친다.

근거를 마련하기 위해 토끼 치기를 결심한다. 요컨대 계몽의 사회적 실천이 궁지에 몰리고 최소한의 생활적 근거마저 상실한 지식인이 마지막으로 선택한 길이 바로 '나'로의 회귀인 것이다. 이 '나'로의 회귀가 이태준의 경우에는 계몽의 내면화를 뜻한다.

　이태준의 민중관도 이같은 지식인 중심주의의 연장선상에 놓여 있다. 계몽의 이념은 반드시 민중의 삶으로 나아가는 법이다. 이태준 문학 또한 지속적으로 민중의 간고한 삶에 많은 관심을 할애한다. 사실 이태준의 문학 세계에서 큰 비중을 차지하는 교육 운동이란 것도 따지고 보면 민중에 대한 애정에 바탕하고 있다. 그래서 윤선생이나 필재가 도시의 그럴듯한 학교들이 아닌, 외딴 벽촌의 가난뱅이 학교에서 교육 운동을 벌이는 것이다. 말하자면 교육 운동의 대상이 바로 민중인 것이다. 「만찬」에서 「밤길」에 이르기까지 민중의 삶과 애환을 직접 다룬 작품도 꽤 많은데, 거기서 보여주는 민중의 삶에 대한 이태준의 이해의 깊이도 상당하다.

　　아무튼 김의관네가 안성인가 어디로 떠나가고, 지주가 일본 사람의 회사로 갈린 다음부터는 제 땅마지기나 따로 가진 사람 전에는 배겨나기 어려웠다. 텃세가 몇 갑절이나 올라가고 논에는 금비를 써라 하고, 그것을 대어 주고는 가을에 비싼 이자를 쳐서 벼는 헐값으로 따져 가고, 무슨 세납 무슨 요금 하고, 이름도 모르던 것들을 다 물리어 나중에 따지고 보면 농사진 품값은커녕 도리어 빚을 지게 되었다. 그들이 지는 빚은 달리 도리가 없었다. 소가 있으면 소를 팔고 집이 있으면 집을 팔아 갚는 것밖에. 그래서 한 집 떠나고 두 집 떠나고 하는 것이 삼년 안에 오륙 호가 떠난 것이었다.[18]

　윗 귀절은 식민지 농촌 수탈이 빚어낸 궁핍화에 대한 적절한 요약이라 해도 과언이 아니다. 이로 보아 민중에 대한 이태준의 관심이 동정이나 감상의 수준을 넘어섰음을 짐작할 수 있다. 그런 점에서 「농군」이나 『농토』도 이태준 문학의 본류와는 질적으로 다른 돌연변이라기보다는 작가의

---

18) 이태준, 「꽃나무는 심어 놓고」, 『달밤』, 215쪽.

꾸준한 민중 사랑에 기반한 내적 발전의 산물로 이해하는 것이 온당할 듯
싶다. 하지만 다른 작품들이 「농군」이나 『농토』와 갈리는 대목이 민중의
대상화이다. 이태준에게 민중은 언제나 피해자이고 계몽의 객체이다. 그들
은 항상 착취를 당하지만 저항할 줄 모른다. 그들이 할 수 있는 것이라곤
고향을 떠나거나 "경칠 놈의 세상"하고 탄식하는 일뿐이다. 요컨대 그들
에겐 자발성이 결여되어 있는 것이다. 자신의 자식을 생매장하는 「밤길」
의 끔찍한 비극은 민중의 대상화가 극단화되었을 때 나타나는 지옥도라
할 수 있다. 이런 상태에서 민중을 변혁의 주체로 그리기란 불가능할 수밖
에 없다. 엄밀히 말해 「농군」도 그 점에서는 예외가 아니다. 물론 「농군」
이 30년대 말의 기념비적인 걸작 중의 하나임을 부정해서는 안될 것이다.
「농군」만큼 민중의 생명력과 소설적 서사성을 핍진하게 그려낸 작품도 드
물다. 하지만 창권이네의 투쟁과 저항은 쟝쟈워프에서만 가능한 투쟁과 저
항이다. 다시 말해 「농군」에서 그려진 민중의 주체성과 자발성은 조선이
아닌 외국에서만, 즉 다른 곳으로 옮기기도 어렵고 어디서 빚을 얻는 것도
불가능한 백척간두의 위기 속에서만 가능한 주체성과 자발성인 것이다. 막
다른 골목에 몰려 이판사판의 심정으로 고양이에게 덤벼드는 쥐의 모습을
떠올리면 적당하지 않을까 싶다. "덤벼라! 우린 여기서 못 살면 죽긴 마찬
가지다!"라는 외침이 그들의 이같은 심리 상태를 극명하게 대변해준다. 그
러므로 정상적 상황—정상적인 방식으로 착취와 수탈이 이루어지는 상황
—에서는 민중은 항상 피해자이고 계몽의 객체에 불과하다.

　이러한 민중관은 근본적으로 앞에서 지적한 지식인 중심주의와 동전의
앞뒷면을 이룬다. 지식인'만'을 계몽의 주체로 상정하는 한 민중은 언제나
계몽의 객체일 수밖에 없다. 역도 마찬가지다. 이태준의 딜레마가 여기에
있다. 민중은 계몽의 객체일 뿐이다. 따라서 계몽의 실천은 지식인을 중심
으로 이루어질 수밖에 없다 그러나 이 땅의 지식인은 계몽의 사회적 실천
은커녕 스스로의 생계를 유지할 생활적 근거마저 상실한 처지이다. 뿐만
아니라 생활을 포기하고 계몽의 실천으로 나아간다 해도 그 실현 가능성
은 거의 없는 실정이다. 왜냐하면 이태준이 생각하는 계몽의 실천은 그야
말로 개인적 '봉사'의 수준이고 그나마 내용적으로 빈약하기 그지없는 이

넘에 근거하고 있기 때문이다. 당연히 계몽의 실천이란 더이상 실현 불가능한 구호에 불과하다. 그렇다면 이 궁지를 벗어날 수 있는 길은 무엇일까. 계몽의 실천으로 나아가지 않으면서도 계몽의 정신을 포기하지 않는 길은 결국 '나'로 회귀하는 것, 그리고 '나'의 정체성을 끊임없이 확인하는 것, 그리하여 계몽의 정신만은 계속 보존하는 것 이외에는 없다. 계몽의 내면화가 의미하는 바가 바로 이것이다. 곧 계몽의 내면화란 자기 확인의 서사와 동의어인 셈이다.

이같은 계몽의 내면화가 가장 잘 드러나는 작품으로는 「패강랭」을 들 수 있다. 이 작품의 주인공인 현이 십여 년 만에 평양에 가게 된 것은 친구인 박의 편지 때문이다. 박은 고등보통학교에서 조선어와 한문을 가르치는 교사이다. 그런데 조선어 말살 정책으로 인해 박의 시간이 절반으로 줄어들게 된다. 박은 편지에서 "그것마저 없어지는 날 나도 그때 아주 손을 씻어 버리려 아직은 찌싯찌싯 붙어 있네"라는 말로 자신의 암울한 심사를 표현한다. 현은 그 편지를 읽자 갑자기 박을 만나 '손이라도 한번 잡아주고 싶어' 평양행 기차를 탄 것이다.

> 정거장에 나온 박은 수염도 깎은 지 오래여 터부룩한데다 버릇처럼 자주 찡그려지는 비웃는 웃음은 전에 못보던 표정이었다. 그가 다니는 학교에서만 찌싯찌싯 붙어 있는 것이 아니라 이 시대 전체에서 긴치 않게 여기는, 찌싯찌싯 붙어 있는 존재 같았다. 현은 박의 그런 찌싯찌싯함에서 선뜻 자기를 느끼고 또 자기의 작품들을 느끼고 그만 더 울고 싶게 괴로와졌다.[19]

반복되는 '찌싯찌싯'이란 부사에서 우리는 박과 현의 정신적 피곤함을 뚜렷이 감지하게 되거니와 그들의 피곤함은 자신의 직업에 대한 피곤함이자 시대에 대한 피곤함이다. 그 피곤함은 자신들이 역사의 주변부로 내몰렸다는 자괴감으로부터 나온다. 어느새 "이 시대 전체에서 긴치 않게 여기는, 찌싯찌싯 붙어 있는 존재"가 되어버렸다는 자괴감은 예술을 통해

---

19) 이태준, 「패강랭」, 『돌다리』, 104쪽.

계몽의 정신을 표현하겠다는 신념을 갖고 있던 현에게 엄청난 정신적 피로를 가져다 주었으리라. 따라서 박과의 만남에서 현은 동병상련의 위안을 얻고 싶었을지도 모른다. 그러나 박과의 만남은 오히려 현의 자괴감을 가중시키기만 할 뿐이다. 왜냐하면 박의 모습을 통해 현은 계몽 정신의 위기가 돌이킬 수 없는 역사의 대세가 되어 버렸음을 다시 한 번 확인하게 되기 때문이다. 그래서 현의 정신적 피로감과 고독감은 점점 깊어만 간다. 게다가 시대에 편승하여 부의회의원까지 오른 김과의 만남은 사태를 더욱 악화시킨다. 하지만 이는 동시에 자기 확인의 과정이기도 하다. 객관적 어려움이 심해지는 만큼 계몽의 정신―즉 문학―만은 지켜야겠다는 현의 결의는 더욱 강고해진다. 김의 타락한 삶을 통해 현은 계몽의 순수성을 재확인하게 되는 것이다. 그런 점에서 「패강랭」은 내면화된 계몽의 정신이 자신의 정체성에 대한 확인으로 귀결되는 과정을 그린 작품이라 할 수 있다. 이러한 자기 확인은 "이상견빙지(履霜堅冰至)"라는 현의 독백에서 절정에 이른다. "서리를 밟거든 그 뒤에 얼음이 올 것을 각오하란" 뜻의 고사성어를 되뇌이며 현은 앞으로 얼음의 시대가 올 것이며 그 속에서 스스로의 신념을 지키려면 각오를 보다 단단히 해야 한다고 다짐하는 것이다.[20]

계몽의 내면화가 자기 확인의 서사로 이어지는 이러한 과정을 우리는 「토끼 이야기」에서도 발견할 수 있다. 「토끼 이야기」의 현은 "명랑하라, 건실하라, 시대는 확성기로 외"치는 상황에 처해 있다. 현이 보기에 시대 상황은 결코 명랑하지도 건실하지도 않다. 오히려 그 반대다. 그래서 현은 시대에 적응하지 못한 채 "얼떨떨하여 정신을 수습할 수 없는데다, 며칠 저녁째 술이 취해 돌아왔던 것이다." 그런 점에서 현의 실직은 스스로 선택한 길이다. 다만 '동아'와 '조선'의 폐간으로 그것이 좀더 일찍 왔을 뿐이다. 그래서 '토끼 치기'는 현의 내심에 벌써부터 준비되었던 것인지도 모른다. 왜냐하면 진정한 '생활'에 대한 동경이 현에게는 일찍부터 있어왔

---

20) 이태준 문학에서 「패강랭」이 차지하는 중요성을 강조한 글로는 이선영, 「전통적 정서와 민족 의식」(『리얼리즘을 넘어서』, 민음사, 1995)이 있다.

기 때문이다. 토끼 치기는 바로 현이 오래전부터 동경해 왔던 진정한 생활의 한 방식인 셈이다. 그러나 토끼 치기는 허망한 실패로 끝나고 만다. 경험이라곤 전무(全無)한 현으로서는 당연한 결과였다고 하겠는데, 주목할 것은 아내의 행동이다. 현이 쉽사리 포기한 데 비해 아내는 단돈 몇 푼이라도 건지기 위해 손에다 온통 피칠갑을 하며 토끼 가죽을 벗겨놓은 것이다. 기껏 토끼 이야기를 소설로 써볼 궁리나 하고 있던 현에게 아내의 이러한 행동은 대단한 충격이 아닐 수 없었다. 현이 보기에 아내의 "피투성이의 쩍 벌린 열 손가락, 생각하면 그것은 실상 자기에게 물을 요구하는 것이 아니었다." 그러면 무엇을 요구한 것일까. 그것은 지식인의 허구성에 대한 준엄한 자기 반성이다. 말로는 그럴듯한 구호를 외쳐대지만 실생활에서는 무능력하기 짝이 없는 지식인의 관념성에 대한 성찰을 아내는 피 묻은 열 손가락으로 요구하고 있는 것이다. 자기 성찰 없는 자기 확인은 공허하다. 그런 점에서 「토끼 이야기」의 심층 주제는 바로 진정한 자기 확인에 이르기 위한 전제 조건으로서의 자기 성찰이다.

　이러한 자기 성찰은 「영월 영감」에서는 영월 영감의 새로운 시도를 바라보는 성익의 시선을 통해, 「무연」에서는 선비소에 빠져 죽은 아들의 넋을 꺼내기 위해 매일같이 소에 돌을 집어넣는 어느 할머니의 이야기를 듣는 나의 상념을 통해, 그리고 「돌다리」에서는 논을 팔 수 없다는 아버지의 말을 들으며 '일종의 결별의 심사'를 느끼는 창섭의 심정을 통해 다양한 방식으로 이루어진다. (『사상의 월야』도 그 연장선상에 놓여 있다) 자기 성찰이 궁극적으로 지향하는 바는 명백하다. 요컨대 자기 확인이다. 이 자기 확인은 내면화된 계몽의 정신이 나아갈 수 있는 최대치라 할 수 있다. 계몽의 내면화란 계몽의 실천을 포기하고 '나'로 회귀할 때 나타나는 현상이고, 따라서 거기서 기대할 수 있는 최대치는 자신의 정체성—곧 계몽의 정신을 보존하는 것이기 때문이다. 그런 점에서 계몽의 내면화는 한편으로 서사성의 약화를 초래한다. 서사란 세계와의 대결을 통해 형성되는 법인데, 계몽의 정신이 내면화된 상태에서는 그 같은 대결이 불가능하다. 「패강랭」이나 「영월 영감」 혹은 「토끼 이야기」에서 발견할 수 있는 대결의 부재(不在) 상태는 계몽의 내면화가 초래한 한계임에 틀림없다. 하지만 다른 한편으로 계몽의 내면화는 30년대 후반 이태준 문학의 서사성을 가능하게 해준 원동력이기도 하다. 계몽의 실현 가능성에 대한 신념을 상실한 데다 시대의 외압은 갈수록 거세지는 상황에서 계몽의 실천에 매달리는 것은 자칫 통속화나 낭만화로 떨어질 위험성이 크다. 그보다는 오히려 차분한 자기 성찰을 통해 자신의 정체성을 확인하고 계몽의 정신을 보존하는 길이 서사성을 견지하는 데 보다 효과적일 수 있다. 실제로 「패강랭」은 자기 확인의 과정이 이념과 현실 사이의 긴장과 모순을 극대화시키는 효과를 얻고 있다. 다시 말해, 계몽의 내면화가 이념과 현실 혹은 주체와 세계의 연관을 끊어버리는 것이 아니라 반대로 연관의 감각을 제고(提高)시키는 결과를 낳고 있는 것이다. 「패강랭」의 서사성은 바로 그같은 긴장미로부터 나오거니와 그런 점에서 자기 확인의 서사는 내면화한 계몽의 정신에 서사적 힘을 불어넣어 주려 한 소설적 전략이었다고 할 수 있다.

4. 맺음말

지금까지 이태준의 문학 세계를 계몽의 내면화란 측면을 중심으로 살펴보았다. 그를 통해 이태준의 문학이 계몽의 정신을 기저로 하고 있으며, 그의 심미주의 또한 계몽 정신의 또 다른 표현임을 확인할 수 있었다. 임화가 이태준을 본격소설의 전통 속에 자리매김한 것도 이와 관련이 깊다. 하지만 그의 계몽 정신은 결국 '나'로 회귀하는 내면화의 길을 걷게 되는데, 그 까닭으로는 크게 세 가지 정도를 지적할 수 있을 것이다. 첫번째는 계몽의 실패에 대한 근원적 좌절감, 두번째는 계몽 정신의 내용적·이념적 빈약성, 세번째는 가중되는 시대적 외압. 이 세 가지 요인이 겹치면서 이태준은 급속히 계몽의 내면화로 빠져들게 된다. 그러므로 계몽의 내면화는 이태준 문학의 내적 한계와 외적 요인이 상호작용하면서 나타난 결과라 할 수 있다. 이때 계몽의 내면화란 간단히 말해 '나'로 회귀하는 것, 자기 성찰을 통해 '나'의 정체성을 확인하는 것, 나아가서 계몽의 정신을 보존하는 것이다. 그런 점에서 계몽의 내면화는 자기 확인의 서사로 표현된다. 이 자기 확인의 서사는 한편으로는 이태준 문학의 서사성을 약화시키지만, 다른 한편으로는 최소한의 서사성을 가능하게 해준 원동력이다. 이태준의 계몽성이 그 내용적 빈약함에도 불구하고 나름의 서사적 힘을 얻을 수 있었던 것도 계몽의 내면화가 만들어낸 묘한 역설이라 할 수 있다. 요컨대 계몽의 정신을 지키겠다는 의지가 내용의 빈약함을 극복하고 30년대 후반 군국주의적 파시즘의 외압 속에서 자기 확인의 서사라는 소설적 성취를 이루어낸 것이다.

이태준의 문학이 해방직후에 급변할 수 있었던 것도 결국 계몽의 내면화에 기반한 최소한의 서사성 덕분이라 해도 과언이 아니다. 우리는 일제 말기와 해방직후 이태준 문학의 연속성을 무엇보다 「패강랭」·「토끼 이야기」·「해방전후」에서 확인할 수 있다. 이 세 작품의 주인공으로는 하나같이 현이 등장하며, 주제 또한 자기 성찰을 통한 자기 확인이다. 그렇게 보면 이 세 작품은 일종의 삼부작에 해당된다. 다른 점은 「해방직후」의 현이 적극적인 실천으로 나아간다는 사실이다. 그 까닭으로는 먼저 조직의 문제를 들 수 있다. 일제 시대 이태준 문학이 계몽의 실천에서 언제나 패퇴한 것은 그것이 개인적 실천에 국한되어 있었기 때문이다. 「문학 가동맹」은 바로 이태준 문학에 결여되어 있었던 조직이라는 기반을 제공해 주었다. 계몽의 또 다른 길에 대한 모색이 가능해진 것이다. 또한 해방직후는 이태준으로 하여금 지식인 중심적 시각을 탈피하여 민중을 역사의 주체로 해석할 수 있게 해주었다. 민중과의 연대, 즉 민중적 전망 속에서 현실을 바라본다는 것은 계몽의 실현 가능성을 한껏 높여주었다. 『농토』는 몇몇 결함에도 불구하고 이태준의 달라진 민중관을 실감하게 해준다. 뿐만 아니라 해방직후의 새로운 현실은 빈약했던 계몽의 이념에 구체적이고 체계적인 내용을 불어넣어 주었다. 돈이나 과학과 근대를 동일시하던 단순 논리가 극복 가능해진 것이다. 말하자면 대안적 근대의 상이 공고해진 셈이다. 현이 김직원과 결연히 결별하고 자신의 내부에 숨어 있던 소극성까지 뛰어넘을 수 있었던 것은 이 때문이다. 요컨대 이태준은 「패강랭」과 「토끼 이야기」에서 내면화된 방식으로 확인했던 계몽 정신의 정당성을 달라진 상황 속에서 보다 명료하게 확신할 수 있게 된 것이다. 계몽의 정신에 대한 자기 확인이 유지되는 가운데 자기 확인이 확신으로 발전한 것, 이것이 해방직후와 그 이전의 관계이다. 이로써 양자 사이의 내적 연속성은 분명해진다. 다만 아쉬운 것은 자기 확신이 지나쳐 자기 성찰이 급속히 약화되어 간 점이다. 앞에서도 언급한 것처럼, 자기 성찰 없는 자기 확인은 공허하다. 그것은 언제라도 허황된 관념론으로 빠질 수 있다. 『농토』에서 우리가 발견할 수 있는 점이 바로 자기 성찰 없는 이념적 확신의 관념성이다.[21] 『농토』의 서사적 허술함은 근본적으로 이에서 기인한 결과라 할 수 있을 것이다. 계몽의 내용이 채워지자 오히려 관념화의 유혹에 걸려든 것, 여기에 해방직후 이태준 문학의 역설이 존재한다.

(연세대 강사)

---

21) 『농토』의 관념성에 대한 비판으로는 강진호의 「동경과 좌절의 미학」, (『이태준 문학 연구』), 124~125쪽 참조.

이상 소설의 창작원리와 미적 전망

차 혜 영

1. 서론

이상은 모더니스트인가? 모더니스트란 무엇인가? 언제나 이상의 문학에 대해 던지는 이러한 화두에 가장 쉽게 답하는 방식은 아마도 모더니즘에 대해 몇가지 규정을 내리고 이상의 작품을 거기에 적용하고 그러므로 이상의 소설은 모더니즘 소설이라는 결론을 내리는 일일 것이다. 그러나 그러한 순환논리는 사실상 이상의 문학에 대해, 모더니즘에 대해, 한국문학사에 대해 무엇을 말해 줄 수 있는가? 그동안 이상 소설에 대해 그토록 많은 논의가 그토록 다각적인 방법으로 진행되었음에도 불구하고 그의 문학에 대해 언제나 끊임없이 다시 시작하게 하는 근본적 동인은 무엇인가? 새로운 이론이 소개되고 유입될 때마다 그 적용 대상은 왜 대부분 이상의 작품인가? 이상 문학은 왜 항상 새로움에 대한 강박관념을 유발시키고 그 새로움의 강박관념이 가능토록 하는 근거일 수 있는가?

본고는 이상 소설의 특수성과 보편성의 일단을 해명하는 것이 목적이다. 즉, 이상 소설 자체의 내적 메카니즘을 해명하고 그것이 문학사라는 보편성 속에 어떻게 위치하는가를 살펴보고자 하는 것이다. 지금까지 이상 소설을 해명하고자 했던 많은 시도들 중 정신분석적인 관점에서 그의 생애와 소설의 관계를 살피는 것이나, 관점은 달리하더라도 개인의 전기적 관점에서 결핵과 자살 충동에서 그의 소설을 해명하는 논의, 그리고 기하학적 대칭의 관점에서 해명하는 제반의 논의들은 이상 소설의 특수한 메카니즘을 논리적으로 정합성 있게 설명할 수는 있지만 그것을 문학사적 필연성이나 한국 근대문학 속에서의 모더니즘이라는 보편성 속에 관련시키는 데는 상당히 미흡한 것이다. 또 1930년대 식민지 자본주의의 일정 정도의 성숙도에 따른 도시화와 도시 세대의 등장을 모더니즘의 중요한 지표로 설정하고 이상의 소설을 그러한 관점에서 다루는 것이나 아니면 모더니즘의 내용을 언어적 실험과 기교 중심으로 정의하고 이상의 소설에서 그러한 것들을 추출하는 것, 아니면 탈근대적 혹은 해체주의적 관점을 규정하고 이상 소설을 그에 적용하여 그것이 탈근대적 혹은 해체주의적이라고 정의하는 관점들은 다분히 보편적인 규범들을 선험적으로 적용하여 이상 소설에 대한 내재적인 해명이 아니라 그 보편적인 규범내용들을 증명하는 것으로 이상의 소설이 취사선택되고 있다는 문제점이 있다. 또 이상의 문학을 연구함에 있어 그의 문학이 갖는 독특한 관념성에 압도되어 시, 소설, 수필 각각의 글쓰기 장르를 무시하는 것, 각 장르들에 공히 작용하는 관념이나 원리 등으로 이상 문학의 본질을 정의하는 것 역시 정당한 방법론이라 할 수 없을 것이다. 장르란 작가가 어떤 의도에 따라 선택할 수 있는 사항이 아니라 글쓰기를 가능케하는 일종의 존재조건이기 때문에 각각의 장르의 글쓰기에는 그 장르 고유의 형식적 사회적 무의식의 가능성과 한계가 총체적으로 집약된다고 할 수 있다.

본고는 이런 문제의식하에 이상 소설 고유의 메카니즘을 살피고 그것이 한국 근대문학의 보편성 속에서 어떤 위치를 갖는가를 암시적으로나마 살펴보고자 하는 것이다. 그러기 위해서 먼저 2장에서는 이상 소설의 창작원리와 그것이 전개되는 양상을, 3장에서는 소설장르 고유의 서사성이 텍스트 생산방식에서 중요한 의미를 갖는 '맞수로서의 여성'과 맺는 관계 그리고 4장에서는 이상 소설의 특수성을 구인회와 관련시켜 문학사적 보편성의 일단을 해명해보고자 한다.

2. 이상 소설의 창작방법

이상의 소설에는 아주 이질적인 여러 요소들이 다양하게 섞여 공존한다. 재기발랄한 말장난이 진행되다가 문득 '스물세살이오 -3월이오 -각혈이다'라고 자전적 삶의 참담함을 고백하기도 하고, 단발소녀들과의 현란한 지적 게임, 애정의 유희가 진행되다가도 '연심이'라고 고즈넉하게 아내의 이름을 부르기도 한다. 여성에게 순진한 애정을 구하다가도 그 애정이 발각될 것을 경계하면서 그런 애정을 구하는 자신을 냉소하고 조롱한다. 위트와 패러독스를 바둑 포석처럼 늘어놓으면서 고전 속의 문구들을 갖고 교만방자하게 장난을 하면서 종생기를 쓰다가도, 종생하는 자신의 삶에 대한 회한이 스미기도 한다. 일세의 천재인 양 천하의 눈 있는 선비들 앞에서 자기 재주를 자랑하다가도 그 재주의 송곳만도 못함에 자조하고 절망하기도 한다. 그렇기 때문에 그의 소설들은 때로는 자전적 삶에 대한 고백에서 보이는 안정감이나 차분함을 보이면서도 그 고백하는 자신을 바라보는 냉소와 자학 섞인 위악이 함께 공존한다. 아내나 작은 어머니 등 주변의 인물에 대해 연민의 시선을 보내다가도 그 연민은 금새 냉소로 바뀌고 자기 삶의 고백은 위악적 자기폭로로 바뀐다. 이런 분열성, 이질적이고 상반되기까지한 요소들의 공존은 그의 소설을 전체적으로 통어할 수 있는 어떤 의미를 고정짓지 못하게 한다. 이상의 소설에 나타나는 이러한 상반되는 두 개의 축은 비교적 초기의 소설로 추측되는 「휴업과 사정」에서 아주 도식적일 정도의 분명한 양상으로 나타나고 있다.

　　삼년전이 보산과 SS 두사람 사이에 끼어들어앉아있었다. 보산에게다른 갈길이쪽을가르쳐주었으며 SS에게다른 갈길저쪽을가르쳐주었다. 이제담하나를 막아놓고이편과저편에서　인사도없이그날그날을살아가는보산과SS두사람의　삶이어떻게하다가는가까워졌다어떻게하다가는멀어졌다이러는것이퍽재미있었다.
（「휴업과사정」, 전집 P.149）[1]

　담 하나를 사이에 두고 SS와 대립해 있는 보산은 그의 모든 일거수 일투족을 경멸하고 미워한다. 그러나 그들 둘 사이의 대립은 뚜렷한 원인이

---

1) 김윤식 엮음, 『이상문학전집2-소설』, 문학사상사, 1991. 이하 『전집』으로 표기.

나 사건이 존재하는 구체적인 갈등이 아니다. 한쪽이 존재하고 그쪽을 끊임없이 바라보고 경멸하고 분노하고 복수를 꿈꾸고, 그러면서도 그쪽에 시선을 주지 않고는 삶이 영위되지 않는 다른 한쪽이 존재한다. SS의 세계는 아침과 저녁의 질서, 아이와 아내로 표현되는 정상적인 일상의 삶이 있는 세계이지만 그와 대립해있는 보산의 세계는 낮과 밤이 뒤바뀌고 끝없이 게으른, 삶의 일상성이 부재하는 세계이다. 그럼에도 그가 SS의 세계를 경멸할 수 있는 것은 그가 시를 쓴다는 사실 때문이다. 일상적이고 평범한 SS의 세계를 뚜렷한 이유 없이 거부하고 그러면서도 그 세계로부터 눈을 돌리지 못한 채 끊임없이 주시하면서 경멸하고 복수를 꿈꾸는 보산의 세계, 그 두 세계 사이의 대칭적일 정도의 분명한 대립만이 드러나고 있는 것이다. 그의 소설에 나타나는 이러한 분열성, 혹은 상반되는 것들의 공존은 결국 삶과 관념, 적빈과 지성의 극치, 정조와 기법으로서의 연애, 19세기와 20세기간의 대결, 긴장의 관계로 수렴될 수 있을 것이다. 이런 이분법적인 대립은 그의 이후의 소설들에서 보다 복잡하고 왜곡된 양상을 띠면서 빠짐없이 나타나는 심층적인 구도로 자리잡고 있다.

SS로 대표된 일상의 삶, 보산의 눈에 경멸과 연민과 복수의 대상인 적빈으로서의 삶은 「공포의 기록」에서는 미워하지 않을래야 않을 수 없는 작은 어머니, 집 나간 아내, 회충약을 먹는 자기자신뿐만 아니라, 소, 닭, 개 등으로까지 확대되어 '불행하게 물려받은 추악한 화물'로 지칭된다. 그리고 이런 세계에 대립되어 설정되고 있는 세계는 자신만의 비밀스러운 재주로 이루어진 세계이다.

> 아무도 오지말아 안드릴 터이다. 내이름을 부르지 말라. 칠면조처럼 심술을 내이기 쉽다. 나는 이속에서 전부를 살라버릴 작정이다…. 나는 마지막으로 나의 특징까지 내어놓았다, 그리고 단한가지 재조를 샀다. 송곳과 같은―송곳 노릇밖에 못하는―송곳만도 못한 재조를―과연 나는 녹슬은 송곳모양으로 멋도 없고 비쩍 말라버리기도 하였다.
>
> 혼자서 나쁜 짓 해보고 싶다. 이렇게 어두컴컴한 방안에 혼자 단좌하여 창백한 얼굴로 나는 후회를 기다리고 있다. (「공포의 기록」, 『전집』, 202~203쪽.)

자신의 모든 것을 팔아 산 재주란 작은 어머니, 집 나간 아내, 비쩍마른 자신의 추악한 몰골로 드러나는 일상의 세계와 대립해서 그 세계를 바라보고, 경멸하고 미워하는 재주, 그 세계를 바라보는 시선 그 자체일 것이다. 다만 그것뿐이기에 그것은 송곳 노릇밖에 못하는 재주일 것이고 그 재주로 하는 일은 '혼자서 하는 못된 짓'이고 '잔인한 짓'일 것이다. 그러나 그 세계는 또 작은 어머니를 미워하면서도 그 미워하는 자신을 바라보는 또다른 시선, 회충약을 먹으면서 비쩍 마른 자신의 삶을 추스리고자 하는 자신의 삶에의 본능을 슬프게 내려다보는 시선, 집 나간 아내를 미워해야 하는 것을 알면서도 미워하지 못하는 자신을 바라보는, 그 모든 일상의 삶을 닭 구경하듯이 바라보는 시선, 자의식으로 이루어진 세계이다. 이렇게 일상의 삶과 그것을 바라보는 시선을 독립시켜서 이원적으로 대립시키고 이 후자의 시선, 이는 궁극적으로는 삶과 대결하고 삶을 부정하고자 하는 의지인데, 이것으로 끊임없이 삶을 재단하고 냉소하고 거리두고 경멸하는 구도이다. 이 구도를 19세기와 20세기, 적빈의 삶과 지성의 극치, 정조와 기법으로서의 연애 사이의 대립구도라 할 때 후자의 20세기, 지성의 극치, 기법으로서의 연애가 바로 이 시선, 자의식의 독립으로 이루어진 세계인 것이다.

그리고 여기서 더 나아가 그 시선, 자의식이 독립되어 '아무도 오지말라 안 드릴 터이다'처럼 누구도 침범할 수 없는 자족적이고 자율적인 세계를 구축하고, 그 세계를 구체적인 실체를 갖는 삶의 세계에 대한 당당한 맞수로 설정하고 있다. 그것은 「휴업과 사정」에서 보산의 시, 편지쓰기로 나타났던 것으로서 글쓰기라는 예술적 공간이다. 그 세계의 비밀을 그는 '행운의 열쇠' '비밀' '송곳 노릇밖에 못하는 재주' '맵시의 절약법'이라고 표현함으로써 삶의 일상적인 세계를 경멸하고 그 세계에 대해 우월성을 행사할 수 있는 비장의 무기로 여긴다. 그러면서도 그 비밀스러운 재주를 수단으로 실현하는 예술, 글쓰기의 행위를 그는 '불행한 실천' '혼자서 못된 짓하기' '잔인한 짓' '괴로워하기 실천' '범죄 냄새 나는 신식 좌석'이라는 역설적인 어휘로 표현함으로써 적빈으로 대표된 일상의 삶에 대한 부정과 거부의 방식으로서의 글쓰기, 그 행위가 삶과 관계맺을 수밖에 없는 본질적인 측면을 동시에 보여주고 있다. 즉 후자의 비밀스러운 재주, 지성, 20 세기라는 자랑과 우월감이 19세기, 적빈의 삶에 비추어질 때에는 죄가 되고 못된 짓이 되는 것이다. 그의 예술, 그의 글쓰기는 한편으로는 우월감이, 한편으로는 죄책감이 잡아당기는 긴장의 간극에 존재하는 것이고, 삶을 벗어나고 거리두고자 하는 그의 글쓰기가 그럼에도 불구하고 내면화된 부정성의 방식으로 삶과 가장 밀착될 수밖에 없음을 보여주는 것이다.

이제 그의 소설은 이 '두 개의 태양을 마주놓고 낄낄거리는' 구도, 삶을 맞수로 놓고 그의 재주를 휘두르면서 대결하는 화려하고 목숨을 건 싸움터가 된다. 그리고 이 싸움은 뒤에서 살펴보겠지만 여성이라는 맞수를 놓고 벌이는 게임인 '기법으로서의 연애' 관계 속에 응축되어 나타난다.

여기서는 먼저 이 이분법, 특히 삶의 맞수로 세운 재주인 글쓰기의 의미를 살펴보고, 그 재주로 벌인 싸움의 전개양상을 살펴보도록 하겠다.

> 한여름 대낮 거리에 나를 배반하여 사람하나 없다.
> 패배에 이은 패배의 이행(履行), 그 고통은 절대한 것일 수밖에 없다.
> 나는 그것을 잘 알고 있다―자살마저 허용되지 않고 있다는 것을.
> 그래 그렇기에―
> 나는 곧 다시 즐거운 산 즐거운 바다를 생각하지 아니하면 아니된다. ―달 뜬 친절한 말씨와 눈길―그리고 슬퍼하기보다는 우선 괴로워하기부터 실천하지 아니하면 안된다. (「불행한 계승」, 『전집』, 208쪽)

앞서 「휴업과 사정」에서 보산과 SS로 나누어졌던 것이 「불행한 계승」에서는 '상'과 '언짢은 그림자의 사나이', '상과 꼭 같은 모양을 한 상'으로 나타난다. 패배에 이은 패배, 자살마저 허용되지 않는, '육신 위에 덮쳐오는 치욕과 후회'로 표현된 세계는 '상과 꼭같은 모양을 한 상의 어두운 그림자'가 속한 적빈의 세계, 치욕의 현실이다. '그래, 그렇기에'라는 냉소와 자조의 어휘에 의해 연결된 후자의 세계는 그 치욕의 세계를 달뜬 말씨와 즐거운 웃음을 생각함으로써 이겨보려는 세계이다. 그러나 그 후자의 것은 전자의 것과 같은 무게를 지니는 실제적인 '세계'가 아닌 것이 분명한데, 왜냐하면 '생각'일 뿐이고 그 생각하는 행위를 위에서 본 바와 같이 '못된

짓 하기' '혼자서 잔인한 짓하기' '범죄 냄새 나는 신식 좌석'이라고 표현
한 것으로 미루어 볼 때 전자의 적빈의 삶, 현실에 대한 어떤 반응, 대응
의 방식임— 즉 그것이 범죄적이고 잔인한 것은 삶, 현실에 대해 비추어
졌을 때 범죄적이고 잔인한 것—이 분명하기 때문이다. 배반뿐인 세계에
대립되는 한쪽이 그와는 다른 화해로운 세계가 아니라 그 배반뿐인 세계
를 바라보는 시선 그 자체, 그 세계를 극복할 대안으로 설정된 세계가 아
닌, 그 세계를 부정하는 방식 그 자체인 것이다. 전자의 세계에 무방비 상
태로 노출된 주체 (상의 그림자)가 반응하는 방식이 '후회'와 '슬퍼하기'라
면 그와 대립되는 주체 상이 주체를 배반한 삶에 대응하는 방식은 '괴로워
하기의 실천'이다. 그 괴로워하기 실천은 그러니까 패배와 배반만을 안겨
준 현실에 대해 그 현실과 대결하고 부정하는 방식이고, 그 방식은 혼자서
하는 못된 짓, 범죄 냄새 나는 신식 좌석, 송곳 같은 송곳 노릇밖에 못하
는 재주와 같이 드러나듯이 예술행위, 글쓰기 행위이다.

그러나 당대의 삶을 바라보는 시선, 패배와 배반뿐인 삶에 대한 대결과
부정의 방식인 그의 재주—이를 그는 위티즘, 아이러니, 패러독스, 지성의
극치라고도 한다—가 정작 문제가 되는 것은, 위와 같은 초기의 소설들에
서보다는 「단발」 「동해」 「실화」 「종생기」에서이다. 거기서 보이는 현란
한 애정의 유희, 말재간, 최소한의 이야기 구성조차 방해하면서 끊임없이
변조되는 스토리 라인, 자전적인 삶과 그 삶에 대한 글쓰기의 뒤섞임과 같
은 난해함과 복잡성이 해명되지 않기 때문이다. 이런 난해성은 이분법 중
한쪽을 구성하는 이 재주가 이야기의 구성요소로만 머물지 않고 창작 원
리로서 텍스트 생산에 능동적으로 개입하기 때문이다. 그의 재주는 스토리
상에 나타난 적빈의 삶에 맞서는 구성요소이면서 동시에 텍스트를 만들어
가는 창작 방법이다. 그렇기 때문에 이상의 소설에는 창작방법으로 그려낸
어떤 이야기가 있는 것이 아니라 창작 방법을 실현해 나가는 과정 자체가
그려져 있다. 왜냐하면 그의 소설의 이야기라는 것이 기실은 창작방법인
그의 재주로 삶과 맞서는 방식이기 때문에, 그의 재주가 괴로워하기의 실
천으로서 삶을 부정하는 재주라면 그 과정을 거친 하나의 완결된 스토리
가 아니라 그 삶을 부정하는 과정이 고스란히 드러나고 있기 때문이다. 그

과정이 소설 속의 스토리이면서 동시에 소설을 만들어가는 과정 자체인 것이다. 그러니까 그의 소설은 소설 안과 밖에 걸쳐서 삼중의 중층구조를 갖는데, 그것은 소설 밖의 작가 이상이 소설쓰기라는 재주로 삶과 대결하는 구조, 소설 안에서 서사적 자아가 송곳 같은 재주, 혹은 맵시의 절약법이라는 재주로 소설 그 자체를 대상으로 대결하는 구조, 그리고 소설의 스토리상에서—이 스토리는 그의 재주가 실현되는 과정이고 그것은 주로 여성과의 관계를 중심으로 이루어진다—소설 속의 등장인물 '상' 혹은 '그'가 '기법으로서의 연애'라는 재주를 갖고 임이, 정희 등의 단발소녀들과 대결하는 구조인 것이다. 문제는 둘째와 셋째의 재주이다. 소설쓰기라는 궁극적인 재주가 진정으로 삶과 맞설 수 있는 무기이려면 소설 속에서 「날개」의 초두에서처럼 선언이나 경구로 고립되어 존재하는 것이 아니라 스토리 구성에 능동적인, 소설을 만들어가는 재주여야하기 때문이다. 이는 구체적으로 「단발」 4부작에서 '기법으로서의 연애' 관계 속에서 여성이라는 맞수를 대상으로 펼쳐지는 경우로, 그리고 소설 텍스트 속에서 소설 텍스트 자체를 놓고 진행되는 경우이다. 여기서 살펴보려는 것은 둘째의 재주이고 다음 장에서 여성과의 관계 속에서 셋째의 재주를 살펴볼 것이다.

삶의 실체성에 저항하는 것이 예술행위라는 그의 재주이듯, 또 여성과의 연애관계에서 기법으로서의 연애가 연애의 본질, 실체인 애정(이를 그는 '정조'라는 말로 표현한다)에 저항하는 것이 그의 재주이듯, 소설 속에서 이 재주는 소설이라는 실체성에 저항하는 데 쓰이고 있다. 그 저항의 방식은 말장난이나 어조의 양가성을 통해 서술된 의미의 확정성을 방해하는 소극적인 양상으로 나타나기도 하고 이미 쓰여진 단락을 다음에서 부정하고 새로 씀으로써 기본적인 서사적 줄거리가 고정되는 것을 방해하는 것으로 나타나기도 한다. 그렇기 때문에 「동해」에서는 임이가 상의 신부가 되기도 하고, 그 임이의 칼 든 이미지가 이발사와 겹쳐지면서 임이와의 결혼을 가짜로 만들어버리기도 하고 꿈과 현실이 교차되면서 혼돈되기도 한다. 「실화」에서는 동경의 C양과 서울의 연이가 오버랩되면서 C양의 이야기와 연이의 이야기가 겹치기도 한다. 그리고 이런 서사성의 교란 행위는 더 나아가 「종생기」에서 보듯 이미 쓰여진 서술을 다음에서 부정하고 새로 쓰고 그 과정을 공개함으로써 서술행위의 최소한의 확정성마저 흔들려 하는 것으로 나타난다. 그러나 이런 서사성의 교란, 소설의 실체성에 대한 저항은 궁극적으로는 성공하지 못한다. 왜냐하면 여성과의 관계를 중심으로 간신히 유지되는 서사적 인과적 진행 때문이고, 궁극적으로는 그 모든 저항의 방식, 현란한 재주의 싸움이 바로 소설이라는 토대 위에서 진행되기 때문이다.

결국 적빈으로 표현된 삶의 무게, 현실의 실체성을 거부하고 부정하기 위한 재주를 벼리어내고 그 재주로 행하는 예술행위 —글쓰기—를 삶의 맞수로 설정하는 이분법이 그의 소설에 두루 나타나는 요소이자 그것 자체가 창작방법임을 살펴본 셈이다. 이 이분법을 추동시키는 힘은 물론 삶에 대한 부정, 거부의 의지이다. 이것이 그의 전기적인 고백의 경향이 강한 소설에서는 일상적인 삶의 무의미성에 저항하는 방식인 '남들 좀 보라고 낮에 잠자기' '동물처럼 한없이 게으른 짓'등 소설 속의 구성요소로만 한정되어 나타나고 그의 창작방법으로서의 재주, 위티즘 등은 선언적인 형태로만 나타난다. 그러나 이 이분법은, 그것을 추동시키는 원동력이 삶에의 부정성이라는 이유로 해서, 질곡의 현재와 회구하는 미래, 존재와 당위, 속악한 세계와 순수한 자아의 이분법과 동일시될 수 없다.

지금까지 이상의 소설을 적빈으로 표현된 질곡의 현재와 희망하는 미래의 세계, 불화와 소외뿐인 현재와 그 반대로 주체가 회구하는 화해로운 공간이라는 이분법으로 설명하는 것이 이상 소설 연구의 많은 부분을 차지하고 있는 것이 사실이다. 이는 이상 소설뿐만 아니라 근대 소설 일반을 순수한 자아와 비속한 세계, 존재와 당위, 현실과 이상의 대립 구도로 설정하는 시각의 연장선상에 있다. 그러나 그의 소설에는 주체를 배반하는 속악한 현실은 드러나 있지만 그것과 대립되는 당위나 전망, 주체가 회구하는 화해로운 세계는 드러나 있지 않다. 「날개」 정도에서 식민지 지식인의 궁핍하고 소외된 모습이 그려져있고 '날자 한 번만 더 날자꾸나'라는 결말이 현실과는 다른 전망, 화해로운 세계에 대한 갈망으로 읽힐 수 있는 정도이다. 그러나 「날개」를 제외한 그의 대부분의 소설들에서 이런 이분법은 타당하지 않을 뿐 아니라 그렇게 해석했을 때『무정』이후의 근대소설과 동일한 담론 구조 속에 이상의 소설을 위치시킴으로써 모더니즘 소설의 중요한 변별력이 상실되고 모더니즘 소설로서의 지표는 기법실험 정도로 귀결되게 된다. 그러나 이상의 소설, 나아가 모더니즘 소설이 이광수와 카프로 대표되는 앞 시대 우리소설의 일반적인 담론구조와 결별하고 모더니즘만의 정체성을 성립시키는 결정적인 지점은 그가 펼쳐보인 난해한 기법실험보다는 그 기법실험을 추동시킬 수밖에 없게 만든 새로운 인식구조에 있고 그것은 속악한 세계에 대응해 세운 전망의 특수성—이상의 소설에서 삶의 맞수—에서, 이분법 자체의 특수성에서 찾아져야할 것이다.

앞서 말했듯 그가 삶의 맞수로 세운 대타적인 세계는 실체성을 갖는 전망, 미래 사회의 모델이 아니다. 삶의 맞수인 재주, 예술은 주체가 원하는, 삶을 대신할 세계가 아니라 삶을 견제하고 바라보고 동시에 거부하고 부정하는 데 필요한 '방법'인 것이다. 내용 없는 방법 자체, 부정의 시선 그 자체인 것이다. 그렇기 때문에 그것은 이분법이지만 하나의 세계와 다른 세계의 이분법이 아니라 세계와, 세계를 바라보는 방법간의 이분법이고, 이상은 우리 문학사에서 방법이 어떤 세계나 전망을 위한 수단으로서가 아니라 그 자체로 삶과 맞서게 만들어 최초의 그리고 가장 극단적인 예술가가 되는 것이다. 삶의 맞수가 다른 삶이 아닌 삶을 부정하는 방법, 그 방법으로서의 예술이기 때문에 그것은 어떤 실체성으로 고정될 수 없고 현실에 대한 끝없는 부정성으로 끝없이 자기 자신을 갱신해야하는 것이다. 모더니즘의 운명이 끝없는 매체실험으로 자신의 정체성을 유지할 수밖에 없는 것도, 그럼에도 그런 매체실험이 현실에 긴박된 채로만 유의미할 수 있는 것도 이 때문이다. 이상의 '절망은 기교를 낳고, 기교가 절망을 낳는다'는 말은 이를 단적으로 드러내준다. 괴로움을 주는 현실을 다른 세계를 꿈꾸거나 도피하지 않고 , 다른 세계로 가기 위한 실천으로 매진하지도 않는 것, 괴로움을 주는 현실을 오로지 '괴로와하기'를 극단으로 실천함으로써만 맞선다는 것, 그것은 속악한 현실에 대해 오로지 부정성을 견지하는 것으로만 맞서는 것이다. 그러므로 그가 세운 전망은 삶의 부정성을 비추는 미적 가상일 뿐이고 그것이 미래 사회를 위한 어떤 실체적인 출구가 될 수도 없고 모든 실체적인 전망의 궁극적 담지체인 공동체적인 기반도 존재하지 않는 것이다. 구인회는 이런 낯선 전망(공동체의 미래를 열어주는 어떤 모델도 없고 그것을 보증해줄 공동체에도 기반하지 않는 전망, 고정된 어떤 상으로서의 전망이 아니고 가상의 형태로 끝없이 갱신되어야하는 방법으로서의 전망)을 도입한 최초의 세대이다. 그 낯선 전망의 추동력은 현실을 부정하고 대신해줄 미래의 어떤 상이 아니라 부정성 그 자체이다. 이 부정성의 파토스는 정도를 달리하면서 30년대 모더니즘 소설을 추동시킨 힘이고 현실을 부정하는 만큼 현실에의 강한 긴박성을 유지시키는 힘이며, 이는 해방공간에서의 그들의 집단적인 정치적 선택을 해명하는 고리가 될 수도 있는 것이다. 이런 부정성의 파토스 때문에 그들의 소설은 앞 시대의 근대 문학 일반의 담론구조와도, 일제 말기의 순수문학과도 갈라지는 것이다. 매체, 문장, 기교에 대한 자의식 때문에 일제 말기의 순수문학과 구인회를 묶는 것은 언뜻 보면 타당해 보일 수 있지만, 순수문학은 그것이 '조선적인 것'이든, '구경적 삶'이든 미래의 유토피아이건, 과거의 손상되지 않은 원형이건, 현재의 삶과 대립되는 실체적인 전망이 존재하고 그 때문에 문학은 그 전망을 향한 매개, 수단이 되는 것이다. 또 속악한 삶에 대립되는 전망 속에 주체가 안주할 수 있기 때문에 30년대 모더니즘 소설에서 보인 부정성의 파토스에서 견지되는 삶, 시대현실에의 강한 긴박성은 나타나지 않는다.

3. 여성, 서사성, 식민지 모더니스트의 토대

지성의 극치, 송곳 노릇밖에 못하는 재주로 표현된 그의 창작방법이 실현되는 구체적인 공간은 여성, 더 구체적으로는 단발소녀들과의 연애를 중심으로 전개되는 소설들에서이다. 초기의 「휴업과 사정」이나 「지도의 암실」에서는 그의 창작 방법의 암시적인 일단만이 보이고 정작 그의 소설이 본격적으로 전개되고 그러면서 그의 창작방법으로서의 지성—그러니까 삶을 바라보는 시선, 자의식 그 자체를 독립시켜 이분법화하고 그 삶을 바라보는 자의식을 극단화시켜 자율적이고 자족적인 허구 세계 즉 예술, 텍스트의 세계를 구축하고 그것을 삶의 맞수로 대립시키는 창작방법—이 독립된 힘으로 능동적으로 개입되는 「단발」 이후의 소설들이 하나같이 임이, 연이, 정희와 같은 단발소녀들과의 연애 관계를 통해서 전개된다는 것이 이를 증명한다. 그러나 기존까지 이상의 소설들을 평가한 대부분의 연구에 서는 이 부분에 대한 섬세한 검토가 누락된 것이 사실이다. 결핵과 자살 충동에 핵심을 맞춘 전기적 연구에서는 금홍으로 표현되는 이상 개인의 고백적 육성에 가까운 여성에 치중해서 맨몸, 맨목소리의 이상 개인을 재 구성하는 하나의 구성 요소로 취급되어 있고, 이상소설의 창작 방법, 혹은 그의 문학 전체를 규정하는 관념이나 주제에 정향된 경우 「단발」 이후 「종생기」까지 걸쳐 나타나는 단발 소녀들은 그의 관념이 펼쳐지기 위한 수단 정도로 취급되어 왔다. 스토리 그 자체로 볼 때 최소한의 일관성과 연속성을 유지함으로써 서사적 전개의 근간을 형성하는 이 소녀들과의 연 애, 여성이 하는 역할은 그의 소설이 보여주는 관념성과 결핵과 자살 충동 이라는 전기적 사실의 압도적인 힘에 가리워져 제대로 드러나지 못한 것 이다. 여성에 대한 이런 간과는 그대로 그의 소설에 어떤 식으로건 유지되 고 있고 결국 그래서 그의 소설을 성립시키는 규정력으로서의 소설, 서사 의 힘에 대한 간과와 모종의 연관관계를 갖는다. 그리고 스토리 내에서의 여성과 소설장르 자체에 대한 이런 간과는 이상 소설을 당대의 현실과 연 결시키는 보다 밀도 있는 천착을 방해해왔다. 이상 소설의 현실 연관성을 말할 때 「날개」 「지주회시」 등에서 간신히 나타나고 있는 식민지 지식인 의 궁핍과 소외를 말하는 것 이상이 논의되지 않고 있는데, 이 부분을 밝 혀내기 위해서는 소설 속에서 언표된 어떤 소재나 요소 자체를 찾아내고 해석하는 것과는 다른, 그 소재나 요소가 취급되는 방식에 초점이 맞춰져 야 한다고 본다. 따라서 여기서 논의하고자 하는 이상 소설에서의 '여성' 이라는 주제가 소설 속에서 그려지고 있는 여성의 성격이나 작가의 여성 의식의 유무, 혹은 그것의 진보성 여부를 문제삼는 것이 아님은 물론이다. 본고에서 여성을 문제삼는 것은 소설 속에서 여성이라는 소재가 갖는 기 능이고, 그것이 다른 것들과 관계맺는 보다 다층적인 방식인 것이다. 이런 기능 방식으로서의 여성을 살피기 전에 먼저 이상 소설 전체에서 여성 소 재가 운용되는 전체적인 면모를 짚어볼 필요가 있다.

앞서 언급한 바와 같이 이상 소설의 그 난해하고 종횡무진하는 복잡한 변화 속에서도 집요하게 관철되는 것은 특수한 이분법 구조이고 다른 한편으로는 여성들과의 관계이다. 이 여성은 초기의 소설인 「휴업과 사정」에서 SS의 아내를 통한 복수에서 암시적으로 예시되어 있다. 아내는 SS로 대표된 육친, 후회의 세계, 연민의 세계, 보산으로 대표된 도도한 지성의 세계, 그 둘에 공통으로 걸쳐 있다. 그러면서도 그 일상의 세계에 대한 복수라는 것이 끝내는 그 여성을 통해서만 이루어진다는 것은 이후 그의 소설의 많은 것을 암시해 준다. SS에게 속해 있는 아내의 세계는 「지주회시」「날개」「봉별기」「환시기」 등이다. 내용에 있어서의 전기적 유사성뿐만 아니라 고백적이고 안정적인 어조, 또 비교적 분명한 인과적 서사구조가 유지되는 이 소설들에서 여성, 아내들은 "네놈 보구져서 서울왔지" 혹은 "연심이"처럼 이상의 맨목소리를 전해준다. 그런만큼 이 소설들에서는 그의 지성의 극치, 위티즘 등의 재주는 서사적 진행과는 상관없이 끼어드는 경구의 형식으로만 존재할 뿐 그의 교만한 자의식의 칼날 같은 지성은 무디어진 영역이다.

문제는 아내가 보산에게 속해 있는 부분이다. 「단발」「동해」「실화」「종생기」를 일관하면서, 그것이 비밀이 되고, 그 비밀이 부유한 자랑이 되고 그것으로 삶에 복수할 수 있는 그 연애란 도대체 무엇인가?

「단발」의 첫구는 소녀에 대한 드문 애정의 형식에서 출발하고 있다. 연애보다도 한구의 위티즘을 좋아하는 그가 위티즘과 아이러니를 아무렇게나 휘두르며 연막을 펴면서 이중의 역설을 구사한다. 그 이중의 역설이란 애정이 있는 것을 숨기고 들키지 않게 공연히 '서먹먹하게' 구는 것이고 '그만 잘못해서 그의 소녀에 대한 애욕을 지껄여버리고 말았을 때' 그리하여 소녀의 애정이 자신에게로 왔을 때 '동물적 애정의 말을 소녀에게 쏟아' 소녀를 갈팡질팡하게 하는 수법이다. 상대의 감정을 치밀하게 재고 계산하면서 자신의 애정을 숨기고 견제하면서 유지되는 연애, 이는 고도의 지적 게임이고 치열한 싸움이다. 이런 연애를 그는 '기법으로서의 연애' '자각된 연애'라 하고 그것을 위해 그는 지성의 극치, 위트와 아이러니를 휘두르는 것이다. 이와 같은 그의 연애, 그러니까 감정과 열정이라는 연애의 본질과 대결하는 그의 연애는 결국 죽음을 건 도박에까지 이른다. 그 도박은 소녀에게 정사, 즉 동반 자살을 제안하는 것인데 그것이 애정이 전제되지 않은 동반자살을 제안하는 것이다. 이와 같이 '감정의 공급을 딱 중지'함으로써 포즈화하는 이 기법으로서의 연애는 열정과 애정이라는 연애의 본질에 저항하고 그것과 대결하는 연애이다. 감정의 공급이 중지한 연애, 애정이 개입되지 않은 정사란 결국, 감정과 애정이 본질인 연애, 정사에 저항하는 역설적인 방식이다. 그 역설적인 저항을 펼치는 그에게는 그 싸움에서 자신만의 고유한 무기인 지성이 그토록 자랑스럽고 비밀스러운 무기가 되는 것이다. 결국 지성을 무기로 감정, 애정의 본질로 이루어진 연애에 목숨을 건 싸움을 벌이는 것, 연애의 질곡, 더 정확히는 연애의 본질인 애정으로부터 벗어나고자 하는 그 애정을 부정하고자 하는 의지가 '기법으로서의 연애'를 추동하는 힘인 것이다.

그러나 그 싸움에서 주체는 패배할 수밖에 없는데, 그 이유는 바로 연애의 본질 때문이다. 지성의 무기, 송곳의 재주로 펼치는 싸움이지만 그 연애라는 싸움이 궁극적으로 성립되기 위해서는 주체와 소녀 사이에 애정이 전제되어야 하기 때문이다. 애정이 개입되지 않은 정사를 원하지만 그러나 그 죽음이 다른 것이 아니고 '정사'이려면 어떤 방식으로건 애정이 전제되어 있어야 하는 것이다. 그 연애라는 관계방식 속에서 주체와 대상인 여성의 관계는 바로 이 연애라는 관계의 본질 때문에 만만한 것일 수 없게 되고 그는 그의 재주만으로 모자라 목숨까지 걸어야하는 것이다.

주체가 갖는 그 강렬한 거부의지, 그가 갖고 있는 그 자랑스러운 비밀의 재주에도 불구하고 연애라는 관계의 본질이 요구하는 그 감정, 애정에, 그 맞수인 여성에게 얼마나 긴박되어 있는지는 「동해」에서 잘 나타난다.

「동해」는 남성편력이 요란한 소녀 임이를 놓고 윤과 이상이 벌이는 삼각관계가 이야기의 주요한 축을 이룬다. 이런 삼각관계의 끝에 이상은 패배하고 임이는 윤에게 간다. '"바톤 가져가게"한다, 나는 일없다 거절하면서. 얼른 릴레를 기권했다' 주체인 상이 임을 놓아버리고 임이로 인해 주어졌던 감정의 시합, 연애의 지옥에서 벗어나는 것이다. 릴레이에서 기권

했다는 것은 지성을 무기로 치열하게 전개되어 오던 무대에서 물러났다는
것이다. 그 연애의 지옥, 위티즘의 지옥에서 벗어난 다음의 풍경이 다음과
같이 드러난다.

> 정신이 점점 몽롱해들어가는 벽두에 T군은 은근히 내속에 한자루 서슬퍼런
> 칼을 쥐여준다.
> '복수하라는 말이렷다'
> '윤을 찔러야하나? 내결정적 패배가 아닐까? 윤은 찌르기 싫다'
> '임이를 찔러야하지? 나는 그 독화 핀 눈초리를 망막에 영상한 채 왕생하다
> 니'
> 내 심장이 꽁꽁 얼어들어온다. 빼드득 빼드득 이가 갈린다.
> '아하 그럼 자살을 권하는 모양이로군, 어려운데 어려워,어려워, 어려워'
> 내 비겁을 조소하듯이 다음 순간 내 손에 무엇인가 뭉클 뜨듯한 덩어리가
> 쥐어졌다. 그것은 서먹서먹한 표정의 나쓰미깡. 어느틈에 T군은 이것을 제주머
> 니에 넣고 왔던구.
> 입에 침이 좌르르 돌기 전에 내 눈에는 식은 컵에 어리는 이슬처럼 방울지
> 지 않는 눈물이 핑 돌기 시작하였다. (「동해」,『전집』, 282쪽.)

T군이 쥐어준 칼이란 무엇인가, 그것은 그가 연애관계에서 연막을 피며
휘두르던 위티즘과 아이러니, '지성의 극치를 흘낏 엿보는 재주'이고 다른
작품에서 '맵시의 절약법'이라고, '송곳같은 송곳만도 못한 재주'라고 했던
것이다. 그러나 그 재주가 발휘될 연애라는 무대에서 기권하고 그 재주로
겨룰 맞수인 여성을 놓아버린 마당에서 그 칼, 그 재주는 무슨 소용이 있
겠는가? 이제 그 칼로는 임이도 찌를 수 없고 윤에게도 복수할 수 없는
것이다. 여성을 잃음으로써, 주체가 여성과 관계맺는 연애에서 해방됨으로
써 주체에게 주어진 결과란 그가 그토록이나 자랑해마지않던 그의 전가의
보도, 그의 유일한 무기, 그의 비밀스러운 재주가 무용지물이 된다는 것이
다. 여성이란 스토리상에서 한갓 삼각관계의 한 축, 바람둥이 소녀지만 층
위를 조금 달리하면 그의 비밀스러운 재주인 지성으로 겨루는 최고의 맞
수이고, 삼각관계의 연애의 지옥 또한 그의 재주, 그의 무기가 현란하게

펼쳐지는 무대, 그 재주 자체를 가능케한 토대인 것이다. 그 무용지물이 된 칼로 선택하는 다른 길, 즉 T군이 쥐어준 칼로 선택하는 것은 결국 임이도 윤도 아닌, 나쓰미깡을 자르는 일이다. 나쓰미깡이란 무엇인가? 그것은 나쓰미깡으로 상징되는 동경행을 의미한다. 윗구절 바로 앞에서 T군은 이상에게 '자네 그중 어려운 외국으로 가게'라고 말한 것으로 이를 뒷바침한다. 레몬을 찾아 동경행을 감행하는 것, 이 작품 「동해」속에서 그것은 연애라는 무대를 떠난 다른 무대를 찾아가는 의미이고, 다른 차원에서는 연애라는 무대 위에서만 유지될 수 있었던 그의 재주, 글쓰기, 그의 예술행위를 떠나 다른 삶의 차원을 선택한다는 것이다. 그 동경행에 대해 〈환시기〉등에서 언급한 바처럼, 현란한 지적 유희로서의 글쓰기가 아닌, 생활의 설계, 새로운 전망에의 희망이 나타나는 것, 그리고 동경행이라는 것이 자살과 동일한 무게로 견주어져 택해진 것이 이를 말한다. 텍스트라는 가상의 방식을 통해 현실과 맞서는 대결의 끝에 그 긴장의 마지막 한계에서, 오직 예술로만 속악한 현실과 싸우는 지옥과 같은 삶을 견디지 못하고 자살인가 아니면 예술이 아닌 새로운 삶으로서의 전망인가의 기로에서 자살이 아닌 삶을 선택하는 것이다. 동경행이 텍스트의 차원과 텍스트를 벗어난 전기적 차원 양자에 걸쳐 있는 것은 이 때문이다. 그러나 예술 즉 미적 가상의 방식으로 삶과 맞서지 않고 새로운 실체적인 전망 선택으로서의 동경행은 성공하지 못한다.

그 동경행 이후의 풍경이 「실화」이다. 「실화」의 시작과 끝에는 '사람이 비밀이 없다는 것은 재산이 없는 것처럼 가난하고 허전한 일이다' '사람이—비밀이 하나도 없다는 것이 참 재산 없는 것보다도 더 가난한 일이외다그려! 나를 좀 보시지요?'라는 수수께끼 같은 경구가 놓여 있다. 이 작품의 의미는 바로 이 경구를 해석하는 것, 그 자랑하고픈 비밀과 그것을 잃었다는 것이 무엇인지를 해명하는 데 있음은 물론이다. 「실화」의 스토리는 「동해」와 직접적으로 이어져 있다. 「동해」에서의 임이처럼 야용의 천재인 연이의 남성편력에 상은 자살을 하는 만큼의 결심으로 동경으로 온다. 그러나 동경에서 C양을 만나면서 서울의 연이를 회상하고 연이의 남성편력을 생각하면서 C양의 남자관계를 상상하고 술집의 나미꼬를 보면서 연이가 S와 같이 갔었다는 음벽정, N빌딩 등을 상상하는 등 동경의 12월과 서울의 10월, 동경의 C양과 나미꼬가 서울의 연이와 엇갈리고 교란된다. 작품의 끝부분에서 C양이 준 국화꽃, 서울의 연이와 살던 방에서 유일한 장식이었던 국화꽃을 그는 동경 거리 한복판에서 잃어버리고 '비밀이 없는 자신을 좀 보라고, 자신은 '이국종 강아지올시다'라고 한다. 그가 잃어버린 꽃은 그가 그토록 자랑하던 비밀이고 그것은 서울에서 자신과 연이와의 방을 빛내던 꽃이고 그것은 「동해」에서 독화 핀 눈초리의 임이에게로 이어진다. 그 비밀, 그 독화란 말할 것도 없이 그가 기를 쓰고 간직하려했던 그의 무기, 그의 재주 아니겠는가? 그것에 기대어 연이와의 싸움, 연이와의 연애가 가능했던 것, 연이와 오버랩되면서 동일시된 C양이 준 국화는 결국 앞서 밝힌 바와 같이 여성을 맞수로 '기법으로서의 연애'를 유지시키던 재주, 삶의 세계에 맞서 잔인한 짓, 못된 짓, 범죄 냄새 나는 신식 좌석을 가능케해 준 그의 재주, 지성, 예술의 창작 방법에 다름 아니다. 그것을 그는 동경에 와서 잃어버린다. 그 재주는 연애관계에서 여성과 맞설 때에만 의미 있는 것이고 연애를 떠나, 그리고 예술, 글쓰기를 떠나 새로운 삶, 실체적인 전망을 택했을 때 그 재주는 무용지물이 되는 것이다. 동경행이라는 실체적인 삶의 선택은 그에게 죽음으로 되돌아온다. 삶의 세계는 끝내 그에게 배반뿐인 것이다. 이는 그들이 동경의 한 형태로만 맛본 서구의 모더니즘과는 다른 식민지 모더니즘의 운명을 암시해주는 대목이다. 성공을 했다면, 동경의 근대를 호흡하고 실체로서의 전망 모델을 수립하고 그것에 매진했다면 우리 모더니즘의 판도는 달라졌을 것이다. 이상으로 하여금 동경행에 달려가지 못하게 하는 것, 그것은 여성이고 여성이 징후적으로 드러내주는 두고 온 삶의 영역, 식민지 현실이다. 이는 동경 한복판에서 끝없이 상기되는 연이, 결핵으로 죽어가는 문우 유정의 편지로 나타나고, 일고생 앞에서 '이국종 강아지올시다'라고 탄식하게 한다. 이것이 바로 현실에서 결코 자유롭지 못한, 그것과의 관계지워짐―그 관계가 부정과 거부라 해도―속에서만 성립된 식민지 모더니즘의 운명이고, 시와 달리 관념과 감각의 세련성만으로는 자기정체성이 유지될 수 없는, 결코 삶에 등돌릴 수 없는 소설로서의 모더니즘의 운명을 보여주는 지점이다.

그렇다면 여기서 소설의 서사적 주체인 상이라는 인물이 여성, 단발소녀들과 맺는 관계인 기법으로서의 연애를, 소설 밖의 차원에서 이상이라는 미적 주체가 그를 둘러싼 삶, 현실과 관계맺는 미적 형식으로서의 소설 장르와 연관시킬 수 있다. 물론 이런 연관이 여성이라는 요소, 현실이라는 요소 그 자체의 비교가 아님은 물론이다. 그 요소 자체의 비교가 아니라 그 요소들의 관계방식간의 비교이다. 이 비교 속에서 왜 그가 연애를 그토록 게임으로 명명하면서 사활을 건 싸움으로 등장시켰는지, 지성의 극치라는 그의 창작방법을 연애에서의 여성에게 사용했는지, 그의 창작방법의 선전포고에 해당하는 「날개」의 초두에서 위트와 패러독스라는 그의 바둑 포석과 여인과의 생활 설계를 동렬에 놓았는지, 그 여인과의 설계를 왜 온갖 것의 반이라고 했는지, 그리하여 결국 그의 글쓰기 속에서 여성이 징후적으로 드러내는 의미가 무엇인지 밝혀질 수 있을 것이다.

바람꾼이고 변신술의 천재이며 야웅의 천재인 여성, 그 여성에 대한 애정으로부터 벗어나기 위해, 그 여성에 대한 대응방식으로 그는 여성을 완전히 떠나는 것이 아닌 '기법으로서의 연애'라는 방식을 취한다. 적빈으로 표현된 당대 식민지 삶으로부터 벗어나고 그것을 부정하고 그것에 대응하기 위해 주체는 소설이라는 글쓰기 방식을 택한다. 소설 속에서 서사적 주체가 설계한 '기법으로서의 연애'라는 것은 그 여성으로부터 벗어나기 위해 선택한 방식임에도 그것이 본질적으로 갖고 있는 애정이라는 성격 때문에 그는 여성에게서 벗어날 수 없다. 그 여성을 버리지도 벗어나지도, 이기지도 못하는 연애, 결국 여성과 부정성으로 관계맺는 것이 그의 연애인 것이다. 앞서 세 가지 중층구조에서 언급했듯이 '역설적인 애정의 방식' '기법으로서의 연애'라는 기이하고 왜곡된 방식으로 여성에게 긴밀하게 구속되어 있듯이, 그의 맵시의 절약법으로 삶과 기이하고 왜곡된 방식으로 긴밀하게 연루되어 있다. 스토리에서 '상'이 역설적 재주로 여성과 게임하듯, 소설 속에서 여성과 게임을 벌이는 '상'을 서술해나가는 재주로 삶과 게임을 벌이는 것이다. 게임의 궁극적 목표는 승리이고 승리란 상대를 무화시키는 것임에도 불구하고 연애라는 게임은 아무리 예리한 송곳 같은 재주로 무장한다해도 그 본질상 대상에 대한 사랑이 전제되어 있어야하기에 그 게임은 패배가 예정된 것이다. 애정, 이상의 소설에서 정조라고 표현된 연애의 영역은 예리한 송곳 같은 재주, 지성의 극치로 포괄될 수 없는 영역이기 때문이다. 대상, 즉 여성은 게임의 상대이면서 동시에 그 게임을 성립시키고 한계짓는 거대한 토대인 것이다. 마찬가지로 소설을 구성함에 있어 삶의 영역은, 그러니까 적빈, 19세기, 정조라고 표현된 현실의 영역은 그가 거리두고 경멸하고 냉소하는 '치욕스런' 현실이기에 거기서 벗어나고자 사투―이 사투의 과정자체가 소설 창작 행위이다―를 벌이지만, 바로 그렇기에 그의 사투가, 그의 소설쓰기 자체가 가능토록해주는 대상이자 토대가 되는 것이고, 결국은 이상이라는 미적 주체의 존재근거가 되는 것이다. '상'이 여성에게 붙들려 벗어날 수 없는 것처럼 미적 주체 이상은 바로 그만큼의 무게로 현실에 붙들려 있는 것이다. 그의 소설에 대해, 나아가 1930년대 모더니즘 소설에 내려진 비현실적이고 추상적이라는 평가는 이상이 펼친 재주에 의해 전달되고 포장된 내용에 대해서이기에 일면적인 것이다. 이상의 소설이 현실과 관계맺는 강렬한 구속은 그것을 전달하고 포장하는 재주, 형식 속에 굴절되어 있는 것이고 나아가 형식 그 자체로 현실과 대결하려는 것이다. 이것이 바로 모더니즘 소설이 당대 현실과 관계맺는 방식인 것이다. 소설 속에 전달되고, 언표되고, 반영된 현실 연관성을 찾는다면, 그것은 여성에 대한 병적인 집착, 각혈과 자살충동 등 특이하고 예외적인 우연성의 집합체로서의 이상이라는 한 개인이 있을 뿐이다. 이 특이하고 예외적인 우연성이 '부정성의 파토스'를 통해 현실과 미학적으로 관계맺음으로써 이상은 식민지 모더니스트의 보편성 속에, 그 보편성의 가장 앞선 자리에 위치지어지는 것이다.

이와같은 1930년대 모더니즘의 현실대응 방식을 시도 수필도 아닌 소설이라는 장르적 특성과 연관시켜볼 필요가 있다. 주체의 자의식, 관념의 극단화, 즉 주체가 가진 재주의 예리함만으로 유지될 수 있고 그래서 숫자나 도형만으로도 정체성이 유지될 수 있는 시와 달리, 그리고 미적 주체가 극도로 약화 소멸되고 삶이 압도하는 수필과 달리, 이상에게 있어 소설은 주체가 세계와 관계맺는 주체의 세계내적 존재방식이다. 그 소설은 최소한으로나마 유지되어야하는 서사적 인과성과 삶의 구체성, 그리고 소설장르에서 고유하게 내포할 수밖에 없는 주체의 존재방식에 의해 결코 삶에 등돌릴 수 없는 운명을 갖고 있다. 연애가 여성에게 결코 등돌릴 수 없듯이. 삶을 맞수로 그의 무기인 지성, 위티즘을 갖고 싸움을 전개하지만 그 싸움이 다름 아닌 바로 '소설' 속에서 진행되기에 그 싸움은 삶과의 뗄 수 없는 관계지움 속에서만 가능한 것이다. 기이하고 이상한 기법으로서의 연애가 끝내 연애일 수밖에 없음이 여성 그 자체와의 상관성 속에서 유지되듯, 그의 난해하고 파격적인 소설들을 소설로 유지시켜주는 것은 그가 소설을 통해 그토록 부정하려했던 삶 그 자체의 힘, 삶과 주체와의 상관성이다. 그 대상, 맞수(여성, 삶)에 대한 거부의지가 극에 달해 '감정의 공급을 딱 정지하는' 경우는 「날개」에서의 수수께끼 같은 서두의 경구에서뿐이고 정작 「날개」의 본문은 아내로 표현된 삶에의 집착과 긴박을 보여주는 것이다.

연애라는 무대에서 여성은 거부와 부정의 대상이면서 동시에 바로 그만큼의 무게로 연애를 유지시키는 힘으로 주체에게 긴박되어 있는 토대이다. 예술이라는, 더 정확히는 소설이라는 무대에서 삶은 거부와 부정의 대상이면서 바로 그만큼의 무게로 소설이라는 장르를 유지시켜주는 토대인 것이다. 이것이 바로 시(관념)에서 소설을 거쳐 수필(동경행, 죽음)로 이어진 그의 문학적 행적의 의미를 밝히는 대목일 것이다. 시와 수필, 관념과 죽음의 중간자리에 위치한 소설의 시기, 소설의 자리는 미적 주체로서의 이상이 삶 속에서 관념으로 벼리어진 그의 지성, 창작방법을 실천하는 '괴로와하기의 실천' 기간이었고, 삶에 예술을 맞수로 세우고 그 예술에 기대어 삶에 역설적으로 저항하는 기간이었고, 따라서 부정적인 세계, 속악한 현실 속에서 그 세계를 거부하고 부정하는 미학적 저항의 기간이었다고 할 수 있다. 이것이 그의 전기적 삶에서 소설 장르, 소설의 시대가 갖는 의미이자, 동시에 일제하 부정과 거부의 대상인 삶에 그 삶과는 다른 세계로서의 전망을 믿지도 설정하지도 못하고 오로지 미적인 가상의 그 얄팍한 힘에 기대어, 미적인 방식으로만 삶이 가진 부정성에 맞서려했던 식민지 모더니스트의 자화상이기도 하다. 그리고 주체가 가진 감각의 세련성과 관념의 치열성만으로 지탱이 가능한 시와 달리, 삶에 등돌릴 수 없는 '소설'로서의 모더니즘의 운명이기도 하다.

4. 이상과 구인회

이런 비극성을 체현하는 식민지 모더니스트로서의 이상이라는 개인적 특수성, 이상 문학이 보여주는 독특성이 1930년대 중,후반이라는 문학사적 보편성과 만나는 자리에 '구인회'가 있다. 이상이라는 이 천재는 국권상실의 위기에 애국계몽의 일환으로 문학 행위가 이루어졌던 개화기나, 조선민중을 향해 선각자적인 교사의 목소리로 '정'과 '개성'을 강조하면서 문학을 실천한 춘원이나 육당의 1910년대, 혹은 3. 1운동의 실패 후 민족주의든 계급주의든 그 방향이 어느쪽이건 공동체적 전망을 설정하고 그것을 위해 문학이 기여하고 봉사해야한다는 일념으로 뭉쳐 그 신념을 자신들의 문학의 정체성으로 삼고자 했던 1920년대에 문학 활동을 한 것이 아니다. 구인회가 문학활동을 전개한 1930년대의 사회문화적 조건에 대해서는 일반적으로 카프의 해체와 일제의 파시즘화에 따른 외압, 그리고 식민지 자본주의의 일정 정도의 성숙에 따른 도시 세대의 등장을 꼽는 것이 일반적이다. 그러나 카프의 해체나 일제의 외압으로 인해 문학의 이념성이 불가능해졌다는 것은 구인회로 대표되는 모더니즘적인 경향의 등장을 외재적으로만 설명하는 것이 되고, 예술의 순수성에 대한 자각, 미적 자율성에 대한 자각이 왜 이 시기에 등장했는지를 설명해주지 못한다. 자본주의의 성숙과 도시세대의 등장은 모더니스트들이 갖고 있는 경쾌한 실험과 세련된 감각을 설명할 수는 있지만 그들에게 내밀하게 흐르고 있는 그와는 상반되는 요소를 설명할 수 없다. 모더니즘의 발생에는 그런 모든 요소들이 복합적인 원인으로 작용했을 테지만 더 중요한 것은 그 하나하나의 요인들이 종합되면서 본질적으로 유지되는 모더니즘의 세계 대응 방식, 그들의 문장이나 기법에 대한 남다른 자각을 추동시킨 보다 근본적인 세계관적 원리, 그 원리가 앞 세대와 갈라지는 세대론적 차별성을 모색하는 일일 것이다. 그래야만 모더니즘을 기법에의 자각과 외재적 발생의 울타리에서 구하는 길일 것이다.

개인으로서의 예술가 이상에게는, 그리고 구인회의 대부분의 회원들에게 그들이 태어나 유소년기를 격은 환경은 식민지라는 삶의 조건이, 그리고 식민지 상태에서 전개된 근대화된 삶의 조건이 이미 하나의 선험성, 보편성으로 인식될 정도로 그 나름의 질서를 갖고 돌아가고 있었고, 이런 삶의 조건 속에서 성장하고 그것을 내면화한, 어떻게 보면 그 조건의 수혜자들이었다고 할 수 있다. 직접적으로는 근대화된 학교교육과 같은 구체적 삶의 과정을 통해서 혹은 보다 잠재적이고 내면적인 형태로는 그 근대화된 교육을 통해 흡수한 서구적 이상에 대한 동경을 체득한 수혜자들이었던 것이다. 구인회의 이론적 수장이었던 김기림이 보여준 과학적 시학 수립을 향한 욕망이 이를 말해준다. 그러나 그 근대화의 수혜가 다른 조건이 아닌 바로 식민지라는 토대 위에서 이루어졌다는 사실은 그들을 근대가 주는 동경과 환상(이는 이상의 문학에서 '나쓰미깡', '레몬'으로 은유화되어있다)에 올곧이 탐닉할 수만은 없게 만든다. 그 조건 안에서 성장하고 그 조건이 부여하는 환상을 동경함에도 불구하고 그 근대적 삶의 조건 자체를 곁길에서 회의하게 만드는 것이다. 이 때문에 그들이 세계를 바라보는 시선은 깊은 자의식을 수반하고 있고, 이 자의식은 근대적 삶에 대한 동경과 그것의 속물적 이면에 대한 응시라는 이중적 시선으로 나타나기도 하고(박태원), 때로는 근대적 삶의 조건에서 소외되고 뒤쳐진 것들에 대한 겸허하고 따뜻한 시선(이태준)으로 나타나기도 한다.[2] 이상의 경우 이러한 자의식은 아주 복합적이고 다층적인 실험과 기교로 위장되어 있지만 수필과 같은 그의 육성이 배어있는 글에서는 연민과 회한으로 나타난다. 근대적 삶을 바라보는 이러한 이중적이고 분열된 시각에 대해 한 연구자

---

2) 이러한 '동경태'와 '자의식'의 분열은 글쓰기 방식 자체와 긴밀하게 연관되어 있다. 김기림, 이태준, 박태원 등 구인회 회원들의 비평, 평문, 등에서는 문장 우위의 예술관, 모더니즘에 대한 의식적이고 과학적인 주장, 논리화된 입장이 비교적 명료하지만 그들의 소설은 그런 주장과 반드시 일치하지는 않는다. 오히려 불일치와 간극이 우세하다고 할 수 있다. 이는 소설이 학문을 통해 배우고 습득한 관념상의 동경태와

는 '선취된 모더니즘'으로 설명하는 견해가 있어 주목된다.[3] 이런 분열성을 그들이 꿈꾼 인공낙원의 미래, 도시화 근대화가 보장해줄 것으로 믿은 미래의 모델과 실재하는 자신들의 현실 사이의 갈등으로 보고, 그들이 꿈꾼 전망의 관념성과 피상성을 당대 모더니스트의 한계로 지적하는 것이다. 이는 모더니즘을 기법, 미적 자의식만으로 설명하는 것보다 다층적으로 규명하는데 도움이 될 수는 있지만 이러한 설명모델은 모더니즘을 현실 사회와 미래 사회, 존재와 당위 사이의 갈등과 간극으로 설명한다는 점에서 모더니즘을 이광수와 카프를 포함하는 앞 시대의 근대문학 일반의 담론구조속에 포괄시키는 방식이다. 그들의 문학을 추동시킨 내적인 추진력을 모색함에 있어 앞서 논한 바와 같이 그들의 세계 대응 방식과 그 대응의 방식으로 설정한 전망의 특수성에서 찾는 것이 모더니즘 담론의 변별성을 정립시키는 데 유효할 것으로 보인다. 물론 구인회 회원들이 보여준 문학 경향과 성취도의 다양성을 무시할 수는 없지만 그들이 동경한 서구적 이상과, 문학 행위 속에서 현실에 대해 설정한 미학적 전망을 구분하는 것이 필요하다. 모더니즘 비평과 소설 일부에 등장하는 도시풍물에의 압도와 외경으로 나타나는 그들의 동경태와, 그것과는 별도로 그 동경을 불가능하게 한 힘, 그리고 자신들의 동경의 불가능성을 표면적으로건 잠재적으로건 예감한 상태에서 그들이 현실에 대해 세운 미학적 전망을 구분하는 것이 필요한 것이다.

　이렇게 둘을 구분하고 후자의 미적 전망의 관점에서 볼 때, 구인회는

는 달리, 경험을 매개로 한 구체적인 삶을 대상으로 한 영역이기 때문일 것이다. 거기에는 그들이 배우고 동경한 것과는 다른 현실, 그 현실과 관념 사이에서 머뭇거리는 자의식이 압도적으로 우세한 것이다. 지금까지 모더니즘 연구가 그들이 당시에 주장한 이론, 그것의 근거인 영미의 모더니즘론을 규명하고 그것을 곧바로 소설을 평가하는 기준으로 대치한 규범 비평이 대부분이었는데, 이런 방식은 그들이 '주장한' 입론 이상으로 나아갈 길을 애초부터 사상시킨 채 출발하는 것이다. 그들이 동경한 세계와 현실이 일치되지 않았듯이, 그들이 '주장한' 것과 그들에 의해 '쓰여질 수밖에 없었던' 것을 구분할 필요가 있는 것이다.

3) 류보선, 「이상(李箱)과 어머니, 근대와 전근대」, 『박태원 소설 연구』, 깊은샘, 1995.

어떤 이유에서건 어두운 현실과 그 맞은 편에 대안세계, 즉 공동체에 근거한 전망을 설정하고 그 전망을 향해 가는 하나의 방편을 자신의 문학의 정체성으로 삼는 세대와 결별한 최초의 집단이다. 그들은 어두운 현실 맞은 편에 유토피아의 형태로서건, 구체적 전망의 형태로서건, 지켜가야할 이념의 형태로서건 어떤 전망을 설정하지 않고 그 자리 그러니까 속악한 현실의 맞은 편에 예술, 문학을 설정한 최초의 세대이다. 구인회를 일컫는 미적 자율성이라는 개념이 그들이 보여준 언어의 예술적 가공, 기교에의 탐닉 자체만을 일컫는다면 그것은 지극히 현상적인 파악일 것이다. 그 언어적 가공에 탐닉해들어가는 이면에는 대안세계로서의 전망을 위해 기여하는 예술이 아닌, 그 자체가 목적일뿐인 자기목적적 예술이라는 예술관이 자리하고 있고, 따라서 대안세계로서의 전망과 그 전망에 기여하는 예술의 진정성을 보장해주는 공동체적 기반이 없이 오로지 자신의 내부에서 자신의 진정성을 보장해야하는 근대 예술의 운명이 숨어있는 것이다. 공동체적 전망, 공동체적 기반이라는 예술 외부의 진정성에 의해 예술의 정체성을 보장받지 못하고, 보장받기를 거부한 이들에게 자신들의 예술을 보장해줄 예술 내부의 근거란 무엇이겠는가? 즉 예술의 예술다움은 무엇이겠는가? 그것은 말할 것도 없이 바로 예술 자체의 '새로움' 외에는 없다. 그리고 그 새로움이 가능할 수 있는 유일한 근거는 다름 아니라 바로 예술의 매체 자체일 뿐이다. 자기자신이 끝없이 새로워야하고 그 새로움을 위해 끝없이 매체를 갱신해가야하는 새로움의 강박관념, 그리고 그 새로움, 그 창조성의 궁극적인 담지체일 수밖에 없는 개인으로서의 예술가인 '천재'라는 개념이 근대 예술관의 핵심에 자리하는 것도 이 때문이다. 신도, 이념도 공동체도 아닌 오로지 자기자신이 자기 예술의 주인인, 그 예술로 속악한 현실 전체와 대결하는 예술가는 그러므로 앞 시대의 예술이 신과 이념과 공동체와 나누어가졌던 짐을 홀로 지고 있고, 바로 이 때문에 그는 감히 신과도 대결할 수 있는 것이다. 천재의 교만이 정당성을 획득하는 것이 근대 이후라는 것, 그리고 이상의 시와 소설에서 자주 나타나는 기독과 모조 기독과의 싸움 등이 이를 말해준다. 구인회 회원들의 문학적 경향의 공통성으로 흔히 지적되는 문장 우위의 예술관, 기교에 대한 집착, 미문의식과는 상반되게 편지나 수필, 잡문 등을 잡지에 싣는 행위, 혹은 박태원이 이상을 모델로 「애욕」「이상의 비결」등의 소설을 쓰고 이상이 김유정과 구인회 회원들을 모델로 소설을 씀으로써 자신들의 사적인 일상을 예술의 차원으로 만들려는 행위 역시 이와 같이 해석할 수 있을 것이다. 자신들의 모든 글쓰기가 예술이라는 오만함이 그들의 미문 의식과는 전혀 상반되게 그들을 묶는 끈으로 기능했을 것이다. 자기 자신의 존재 이외에 다른 어떤 목적을 위해서도 봉사하지 않는 예술, 그 예술의 진정성을 보증하는 것은 천재로 표현되는 개인으로서의 예술가 자신뿐일 때, 천재가 생산하는 것은 모든 것이 예술이고 그의 삶 자체가 예술일 수 있는 것이다. 천재는 종국적으로는 자기 자신이 예술품이 되는 운명이기 때문이다. 이상이 펼쳐보인 삶에서의 기행, 삶을 삶으로 살지 않고 장난으로 기행으로 산 포즈, 삶을 예술로 탕진해버린 그의 삶은 '천재의 포즈'로 대표되는 구인회의 이런 오만한 동아리 의식, 그 오만의 근거인 '근대적 예술가상'이 없었다면 불가능했을 것이다. 이상은 이러한 근대적 예술가상의 극단적인 최대치를 보여주는 것이고 이를 가능케해준 것은 1930년대 후반의 사회 문화적 상황과 그 속에서의 '구인회'라는 상징적이고도, 실체적인 힘일 것이다.

(한양대 국문과 박사과정)

'현대적 글쓰기'의 기원
—박태원론

차 원 현

1. 들어가는 말—모더니즘 연구의 새로운 시각

1930년대 한국 모더니즘 문학과 이에 속했던 작가들에 대한 연구는 당대의 모더니즘 일반이 갖는 구성적 특징이라는 미학적 관심에서 출발하여, 해방 이후의 편력까지를 포함한 문학사적 과제의 해명에 이르기까지 다양한 관점에서 비교적 폭넓게 연구되어 왔다고 말할 수 있다. 확실히 우리는 박태원이 보여주는 평론과 작품상의 제반 특징을 통해 문학의 이념성에 대한 거부와 자율적인 문학의 옹호, 다양한 실험정신, 미학적 자의식, 언어에 대한 남다른 관심 등, 모더니즘 일반론에 충실하려는 작가의 모습을 읽어낼 수 있으며, 또한 동시에 역사소설의 창작을 통해 모더니즘에서 리얼리즘으로 전환해 간 그의 문학사적 행적을 살핌으로써, 30년대 이래의 한국 문학사의 한 흐름을 복원해 낼 수도 있다.

박태원 문학을 연구하는 입장에서 가장 곤혹스러운 것들 중 하나는 아마도 역설적인 의미에서 이러한 연구 성과의, 풍부하고 다양하면서도 폐쇄적인 성격이 아닐까 한다. 연구 성과의 풍부함이 한편으로는 손쉬운 사잇길을 제공하지만, 또 다른 한편으로는 작가의 진면목을 보는 데 일정한 장애요인으로 작용하는 셈이다. 박태원 연구에 바쳐진 중요 논문의 수만 60여 편이 넘는다는 사실이 나타내듯, 다양하고도 깊이 있게 진행된 기존의 연구 역시, 정현숙[1]이 적절하게 지적하고 있듯이 아직도 많은 문제점을 안고 있음을 부정할 수 없다. 예컨대 박태원의 작품을 모더니즘적 글쓰기의 원형이라고 보는 관점에서는, 여전히 이론과 작품간의 단순 대비의 수준을 넘어서기 위해 모색하는 단계에 와 있을 뿐이며, 리얼리즘 작가로의 문학적 전환과정에 대한 연구 역시, 그 내적 동인을 구체적으로 설득력 있게 밝히기에는 부족한 한계를 보이고 있기 때문이다.

특히 후자의 경우에서 나타나는 어려움은, 박태원의 초기소설에서 나타나는 기법 의식의 과잉이 어떤 경로를 통해 내용중심적 문학 형태로 전환할 수 있었는지를 밝히는 작업의 어려움을 반영한 것이기도 하다. 사실상 '세계 내적 존재로서의 역사의식'이란 루카치의 개념을 통해 박태원을 모더니즘 좌파로 규정하는 것[2]은 박태원의 초기작품을 해명하는 데 있어서는 아무런 도움을 주지 못한다. 또한 문학적 글쓰기 자체가 갖는 일반론적 관점에서 문제를 해결하려는 방식[3]은, 이론 자체의 일반성으로 인해 박태원 문학의 독자성을 일정하게 훼손시키는 결과로 나타나고 있을 뿐이다. 모더니즘적 글쓰기가 갖는 일반적인 의미에서의 현실연관성을 검색하고자 하는 이론적 작업이란, 그것에 대한 반성이 없는 한, 박태원적 모더니즘이 갖는 특수성을 사상할 우려가 있기 때문이다. 더 나아가 박태원을 모더니

---

1) 정현숙, 「박태원 연구의 현황과 과제」(강진호, 류보선, 이선미, 정현숙 외, 『박태원 소설연구』, 깊은샘, 1995) 참조.

2) 김윤식, 「박태원론-모더니즘과 리얼리즘의 관련 양상」, 『한국현대현실주의소설연구』, 문학과 지성사, 1990.

3) 장수익, 「박태원문학연구」, 서울대대학원 석사논문, 1991.
   윤정헌, 『박태원소설연구』, (형설출판사, 1994) 참조. 특히 상징분석을 위주로 논의를 전개하고 있는 전자의 경우, 일반적으로 상징분석 자체가 가능하려면, 억압적 상징체계라는 랑그의 존재를 전제한다는 점을 간과하고 있는 것은 아닌가 한다. 상징 그 자체는 자의적인 것이지만, 그것이 하나의 상징으로서 인식되고 토의될 수 있으려면, 억압적 상징체계가 현실적으로 존재해야만 하기 때문이다. 그 결과 이 논문은 논의의 전반적인 방향이 박태원의 상징분석이 아닌, 상징적 미학론 일반에 대한 해설로 일관하고 있다는 느낌을 준다는 점에서 문제적이다.

즘에 충실하려 했던 작가로 규정한 연구의 경우, 그의 문학적 전환 과정을 이론적으로 설명하기는 어떤 의미에서 아직도 절망적[4]이라는 관점은 이러한 어려움을 단적으로 나타내고 있다.

이렇게 볼 때 박태원 연구의 가장 큰 난점은 어떤 의미에서 그를 모더니즘에 충실하였던 작가만으로, 또는 모더니즘에서 리얼리즘으로 너무 쉽게 나아갔던 작가로 보려는 연구자들의 선입견, 즉 대상을 형식주의적 관점에서 선명하게 분리된 것으로 보려는 이원적 구도 그 자체에 있다고 할 수 있다. 이러한 한계는 작가 박태원이 갖는, 모더니즘과 리얼리즘이라는 복수의 정체성에 지나치게 집착한 데서 온 것이라는 점에서 사실상 일종의 도식주의라 할 수 있다. 물론 기존 연구의 이러한 도식적 경향은 박태원 문학이 갖는 본질적 복잡성을 반영하는 것이지만, 그러나 그로써 모든 것이 다 해명된다고 할 수는 없다.

이러한 관점에서 박태원의 모더니즘을 조선적 특수성의 관점에서 파악하려는 최근의 시도[5]는 매우 의미 있는 시사점을 제공하고 있다. 특히 박태원 텍스트의 범위를 식민지 모더니즘의 일반적 차원에까지 관련, 확대하고, 텍스트의 이질성에 주목함으로써 30년대 후반기 문학이 나아간 한 방향성을 제시하려 하고 있다는 점에서 더욱 그러하다. 그러나 이 경우 역시 전과 동일하게, 박태원 문학의 특수성을 강조하기 위해 텍스트 일반이 갖는 이념적 착종을 강조한다거나, 그가 옥편처럼 끼고 다녔던 모더니즘적 글쓰기 자체의 의의를 폄하하는 방향으로만 논의를 진전시키는 것은 결코 바람직하지 않다. 박태원이 모더니즘적 글쓰기의 제반 방법론을 의식적인 차원에서 실험해 나갔다는 점은, 실증적인 사실로서, 제반 문제점이 존재하고 있음에도 불구하고 문학사적으로 평가절하될 수 없는 성질의 것이며, 모더니즘적 글쓰기와 길항하는 이질성으로 지목되는 '어머니적인 것'[6]에

---

4) 강상희, 「'구인회'와 박태원의 문학관」, 전게서, 54쪽.

5) 류보선, 「이상과 어머니, 근대와 전근대 —박태원 소설의 두 좌표」, 전게서, 깊은샘.

6) 특히 문홍술, 「의사(擬似)탈근대성과 모더니즘」, 『외국문학』 1994년 봄호 참조. 과연 '어머니 지향성'이 박태원 문학의 한 골격으로서 뚜렷이 존재하는 지에 대한 연

의 지향성 역시 그것이 작품의 구성적 특성에 대해 우리의 시선 변경을 요구할 만한 요인인지에 대해서는 의문의 여지가 있기 때문이다.

모더니즘을 그것, 또는 그것의 형식들이 갖는 이데올로기적이며, 거대 담론적 관점에서가 아니라, 문학적 재현의 세밀한 모습들에 대한 추적이라는 관점, 다시 말해 현대성에 관한 미시적 담론이라는 관점에서 파악하고자 하는 최근의 경향[7]은 기존의 논의들이 함축하고 있던 바로 이러한 난관들을 극복해 보고자 하는 시도들로 읽혀진다. 이른바 타자성, 주체에 관한 논의 등 모더니즘을 탈현대적 관점에서 또 다시 문제적인 것으로 재규정함으로써 모더니즘적 글쓰기를 단순한 '역사의 텍스트화'란 부정성에서 이끌어내고자 하는 시도들이 곧 그것들이다.

이 경우 모더니즘적 글쓰기의 문제성은 단순히 기법적 차원에 머물지 않는다. 오히려 중요한 것은 도시체험이란 의미에서의 일상성과 그를 통해 체험되는 근대성의 문학적 재현이며, 그러한 재현 방식의 다양함이다. 이 경우 근대란 기본적으로 제작된 상품들의 세계이며, 상품들이 빚어내는 환등적 이미지에 의해 구축된 인공낙원의 세계이다. 마찬가지로 작가란 상품들이 제공하는 환등적 이미지를 좇아 그것이 구성하는 세계의 단면들을 관찰하고 기록하는 카메라적 존재에 불과하다. 또한 거리의 '산책자'가 갖는 인간적 측면, 즉 놀라움과 실망, 환희와 슬픔 등은 모두 상품의 이미지에 의해 구축된 내면일 따름이라는 점에서 완전한 등가를 이룬다. 이러한 관점은 주인공과 공간의 관련 양상, 예컨대 "공간이 등장인물을 압도함으로써", '생활의 발견'이 이루어졌다는 식의 논법이 갖는 한계를 돌파하고 있다는 점에서는 긍정적이다. 그러나 이 경우에도 역시, 도시체험 자체가

구, 내지는 '근대지향적인 것'과 '어머니적인 것'의 차별성이 '피로'와 '행복'이 갖는 변별성에 엄밀히 대응되는 것인지, 또는 후자가 '전통적인 것', '생활적인 것', 내지는 '현실지향적인 것'과 동일선상에 놓이는 상징일 수 있는지 등, 이 흥미로운 주제에 관해서는 좀 더 엄밀한 분석이 요구된다 할 수 있다.

7) 예컨대 조영복, 「1930년대문학에 나타난 근대성의 담론 연구」, 서울대대학원 박사논문, 1996, 참조.

곧바로 인공낙원에의 꿈꾸기를 가능케할 만큼 당대 조선의 자본주의가 성숙되었는가?라는 의문은 항상 유효하다. 버만이 분석한[8] 보들레르의 시, 「가난한 사람의 눈빛」(『파리의 우울』 26번)과 박태원의 「소설가 구보씨의 일일」을 대조해보는 것만으로도 쉽게 그 허구성을 지적할 수 있기 때문이다.

   이 글은 사실상 바로 이러한 문제의식에 입각해 있다. 즉 모더니즘 일반이 갖는 도시 체험의 양상과 그것이 갖는, 미적인 동시에 이념적인 특징을 살피는 작업이 그 하나라면, 이를 다시 주인공이 갖는 의식상의 특징이란 관점에서 재해석하는 것이 또 다른 하나이다. 이 글은 특히 후자의 과정을 통해, 박태원 소설에 특징적으로 나타나는 몇 가지 해석상의 모티브에 대해 기술하고자 하는 시론의 성격을 갖는다. 이를 위해 먼저 박태원의 글쓰기 방법론이 도시체험과 맺는 관련 양상을 알아본 뒤, 그러한 미학적 양상이 주인공의 의식을 구성하는 방식에 대해 살펴보고자 한다. 물론 이때 중요한 것은 작품에서 나타나는 시공간의 관련 양상이나 내면의식, 미적 합리성 등의 양상을 살피거나 그것의 발생 배경을 추적하는 작업이 아니라, 그것이 작품 내에서 생산되는 맥락과 그러한 맥락이 갖는 의미를 총체로서의 작품이란 관점에서 보아내는 것이라는 점을 지적해 두고 싶다. 예컨대 시간의 파편화 현상이나 파편화된 시간을 하나의 영속적인 시간으로 제시하려는 노력 등, 제반 형식적 요소들은 시니피에의 단절이란 맥락에서 생산되는 현상들이므로, 이때 중요한 것은 이러한 단절을 보다 큰 맥락 즉, 그것이 역사의 텍스트화를 겨냥한 것인지, 아니면 단순한 판단 유보를 의미하는지를 읽어내는 방식이 되는 셈이다.

2. 기법으로서의 글쓰기 ─모더니즘적 글쓰기의 정체성

   주지하다시피 모더니즘 문학은 세계대전을 전후하여 서유럽에 나타난

---

8) 마샬 버만,『현대성의 경험』, 윤호병 외 옮김, 현대미학사, 1994, 181~185쪽 참조.

일련의 전위적 운동을 포함하여 미학적 모더니티를 추구하는 제반 경향들을 총괄하는 개념으로 (1) 미학적 자의식 또는 자기반영성이라든가, (2)동시성, 병치, 몽타주 수법이라는 기법, (3)패러독스, 모호성, 불확실성, (4)비인간화와 통합적인 개인의 주체 붕괴라는 특징을 갖는다. 이는 한편으로는 전쟁으로 인해 야기된 이성중심주의에 대한 환멸을 배경으로 성장한 것이며 또 다른 한편으로는 자본주의의 난숙기를 대변하는 도시의 성장과 그에 따른 새로운 예술적 감수성의 출현에 힘입은 것이라 하겠다. 문학 언어와 소설쓰기의 기법에 대한 유례 없는 자각, 도시적 인간의 존재 일반이 갖는 삶의 조건에 대한 탐색 등으로 특징지워지는 이러한 경향은 그러나 한편으로는 주어진 문학적 질료와는 동떨어져 자유로이 형식 그 자체의 순수한 유희를 즐기려는 태도나 작가 스스로 자신이 속한 당대의 사회 역사적 맥락을 애써 외면하려 한다는 점에서 일정한 문제점을 갖는 것이라 말할 수 있다. 서구에 비해 우리의 경우, "새로운 감수성의 세대"가 나타날 수 있었던 사회적 배경이 맑시즘의 퇴조라는 시대적 상황과 맞물려 있었고, 모더니즘 작가들 역시 의식적으로 이념적 글쓰기에 대한 대타의식을 천명하고 나타났다는 점은 이를 여실히 증명한다. 물론 이들의 글쓰기가 단순히 새로운 것에 대한 일방적 경사의 태도라는 문제점을 지닌다든지, 혹은 근대화된 도시풍경의 낯섬과 도심의 숲속을 헤매는 고독한 개인의 자화상을 절대화함으로써 일정한 문제를 가진다는 사실만으로 그 의의를 평가절하할 수는 없다. 사상성의 소멸을 목도하고 있는 문단적 현실에서 새로운 감수성의 계발과 이를 표현할 기법적 새로움을 추구함으로써, 여러 가지 문제점을 내포하고 있음에도 불구하고, 모더니즘 문학은 당대 문학사의 한 방향성을 제시하고 있음에 틀림없기 때문이다.

박태원의 소설 세계는 한마디로 규정하여 "기교의 문학"[9]이다. 물론 이 때의 기교란 "말과 문장, 플롯"을 포괄하여, 모더니즘적 글쓰기 일반이 갖는 변별성을 지적하기 위한 것이겠지만, 박태원 그 자신 "문예감상

---

9) 안회남, 「작가 박태원론」, 『문장』1호, 1939.

이란 구경 문장의 감상"이라 하였고, 이태준이 "문체의 완성"이라 지적
하고 있듯이, 그 핵심은 문장론이라 할 것이다. 문학이란 근본적으로 언어
예술이라는 점, 남다른 작가라면 누구나를 막론하고 자신의 언어를 갈고
닦아, 그 자신이 포착한 대상을 명징하게 드러낼 수 있어야 한다는 점에서
는 이론의 여지가 없다. 30년대 초반 문단에서 박태원이 줄기차게 주장하
고, 그렇게 함으로써 당시 문단의 한 쟁점으로 부각하였던 것도 바로 이
문장론에 관한 것이었음이 이를 증거한다.

> "신작노에서 샛길로 빠졌다. 수수밭을 지나서, 홰나무 아래로
> 하여 -, 그는 마침내 강가에까지 이르렀다.
> 그는 어인 까닭도 없이, 그곳에 얼마를 서 있었다.
> 강물은 빠르지 않았으나, 푸르고 또 깊었다.
> 그는 한참을 그곳에 서 있은 채, 깊고 또 푸른 강물만 드려다 보았다.
> 그러고 있는 중에 눈물이 솟아났다.
> 그대로 강물을 드려다보고 있는 동안, 눈물은 뒤에서 뒤에서 자꾸만 흘러
> 나왔다.
> 퍽 오래동안인듯 싶었다.
> 먼 곳에서 송아지 우는 소리가 들린다.
> 그는 문득 꿈에서나 깨어난 사람같이 주위를 둘러 보았다.
> 얼른 둘러본 주위에는 아무도 사람이 없었다.
> 그는 다시 아래를 굽어 보았다. "(『천변풍경』, 밑줄-필자)

묘사와 서사를 교묘하게 배합함으로써, 한편으로는 인물의 내면심리를
극명하게 드러내고 있는 이 장면의 특징은 무엇보다 선명한 이미지의 제
시에 있다. 사실상 여기에서 주어진 대상인 '푸른 강물'과 '송아지의 울음
소리'는 '문득 꿈에서나 깨어난'듯 대단히 선명하다. 이미지의 선명한 제시
와 더불어 문장이 갖는 특유의 호흡을 적절하게 조절함으로써 대상을 최
고도의 감각적 차원에까지 이끌어 올리려는 문체적 노력은 인물의 내면심
리를 드러내는 데도 또한 유감없이 발휘된다.

문득, 제비와 같이 경쾌하게 전보 배달의 자전차가 지나간다. 그의 허리에
찬 조그만 가방 속에 어떠한 인생이 압축되어 있을 것인고. 불안과, 초조와,
기대와, ― 그 조그만 종이 위의, 그 짧은 문면은 또 그렇게도 용이하게, 또
확실하게, 사람의 감정을 지배한다. 사람은 제게 온 전보를 받아들 때 그 손이
가만히 떨림을 스스로 깨닫지 못한다. 구보는 갑자기 자기에게 온 한 장의 전
보를 그 봉함을 떼지 않은 채 손에 들고 감동하고 싶은 충동을 느꼈다. 전보가
못 되면, 보통 우편물이라도 좋았다. 이제 한 장의 엽서에서라도, 구보는 거의
감격을 느낄 수 있을 게다. (「소설가 구보씨의 일일」, 밑줄―필자)

구직자의 심리적 조급함을 아마 이보다 여실히 묘사한 대목을 다시 없
으리라. 그러나 이런 정도의 글쓰기란 이미 문학적 글쓰기를 문제삼는 마
당이라면 항용 강조되는 묘사의 문제인만큼 새삼스러울 것이 없다. 문학적
인 글쓰기의 특징이란 내용에만 있는 것이 아니라, 형식의 절차탁마에도
있다는 점을 상기하는 것만으로도 이는 충분하다. 따라서 이를 두고 모더
니즘적 글쓰기의 원형을 보이고 있는 것이라 판단하기는 어렵다.

오히려 모더니즘적 글쓰기의 특징은, 언어를 갈고 닦아서 그것을 일종
의 해방된 시니피앙으로 파악해내는 것에 있다. 소위 맑스가 상품의 물신
화라 지칭했던 바대로, 언어 자체를 물신화할 수 있을 때 비로소 그것은
가능하다. '탈마법화된 심미성'으로서의 글쓰기[10]라 명명된 이러한 방식의
문체는 언어에 초월적 의미를 부여하지 않으면서 단지 거친 일상어들을
감각적으로 세공하여 최고도의 감각적 형태를 부여하고자 하는 기술적 작
업의 결과물에 해당한다. 이때 대상은 그것 자체가 하나의 새로운 문맥으
로서, 다시 말해 현실연관적 존재에서 탈피해 나와 미적으로 고양된 개체
이자 탈신비화된 개체로서, 그것이 갖는 유일한 목적은 최고도의 감각적
소여로써 제시되는 데 있을 뿐이다. 이른바 미적 자의식이라 명명되는 모
더니즘의 구성적 특징 또한 이와 무관치 않다. 문학의 내용에 대하여 매체
자체를 물신화하려는 태도 역시 언어의 교묘한 배합에 의해서만 성취가능

---

10) 한상규, 「1930년대 모더니즘 문학의 미적 자의식」, 『한국학보』 1989년 여름호.

한 것이기 때문이다.

그러나 문제는 이러한 태도가 비단 주어진 사물을 감각적으로 세공하는 수준에만 그치는 것이 아니라는 점에 있다. 오히려 그것은 주어진 사물이 갖는 현실 연관성의 부정이며, 텍스트의 외부에 존재하는 일체의 현실연관적 진실을 부정하는, 이른바 '역사의 텍스트화'라 불리우는 부정적 태도를 의미한다는 데 문제가 있다. 예컨대 작가 스스로가 자신의 삶을 묘사할 때에도, 보다 일상적인 삶의 편린들, 즉 박태원의 작품 곳곳에서 발견되는 옛 것에로의 경사, 특히 어린시절의 회상조차도 사실상 현실적 삶의 반영이 아니라 삶을 예술작품화하고자 한 미학적 장치의 산물이라는 점에서도 이는 확인 가능하다. 이는 중요한 것은 대상 자신의 특수성이 아니라 그것이 형상화되는 방식의 새로움이며 세련성인 동시에, 표현되는 형식의 다양성이라는 점을 강조한 유미주의적 미학의 명제을 상기시킨다. 따라서 모더니즘적 글쓰기의 정체성을, 단순히 대상에의 몰입 배제라는 관점, 또는 대상에 대한 선입견의 배제란 의미에서 읽어내는 것은 일정한 한계를 갖는다.

"제재는 진기해야만 쓰지 않는다. 뉴스재료와는 다르다. 아무리 평범한 데서라도 자기의 촉각이 감득해내기에 달린 것이다. ─말을 뽑으면 아무 것도 남는 것이 없다면 그것은 문장의 허무다. 말을 뽑아 내어도 문장이기 때문에 맛있는 아름다운 매력있는 무슨 요소가 남아야 문장으로서의 본질, 문장으로서의 생명, 문장으로서의 발달이 아닐까?"[11]

"우리 문단에서 보통 기교하면 그것은 소설작법상 어떠한 합리화의 수단으로 해석하지만, 내가 말하는 작가 박태원씨의 기교란 이러한 성질의 것이 아니다. 전자를 문학의 기교라고 일컫는다면 박태원씨의 세계는 정히 기교의 문학이다. 다시 말하면, 부분적 합리화의 수단이 아니라 전체적으로 이미 기교화한 세계이다."[12]

---

11) 이태준, 『문장강화』, 창작과 비평사, 1988.
12) 안회남, 앞 글, 147면.

기법은 모더니즘에 있어서 핵심적인 문제이다. 다다이즘이나 초현실주의란 개념 자체가 의미하듯이 모더니즘의 주된 양식은 현실적인 것을 변형, 극단적인 것에로 고양함으로써 이루어진다. 즉자적 체험을 보다 생생한 것으로 제시하기 위해 채택된 이러한 방법론은 한편으론 새로운 세대의 감수성을 표현하기에 모자람 없는 방법론으로 기능하였지만 그러나 또다른 한편으론 당대 조선의 자본주의적 현실이 갖는 방향성을 몰각할 수밖에 없었다는 한계를 갖는다. 박태원을 위시한 당대 한국의 모더니즘 역시 이에서 예외일 수는 없는데, 그러나 물론 이들의 과격한 기법실험을 단순히 현실과는 무관한 형식실험에 그친 것으로 봄으로써 이의 의의를 무조건적으로 폄하할려고만 해서는 안될 것이다. '책을 冊'이라 읽을 때, 또는 낯선 사물에서 친숙한 옛 것을 제시하려는 글쓰기의 방식은 이미지를 위주로 대상을 물신화하려는 현대적 글쓰기의 기원에 관한 주요 주제를 보여주기 때문이다.

문화사적 관점에서 볼 때 이들의 글쓰기가 갖는 강점 역시 이에서 비롯된다. 즉, 카프의 이념을 예술 작품에 대한 직접적 위협이란 관점에서 보았다는 점과 이념적 글쓰기에 대한 대타의식으로 글쓰기 자체의 가공과 조탁을 강조하였다는 점에서 한편으로는 새로운 문학적 방법론의 획득을 향한 새 세대적 열정의 소산이라 할 수 있기 때문이다. 박태원과 이태준 등의 월평을 통해 이러한 지적을 수도 없이 목도할 수 있다.

그러나 이 경우 그 부정성 또한 매우 뚜렷한데, 대상이 아니라 글쓰기 자체에 예술성이 존재한다고 보았다는 점에서 이는 예술이란 어디에나 존재할 수 있다고 본 것이라 파악되며, 만일 이러한 관점이 수용가능한 것이라면 이들의 글쓰기는 파시즘화되어가는 제국의 문화라 하더라도 그것이 예술적 가공의 단계를 거친 것이라면 가능하다는 철저히 부정적인 이데올로기적 담론의 형태를 띠는 것으로 파악되기 때문이다.

모더니즘에서 리얼리즘에로의 문학적 전환을 설명하기 위해 가장 많이 원용되는 개념 중 하나는 아마도 모더니즘적 리얼리즘이란 용어일 것이며, 이 경우 문제가 되는 것은 이념적 조종 중심이나 세계관의 문제이다. 김윤식 교수의 소론이 후자에 집중된 것이라면, 사회주의화된 러시아에서 일어 났던 논쟁의 결과로 채택된 이념적 조종중심이란 개념은 전자의 경우에 해당된다 하겠다. 따라서 이러한 논쟁점을 기법적 차원에서 환원해 정리해 보는 방법도 있지 않을까 한다. 예컨대 상징적 미학의 가장 훌륭한 모범 중의 하나인 모더니즘적 글쓰기의 특징은 시니피에의 해방을 추구하는 것 이며, 이 경우 문학적 텍스트가 대상을 제시하는 방법은 소격 효과에 의해 서만, 다시 말해서 감수성을 자극하는 기술론적 방법을 통해서만 가능하 며, 제시된 대상은 역사라는 관점에서 하등의 총체성을 구현하지는 못한다 는 점이 강조될 필요가 있다. 어떤 의미에서 총체성은 단지 역설적인 의미 에서만, 즉 시간의 파편화를 통해, 물신화된 세계의 특성과 그것의 비참함 을 충격적으로 제시하는 방법을 통해서만, 심리적으로만 이해 가능한 것이 되고 만다. 따라서 단순히 기술적 가공의 차원에만 관심을 두는 글쓰기 방 식은 그 자체로 역사를 부정하는 일종의 폐쇄회로를 구성할 수밖에 없게 되는 것이다.

3. '산책자'의 유형학 ─박태원 읽기의 한 방식.

박태원은 제일고보 4학년에 재학중이던 1926년 「누님」이라는 시를 발 표하면서 등단, 「적멸」(1930), 「피로」(1933), 「소설가 구보씨의 일일」 (1934), 「애욕」(1934) 등의 실험적인 작품들을 발표하면서 문단의 주목을 받기 시작했다. 어려서 소위 문학병에 걸린 적이 있으며, 이광수를 흠모하 여 그에게서 사사받고, 일본유학을 한 경험이 있는 그가 귀국, 「수염」을 쓴 것이 1930년이며, 잠깐 동안의 침묵기를 거쳐 본격적인 창작활동의 기 치를 든 것은 1933년에 결성되어 36년까지 지속되었던 구인회에 참여하면 서였다. 「소설가 구보씨의 일일」(1934), 『천변풍경』(1936)을 비롯한 대표 적인 작품들이 창작된 것도 이 시기였으며, 문단 전체를 상대로 한, "도전 적이기 짝이 없는" 창작평과 무엇보다도 모더니즘적 글쓰기의 교본이라 할 만한 「창작여록─표현, 묘사, 기교」(1934)를 씀으로써 구인회의 문학적 입지를 확고히 한 것도 이 시기였다. 이렇게 본다면 구인회가 결성되었던

1933~36년과 그를 전후한 시기야말로 작가 박태원이 보인 창작활동의 한 전성기라 볼 수 있으며, 이는 그가 갖는 문학사적 위치에 견주어 볼 때, 한국 모더니즘의 한 결절점을 나타내는 시기라 할수도 있다.

이 시기에 쓰여진 작품들 중 박태원적 글쓰기의 경향을 보여주는 대표적인 작품으로 「피로」(1933)를 들 수 있다. 이는 「수염」(1930)이나 「적멸」(1930) 등 초기 작품들에서 보이는 협소한 공간을 극복하고 있는 작품이라는 점 외에, 이른바 '산책자 모티프'가 들어나 있는 작품이라는 점에서 특히 중요하다.[13] '산책'이라든가 '승차'란 개념[14]은 물론 모더니즘 미학에 관한 논의에서 대단히 중요한 것이지만 여기에서는 무엇보다 상징적 글쓰기의 몇가지 특징, 예컨대 감각적 표현을 극단화함으로써, 대상을 물신화하는 박태원적 글쓰기의 특징이 잘 나타나 있다는 점에 주목할 필요가 있다.

그 창은—6尺×1尺 5寸 5分의 그 창은 동쪽을 향하여 뚫려 있었다. 그 창밑에 바특이 붙여 쳐놓은 등탁자 위에서 쓰고 있던 소설에 지치면, 나는 곧잘 고

---

13) 서준섭, 「모더니즘과 1930년대의 서울」, 『한국학보』45집, 1986.

강상희, 전게논문.

최혜실, 『1930년대 한국 모더니즘 소설 연구』, 서울대대학원 박사논문, 1991 참조.

14) '산책'과 '승차'의 차이는 단순히 자유연상의 차이에 있을 뿐만 아니라, 관찰의 속도감과 공간적 상이성이라는 점에 있으며, 이는 대상이 은연중 드러내는 성격의 차이와 일정하게 연관되어 있다. 예컨대 「소설가 구보씨의 일일」을 이러한 관점에서 읽어보면 매우 흥미롭게도 이 두 가지 형식이 뚜렷하게 구분되고 있음을 알 수 있다. '구두코'라는 동일한 연상을 두고 나타나는 관찰의 차이점, 즉 '승차'라는 일정하게 제한된 공간에서 빠져나와 '산책'으로 옮아가게 되면, 주인공은 체구와 키 등에 얽혀서 개인의 사회적 기원을 은연중 드러내는, 무의식적으로 육체에 각인된 기호들과 제스처들, 또는 의상이나 스타일, 얼굴 표정, 태도, 걸음걸이 등에 나타나는 상징적 특징을 통해 당대 도시가 갖는 현대적 징후들을 감지, 비판할 수 있는 힘을 획득하게 된다. 또한 그에 따라 관찰의 흐름은 더욱 완만해지고 해독의 과정 역시 그만큼 세밀해진다는 특징을 갖는다.

개를 들어, 내 머리보다 조금 더 높은 그 창을 쳐다보았다. 그 창으로는 길 건
너편에 서 있는 헤믈슥한 이층 양옥과, 그 집 이층의 창과 창 사이에 걸려있는
광고등이 보인다. 그 광고등에는, …, 밤이 되어, 그 안에 등불이 켜질 때까지
는 언제든 그 곳에 '약간의 밝음'과 '약간의 어두움'이 혼화되어 있었다. 이 명
암의 교착은 언제든 나에게 황혼을 연상시켜 준다. 황혼을? 응 황혼을 … 인생
의 황혼을 나는 그곳에 분명히 보았다. (「피로」)

한잔의 '홍차'와 엔리코 카루소의 엘레지로 대변되는 폐쇄적 공간과 비
에 젖은 더러운 '고무장화'로 상징되는 도시적 삶의 세계를 동시에 형상화
하고자 한 이 작품은 제목 그대로 '피로'를 소설화한 작품이다. 물론 이때
의 '피로'란 단순히 일상에 갇힌 룸펜 지식인의 내적 체험일뿐 아니라, 바
야흐로 경제공황을 목전에 두고 있는 전 조선의 '피로'이기도 하다는 데서
일정한 문제의식을 담고 있다. 이는 작가가 「사흘 굶은 봄달」(1933. 4)이
나 「수염」(1930. 10)에서 보여주었던 '나'와 대상간의 관계라는 즉자적 관
계로부터 '군중'의 발견이라는 대자적 관계로에 자신의 관심을 전환하고
있음을 나타내는 표지로 읽히기에 더욱 그러하다. 물론 작품에서 '나'는
이러한 관심의 전환 자체가 또 다시 무의미할 수밖에 없음을 고백함으로
써 자신의 행위를 스스로 부정한다. 그러나 이는 '창문'이라는 협소한 공
간을 통해 세상을 엿보는 방식에서 파생하는 즉자적 글쓰기의 성격, 즉 사
물에서 발산되는 이미지의 재현을 위주로 한 글쓰기의 형식을 돌파하고
있다는 점에서 대단히 중요하다. 길거리에서 그가 대면하는 제반 인물들은
그야말로 '피로'한 군상들이며, 이러한 군상들의 관찰이라는 점에서 작품
에서 제시되는 거리 풍경의 이미지는 제임스 조이스의 『더블린 사람들』
을 닮아 있다. 이때의 '피로'란 경제공황기를 전후한 조선적 낙후성의 한
표정이며 작가는 군중 속에서 발산되는 '피로'의 기호를 찾아 거리를 헤매
는 기록자의 역할을 담당한다.
　　그러나 이 작품의 중요성은 무엇보다 박태원의 작품 전반에 걸쳐 나타
나는 이러한 기록자의 특성, 즉 '나'가 갖는 의식상의 특징을 여실히 보여
준다는 데 있다.

　　그러나 그 창으로 보이는 것은 언제든 그 살풍경한 광고등만으로 그치는 것
은 아니다. 나는 오늘 그 창으로 안을 엿보는 어린아이의 새까만 두 눈을 보았
던 것이다.

　　그러나 물론 열 살이나 그밖에 안된 어린아이들은, 바깥보도 위에 그대로
서 있는 채, 그 창으로 안을 엿볼 수 있도록 키 클 수 없다. 아마 지나는 길에
창틈으로 새어나오는 축음기 소리라도 들었던 게지 …. 발돋움을 하고 창틀에
매어달려 안을 엿보는 어린아이의, 그렇게도 호기심 가득한 두 눈을 보았을
때, 나는 스티븐슨의 동요 속의, 버찌나무에 올라, 먼 나라 아지못하는 나라를
동경하는 소년을 기억 속에서 찾아내었다.

　　그러나 대체 우리 어린이는 그 창으로 무엇을 보았을까? … 나는 창으로 향
하고 있는 나의 고개를 돌려 그 어린이가 창 밖에서 엿볼 수 있는 온갖 것을
내 자신 바라보았다…. (「피로」)

　　이러한 점은 「소설가 구보씨의 일일」(1934)에서도 동일한 양상으로 드
러난다. 주인공이 드러내는 의식의 지향점이란 관점에서 볼 때, 사실상 이
작품에 나타나는 '근대지향적인 것'과 '어머니 지향적인 것'은 다같이 '유
아적인 의식'의 차원에 갇혀 있다는 점에서 완전히 등가를 이루고 있다.
다방 제비에서 박태원이 꿈꾸었던 '동경행', 또는 '근대적인 것'에의 지향
성은 젊은이들의 '광선이 부족하고 또 불균등한' 피로한 눈에서, 또는 어
느 화가의 「도구유별전(渡歐留別展)」이라는 카페의 풍경에서 촉발된 것에
불과하며, '행복'을 구하는 여정 역시, 그 자체 미래를 향해 열린 것이 아
닌 한에서는 퇴행적인 것이며, 유아적인 것에 지나지 못한다.

　　이번 봄에 들어서서, 구보는 벗과 더불어 그들을 찾았다. 이미 두 아이의 어
머니인 여인 앞에서, 구보는 얼굴을 붉히는 일 없이 평범한 이야기를 서로 할
수 있었다. 구보가 일곱 살 먹은 사내아이를 영리하다고 칭찬하였을 때, 젊은
어머니는, 그러나 그 애가 이 골목안에서는 그 중 나이어림을 말하고, 그리고
나이먹은 아이들이란, 저희보다 적은 아이에게 대하여 얼마든지 교활할 수 있
음을 한탄하였다. 언제든 딱지를 가지고 나가서는 …, 젊은 어머니는 일종의
자랑조차 가지고 구보에게 들려 주었다 ….

　　구보는 가만히 한숨 짓는다. 그가 그 여인을 아내로 삼을 수 없었던 것은,

결코 불행이 아니었다. 그러한 여인은, 혹은, 한평생을 두고, 구보에게 행복이 무엇임을 알 기회를 주지않았을지도 모른다. (「소설가 구보씨의 일일」)

　다방 제비는 비록 '무어 茶집 다웁게 꾸며볼래야 꾸며질 턱도 없'는 초라한 찻집에 지나지 않지만, 그 자체 '근대적인 것'을 상징하는 공간이며, 선망의 대상인만큼 이를 관찰하는 주인공의 의식은 유아적 동경의 상태에서 벗어날 수 없다. 또한 '나이 먹은 이의 사랑', 곧 생활인으로서의 사랑을 수락하는 여인들의 모습에 비판적 시선을 보내는 일은 보들레르의 그 유명한 명제, 〈여자는 고양이다〉를 상기케 하는 것으로, 이런 여인과의 사랑에 성공치 못한 것을 오히려 다행이라 보는 태도는 군중 속에의 함몰을 경계했던 당디즘의 일면을 보여주는 것에 불과하다. 이 경우 '행복'이란 역설적인 의미에서의 '고독'이며, 주인공은 이러한 역설의 폐쇄된 공간에서 헤어나오지 못한다. 유아적 퇴행의식에 갇힌 주인공에게 있어서 의식의 지양, 또는 확대는 이루어지지 않으며, 이는 피로를 야기한다. 「소설가 구보씨의 일일」은 바로 이러한 역설적인 '피로'의 기록이며, '피로' 속에 갇힌 유아적 의식의 자기 토로이다. 이러한 점에서 "등장인물들이 경험공간을 내면화함으로써 자기의식을 강화하였던" 초기소설과는 달리 후반기로 넘어가면서 점차 "공간이 인물들을 압도하기 시작하였다"는 주장 은 따라서 재고될 필요가 있다. 박태원이 내면화한 자기의식이란 기실 자본주의가 형성하였고, 도시풍경의 색다름이 가져다준, 만들어진 내면에 지나지 못한다. 관찰자는 단지 도시 내의 제반 거리를 배회하는 것으로 충분하며, 근대적 도시가 가져다 준 익명성의 그늘 아래 자신의 몸과 영혼을 숨긴 채, 대상에서 발산되는 즉자적 이미지를 채집하기만 하면 되기 때문이다. 이는 박태원의 도시체험이 갖는 본질적 취약성을 지적하는 것에 다름 아니며, 흔히 '생활의 발견'이라 통칭되는 후기작품에서 나타나는 모더니즘의 파탄을 설명하는 하나의 준거틀이 될 수 있다는 점에서 특히 문제적이다.

　모더니즘적 글쓰기의 가장 기본적인 속성은 대상을 그것이 속한 문맥에서 떼어내어 그 자체를 즉자화하는 데 있다. 대상의 즉자화는 동시에 그것이 속해있는 문맥으로서의 시간을 파편화하는 것이며 대상이 갖는 시니피에와의 일반적 관계를 파괴하는 것이다. 이는 대상에 대해 철저히 즉물적이고 현상주의적인 태도를 견지함으로써 가능한 것이며, 더 나아가 대상을 물신적 차원에 이르기까지 가공하는 언어적 작업을 필요로 한다. 따라서 모더니즘적 글쓰기의 정체성을, 단순히 대상에의 몰입 배제라는 관점, 또는 단순히 대상에 대한 선입견의 배제란 의미에서 읽어내는 것은 일정한 한계를 갖는다. 오히려 그것은 대상이 갖는 현실적 연관성의 부정이며, 텍스트의 외부에 존재하는 일체의 현실연관적 진실을 부정하는, 이른바 '역사의 텍스트화'라 불리우는 부정적 태도를 의미한다. '주관의 막을 갖지 않는 맑은 눈'이라는 김기림의 지적은 바로 이러한 관점에서 수정되어야 한다. 대상이 갖는 즉자적 이미지의 파악은 대상이 생래적으로 가질 수밖에 없는 현실연관성을 파괴할 때 비로소 가능한 것이라는 점에서 그것은 정신분열증적인 시각이며, 유아적 환각의 시각인 것이다.

"갑자기 구보는 온갖 사람들을 모두 정신병자라 관찰하고 싶은 강렬한 충동을 느꼈다. 실로 다수의 정신병 환자가 그 안에 있었다. 의상분열증, 언어도착증, 과대망상증, 추의언어증, 여자음란증, 지리멸렬증, 질투망상증, 남자음란증, 병적기행증, 병적허언기편증, 병적부덕증, 병적낭비증 ….
그러다가, 문득 구보는 그러한 것에 흥미를 느끼려는 자기가, 오직 그런 것에 흥미를 갖는다는 것만으로도 이미 한 것의 환자에 틀림없다, 깨닫고, 그리고 유쾌하게 웃었다. "(「소설가 구보씨의 일일」)

물론 「소설가 구보씨의 일일」이 우리에게 보여주는 풍경이 이것만으로 끝나는 것은 아니다. 카페의 여급들을 두고 '다수의 정신병 환자'라 규정함으로써 스스로 언어유희를 즐기고 그럼으로써 애달픔을 느끼는 이 모순된 사나이 구보의 시선은 그러나 곧 또다른 양가적 측면을 보여준다.

광교 모퉁이 카페 앞에서, 마침 지나는 그를 작은 소리로 불렀던 아낙네는 분명히 소복을 하고 있었다. 말씀 좀 여쭤 보겠습니다. 여인은 거의 들릴락말락한 목소리로 말하고, 걸음을 멈추는 구보를 곁눈에 느꼈을 때, 그는 곧 외면

하고 겨우 손을 내밀어 카페를 가리키고, 그리고,

"이 집에서 모집한다는 것이 무엇이에요."

카페 창 옆에 붙어 있는 종이에 女給大募集 여급대모집 두줄로 나누어 쓰여 있었다. 구보는 새삼스러이 그를 살펴보고, 마음에 아픔을 느꼈다. 빈한은 하였을지도 모른다. 그러나 그는 제 자신 일거리를 찾아 거리에 나오지 않아도 좋았을 게다. 그러나 불행은 뜻하지 않고 찾아와, 그는 아직 새로운 슬픔을 가슴에 품은 채 거리로 나오지 않으면 안되었던 것일 게다. 그에게는 거의 장성한 아들이 있을지도 모른다. 혹은 그것이 아들이 아니라 딸이었던 까닭에 가엾은 이 여인은 제 자신 입에 풀칠하기를 꾀하지 않으면 안 되었을 게다. … 여급이라는 것을 주석할 때, 그러나, 그 분명히 마흔이 넘었을 아낙네는 그의 말을 끝까지 듣지 않고, 혐오와 절망을 얼굴에 나타내고, 구보에게 목례한 다음, 초연히 그 앞을 떠났다. (「소설가 구보씨의 일일」)

'뜻하지 않은 불행'이란 물론 다각도로 해석 가능하다. 우선 그것은 경성이라는, 도시화된 공간에 거주하는 한 여인의 우연한 불행일 수도 있으며, 30년대의 대공황이 가져 왔고, 낙후된 조선 자본주의가 강요한 한 지엽말단적 결과일 수도 있다. 그러나 보다 중요한 것은 카페 걸의 처지에서 연상되는 이 여인의 운명에 대해 구보가 보이는 동정의 시선이다. 이러한 시선은 그것을 「피로」에서 나타나는 '아지 못할 세계에 대한 동경'의 시선과 대비해 볼 때 더욱 중요한 의미를 갖는다. 또한 그것은 구보가 일찌기 알던 여인들의 욕망에 대한 비판의 의미를 함축하고 있다는 점에서 더욱 문제적이다. 한마디로 요약하면, 그것은 새로운 것과 진기한 것, 다시 말해 근대적인 것에 대한 동경의 시선이 아니라 근대적인 것에 도달치 못하거나, 그것에 의해 패퇴당할 수밖에 없는 것에 주목하는 시선이다.

물론 작품에 나타나는 주인공의 시선이 이로써만 구성되는 것은 아니며, 그것이 작품 전체를 구성하는 남다른 요소로 기능하고 있다고 단정할 근거도 없다. 그러나 『천변풍경』을 거쳐 「성탄제」(1937)로 넘어오면 이러한 시선이 오히려 작품을 압도하게 되며, 1939년의 단계에 창작된 「골목안」이 보여주는 세계는 전적으로 이러한 시선에 의해 포착되고 확장된 것임을 목도하게 된다. 따라서 근대적인 것의 양면성을 인식한 데서 나타나며, 이를 통해 근대적인 도시체험이 갖는 원근법의 형상화가 가능하다는 점에서 이러한 시선이 갖는 의의는 폄하될 수 없는 성질의 것이라 하겠다. 또한 더욱 중요한 것은 이러한 시선이 근대적인 것에 대한 동경의 시선과 함께 박태원의 초기 작품 전체에 걸쳐 동시에 존재하는 것이라는 점에 있다. 이는 박태원이 보여주는 남다른 변모과정을 살피는 한 실마리를 제공할 수 있는 것이기도 하기 때문이다.

4. 끝맺는 말 — 모더니즘 문학의 새로운 이해를 위하여

사실상 30년대 한국의 모더니즘은 그것이 갖는 개념상의 비통일성과 복잡함에도 불구하고 당대의 문학적 전환이 함축하는 본질적인 문제에로 우리의 관심을 인도해 준다는 점에서 일정한 강점을 지니고 있다. 이는 한편으론 문학적 글쓰기 자체가 갖는 현실 초월적 성격을 상기시키며, 또 다른 한편으론 우리로 하여금 당대의 사회와 문학이 갖는 관계의 다양성을 숙고하게 한다. 물론 박태원류의 새로운 문학활동을 통틀어 모더니즘이라 규정하고 이를 시대를 획하는 문학사적 변화로만 묘사하려는 관점은 어떤 의미에서 사변적인 이론화의 위험을 내포하고 있기도 하다. 대개의 경우에 있어서 이론적 일반화는 이른바 문화국면에 주요한 변화가 이루어졌거나, 사회변동의 새롭고 질적인 형성요인이 부각될 때, 또는 총체적인 전환이 이루어질 때 나타나기 때문이다. 30년대의 식민지 조선에 과연 올바른 의미에서의 모더니즘을 구현할 만큼 발전된 도시문명이 존재하고 있었는가에 대한 논쟁은 이러한 점에서 매우 시사적이다. 물론 당대 사회가 갖는 보다 본질적인 경제적, 기술적 차원에서의 전환을 규명함으로써 문학형식의 변화과정을 해석하고자 하는 방식도 있을 수 있다. 예컨대 1차 대전을 기점으로 한 독점자본주의로의 전환이 문학 형식에 가져다 준 근본적인 변화를 논한 골드만류의 소론이나 영화의 출현을 기술 발전의 관점에서 파악한 하우저의 경우를 참고삼는 방식이 그것이다.

이와 동일한 의미에서, 30년대의 모더니즘을 문학사의 과정에서 일어나는 전환의 논리, 또는 여타의 세대적 논의의 장으로만 이해하는 방식 또한 일면적일 수밖에 없다. 이는 〈구인회〉라는 단체를 만들고 비교적 자유로운 문학활동에의 헌신을 추구했으며, 그 상이한 문학적 경향에 비춰볼 때, 이례적으로 순수한 글쓰기 동인회를 지향하고 있었음에 주목하는 방식이다. 이른바 '도시세대', 또는 '새로운 감수성의 세대'라는 개념들이 곧 그것이다. 물론 특정한 집단의 실천과 경험의 산물이라는 관점에서 30년대 모더니즘을 이해해보려는 노력이 필요한 것은 사실이다. 특히 이는 일본을 위시한 우리의 경우에 있어서, 마치 새로운 문학이란 모두가 서구적인 것의 일방적인 수입에 의한 것이라는 잘못된 선입견으로부터 벗어날 수 있는 유력한 방법이기도 하다. 일본의 경우 〈13인구락부〉를 중심으로 한 신흥예술파의 등장을 맑시즘에 대항하여 문단을 재편성하려 한 하나의 계기로서, 또는 새로운 감수성의 출현이란 관점에서 이해한 사례가 이를 잘 드러내고 있다. 한국의 경우 구인회의 출현은 식민지 저널리즘의 우익화가 상징하듯, 사회의 전반적인 변화와 맞물려 있고, 새로운 문학진영의 형성을 모색하고 이를 실천, 모더니즘을 실행했던 세대들이 기존의 문학적 구도에 반발, 의도적으로 형성되었다는 사실이 이의 신빙성을 더해 준다.

그러나 무엇보다도 이러한 관점들은, 우리가 일단 문제를 문학사적 차원이나 이념의 전환이라는 도식주의적 관점에서 건져내어, 원칙적인 차원에서 재검토할 수 있을 때에야 비로소 의미를 갖는 것이라 하지 않을 수 없다. 다시 말해 새로운 시대를 맞아, 변화하고 있는 문학상의 세력 다툼을 사회적 변동의 관점과 결부하여 '비교적 다양하게' 이해해야 함은 물론, 특정한 작품을 생산하는 작가에 대한 이해를 전체적인 그룹, 곧 모더니즘에 관련된 이론이나 실제의 작품 및 이에 관련된 감수성을 생산하는 데 도움을 주고 있는 여타의 작가들과 함께 포괄적으로 파악하고자 노력해야 한다는 것이다. 이러한 시각에서 볼 때, 중요한 또 한가지 점은 우리가 '모던'이라는 어휘가 갖는 의미에 지나치게 집착하여, 세부적인 차별성만을 부각시키려 해서는 안된다는 점이다. 이는 마치 기존의 문학에 무슨 대단한 문제라도 생겨서, 그것이 한국사회의 정체성의 파악이라는 관점에서 완전한 불능의 상태에 빠진 것으로 파악하여, 이의 한계와 그 의미의 소진을 우리가 직접 목도하고 있고, 그에 따라 당연히 모더니즘이 주장하는 모호하기 짝이없는 새로움을 찾아나설 수밖에 없다라는 식의 주장을 의미하기 때문이다. 오히려 우리가 주목해야 할 것은 30년대를 관통하는 역사적 흐름, 즉 파시즘에로의 역사적 급류에 직면한 당대 작가들의 대응 방식이자, 그것의 다양성이며, 이러한 제반 대응방식들에 존재하는 일정한 연속성과 차별성이라 할 수 있는데, 예컨대 모더니즘적 상황을 식민지 문학이 나아갈 수 있었던 지평의 확장이라는 관점, 또는 문학가 집단들 사이에 존재하는 갈등의 국면에서 새로운 전환이 일어나고 있다는 관점 등에서 바라보아야 할 필요가 있다는 것이다.

따라서, 이런 관점에서 볼 때 〈구인회〉라 통칭되는 모더니즘 진영의 작가들을 단순히 새로운 글쓰기 방법론의 창안자들이라는 관점에서만 바라보는 것은 당대의 문학사적 전환과정을 이해하는 데 있어서 일정한 오류를 범하는 일이 아닐 수 없다. 왜냐하면 이러한 관점은 모더니즘적 글쓰기의 방법을 단순히 거칠기 짝이없는 새로움으로만, 즉 유미주의적 전위의 일종으로만 보아버리는 잘못된 태도를 낳거나, 또는 그것을 새로운 서구이론의 수입이 낳은 사생아 정도로만 치부해버리려는 일종의 냉소주의적 태도를 결과할 수 있기 때문이다. 따라서 어떤 의미에서든, 모더니즘적 글쓰기에 관한 연구의 새로운 전망을 갖기 위해서라면, 여기에서는 모더니즘적 글쓰기로 통칭되는 일련의 작가들의 당대적 경험과, 이에서 연유하는 감수성의 형식에 대한 검토에 더하여, 그것이 갖는 구체적인 내용성에 관한 검토가 필수적으로 요청된다. 예컨대, 새로운 글쓰기의 주창자들로서 이들은 당연히 새로운 문화적 움직임을 조직하고, 대중들을 교육시킴으로써 그들로 하여금 새로운 감수성을 향유케 하는 데 깊은 관심을 갖게 되지만, 그렇다고 해서 이들 집단이 단지 작품생산자적 역할만을 추구했던 것은 아니다. 이들은 또한 그들이 속했고, 역동적인 움직임을 보여주었던 당대의 문화적 영역을 면밀히 관찰함으로써, 새로운 감수성과 경험들의 출현을 알리는 표지와 흔적을 찾아내는 해석자로서의 역할도 담당하고 있으므로, 이 또한 우리가 주목해야 할 또 하나의 요인이라 하겠다.

30년대 모더니즘에 대한 이해의 기본적인 전제는 문제를 끊임없이 환원해 보는 태도에 놓여 있으며, 이들 집단이 갖는 이중적인 역할, 즉 작가인 동시에 자신의 작품을 통하여 시대를 진단하려는 해석자적 역할이 갖는 동시성을 인식하는 데 있다 할 것이다. 이러한 점은 이들 작가들이 갖는 혁신적인 성향과 새로움의 추구라는 전략이, 이념문학의 편재라는 당대문단의 단일성이 해체되어갈 수밖에 없었던 시점에서 나타난 것이라는 점에서 더욱 그러하다. 왜냐하면 이러한 상황은 모더니즘적 글쓰기의 발생과 그것이 나아간 방향이 단순히 세계사적 의미에서의 문학진영의 재편이라는 관점에서만 이해될 성질의 것이 아니라, 당대 식민지적 역사의 발전경향과 더불어, 더 이상 이념적인 문학을 허용치 않았던 우리의 현실을 일정하게 반영하는 것이기 때문이다.   (중앙대 강사)

완벽한 시간의 꿈과 아름다움의 추구
−정지용 시의 시간 의식 연구

김 신 정

1. 머리말

정지용은 1926년 6월 『학조(學潮)』에 「카페 프란스」, 「슬픈 인상화」등 수편의 시를 발표하며 문단에 등단하였다. 시조와 동요를 포함한 그의 등단작 가운데 특히 「카페 프란스」는 문학사상의 정지용의 입지와 그가 지닌 방법상의 특징을 뚜렷하게 보여주는 작품이다.

> 옮겨다 심은 종려나무 밑에 / 빗두른 슨 장명등, / 카페 프란스에 가쟈. // 이놈은 루바쉬카 / 또 한놈은 보헤미안 넥타이 / 뺏적 마른 놈이 압장을 섰다. // 밤비는 뱀눈처럼 가는데 / 페이브멘트에 흐늙이는 불빛 / 카페 프란스에 가쟈. // 이 놈의 머리는 빗두른 능금 / 또 한놈의 心臟은 벌레 먹은 薔薇 / 제비처럼 젖은 놈이 뛰여 간다. // "오오 패롯(鸚鵡)서방! 꿋 이브닝!" // "꿋 이브닝"(이 친구 어떠하시오?) // 鬱金香 아가씨는 이밤에도 / 更紗 커-틴 밑에서 조시는구료! // 나는 子爵의 아들도 아모것도 아니란다. / 남달리 손이 히여서 슬프구나! // 나는 나라도 집도 없단다 / 大理石 테이블에 닷는 내뺌이 슬프구나! // 오오, 異國種강아지야 / 내발을 빨어다오. / 내발을 빨어다오.
> —「카페 프란스」전문 (『學潮』, 1926. 6, 『정지용 전집 1』[1], 16쪽)

---

1) 민음사, 1988. 이하 정지용의 시를 인용할 경우 해당 쪽수를 옮겨 쓰기로 한다.

"실로 우리의 시 속에 '현대의 호흡과 맥박'을 불어넣은 최초의 시인"[2]
"근대의 발아"[3]라는 평가에 걸맞게, 정지용의 이 시는 당시로서는 매우
낯설고 새로운 차원에 발상을 두고 있다. '카페 프란스', '루바쉬카', '보헤
미안 넥타이', '페이브멘트' 등, 눈에 띄는 외래어들이 우선 그 새로움의
원인으로 지목될 수 있겠지만, 그의 새로움은 오히려 형상화 방법과 시적
태도에서 분명하게 드러난다. 정지용이 의도하는 것은, 일체의 불필요한
수사를 배제하며 대상에 대한 감각을 정확하게 묘사하는 것이다. 이점에서
그의 시는 김기림이 '새로운 시'의 요건으로 들고 있는 "정의와 지성의 종
합, 즉물적, 객관적"이라는[4] 사항에 가깝게 부합된다. 그럼으로써 그는
'카페 프란스'의 우울한 풍경과 '모던 보이'들의 모습을 감각적이고 사실적
인 묘사를 통해 압축시키고 있다. 이러한 묘사를 통해 정지용이 그려내는
것은 향락적이고 퇴폐적인 분위기와 식민지 청년으로서의 시대적 울분이
자연스럽게 배합된 풍경이다. 그리고 그 풍경 속에서 시적 자아는 다소 과
장되고 도취된 듯한 포즈를 취하고 있다. 근대의 화려한 감각에 예민하게
반응하며 시대적 울분을 마치 근사한 포즈처럼 드러내고 있는 시적 자아,
이것이 바로 「카페 프란스」에 나타난 1920년대 정지용의 자취이다.[5]

「카페 프란스」의 특징은 이보다 꼭 2년 전에 발표되었던 김기진의 잘
알려진 시 「백수의 탄식」과 비교할 때 좀 더 분명해진다. "카페依子에 걸
터안저서 / 희고 흰팔을 뽑내여가며 / 우. 나로―드!라고 떠들고잇는 / 六
十年前의 露西亞靑年이 눈압헤잇다. // Cafe Chair Revolutionist, / 너희들의
손이 너머도 희고나!"라고[6] 외치는 김기진의 시가 공리적 요구에 기초해

2) 김기림, 「1933년 시단의 회고와 전망」, 『조선일보』 1933. 12. 9.
3) 石 殷, 「시인의 법열―지용 예술에 관하여」, 『국도신문』, 1949. 5. 13~17.
4) 김기림, 「감상에의 반역」, 『김기림전집 2』, 심설당, 1988, 84쪽.
5) 「카페 프란스」가 생산된 사회·문화적 배경에 대한 검토와 이 시에 대한 세밀한
  분석은 유종호의 「주체적 독자를 위하여」에서 이루어지고 있다.(『시란 무엇인가』,
  민음사, 1995, 22~31쪽 참조)
6) 『개벽(開闢)』 1924. 6.

현실에 대한 인식을 직접적이고 강하게 드러내고 있다면, 지용시에서 현실에 대한 반응은 인식의 차원에서 이루어진다거나 공리적 요구를 목적으로 한 것과는 전혀 다른 성격의 것임을 알 수 있다. 김기진에 비한다면 정지용의 시는 대단히 개인적이고 감각적인 차원에서 빚어지며 실재에 대한 어떠한 반응 또한 간접적이고 좀더 내면화된 방법으로 드러난다.

이렇게 「카페 프란스」와 「백수의 탄식」이 마주하고 있는 서로 대척적인 지점은 이후 더욱 분명한 거리를 두고 고정되어 나간다. 「카페 프란스」에서 울분과 포즈의 형태로나마 표출되었던 지용의 현실인식은 이후 내면으로 철저하게 자취를 감추고, 그는 현실에 대한 총체적 전망보다는 사물의 감각적 세부에 주의를 기울이고 그것을 탐닉하며 정확하게 포착하고자 한다. 그가 벌여나간 다양한 미적 실험들—사물들 사이의 감각적 유사성을 포착해 신선한 인상을 전달하며, 음의 변화 하나로 사물의 모습이나 움직임을 선명하게 나타내고,[7] 어린이의 참신하고 유희적인 언어와 고어(古語)의 예스럽고 장중한 표현을 살리려는 노력들은, 주어진 대로의 사물의 감각과 그것에 대면하는 주체의 감각의 정확성을 추구하려는 지용의 열정적인 욕구에서 비롯된 것이었다. 그리고 이렇게 현실의 총체성보다는 감각적 세부에 주목하는 정지용의 태도는 "내용 사상은 방기하고" "다만 있는 것은 언어의 표현의 기교와 현실에 대한 비관심주의"라는[8] 공격적인 비판과 우리 시에 새로움을 가져온 가히 '현대적인 것'이라는 찬사를 동시에 받아왔다.[9]

그러나 기교파라는 비판이나 현대적이라는 찬사의 시각으로 접근할 때

---

7) 정현종, 「감각, 이미지, 언어─정지용의 「유리창I」」, 『인문과학』제49집, 연세대 인문과학 연구소, 1983. 6, 10~11쪽 참조.

8) 임 화, 「담천하의 시단일년」, 『신동아』1935, 12.

9) 김기림 (「1933년 시단의 회고와 전망」, 『조선일보』1933. 12. 7~13, 「모더니즘의 역사적 위치」, 『인문평론』창간호, 1939. 10), 김우창 (「한국시와 형이상」, 『세대』1968. 7), 김용직(「시문학파 연구」, 『인문과학논총』제2집, 서강대, 1969. 11)등의 글이 이러한 논지를 대표한다.

참신하고 감각적인 언어의 이면에 내재하고 있는, 역사에 대한 반응으로서
의 정지용 시의 실체는 파악되기 어렵다. 정지용의 다양한 미적 실험과 미
적 태도는 곧 현실에 대응하는 지용시의 독특함을 나타내는 것으로 볼 수
있다. 그는 그의 시에서 그 자체로 완결된 아름다운 세계를 펼쳐보이고 세
계를 미리 모두 알아버린 듯한 포즈를 취하고 있지만, 그것은 현실의 번민
과 갈등을 감각적으로 포장해 낸 것에 다름 아니다. 따라서 감각적 포장의
이면에 감추어진, 현실에 대한 태도와 정신을 파악해내기 위해서는 그의
미적 실험에 대해 새로운 각도로 접근하는 것이 필요하다.

이 글에서는 정지용 시의 시간의식에[10] 주목함으로써 근대적 삶과 예술
에 대한 그의 태도와 정신을 해명하고자 한다. 지금까지의 연구에서 정지
용의 시는 시간보다는 오히려 공간적 특징 속에서 연구되어왔다.[11] 그러나
이것은 우리 문학사에서 모더니즘을 주창한 30년대 이론가의 시각을 그대

---

10) 정지용 시에 나타나는 독특한 시간성에 대해서는 이미 김현(『한국문학사』, 민음사,
1973, 205~206쪽 참조), 김종철(「30년대의 시인들」, 『문학과 지성』 75년 봄호, 『한
국근대문학사론』, 한길사, 1982. 4, 463쪽에서 재인용), 김학동(『정지용연구』, 민음사,
1987, 68~70쪽 참조), 이숭원(「백록담에 담긴 지용의 미학」, 『정지용연구』, 새문사,
1988, 138~143쪽 참조)등이 지적한 바 있다. 이들은 정지용의 시에서 "시간은 공간
에 압도되어 시간의 순차적 진행에서 벗어나" "사적(私的)인 성적(聖的) 공간"을
형성하고 있다거나(이숭원), 또는 "외부적 세계의 틈입을 허용하지 않는" "자족적
공간", "무시간적 세계"를 이루고 있음을 그 특징으로 지적하고 있다. (김종철) 본
논문의 작업을 진행하는 데 위와 같은 선행 연구의 업적은 많은 도움이 되었다. 그
러나 선행 연구들이 정지용의 정신주의적인 경향, 또는 현실로부터 절연된 그의 특
징을 드러내는 것으로서 시간성을 주목하고 있다면, 본 논문에서는 그의 시간의식이
현실에 대한 그의 관심과 의식에서 비롯된 것임을 해명하려 한다. 시간의식에 주목
함으로써, 미의식과 결합된 지용의 독특한 현실의식을 밝히는 것이 본 논문의 목적
이 될 것이다. 한편 최근에 고명수는 「정지용론 ─지용 시의 시간의식」(『한국모더니
즘시인론』, 문학아카데미, 1995, 19~32쪽 참조)에서 정지용의 시간의식을 본격적으
로 다룬 바 있다. 그러나, 이 글 또한 위의 선행 연구들과 대체로 그 논지를 같이 하
고 있다고 판단된다.

11) 김기림이 정지용에 대해 "상징주의 시의 시간적 單調에 불만을 품고 시 속에 공간
성을 이끌어 넣었다"(「1933년 시단의 회고와 전망」, 위의 책, 『김기림 전집 2』, 심설

로 답습하고 있는 것이라고 볼 수 있다. '공간화'라는 특징 또한 시간을
체험하고 시간을 의식함으로써 나타나는 것이라고 볼 때, 공간적 특징은
시간이라는 틀 속에서 연구되어야 한다. 객관적 시간을 무화시키고 '공간
화'라는 특징으로 귀결된 시인의 의식은 궁극적으로 무엇을 의미하는가가
본질적인 관심의 대상이 되어야 하는 것이다. 이 글에서 특히 시간의식에
초점을 맞추는 이유는 그것이 근대적 징후와 관련된 정지용의 미의식과
현실의식을 함께 드러낼 수 있을 것으로 기대되기 때문이다. 모더니티란
곧 과거와의 결별이자 과거를 전적으로 거부하는 것이며, 따라서 바로 조
금 전의 과거를 비판함으로써 영원한 변화를 향해 가속적으로 흘러가는
시간을 그 특징으로 한다.[12] 이러한 시간관을 바탕으로, 측정가능하며 다
른 상품과 마찬가지로 돈으로 계산가능한 등가물로서의 성격을 지니는 근
대의 시간은[13] 끊임없이 팽창하는 자본주의의 논리를 뒷받침하는 필수불
가결한 도구로서 기능하였다. 돌이킬 수 없이 가속성을 더해 흘러가는 시
간은 곧 진보와 인간의 발전을 향한 행진을 의미했다. 그러나 근대의 비판
적 이성에 대한 회의가 싹트고 근대의 야만성이 폭로됨으로써, 미래를 향
한 시간의 행진은 곧 파괴로 향하는 행진으로 선언되기에 이른다.[14] 우리
문학사에서 정지용이 활발한 작품활동을 벌이는 1930년대는 이성에 대한
불신과 회의가 집단적인 움직임으로 나타난 시기였고, 그 움직임은 곧 미
적 근대성의 추구라는 태도를 기반으로 하고 있었다. 이들 가운데 정지용

당, 1988, 62쪽에서 재인용)고 평가한 이래, 문덕수(『한국모더니즘시연구』, 시문학사,
1981), 김윤식(「카톨리시즘와 미의식」, 『한국근대문학사상사』, 한길사, 1984), 김학동
(위의 책), 김명인(『한국근대시의 구조연구』, 한샘, 1988), 권정우 「정지용 시연구—
시점 분석을 중심으로」(서울대 석사논문, 1992)등 많은 논문들이 '공간성'에 주목해
왔다.

12) Octavio Paz, 윤호병 역, 『낭만주의에서 아방가르드까지의 현대시론—진흙 속의 아
이들』, 현대미학사, 1995, 13~54쪽, Hans Meyerhoff, 이종철 역, 『문학과 시간의 만
남』, 자유사상사, 113~148쪽 참조.

13) Matei Calinescu, 이영욱, 백한울, 오무석, 백지숙 역, 『모더니티의 다섯 얼굴』, 시각
과 언어, 1993, 53쪽.

14) Octavio Paz, 윤호병 역, 위의 책, 181쪽.

의 미학적 태도는 비판적 이성의 연대기적 시간[15]을 거부하는 태도로서 특징지어진다.[16] 그는 직선적이며 연속적으로 흘러가는 객관적인 시간과 스스로 단절됨으로써 '정지된 시간' 속에서 주관의 세계를 창조해내고 있는데, 그 세계는 정지용이 추구하는 미적 가치들을 보존하고 있는 세계로 나타난다. 따라서, 시간의식에 주목하는 일은 근대적 삶에 대한 정지용의 태도와 그와 관련된 미의식을 규명하는 데 많은 시사점을 주리라고 생각된다. 이 글은 초기 정지용의 동시와 30년대 종교시 그리고 『문장』 시기의 시집 『백록담』을 대상으로 하여, 정지용이 근대라는 시간을 어떻게 체험하고 그것을 시 작품 속에 어떠한 방식으로 텍스트화하고 있는가에 일차적인 관심을 둔다. 그리하여 궁극적으로는, 우리 현대시의 성숙에 결정적인 기틀을 마련했다고 평가되는 정지용이 '근대'에 대해 어떠한 태도와

---

15) 같은 책, 181쪽.

16) 옥타비오 파스는 낭만주의 이래의 현대시를 '현대 시대의 직선적이고 연대기적인 시간에 대한 거부'라는 태도로서 특징짓는다. 현대시인들은 진보와 일련의 역사의 시간에 대해서 에로티시즘의 순간적 시간이나 유추의 순환적 시간 또는 아이러니컬적인 의식의 공허한 시간을 배치하였는데, 파스는 이들의 태도에 대해 '비판적 이성의 연대기적 시간의 거부이자 미래의 신격화의 거부'라고 보고 있다. (Octavio Paz, 윤호병 역, 앞의 책, 139쪽) 칼리니스쿠 또한, 역사상 관철된 가장 광범위한 의미에서의 모더니티를 각각 (1) 자본주의 문명의 객관화된, 사회적으로 측정 가능한 시간과 (2) 개인적이며 주관적이고 상상적인 지속, 즉 "자아"의 전개에 의해 창조된 시간에 상응하는 가치군들 간의 화해 불가능한 대립에 반영되어 있다고 보고 있다. 그는, 자신이 '모더니티의 얼굴'로서 파악하고 있는, 모더니티, 아방가르드, 데카당스, 그리고 키치의 개념이 서로 다른 기원과 의미를 내포하고 있음에도 불구하고 한 가지 중요한 특징을 공유하고 있다고 보고 있는데, 그 특징이란 시간의 문제에 직접 관계되는 지적 태도들을 반영하고 있다는 점이다. 칼리니스쿠에 따르면 이 시간은 철학자들의 형이상학적이거나 인식론적인 시간도 아니며 물리학자들이 다루는 과학적 구성물도 아니며, 문화적으로 경험되고 평가된 인간적 시간이고 역사에 대한 의식이다. (Caliniscu, 앞의 책, 서론 참조) 본 논문에서는 옥타비오 파스가 지적한 현대시의 특징을 정지용 또한 공유하고 있다고 보며, 그의 시간의식을 통해, 칼리니스쿠가 이야기한 '역사에 대한 의식'을 밝히는 데 주력하고자 한다.

정신으로 대면하고 있었는가를 살펴보고자 한다.

2. 근대의 부정성과 순수한 시간

'시간'과 '시계'에 대한 관심은 정지용의 초기 작품에서부터 두루 나타난다. '시간'의 존재를 유난히 의식하는 지용은 그에 대해 두려움을 표출하고 있다. "옵바가 가시고 나신 방안에 / 時計소리 서마 서마 무서워"(「무서운 時計」 1932. 1), "秒針 소리 유달리 뚝딱 거리는 落葉 벗은 山莊"(「나비」, 1941. 1) 같은 구절에서 그러한 태도를 찾아볼 수 있으며, 시 「幌馬車」에서는,

> 네거리 모통이에 씩 씩 뽑아 올라간 붉은 벽돌집 탑에서는 거만스런 XII시가 피뢰침에게 위엄있는 손까락을 치여들었소. 이제야 내 목아지가 쭐뺏 떨어질듯도 하구료.   ―「幌馬車」 부분   (『조선지광』 1927. 6, 59쪽)

와 같이, 시적 자아에게 죽음을 명령하고 처형을 행하려 하는 '시간'의 존재를 회화적으로 표현하기도 한다. '시간'에 대한 두려움과 부정적 인식은 「時計를 죽임」이라는 시에서 더욱 뚜렷하게 나타난다.

> 한밤에 壁時計는 不吉한 啄木鳥!
> 나의 腦髓를 미신바늘처럼 쫏다.
>
> 일어나 쫑알거리는 〈時間〉을 비틀어 죽이다.
> 殘忍한 손아귀에 감기는 간열핀 목아지여!
>
> 오늘은 열시간 일하였노라.
> 疲勞한 理智는 그대로 齒車를 돌리다.
>
> 나의 生活은 일절 憤怒를 잊었노라.
> 琉璃안에 설레는 검은 곰 인양 하품하다.

꿈과 같은 이야기는 꿈에도 아닌 하란다.
必要하다면 눈물도 製造할뿐!

어쨌던 定刻에 꼭 睡眠하는것이
高尙한 無表情이오 한趣味로 하노라!

明日!(日子가 아니어도 좋은 永遠한 혼례!)
소리없이 옮겨가는 나의 白金체펠린의 悠悠한 夜間航路여!
　　　　　　－「時計를 죽임」 전문 (『카톨릭 청년』, 1933. 10, 104쪽)

'나'의 뇌수를 미신바늘처럼 쪼아댈 만큼 '시간'의 존재는 시적 자아에게
강박관념과 공포의 대상이다. 시간에 대한 시적 자아의 이같은 태도는 그
의 시간 체험에서 비롯된다. 그가 경험하는 시간은 '필요'한 물건의 제조
를 위해 노동하는 시간이며 그 시간의 노동이 '열 시간'이라는 단위로 계
산되는 시간이다. 즉 시적 자아의 시간 체험은 물화된 세계의 체험과 관련
되어 있으며,[17] 그가 체험하는 시간은 분절된 시간, 객관화되고 동질적인
시간이라고 볼 수 있다. '열시간'의 노동 뒤에 '피로한 理智'는 계속해서
'톱니바퀴(齒車)'를 돌리며 규격화된 시간의 틀에 제한받고 있다. 이처럼
자아를 억압하는 외부의 시간은, 시적 자아에게 '일절 憤怒를 잊고' '꿈과
같은 이야기는 꿈에도 아니하'며 '필요하다면 눈물도 제조'하는, 경험의 강
렬성이 사라진 '무표정'한 시간으로 다가온다. 시적 자아의 시간 체험과
인식으로부터 시간에 대한 그의 태도는 작품에서 두 가지 방향으로 나타
난다. 시의 첫머리에서 시적 자아의 행위는 "시간'을 비틀어 죽'이는 적극
적인 행위로 시화되었다. 그러나 시적 자아는, '시간'의 '간열핀 목아지'

---

17) 정지용의 「파라솔」(『중앙』32호, 1936. 6)이라는 시에서도 그가 노동하는 인간의 모
습을 통해 근대의 부정성을 인식하고 있는 태도를 발견할 수 있다. 그러나 이 시에
서도 근대에 대한 그의 태도는 "람프에 갓을 씨우자 / 또어를 안으로 잠겄다" "구
기여지는것 젖는것이 / 아조 싫다"처럼, 타락한 현실에 휩쓸리지 않으려는 결벽주의
적인 면모로 나타나고 있다.

를 '잔인하'게 '비틀어 죽'인다 하더라도 자신이 시간의 그물망에서 완전히 벗어날 수 없음을 인식하고 있다. 따라서 그는 동질적이고 공허한 외부의 시간을 거부하며 주관적 시간의 소망을 꿈꾼다. 마지막 연에서 표현하고 있듯이 '明日'이라는 단어에서 그는 '日子가 아니어도 좋'다 라고 객관적 시간을 거부하며 밝음의 이미지만을 받아들인다. 그리고 '영원한 혼례'로 표상되는 화해로운 시간을 꿈꾼다. 또한 '소리없이 옮겨가는 나의 백금체 펠린의 유유한 야간항로여!'라는 표현에서, 역시 객관적 시간이 아닌 주관적이며 지속적인 시간의 흐름에 몸을 싣고자 하는 자아의 꿈을 표출하고 있다. 정지용에게 '시간'이라는 강박적인 존재는 흔히 쩩깍거리는 초침소리로 시화되었다. 그 소리가 사라진 채 느긋하고 태연한 동작으로 움직인다는 것은 시적 자아가 파편화되고 파괴적인 외부의 시간이 아닌 '야간항로'라는 주관적 창조의 시간을 살아간다는 것을 의미한다.

시간에 대한 정지용의 태도는 이처럼 부정적이고 비판적이며 그것을 거부하려는 의지와 관련되어 있다. 객관적 시간을 거부하는 정지용은 그러한 성격의 시간과는 단절된, 주관적인 창조의 시간을 살아내고자 한다. 그가 이미 등단 이전부터 써내려간 동시와 30년대 초 카톨릭에 입교한 뒤에 발표하는 일련의 종교시들은 시간 의식과도 연관지어 그 창작의도를 생각해 볼 수 있다.

정지용의 동시에서 시적 주체는 순수한 어린이의 관점에 머물러 있다.

어적게도 홍시 하나. / 오늘에도 홍시 하나. // 까마귀야. 까마귀야. / 우리 남게 웨 앉었나. // 우리 옵바 오시걸랑. / 맛뵐라구 남겨 뒀다. // 후락 딱 딱 / 훠이 훠이!   —「홍시」전문 (『學潮』, 1926. 6, 22쪽)

어린이의 세계는 소박하고 단순하다. 사랑하는 '우리 옵바'는 시적 주체에게 절대적인 존재이며 사랑하는 대상에게 '하나' 남은 '홍시'를 남겨주고 싶은 시적 주체의 소망 또한 절대적인 것이다. 따라서 그 소망을 해치려하는 '까마귀'를 "후락 딱 딱 훠이 훠이"라는 적극적인 동작으로 내몰고 있다. 어린이에게 사랑하는 대상이 함께 머무는 세계는 곧 마법과 같은 환상의 세계로 비춰지기도 한다. '부헝이 울든 밤' 사랑하는 '누나의 이야기' 속에서는 "파랑병을 깨치면 / 금시 파랑바다"가 되고, "빨강병을 깨치면 / 금시 빨강 바다"가 되는 신기한 세계가 펼쳐진다. 그러나 사랑하는 대상 이 사라졌을 때 마법의 도구는 빛을 잃고 그리움의 매개체로만 남는다. "뻐꾹이 울든 날 / 누나 시집 갔네 — // 파랑병을 깨트려 / 하늘 혼자 보 고. // 빨강병을 깨트려 / 하늘 혼자 보고." (「병」, 1926. 6) 「해바라기씨」 에서는 하나의 씨앗을 틔우기 위해 어린이 주변의 친밀한 존재들이 서로 교감하고 화합하는 세계를 보여준다.

> 누나가 손으로 다지고 나면 / 바둑이가 앞발로 다지고 / 괭이가 꼬리로 다진 다. // 우리가 눈감고 한밤 자고 나면 / 이실이 나려와 가치 자고 가고, // 우리 가 이웃에 간 동안에 / 해ㅅ빛이 입마추고 가고,
>
> —「해바라기씨」 부분 (『新少年』, 1927. 6, 57쪽)

이처럼 사랑하는 대상, 그리고 그 대상이 함께 하는 세계가 친밀한 화 합의 세계, 마법의 세계라면 그 사랑하는 대상을 해치거나 멀리 데리고 가 는 세계는 곧 무서운 세계로 다가온다. 그리고 그 무서운 세계에서 시계의 존재는 갑작스레 크게 부각되고 있다. "옵바가 가시고 나신 방안에 / 時計 소리 서마 서마 무서워" (「무서운 시계」). 순수하고 소박한 마법의 공간을 그것 그대로 유지하고 싶어하는 시적 주체에게, 그 공간의 평화를 파괴하 고 변화를 가져오는 시간의 존재는 거부하고 싶은 두려운 존재인 것이다. 이같은 시적 주체의 태도는 곧 어른의 속화된 세계를 거부하고 어린이의 순진무구한 시간에 머물고자 하는 시인의 욕망에서 비롯된 것이다.

덧없이 흘러가는 연대기적 시간이 아닌, 주관적 창조의 시간을 살아가 고자 하는 정지용의 욕망은 그의 종교시에서도 뚜렷하게 나타난다. 이들시 에서 정지용은 '여기 이곳'이 아닌 다른 차원의 시간에서 살아가는 것을 소망하고 있다. 그 시간은 곧 세속적인 시간과 구별되는 거룩한 시간,[17]

---

17) 엘리아데는 종교적인 인간이 경험하는 시간을 두 가지로 나누고 있다. 즉 종교적인

가장 정결한 존재가 되어 정결한 존재를 맞아들이는 예배와 숭배의 시간
이다. 그가 사모해마지 않는 '신'은 세속의 시간에는 존재하지 않는 고귀
하고 먼 존재이다. 그는 "나의 가지에 머믈지 않고 / 나의 나라에서도 멀
다. / 홀로 어여삐 스사로 한가러워 —항상 머언이"다. (「그의 반」, 1931.
10) 그리고 시적 주체는 "그의 그늘로 나의 다른 한울을 삼"으며 살아가
는 "초조한 汚點"과 같은 존재이다. 그러나 '이' 시간과는 다른 차원의 시
간에 존재하는 '그'는 때로 세속의 시간에 개입함으로써 의미가 충만한 특
별한 '때'를[18] 이루기도 한다. "불현 듯, 소사나 듯, / 불리울 듯, 맞어드릴
듯, // 문득, 령혼 안에 외로운 불이 / 바람 처럼 일는 悔恨에 피여오른
다. // 힌 자리옷 채로 일어나 / 가슴 우에 손을 넘이다." (「별1」, 1933. 9)

인간에게는 한편으로 거룩한 시간, 축제의 시간이 존재하며, 또 한편으로는 종교적
의미를 배제한 행위가 자리를 차지하는 세속적 시간, 일상적인 시간의 지속이 존재
한다고 본다. 엘리아데는, 종교적 인간은 제식이라는 수단에 의하여 일상적 시간의
지속으로부터 거룩한 시간에로의 이행을 위험 없이 수행할 수 있다고 보고 있는데,
그에 따른다면 정지용의 종교시는 세속적 시간으로부터 거룩한 시간에 참여하는 일
종의 제의적 행위로 이해할 수 있을 것이다. 엘리아데의 '거룩한 시간'이란 과거에, '
태초'에 일어난 거룩한 사건이 재현되는 시간을 의미하며, 종교적 인간은 이같은 '거
룩한 시간'에 대한 주기적인 복귀를 통해 태초의 완전성에 대한 향수, 낙원에 대한
향수를 표출한다고 한다. 이런 의미에서 본다면 '신의 완벽한' 시간을 꿈꾸는 정지용
의 종교시와 '자연물들이 서로 평등하고 친밀한 관계로 존재하는 화해로운 세계'를
소망한 후기 『백록담』의 시에서, 과거에 존재했던 신선하고 순수한 세계를 회복하
려 하는 정지용의 동일한 태도를 발견할 수 있다. (M. Eliade, 이동하 역, 『聖과 俗—
종교의 본질』, 학민사, 1983, 62~84쪽 참조).

18) 기독교에서는 시간을 나타내는 말로 크로노스(Chronos)와 카이로스(Kairos)라는 단어
를 구별해서 사용한다. 크로노스는 '흘러가는 시간', '더 이상 존재하지 않을 시간'으
로서 우리가 이른바 시계로 표시되는 시간이라고 부르는, 연대기적·일상적 사건들
을 의미하며, 카이로스는 의미가 충만한, 즉 종말과의 관계에서 비롯된 의미로 차
있는 시점이며, 특별한 '때'이다. (W. T. Mcconnell, 정옥배 역, 『시간과 하나님의 나
라』, 한국기독학생회출판부, 1989, Oscar Cullmann, 『Christ and Time』, Philadelphia:
Westminater, 1964 참조)

이렇게 지용시의 시적 주체는 세속적인 시간의 흐름에 참여하지 않으며 신에게 예배드리는 거룩한 시간, 신이 현현하는 신비로운 시간을 살아간다. 이것은 그의 동시와 마찬가지로 순수한 시간에 대한 꿈, 자라지 않는 어린이의 시간보다도 더욱 강력하고 신선하며 순수한 세계를 회복하고자 하는 욕망을 표현하는 것이다.

지금까지 보아온 대로 정지용은 시간의 문제에 예민하게 반응하고 시간에 대해 두려움을 가지며, 변화를 향해 끊임없이 흘러가는 연속적인 시간을 거부한다. 이처럼 시간에 대한 그의 비판적 태도는 어디에서 비롯되는 것일까. 그것은 시간이 흘러가는 방향에 대한 부정적인 인식과 관련된다. 연속적으로 흘러가는 시간의 방향이 진보와 발전이 아닌, 파멸과 파괴를 향하고 있다는 생각, 시간은 창조의 원천이 아니라 자아의 정체성을 위협하는 존재라는 생각이 시간을 거부하려는 의도로 이어지며, 따라서 동일성을 유지하고자 하는 자아는 현실의 파편적 시간이 아닌, 유아기의 순수한 시간이나 신이 존재하는 아름답고 완벽한 시간을 복원하려 하는 것이다. 통상적인 시간의 개념을 거부하는 정지용의 태도는 그의 식민지 시대 마지막 시집 『백록담』에서 보다 다채로운 양태로 드러난다. 파괴를 속성으로 하며 파멸을 향해 치닫고 있는 파시즘의 엄혹한 시간, 식민지 말기의 그 냉엄한 시간을 정지용은 어떻게 체험하고 있는가. 그 모습을 『백록담』에서 살펴보고자 한다.

3. 완벽한 시간의 꿈과 아름다움의 추구

『백록담』에 나타나는 정지용의 시간체험은, 외부의 시간의 흐름과 단절되고 혹은 그것을 뛰어 넘으며 현실적인 시간으로부터 벗어나려는 의도를 바탕으로 한다. 시간의 흐름을 지우려는 의식은 작품 속에서 '삼동(三冬)'이라는 정지된 시간, '자연'이라는 한정된 공간으로 나타난다.

老主人의 膓壁에
無時로 忍冬 삼긴물이 나린다.

자작나무 덩그럭 불이
도로 피여 붉고,

구석에 그늘 지여
무가 순돋아 파릇 하고,

흙냄새 훈훈히 김도 사리다가
바깥 風雪소리에 잠착 하다.

山中에 冊曆도 없이
三冬이 하이얗다.
　　　　　　－「忍冬茶」전문 (『文章』 1941. 1, 147쪽)

'책력(冊曆)도 없이', 달력과 시계의 시간이 아니라 그러한 것들을 뛰어
넘어 존재하는 시간에 이 시는 놓여 있다. 그것은 표면적으로 '삼동(三冬)'
이라는 계절에 묶여 있는 시간이지만 그 시간 속에서 '자작나무'는 '도로
피여 붉고' '무가 순돋아 파릇하고' '노주인의 장벽(腸壁)'에'는 '무시(無時)
로 인동(忍冬) 삼긴 물이 나'린다. 사물은 현실의 시간과는 다른 차원의
시간의 질서를 따라 움직이며 정지된 시간 속에서 무한한 현재를 창조해
낸다. '삼동(三冬)이 하이얀' 풍경 위에 쉬임없이 혹은 간간이 내리는 눈이
다시 그 풍경을 덮으며 '바깥'의 시간을 지워버린다. 시간을 잊으려는 시
인의 의지는 이 시의 시제에서도 나타난다. 『백록담』의 시에서 정지용은
대부분 각 연의 마지막을 명사형으로 마감하거나 기본형의 종결어미를 사
용하고 있는데, 「인동차」에서도 유사한 방식이 나타나고 있다. 곧 종결어
미로서 용언의 기본형을 취하여 현재도 과거도 아닌, 시간적 층위에서 초
월적 시점을[19] 사용하고 있다. 이것은 곧 현실의 시간과 그 흐름을 같이
하지 않는, 정지되고 초월적인 현재에 존재하려는 시인의 의식에서 비롯되

---

19) 권정우, 앞의 논문, 10～11쪽 참조.

는 것이라고 할 수 있다.

정지용은 또한 각기 다른 시간, 다른 공간에서의 경험을 결합하여 하나의 시를 창조해내는 방식을 취하기도 한다. 시「비로봉」은 비로봉을 오르며 보았던 사물들을 묘사하고 있는데, 그 사물들은 마치 사진기로 찍어낸 한 커트 커트를 이어 붙인 것처럼 등장하고 있다. 시인은 객관적 시간의 순차적인 흐름을 거부하며 내면적 자아가 움직이는 흐름을 더욱 중시하고 있는 것이다. 표제시「백록담」에서도 산을 오르는 동안에 변화하는 시간의 흐름은 '뻑꾹채 꽃키'라는 공간적 지표와[20] 2, 3, 4… 라는 기호로써 나타난다. 기호로 표시된 각각의 장면은 제각기의 다른 시간을 잘라낸 것이다. 각각의 독립된 시간대는 '소모된다' '내다본다' '켜든다' 등의 현재형으로 계속되다가 마지막의 '나는 여기서 기진했다'는 과거형으로 변화하기도 하고 '혼이 났다' '달어났다' '울었다'는 계속되는 과거형으로, 또는 계속되는 현재형으로만 표시되기도 한다. 이처럼 시제를 통해 시간성을 교란시키려는 시도 또한 객관적인 시간의 흐름을 무시하려는 시인의 의도로 볼 수 있다. 종결어미와 휴지없이 이어지는 산문시 형식에서도 의식의 지속적인 흐름을 강조함으로써 주관적 세계를 완성하려는 시인의 강한 의도가 발견된다.

풀도 떨지 않는 돌산이오 돌도 한덩이로 열두골을 고비고비 돌았세라 찬 하눌이 골마다 따로 씨우었고 어름이 굳이 얼어 드딤돌이 믿음즉 하이 꿩이 긔고 곰이 밟은 자옥에 나의 발도 노히노니 물소리 귀또리처럼 경경(卿卿)하놋다 피락 마락하는 해ㅅ살에 눈우에 눈이 가리어 앉다 흰시울 알에 흰시울이 눌리워 숨쉬는다 온산중 나려앉는 획진 시울들이 다치지안히! 나도 내더져 앉다 일즉이 진달레 꽃그림자에 붉었던 絶壁 보이한 자리 우에!
　　　　　　　－「長壽山 2」전문 (『文章』 1939. 3, 140쪽)

'－이오' '－세라' '－하이' '－안히' 등 연속적인 흐름을 위해 세심하게

---

20) 권정우, 앞의 논문, 53쪽.

배려한 어미는 "한덩이로 열두골을 고비고비 도"는 자연물들을 「장수산」이라는 독자적인 완결의 세계 속에서 하나로 통합시킨다. '나' 또한 "일즉이 진달레 꽃그림자에 붉었던 절벽(絶壁) 보이한 자리우에" 마치 풍경처럼 놓임으로써 '장수산'이라는 주관의 세계를 함께 이루어내고 있다. 정지용이 외부의 객관적인 시간과 단절됨으로써 시 속에서 창조해내려는 세계는 이같은 '장수산'의 세계와 유사하다. 그것은 시인 자신이 자연과 친화를 이루거나 동일화된 세계, 또는 갈등과 싸움이 사라지고 자연물들끼리 평등과 친밀감을 이룬 세계이다.

　　바야흐로 海拔六千呎우에서 마소가 사람을 대수롭게 아니녀기고 산다. 말이 말끼리 소가 소끼리, 망아지가 어미소를 송아지가 어미말을 따르다가 이네 헤여진다.
　　　　　　　　　　　　　　　　　　　　　　　　　－「백록담」부분

　　문득 마조친 아롱점말이 피하지 않는다.
　　　　　　　　　　　　　　－「백록담」부분 (『文章』 1939. 4, 143쪽)

　　인간과 자연이 하나인 세계, 인간들은 인간들끼리 동물들은 동물들끼리 사이좋게 지낼 뿐만 아니라, 인간들이 동물들과 더불어 화목하게 살아가는 세계.[22] 이것이 바로 정지용이 세계를 향하여 품고 있는 꿈이다. 그가 객관적인 시간을 거부함으로써 '정지된 현재' 속에서 이루려는 세계는 파멸의 현재가 아닌 풍요롭고 화해로운 '과거'를 향하고 있다. 35년 이후의 정지용에게 과거의 의미는 중요하게 자리잡고 있다. 흔히 정지용 후기 문학의 전통주의, 혹은 상고주의적 성격은 그의 과거지향성을 드러내는 것이라고 볼 수 있다. '조선적인 것' 특히 '조선의 옛 것'에 대한 향수는 35년 이후 그의 시와 산문에 두루 나타난다.

　　글을 쓰실 때 심경이시나 실내정경이 요연히 떠오르는가 하면 간곡하신 자

---

22) 임철규, 「평등한 푸르른 대지」, 『왜 유토피아인가』, 민음사, 1994년, 83쪽.

애가 흐르는 듯하고 수하사람에 향하야 마음 쓰심이 세밀하고 보드라우신가 하면 매우 젊으신 왕후로서 嚴威가 또한 서슬지어 보이지 아니하신가. 무엇보다도 농부로부터 제왕에 이르기까지 한갈로 보배가 되는 갸륵한 인정이 묻어 나온 글을 名文이라 하노라.[23]

청기와로 지붕을 이우고 파아란 하늘과 시새움하며 살았으며 골고루 갖춘 값진 자기에 담기는 맛진 음식이 철철히 달랐으리라고 생각된다.[24]

그대들이 世界的으로 뽑내는 입성을 우리는 이쯤 밖에는 대접할 수 없노라고 하는 態度를 갖을 만하지 안혼가. 그들은 機械와 工場에서 나오는 입성을 日錢이나 月賦로 사입는 수밖에 없다. 우리는 어머니와 누의와 안해의 손끝이 고비고비 돌아나간 옷을 한달에도 초생 보름 그믐을 따라 철철히 입을 수가 잇다. 세상에도 淸潔하고 韻致 잇는 옷을! 고름, 깃, 동정, 섭, 솔기, 호장, 소매, 주름에서 美術을 보지 못하는 사람은 未開人이다. 洋服은 實用으로 아모나 입는 것이나 조선옷은 品威를 가초지 않고 입으면 업수히 어김을 받게 된다.[25]

과거로의 경사는 현실이 지난날의 어떤 본질적인 가치들을 결핍하고 있다는 느낌에서 비롯된다. 각각 인목왕후의 내간(內簡)과 가람 이병기의 시조집에 대해 평한 두 인용문과, 한복과 양복을 대비시켜 '조선적인 것'의 품위와 아름다움을 적어내려간 또 한편의 글에서 정지용이 그리워하는 본질적인 가치들을 발견할 수 있다. 물질적인 풍요로움을 바탕으로 하며 품격 있고 세련되며 다채로운 감각이 그것 그대로 보존되고 향수되는 세계, 사람 사이에 인정과 정성이 자연스럽게 흐르는 세계, 그것이 바로 정지용이 소중히 여기는 가치들을 담고 있는 세계이다. 그리고 그 세계는 일제의 병참기지화 정책 이후 유례없는 빈곤의 상태에서 허덕이던 식민지말의 현

23) 정지용, 「옛글 새로운 정」, 『조선일보』, 1937. 6. 12.
24) 정지용, 「가람시조집에」, 『삼천리』 1940. 7.
25) 정지용, 「衣服一家見」, 『동아일보』 1939. 5. 10.

실과, 기계와 공장으로 상징되는 '기술복제' 시대의 천박하고 속물스러운
감각에 대한 환멸로부터 빚어진 세계이다. '조선적인 것'에 대한 향수어린
태도는 그의 한편에 자리잡고 있었던, 예민한 도시적 감수성을 한계지울
수 있는 힘으로 작용하였다. 그리하여 그는 "더러운 손아귀에 구기어지지
도 때에 물들사 싫지도 아니한 신비한 비단폭과 같"은[26] 자연의 세계에서
쉼터를 발견하고 있는 것이다. '자연에의 귀의'라는 특징으로 나타난 정지
용의 과거지향성은 과거로의 퇴행이나 현실도피적인 것이라고 볼 수는 없
다. 그는 자연에 몰입하고 친화를 이룬 한편에서 현실 속의 번민과 갈등을
끊임없이 내비치고 있다. '어미를 여힌' 송아지가 '말을 보고도 등산객을
보고도 마고 매여달리'며 '우'는 모습을 보며 "우리 새끼들도 毛色이 다른
어미한틔 맡길것을 나는 울었다"(「백록담」, 1939. 4)라는 표현에서 식민지
현실에 대한 의식을 암시하고 있으며, 장수산의 고요 속에서 "시름은 바
람도 일지 않는 고요에 심히 흔들리우노니"(「長壽山1」, 1939. 3)라는 표현
은 그가 자연의 화해로운 경지를 지향하고 있으면서도 한편으로 식민지
지식인으로서의 번민을 완전히 거두어낼 수 없었음을 보여주는 것이다.
1941년1월 『문장』지에 '정지용 신작 시집 「盜掘」'이라는 이름으로 발표된
10편의 시들 가운데 「禮裝」과 「호랑나비」는, 현실에 대한 그의 번민이
죽음에 대한 강한 의식으로까지 이어지고 있음을 확인시킨다.

　　모오닝코오트에 禮裝을 가추고 大萬物相에 들어간 한 壯年紳士가 있었다.
舊萬物 우에서 알로 나려뛰었다. 웃저고리는 나려 가다가 중간 솔가지에 걸리
여 벗겨진채 와이샤쓰 바람에 넥타이가 다칠세라 납족이 업드렸다 한겨울 내-
흰손바닥 같은 눈이 나려와 덮어 주곤 주곤 하였다 壯年이 생각하기를 「숨도
아이에 쉬지 않아야 춥지 않으리라」고 주검다운 儀式을 가추어 三冬내 -俯伏
하였다. 눈도 희기가 겹겹히 禮裝같이 봄이 짙어서 사라지다.
　　　　　　　　　　　　　　-「禮裝」전문 (『文章』 1941. 1, 152쪽)

---

26) 정지용, 「옛 글 새로운 정 (上)」, 『조선일보』 1937. 6. 10.

점차 악화되어가는 파시즘의 현실에서 정지용은 죽음이 임박해있음을 강하게 의식하고 있었던 것으로 보인다. 그러나 그가 그리는 죽음은 영혼과 육체의 소멸이라는, 두렵고 심각한 것이 아니라 예장을 갖춘 상징적인 '의식(儀式)'으로 나타난다. 이같은 태도는 그가 기독교인으로서 가지고 있었던 죽음에 대한 의식과 연관되어 있는 것으로 보인다. 그에게 죽음은 곧 다시 살아남을 의미했으며 따라서 그의 시들은 죽음 뒤에 오는 영원한 삶의 시간을 미리 살아내려는 욕망을 표현하고 있는 것이다. 그의 시 곳곳에서 시화되었던 '눈'의 이미지는 이러한 영원성의 시간을 자연의 항구성으로 상징화시키고 있다. 시 「호랑나비」에서는 '재생'의 모티프가 더욱 확연하게 드러난다.

> 畫具를메고 山을 疊疊 들어간 후 이내 踪跡이 杳然하다 丹楓이 이울고 峯마다 찡그리고 눈이 날고 嶺우에 賣店은 덧문 속문이 닫히고 三冬내—열리지 않았다 해를 넘어 봄이 짙도록 눈이 처마와 키가 같았다 大幅 캔바스 우에는 木花송이 같은 한떨기 지난해 흰 구름이 새로 미끄러지고 瀑布소리 차츰 불고 푸른 하눌 되돌아서 오건만 구두와 안ㅅ신이 나란히 노힌채 戀愛가 비린내를 풍기기 시작했다 그날밤 집집 들창마다 夕刊에 비린내가 끼치였다 博多 胎生 수수한 寡婦 흰얼골이사 淮陽 高城사람들 끼리에도 익었건만 賣店 바깥 主人 된 畫家는 이름조차 없고 松花가루 노랗고 뻑 뻑국 고비 고사리 고부라지고 호랑나비 쌍을 지여 훨 훨 靑山을 넘고.
>
> —「호랑나비」전문 (『文章』 1941. 1, 154면)

죽음으로써 이루는 영원한 사랑. 시간을 유보하는 영원한 세계에 대한 갈망을 정지용은 '정사(情死)'로써 표현한다. '정사'라는 사건은 이 시에서 한 순간의 경과적 사건이 아니라 "해를 넘어 봄이 짙도록" 지속적인 의미를 지닌다. '눈'과 '호랑나비'는 그 시간의 지속성과 영원성을 표상한다. "삼동(三冬)내 열리지 않는" '문'과 "키가 처마와 같이" 쌓인 '눈' 속에서 현실의 객관적인 시간은 정지되어 있고, '호랑나비'로 표상되는 자연의 영원한 시간이 작품 속에 흐른다.[27] 정지용에게 '정지된 시간'은 곧 무한한 현재라는 의미를 띤다. 무한한 현재의 시간에는 잃어버린 과거에 대한 꿈과 미리 살아낸 미래에 대한 의식이 함께 자리하고 있다. 즉 그의 정지된 시간은 한편으로는 본질적인 가치들을 그대로 보존하고 있는 원초적 시간을 향하고 있으며 또 한편으로는 현재의 시점에서는 이룰 수 없는 꿈들이 그 소망을 이루는 미래를 향하고 있다. 그런 의미에서 그의 정지된 시간은 과거와 현재, 미래가 통합된 시간이라고 할 수 있다. 이렇듯 회복할 수 없이 파멸로 치닫고 있는 근대의 시간에 대해 다른 궤도에서 원초적 시간과 순수한 시간을 복원하려는 정지용의 시간의식은 근대적 삶의 비인간화를 부정하고 그것을 넘어서려는 한 계기를 보여주고 있다. 그러나 그가 타락한 근대를 부정하고 현실에서 이루어져야 할 바람직한 근대를 지향하는 뚜렷한 태도를 내재하고 있었는가에 대해서는 선뜻 긍정하기 어렵다. 그것은 그의 과거지향과 미래에 대한 비전이 역사의 시간 안에서 이루어지는 것이 아니라 역사의 시간과 일정한 거리를 둠으로써 비롯되는 것이기 때문이다. 이 시점에서 우리는 최초에 발표된 그의 시 「카페 프란스」에 나타났던 심미주의자의 포즈를 다시 떠올려야 한다. 현실의 객관적인 시간을 거부하고 주관적인 창조의 시간 안에 침잠하려는 정지용의 시간 의식은 현실에 대해 자신을 기투하는 정신에서 비롯된 것이라기 보다는 감각적이고 완벽한 아름다움에 탐닉하는 그의 미의식과 더욱 깊이 연관되어 있다. 그에게 현실은 아름답고 세련된 감각과 품위를 방해하는 세력으로서 의미를 지니고 있었고 따라서 그 감각과 품위가 그대로 보존되고 향수되었던 과거의 시간을 추구하거나 '재생'이라는 완벽한 시간 속에서 완결짓고자 했던 것이다. 그는 실제적으로 벌어지는 현실에 대하여 구체적인 관심을 드러내기보다는 문학 속에서 구상되는 삶의 모습과 문학을 통해 드러나는 현실을 더욱 의미 있는 것으로 바라보고 있었다. "미(美)한 풍경"의[28] 실

---

27) 장도준, 『정지용 시의 연구』, 연세대 박사논문, 1989, 121쪽.

28) 정지용, 「갈릴레아 바다」, 『카톨릭 청년』4호, 1933. 9. 『정지용 전집 1』, 103쪽에서 재인용.

현을 방해하는 현실을 개탄하며 문학 속에서 "미(美)한 풍경"을 구현하는 것, 그것이 바로 정지용이 추구하고자 한 것이다. 식민지 말에 발표된 10편의 시 가운데 「나비」는 현실에 더 이상 가까이 다가가지 못한 채 다만 "미(美)한 풍경"으로만 그것을 바라보는 정지용의 태도를 극명하게 보여준다.

> 밤 窓유리까지에 구름이 드뇌니 후 두 두 두 落水 짓는 소리 크기 손바닥만한 어인 나비가 따악 붙어 드려다 본다 가엽서라 열리지 않는 窓 주먹쥐어 징징 치니 날을 氣息도 없이 네 壁이 도로혀 날개와 떤다 海拔 五千척 우에 떠도는 한조각 비맞은 幻想 呼吸하노라 서툴리 붙어있는 이 自在畫 한 幅은 활활 불피여 담기여 있는 이상스런 季節이 몹시 부러웁다 날개가 찢여진채 검은 눈을 잔나비처럼 뜨지나 않을가 무섭어라
>
> —「나비」부분 (『文章』 1941. 1, 153쪽)

비 오는 날 날개가 찢어진 채 유리창에 붙어있는 나비를 '활 활 불피여' 오르는 방 안에서 '비맞은 환상', '자재화 한 폭'으로 건너다보는 시선. 이것이 바로 식민지의 현실을 바라보는 정지용의 시선이 아니었을까. 그에게 식민지의 현실은 '가여'우면서 동시에 '무서'운 대상이었고, 그는 더 이상 가까이 다가갈 수 없이 가로막힌 현실을 유리창 너머로 바라다보며 '호흡하노라 서툴리 붙어있는' 연약한 것의 아름다움을 마주대하고 있었다. 이같은 심미주의자의 태도는 그가 식민지의 현실에서 완전히 고개를 돌릴 수 없었던 이유이자 동시에 현실을 향해 자신을 철저히 기투할 수 없었던 이유가 될 것이다.

4. 맺음말

정지용에 관한 지금까지의 연구는 초기 모더니스트로서의 특성에 관한 연구와[29] 후기의 전통주의적 성격에 초점을 맞춘 연구로[30] 크게 나누어져

---

29) 각주 7), 8)의 논문들이 이에 해당된다.

진행되어 왔다. 그러나 전자의 경우 영. 미 모더니즘을 전범으로 수용하여 정지용의 독창적인 언어 감각과 미적인 실험의 혁신성을 주로 평가하고 있다면, 후자의 연구경향 역시 '전통'의 입지에서 전통주의적 시각을 반복하고 있을 뿐, 정지용이 서 있던 차별적인 입지—뿌리깊은 '전통'과 영성(零星)한 식민지적 '근대'가 갈등과 혼재의 양상으로 뒤틀려있던 1930년대의 시대성에 근거를 둔 평가가 되지 못하고 있다.[31] 이처럼 서로 상반되는 경향이라고 할 수 있는, 전통지향성과 모더니티 지향성이 정지용이라는 한 시인의 작품에 드러나는 이유는 무엇인가. 왜 그는 모더니스트에서 전통파로 변신해가는가. 이 글은 이러한 문제의식에서 출발하여, 흔히 우리 현대시의 성숙에 결정적인 기틀을 마련했다고 평가되는 정지용이 '근대'에 대해 어떠한 태도와 정신으로 대면하고 있었는가를 살펴보려 하였다.

정지용에게 '근대'란 직접적으로, 세련되고 아름다운 감각, 조화로운 품

---

30) 정지용의 동양 정신과 전통주의적 성격에 초점을 맞춘 연구로는 최동호, 「산수시의 세계와 은일의 정신」(『민족문화연구』제19호, 고려대 민족문화연구소, 1986), 황종연, 「한국 문학의 근대와 반근대—1930년대 후반기 문학의 전통주의 연구」(동국대 박사논문, 1992), 최승호, 「1930년대 후반기 시의 전통지향적 미의식 연구—문장파 자연시를 중심으로」(서울대 박사논문, 1993)를 들 수 있다. 또한 정지용 후기시에 나타나는 한시의 영향에 관해서는 오탁번, 「지용시의 환경」(『현대문학산고』, 고려대 출판부, 1976), 이숭원, 「정지용 시 연구」(서울대 석사논문, 1980), 정의홍, 「정지용 시 연구에 대한 재평가」(『대전대학 논문집』4, 1985), 김혜숙, 「한국 현대시의 한시적 전통계승에 대한 고찰」(『국어국문학』92호, 1984)등이 있다.

31) 각주 30)의 최동호의 연구는 정지용 후기시의 특색이 산수시(山水詩)에 있다고 보고 그에 일관하고 있는 동양적 은일 정신을 시대성과 연관시킨, 매우 심도깊은 논문이라고 할 수 있다. 황종연 또한 정지용의 "반속주의(反俗主義)"와 "은일(隱逸)의 정신"을, "서양적 모델의 근대를 부정하는" "반근대적 정신"(위의 논문, 193-212면 참조)으로 해명함으로써, '전통주의'의 논의를 보다 확장시키는 계기를 마련하고 있다. 그런 점에서 이들 논문은 동양의 전통과의 영향관계에 주목한 다른 논문들과 일정한 차이를 보여준다. 그러나 정지용 시의 '동양 정신' 또는 '전통주의적 성격'이 갖는 의미를 완전하게 해명하기 위해서는, 전기와 후기를 일관하여 그의 모더니스트적 특성과의 관련성을 밝혀내는 작업이 요망된다고 할 수 있다.

격과 품위로 받아들여졌다. 동경유학 시절 근대문명에 대한 체험은 주로 이러한 '감각' 및 '조화'와 관련된 것이었고,[32] 그의 결벽스런 성품은[33] 체험의 강도를 높이는 데 일조를 했던 것으로 보인다. 그러나 그가 근대적인 미적 가치로 추구했던 것들은, 일본 자본의 이식으로 시작된 식민지적 근대의 속물성과 식민지인의 삶을 여러 방향에서 옥죄어드는 천황제 파시즘의 야만성 앞에서 그 화려한 날개를 온전하게 펼 수 없었다. 정지용이 이러한 사실을 인식해 나가는 과정은 그가 식민지 현실에 눈을 떠 가는 과정과 일치된 것이었다. 그러나 어떠한 변화든 시간의 흐름과 경험의 축적 속에서 이루어지는 것이듯, 흔히 이야기하는 '모더니스트'에서 '전통주의자'로의 변화는 어느 한 시기에 갑작스럽게 이루어진 것이 아니다. 이미 등단작 「카페 프란스」에서 볼 수 있었듯이, 근대의 화려한 감각에 대한 예민한 반응과 동경, 그리고 식민지 청년으로서의 울분과 자학은 그에게 동시에 공존하고 있었고, 이것은 바로 근대적 삶에 대한 환상과 열악한 식민지의 현실 사이에서 갈등을 겪을 수밖에 없었던 식민지인의 딜레마를 나타내는 것이다. 이같은 딜레마는, 근대가 채 무르익기 이전에 제국주의 자본의 속물성과 파편화 과정이 진행됨으로써 근대에 대한 동경과 환멸이 동시에 착종된 상태로 현상하는, 식민지 모더니즘의 특수한 양태로 심화된다.[34] 정지용 역시 이러한 딜레마를 겪었던 식민지 지식인의 한 사람이라고 할 수 있다.

이 글에서는 시간의식에 연구의 초점을 맞춤으로써, 지금까지 상반된

---

32) 정지용, 「다방〈ROBIN〉안에 연지 찍은 색시들」, 『삼천리』96호, 1938. 5 참조.

33) "목욕은 나가서 하고 머리는 집에 돌아와 다시 서둘러 감"는다는 결벽적이고 깔끔한 면모(「愁誰語 Ⅳ-1(봄)」 『문장』15호, 1940. 4, 『정지용 전집 2』, 52쪽에서 재인용)와 "구기여지는 것 젖는 것이 / 아조 싫다"(「파라솔」 『중앙』32호, 1936. 6, 『정지용 전집 1』, 125쪽에서 재인용) 등의 시행, 그리고 많은 작품에서 발견되는 '흰 색'에 대한 경사된 태도도 그의 성품을 나타내는 증거로 볼 수 있다.

34) 이 책에 실린 이선미의 논문(「식민지 모더니즘의 이중성과 전근대적 정서의 가치」)은 바로 '구인회'의 이같은 특성에 주목한 논문이다.

시각에 의해 분리된 채 인식되었던 정지용의 근대에 대한 태도를 추출해 보고자 하였다. 15년에 이르는 식민지 시대의 창작기간 동안 그는 굵직한 변화를 보여주고 있지만, 그 가운데 하나의 일관된 흐름 역시 존재하고 있음을 그의 시간의식을 통해 확인할 수 있었다. 그의 시에 나타나는 시간에 대한 집착과 예민한 반응은 당대의 변화해가는 조선인의 삶, 즉 근대적 징후를 나타내는 것이라 할 수 있다. 시간에 대한 집착과 반응은, 시간이 창조의 원천이 아니라 자아의 정체성을 위협하는 존재라는 생각, 파멸의 현재 속에서 동일성을 유지하고자 하는 소망으로 발전하며, 이러한 태도는 곧 근대적 삶에 대한 환멸, 더 나아가 그것을 거부하려는 태도로 볼 수 있다. 정지용이 현실의 객관적 시간을 거부함으로써 문학 속에서 현현시키고자 한 시간은, 어린이의 순진무구한 시간과 신(神)의 '거룩'하고 완벽한 시간, 타락한 근대에 의해 훼손되지 않은 자연의 시간, 그리고 현실을 초월한 '재생'의 시간이었다. 이들은 모두 식민지 현실에 대한 그의 의식, 그리고 그가 그 현실에서 이루지 못한 '꿈'과 관련되어 있었다. 즉 그가 추구한 시간은, 타락하고 속악한 근대의 시간에 부재하거나 결핍된 가치들을 보존하고 있는 시간이었다. 그는, 본질적 가치들을 그대로 보존하고 있는 원초적 시간과 현재의 시점에서는 이룰 수 없는 꿈들이 그 소망을 이루는 미래의 시간을 향함으로써, 가치로운 것들을 현실이 아닌 문학 속에서 현현시키고자 하였다. 흔히 전통주의 혹은 상고주의라고까지 평가되는 후기시의 과거지향적 성격은, 근대가 '강요된 타자'로 존재하는 현실 속에서 전근대적인 것이 오히려 가치 있는 것으로 의미화될 수 있었던 식민지의 특수성을 나타내는 것이라고 볼 수 있다.[35] 근대에 대한 정지용의 태도와 정신은 카프 계열의 시인들과 비교할 때 그 특징이 더욱 확연하게 드러날 수 있다. 이미 이 글의 서두에서 「카페 프란스」와 「백수의 탄식」의 차이로 확인되었듯이, 카프 시인들이 사회·경제적 현실의 총체성을 파악하고 타락하고 모순된 것을 직접적으로 고발하려 했다면, 정지용에게는 미적인

---

35) 이선미, 앞의 논문 참조.

것과 관련된 현실이 중요하게 다가왔고 따라서 부분적이고 개인적인 것을 통해서 드러나는 근대의 상에 접근하려 했다. 그러나 이들의 차이는 인식의 방법과 대응의 방법에 있을 뿐 식민지적 근대의 부정성을 인식하고 그것에 대응하고 있었다는 점에서는 동일하다고 할 수 있다. 곧 카프의 시인들이 현실에서 이루어져야 할 것으로서 사회적 근대성을 추구했다면, 정지용은 심미적 미의식을 추구함으로써 그것을 훼손시키려 하는 현실의 문제를 동시에 인식할 수 있었다. 그러나 정지용의 미적 태도는 끝내 미적 저항으로까지 고양되지는 못했다. 그는 미적인 것, 완벽한 조화와 아름다움을 추구함으로써 그러한 감각이 보존될 수 없는 속악하고 천박한 근대의 모습을 인식할 수 있었고 그것이 바로 그가 현실에 일정한 거리를 두면서도 끊임없이 현실에 눈을 돌릴 수 있었던 근거가 되었지만, 한편 현실에서 완성될 수 없는 아름답고 세련된 감각을 추구함으로써 결코 속악한 현실에 발을 빠뜨릴 수 없었다. 정지용이 자리하고 있는 독특한 입지는 바로 여기에 있을 것이다. 　　　　　　　　　　　　　　　　　（연세대 강사）

근대성의 지표와 과학적 시학의 실험
-김기림의 시와 시론

이 혜 원

1. 근대성의 인식

김기림은 우리 현대시사에서 모더니즘을 의식적으로 수용한 최초의 이론가이자 시인이다. 선진 이론가로서의 김기림이 모더니즘 시와 시론을 통해 추구한 문학은 긴요한 문제의식을 내포하고 있다. 김기림의 모더니즘은 식민지 현실에 대한 온당한 이해를 바탕으로 한 것이었는가라는 질문 앞에서는 부정적인 평가를 면하기 어렵지만[1] 근대성에 관한 대응의 중요한 한 양상으로서 파악할 필요가 있다. 서구문명에 대해 적극적인 수용의 자세를 견지했던 김기림에게 있어 근대성은 가치 지향적인 목표로서의 의미를 지닌다. 서구의 과학정신은 근대성의 지표 하에서 전근대적인 전통과 뚜렷한 대립 명제로서 인식되었다. 전통을 부정적인 현실의 조건으로 파악

---

1) 김우창, 「한국시와 형이상」, 『궁핍한 시대의 시인』(민음사, 1977)
   염무웅, 「30년대 문학론」, 『민중시대의 문학』(창작과비평사, 1979)
   김종철, 「30년대의 시인들」, 『한국 근대문학사론』(한길사, 1982)
   서준섭, 『한국 모더니즘 문학 연구』(일지사, 1988)
   김윤식, 「모더니즘과 리얼리즘의 넘어서기에 대하여」, 『한국문학의 리얼리즘과 모더니즘』(민음사, 1989)
   이남호, 「현실과 문학과 모더니즘」, 『문학의 위족 1』(민음사, 1990)
   등에서 많은 연구자들은 공통적으로 김기림의 모더니즘이 당대 현실을 회피하거나 오도했다는 부정적인 평가를 행하고 있다.

한 반면 서구 근대정신, 특히 과학에서는 그것을 타개할 새로운 지향점을 발견했던 것이다. 김기림이 인식한 근대성의 핵심에는 과학 지향적인 사고가 자리잡고 있으며 이는 그의 모더니즘 시학과도 긴밀하게 관련된다. 김기림은 과학의 지향을 근대성의 지표에 가장 부합되는 태도로 받아들였을 뿐 아니라 자신의 문학에서 그것을 실천하려 했다. 그의 과학적 시학은 과학에 근접하려는 정신의 소산으로 우리 현대시사상 과학과 문학의 접맥을 모색한 최초의 의욕적인 시도에 해당한다. 그의 과학적 시학은 문학과 현실, 근대성과 모더니즘에 관한 인식의 한 극점을 반영하고 있는 것으로서 주목할 만하다.

김기림의 과학적 시학은 현실과 유리된 논리의 차원에 국한된 것으로 한정짓기 쉽지만 그러한 논리의 출현이 당대 현실과 문학의 맥락과 관련되는 양상은 결코 단순하지 않다. 1930년대 중반 카프 해산 이후 문단의 재편성이 요청되는 시기에 활동을 시작한 구인회는 김기림의 문학적 기반이었다고 볼 수 있다. 구인회는 기성 문단의 주류를 이루고 있던 민족주의 문학과 프로문학 양 진영을 다함께 비판하는 동시에 새로운 문학의 필요성을 주창하면서 등장하여 뚜렷한 세대의식을 보여준다. 구인회는 집단의 이념적 구성력을 전제로 하지 않은 개성의 집합체였기 때문에 그 성격을 규정하기 어려우나, 문학의 자율성이나 미적 자의식에 강조점을 두었다는 공통점을 추출해 볼 수 있다. 그러므로 구인회가 추구한 새로운 문학은 근대성의 미학적 실현을 지향한다. 김기림 역시 구인회의 이러한 성격을 공유할 뿐 아니라 이론과 창작의 양면에서 의욕적인 실천을 행한다. 김기림이 구인회의 결성과 발맞추어 제시한 새로운 문학에 대한 요구와 강렬한 세대의식은 선진적 문학이론인 모더니즘과 부합되어 나타난다. 기성문단에 대해 비판의식을 지닌 그로서는 전통이 아닌 최신의, 동양이 아닌 서양의 문학이론에서 더 합당한 입지를 모색할 수 있었던 것이다. 전통과의 단절을 기도한 그에게는 근대성의 추구가 절실한 과제로 부각되었으며 전통과 동양의 대척점에는 근대와 서양이라는 지향점이 자리하게 된다. 김기림이 새롭게 기획한 문학의 지표는 당연히 근대성의 인식과 연장선상에 놓인다. 그는 문학에 있어서의 근대성을 세계문학이라는 개념으로 표출한다.

그는 당대 문학의 위기 상황을 강조하고 새로운 방향의 정립을 역설하면서 세계문학을 전통문학에 대한 뚜렷한 대립개념으로 제시한다. 그는 전통문학의 부정적인 측면을 감상적 민족주의와 배타적 민족주의로 규정하며 세계문학을 장래 문학이 지향할 바람직한 대안으로서 제시한다. 전통적 민족주의에 대한 부정의 논거는 문화와 '진보'의 의욕으로 표출된다. "소박하고 추한 자연의 부정—그것은 언제든지 문화의 근원적인 의지다. 이러한 소극적인 조선주의는 우리들의 '진보'의 흐름에 의하여 이윽고 깨끗하게 청산되고 말 것을 우리는 안심하고 예언해도 좋을 것이다."²⁾에서 알 수 있듯 김기림은 자연 상태의 전근대적인 조건은 문화라는 근대의 환경으로 발전한다는 '진보'의 개념을 가지고 있었다. 이와 같은 맥락에서 문학에서의 근대성은 전통문학에서 세계문학으로의 발전으로 이루어진다는 논리를 살필 수 있다. 전통과 근대, 자연과 문명, 동양과 서양이라는 대립항은 '진보'라는 지향점 앞에서 뚜렷하게 분리되었다. 김기림은 근대와 진보의 이상을 실현할 지표로서 과학적 방법론을 제시한다. 이 때의 과학이란 객관성과 논리성을 기본 전제로 하는 서구 근대과학을 의미하는 것이다. 그는 선진적인 서구 문명의 정수에 해당하는 과학적 방법론을 자신의 세계관과 문학론을 정립하는 과정에서 적극적으로 수용한다.

김기림이 추구한 근대성의 바탕에는 문명체험이 자리한다. 선진문명의 인상을 가장 선명하게 반영한 것은 서울을 중심으로 새롭게 변모한 대도시의 환경이다. 그를 포함한 구인회의 문학적 특성은 도시체험을 배제하고는 제대로 이해할 수 없을 정도로 새로운 삶의 조건이 된 도시문명과 긴밀하게 관련된다. 물론 그들이 접한 도시는 오늘날의 도시처럼 삶에 대해 전면적인 규정력을 발휘하는 것은 아니었지만 감수성의 변화를 촉구하기에 충분할 정도로 인상적인 것이었다. "그들은 물질적 생산력의 발달이 가져온 도시문명과 그 문명의 산물인 기술복제 시대의 예술을 감지하며 거기에 어울리는 새로운 문학형식을 추구했던 것이다."³⁾ 전통문학과의 변

---

2) 김기림, 「將來할 조선문학은」, 『김기림 전집 3』, 심설당, 1988, 132쪽.

3) 서준섭, 앞의 책, 27쪽.

별점을 찾던 그들은 근대 도시의 독특한 인상을 새로운 감수성의 터전으로 삼아 문학의 소재와 형식에 있어 획기적인 변화를 창출할 수 있었다.

모더니즘을 표방한 김기림의 시학은 도시체험을 적극적으로 반영하고 있다는 사실을 제외하고는 서구 모더니즘과는 상당히 다른 면모를 보여준다. 거기에서 서구 모더니즘의 핵심 요소인 문명비판이 철저하게 이루어지지 않고 오히려 문명에 대한 긍정과 희망을 감지하게 되는 것은 그가 인식한 근대성이 서구 문명과 과학을 진보라는 가치지향적인 개념으로 내포하고 있기 때문이다. 근대 문명과 과학에 대해 서구 모더니즘은 비판의식을 전제로 하고 있는 것에 반해 김기림은 가치지향적인 태도를 보인다. 30년대 모더니즘은 서구와는 상당히 다른 토양에서 배태한 문학론이다. 서구 모더니즘이 20세기 이후 과학과 기술의 급진적 발전이 가져다 준 충격과 그에 따른 인간 정신의 약화로 인해 대두된 실존의 문제와 긴밀하게 연관되어 있는 것[4]에 반해, 30년대 모더니즘에는 과학과 문명의 숙성된 기반이라는 모더니즘의 전제가 놓여있지 않다. 서구 모더니즘에서 비판과 반성의 대상인 합리적인 근대정신이 추구해야할 지향점으로 설정되어 있다는 점이야말로 한국적 모더니즘의 특수성을 이룬다. 근대성 지향의 강박관념은 근대의 반성에 앞서 전통과의 단절과 선진 문명의 수용을 선결과제로 삼을 수밖에 없다. 근대가 삶의 조건이 되어있는 서구의 상황과 비교한다면, 당대 현실에서 근대성의 지표가 가치지향적인 성격을 갖는 것은 당연하다. 근대화는 후진사회가 선진사회로 진입하는 과정에서 필연적으로 거쳐야할 과정으로 인식되었다. 그는 근대화의 지표를 체현하는 과정에서 발생하는 혼돈과 지연에 조급증을 드러내며 그 원인을 거론하기도 한다. 서구에서는 수세기에 걸쳐 진행된 발전의 결과를 모방이나 수입의 형식으로 속성해야 하는 동양적 후진성과 그보다 더 근본적으로 근대적 생산기술은 발전하지 못한 상태에서 소비생활면에서의 근대성만 표피적으로 받아들여

---

4) 김욱동, 「모더니즘의 개념과 본질」, 『모더니즘과 포스트모더니즘』, 현암사, 1992, 77쪽.

왔다는 지적이 그것이다.[5] 이와 함께 그간의 근대화가 서양의 혼돈만을 수입했던 것이 아닌가 하는 심각한 반성을 행하기도 한다. 그는 근대화의 문제점을 충분히 인식하고 있었으며 그것이 성숙해보지도 못한 상태에서 파국을 맞이하게 되었다고 선언하기까지 한다. 근대성이라는 이상적 지표와는 달리 근대화의 현실은 부정과 반성을 동반했던 것이다. '근대의 파산'이라는 위기를 반성하고 전망하는 과정에서 그는 지켜가야할 근대의 유산으로 과학정신을 든다. 근대의 파산을 넘어서는 새로운 세계에서도 과학정신은 가장 정확한 지표이며 가장 신뢰할 수 있는 조언자일 것이라고 전망한다. 근대를 추진시켰던 모험정신도 이성과 지성의 참여에 의해서 창조의 정신으로 변신할 수 있을 것으로 예측한다. 그러므로 김기림이 지향한 근대성의 진정한 목표는 합리적인 과학정신이었다고 할 수 있다.

김기림의 모더니즘은 당대 현실에서 중요한 문제로 대두되었던 근대성에 관한 의욕적인 모색의 한 방편이었다고 할 수 있다. 김기림은 서구 문학이론에 대한 해박한 지식을 바탕으로 새로운 시대정신과 그에 합당한 문학의 형식을 구현하려 했다. 그러므로 근대성과 과학정신의 문학적 실천이라는 김기림 시학의 성과와 한계를 살피는 일은 문학과 현실과 시대정신의 복잡한 관련양상을 이해하는 데 많은 시사점을 준다.

2. 과학적 시학의 이론과 실제

김기림이 지향한 근대성의 실천내용은 과학정신을 바탕으로 하는 문학의 과학화로 특징지을 수 있다. 그는 과학 지상주의에 입각하여 주지성을 강조하였으며 전통의 비합리성에 강한 거부감을 드러냈다. 과학적 세계관과 인생태도는 낡은 전통을 대체할 모랄의 차원으로 확대 인식되었다. 그는 과학적 태도가 새로운 모랄일 뿐 아니라 과학의 발흥과 함께 자라난 세계의 새 정세가 요구하는 유일하고 진정한 인생 태도라고 규정짓는다.[6]

---

5) 김기림, 「30년대의 소묘」, 『김기림 전집 2』, 47~48쪽.
6) 김기림, 「과학과 비평과 시」, 같은 책, 29쪽.

전통과 근대, 자연과 과학, 감상과 지성의 대립과 우열 관계는 문학에도 그대로 적용되었다. 가치 지향적인 그의 사고는 창작의 목적 역시 의식적인 가치 창조에 두었다. 당연히 자연발생적인 창작 방법보다 주지적인 방법이 우위의 것으로 인식될 수밖에 없다.

> 자연발생적 시는 한개의 '자인'(存在)이다. 그와 반대로 주지적 시는 '졸렌'(當爲)의 세계다. 자연과 문화가 대립하는 것처럼 그것들은 서로 대립한다. 시인은 문화의 전면적 발전과정에 의식한 가치창조자로서 참가하여야 할 것이다.[7]

그는 자연과 문화의 관계처럼 자연발생적 시와 주지적 시의 우열을 분명하게 가늠한다. 바람직한 문학은 자연의 법칙이 아닌 가치의 법칙을 따라야 한다는 것이다. 문화의 발전이라는 개념에 맞출 때 시인은 시적 가치를 기도하는 의식적인 방법론을 수행해야 한다는 당위 명제가 도출된다. 방법론의 유무는 새로운 시와 낡은 시의 구분점을 이룬다. 방법론이 부재한 자연 상태의 낡은 시는 감상의 대상에 불과한 것에 비해 방법론이 뒷받침되는 새로운 시는 이해의 대상으로서 지성의 참여를 요구한다. 김기림이 주창한 의식적인 방법론은 달리 말하면 가치 창조를 지향하는 주지적인 시이다. 지성의 유무 또한 새로운 시와 낡은 시를 구별하는 기준으로 작용한다. 김기림은 지성의 유무에 따라 모든 예술을 의식적·계획적·지적 예술과 무의식적·자연발생적·사실적(寫實的) 예술로 양분하고 지성을 결여한 예술은 무분별한 본능의 배설에 지나지 않는 것으로 치부한다.[8] 이는 동양의 예술을 '지성의 결핍'이라는 논리로 공박하는 맥락과도 상통한다. 그는 센티멘탈리즘을 동양의 성격적 결함이라고 보고 바람직한 대안으로 지성을 고취한다. 새로운 당위의 시를 향해 진전해야 한다는 신념은 다음과 같이 시의 모더니티에 대한 분명한 개념으로 제시된다.

---

7) 김기림, 「감상에의 반역」, 같은 책, 79쪽.
8) 김기림, 「속 오전의 시론」, 같은 책, 186쪽.

　　과거의 시:독단적, 형이상학적, 국부적, 순간적, 감정의 편중, 유심적, 상상
　　　　적, 자기중심적
　　새로운 시:비판적, 즉물적, 전체적, 경과적, 정의와 지성의 종합, 유물적, 구
　　　　성적, 객관적[9]

　세계시를 개척한다는 야심하에 진전된 시의 성격으로 내세우는 유물적,
구성적, 객관적 시란 얼핏 프로문학 쪽에서 내세우는 리얼리즘 문학형식과
흡사해 보인다. 그러나 프로문학의 유물론적 세계관이 현실의 충실한 반영
을 목표로 하는 것에 비해 김기림이 지향한 현실은 의식적으로 추구해야
할 가치라는 개념에 가깝다. "시에 나타나는 현실은 단순한 현실의 단편
은 아니다. 그것은 의미 있는 현실이다. 그리고 그것(현실)이 전문명의 시
간적·공간적 관계에서 굳세게 파악되어서 언어를 통하여 조직된 것이 시
가 아니면 아니된다. 여기서 의미적 현실이라고 한 것은 현실의 본질적 부
분을 가리켜 한 말이다. 그것은 현실의 한 단편이면서도 그것이 상관하는
현실 전부를 대표하는 부분이다."[10]라고 할 때 '의미 있는 현실'이란 현실
의 충실한 반영보다는 미래에 대한 전망과 결부된다. 현실을 부분과 전체로
분리한데서 도출된 '현실의 본질적 부분'이라는 관념적인 표현은 문화 또는
문명의 개념을 전제로 한다. 김기림에게 있어 당대 현실의 후진성이란 특별
히 문화현상의 측면에서 파악된 것이다. 그는 문화의 선진성과 후진성을 기
준으로 현실의 위상을 파악하고 보다 진전된 문화를 의미있는 현실로서 지
향하고자 했던 것이다. 그는 자신이 단편적 현실이라고 한 현실의 실상이
내포하는 갈등과 모순의 관계를 배제하고 '전문명의 시간적·공간적 관계'
라는 관념의 차원에서 자유롭게 '의미 있는 현실'이라는 진보의 개념을 추출
해 낼 수 있었다. '현실의 본질적 부분'이야말로 그가 지향한 근대성의 핵심
을 차지하는 가치 개념에 해당한다. '리얼리티'를 '현실'보다는 '진실'이라는

---

9) 김기림, 「감상에의 반역」, 같은 책, 84쪽.
10) 같은 글, 84~85쪽.

의미로 파악하려는 경향[11]도 같은 맥락에서 이해할 수 있다. 현실은 뚜렷한 진보의 개념으로 관념화·추상화되었으며 보다 진전된 문명의 단계를 향해 나아가는 것으로 인식되었다. 그렇다면 진전된 문명의 단계를 포함하는 '의미 있는 현실'의 모습은 어떠한 것인가. '의미 있는 현실'의 지향이 중시되고 있는 것에 비해 그것의 구체적인 내용을 발견하기는 어렵다. 다만 지성과 함께 강조한 진취성·명랑성·건강성 등에서 그가 지향하는 '의미 있는 현실'의 성격을 추측해 볼 수 있다. 이는 구체적인 현실을 배제한 상태에서 막연하게 도출한 현실의 성격이다. 현실인식을 구체화시킬 수 있는 체험이 제거된 밝은 미래의 목표는 모호한 관념의 형태를 벗어나지 못하고 있다.

김기림이 추구한 예술의 리얼리티는 현실의 내용보다는 현실의 구성 방법에 있어 한결 구체화된다. '의미 있는 현실'을 표현할 방법론을 구축하고 실험함으로써 그는 비로소 분명한 입지를 마련한다. 언어의 과학성에 대한 강조는 그의 표현 방법론에서도 핵심을 이룬다. "시는 언어의 건축이다"[12]라는 명제는 시를 정확하게 구성된 언어의 표현으로 보는 그의 과학적 시학을 압축하고 있다. 그의 과학 지상주의적 사고는 근대성의 궁극적 지표인 과학에 시를 일치시키려 한다. 그는 과학의 언어처럼 엄정하지 못한 시의 언어에 대해 조급증을 드러내며 시의 과학을 표방한다. 이로부터 "사실 오늘의 문화과학을 자연과학보다 뒤떨어지게 하고 있는 원인의 하나는 문화과학이 아직도 정리하지 못한 조잡하고 몽롱한 그 어휘와 어법의 운무다."[13]라는 진단이 도출된다. 언어의 건축학적 설계란 좀더 자세하게 살펴보면, 말의 음으로서의 가치, 시각적 영상, 의미의 가치, 그리고 이 여러 가지 가치들의 상호작용에 의한 전체 효과를 의식하고 구조화하는 것으로서 형식주의 이론과 흡사한 이해를 바탕으로 한다. 언어의 의미와 형태와 음향의 유기적 구조로 파악되는 시의 이해는 과학적 접근

11) 김기림, 「예술에 있어서의 '리얼리티', '모랄'문제」, 『김기림 전집 3』, 116쪽.
12) 김기림, 「오전의 시론」, 『김기림 전집 2』, 162쪽.
13) 김기림, 「시와 언어」, 같은 책, 23쪽.

방법에 의한 것이다. 여기에는 문학 소통의 세 가지 요소인 작품, 창작자, 수용자 중에서 작품의 측면만이 특별히 거론되고 있다. 이는 마치 관찰자와 관찰 대상이 철저하게 분리되는 근대 과학의 방법과도 같다. 김기림의 과학적 시학은 이렇게 언어의 요소를 의미, 형태, 음향이라는 요소로 나누어 파악하는 물리학적 접근방법의 분석적이고 합리적인 언어 이해를 도모한 것일 뿐 아니라 다양한 형식의 실험에 해당한다. 엘리어트는 "시인 비평가는 시를 창작하기 위하여 비평한다"[14]고 하였지만 김기림 시의 경우는 시론의 실험으로서의 성격이 강하다. 그는 의식적이고 주지적인 방법으로 산문시, 단시, 장시 등의 여러 시 형식과 이미지즘, 주지주의, 언어의 몽타주 등 다양한 기법을 시도하였다. 과학적 시학의 실험 보고서에 해당하는 김기림의 초기시들을 통해 그가 의도한 시의 과학화가 어떤 식으로 진행되었는가를 살펴보도록 하자.

김기림 초기시에서 뚜렷하게 양분된 경향, 즉 관념시 계열과 이미지즘시 계열은 그의 과학적 시학이 내용과 형식의 측면으로 분리되었음을 보여준다. 그가 근대성의 지표로 삼은 '의미 있는 현실'의 파악은 관념시 계열에서 행하고 있는 것에 비해 언어에 관한 의미 있는 자각을 보여주는 것은 이미지즘시 계열이다. 관념시 계열에서 언어에 대한 근대적 자각을 결여하고 이미지즘시 계열에서 현실인식을 배제하고 있는 것은 같은 맥락에서 도출되는 부정적인 측면이다.

관념시 계열에서 보여주는 인식내용은 현실에 대한 부정과 긍정적인 세계에 대한 지향이다. 현실의 부정적인 상황은 폐쇄된 어두운 공간으로 표현된다.

太陽보다도 이쁘지 못한 詩. 太陽일 수가 없는 설어운 나의 詩를 어두운 病室에 켜놓고 太陽아 네가 오기를 나는 이 밤을 새여가며 기다린다.
「마음의 衣裳」에서

---

14) T. S. 엘리어트, 이경식 편역, 『문예비평론』, 범조사, 1983, 41쪽.

차라리 貨物自動車라면 꿈들의 破片을 걷어실고 저 먼- 港口로 밤을 피하야
가기나 할터인데……

「貨物自動車」에서

땅우에 남은 빛의 最後의 한줄기조차 삼켜버리려는 검은 意志에 타는 검은
慾望이여
나의 작은 房은 등불을 켜들고 그 속에서 술취한 輪船과같이 흔들리우고 있
다.
유리창 넘어서 홀기는 어둠의 검은 눈짓에조차 소름치는 怯많은 房아

「房」에서

거리에서는 띠끌이 소리친다. 『都市計劃局長閣下 무슨 까닭에 당신은 우리
들을 「콩크리-트」와 鋪石의 네모진 獄舍 속에서 질식시키고 푸른 「네온사인」
으로 漂迫하려합니까?

「屋上庭園」에서

등 많은 시에서 화자가 위치해 있는 현실은 암울한 상황으로 그려진다. 어
둡고 폐쇄된 공간에 간혀있는 현재의 상황에서 벗어나려는 강한 욕망은
"너의 사나운 風俗을 쫓아서 이 어둠을 깨물어 죽이련다"(「太陽의 風俗」)
에서처럼 빛이나 속도를 지향한다. 이처럼 부정적인 상황의 인식은 막연한
관념의 상태로 표출되어 있어 구체적인 근거를 찾기 어렵다. 그러나 그의
부정정신은 내면심리나 실존의 문제보다는 외부정세와 관련되어 있는 것
으로 보인다.
"나는 火星에 걸터앉어서 / 나의 살림의 깨여진 地上을 껄껄껄 웃어주
고 싶다"(「午後의 꿈은 날줄을 모른다」), "어둠의 바다의 暗礁에 걸려 地
球는 破船했다"(「海上」), "무엇이고 差別할 줄 모르는 無知한 검은 液體
의 汎濫 속에 녹여버리려는 이 目的이 없는 實驗室 속에서 나의 작은 探
險船인 地球가 갑자기 그 航海를 잊어버린다면 나는 대체 어느 구석에서
나의 海圖를 편단 말이냐?"(海圖에 대하야」), "바다에서는 구원을 찾는 광
란한 기적소리가 지구의 모든 凹凸面을 굴러갑니다"(「가을의 果樹園」) 등

많은 시에서 범지구적 차원의 위기의식을 엿볼 수 있다. 제국주의의 식민지 쟁탈전으로 혼란스런 세계와 물질문명의 위험성에 대한 경각심을 반영하고 있는 것이다. 이러한 범지구적 차원의 위기의식은 구체적인 현실비판이 제약을 받았던 당대상황과 직접 결부되는 것이지만 다른 한편으로 현실의 부분보다는 전체, 조선의 현실보다는 세계 전체의 문제에 대한 관심을 보다 진보한 의식으로 받아들였던 김기림의 근대 지향성과도 관련되는 것으로 보인다. 구체적인 현실체험이 결여된 채 지식이나 정보에 의해 판단한 세계 정세의 위기상황이란 막연하고 관념적인 비판을 도출하는 데 머무는 정도이고 그에 따른 대안이란 위기로부터의 탈출이라는 도식적인 구도와 막연한 상상을 벗어나기 힘든 것이었다. 그의 관념시에서 어둠을 내모는 태양이나 기차나 화물자동차의 속도감과 추진력 등으로 그는 자신이 처해있는 암울한 현실과 그로부터의 탈출의 욕구와 새로운 세계로의 지향을 드러낸다. 이는 암흑에 대처하는 시의 세가지 유형, 즉 암흑을 암흑대로 쓴 시, 암흑을 초극하는 치열한 정신을 가진 시, 암흑을 초극한 후의 대낮을 쓴 시[15] 중에서 바람직한 방향으로 제시한 현실의 이해와 그것을 초극하려는 자세를 실천한 것으로도 볼 수 있다. 당대의 세계적 위기상황을 객관적인 태도로 관찰하고 합리적인 대안을 구상하려한 그의 과학적 시학은 이처럼 나름대로 정밀한 이론적 토대에 바탕을 둔 것이다. 근대과학의 정신을 바탕으로 하는 이러한 과학적 태도는 경험적 현실에 대해서도 객관적이고 합리적인 이해를 도모한다. 경험의 구체성이 결여된 합리적 현실인식의 맹점은 논리로 제한되지 않는 삶의 실질을 설명할 수 없다는 것이다. 논리 이전에 실제로 존재하는 삶은 객관적이고 합리적인 이해의 범위를 넘어선다. 논리적 이해로 구성된 삶의 개념은 결코 삶 전체의 인식에 이를 수는 없으며 독단적인 관념의 차원을 벗어날 수 없다. 김기림의 관념시가 보이는 소박하고 도식적인 현실인식의 한계는 근본적으로 이러한 과학적 접근에서 연유한다.

---

15) 김기림, 「감상에의 반역」, 앞의 책, 110쪽.

관념시 계열의 의욕과잉과 미숙한 형상화에 비해 이미지즘시 계열은 그의 주지적 시론과 근대시의 형식실험이 보여주는 구체적인 성과로서 주목할 만하다. 그가 이미지즘 시에 보인 특별한 관심은 감상을 배제하고 주지적인 태도를 견지하는 시 형식의 근대성이 회화성과 시각적 감각을 추구하는 이미지즘의 미적 가치와 상통한다고 인식한 데서 연유한다. 김기림의 이미지즘 시는 짧고 압축된 형태와 명확하고 객관적인 묘사로 무절제한 감상의 배제라는 그의 과학적 시학의 기본전제를 충실하게 실천하고 있다. 기존 문학의 과도한 감상성을 비판하면서 분명하게 내세운 감상의 배제라는 태도는 김기림이 자각한 미적 근대성의 핵심을 이룬다. 감상의 배제라는 태도와 결부되어 그의 이미지즘 시는 암울한 감정의 상태에서 벗어난 밝고 명랑한 정서를 표출한다. 그의 이미지즘 시 중 대다수가 여행과정의 풍물체험을 담고있다는 사실도 이와 무관하지 않을 것이다. "세계는 / 나의 學校. / 旅行이라는 課程에서 나는 수없이 신기로운 일을 배우는 / 유쾌한 小學生이다"(「序詩」전문)에서와같이 그는 '유쾌한 소학생'처럼 명랑한 태도로 '세계'라는 배움터에 뛰어드는 적극적인 탐구의 의욕을 보였다. 이때의 세계란 다름아닌 서구의 사상과 문물이다. 서구의 선진성을 시적으로 실천하는 과정에서 그는 감상성의 배제와 외부세계에 대한 객관적인 소묘를 시형식의 뚜렷한 지향점으로 삼은 것이다.

그의 이미지즘 시는 다시 대상에 대한 묘사와 시인의 내면정서가 결합된 시들과 철저하게 객관적 묘사에 한정된 시들로 나누어진다.

> 모ー든것이 마을을 사랑한다네.
> 참아 嶺을 넘지 못하고
> 山허리에서 멍서리는
> 흰
> 아침연기.
>
> 　　　　　　　　　　　　「山村」전문

이 시는 첫 행에서 시인 자신의 주관적 정서를 드러내고 뒷부분에서는

아침 연기의 묘사로 주관과 객관적 묘사가 호응하는 복합적인 표현구조를
보이고 있다. 산허리에 걸려 느릿느릿 움직이는 아침연기의 시각적 이미지
는 산촌을 떠나는 시인 자신의 아쉬움의 정조와 결합하여 청신하게 정감
을 표출한다. 이는 이미지즘의 궁극적인 목표는 지성과 정서의 복합체라고
한 에즈라 파운드의 이론을 성공적으로 구현해보인 예로 볼 수 있다.[16] 안
개에 싸인 마을의 음울한 인상과 거기서 들려오는 개짖는 소리의 공허한
울림을 배경으로 '개─즉흥시인'이라는 회화적인 대비로 의미의 증폭을 이
루는 시 「개」나 향수라는 주관적인 정서를 따리아라는 시적 상관물로 치
환시켜 보여주는 시 「따리아」도 내면정서의 객관화가 잘 이루어진 예이
다.

　시에서 감상성을 배제하려는 의도가 극단화될 경우에는 대상에 대한 객
관적 묘사에 한정된다. 이런 시의 경우는 선명한 감각적인 이미지가 시의
전체 인상을 결정한다. "모닥불의 붉음을 / 죽음보다도 더 사랑하는 금벌
레처럼 / 汽車는 / 노을이 타는 서쪽 하늘 밑으로 빨려갑니다"(「汽車」전
문)같은 시에서는 불 속으로 뛰어드는 금벌레와 노을 속으로 사라지는 기
차가 대비되는 속도감 있는 선명한 시각적 이미지가 돋보인다. 밤 항구를
'부끄럼 많은 보석장사 아가씨'로 비유한 시 「밤 港口」나 식당차의 주전자
가 흔들리는 모습에서 '폐마'를 연상하는 시 「食堂車」 등 대상의 객관적
묘사에 충실한 시에서는 사물의 순간적인 인상을 포착하는 기지가 돋보인
다. 그러나 외부세계에 대한 철저한 객관적 묘사를 행한 이런 시들은 실상
대상에 대한 깊이 있는 탐구에 이르지 못한 피상적인 관찰을 반영하는 데
서 그치고 있다. 이는 우선적으로 이미지의 감각적인 효과에만 역점을 둔
시인 자신의 문제라 할 수 있지만 단형시에 집중되었던 초기 이미지즘 시

---

16) 파운드는 김기림이 영향받은 이미지즘의 대표적 이론가이며 시인이다. 지성과 정서
　의 복합체로서의 시적 산물이라는 파운드의 이미지즘은 내면정조와 서경묘사의 조
　화를 중시했던 동양의 시 전통에서 시사받은 바가 크다. 단아하고 정묘한 동양적 감
　수성을 보여주는 위의 시는 서구 이미지즘을 의식하고 쓴 것이지만 파운드가 영향
　받은 동양시의 역수입이라는 아이러니를 내포하고 있는 것으로 보인다.

의 형태상의 특성과도 무관하지 않은 것으로 보인다. 의욕적인 현실비판의 시로서 시도한 「氣象圖」에서 기법면으로는 이미지즘을 그대로 수용하면 서도 '장편시'를 기획한 것은 초기 이미지즘 시의 비판적 수용의 결과로 볼 수 있다.

초기에 관념시와 이미지즘 시를 통해 내용과 형식의 양면에서 시의 근 대성을 실험했던 김기림은 결국 인간성 결핍에 대한 자기 반성에 도달하 게 된다. 과학을 지향하는 문학, 철저한 객관성과 합리성에 근거한 문학 과학의 이상을 실천하려던 김기림은 "인간적 감격과 비판이 참가하지 아 니한 시는 문자의 장식에 지나지 않을"[17] 것이라는 자기반성을 계기로 '의 미의 재발견' '인간성의 부흥'[18]을 선언하기에 이른다.

3. 과학적 시학의 반성과 변모

전통 시문학의 감상성을 극복하고 지성에 근거하여 시의 근대성을 실현 하려던 김기림의 주지주의 시학은 사실상 형식에 편향된 기교주의로 흐르 게 된다. 이에 대해 김기림은 스스로 중간평가를 통해 기교주의에 대한 비 판과 대안을 마련한다. 그는 먼저 30년대 초기시의 기교주의가 시단의 원 시적 상태에 반발하여 고도의 문화가치를 실현하려는 강렬한 문화 욕구의 표출이었다는 문화사적 의의를 지적한다. 그리고 여기서 더 나아가 기교주 의가 표현의 명징성을 획득한 것은 분명한 성과이지만 그것은 시의 일부 에 그치는 체계여야 한다는 이른바 전체시론을 주장한다.[19] '전체로서의 시'는 기교주의의 편향성을 극복하고 시의 각 부분을 종합 통일하는 조화 롭고 충실한 새로운 시적 질서를 지향한다. 이에 덧붙여 "그러한 전체로 서의 시는 그 근저에 늘 높은 시대정신이 연소하고 있어야 할 것이다"[20]

---

17) 김기림, 「오전의 시론」, 앞의 책, 159쪽.

18) 같은 글, 174쪽.

19) 김기림, 「감상에의 반역」, 같은 책, 99쪽.

20) 같은 글, 같은 쪽.

라고 하여, 내용과 형식의 통일 위에 시대정신이 결부되어 있는 전체시의 개념을 제시한다. 그런데 이러한 전체시론은 김기림 자신이 주도한 모더니즘시 운동의 반성과 비판이라는 맥락에서 온전하게 파악할 수 있다.[21] 「모더니즘의 역사적 위치」는 30년대 모더니즘을 중심으로 신시사(新詩史)의 흐름을 규명한 글이다. 이 글은 "문학사는 과학이라야 할 것은 말할 필요도 없다"로 시작되는 만큼 시사의 전개에 대한 상당히 객관적이고 합리적인 이해를 표방하고 있다. 이러한 과학적 입론의 연장선상에서 "영구한 '모더니즘'이란 듣기만 해도 몸서리치는 말이다"라고 하여 모더니즘 시 운동을 전체시사 중에서 일종의 과도기적 단계로 파악하고 있으며 그것으로부터 자신이 일정한 비판적 거리를 유지하고 있음을 강조한다. 그가 이처럼 과학적으로 파악한 문학사 속에서 모더니즘의 위치는 20년대까지의 감상적인 시문학과 20년대 중반의 경향문학의 편내용주의를 부정하고 나선 새로운 문학으로 규정된다. 이러한 문학사의 관점은 신시의 발전을 문명에 대한 태도의 변천과 관련시킨 사실과도 무관하지 않다. 신시 발전의 환경이면서 모체인 오늘의 문명에 대해 모더니즘은 특히 의식적이어서 분명하게 문명에 대한 새로운 태도를 가져왔으며 바로 그것이 모더니즘의 역사적 의의라 할 수 있다는 것이다. 모더니즘은 감상적 낭만주의와 편내용주의 모두를 부정하며 등장하여, 시가 무엇보다 언어의 예술이라는 자각과 문명에 대한 인식을 새롭게 하였다. 모더니즘이 언어에 대한 새로운 각성을 보여주며 현대문명의 수용으로 감수성의 확장을 가져온 것은 분명한 사실이다. 반면에 모더니즘은 언어와 형식에 편중된 관심으로 기교주의에 빠져드는 경향을 보이는데 김기림 자신도 이러한 문제점을 간파하고 있었다. 그는 30년대 중반을 모더니즘의 위기로 보고 중간 점검을 행한다. 언어 중시의 부작용이 언어의 말초화로 타락해가고 외적으로는 명랑하게 전망해왔던 문명이 점점 심각한 문제를 초래함에 따라 인식의 재정비가 필요하게 되었다고 본다. 이러한 판단 하에 내놓은 비판적 대안이란 "사회

성과 역사성을 이미 발견된 말의 가치를 통해서 형상화하는 일이다." 이
는 시사의 흐름과 연관시켜 볼 때 경향파와 모더니즘의 종합이라고 할 수
있다. 모더니즘의 기교주의에 대한 반성이 경향파의 내용성에 대해 새로운
관심을 촉구했던 것이다. 김기림은 이 글을 통해 모더니즘의 문학사적 성
과를 확인하는 동시에 새로운 방향을 모색하는 중요한 계기로 삼는다. 장
시 「기상도」는 김기림 자신이 초기 모더니즘시에 대한 반성과 새로운 방
향을 모색하는 과정에서 행한 의욕적인 실험에 해당한다. 모더니즘의 언어
감각 위에 사회와 역사에 관한 인식이 수반되어야 한다는 요청에 의해 김
기림은 새로운 형식, 장시를 실험하게 된다. 초기 이미지즘 시에서 감각적
인상의 참신성에 비해 현상에 대한 깊이있는 통찰을 얻기가 어려웠던 그
는 이미지즘 시의 짧은 호흡을 극복할 수 있는 형식으로 장시를 시도한다.
"장시는 장시로서의 독특한 영분을 가지고 있다. 어떠한 점으로 보아 더
복잡다단하고 굴곡이 많은 현대문명은 그것에 적합한 시의 형태로서 차라
리 극적 발전이 가능한 장시를 환영하는 필연적 요구를 가지고 있는 것처
럼 보이기도 한다"[22] 는 진술로도 알 수 있듯 그의 장시 실험은 뚜렷한 목
적을 내포하고 있으며 엘리엇의 「황무지」나 스펜더의 「비엔나」 등을 의
식한 것으로 보인다.

「기상도」는 전체적으로 자연 재해인 태풍의 현상과 인간 사회의 재난
을 병치시키면서 위기의식을 드러낸 시이다. 발생 직전, 활동기, 소멸후
라는 태풍의 이동 경로에 따라 불안한 일상, 위기에 처한 세계의 혼란과
타락상, 위기가 해소된 미래에 대한 희망을 드러낸다. 이 시에 나타나는
위기의식이란 구체적인 현실보다는 범세계적 차원의 문제를 반영하고 있
다. 우리나라도 예외는 아니었던 제국주의의 침략상에 대한 비판을 담고
있긴 하나 초기 관념시에서의 막연한 현실인식의 차원을 크게 벗어나지
않는다. 현실의 부분보다는 전체를 보려하는 객관적 인식의 욕구가 국내의

22) 김기림, 「감상에의 반역」, 같은 책, 100~101쪽.

현실보다는 세계 정세에 대한 관심을 촉구했으나 그로부터 도출한 현실인 식은 체험의 구체성을 결여한 막연한 관념의 상태로 제시된다. 암담한 현실과 그로부터의 탈출이라는 관념시의 대칭구도는 여전히 적용되어 시의 마지막 부분은 폭풍이 해소된 평온한 상태에 대한 상상이 차지한다. 진술의 양적 확산을 제외한다면 「기상도」에 나타나는 현실인식은 초기시와 마찬가지로 절망과 희망, 어둠과 빛의 관념적 대비에 근거한다. 그리하여 그가 애초에 목표했던 감각과 인식의 통일은 육화된 형태를 갖추지 못하고 감각과 관념의 단편적 인상들로 나타난다. 일례로 "비눌 / 돗인 / 海峽은 / 배암의 잔등 / 처럼 살아났고 / 아롱진 '아라비아'의 衣裳을 둘른 젊은, 山脈들"이라는 생동감 넘치는 감각적 묘사는 그 자체로는 선명한 인상은 남기지만 제국주의의 침략이라는 폭풍 전야의 불안한 현실을 내포한 것으로 보기에는 지나치게 발랄한 표현이라고 할 수 있다. 장시의 형식을 통해 인간적 가치와 기술적 가치의 조화를 도모한 이 시는 초기시에서의 관념과 감각이 융합되지 못하고 각각 분리된 채 양적인 확장을 이루었을 뿐이다. 관념적 진술과 감각적 묘사 외에 대화체나 영화 자막과 흡사한 게시판의 활용, 갖가지 사건의 연상적 기술 등으로 형식 실험의 전시장을 방불케 하는 이 시는 결국 기술적 가치 우위의 근대성을 지향했던 김기림의 과학적 시학이 초기 모더니즘 시의 반성 후에도 역시 기술적 가치 우위의 근대성을 지향했음을 입증한다. 인간적 가치와 기술적 가치의 통일이라는 모더니즘의 새로운 방향은 「기상도」의 의욕 과잉 상태를 거쳐 『바다와 나비』의 몇몇 시편에 이르면 묘사 대상에 자아의 내면의식을 일치시킨 유연한 표현을 얻고 있다.

아모도 그에게 水深을 일러 준 일이 없기에
힌 나비는 도모지 바다가 무섭지 않다.

靑무우밭인가 해서 나려 갔다가는
어린 날개가 물결에 저러서
公主처럼 지처서 도라온다.

三月달 바다가 꽃이 피지 않아서 서거푼
나비 허리에 새파란 초생달이 시리다.

「바다와 나비」 전문

이 시에서는 거대한 푸른 바다와 흰나비의 감각적 대비로 거대한 세계
속의 왜소한 존재라는 인식을 드러낸다. 청무우밭을 바다로 착각하여 내려
앉는 나비의 묘사에서 바다와 청무우밭의 시각적 이미지가 교차하면서 나
비의 혼란을 자연스럽게 전달한다. 이어지는 공주의 비유는 자기 터전 밖
의 어려운 세상과의 접촉이라는 의미를 증폭시킨다. 마지막 연에서는 이미
대비되었던 바다와 청무우밭의 이미지를 결합시킨 '바다가 꽃이 피지 않아
서'라는 표현으로 상황의 실상을 드러낸다. 마지막 행은 나비 허리에 새파
란 초생달이 걸려 있는 선명한 인상을 포착하는 데서 그치지 않고 새로운
세계에 대한 힘겨운 체험을 예리한 촉각적 이미지로 전달하고 있다. '서거
푼', '새파란', '초생달', '시리다' 등의 날카로운 음성 상징까지 힘겨운 세상
의 체험이라는 의미를 보강하고 있는 점도 돋보인다. 이처럼 이 시는 바다
와 나비의 감각적 인상을 통해 힘겨운 삶에 대한 통찰을 드러내고 있어
감각과 인식이 조화를 이루는 좋은 예이다. 여기에서 더 나아가 이 시는
시인의 자화상으로도 볼 수 있다. 수심을 모르는 흰 나비가 뛰어든 바다는
김기림이 지표로 삼았던 서구의 근대문명이라 할 수 있다. 그는 근대 과학
문명을 새로운 삶의 터전으로 삼으려 했지만 그 예상과는 달리 많은 어려
움을 겪었다. 공주처럼 지쳐 돌아오는 흰나비의 처지는 이론 속에서 꿈꾸
던 과학적 세계관의 실현이 어려움을 깨닫게 된 선진 지식인의 좌절감을
반영한다. 나비 허리에 걸린 시린 초생달은 그의 과학 지향적인 근대화의
이상을 적용하기에는 너무 일렀던 당대 현실의 실상과도 같다. 자신의 지
향과는 너무 거리가 먼 현실을 인식했을 때 그는 망망대해 앞에 선 나비
와도 같은 무력감에서 벗어나기가 힘들었을 것이다.

초기에 거침없이 과학화, 근대화의 지표를 내세웠던 김기림은 현실과의
접합 부분에서 많은 문제를 발견하고 방향을 수정해 나갔다. 그리하여 후
기문학에 와서는 현실에 대한 관심이 더욱 비중이 높아져 공동체 인식과

민족정신을 재인식하고 고취시키기에 이른다. "지금 파도를 막을 이 없다 / 그는 아모의 앞에서도 서슴치 않는다"(「파도」)는 식의 이른바 새나라송에서는 현실에 직면하는 대신 기교를 포기한다.

일제의 압력으로부터 자유로와진 "자연발생적인 민족감정은 그들의 세계의식에 일정한 논리적 과정을 거쳐 정착해야 하고 또 공동체의 의식은 지성을 거쳐서는이미 들어왔으나 생활의 체험으로는 그것은 아직도 갖추지 못했다"[23]라는 해방 후 시단의 주지주의 계열 시인들에 대한 평가는 김기림 자신에게 있어서도 예외는 아니다. 그는 "착잡 다단한 현실세계 속에서 바른 역사의 지향을 가리어 듣는 날카로운 지성은 얼마나 귀중한 것일까"[24]에서 알 수 있듯 주지적인 태도를 견지했으며 그것을 구체적인 현실 속에서 실천하려 했다. 이전의 막연하고 관념적인 현실인식보다 한결 삶의 현장에 접근하고 있으나 방향성을 제시하려는 태도는 여전하다. 해방 후의 이념적인 구호성의 시들은 또다른 바탕에서 그의 현실인식의 관념성을 드러내는 것이다. 그는 지성의 '과학적인 안광'으로 새로이 해방 후 민족 현실의 바른 지향점을 찾으려 했던 것이다. 모더니즘의 반성으로 기교와 현실인식 간의 균형을 의식했던 그의 시는 현실의 무게 쪽으로 훨씬 넘어오게 된다. 김기림의 시학은 문학과 현실에 대한 진지한 모색의 일환으로서 이해할 수 있다. 방향 전환에도 불구하고 그가 끝까지 견지한 과학적인 태도와 문학과의 함수관계를 밝히는 일은 곧 김기림 시학의 의미를 규정하는 일과 맞닿게 될 것이다.

4. 과학적 시학의 의의와 한계

김기림의 시학은 우리 시사에서 문학의 과학화라는 입론을 선구적으로 그리고 첨예하게 밀고나간 대표 사례로 자리잡고 있다. 그의 과학적 시학

---

23) 김기림, 「우리 시의 방향」, 같은 책, 145쪽.
24) 같은 글, 144쪽.

은 실패라는 최종 평가는 면할 수 없겠지만 그럼에도 불구하고 문학과 현실, 그리고 과학의 관계에 대한 깊이 있는 검색을 요청하는 시론으로서의 의미가 크다.

김기림의 과학적 시학의 결정적인 한계는 현실인식의 실패로 귀착되지만 사실상 그 근저에는 현실에 대한 진지한 대응의 자세가 자리한다. 김기림이 초기에 과학적 시학의 전범으로 주장했던 모더니즘은 근대화라는 지표와 결부되어 선진화된 서구의 문명과 과학에 근접하려는 의식을 반영한다. 서구에서는 문명비판의 방식으로 제기되었던 모더니즘이 국내 현실에서는 문명에 대한 동경을 내포했던 실상은 당대 상황의 특수성을 반영한 것으로 볼 수 있다. 비판의 대상이어야 할 문명이나 과학정신이 근대성의 지표가 되어있는 모순 속에서 그의 현실인식은 막연하고 관념적인 성향을 띠지 않을 수 없었다. 초기 관념시에서 비판하고 있는 현실이란 구체성을 결여한 범세계적 차원의 위기 상황에 해당한다. 현실이나 문학에 대해 객관적이고 과학적인 태도를 주장했던 그는 부분적 현실보다는 전체로서의 현실, 즉 국내에 국한되지 않는 세계 정세를 현실 인식의 대상으로 삼았던 것이다. 이와 함께 그는 현재보다는 미래에 실현될 '의미 있는 현실'을 지향했다. 이렇게 범세계적이고 가치지향적인 현실인식은 서구의 과학문명을 동경하는 반면 전통에 대한 부정적인 태도를 드러낸다. 그의 문학적 입장 역시 전통을 부정하고 과학적이고 주지적인 태도를 정립하는 과정에서 부각된다. 그는 전대문학인 감상적 낭만주의의 전통과 프로문학의 편내용주의에 뚜렷한 대타의식을 드러내면서 자신의 입지를 마련한다. 감상보다 지성, 내용보다 형식을 강조함으로써 그는 전례 없이 명징한 문학언어를 구현할 수 있었다. 미적 자의식에 근거한 문학의 자율성 추구라는 측면에서 그는 구인회와 함께 근대성의 미학적 실천을 선도하였다. 그러나 언어와 기교에 치우쳐 현실에 대한 통찰을 결여한 모더니즘을 반성하면서 그는 지성과 감성, 기교와 현실의 통합을 도모한다. 그 기획의 일환으로 시도한 「기상도」는 다양한 기법과 현실인식이 산재할 뿐 유기적 조합을 이루지는 못한다. 감성과 지성, 기교와 현실, 프로시와 모더니즘 시의 발전적 결합이라는 과학적 시학의 새로운 균형감각은 경험의 구체성을 결여한 절충주의의 차원을 크게 벗어나지 못했으며 해방 후 혼란기에는 현실 우위와 기교의 포기라는 또다른 극단에 이르게 됐다.

이처럼 김기림은 문학과 현실의 문제에 나름대로 진지한 대응 태세를 취했지만 의욕에 비해 미진한 성과를 보이는 데 그쳤다. 그 근본 원인을 파악하기 위해서는 그의 문학적 태도를 통괄하는 과학적 시학에 대한 비판적 검토가 필요하다. 전형적인 이론가인 김기림은 문학과 현실에 대한 이해의 방식으로 서구 근대과학의 방법을 도입했다. 그는 개인적으로 과학에 대한 깊은 관심을 지니고 있었을 뿐 아니라 '의미 있는 현실'이라는 근대화의 지표를 실현할 방안으로 과학정신을 수용했다. 그렇다고 해서 그가 서구 과학에 대해 무조건적인 긍정의 태도를 취한 것은 아니다. 그는 모더니즘을 수행하는 과정에서 과학 문명의 폐해를 간접적으로나마 간파했고 문명비판의 기치를 내세우기도 했다. 그는 과학의 산물인 물질문명에 대해서는 어느 정도 거리를 유지했으나 과학의 정신이나 태도 자체는 반드시 받아들여야 할 것으로 보았다. 그가 끝까지 견지했던 과학적이고 주지적인 태도는 그러한 인식의 산물이다. 여기서의 과학적인 태도란 좀더 구체적으로 말하자면 서구 근대과학의 방법을 의미한다. 서구 근대과학은 관찰 대상과 관찰자를 분리시키는 객관적인 방법으로 엄정하고 합리적인 사실을 발견하고 획기적인 기술의 발전을 이룰 수 있었다. 무절제한 감상과 무기력 상태에 빠져있는 문학의 전통에 반발하여 김기림은 이와같이 다양한 형식실험과 객관적인 과학의 방법을 문학에 적용하려 했다. 그의 시에서 볼 수 있는 다양한 형식실험과 객관적인 묘사의 수법 등에서 문학과학자로서의 김기림이 지향했던 문학의 과학화 현상을 살필 수 있다. 주관과 경험이 배제된 이러한 문학실험에서 현실은 논리적인 구성의 범주를 넘어서지 않는다. 현실이란 논리적 이해로는 온전히 해명할 수 없는 경험의 영역에 속해 있는 것이다. 경험과 주관으로부터 차단된 문학과학의 실험실에서 현실은 관찰자의 전제와 논리적 이해에 의해 재구성된다. 김기림이 보여주는 현실인식의 관념성은 이와 같이 경험을 배제한 형식논리로부터 도출되는 것이다. 서구 지향적인 근대화의 지표 역시 이러한 형식 논리의 발현으로 볼 수 있다. 그는 식민지 상황이라는 현실의 특수성과는 무관하게 이러한 형식논리에 입각하여, 전통과 근대에 대한 찬반을 뚜렷하게 표명할 수 있었다. 구체적인 현실 속에서의 주체에 대한 고려 없이 현실에 대한 온당한 이해는 불가능하다. 과학 분야에서조차 근대과학의 객관성과 합리성에 대한 비판이 속출하여 주체가 참여하는 새로운 과학관이 도래하고 있는 변화의 양상은 주체와 경험을 배제한 기계론적 세계관에 대한 반성을 촉구한다. 식민지 현실에서의 전통 부정이 갖는 현실적 의미를 생각해 볼 때 김기림의 과학적 시학이 내포한 인식면의 한계는 분명해진다.

이론가로서의 김기림이 보여준 논리적 선취는 당대 현실의 인식으로는 적절치 못한 것이었으나 오늘날에는 절실한 문제가 되어있다. 현실의 변화를 파악하고 그에 합당한 문학의 형식을 제시하려한 그의 선구적 인식은 후대 시인들에 의해 적극적으로 수용되고 있다. 문학의 형식과 언어를 인식 내용과 일치시키려한 실험의식은 문학적 자의식의 표현으로서 중요한 의미를 갖는다. 그가 새로운 문학의 형식으로 제시했던 모더니즘은 오늘에 이르러서는 문학사의 중요한 조류를 형성하고 있다. 문학의 과학화를 지표로 현실의 변화에 대응할 합리적인 인식과 형식의 실험으로 행한 과학적 시학이야말로 선구적 이론가로서의 김기림이 갖는 한계와 의의를 분명히 보여준다.   (고려대 강사)

절망적 현실과 화해로운 삶의 꿈
-'구인회'와 김유정

김 한 식

1.

　1908년에 태어나 서른 해라는 짧은 생을 살다간 김유정은 한국문학사에서 빼놓을 수 없는 중요한 작가로 평가된다. 짧은 생애에서 그가 본격적으로 작품활동을 한 기간은 불과 2-3년에 지나지 않는다. 1935년 「소낙비」가 조선일보 신춘문예에 당선된 이후 1937년 세상을 떠날 때까지 31편(미완 『생의 반려』포함)[1]의 작품을 남겼고, 등단 직후 〈구인회〉에 가입하여 활동하였다.

　지금까지 김유정 소설 연구는 완성도 높은 몇 편의 작품을 중심으로 이루어져 왔다. 한 작가의 모든 작품이 같은 정도의 수준을 유지할 수 없다는 점에서 이는 당연한 일이라 할 수 있다. 대부분의 연구에서 농촌을 소재로 한 작품을 고평하는 경향이 짙었는데, 이런 작품들을 중심으로 볼 때 김유정은 서구사조의 영향을 전혀 받지 않은 그 특유의 향토성과 해학성, 풍자성으로 가장 개성적인 작품 세계를 개척했다는 평가를 받게 된다. 이러한 평가는 비교적 온당한 것이라 할 수 있지만 그의 농촌소재의 작품과 도시소재의 작품을 이질적인 것으로 취급하는 결과를 낳게 된다. 농촌소설

---

1) 김유정의 작품은 모두 28편으로 알려졌다. 그러나 김유정 사후 발표된 「두포전」
　「형」「애기」를 포함하면 모두 31편이 된다.

은 농촌의 현실을 객관적인 시선에서 관찰하고 당대의 현실적 문제를 사실적으로 드러낸다는 것이고, 도시를 소재로 한 소설들은 작가 자신의 개인사를 회고하는 데 그치고 있다는 것이다. 그의 작품이 현실인식이 뛰어나다고 보는 관점도 역시 농촌소설에 대한 평가와 이어진다.[2]

이 글에서도 기존의 연구와 같이 김유정의 ·작품을 도시를 배경으로 한 소설과 농촌을 배경으로 한 소설로 나누어 살펴볼 것이다. 그러나 이는 두 가지 부류의 작품을 이질적인 것으로 보려는 의도는 아니다. 개인의 경험, 특히 절실한 삶의 고민이 작품에 녹아있다면, 외견상 이질적으로 보이는 작품들에서도 공통된 요소를 추출해 볼 수 있기 때문이다. 지금까지의 논의에서 김유정 소설을 이원적으로 볼 수밖에 없었던 중요한 이유 중 하나는 김유정의 농촌소설에서 나타나는 가난의 문제와 도시를 소재로 한 작품에서 나타나는 정신적 궁핍의 문제를 이질적으로 해석한 데 있다고 생각한다. 김유정에게 있어 가난은 단순히 경제적인 어려움만을 의미하는 것이 아니라 화해로운 삶에서 절망적인 상황으로의 추락을 의미한다. 이는 당시 식민지의 보편적인 현실일 수도 있지만 김유정의 개인적 경험이 가지는 특수성이기도 하다. 부유한 삶에서 가난한 삶으로의 추락과 운동을 즐길 정도로 건강한 몸이 목숨을 위협하는 폐병에 의해 무너져가는 과정은 김유정의 의식을 정신적인 궁핍으로 몰고간 것이라 할 수 있다.[3] 그리고 이러한 추락과 궁핍은 현실 생활에서 절망을 낳게 된다. 도시를 배경으로 한 대부분의 소설이 자기부정과 절망에 닿아 있음이 이 때문이다. 도시

2) 현실인식이라는 주제로 김유정을 다룬 대표적인 글은 다음과 같다.

　　김　현 · 김윤식, 『한국문학사』, 민음사, 1973.

　　김영기, 「농민문학론」, 『현대문학』 1973, 10.

　　조진기, 「김유정 소설의 현실수용」, 『한국현대소설연구』, 학문사, 1984.

　　서종택, 「최서해, 김유정의 현실인식」, 『식민지 시대의 문학연구』, 깊은샘, 1980.

　　윤지관, 「민족적 삶과 시적 리얼리즘」, 『세계의 문학』 1988, 여름.

3) 김유정의 조카 김영수에 의하면 유정은 휘문고보 시절에 바이올린 배우기, 아령, 야구, 축구, 스케이팅, 권투, 유도, 소설 읽기, 영화 감상 등으로 일기를 쓸 틈도 없이 지냈다고 한다(박세연, 『김유정 소설연구』, 인문당, 1990).

를 배경으로 한 소설과는 상대적으로 농촌을 배경으로 한 소설이 가난에
도 불구하고 화해의 결말을 맺는 것은 또 하나의 주목할 내용이다. 이는
현실에서 느끼는 절망감이 다른 세계―절망을 강요한 현실의 요소가 없는
세계―에 대한 긍정으로 나타난 것이라 할 수 있다.

사건이 이루어지는 공간이 철저하게 가족에 한정된다는 것도 김유정 소
설의 중요한 특징이다. 소재와 배경을 불문하고 그의 작품에서는 가족의
삶이 중요하게 다루어지고 있으며 가족의 붕괴를 막으려는 작가의 의도가
두드러진다. 이는 가족의 몰락을 겪고 난 유정의 내면을 보여준다. 가족의
몰락이 변명의 여지가 없는 순리라는 인식도 절망의 깊이를 더해준다. 김
유정에게 있어 절망의 문제는 경제적 어려움의 의미 외에 가족의 붕괴와
도 연결된다.

이러한 사정을 근거로 필자는 '현실의 절망적인 삶의 표현'과 '질서 있
고 깨어지지 않은 화해로운 삶에 대한 희구'를 김유정 소설을 설명하는 중
요한 요소로 보려한다. 두 경향은 한 작품 속에 동시에 나타나는 것은 아
니지만 김유정의 모든 작품에 고르게 관찰되는 양면적 요소라 할 수 있다.
우선 다음 장에서는 현실에서 황폐한 삶을 지속하던 김유정이 〈구인회〉
라는 당시 가장 영향력 있는 단체와 관계하게 되는 과정에 대해 살펴볼
것이다. 이어 김유정 소설의 특징에 대해 다룰 것이다.

2.

1930년대 중반 이후의 문단상황은 1920년대 중반 이후 맹위를 떨치던
계급주의 문학이 퇴조하여 그 영향력을 잃어가는 과정으로 이해할 수 있
다. 문단의 맹주가 없는 상황에서 1933년에 결성된 〈구인회〉는 민족주의
와 계급주의 문학 모두를 배격한 새롭고 개성적인 문학을 추구하게 된다.
이 모임의 구성원들이 당시의 지면을 독차지하고 있었던 점을 가만할 때
그 영향력이 지대했음을 짐작할 수 있다.[4] 1930년대 중반 이후 등장한 작

---

4) 잘 알려진대로 〈구인회〉는 각 신문사 학예부장을 중심으로 결성되었다. 최초 구성

가들은 이러한 문단 배경 때문에 이념에서는 비교적 자유로운 문학을 추구할 수 있었다. 당시의 기성 문인들이 계급주의 문학의 전성기를 거치며 자기 정체성 확립에 고민하였고, 어떤 식으로든 입장표명을 강요당했던 것에 비해 새로운 작가들은 개성의 발현이 상대적으로 용이해진 것이다.

또, 김유정은 1933-4년부터 본격화된 신춘문예 출신이다. 신문사의 현상 공모는 그 방식이 갖는 속성상 불가피하게 이념적 열도에 의해서가 아니라 기술적 자질, 표현의 역량이 심사의 중요한 기준으로 작용하게 됨으로써 순문학적 의식의 일반화, 내면화에 한몫을 하였다. 이런 공개적인 모집 절차를 밟아 등단한 신인들의 경우에는 이것이 당당한 경쟁을 뚫고 이루어졌다는 점에서 상당한 자부심의 근거로 작용하기도 한다. 그러나 등단 방식이 갖는 개별성, 산발성으로 말미암아 문단 중심에 진입하지 못하고 주변에서 맴돌아야만 했던 일종의 소외의식이 세대간의 대립을 야기시키는 요인이 되기도 한다.[5] 이런 경향이 첨예해진 것이 세대논쟁이라 할 수 있고 이어 신세대 작가라는 새로운 구분을 낳게 한다.

그러나 김유정은 연령이나 등단 시기로는 신인 축에 들면서도 새로운 세대의 편에 선 것이 아니었다. 그는 기존 문단에서 중요한 자리를 차지하고 있던 〈구인회〉에 가입하는 유일한 신인 작가가 된다. 이는 일단 문단에서의 안정된 지위 확보를 의미한다. 문학적으로는 표현의 새로움과 아울러 현실에 대한 일정정도의 관심을 보여준 〈구인회〉 회원들의 경향과 친화성을 갖게 된다. 김유정이 〈구인회〉에 든 것은 당시 젊은 작가로서는 획기적인 일이었을 뿐 아니라 의외의 일이기도 하였다. 절친했던 것으로 알려진 이석훈이 그의 〈구인회〉 가입을 두고 배신이라고 말한 것은 매우 시사적이다. 이석훈의 회고에 의하면 김유정도 처음에는 〈구인회〉에 가입

원 중 이무영이 『동아일보』, 이태준이 『조선중앙일보』, 김기림이 『조선일보』, 조용만이 『매일신보』에 관여하고 있었다. 정지용 역시 『카톨릭 청년』이란 잡지에 관여하고 있었고, 뒤에 참여하는 김상용 역시 『조선중앙일보』에 관여하였다. 〈구인회〉의 결성에 대해 KAPF측에서 민감한 반응을 보였던 것도 이러한 상황에 기인한 것이다.

5) 강진호, 「1930년대 후반기 신세대 작가 연구」, 고려대 박사논문, 1995, 47쪽.

하려 하지 않았고 오히려 그들의 문학적 경향에 대해 강한 반발심마저 가지고 있었다.[6] 본인의 구체적인 기록이 전해지지 않기 때문에 이제와서 김유정의 정확한 〈구인회〉 가입 의도를 알기란 불가능한 일이다. 하지만 결과적으로 김유정은 〈구인회〉의 명성에 기대어 기존 문단에 편입하는 모양이 되었다.

다음의 글은 김유정이 박태원에게 보낸 편지의 일절이다.

　　만일 저에게 兄이 지니신 그것과 같이 才質이 있고 名望이 있고 前途가 있고 그리고 健康이 있다면 얼마나 幸福일런지요. 五六月號에 兄의 創作을 못봄은 너머나 섭섭한 일입니다. 「距離」 「惡魔」의 그 다음을 기다립니다.[7]

박태원의 새로운 창작을 기다린다는 내용의 글이다. 위의 인용문을 통해 김유정 자신의 문학관과 문학적 희망의 일단을 볼 수 있다. 문학에 대한 재질, 현재의 명망과 미래에 대한 가능성이 그가 박태원을 부러워하는 점이다. 건강은 스스로 뿐 아니라 주위의 모든 사람들이 걱정할 정도로 악화되어 있었던 것이 사실이기 때문에 말할 필요도 없이 그의 가장 간절한 희망사항이다. 재질을 강조한다는 점에서 김유정은 문학을 예술로 여기고 있으며 무엇보다 예술가의 천재를 중시한다고 할 수 있다. 뒤에서 말하겠지만 이는 표현론적 문학관과도 통한다. 그런데 명망과 전도는 실상 순수한 예술 창작과는 조금 떨어진 독자나 사회의 평가 문제이다. 자신보다 선배 작가의 그것을 부러워하는 김유정에게 〈구인회〉 참여는 문단에서의 명

---

6) 이석훈의 「유정의 영전에 바치는 최후의 고백」(『백광』 1937. 5, 154~155쪽)을 그대로 옮기면 다음과 같다. "유정에게 대하여 꼭 한번 섭섭하게 생각한 일이 있다. 군이 평소 나에게 진심을 許했고, 나 역시 군을 위하야 진심껏 애쓰던 터에 〈구인회〉에 가입할 때 나더러 일언반구의 이야기도 없었다. 우리는 別偶의 모임을 같이 하자는 이야기가 있었던 차다. 더군다나 군은 〈구인회〉의 누구누구를 인간적으로나 예술에 있어서까지 공격하기를 주저치 않았든 것이다. 첫째로 나는 군에게서 우정의 배반을 당하는 것같해서 섭섭했고, 둘째로는 군의 행위가 위선적으로 보이어 불쾌를 느꼈다."

7) 김유정, 「박태원 전」, 『김유정 전집』(이하 『전집』), 한림대학교 출판부, 1987, 440쪽.

망이나 전도와 관계 있을 것이라는 짐작이 가능하다.

〈구인회〉가 김유정이 등단하기 몇 년 전부터 열정적 창작으로 당시 문단의 분위기를 주도하고 있었음은 주지의 사실이다. 〈구인회〉는 이념이나 운동을 내세운 단체가 아니었고, 단순한 친목을 도모한다는 취지로 모인 문인 집단이었다. 조직적인 실천이나 문학적 경향을 내세우는 경우도 그리 많지 않았다.[8] 현재 확인할 수 있는 활동으로는 동인지 성격을 띠고 있는 잡지 『시와 소설』의 발간과 두 번의 강연회가 고작이다. 두 번의 강연회 내용은 『중앙』에 실린 이태준의 『글 짓는 법 ABC』와 『조선중앙일보』에 실린 박태원의 『표현, 묘사, 기교』에 모아져 있다. 특별히 활발한 활동을 폈다고 할 수 없는 이들이 현대문학사에서 중요한 인유는 〈구인회〉의 구성원들이 가지고 있는 문학적 경향이 주목할 만한 것이기 때문이다. 그리고 그들의 문학적 경향이 현재에까지 중요한 흐름으로 이어져 오고 있기 때문이다.

지금까지 연구에서 〈구인회〉의 문학적 성격은 순수문학 또는 모더니즘 문학으로 평가되어 왔다. 순수문학이라는 말은 문학에서 정치적 성격을 배제한다는 의미로, 한 문학집단의 성격으로 규정하기에는 적절한 개념이 아닐 것이다. 모더니즘이라는 평가 역시 〈구인회〉 구성원들의 다양한 성격을 아우르기에는 부족한 면이 없지 않다. 〈구인회〉의 문학적 성격을 이해하기 위해서는 전대의 문학이 가지는 특성과 비교하여 그들의 문학이 가지고 있는 상대적인 특징을 밝히는 시도가 필요하다고 생각한다. 〈구인회〉는 전대문인들과 자신들을 굳이 구분하려 하였다. 자신들이 선배문인들과 구분되는 특성으로 그들이 보여준 소설의 특징은 형식과 언어에 대

---

8) 〈구인회〉가 처음 결성될 당시 김유영, 이종명 등이 명확하게 KAPF에 반대하는 경향을 가지고 있었던 것이 사실이다. 김유영, 이종명의 경향이 그러할 뿐 아니라 계급문학에 반대하던 횡보 염상섭을 대표로 영입하려는 시도를 한 것도 이를 입증한다. 하지만 〈구인회〉의 문학사적 성격은 이들이 탈퇴하고 이태준, 정지용이 실질적인 주도권을 쥔 이후에 분명해진다고 보아야 할 것이다. 이태준은 KAPF와의 논쟁을 유발한다는 이유로 횡보의 영입을 반대하기도 하였다.

한 관심과 작가의 자율성 강조로 요약할 수 있다.[9] 사상성과 정치성을 배제하고 소설의 기교적인 면, 작가의 표현을 중시하는 경향을 새로움으로 내세운 것이다. 그렇다면 김유정이 〈구인회〉와 공유할 수 있는 공통점에 대한 의문이 남는다. 이를 증명하기 위해서는 김유정의 문학관과 작품들이 보여주는 특징에 대한 고찰이 필요할 것이다.

김유정은 〈구인회〉가 결성된 1933년 이후인 1935년에 문단에 처음 선을 보였으며 그 해에 바로 모임에 가입하게 된다. 이는 김유정과 친분이 있었던 이상의 강권에 의한 것으로 밝혀졌는데, 당시 이 회의 좌장이라 할 수 있는 이태준은 그의 가입을 반대하였던 것으로 알려져 있다.[10] 비록 김유정이 『조선중앙일보』 신춘문예에 「노다지」가 당선되었으나 가입 이전까지 이태준과는 직접적인 관계를 맺지 못했던 것으로 보인다. 후기의 활동을 이상과 박태원이 주도했던 점을 생각하면 이상과의 관계가 곧 〈구인회〉와의 관계로 이어졌다고 할 수 있다. 이상과의 관계는 특별했던 것으로 보이는데, 이상은 김유정을 소재로 실명소설을 쓰기도 하였다. 둘이 함께 폐병을 앓고 있어서 이상과 김유정이 함께 정사를 했다는 소문이 날 정도였다.[11]

누구든지 속지 마라. 이 詩人 가운데 雙壁과 小說家 中 雙壁은 約束하고 分娩된 듯이 驕慢하다. 이들이 무슨 境遇에 어떤 얼굴을 했댔자 其實은 驕慢에서 箕出된 表情이 떼풀메이션 外의 아무것도 아니니까 참 危險하기 짝이 없는 분들이라는 것이다. [……]

多幸히 이 네 분은 서로들 親하다. 서로 親한 이분들과 親한 나 不肖 李箱이 보니까 如上의 性格의 順次的 差異가 있는 것은 재미있다. 이것은 或 不幸

---

9) 이에 대해서는, 졸고, 「구인회 소설 연구」(고려대 석사논문, 1994)의 2장 참조.

10) 조용만은 「이상과 김유정의 문학과 우정」(『신동아』 1987. 5, 561쪽)에서 "김유정의 구인회 입회만 해도 몇사람이 반대했지만 이상이 우격다짐으로 이태준을 설복시켜서 결국 가입시킨 것이다."라고 회고한다.

11) 조용만, 앞의 글, 555쪽.

히 나 혼자의 재미에 그칠는지 憂慮지만 그래도 좀 재미있어야 되겠다.[12]

김유정에게 〈구인회〉가 갖는 의미는 이상에게 〈구인회〉가 갖는 의미
와 크게 다르지 않을 것이다. 후기에 모임에 가담한 이상에게 있어서 〈구
인회〉는 자신의 자존심을 비추는 거울이었다. 순수한 동호인의 차원에서
모였다고 하지만 이상은 자신들의 창작행위뿐 아니라 일상생활 모두를 예
술가의 기행으로 여긴다. 위에 인용된 글에서 네 분이란 김기림, 박태원,
정지용 그리고 김유정이다. 김유정은 박태원과 함께 소설가의 쌍벽으로 격
상된다. 이들 넷과 우열을 겨룰 수 있는 이는 자신밖에 없다는 자부심이
대단하다. 이상과 김유정의 경우 〈구인회〉는 자신들과 문단을 이어주는
유일한 통로의 역할까지 했으며 자기를 유일하게 인정받고 또 자신들이
유일하게 인정하는 집단이었다. 기존문단에 편입하고자 하는 김유정의 의
지는 병이 깊어지면서 더해간다.[13] 김유정은 안회남과 휘문고보 때부터 친
했던 것으로 알려져 있지만 박태원, 이상과의 관계를 무척 중시하였다. 이
상이 근무하던 창문사의 단골 손님이 김유정이었고 김유정의 방을 찾아
술을 권하던 이가 이상이다.

이상과의 친분, 기성문단으로의 진입이 〈구인회〉 가입의 간접적 원인이
라 하더라도 김유정은 문학관에서도 그들과 공통점을 가지고 있었다. 특히
박태원, 이상과 함께 어울릴 수 있었던 이유는 문학적인 성향이 어느 정도
일치하였기 때문이다.

예술가에게는 예술가다운 감흥이 있고 그 감흥은 표현을 목적하고 설레는
열정이 따릅니다. 그 열정의 도가 강하면 강할수록 그 비례로 전달이 완숙하
여 가는 것입니다. 그리고 예술이란 그 전달 정도와 범위에 따라 그 가치가 평
가되어야 합니다. (……) 예술이란 자연의 복사만도 아니려니와 또한 자연의

---

12) 이상, 「김유정 −소설체로 쓴 김유정론」, 『이상문학전집』2, 문학과 지성사, 1991,
237쪽.
13) 대표적인 것으로 「병상에 올리는 말씀」이 있다.

복사란 그리 쉽사리 되는 것도 아닙니다. 그렇게도 사실적인 사진기로도 그 완벽을 기치 못하겠거늘, 하물며 어떼떼의 문자로 우리 인간의 복사란 너머도 심한 농담인듯 싶습니다.[14)

예술가의 표현에 대해 언급하는 부분에서 인용한 문장이다. 예술은 결코 자연주의처럼 될 수 없고, 무엇보다도 작가 감흥의 표현이 중요하다는 것이다. 이는 현실을 반영한다는 사실주의적 문학관에 반대되는 것이며, 작가의 자율성과 재능을 가장 중요하게 생각하는 표현론의 관점이다. 자신이 느낀 감동을 독자에게 표현하는 것에서 예술의 가치를 찾는다는 점에서 박태원의 『표현, 묘사, 기교』와 흡사한 면도 있다. 예술의 능력은 인간 고유의 것이며 예술은 연습보다 천부적 재능이 요구되는 분야야. "기계에는 절대로 예술이 자리를 잡는 법이 없"으며 "예술가란 학교에서 공식적으로 두드려 만들 수가 없"다는 것이다.

지금의 시각에서는 그리 특별할 것이 없는 내용이지만 예술을 반영이라 보지 않고 순수한 작가의 표현이라고 보는 관점은 분명 〈구인회〉 이전의 지배적 문학관과 구별되는 요소이다. 도시를 배경으로 한 작품에서 보이는 현재의 삶에 대한 부정적 인식, 도시적 삶에 대한 회의 그리고 농촌을 배경으로 한 소설에서 보이는 인물의 특성, 현실에 대한 관심 정도 등이 문학적으로 김유정을 〈구인회〉와 묶어주는 요소라 할 수 있다.

3.

김유정의 전 작품 중 13편은 도시를 소설적 배경으로 하고 있다. 나머지는 농촌이나 광산을 배경으로 한다. 도시를 배경으로 설정한 작품 역시 두 가지로 나눌 수 있다. 하나는 작가 자신으로 짐작되는 주인공의 일상을 다룬 작품들이고, 다른 하나는 도시를 배경으로 하고 있지만 농촌을 배경

---

14) 「병상의 생각」, 『전집』, 447쪽.

으로 한 경우와 비슷한 주제와 구조를 가지고 있는 경우이다. 구체적으로는 비정상적인 부부관계, 가난한 삶 등이 공통점이다. 등장인물의 절망과 끈질긴 생명력, 욕설과 난폭한 행위 속에 끈끈한 정을 지니고 있는 점 등도 그러하다. 농촌을 배경으로 한 작품들과 마찬가지로 현실의 불행이 해결되지 않고 풍경처럼 제시되는 경우가 많다는 것도 주목할 점이다.[15]

도시를 배경으로 한 소설 중 첫번째 것은 자전적 경향이 강한 작품들이다. 가난과 인물들의 끈질긴 삶이라는 주제에서 많이 벗어나 있고 삶에 대한 비관적 인식이 보인다. 언뜻 보기에도 농촌을 배경으로 한 소설과 대비되는 면이 있다. 이 장에서는 김유정의 소설세계를 밝혀내는 중요한 단서를 제공한다는 점에서 도시 배경 소설 중 자전적 소설을 살펴볼 것이다. 자전적 소설에서는 〈구인회〉와의 유사성 또한 발견된다.

김유정이 〈구인회〉 회원이 된 것을 확인할 수 있는 가장 확실한 자료는 그들의 기관지인 『시와 소설』이다. 김유정은 기관지에 박태원과 함께 소설을 싣게 된다. 그런데 『시와 소설』이 과연 〈구인회〉의 진정한 기관지였는지는 의문이다. 모임의 좌장이라고 할 수 있는 이태준이 소설을 게재하지 않은 것은 물론 박태원의 소설 「방랑장 주인」은 이후에 발표될 소설 「성군」의 일부라는 설명이 붙어있다.[16] 그렇다면 순수 창작소설은 김유정의 「두꺼비」뿐이다. 순수 창작을 지향하는 잡지에 수필이 많이 실린 것도 특이하다. 이러한 정황으로 볼 때 『시와 소설』은 발표지면을 확보하고 있지 못한 이상이나 김유정 등에게 중요한 의미가 있었던 데 비해 이미 충분한 지면을 확보하고 있었던 이태준 등에게는 기관지의 의미가 많이 줄어든 것이라 보아야 한다.

「두꺼비」는 김유정의 농촌소설에서 보이는 소설적 수법에서 크게 벗어나 있다. 이 작품은 김유정이 〈구인회〉에 들었음을 밝히는 소설이다. 이

---

15) 이런 관점에서 「떡」은 분위기나 주제면에서 비극적이어서 특이한 경우라 할 수 있다.

16) 「성군」은 1937년 11월 『조광』에 발표된다. 『시와 소설』이 1936년 3월에 간행된 점으로 보아 「성군」은 1936년 이전에 탈고되었거나 구상 단계에 있었다고 보아야 할 것이다.

소설이 가난한 농촌의 생활을 토속적 분위기로 그리던 다른 소설과 구별
되는 점은 내용과 기법 모두에 걸쳐 있다.

　　저분저분이 구는 것이 너머 성이가셔서 대답대신 주머니에 남엇든 돈 삼십
　　전을 끄내주며 담배값이나 하라리까 또 골을 발끈 내드니 돈을 도루 내양복
　　주머니에 치뜨리고 다시 조련질을 하기 시작하는 것이 아닌다. 에이 그럼 맘
　　대로 해라, 싶어서 그럼 꼭 한번 오우 내 기다리리라, 하고 좋도록 떼놓은 다
　　음 골목밖으로 불이나게 나와보니 목노집 시게는 한점이 훨씬 넘엇다. 나는
　　얼 빠진 등신처럼 정신없이 나려오다가 그러자 선뜻 잡히는 생각이 기생이 늙
　　으면 갈데가 없을 것이다. 하다가 위를 이어 영어, 영어, 영어, 하고 나오다 내
　　일 볼 영어 시험도 곧 나의 연애의 연장일것만 같애서 에라 될대로 되겟지, 하
　　고 집어치고는 퀭한 광화문통 큰 거리를 한복판을 나려오며 늙어라, 늙어라고
　　만물이 늙기만 마음껏 기다린다.[17]

　위의 글에서 모든 내용은 화자의 의식에 의해 걸러져 표현된다. 1인칭
소설로서 인물의 행위와 자신의 의식을 독백처럼 기술하는 것이다. 의미의
분절을 막기 위해 소설이 하나의 형식 단락으로 이루어져 있다.[18] 이상과
박태원의 글처럼 띄어쓰기가 생략된 문장이나 쉼표가 없는 장거리 문장은
의식과 사건의 혼재를 표현한다. 특히 마지막 문장은 몇 가지의 생각을 마
침표 없이 쉼표로 연결하여 길게 늘여 쓰고 있다. 이 한 문장에 든 의미는
다섯가지이다. 구체적으로 분석해 보면 '나는 정신없이 내려온다 ─기생이
늙으면 갈 데가 없으리라 생각한다 ─옥화가 늙어서 자기에게 오리라 생각
한다 ─내일 볼 영어 시험에 대해 생각한다 ─광화문통을 지나며 만물이 늙
기를 마음껏 기다린다'로 나뉜다. 이 작품은 객관을 짧고 명확한 문장으로
다룬다기보다 길고 복잡한 문장을 주로 쓴 것이다. 게다가 1인칭 화자의

―――――――――
17) 김유정, 「두꺼비」, 『시와 소설』, 창문사, 39쪽.
18) 「두꺼비」 외에 「봄과 따라지」 「슬픈이야기」 역시 작품 전체가 하나의 형식단락으
　　로 구성되어 있는데 이들 작품은 그 의도에 있어서도 유사한 면이 있다.

행위와 의식이 문장 안에서 혼재하는 양상까지 보인다.

형식적인 면에서 「두꺼비」가 〈구인회〉의 다른 소설들과 닮아 있음을 확인해 보았는데, 내용에 있어서도 김유정의 소설은 이상, 박태원의 그것과 닮아있음이 증명된다. 도시를 배경으로 한 일상적인 삶에서 드러나는 부정적 모습과, 그러한 삶이 유지될 수밖에 없는 현실이 작품의 주제이다. 「두꺼비」에서 이는 표면적으로 드러난다기보다 암시적으로 드러난다. 김유정 소설에서는 지식인의 무기력과 자전적 삶의 왜곡이 부정의 주요 원인이다. 왜곡의 중심에는 가족관계가 자리잡고 있지만, 근거 없는 절망과 외로움이 주인공을 직접적으로 지배하는 정서이다. 극복방법으로 작가가 선택한 것은 문제와 정면으로 부딪히는 것이 아니다. 자기를 확인하고 깨나가는 과정으로 드러낸다. 이를 다른 말로 하면 자기 삶에 대한 부정과 희구의 대상 찾기이다.[19] 도시 지식인의 일상적 경험을 소설로 형상화한 것이다. 이 경험은 삶의 고백과도 같은데, 불행한 환경에서 자신의 의식을 예각화하는 시도이기도 하다. 자신의 삶을 소설화하는 것도 거기에 포함된다.[20] 자기 삶을 그대로 옮긴 것이 중요하다고 할 수는 없지만 그러한 삶을 소설화하게 되는 발상이 중요하다고 할 수 있다.

「두꺼비」와 유사한 소재를 다루고 있으나 장편을 목표로 창작된 작품이 『생의 반려』이다. 「두꺼비」는 개인의 삶을 드러내기 위해 1인칭 시점을 취한 데 비해 『생의 반려』는 자신의 삶을 객관화시키기 위하여 서술자를 주인공의 친구로 설정했다. 그러므로 『생의 반려』는 비교적 사실처럼 읽히게 된다. 이야기의 중심에는 '명렬군의 짝사랑'이 놓이지만, '명렬

---

19) 이 말은 아도르노가 말한 바 예술의 본원적 성격으로써 삶의 부정성을 드러낸다는 의미는 아니다. 여기서는 소박한 의미로 왜곡되고 부정적인 현재의 삶에 대한 소설 쓰기를 말한다.

20) 「두꺼비」의 중요 인물 '두꺼비'는 박녹주의 실제 동생을 모델로 한 것이다. 안회남은 「겸허」에서 "기생에게 남자 동생이 있었는데, 그 사람이 유정보다도 오히려 한 살을 더 먹었는가 그랬다"고 적고 있다. (안회남, 「겸허」, 『한국근대단편소설대계』, 태학사, 485쪽.)

군의 가족사'역시 중요하게 다루어진다. 그가 편지를 보내어 사랑을 호소하는 여인은 나이가 많이 든 기생이다.[21] 주인공 명렬군이 거리에서 그녀를 만난 것은 단지 우연일 뿐이었다.

> 그가 집에 일로하여 봉익동에 다녀 나올 때 조고만 손대여를 들고 목욕탕에서 나오는 한 여인이 있었다. 화장 안한 얼굴은 창백하게 바랬고 무슨 병이 있는지 몹시 수척한 몸이었다. 흰 저고리에 흰 치마를 훑여안고는 땅이라도 꺼질가봐 이렇게 찬찬히 걸어 나려오는 것이었다. 그 모양이 세상고락에 몇벌 씻겨나온, 따라 인제는 삶의 흥미를 잃은 사람이었다.[22]

소설의 화자가 말하고 있는 바와 같이 명렬군은 "자기의 머리 속에 따로 저의 여성을 갖고 있는" 것이다. 말하자면 그와 같이 생의 절망을 느끼고, 죽자하니 움직이기가 귀찮고 살자하니 흥미없는 그런 비참한 그리고 그가 지극히 존경하는 한 여성이 있는 것이다. 그는 그 여성을 마음 한쪽에 두고 연모하기 시작하였다. 그리고 명주는 우연히 그 여성의 모형이 되고 말았을 뿐이었다. 연애는 분명히 왜곡되었고 연애의 대상은 비상식적으로 선택된 것이다. 작품에서 여인을 따르는 모습이 곧 김유정의 내면이라 할 수 있는데 그 내면이 화자의 입을 통해 드러난다. 앞서 말했듯이 3인칭 서술은 주인공에 대한 객관적인 서술을 가능하게 한다. 관찰자는 어느 정도는 문제의 해답까지 알고 있는 듯하다. "그의 우울증을 타진한다면 병의 원인은 여러갈래가 있으리라, 마는 그 근본이 되어있는 원병은, 그는 애정에 주리었다. 다시 말하면 그는 사람에 주리었다."고 친구를 통해 말한다.[23] 애정은 김유정의 도시생활에 결핍된 부분일 뿐더러, 그에게 있어

---

21) 박녹주와 김유정의 관계에 대해서 지금까지 많은 실증적 연구가 있었다. 그러나 박녹주와의 실질적 연애 사건보다는 왜 김유정이 자전적 소설을 썼으며, 왜 자전적 소설에서 박녹주와의 관계를 중심으로 다루었는가에 대한 고찰은 없었다.

22) 「생의 반려」, 『전집』, 232쪽.

23) 이 소설의 화자는 친구인 안회남으로 알려져 있다.

결핍은 쉽게 채워지지 못할 절망의 다른 말이다.

주인공에게 있어 사랑의 목적은 자신과 다른 타자를 받아들이는 데 있다기보다 자신과 비슷한 절망의 체험을 찾아 궁극적으로 자신의 현재 모습을 확인하려는 데 있다. 그럴 때만이 만족스럽지 않은 자기 존재의 위안을 삼을 수 있다. 이것이 그다지 젊지도 않은 여인에게 필요 이상의 정을 쏟는 이유이다. 이는 일종의 자기 극복이다. 자기 삶에 대한 강한 애착은 기본적으로 철저한 자기 부정에서 출발한다. 부정을 넘어설 때 새로운 의욕이 생기게 되는 것이다. 주인공은 자신의 부정적인 모습을 남을 통해 다시 확인한다.

앞의 두 작품에 비해 감상적, 회고적 기분으로 쓴 작품이 「형」이다. 이 작품은 생전에는 발표되지 못하다가 『광업조선』 1939년 11월에 발표되었다. 『생의 반려』에서 다룬 가족사가 반복되고 있지만 난폭하게 다루어지던 '형'의 인간적인 면을 부각시키려 한 의도가 보인다. 앞의 두 작품과는 달리 대화 부분을 따옴표 없이 처리하여 가족들의 내면을 포착하려 하였다.

지금의 처는 사람이 미련하고 게다 시부모섬길줄 모르는 천치니 친정으로 돌려보내는게 좋다. 그러니 아버지의병환을 위해서라도 어차피 다시 장가를 들겠다는 그필요를 말하였다. 그때 아버지는 정색하여 아들의낯을 다시한번 훑어보드니 간단히 안된다하였다. 내가 살이있는 동안엔 안된다, 하였다.[24]

연상의 여인과 연애하게 되는 원인에 대해 박세현은 다음과 같이 말한다.
"유정은 가난과 질병이라는 현실적 상황 속에서 이러한 현실을 극복하거나 초월할 수 있는 자연스런 대상으로 어머니를 선택하고 있다. 여기서의 어머니는 여성으로 표상될 수 있는 모성을 말한다. 6세와 8세 때 어머니와 아버지가 각각 사망함으로써 어린 유정이 받은 정신적 외상은 심대한 것이라 할 수 있다. 항상 어머니의 사진을 책상 위에 모셔놓고 책을 읽거나 몸에 지니고 다녔다는 사실은 유정의 어머니에 대한 잠재된 심리를 잘 말해주고 있는 것이다. 이처럼 억압되고 잠재되어 있던 어머니에 대한 무의식이 유정에게는 가장 어려운 시기에 바깥으로 표출되고 있다."(박세현, 『김유정 소설연구』, 인문당, 1990).
24) 「형」, 『전집』, 358쪽.

형과 아버지의 마찰에 대하여 '나'는 아무런 가치판단을 내리지 않는다. 단지 이러한 마찰에 의해 자신의 삶이 어려운 나락으로 떨어진다는 의식이 있을 뿐이다. 앞의 작품에서처럼 가족 밖으로 탈출하여 희구의 대상을 찾으려는 노력이 보이지도 않는다. 자신의 운명에 대해 돌아보고 있을 뿐이다. 이는 현실생활에 있어서 절망에 극한 형태라 할 수 있다. 요란하지 않게 자신을 받아들이는 것이다. 전기적 사실에 의하면 김유정의 형은 가족의 불행에 책임이 있는 사람이다. 하지만 「형」에서 작가는 그에 대한 책임을 묻지 않는다. 작가 자신의 삶으로 내면화되어 표현된다.

앞에서 언급한 바와 같이 김유정의 가족사는 특별한 면이 있어 그의 생애에서 물질적 가난만큼 중요하게 작용한다. 그런 가족사가 안회남의 글에서는 '우울한 사정'이라는 말로 표현된다.

> 그 때 유정의 가정은 몰락해가면서도 근 삼십간이나 되는 집에 들어 있었는데 습하고 음침한 냉기가 도는 그의 집을 나는 우선 외양부터 좋아하지 않았지만 유정은, 그것뿐만 아니라, 내면적으로 더욱 우울한 사정이 있었던 모양이다.[25]

평화로운 가정의 몰락은 경제적인 것과 아울러 정신적인 면에서 사람을 황폐하게 만든다. 그리고 이는 한 개인의 문제가 아니라 가족간의 관계문제이기도 하다. 특히 김유정의 가난이 가족 구성원 모두를 황폐하게 만들었던 이유는 자기 집안이 누리던 그동안의 부(富)가 부정한 방법으로 축적되어 왔기 때문이다. 김유정은 안회남에게 "춘천 우리 고향에서는 우리 집안이 망하는 것을 좋아한다"[26]고 말한 정도로 자기 가족사에 대한 부정적 인식을 가지고 있었다. 김유정의 집이 가진 재산은 유정의 할아버지 시대에 모은 것인데, 양반 재력에 눌리어 재물을 빼앗기고 가진 곤욕을 다 당했던 이곳 백성들이 아직까지 원한을 잊지 않고 유정의 집안을 저주하

---

25) 안회남, 「겸허」, 『한국근대단편소설대계』 12권, 태학사, 480쪽.
26) 안회남, 앞의 글, 508쪽.

는 것이었다. 김유정이 조카와 함께 고향에 내려가 야학을 열었던 것도 이러한 맥락에서 이해할 수 있다.

자기 가족은 과거에 부정한 방법으로 재산을 모았고 마을 사람들은 억울하게 재산을 빼앗겼다는 생각은 현실적인 가족의 파탄과 함께 김유정이 자기 가족의 삶을 부정적인 것으로, 일반 농민들의 삶을 긍정적인 것으로 그리게 되는 중요한 원인이 된다. 이러한 감정은 가난한 자들에 대한 연민과 동정으로 연결된다. 그의 소설에서 가난은 죄가 아닐 뿐더러 주인공들은 가난하다고 해서 위축되거나 폄하되지 않는다. 가난이 주어진 현실로 그려진다면, 가난한 이들의 삶은 주제로 부각된다. 그의 작품에서 노동의 문제, 윤리의 문제가 상대적으로 중요하지 않은 데 비해 가족간의 소박하고 끈끈한 삶이 중요하게 다루어지는 이유도 전기적 사실에서 유추해 볼 수 있다. 실제로 그는 가족관계에 지나치게 집착한 나머지 인식의 폭을 사회구조적 문제로 넓히지 못하고 만다.

4.

이 장에서는 농촌을 배경으로 한 작품들에 대해, 현실인식이라는 측면에서 다루고자 한다. 김유정의 현실인식에 대한 규명은 그의 작품을 이해하는 데 뿐 아니라 〈구인회〉와의 관계를 설명하는 데도 중요하다고 생각하기 때문이다.

〈구인회〉는 현실에 대한 일정 정도의 관심을 가지고 있었고, 또 현실에 직접 개입하지도 않는다. 대표적인 인물로 이태준, 박태원을 꼽을 수 있다.[27] 김유정에 대해 행해지는 현실인식이 뛰어나다는 평가는 분명 카프에 대한 평가와 다른 기준에서 이루어져야 할 것이다. 농촌소설에서 보이는 현실에 대한 관심을 확대 해석하는 경우에는 김유정의 도시배경 소설을 일관되게 설명할 수가 없다.

---

27) 이에 대해서는 『이태준 연구』(깊은샘, 1993) 참조.

김유정 소설의 가난에 대해 최초로 문제를 제기한 논자는 서종택이다. 그는 최서해와 김유정의 작품을 비교해 두 작가에게 있어 현실(가난)이 갖는 의미에 대해 고찰하였다. 그의 견해에 따르면 "서해가 문벌이나 돈도 없는 가난한 소작농 집안의 아들로 태어난 데 반해 그(김유정)는 남부럽지 않은 집안에 시골은 물론 서울에서도 백여 간짜리 집을 지니고 남녀 노복 합하여 삼십여 명의 식솔을 데리고 살았던 딸 많은 집안의 '귀여움을 독차지한' 아들로 태어났다"28) 는 것이다. 이러한 사실에 비추어 볼 때 김유정의 가난이 생활과 밀접히 관련된 것이 아니라는 점을 알 수 있다.29) 피부에 와 닿는 현실적인 곤궁이라기보다는 부자에서 가난한 자로 떨어졌다는 심리적 박탈감과 허전함이 지배적인 정서였으리라 짐작된다.30) 특히 김유정은 한 번도 경제적인 자립을 시도해 보지 않았으며 생계에 대한 책임을 느껴보지 못하였다. 건강이 좋지 않아 늘 남의 집에 얹혀 지냈고, '생활'을 느낄 만큼 치열하게 살지 못했던 것이다. 또 가난과 함께 찾아든 질병으로 그는 자신의 처지에 대해 객관적으로 볼 수 없었고 쉽게 절망으로 빠지게 된 것이다. 가난을 다루고 있음에도 불구하고 실제로 생산현장에 대해 다루는 부분이 거의 없음은 개인적 경험의 부족과 현실인식의 피

---

28) 서종택, 앞의 글, 288쪽.

29) 김유정은 춘천지방의 부유한 농가에서 태어나 서울에 와서 휘문고보와 연희전문 문과를 다녔다. 일곱 살 때에 어머니와 사별했고, 아홉 살에는 아버지와도 사별했다. 그의 형은 술이 심한 사람이어서 급기야는 그 때문에 가세가 기울었다고 한다. 그는 말년을 병과 가난으로 하여 고통 속에서 보냈으며, 한때는 광산을 찾아 방랑생활도 했다고 한다. 또 금병의숙(錦屏義塾)을 차리고 시골의 가난한 농민들의 무지를 깨우치는데도 정열을 기울였다고 한다.

(이 글에서 김유정의 전기적 사실에 대해서는 전신재 편, 『원본 김유정 전집』(한림대학교출판부, 1987)과 김영기, 『김유정 ─그 문학과 생애』(지문사, 1992)를 참조하였다)

30) 여러 참고서적을 토대로 볼 때 그의 가족이 경제적으로 몰락한 것은 김유정이 휘문고보를 그만둘 때를 즈음해서라고 짐작된다. 가세가 기울기 시작했다고 하지만 '부자 망해도 삼년은 간다'는 속담대로 그의 생활이 갑자기 끼니를 걱정할 정도의 궁핍으로 떨어지지는 않았다. 심각한 경제적 어려움을 겪은 것은 죽기 몇 달 전부터라고 생각한다.

상성으로 인한 현실감의 부족으로 볼 수 있다. 그뿐 아니라 가난과 생활의 본질에 대한 천착에 이르지 못했다는 의미이기도 하다. 현실인식이 뛰어나다고 평가받는 작품에서조차도 노동하는 이의 건강성에 대한 의식은 찾아보기 어렵다.

그의 소설을 현실인식이 뛰어나다고 평가하는 중요한 근거는 가난한 농촌 현실을 사실적으로 다루었다는 데 있다. 그 대표적 예로 「만무방」과 「산골ㅅ나그네」가 제시된다. 「만무방」은 '그처럼 먹고싶은 술 한잔 못먹었고 그처럼 침을 삼키든 그개고기 한메 무론 못삿'던 주인공에게 '아무리 농사를 지어도 농사꾼에게는 남는 것이 없는' 현실과, 자기가 농사지은 벼를 밤에 몰래 훔쳐먹어야만 되는 현실이 문제된다. 이는 개인의 노력여부가 가난의 원인이 아니라 구조적 모순에 의해 가난이 거듭되고 있음을 보여준다. 이러한 해석으로 볼 때 「만무방」에서 작가의 현실에 대한 이해수준은 상당히 높음을 알 수 있다. 그런데 문제는 이러한 작품의 내용이 김유정 소설에서 지배적인 요소인가 하는 점이다.

> 금액은 제각기 그 아래에 달아놓고, 그 옆으론 조금 사이를 떼어 역시 조선문으로 나의 소유는 이것밖에 없노라. 나는 오십사 원을 갚을 길이 없으며 죄진 몸이라 도망하니 그대들은 아예 싸울 게 아니고 서로 의논하여 억울치 않도록 분배하여 가기바라노라 하는 의미의 설명서를 벽에 남기자 안으로 문들을 걷어닫고 울타리 밑구멍으로 세 식구가 빠져 나왔다.[31]

현실인식이 뛰어나다고 언급되는 작품에서조차도 그 현실이 사건이 진행되고 갈등이 일어난다기보다는 주어져 있고 객관화되어 있다. 빚을 지고 도망하는 이로 보기 어려울 정도의 당당한 태도는 김유정이 빚에 대해, 그리고 농민의 가난에 대해 가지고 있는 생각이 반영된 것이다. 또, 빚을 지고 도망간다는 절망적 상황을 희극화하여 연민의 아픔을 수반한 웃음을 불러일으킨다. 이재선의 평가대로 그는 농촌이 안고 있는 문제성을 많이

---

31) 김유정, 「만무방」, 『전집』, 83쪽.

노출시키고 있지만 그 문제성이 현장의 아픔을 능동적으로 그리기보다는 웃음으로 대치시키면서 구조화한다.[32] 결과적으로 「만무방」에는 현실의 구체적 모습이 드러나 있지만 그럼에도 불구하고 그것이 주제라거나 지배적 정서라기보다는 인물의 성격을 드러내는 배경으로 기능한다. 상황에 압도당하는 인물보다 상황을 통해 개성을 발휘하는 인물이 그려진다. 현실 자체보다 거기서 살아가는 인간의 모습이 중심에 놓이는 것이다. 현실의 모순을 드러내더라도 현실 자체를 포착하여 옮기는 것이 아니라 인상적인 인물이나 상황을 개성적으로 드러내는 것이다. 현실을 그리고 있어도 '반영'한다기 보다 '표현'한다고 할 수 있다.

그의 소설에는 아내에게 경제적인 부담을 지우는 무능한 남편과 들병이 생활까지 해가며 남편을 부양해야 하는 아내가 자주 등장한다. 김유정 소설에서 둘의 관계는 어느 정도 유형화되었다고 할 수 있는데, 경제적인 능력에서 여성이 남성보다 우월하며 남편은 병자이거나 노름꾼이거나 소작농이고 여성은 들병이거나 여급이거나 공장직공이다. 남성이 여성에게 일방적으로 기생하는 관계는 작품 내에서 조금의 회의도 없이 전개된다. 둘의 관계가 부부간일 때는 부부간의 정이 작품의 시작에서 끝까지 일관되게 유지된다. 부부관계는 가족 구성에서 가장 기본적인 것이라는 점과, 여기에 나아가 다른 가족관계에까지 확대될 수 있다는 점에서 매우 중요하다. 비정상적인 관계이지만 그 관계의 질서가 늘 존재하고, 그 질서는 김유정의 생활에서 결핍되어 있는 그러나 희망하는 관계이기 때문이다.

그런데 실제로 김유정 소설에서 현실이 가족관계에 한정되어 있는지, 사회적 관계로 확대되는 지는 현실인식이라는 차원에서 매우 중요하다. 가족관계에 그친다면 작가의 현실인식 폭은 좁을 수밖에 없다. 사건이나 문제의 해결이 가족으로 한정되기 때문에, 그 해결은 윤리적인 수준에 머물 수밖에 없다. 가족관계는 이해에 의해 맺어지는 것이 아니라 인정과 윤리 수준에서 맺어진다. 그렇기 때문에 변화가 매우 불가능한 관계인 것이다.

---

32) 이재선, 『한국현대소설사』, 홍성사, 1976, 372쪽.

농촌을 배경으로 한 소설의 결말이 완결되지 못하고 불완전한 화해로 끝나는 것도 이 때문이다.

「소낙비」「산골ㅅ 나그네」와 그 밖의 소설에서 여성들은 자신의 몸을 팔아 생계를 유지해간다. 매춘은 쾌락에 대한 자각 없이 행해지는 단지 생활을 위한 수단이다. 매춘하는 인물들이 반성하지 않는다는 점도 주목할만 하다. 어찌보면 이것이 김유정 소설의 윤리라고 볼 수도 있을 것이다. 생존을 떠나 순결을 따지는 것은 어쩌면 사치스런 일인지 모른다. 그런 형편의 부부에게는 이런 윤리 외에 다른 중요한 것이 있을 수 있다. 이것을 김유정은 단순 소박한 정이라고 표현한다. 부부관계를 유지하기 위해 몸을 판다든지 예상되는 호사스런 미래를 쉽게 포기하며 남편을 돌보는 것이 그 예일 것이다. 「산골ㅅ 나그네」에서 들병이는 덕돌과 혼인 직전에까지 이른다. 하지만 들병이가 덕돌네 집에서 일했던 것은 병든 남편 부양의 수단이었다. 그는 끝내 남편을 버리지 않는다. 이런 면에서 "김동인에게 있어서는 쾌락에의 욕구라는 내적 가능성이 미리 전제되어 있지만, 김유정의 그것에는 그것이 없"[33]다는 평가는 타당하다. 그뿐 아니라 「산골ㅅ 나그네」에는 이태준의 「오몽녀」에서 보이는 건전하고 자율적인 선택과도 다른 무엇이 존재한다.[34] 천한 일을 하며 부양하는 남편은 병든 거지일 뿐이다. 앞으로도 그들에게 어떤 희망이 보이는 것도 아니다. 그렇다고 부부 사이의 사랑이 강조된다거나 하는 것은 더욱 아니다. 이렇게 볼 때 「산골ㅅ 나그네」를 당대의 피폐한 현실과 관련하여 생각하기는 어렵다. 사회적 현실보다는 여인의 모습에 촛점이 맞추어져 있다고 보아야 할 것이다.

김유정의 들병이에 대한 생각은 수필에서도 발견할 수 있다.

들병이는 어데로 판단하던 무론 정당한 노동자이다. 그러나 때로는 불법행위가 없는 것도 아닌 그런 때에도 우리는 증오감을 갖기보다는 일종의 애교를

---

33) 김현·김윤식, 앞의 책, 190쪽.

34) 「감자」와 「오몽녀」의 비교는 송하춘, 『1920년대 한국소설연구』(고려대학교 민족문화연구소, 1985) 228~231쪽 참조.

느끼게 된다. 왜냐면 그 방식이 너무 단순하고 솔직하고 무기교라 해학미가
따르기 때문이다.[35]

김유정이 생각하는 들병이는 세련된 멋은 적지만 단순하고 소박한 시골
여인의 모습일 것이다. 김유정의 경우는 들병이들의 생활보다 그 삶의 단
순, 순박한 성격에 관심을 가지고 있는 것이다.

춘호 처는 「소낙비」의 주인공인데 춘호의 반강제에 의해 리주사에 몸
을 판다. 그러나 춘호 처의 매춘도 쾌락이나 윤리의 문제와는 거리가 멀
다. 오히려 본인은 자신의 행위를 '모욕'과 '수치'로 생각한다. 그래도 춘호
처는 리주사를 유혹하는 데 성공한 것을 다행으로 여긴다. "복을 받으려
면 반듯이 고생이 따르는법이니 이까짓거야 골백번 당한대도 남편에게 매
나안맛고 의조케 살수만잇다면 그는 사양치안흘 것이다."[36] 라고 하여 자
기 행위의 정당성을 남편과의 원만한 관계에서 찾는다. 매춘을 하더라도
마음은 늘 남편에게 기울어져 있는 것이다.

지금까지 작가의 현실에 대한 관심이 두두러진다고 평가되는 두 작품에
대해 살펴보았다. 이제 대표작이라 할 수 있는 「봄봄」과 「동백꽃」에 대
해 살펴볼 것이다. 두 작품은 모두 농촌을 배경으로 하고 있으며 작가 고
유의 특징이 드러난다고 평가된다.

두 작품에 대한 전반적 평가는 아이러니이다. 아이러니는 넓은 의미로
쓰이기 때문에 쉽게 정의내리기는 어렵지만 구성상의 아이러니와 표현
상의 아이러니를 구분할 필요가 있다. 아이러니적 구성은 독자의 감정이
입을 방해하고 반성적 거리 감각을 조성해 놓는다. 따라서 반대물간의
긴장과 반성적 거리 감각이 내재한다. 반성적 거리감각은 비동화의 기법
이라고 말할 수 있다. 독자가 한 작품 속에 감정적으로 이입되는 것을
막음으로써 작품의 형태를 오히려 더욱 구체적으로 조형할 수 있게 하는

---

35) 「조선의 집시」, 『전집』, 398쪽.

36) 「소낙비」, 『전집』, 31쪽.

기법인 것이다.[37] 반대물간의 긴장으로 가득 차 있는 착잡한 현실을 묘사할 때에 대상에 휘말려들지 않으려면 일단 뒤로 물러나서 대상을 관찰하는 수밖에 없다. 수법상으로 풍자와 아이러니는 명시적인가 암시적인가 하는 차이에 의하여 구별되는 것이라고 할 수 있다. 그러나 아이러니를 온전히 이화의 기법으로 보기는 어렵다. 이화를 통해서 직접적 전달에서 얻을 수 없는 나름의 효과를 얻는 것이 아이러니의 특징이다. 김유정 소설에서 아이러니는 주로 인물을 통해 나타난다. 그 인물의 특징은 지적인 능력에서 떨어지기 때문에 현실에 대한 인식수준이 매우 낮다는 데 있다.[38] 비록 남에게 해가 되지 않는다 하더라도 어리석음으로 해서 웃음과 동정을 유발시킨다. 그렇다면 김유정의 소설에서 아이러니를 언급한다면 구성상의 문제보다 표현, 수법상의 문제로 국한해야 할 것이다. 결과적으로 김유정 소설에서 아이러니는 인물이나 상황을 드러내는 데 그치는 것이다. 현실과의 비화해를 드러내고, 나아가 현실의 모순을 간접적으로 지적하는 효과와는 의미가 다르다. 김유정 소설에서 문제삼아야 할 것은 아이러니와 관련된 현실인식 수준이 아니라, 아이러니적인 인물의 특징이 현실의 모순보다 늘 앞자리에 선다는 점일 것이다.

「봄봄」의 고유한 분위기는 점순의 가족관계가 의외로 견고하다는 점에서 나온다. 화자가 사위되기에 지나치게 집착한다는 점 역시 중요한 전제이다. '나'가 바보처럼 느껴지는 이유는 딸이 자라는 대로 성례를 시켜주마는 예비 장인의 말에 속기 때문이다. 내가 예쁘지도 않고 난장이 같은 점순이를 좋아하는 이유는 잘 드러나 있지 않다. 점순과의 결혼은 전제조건이 되어있다. 점순이도 목표인 결혼에 집착하지만 그를 둘러싼 다른 근거는 없다. '나'는 사위가 되기 위해 삼 년 하고 꼬박 일곱 달 동안 일을 해주고도 성례를 이루지는 못했다. 점순이 역시 결혼할 생각을 하지 않는 '나'를 조른다.

---

37) 김인환, 「반어의 의미」, 『비평의 원리』, 나남, 1994, 186쪽.
38) N. 프라이, 『비평의 해부』(한길사) 참조.

나의 생각에 장모님은 제남편이니까 역성을 할른지도 모른다. 그러나 점순이는 내편을 들어서 속으로 고수해서 하겠지 - 대체 이게 웬속인지 (지금까지도 난 영문을 모른다) 아버질 혼내주기는 제가 내래놓고 이제와서는 달겨들며 「에그머니! 이 망할게 아버지 죽이네!」하고 내귀를 뒤로 잡아댕기며 마냥 우는것이 아니냐. 그만 여기에 기운이 탁 꺽이어 나는 얼빠진 등신이 되고말엇다. 장모님도 덤벼들어 한쪽 귀마저 뒤로 잡아채이며 또 우는 것이다.[39]

갈등이 표면화되어 싸움이 일어났을 때 점순이가 고통을 당하는 아버지 편을 드는 것으로 소설은 끝을 맺는다. 문제를 해결한다기보다 하나의 재미있는 장면을 제시해주는 데 주안점을 둔 작품인 것이다. 문체의 특징과 장점을 제하면 결국 「봄봄」에서 추구되는 세계는 온전하고 화해로운 가족관계의 유지에 그친다. 이렇듯 작품의 구조는 원점으로 돌아가는 것이고, 사건이 해결되지 않고 유보되는 것이다. 구조상에 있어서는 머슴이라는 상황과 이를 극복하려는 나의 의지, 나의 의지를 막는 현실, 점순과 그의 가족이 존재한다. 둘의 싸움은 미해결로 끝나고 다음을 기약하게 된다.

점순이와 나와의 기묘한 관계를 중심으로 전개되는 소설이 「동백꽃」이다. 점순이와 나는 열일곱이나 되었다. 서로 성에 눈을 뜰 때이고 점순이는 나에게 노골적인 애정표시를 한다. 그런데 둘의 갈등은 애정 문제에 있는 것이 아니라 신분의 차이에서 온다. 점순이는 마름의 딸이고 화자는 소작인의 아들이다. 점순이의 애정을 받아들일 수 없는 이유는 나와 점순이의 관계에 가족의 생계가 달려있을 지도 모르기 때문이다. "왜냐하면 내가 점순이하고 일을 저질렀다는 점순네가 노할 것이고 그러면 우리는 땅도 떨어지고 집도 내쫓기고 하지 않으면 안되는 까닭이었다."[40]는 주인공의 생각은 집요한 점순이의 '나를 말려 죽이려고 하는' 행위와 갈등을 이루면서 독자의 웃음을 자아내는 것이다. 하지만 이도 계급적인 문제로 발전한다거나 하지는 않는다. 빈부의 차이도 어설픈 사랑의 감정을 제어하는

---

39) 「봄봄」, 『전집』, 147쪽.
40) 「동백꽃」, 『전집』, 201쪽.

수단으로 쓰일 뿐이다. 점순과 나의 관계도 「봄봄」처럼 화해로 끝난다.

김유정의 대표작이라 평가되는 두 작품만을 놓고 볼 때도, 높은 현실인식이라는 평가는 약화된다. 현실에 직접적인 관심을 갖기보다 그 현실을 그리되, 인상적인 인물이나 장면을 중심으로 그린다. 이는 표현과 작가의 감상에 주안점을 둔 것이라 할 수 있다. 아이러니 기법은 현실에서 멀리 떨어지지 않으면서도 현실에 직접 개입하지는 않는 장점이 있다. 이는 김유정적 특징으로 보아도 좋지만 작품의 평가기준으로 현실인식을 문제삼기에는 적당하지 않다.

5.

지금까지 이 글에서는 김유정과 〈구인회〉의 관계 그리고 김유정 소설의 특성에 대해 살펴보았다. 김유정 소설의 특성 부분은 다분히 〈구인회〉의 문학 경향, 특히 이태준, 이상, 박태원의 문학경향을 염두에 둔 것이었다.

김유정에게 있어 〈구인회〉 가입은 기성문단으로의 편입이라는 중요한 의미를 가진다. 문학적인 측면에서 표현을 중시한다든지 작가의 개성과 재능을 강조한다는 공통점이 있지만 〈구인회〉와의 관계에서 무엇보다 중요한 것은 이상과의 친분이었음을 강조하였다. 같은 시기 등장한 작가들이 기성문인들과 스스로를 구분하려 하였던 데 비해 김유정은 기존의 작가들과 어울리고 그들의 경향을 따르려 했음을 확인할 수 있었다. 1930년대 중반 이후 등장한 작가로는 김유정이 유일하게 〈구인회〉의 회원이 된다.

김유정 소설의 특징은 사건에 있다기보다 그 사건에 연루된 인물들의 개성에 있다고 할 수 있다. 이는 작가의 현실인식이 뛰어나다고 알려진 소설에서도 마찬가지이다. 사건과 인물이 분리되어 존재할 수 없는 일이지만 김유정 소설에서는 인물이 사건보다 강조된다. 대부분의 작품에서 인물은 현실적인 사건에 대해 자신의 의지를 굽히지 않는다. 인물의 건강성과 순박함이 강조되고 현실은 배경처럼 작용하는 것이다. 불우한 환경 속에서도 건강하고 끈질기게 사는 인간의 인상을 표현한다고 보아야 할 것이다. 현

실에 대한 관심이 중요하지 않다고 말할 수는 없지만 현실인식이 그의 소
설을 평가하는 중요한 기준이 되지는 못한다. 오히려 현실은 작품에서 배
경화, 간접화됨으로써 객관적으로 드러났다고 평가할 수 있다.

　자전적 소설을 통해 김유정은 농촌을 배경으로 한 소설들과 달리 무능
력한 도시인의 모습을 그려냈다. 그 인물들은 현실의 결핍된 부분을 여인
을 통해 찾으려 한다. 이는 작가의 절망적인 삶을 확인, 부정, 극복하려는
의도로 볼 수 있다. 이와 반대로 농촌을 배경으로 한 소설은 김유정에게
화해롭고 질서잡힌 가정, 사회의 가능성을 제공해 준다. 두 가지 경향의
소설에 공통적으로 관통하고 있는 중심은 가족의 붕괴로 대표되는 현실의
삶에 대한 부정, 가족관계의 유지나 회복으로 대표되는 화해로운 삶에 대
한 꿈이라고 할 수 있다. 　　　　　　　　　　　　　　　（상명대 강사）

부정적 현실과 윤리의식의 표현 양상
-이무영 초기 소설을 중심으로

박 선 애

1.

이무영은 '한국 농민문학의 대표적 선구자'라는 평가를 받고 있는 작가이다. 문제작이라 할 만한 작품들이 대부분 귀농 이후 쓰여진 작품들이라는 데 논자들의 초점이 모아졌기 때문이다. 이는 그가 직접 농촌에 들어가 생활과 문학의 일치를 실천하면서 창작활동을 했다는 작가적 특이성 때문이기도 하다. 그러나 작가에 대한 올바른 평가를 위해서는 30여 년 동안 쓰여진 작품들 가운데 이분의 일도 못 되는 농민소설에만 치중하여 연구한다는 것은 문제가 있는 태도이다. 다른 다양한 제재를 다룬 작품들도 관심을 갖고 면밀한 검토를 해야된다고 생각한다.

기왕의 연구는 한국 농민소설을 거론하면서 이무영의 농민소설에 대해 언급하고 있는 경우와 본격적으로 작가의 전기적 사실과 함께 작품 세계를 파악하려는 경우로 나눌 수 있다. 본고에서는 이러한 연구 성과들을 바탕으로 초기소설[1]에 나타난 방황과 고뇌의 지식인 모습과 비참하고 굴절된 삶을 살아가는 농민들의 모습을 통해 작가의식의 실체와 문학적 특징을 파악해 보고자 한다. 아울러 짧은 기간이지만 순수문학의 모임인 구인

---

1) 초기소설에 관한 연구는 이동희, 「이무영의 초기 작품에 나타난 문학사상연구」(『단대 대학원논문집』 15, 1981), 김홍신, 「이무영 연구」(건대 석사논문, 1984)와 윤석달, 「이무영의 현실인식」(『홍익어문』 1987. 1) 이 있으나 몇 작품에 국한된 성과물이다.

회에 가담했던 전후를 중심으로 그가 견지한 문학관의 면모를 작품세계와
함께 알아보고자 한다.

2.

구인회가 결성되던 1933년 즈음의 이무영의 작가적 입지는 그리 확고하
지 못했다. 1925년 다니던 휘문고보를 중퇴하고 그동안 서신으로 잘 알고
있던 일본 작가 가토 다케오(加藤武雄)의 문하에 들어가 4년간의 문학수
업을 받는다. 이때 일본문학뿐만 아니라 프랑스 문학, 러시아 문학에 심취
한다. 특히 톨스토이의 영향2)은 그의 문학론의 근간을 이루고 있다고 보
아도 지나치지 않다.

> 여기서 내가 말하는 것은 작가로서의 두옹(杜翁), 은인간(恩人間)으로의 두
> 옹(杜翁), 사상가로서의 두옹(杜翁)에게서 풍기는 그 향기(香氣), 그보다도 한
> 거름 더 나가서 리(理), 그의 세계관의 해자(解者)가 되고, 예술관의 전승자가
> 된 되려고 노력하는 정도를 말함이다.3)

위의 인용문과 연결지어 볼 때 그의 작품에 나타나는 허무주의적 무정
부주의, 도시문명에 대한 비판과 농촌생활의 예찬이 바로 톨스토이의 영향
을 받았다는 근거가 된다. 또한 그의 작품 전반에 흐르는 인도주의적 면모
는 '시대의 고민을 시대와 함께 호흡하는' 양심 있는 작중인물로 일관되어
나타난다. 그러나 이 점은 톨스토이의 추상적 인도주의와 구별되는 것으로
드러난다. 그리하여 초기 작품에서는 양심적인 지식인이 불안정한 경제생
활과 작가적 이상 사이에서 방황하는 모습과 함께 더욱더 가중되는 객관
현실의 악화로 출구를 잃어버린 인물들이 그래도 인간에 대한 따뜻한 연
민과 동정의 모습을 잃지 않고 등장한다.

---

2) 유민영, 『한국현대희곡사』, 기린원, 1991, 203~212쪽.
3) 이무영, 「杜翁과 朝鮮作家」, 『동아일보』 1935. 11. 20.

이러한 작가정신은 일본에 있으면서 발표한 장편(掌篇)인 「달순의 출가」(『조선문단』 1926. 6)를 제외한 두 장편(長篇) 『의지할 곳 없는 청춘』(청조사, 1927. 5), 『폐허의 울음』(청조사, 1928. 4)에 잘 나타나 있다. 그러나 이 두 장편은 국내 문단에서 큰 반응을 얻지 못한다.

이무영은 귀국 후 생계를 위해 친구 이흡(李洽)의 주선으로 소학교 교원 , 출판사, 잡지사를 전전하며 경제적 궁핍을 절실히 체험한다. 그러다 1932년 동아일보 최초의 희곡 현상모집에 「한낮에 꿈꾸는 사람들」이 당선되면서 문단의 주목을 받기 시작한다. 이 작품은 극예술연구회에서 공연되기도 한다. 그후에도 많은 희곡 작품을 발표하며 왕성한 창작의욕을 보인다. 또한 「흙을 그리는 마음」, 「지축을 돌리는 사람들」 등 소설에서도 역작이 발표되고 동아일보사에서 학예부 기자 생활을 하며 어느 정도의 작가적 입지와 생활의 안정을 확보하기에 이른다.

이후 이무영은 1933년 순문학자들의 모임인 구인회에 가입하게 된다. 백철은 이무영과 조벽암과 같은 당대 동반자 작가라 불리우던 작가들이 참가한 것은 '그 회합이 사교적이라는 취지에 찬동'[4]했기 때문이라며 문학적 입장을 같이 한 데서 연유한 행동이라고 보지 않는다. 그러나 그의 가입 배경을 김시태[5]는 구인회의 두 발의자인 이종명과 김유영이 대상설정에 있어 의도적인 배려를 했기 때문이라고 설명한다. 학예부 관계자를 최초의 동인 후보로 설정한 데는 첫째, 순수문학 집단의 문학론을 전개시킬 지면 확보 방안으로 둘째, 그동안 각 신문사가 섹트주의적 색채가 농후했는데, 이를 지양하고 모든 지면에 고른 필자의 확보를 위해서라는 것이다.

아무튼 당시 이무영이 시대현실과 작가적 신념을 작품 속에서 중요하게 다루고 있는 상황 속에서 문학의 무목적성과 자율성을 주장하던 순수문학 모임에 최초의 멤버로 활동하게 된다는 사실은 관심을 끈다. 그러나 이무영이 구인회에 가입한 사실을 단순히 초기의 두 발의자들의 의도성 짙은

4) 백철, 『신문학사조사』, 신구문화사, 434쪽.
5) 김시태, 「구인회연구」, 『제주대 논문집』7, 1975.

행동에서 연유한다고 평가하기에는 무리가 있다.

『자네가 문학청년이니 말이지 지금 갓흔 문학―공연히 겻치레만 번드를하게 채리고는 그 목적의식 계급문학이니 무어니 해가지고 떠드는 것보다 정정당당 하게 「됴선문학」을 건설하여주게. 물론 공산주의 문학도 좃코 사회주의 문학 도 좃타. 그러나 무엇보다도 순전한 「됴선문학」을 일으키어야 한다. 됴선문학 을…… 우리 독자는―물론 나는 문학청년이 아니다만은―기생노리 술타령 갓 튼 것에 지첫다. 자유련애의 고창이나 계급해방의 절규에도 우리는 지첫다. 염 증이 생겼다. 됴선을 위한 문학 동포를 위한 문학을 이르컷다오……참다운 새 됴선을 건설할만한 문학……』(『폐허의 울음』, (청조사, 1928, 81~82쪽)

「로푸」, 「뿌로」, 「이데올로기」, 「계급」―이러한 술어(術語)와 복자(伏字) 등 을 쓰지 않으면 작품의 값이 없고 작가로서, 또는 평론가로서―아니―1930년 대의 청년으로서의 면목을 유지 못하느리라고 생각했던 시대가 우리에게는 확 실히 있었다.[6]

위 인용 중 첫번째는 작가의 목소리로 보이는 화자가 당대 문단에 대해 어떠한 생각을 갖고 있는지 알 수 있는 초기 작품의 내용이다. 계급문학도 민족주의 문학도 조선문학의 본령이라고 할 수 없다는 것이다. 당시 이무 영은 과거 유물변증법 창작방법으로 선전문학 경향을 보였던 것과 그후 리얼리즘논쟁을 거치면 도피성 짙은 전향문학 경향을 보이던 프로문학을 비판하며 '창작에는 판에 박은 창작방법이 잇을 수 잇슬까요?'[7]라며 창작 의 자율성을 역설한다. 이는 구인회가 카프문학 쇠퇴 이후 이데올로기 문 학의 한계성을 인식하는 가운데 문학의 예술성에 주목한 단체라고 볼 때 그의 계급문학에 대한 입장을 구체적으로 살펴볼 수 있는 근거가 된다.

작가란, 이론보다도, 기술이라고. 완성한 인격과 세련된 기술은, 곧, 문학이

---

6) 이무영, 『소설작법』, 개진문화사, 1953, 290쪽.
7) 이무영, 「문단산책 二」, 『조선중앙일보』 1934. 5. 28.

되고, 예술품으로서의 향기도 난다고. (중략)

어떠한 작품이 맑스적이냐 아니냐도 문제되지 않는다. 그 작품이 인류에 기여함이 잇느냐 없느냐가 문제될 것이다. 항차 그 작가의 작풍이 맑스적이냐 아니냐가 무엇이 문제되랴?

작자에는 좋고 그른 것이 문제되는 것이 아니라 잘쓰엇나 못 쓰엇나가 문제일 것이다. 이데올로기가 다른 한 작가의 작품이라도 그 작품이 잘 쓰이기만 했다면 그 작품은 벌써 문학의 영역에 들어간 것이다.[8]

위 인용은 앞에서 살펴본 이무영의 프로문학에 대한 비판과 함께 당시 그의 문학관의 면모를 더욱 구체적으로 드러내 준다. 그는 작가의 인격이 작품 창조에 미치는 영향과 세련된 기술 즉 표현의 문제에도 많은 관심을 갖는다. 그가 주장하는 '잘 쓰이는 작품'이란 작품의 예술성을 말함인 것이다. 그리하여 그는 현대의 모든 사회모순에 대한 비판과 그의 정의감을 토로하기 위해 '예술적 탁마'를 아끼지 않았다. 이 점 때문에 그를 당대 논자들이 '스타일리스트'라고 평가하기도 한다.[9] 한식은 단편집 『취향』을 평가하면서 작가를 '인생파라 하기에는 너무나 예술적 탁마가 빛나고' 있다고 말한다.[10] 그러면서 『취향』에는 내용과 부합하는 '신선한 형용사, 적확한 표현스타일, 어구의 흔연한 이메지를 감각식히는 사실의 수완'등이 '이 작가의 유니크한 바'라고 말한다. 박태원은 그를 어휘의 풍부함과 문장의 능숙함을 장점으로 보는 반면 문장이 너무나 산문적이어서 대중성을 띄게 되어 기품과 향기가 없다고 지적한다.[11]

또한 1933년 9월 구인회의 제1회 합평회에서 이무영은 「아버지와 아들」이란 희곡 작품을 가지고 구인회 회원들에게 평을 듣는다. 특히 이태

---

8) 이무영, 「나의문학에 대한 태도」, 『동아일보』 1933. 10. 25.

9) 현 민, 「인삼과 밥과 아편」, 『조선일보』 1937. 3. 20.

____ , 「무영의 문학」, 『작품』 1939. 6 에서 부드러운 필치와 면밀한 묘사 등 예술적 형상화를 작자의 도의적 정의감을 효과적으로 보여주는데 있어 중요하다고 본다.

10) 한 식, 「이무영씨의 문학에 대하야」, 『조선문학』 1937. 8

11) 박태원, 「1934년의 조선문단」, 『중앙』 1934. 12.

준과 김기림은 '대화의 기교'에 있어서는 탄복할 정도라고 평한다. 김유영은 '모든 인물이 살아 있는 것'처럼 보인다고 말한다. 대체로 참석자들은 긍정적인 평가를 내리고 있다.

그러나 문학의 자기 목적성을 강조하며 순수문학을 표방하던 구인회 작가들과는 달리 작품의 미적 가공보다는 당대 식민지 현실에 대해 무관할 수 없는 작가적 태도를 가지고 동반자적 성향의 작품을 꾸준히 발표하게 된다. 그의 이러한 창작태도는 프롤레타리아 사상을 염두해 둔 데서 연유한 것이라기 보다는 '피압박 민족이라는 공동운명 밑에서 같은 쇠사슬에 매달려서 작가적 양심으로는 무관심할 수 없는 고민'12)에서 출발한다고 볼 수 있다. 이러한 이무영의 문학관은 구인회 회원들의 공통적인 정신적 기반이라 할 수 있는데 특히 이태준의 작품들에서 여실히 드러나고 있다. 작품의 예술성 못지 않게 창작자의 양심과 윤리적 면모를 중요시 여기는 태도가 바로 그것이다.

이무영은 문학 그 자체를 중요시 여겼으며 작품 속에서도 운동가와 문학인과는 다르다는 견해를 확실히 견지해 나가려고 노력한다. 따라서 시대적 고민과 더불어 나름의 기법을 시도하고 있다. 이는 작품마다 주제나 인물, 구성 또한 시점의 변화를 통해 나타난다.13) 이러한 이무영의 문학관에 주목하여 유신호와 김진기는 그의 작품을 분석하고 있다.

작가의 형식에 대한 실험은 다른 장르의 작품들을 창작하였다는 사실에서도 드러난다. 소설도 장편, 중편, 단편, 콩트를 망라하여 창작하였고, 그 외에도 앞에서 살펴본 바와 같이 다수의 희곡과 동화, 동시, 수필, 평론에 이르기까지 확대되어 나타난다. 작가의 일반적이지 않은 이러한 행적은 그의 등단 초기부터 감지된다. 보통 단편으로 등단하여 작가적 역량이 쌓이면 장편을 쓰게 되는 것이 작가들의 관습처럼 인식되어 온 데 비해 그의 실제 처녀작이라 불리울 수 있는 작품이 모두 장편이었다는 것도 간과할

---

12) 염상섭, 「B녀의 소묘」, 발문, 희망사, 1953년.

13) 이무영, 『소설작법』(개진문화사, 1949)을 살펴보면 그가 창작을 하면서 문학의 내부적 요소에 얼마나 관심을 가졌는가 알 수 있다.

수 없는 사실이다.

이무영은 1934년 구인회를 탈퇴하게 된다. 이는 '동인간의 경향의 불일치와 모순성'[14] 때문이라기 보다는 생활과 문학의 일치를 항상 견지해 내고자 한 작가의 창작태도가 좀더 확실해져 가고 있음을 입증하는 사실이라 볼 수 있다. 그는 탈퇴 이후 한 좌담회를 통해 그 이유를 설명해 달라는 제의를 받고 글로써 발표하겠다며 거절한다. 구인회의 모임 취지가 아무리 과거의 문학에 대한 반성과 새로운 문학의 지향이라고 하더라도 구체적인 창작행위에 있어 다양하게 표출되는 것은 당연하다. 그러므로 이무영의 탈퇴 원인도 당대 현실을 외면할 수 없었던 작가적 양심과 작품활동에서 창작자의 인격과 윤리의식을 중시하던 의식이 미적인 면을 추구하던 예술가 의식보다 더 강하게 나타나기 시작한 데서 찾아야 할 것이다.

> 문학자의 창조—작품은, 바로 그 인격의 재현이다. 인격없는 과학자는 존재할 수 잇어도 인격없는 문학자는 존재할 수 없다.
> 문학—그것은, 바로 우리가 이상하는 바, 최고급의 미요, 덕이요, 힘이다.
> 그러므로 저급한 인간—통속적인 인간은, 문학자 될 수 없다.
> 진정한 의미로서의 예술가될 수는 없단 말이다.[15]

> 사회적, 도덕적, 인간적, 모든 점에서 완전한 인간으로서 작가의 눈에 미의 극치요, 선의 절정이요 미의 고봉인 그 어떤 아름다운 사건이라면 제3자인 동족에게 제시한다는 것도 한 생리적 욕구인 것이다.[16]

위 인용은 창작활동에서 작가의 인격을 중요시 하는 면과 함께 작품 속에서 표출되는 의미 역시 윤리성 짙게 드러나고 있음을 입증하는 내용이다. 또한 소설의 목적을 논하는 가운데서도 독자인 동족에게 '미의 극치

---

14) 백 철 , 앞 책, 434쪽.

15) 이무영, 「나의 문학에 대한 태도」, 『동아일보』 1933. 10. 25.

16) 이무영, 앞 책, 50쪽.

요, 선의 절정인 그 어떤 아름다운 사건'을 제시하는 것이라고 보는 그의
문학관은 다분히 교훈적이고 공리성을 가지고 있다. 초기 작품에는 이러한
면모가 주인공의 사회적 사명감이나 강한 휴머니스트적 작중인물을 통해
나타나거나 혹은 그러한 작가의식을 표출하기 위해 일관된 문학적 특징을
보이게 된다. 작품화를 '작가 자신의 생활의 표현'[17]이라고 믿었던 그는
드디어 작가적 방황과 고뇌의 시간을 보낸 후 초기의 작품활동에서 느낀
관념성을 극복하기 위해 1939년 농촌으로 들어가게 된다. 거기서 그의 작
품들을 평가하는 데 꼭 거론되는 그의 농민문학의 본령이라 할 수 있는
일련의 작품들을 창작하게 된다. 이는 생생한 삶의 문학을 구현해보고자
하는 작가적 노력에서 나온 행동이라 하겠다.

3.

가) 궁핍한 삶과 양심의 갈등

이무영은 등단 초기부터 당대 식민지 현실과 무관하지 않은 작품활동을
보인다. 특히, 암울한 현실 상황에서 지식인에게 가중되는 경제적 불안정
으로 인해 빚어지는 갈등이 초기 작품의 주조를 이루고 있다. 삶은 늘 좌
절의 연속이었고 새로운 희망이란 선명하지 않은 대상일 수밖에 없다. 도
시 안에서 살아가는 지식인의 삶은 더욱더 방황의 연속인 것이다.

이러한 지식인의 고뇌는 「달순의 출가」(『조선문단』 1926. 6), 『의지할
곳 없는 영혼』(청조사, 1927)[18], 「아내」(『신생』 1930. 10), 「루바슈카」
(『신동아』 1933. 2), 「두훈시」(『동광』 1932. 5), 「창백한 얼굴」(『신동아』
1934. 2), 「B녀의 소묘」(『신동아』 1934. 6), 「타락녀 이야기」(『신인문학』
1935. 3), 「유모」(『신동아』 1936. 7) 등에 잘 나타나 있다. 이처럼 상당수
의 초기 작품들이 지식인의 빈곤문제에 집중해 형상화되고 있다는 사실은

---

17) 이무영, 「작자 자신의 생활혁명」, 『조선일보』 1934. 1. 4.
18) 텍스트는 1932년 영창서관에서 간행된 장편으로 삼았다.

작가의 관심 정도를 짐작하게 한다. 궁핍한 현실을 지식인의 사회적 실천 문제와 함께 다루면서도 항상 비참한 현실 이면에는 작가의 인간애 넘치는 시각이 나타남으로써 현실을 부정적으로만 인식하지 않으려고 한 것이 이들 작품의 큰 특징이기도 하다. 이는 이무영의 윤리적 작가의식으로 인해 구체적 현실인식을 바탕으로 성취해 낼 수 있는 작품의 가능성을 차단하는 결과를 초래하고 있다.

특히, 「달순의 출가」에서는 서울의 부유한 집안에서 심한 노동일과 비인격적 대우를 받아가며 일을 하던 주인공이 가진 자의 횡포에 맞서 그 집을 탈출하고 뜻을 펼치기 위해 일본 유학길에 오른다는 구조는 그 저항의식을 드러내는 데 있어 너무나 안일한 처리로 보인다. 또한 주인공의 유학을 지켜보던 가진 자들이 인간적 공감을 갖게 되고 자신들이 한 지난 행동을 후회한다는 결말은 프로문학의 대립구도에 볼 수 있는 긴장감이라고는 전혀 찾아지지 않는다.

> 설령 자기에게 배반을 하고 간 달순이지만은 그는 어린몸이 성공의 기를 잡고저 달어x머-ㄹ리 현해탄을 건너 산달으고 물 달은 남의 땅으로 감에 진심으로 동정치 안을 수 업다. 그리고 그의 성공을 축복치 안을 수 업섯다 전의 자기네들의 한 일 어린 달 순을 괴롭게 한일을 후회한 것도 무론 이때엿다. (「달순의 출가」, 『조선문단』 1926. 6, 418쪽)

이무영의 휴머니스틱한 면모는 초기 장편인 『의지할 곳 없는 영혼』의 기원에게서도 여전히 드러난다. 몇날의 굶주림과 실직으로 삶의 의욕을 상실하고 무기력과 방황의 시간을 보내던 기원은 죽음을 눈 앞에 둔 친구 봉수의 도움으로 H은행에 취직하지만 여전히 우울한 생활은 지속된다. 그의 고독과 절망은 '참다운 삶을 살기 위하야 새로운 삶을 살기 위하여' 라는 자신의 이상이 실현되지 못하고 있는 데서 또한 사랑하면서도 이루어질 수 없었던 N순과 경자와의 애정 비극에서 연유한다. 이와는 대조적으로 난잡한 애정행각을 벌이며 부도덕한 생활을 해나가는 오수영이 등장하는데 그는 당대 조선의 예술가로서 재능을 인정받고 있는 인물이다. 그러나 기원은 오수영이 윤리적으로는 타락한 자이지만 그래도 아무일도 하지 못하고 방황하는 자신보다는 민족을 위해 살 만한 가치가 있다고 판단하고 그의 살해 계획을 미리 알고 그를 도와 주려고까지 한다.

> 그는 정순의 발끝에 무릎을 꿇고 공손이 두 손을 모아 애원하듯이 그녀자를 녀다 보았다.
> 「그들을 죽이시는 대신에 저를 죽여 줍시요. 저를 죽여 줍시요…… 녜…… 정순씨……」
> 사실 그는 됴선의 단 한자랑인 수영을 살리기 위하야 일홈도 존재도업는 무명작가(無名作家)인 자기하나 히생한대도 앗갑지 안타고 생각하엿다. 오천년력사(歷史)와 이천만 민족의 단 한 자랑인 미술가를 위하야 조고만 아조 조고만 은행사무원(銀行事務員)하나 희생된다는 것은 자기 일신의 의무라고 하여도 과언이 아니라고 생각하였다. (『의지할 곳 없는 영혼』, 영창서관, 207쪽)

작품 전반에 흐르는 지나친 감상성과 함께 기원의 이런 돌발적으로 표출되는 민족의식은 생경한 느낌을 준다. 기원의 이러한 의식은 '부르조아 사상을 품고 있는 수영까지 포용하는 이해와 동정을 가지고 정욕과 물욕을 윤리와 도덕으로 초월하려는 의지'[19]라 하겠다. 빈곤문제 해결이 자신의 정신적 방황의 해결로 이어지지 못하는 상황에서 보인 기원의 위와 같은 행동은 작가의식이 작위적으로 노출되고 있는 증거이다. 앞 장에서 살펴본 이무영의 문학관에는 항상 민족과 인류를 염두에 두고 글을 써야 한다는 공리적인 작가의 입장이 드러나 있었다. 이러한 작가의식이 작품의 결미 구조를 안이한 관념적 처리로 나타나게 하는 원인으로 작용하고 있다.

이러한 작품의 결미 구조는 「루바슈카」에서 더욱 더 도식적으로 나타난다. 궁핍한 생활고와 아내의 가출로 고민하던 주인공이 양심 있는 지식인으로서는 도저히 할 수 없는 부도덕한 행동을 일삼던 최란 인물을 처음에는 꺼려하지만 방황의 날이 심해지자 최와 같이 타락한 나날을 보낸다. 이런 그들의 행동이 사회운동을 하는 다른 친구에게 비판받게 되자 최는 '참

---

19) 이동희, 앞 논문, 172쪽.

사람이 되어 오겠다'는 말을 남기고 사라진다. 그런지 열흘 만에 러시아 복장 루바슈카를 입고 돌아와 새 사람이 됐다는 최를 나와 다른 친구는 눈물로 감동하며 받아들이는 대목이 있다. 이 부자연스러운 부분은 이무영의 창작태도의 미숙함과 더불어 현실인식의 불철저함이 그대로 드러난다.

「두훈시」와 「창백한 얼굴」에서는 어느 정도 이런 면이 극복되고 있는데 그것은 주인공들이 굶주림의 고통에서 새로운 의지를 갖게 되는 과정을 설득력 있게 묘사하고 있기 때문이다. 상철은 그동안 소중히 간직해 오던 '사회주의 대의' 팜플렛이 호떡 한 개와 만두 두 개 값에도 못미쳐 주인에게 봉변을 당하고 끝내 구금생활을 겪으면서 관념적으로만 견지해 오던 신념을 궁핍한 현실을 통해 구체적으로 인식하게 된다. 또한 「창백한 얼굴」의 가난한 문인인 나는 전당표가 쌓여가는 상황에서도 노동자와 같이 노동을 하지 못하는 허위성을 지닌 인물이다. 오히려 자신보다 문단에 늦게 나와 작가적 위치가 더 확고한 정이 굶주림에 못이겨 토사운반 노동일을 같이 하자는 제의를 하자 머뭇거릴 뿐이다. 그러나 조여오는 생활고로 동료작가인 정을 따라 나설 수밖에 없게 된다. 그러면서 나는 '마치 땅속 깊이 묻힌 진리(眞理)를 파듯이! 오랜동안 막혔던 이따위 룸펜 인텔리의 갈 새길을 뚫거나 하는 듯' 곡괭이질을 하는 모습으로 변한다. 그러다가 나는 정이 사고로 다치는 것을 보고 도와주려할 때 감독원이 폭력으로 저지하는 모습에서 그날 밤 새로운 것을 깨닫는다.

> 그러나 깨달은 것은 그것뿐이 아니다. 그 촛불은 봉화같이 나의 가슴속도 비춰준다. 지금까지의 우리와 같이 맥없는 노동을 한다는 것은 나 자신의 창자 시중을 드는 것 이외에 아무 것도 아님을 깨달았던 것이다. 막다른 골목에 선 인텔리 룸펜의 새길을 개척하는 듯이 생각한 것도 쑥쓰러운 자아도취인 것을 깨달은 것이다.
> 아니 나뿐이 아니다. 정군의 가슴에도 이 새로운 피가 있었던 모양이다.
> (「창백한 얼굴」, 『이무영대표작전집5』, 165쪽)

위 인용과 같이 경제적 궁핍이 어느 정도 해결되는 상황에 놓여도 주인공들은 암울한 현실을 타개할 사회적 책임 때문에 갈등하다 새로운 의지를 갖게 된다.

이들 작품과 비교해 볼 때, 「B녀의 소묘」, 「타락녀 이야기」는 적극적으로 사회운동을 해나가는 주변인물에 비해 주인공들의 과거 신념이 궁핍한 현실로 좌절되고 주인공의 양심적 갈등은 더욱 잘 형상화되어 있다. 김한성은 소설가로서 부모로부터 물려받은 재산을 팔년 전 모두 날려 보내고 약혼자의 배신을 경험한 인물이다. 하숙집 밥값이 밀려 매일같이 주인집 여자에게 독촉을 받는 신세로 전락한다. 우연히 생긴 돈 10원을 가지고 H시에 사는 친구 A를 만나러 간다. 잠시나마 쪼들리는 생활고로부터 벗어나고자 하는 심정에서 나온 결심이다. 하지만 예전의 동료작가였던 '장'군의 무덤 앞에서 '너 같은 인간은 멧만명이 있어도 쓸데가 없다!'고 하던 그의 말이 계속 메아리쳐 울리는 것만 같았다. 그러나 이무영은 이 장면에서 또 한번 '지하의 장은 그에게서 눈물이 아니라 새로운 출발을 바라고 있다는 것을 한성은 깨우쳤어야 할 것이었다'라며 작가의 목소리로 논평한다. 주인공의 양심적 고뇌를 그대로 보여주는 것만으로도 당대 지식인의 방황을 짐작할 수 있는 상황에서 이런 작가의 직접적인 목소리는 작품의 미적인 면을 감소시키고 있다.

「타락녀 이야기」의 형재 역시 부르주아 시절에는 계급이 어떠니, 사회가 어떠니, 아나키즘이 어떤 것이니 하며 이론을 논하던 인물이다. 그러나 이제 한달 사십원에 목을 매달고 살아가는 무기력한 소시민에 불과하다. 그러다 우연히 만난 술집여인 찬영에게서 그의 사상은 신랄하게 비판받는다.

　「뭣이라니! 비교적 부르조아던 때 그만큼 계급의식에 눈이 떴던 형재씨가 정말 프롤레타리아가 된 지금에 와서 그런 의식을 버리다니요? 전보다도 훨씬 열열해야만 할 성질이 아니었을까요?」
　그말에는 형재도 대답할 아무거리도 없었다. (「타락녀 이야기」, 『신인문학』 1935. 3, 137쪽)

찬영은 형재에게 과거의 모습은 위선이었으며 '역사를 거꾸러 걸어가는' 사람이라고까지 말한다. 그나마 생계유지를 위해 연연해 하던 인쇄소도 일제의 대자본가인 경영주에게 넘어가 그만두게 되면서 찬영이 자신에게 한 말은 더욱더 뇌리를 떠나지 않는다. 더욱 찬영의 신분이 좌익예술단체의 요원으로서 적극적으로 활동하는 운동가임을 알게되자 자신의 모습이 '오늘처럼 불상하고 적다는 것을 깨달은 적'이 없었다고 고백한다. 이런 깨달음은 「유모」의 나 역시 마찬가지이다. 나는 학술잡지를 대중잡지로 만들어 영리를 추구하려는 경영자에게 맞서지 못하고 방황하는 인물이다. 딸 성순의 유모 월급과 생활비를 생각하며 자신의 의지가 담긴 사표를 선뜻 내놓지 못하는 소시민성을 보인다. 그러다가 유모가 자신의 어린 자식이 있으면서도 생계유지를 위해 다른 집 아이인 나의 딸에게 젖을 물리는 것을 보고 많은 생각에 휩싸인다. 가족들의 생활을 책임지고 있는 주인공으로서는 불의한 현실 앞에서 타협해 나가는 모습을 보일 수밖에 없는 자신이 증오스럽기까지 하다. 그러기에 '벌써 써야 할 사직원이 여태 백지대로 있는 것'을 보는 것만으로도 괴로운 일이다.

이무영은 '긇어 보지못한 인간 「긇음의 철학」에 이해 없는 모든 운동자'[20]를 배격한다는 글을 쓸만큼 절실하게 가난을 체험한 작가이다. 경제적 곤란을 겪어봤던 작가는 식민지 현실에서 지식인의 양심적 행동이 실현된다는 것이 얼마나 힘든가 잘 알고 있다. '소설의 정신, 작가의 정신이 인간고(人間苦)의 체험'[21]에서 나온다고 본 그에게 있어 당연한 귀결이라 여겨진다. 특히 위의 작품들에 나오는 여성들은 대부분 극심한 가난을 같이 극복하지 못하고 도피해버리는 모습으로 보여진다. 파산후 약혼녀의 배신, 아내의 가출, 또한 같이 궁핍한 생활을 하면서도 언제고 떠나버릴 것 같은 느낌을 갖게 하는 아내의 모습은 부정적 이미지의 여성 모습이다. 이와 같은 초기 작품들에서 이무영의 윤리적 작가의식은 궁핍 때문에 양심적으로 고뇌하는 지식인에게는 새로운 삶의 방향을 암시하는 동정적 시각을, 그들의 곁을 떠난 여성들에게는 비극적 최후를 맞게 하는 시각을 작품

---

20) 이무영, 「긇음의 철학을」, 『신동아』 1932. 12.
21) 이무영, 「고행과 작가의 정신」, 『자유문학』 1958. 11.

결미에서 보여준다. 이는 소설이 진실을 표현하는 예술이라고 할 때 '일체의 허위와 위선과 악과 부조리와 불합리를 지양시키고 인간의 영(靈)을 정화하여 인간의 행복에 이바지'[22] 하는 것을 드러내 주고 있는 것이다. 하지만 이런 작가의식으로 말미암아 작품 결미가 지나치게 작위적으로 그려지고 있으며 작품 곳곳에 작가의 목소리가 번번히 개입되고 있다.

나)상황과 행동의 문제

이무영의 초기 작품에 지식인의 행동성 문제는 끊임없이 제기되고 있다. 앞에서 살펴본 바와 같이 궁핍이 무기력한 지식인의 삶을 조장하는 중요한 요소로서 작용하고 있음을 알 수 있었다. 이 장에서는 작품에 나타나는 다양한 지식인들이 개인적 장애 요소인 애정문제와 시대현실의 폭압성 문제로 신념을 실천하기에 곤란해지는 경우를 살펴보고자 한다. 그러나 이들 주인공들의 방황과 좌절의 양상은 앞 작품들과는 달리 갈등의 이면에는 회망적 미래가 구체적으로 암시되고 있다. 하지만 이러한 작품들의 결미를 프로문학의 전망 제시로 해석하는 데는 무리가 있다. 그 이유는 주인공이 견지하고 있는 사상의 실체가 사회주의, 민족주의, 무정부주의, 허무주의 등의 불명확한 양상으로 나타나고 있을 뿐 아니라 지식인의 실천에 있어서도 다분히 계몽의식에서 비롯된 사회적 사명감에서 크게 벗어나지 않기 때문이다.

『폐허의 울음』(청조사, 1928), 「반역자」(『비판』 1931. 12~1932. 12), 「지축을 돌리는 사람들」(『동아일보』 1933. 8. 5~9. 22), 「먼동이 틀 때」(『동아일보』 1935. 8. 6~12. 30)는 표면상으로는 애정 문제로 고뇌하는 지식인들의 삶을 보여주고 있다. 그러나 내면적으로는 당대 젊은 지식인들이 삶의 목적을 설정하지 못해 방황하며 행동의 실현문제로 다른 인물들과 갈등을 겪는 것 등이 숨어 있다. 이들 작품에서는 여러 삶의 양태로 살아가는 인물들이 보인다. 삶의 이상을 사회적 실천에 두고 그것을 위해 희생

---

22) 이무영, 위 글.

을 치루면서까지 살아가는 인물들과 우울과 방황의 날을 보내면서 애정의 갈등으로 더욱 침체되어 있지만 언젠가는 사회에 대해 저항하며 민족을 위해 행동하지 않으면 안 된다고 생각하는 인물들이 있다. 또한 부르주아 사상에 젖어 개인적인 안위와 애정의 성취를 위해서는 수단과 방법을 가리지 않는 부정적 인물들이 등장한다. 그러나 세 유형의 인물들은 프로문학과는 달리 서로 다른 인생관과 세계관을 가지고 있으면서도 대립적 관계를 맺고 있는 것이 아니라 인간애로 묶여져 있다. 사회 현실과 삶을 바라보는 시각이 서로 틀려 논쟁을 하기도 하지만 우정은 지속된다.

『폐허의 울음』의 낙삼은 삼 년간의 교직생활에서도 사회에 대한 불평과 반항의식 때문에 면직 당하고 폐병환자와 같은 병적 기질을 보이며 독서로 시간을 보낸다. 독서 행위는 '현실을 뚫고 나갈 힘이 나의 내부에 존재하지 않을' 때 하는 관념적 현실인식 행위이며 새로운 길을 모색하게 한다.[23] 그리하여 고민가이며 염세가인 낙삼은 우연히 망년회 밤에 목격하게 된 조선 유모의 비극상으로 인해 새로운 결심을 하게 된다.

> 「나는 적어도 민족과 동포를 위하야 참된 일을 하랴는 나는 공연히 비판하거나 눈물을 짜고, 공상거리거나 하는 것보다 그들을 이 진흙구덩이에서 구하랴면 실제사업방면으로 나아가는 것이 상당한 일이라고 깨달엇다. 그리고 그것이 진리요 참다운 일이다.」 ……
> 먹을 것 입을 것이 업서 북간도를 가는 동포를 붓들고 「참 가엽슨 일이요. 나는 당신들을 위하야 눈물을 흘리요. 하는 이보다 「자—동포여 그갓치 사람차고 바람찬 북간도로 가지 말고 이것으로 먹고 이것으로 입으시오.」 하는 것이 그얼마나 힘이잇스랴 그얼마나 참다우랴? (『폐허의 울음』, 청조사, 1928, 80~81쪽)

낙삼의 결심은 노동야학으로 실천되며 야학 운영비를 위해 인력거를 끄는 모습으로 나타난다. 야위어 가는 자신의 얼굴을 보면서도 '나의 젊음과

---

23) 신수정, 「단층파 소설연구」, 서울대석사논문, 1992, 50~58쪽.

피를 갈고 웅키어서 됴선에게 밧쳐야' 한다고 생각한다. 그러나 낙삼은 부호이며 난륜아인 김일선과 평소 그가 속으로만 사랑하던 양순의 타락 광경을 목격하고 번민스러워하다 끝내 인력거와 함께 추락하여 죽고 만다.

낙삼의 죽음은 윤리적으로 타락한 모습을 보이던 양순에게 순결한 사랑이 무엇인가를 알게해 주어 그의 무덤 앞에서 자결하게 한다. 양순의 자결뿐 아니라 문학연구를 위해 동경유학을 가려던 문수도 그동안 현순과의 번민스러웠던 사랑과 학비문제에서 벗어나 친구의 죽음을 애도하는 기사를 써 내용이 불온하다는 죄목으로 수감생활을 하게 된다. 또한 낙삼의 죽음을 슬퍼하며 매일같이 무덤가를 찾던 노동야학의 제자인 한 소년과 문수의 출옥을 기다리는 책상 서랍 안의 어린아이 사진이 희망적 미래현실을 암시하는 역할을 한다. 즉 낙삼의 죽음은 현실 속에서 절망하는 인물들에게 '생명수'와 같은 광명의 빛을 던져주었던 것이다.

그러나 이 작품에는 부정적 지식인상도 다양하게 제시된다. 낙삼과 문수의 친구인 강호와 약혼녀가 있으면서도 남의 애인인 현순을 자기 애인으로 만들기 위해 현순의 부모를 돈으로 유혹하고 밤마다 그녀의 집을 배회하며 공포감을 조성하는 김일선이 바로 대표적 인물이다.

강호는 '내 것가지고 내가 먹고 내 것가지고 내가 쓰는 데?' '민족은 다 무엇에 말러비틀어진 것이요 동포는 다 무엇에 시들어진 것인가' 라며 자기 자신이 민족과 동포보다 우선이라고 생각한다. 이런 인생관을 가진 강호의 삶은 낙삼이 폐쇄적인 현실상황에서 자신의 신념을 펼치기 위해 부단히 노력한 것과는 매우 대조적이다. 즉 민족의 삶과 빈민층의 삶을 외면할 수 없는 양심보다 개인의 안위와 향락이 우선시되는 자본주의 논리에 젖어 있는 이기적 삶의 모습이다.

「반역자」의 이상수와 「지축을 돌리는 사람들」의 강식은 위의 강호와 같이 부르주아 출신으로서 한 때는 사상운동을 같이 하던 적극적인 사회운동가인 이철마와 상수와는 절친한 사이였다. 그러나 이상수와 이철마의 관계는 장정옥이라는 여인의 등장으로 훼손되기 시작한다. 장정옥이라는 여성 역시 이들과 함께 사상운동을 하는 동지였지만 아직은 철마보다는 미약한 사상적 기반을 가진 인물이다. 상수는 장정옥을 아내로 맞기 위해 동지로서의 의리와 우정을 배반하고 물질적인 방법으로 정옥의 부모와 정옥을 유혹한다. 그러나 정옥은 철마와 먼저 약혼하고 부모에게 정식으로 결혼 허락을 받으러 오던 날 철마는 형사에게 검거되고, 오히려 같은 시간에 찾아온 상수가 정옥과 결합하게 된다. 여기서 두 젊은이의 성(姓)이 같은 이(李)가였다는 사실이 우연의 일치로 작용하는 점과 후에 진실이 밝혀졌을 때도 정옥이 그것을 운명으로 받아들이는 점은 너무나 작위적이라 하겠다.[24] 이무영은 여기서 상수가 동지를 배반하고 사랑을 차지하였다는 것 때문에 양심적으로 괴로워하고 아내가 곧 그를 떠나버릴 것 같은 불안과 초조한 심정에 주목한다. 그리하여 죽었다던 철마가 '흑의단'이란 아나키스트들이 일으킨 사건에 주모자가 되어 상수의 집에 찾아들게 되자 상수는 지난 날 자신의 배신행위에 대해 용서를 빈다. 마침내 철마와 정옥이 상수를 배반하고 떠나가며 아내의 배신에 분노하는 상수에게 '먼저 너자신을 찾어라'라는 충고를 한다. '펭기칠한 주의니 사상에 지배되어 허덕이는 것은 자아를 이러버린 까닭'이라며 '네가 찾는 모든 것은 네가 네 자신을 알고 깨우치는 그때라야만 엇을 수 잇는 것'라고 말한다.

그런데 여기서 이무영은 작품의 결미를 이후 상수가 그들의 건투를 진심으로 빌고 있다며 후일담 형식으로 처리하고 있다. 지나친 설교투의 문장과 작가의 신념을 독자에게 제시하고 확인하는 서술은 작품 서두부터 유지되던 긴장감을 일시에 무화시켜 버린다. 이러한 서술은 앞서 지적했던 창작 태도의 초기 현상으로서 실제 독자에게 직접 화자가 의견을 묻고 있는 형태로 나타난다. 이는 그가 작품의 효용성 측면에 지나치게 집착하고 있음을 또한번 입증하는 것이다.

「지축을 돌리는 사람들」의 상수와 강식은 친형제나 다름없이 우정이 두터운 사이다. 교원생활을 같이하며 동지관계로서 '인류를 위해 목숨을 내던지는 일'을 도모하고 있다. 이들 사이는 동지이면서 같은 학교 여선생

---

24) 「먼동이 틀 때」의 일도와 숙정의 결합이 무산되고 인화와 약혼하기까지의 과정과 결혼 전날 숙정이 변심하여 일도가 있는 C주로 떠나는 행위는 거의 같은 구조라 할 수 있다.

인 혜경의 등장으로 말미암아 사랑의 적대관계가 되고 만다. 상수는 이런 상황 속에서 갈등하다 앞으로 자신이 하고자 하는 일에 애정문제가 방해가 된다고 생각하고 그들의 곁을 떠나지만 강식은 애정문제로 갈등하다 사생활이 난잡하고 배금사상에 물들어 있는 백성자의 유혹에 말려든다. 여기서 혜경은 자신들이 하는 일이 더 중요하고 그것을 실천하기 위해서는 애정의 갈등이 해소되어야만 한다고 생각하는 진취적 성격의 소유자다. 그에 반해 백성자는 강식 일행이 하고 있는 일을 알고 있다고 협박하며 그를 놓아주지 않는다. 이를 혜경이 알고 하루아침에 자신들이 도모하는 일이 물거품이 될 것같은 두려움 때문에 백성자를 죽이게 된다. 강식이 새 사람이 되어 그들 앞에 다시 오게되자 혜경은 다시는 철없는 장난을 하지 말라며 자신에게 닥쳐올 난관에도 불구하고 도모하는 일에 성공을 빌며 명랑하게 웃는다.

우정, 애정, 일 사이에서 방황하는 식민지 젊은이들의 삶이 나타나 있는 작품으로 그들이 추구하는 일의 성격에 대해서는 구체적인 언급이 없지만 경찰의 눈을 피해 모임을 갖는 것으로 보아 저항적인 사회운동임을 짐작할 수 있다. 또한 이 젊은이들의 갈등 해소에 도움을 주고 있는 영문학자 K라는 인물은 능숙한 이론과 경험으로 젊은이들 뒤에서 행동성은 표출되지 않지만 젊은이들의 행동에 영향을 주고 있다. 즉 식민지 지식인으로서 방황과 시련을 겪으면서도 사회적 행동을 중단할 수 없음이 표현되고 있는 작품이다.

「먼동이 틀 때」는 「지축을 돌리는 사람들」에 비해 주제를 심화확대 하여 보여주며 보다 복잡한 구조를 갖는다.[25] 일도는 인쇄소 직공이지만 의식 있는 젊은이다. 그는 인쇄소 직공들의 부당한 대우에 대응하고 동지들과 함께 일을 하며 또한 C주의 자유학원 운동에도 관여한다. 새로운 시대 건설을 유일한 목표로 삼고 매진하는 인물이다. 그의 친구로는 부유한 집안 출신의 현실순응주의자 인화와 동경유학시 실연을 경험한 허무주의자

25) 윤석달, 「이무영의 현실인식」, 『홍익어문』6집, 1987, 29쪽.

수영이 있다. 그런데 일도는 인화와 부유한 집안 출신인 숙정을 사이에 두고 삼각관계에 놓인다. 그러나 일도는 숙정의 사랑이 일시적인 부르주아 출신의 센티멘탈리즘이라고 생각하고 쉽게 받아들이지 못한다. 이런 일도를 숙정이 적극적으로 설득해 숙정의 부모님을 찾아가지만 이복동생 숙자의 방해와 인쇄소 일로 일도가 도중에 검거된다. 그리고 미약한 사상을 갖고 있던 숙정은 우연이지만 인화와 결합하게 된 것을 운명으로 받아들인다. 일도는 고초를 겪고 나와 C주로 내려가 계몽운동에 앞장선다.

> 「……지금은 씨를 뿌릴 때다. 묻어 둘 때다. 씨를 뿌려두면 그 씨는 싹을 틀 것이다. 묻어두면 그것은 언제고 한번은 터지고야 말 것이다. 「자유학원」의 문이 열리던 그 순간 그들의 가슴을 뻐개고 터진 그 환호! 그 함성! 그 힘 여옥아! 이것은 오직 그들 가슴 속에 심어 놓았던 그 씨가 움트는 것이다.」(「먼 동이 틀 때」, 『이무영대표작전집4』, 192쪽)

이 작품에는 일도, 숙정, 인화의 애정갈등이 기본구조를 형성하고 숙자가 일도와 숙정 사이에서, 여옥이 인화와 숙정사이에서 갈등하며 방황하는 모습이 다양하게 묘사되고 있다. 특히 이들 관계에 적극적으로 개입하고 개성적인 면모를 유감없이 발휘하는 인물이 숙자이다. 이무영은 그의 사회적 관심을 표출하기 위해서는 전형적 인물의 창조를, 또한 그의 윤리의식을 표현하기 위해서는 평면적 인물을 주로 창조한다.[26] 그러나 숙자의 경우는 이무영의 작품 속에 등장하는 인물들 중에 예외적으로 개성적인 인물에 속한다. 그의 복잡한 심리 양상이 구체적으로 서술되어 작품의 리얼리티를 확보해 준다. 즉 앞 작품들에서 작가는 대부분 작품 속의 등장인물을 작가의식을 드러내 주는 단순한 형상으로 설정하여 보여주었다. 그러나 점점 현실인식이 구체화되면서 인물창조를 보다 현실감 있게 해 나간다. 서로 복잡하게 얽혀 있는 인간관계 속에서 당대의 인물들의 삶과 작가의 사회의식의 단면을 간접적으로 파악[27]할 수 있는 작품이라 하겠다.

26) 유신호, 앞의 글, 89쪽.
27) 윤석달, 앞의 글, 32쪽

다음은 적극적으로 운동을 해나가던 지식인이 악화된 현실로 인해 극심한 좌절의 상황에 처하게 되거나 급기야는 죽음을 맞게 되는 작품들이다. 「아저씨와 그 여인」(『신가정』 1934. 3~4), 「나는 보아 잘 안다」(『신여성』 1934, 4), 「용자소전」(『신가정』 1934. 11~12), 「취향」(『조선일보』 1934. 12. 16~26), 「수인의 안해」(『신가정』 1935. 4~5)가 바로 그에 해당된다.

「아저씨와 그 여인」과 「취향」의 지식인 운동가인 원철과 최성환은 더이상 국내에서 활동할 수 없어 국외로 떠나가는 인물이다. 이들은 개인적인 평안한 삶보다는 핍박받는 삶을 살아 가면서 불확실한 자신의 미래를 이어갈 사상적인 계승자들을 만들고 있다. 이는 억압받는 지식인의 삶의 태도가 윤리적으로 볼 때 정당하다는 인식을 주변인물들에게 불러일으켜 사상적인 공감을 갖게 된 것이다.

「아저씨와 그 여인」의 고아 출신이나 다름없는 원철은 인재 아버지와는 친구 사이로서 인재에게 어려서부터 사상적으로 영향을 많이 준다. 그리하여 인재가 문과를 지망하고 학생 제명사건에 가담하게 될 때도 선배 운동가로서 원철은 감정적으로 과격한 행동을 하지 말라며 서슴없이 충고를 한다. 그러나 이러한 원철이 결혼보다 노동야학을 하며 신념을 행동으로 옮기려 할 때마다 탄압은 날로 심해져 평소 생각하던 대로 외국으로 떠나게 된다. 그러면서 인재에 남긴 편지에 '그러나 지금의 이 길이 영원히 너와의 마지막 작별이 되지 않으리라는 것만은 약속하여 둔다'며 마지막 부탁을 한다. ' 만약 네가 나의 오직 한 부탁이던 옳은 삶의 길을 버리지만 않는다면' 다시 만날 수 있으리라는 것이다. 원철이 인재에게 하는 부탁은 절망적이고 닫혀있는 현실을 극복해 나갈 주체로서 인재가 설정되어 있음을 알게 해준다.

「취향[28]」의 최성환 역시 사상운동을 하다 이국 땅 하얼빈에서 객사한

---

28) 신남철, 「문학의 개인성과 사상성 —『취향』을 읽고 느낀 몇가지」, 『동아일보』 19
37. 6. 26에서 개인성과 사상성에 노력하는 작가라며 호평한다.

인물이다. 그는 열다섯에 기생으로 팔려가 참 삶에 대한 욕구도 희망도 없이 살아가는 취향에게 새 삶을 제시해 준다. 취향은 최성환이란 인물에 대해 아는 것이 별로 없었다. 그가 자주 감옥에 갔다 온다는 사실과 나쁜 사상을 가진 자라고 평하는 소리를 들었을 뿐이다. 그러나 취향은 '고난을 겪었으면서도 조금도 그 기개가 꺾여 보이지 않는' 모습과 '막연하나마 이 사람은 가엾은 사람을 위해서 일하는 사람이라는 인식' 때문에 그에게 사로잡힌다. 자신과 같은 기생에게도 진실성 있게 대해 주는 최성환의 사람 됨됨이가 그를 찾아 십여 년을 상해와 하얼빈을 헤매게 한 것이다. 최성환이 취향의 곁을 떠나며 '우리 처지로서 할 일을 찾으라'는 말이 취향의 뇌리를 떠나지 않는다. '다소 로맨티시즘에 흘으는 경향은 있으면서도 작자의 세심한 묘사29)'는 현실성을 확보해 준다. 최성환은 자신이 하는 일을 '기적을 만드는 일'이라고 했듯 현실적 상황은 그를 죽음으로써 좌절하게 만든다.

「나는 보아 잘 안다」와 「수인의 안해」에서 운동가의 아내는 도덕적으로 타락한 모습을 보인다. 「나는 보아 잘 안다」의 아내 혜라는 처음에는 사회운동을 하다 수감되어 감옥에서 병을 얻어 죽은 남편을 위해 몸까지 팔아 지극히 간호해 준 인물이다. 그런 혜라가 남편이 죽자 남편의 친구이며 유부남 의사인 김군의 유혹에 넘어가 딸 옥이까지 남에게 맡기고 부도덕한 생활을 하게 된다. 이를 무덤 안에서 지켜보고 있는 나는 아내 혜라의 타락에 대한 분노보다 자신이 하던 일의 대를 이어갈 딸 옥이를 보살펴 주지 않는 것에 대해 더욱 분노한다. 무덤에서까지 농민학교를 만들어 계몽운동을 해나가는30) 등 바쁘게 보내는 운동가의 모습은 관념적 작가의식의 소산이라 볼 수 있으며 아내의 반윤리적인 행동보다 딸의 장래를 더 염려하는 태도는 설득력이 없다. 그러나 무덤이라는 공간 설정으로 탄압받

---

29) 이무영, 「인삼과 밥과 아편 —이무영씨 창작집 『취향』을 읽고」, 『조선일보』 1937.
   3. 20.
30) 김홍신, 「이무영 연구」, 건대 석사논문, 1984, p.18 '나'의 농민운동은 '마슬께 농민
   학교'라는 낱말로 미루어 볼 때 러시아적이라 추정할 수 있다.

는 운동가의 사후 행적을 남아 있는 가족들의 삶 관찰을 통해 구성해 나가는 것은 자못 흥미롭다.

「수인의 안해」에서 S군의 아내 홍은 남편이 사회운동을 하다 육 년 동안 수감생활을 하게 되자 생계유지와 그의 차입을 위해 노파의 첩살이를 한다. 마을 사람들을 비롯하여 화자인 나, 그리고 친구 R은 S군이 석방되어 나오게 되자 S군이 아내 홍의 행동을 어떻게 생각할까에 대해 관심을 집중한다. 화자인 나는 S군의 인품을 믿기에 구시대의 도덕관념으로 그녀를 심판하지 않을 거라 생각한다. 그리고 나는 홍의 그러한 반윤리적 행동이 '시대의 죄'라 생각한다. 그러나 출감한 S군은 홍의 과거 행동에 대해 어떠한 결론도 내리지 않고 주저하는 모습을 보이며 다시 사회운동을 하러 C주로 떠난다. S군은 아내의 희생에 대해 전적인 믿음을 갖지 못하고 전통적인 윤리관에 사로잡혀 여자의 부정 행위가 아닐까라 하는 의심을 한 것이다. S군의 아내 홍은 화자인 나에게 다시 남편과 동거하자는 것이 아니요 단 한번만이라도 용서해준다는 말만 해준다면 바랄 것이 없다는 말을 한다. 나는 친구 R과 함께 여러차례 S군에게 편지를 하지만 답장은 오지않고 결국 홍은 '당신이 말하던 그런 시절이 어서 오아진다면' 이란 유서를 남기고 자살한다. 그 당시 S군은 또다시 검속되어 있던 상황이었다. 이후 홍의 자살 소식을 들은 S군은 '어떤 의미로 본다면 홍이 나보다 탁월한 XX가 였다!'라며 입을 다물고 만다.

이와같이 위 작품들의 주인공들은 애정문제와 폭압적 탄압현실 속에서 갈등하고 번민스러워하지만 여전히 자신들의 신념을 행동으로 실천하며 견지해 나간다. 이들의 인격은 작품 속에서 도덕적으로 그려지고 있어 주변인물들에게 사상적인 감화까지 준다. 그러나 부자연스러운 연결과 주인공들의 운동성격이 불분명하게 드러나고 있지만 식민지 사회 모순을 해결하고자 하는 지식인의 사회운동이라는 점에서 당대 상황과 무관하지 않은 창작태도를 엿볼 수 있다. 또한 이들 작품에는 운동가의 주변에서 그들의 삶의 방식에 동조하고 있는 여성과 개인적인 안위와 향락을 위해 변심하여 다른 남자와 반윤리적 행동을 하는 여성이 등장하고 있다. 특히 운동가의 아내가 생계와 남편의 옥고 뒷바라지를 위해 어쩔 수 없이 하게 되는 부도덕한 행위를 전통적인 남녀 윤리의식으로 평가할 수 없다는 작품도 있다. 하지만 작가가 그 여성의 행동의 순수성을 증명하기 위하여 자살을 설정해 놓은 것은 아직도 전통적인 남녀 윤리의식에서 완전하게 벗어나지 못했음을 증명한다. 앞 장에서는 이무영의 윤리적이고 공리적인 작가의식이 작품 결미부분의 작위적 설정과 독자를 의식한 화자의 목소리 개입으로 드러났다면 이 장에서는 도덕적 관념으로 평가할 수 있는 대비적 인물의 설정으로 작가의 윤리의식이 드러나 있다고 하겠다.

다)귀농과 농촌에서의 삶

도시에서 무기력하게 살아가던 지식인이 새로운 삶의 공간을 찾아 나선다. 그러나 농촌으로 들어와서도 자기 정체성을 갖지 못하고 방황은 계속된다. 도시에서의 삶에 대해 구체적으로 묘사되어 있지 않아 확실하지는 않지만 실업과 악화된 현실로 인해 좌절을 겪은 주인공들이 등장하는 것으로 보아 짐작이 가능하다. 그리하여 주인공들이 농촌에서 지내는 동안의 생활에서도 도시 지식인의 삶에서 보였던 면모들이 그대로 드러난다. 「노래를 잊은 사람」(『중앙』 1934. 11~12), 「산가」(『신동아』 1935. 2), 「우정」(『신가정』 1935. 9)이 그에 해당하는 작품이다.

「노래를 잊은 사람」의 나는 취직과 사회운동도 제대로 하지못한 채 룸펜 생활만을 하다 8년 만에 귀향한 인물이고, 「산가」의 창건은 서울 직조 공장에서 왼손을 잃고 농촌으로 들어와 야학을 하고 있는 인물이다.

「노래를 잊은 사람」의 경우, 고향에 돌아와서도 방황의 날을 보내고 있던 나는 추운 겨울 밤을 누비며 노래를 부르고 다니는 사람을 발견하고 그의 정체에 몹시 궁금해 한다. 마을 사람들에게서 박정화란 인물의 실성한 진짜 이유를 듣고서부터 나는 그에 대해 강한 호기심을 보인다. 동네에서 머슴같이 일하던 벙어리 성녹이의 죽음을 애도하며 변해버린 농촌 인심을 안타까와 하는 박정화의 선한 마음을 보며 주인공 나는 대조적으로 실천적 모습을 보이며 살아가는 삶의 태도에 존경심마저 느낀다. 구체적으로 박정화의 적극적 행동은 신화청년회원으로서 사재를 털어 야학을 세운 것과 도조감하 운동을 하다 투옥되기도 했던 것 그리고 거리의 걸인들에게 밥을 얻어다 먹여주는 것에서 알 수 있다. 주인공 나는 '무엇을 하고 사는 인간인지 모르고 있는 터'에 또한 '한동안 사회의식에 눈이 뜰만하다 가 두어 달 동안-겪고 나서는 자기도 모르게 거기서 발이 떴다'던 자신 의 모습과는 달리 그를 '거리의 영웅, 현대의 영웅'이라 불릴 만큼 '가장 행복한 사람'이라 생각한다. 그후로 나는 취직이 되어 고향을 떠나오던 기 차안에서 상처투성이로 묶여 있는 박정화가 노래를 부르며 있는 것을 보 게 된다. 이후 그가 출감하여 노래를 잊었다는 소식을 고향 친구로부터 듣 는다.

시대현실이 점점 암울해져감에 따라 박정화와 같이 적극적으로 행동하 는 인물들이 탄압받게 되고 주인공 나와 같은 인물은 현실에 순응해 살아 가게 된다는 것을 대조적으로 보여준다. 하지만 작가는 박정화가 노래를 잊었다는 소식에 주인공 나가 '가슴이 뻐근'해짐을 느끼게 함으로써 아직 도 양심으로 고뇌하는 지식인의 갈등 모습을 보여준다. 양심과 현실적인 생활 문제로 괴로워하는 주인공의 모습에서 도시에서의 방황이 계속되고 있음을 알 수 있다. 이 작품에서의 귀농은 도시 안에서의 패배적 생활을 피해 일시적으로 이루어진 것으로 볼 수 있다.

또한 「산가」의 경우, 창건은 농촌생활에서 자신이 할 수 있는 일은 야 학을 만드는 일이라 생각하고 야학을 만들어 열심히 해나간다. 야학을 하 면서 창건이는 농촌의 비참한 현실을 목격하게 된다. 야학의 15세 선생인 문식의 빈궁한 삶을 보면서부터 그의 현실인식은 구체화되기 시작한다. 문 식은 거적으로 만든 집에 살고 있으며 그의 아버지 건강 씨[31]는 이 근처 에서 제일 유식하고 독립운동에 참가했으며 신문 분국을 운영했던 인물이 다. 그러던 그가 이 마을에 어떻게 해서 들어오게 됐는지 아무도 알지 못 한다. 건강 씨의 성격은 모든 것을 초월한 듯 고결하고 순박한 맛이 있고 농사에도 묵묵히 소처럼 일을 한다. 문식의 어머니이며 건강 씨의 아내가

---

31) 김진기, 앞의 글, 34~35쪽. 무영은 오직 命名으로써 그의 작중인물의 성격을 造型 시키고자 했던 의식적인 노력이 역력하다.

죽고 장사한 날에도 먹을 것이 없는 비참한 농민들의 삶은 지속된다. 창건은 이 마을의 사람들이 겪는 궁핍은 식민지 수탈을 받는 이 민족 모두의 고통이라는 인식을 갖게 된다.

> 그러나 어디 그네들뿐이랴? 이 동리 사람은—아니 이 세상의 남을 위해 사는 모든 사람이 그런 길을 밟을 것이다. 나도 그 중의 한 사람이요, 매형도 누님도 다 그럴 것이다. 정당한 태도로 생활을 영위하려는 모든 사람이 응당 밟게 될 그 길—그 길을 무서운 전율을 느끼며 창건은 바라다 보는 것이었다. (「산가」, 『이무영대표작전집2』, 246쪽)

굶주림은 날로 더해가고 문식은 어느날 창건을 찾아와 살인죄에 대해 묻는다. 그러고 나서 가난을 견디다 못한 나머지 동생들에게 약을 먹이려 한다. 창건이 이를 발견하고 문식에게 '우리는 먹기 위해서 사는 것이 아니라 싸우기 위해서 살고—싸우기 위한 삶을 위해서 먹는다'라며 굶어 죽는 것은 우리의 죄가 아니라는 말을 하며 '새로운 흥분'을 느낀다. 앞 작품에 비해 빈궁한 농촌현실을 사실적으로 그린[32] 작품이라 할 수 있다. 또한 도시 지식인들이 행동의 문제로 고민하다 농촌으로 들어가 농민운동을 하겠다며 피상적으로 그려지던 것에 비해 창건과 같은 귀농 지식인의 의식은 한걸음 나아가고 있다.

위 두 작품의 분석을 통해 작가가 농민을 바라보는 시각을 단초적으로나마 알 수 있었는데 그것은 농민을 속악한 도시인에 비해 윤리적인 면에서 선하고 덜 타락한 인물로 그리고 있다는 사실이다.

「우정」에 등장하는 K라는 인물은 이러한 작가의 시각을 그대로 보여준다. 여기서 주인공 나 역시 농촌으로 들어가 야학을 한다. 처음에는 농민들의 수준이 열악하고 자기와 대화를 나눌 만한 친구가 없다고 생각한다.

---

32) 박승극, 「2월의 창작」, 『조선문단』 1935. 4 에서 현실의 일면을 어느 정도까지는 잘 묘사한 작품이라고 평하고 있다. 그러나 문식이 제 아우를 독살시키려는 비극의 일 장면은 도리어 작가의 작가의 지나친 작위성이라 볼 수 있다고 한다.

그러다가 알게된 K라는 인물이 베푸는 따뜻한 인간애에 감동하게 된다. K는 나의 야학 성공을 둘러싸고 마을에 떠도는 안 좋은 소문인 '내가 주의자라는 것과 감옥에 들어갔다 왔다는 소문'을 수습해 주며 심지어는 나의 고리대금까지 대신 변제해 주는 등 뜨거운 우의를 보인다. 그런 K의 순박한 마음과 우정에 주인공 나는 진심으로 그의 진실한 마음을 이해하게 된다. 그러나 K의 진실한 태도에 비해 주인공 나는 끝내 과거 이력을 솔직히 밝히지는 못하는 등 인간을 깊이 신뢰하는 데까지는 나가지 못한다. 이는 아직도 작가가 농민을 동정과 계몽의 대상으로만 여기고 사상적 유대를 맺을 수 있는 대상으로는 생각하지 않고 있음을 보여준다. 도시의 이기적인 사람들과 달리 순수한 인간애로 인간관계를 맺고 있는 농민을 형상화하면서 작가는 좀더 농촌현실에 접근해 들어가고 있다.

위의 세 작품에서 귀농 지식인의 귀농 동기는 우연적이거나 도시 안에서 가해지는 행동제약을 극복할 방안으로 이루어진다. 또한 귀농해서의 삶도 농촌의 실상을 몸소 체험하며 겪은 것이 아니라 농민들을 계몽하는 가운데 일정한 거리두기 가운데 얻어진 추상적인 면을 보이고 있다. 이는 이무영의 윤리적 작가의식이 농민들의 궁핍하고 비참한 농촌현실을 형상화하는 데보다 순박한 농민과 그들의 온정적인 인간관계를 집중해 형상화하는 데 초점이 놓여져 있음을 말하는 것이다.

이런 작가의 창작태도가 완전히 극복되는 것은 1939년 이후 작가가 실제로 귀농해서 농민들과 함께 생활하면서부터이다. 아무튼 이무영의 작품 속에 나타나는 귀농 지식인의 삶은 당대 사회운동으로 전개되던 농촌계몽운동과 문맹퇴치운동과 무관하지 않으나 그보다는 아직도 그가 식민지 현실 속에서 고통받는 민중에게 지식인으로서 행동하며 살아야 한다는 양심과 윤리의식에 더 강하게 사로잡혀 있다고 볼 수 있다.

라)소박한 농민상과 농촌현실 인식

농촌현실에 대한 이무영의 관심[33]은 흙에 대한 동경과 농민의 전형적

---

33) 임영환, 「1930년대 한국 농촌사회 소설연구」, 서울대 박사논문, 1986, 39쪽. 이무영

인 모습을 창출하는 것으로 표현되고 있다. 이장에서는 농촌의 삶이 도시
의 삶보다 더 생명력 있고 인간다운 삶이라는 사실과 농촌의 비참한 현실
로 인해 왜곡되고 굴절된 삶을 살아갈 수밖에 없는 농민들의 모습이 여실
히 나타나고 있다. 또한 지식인이 주인공으로 나와 양심과 이상 사이에서
방황하는 과정에서 보인 관념적인 작가의식은 농민을 주인공으로 설정하
면서 극복하게 되며 윤리적인 작가의 목소리 개입도 눈에 잘 띄지 않는다.
이무영의 문체는 도시 지식인상을 그릴 때보다는 흙냄새 나는 시골 농부
를 그릴 때 '덤덤하고 질박하여' 더 돋보인다. 소박하고 전통적인 한국 농
민상을 그려내는 가운데 일제의 '과학문명 내지 기계문명에 의한 자본침투
'와 '농촌의 궁핍문제'가 극명하게 드러난다.

「흙을 그리는 마음」(『신동아』 1932. 9), 「오도령」(『조선문학』 1933.
10), 「우심」(『중앙』 1934. 7), 「만보노인」(『신동아』 1935. 3)이 이에 해당
하는 작품들이다.

「흙을 그리는 마음」은 농촌에서 상경한 촌부인 아버지의 눈을 통해 농
촌의 삶과 도시의 삶이 비교되어 묘사되고 있다. 아버지는 육십 평생 칠남
매와 군식구까지 이십여 명을 위해 젊음과 재물을 바친 전통적인 한국의
아버지상으로 그려지고 있다. 그런데 아버지는 막상 서울 구경을 이곳저곳
하면서 노상 성화와 핀잔을 한다. 서울 음식을 시골에서 먹던 음식과 비교
해 찾는가 하면 된장 한술 얻을 수 없고 이웃 초상집에 가보지 않는 서울
인심에 놀라며 시골로 같이 내려가자고 아들에게 말한다. 농촌에서 늘 부
지런히 일하던 습관은 서울에 올라와서도 일을 찾아 움직이는 것으로 나
타난다. 화자인 나는 '일하는 것이 부끄럽거든 먹는 것도 부끄러워 해야지
'하는 말을 들으며 아버지의 평생의 삶을 생각해 본다. 그러면서 농촌의
순박한 정서와 근면의 태도가 그대로 삶 속에 체화되어 있는 아버지에게
서 전형적인 농민의 모습을 발견한다. 결국 아버지는 도시 생활을 견디지
못하고 '흙 냄새를 못마트니까 살이 쪽 빠지는 것' 같다며 시골로 내려간

의 농민소설 제1기로 볼 수 있는 작품들이다.

다. 화자인 나는 흙을 그리워 하는[34] 아버지를 이해할 자격은 없어도 아련한 애수가 생긴다.

> 『갈난다! 서울 좋다는 놈들 모두 미친놈이지! 서울이 뭬 좋어! 압 뒤ㅅ 집에서 사람이 죽어도 못본체하고 에이! 흉한놈의 인심들! 그보다도 난 흙이 그리워 못살겠다. 길도 돌 집도 돌아니면 쇠. 나무 한 개가 잇늬 풀 한 폭이가 잇늬. 그저 우리는 두더지 모양으로 땅이나 파먹구 사는 것밖에 딴자미가 없느니라 너의들두 나려오너라! 흙없이 사람은 못사 느니라』(「흙을 그리는 마음」, 『신동아』 1932. 9, p.110)

위와 같은 아버지의 반도시적인 말과 행동은 '그놈들이 미친놈이지……그것이 돈발광이지 다 뭐냐'하며 분노로까지 표현된다. 아버지는 전통적인 인간관계와 생명 창조의 공간으로서 농촌의 삶을 옹호하는 태도를 갖고 있는 인물이다. 기계문명의 발달, 개인주의화, 금권이 우선시되는 서울의 야박한 인심에 비해 그래도 인간미 넘치는 농촌이 아버지에게는 살 만한 곳이다. 화자인 내가 떠나가는 아버지의 모습을 보며 이상한 감정에 휩싸이며 자신의 코에도 흙의 향기가 들오는 것처럼 느끼는 것은 당시 작가의 식에 농촌의 삶에 대한 동경이 발아하기 시작했음을 보여준다.

「오도령」은 농촌의 궁핍한 현실보다는 농민의 정서를 확인할 수 있는 작품이다. 오도령은 성도 나이도 모르는 그야말로 일자무식이다. 마을 사람들이 부르는 오씨 성도 옛 주인의 성을 따라 붙여진 것이다. 기골이 장대하고 호인인 오도령은 동네 일을 마다 않고 돌봐주면서도 품삯은 받지 않고 끼니만 때우면 그만이다. 어찌보면 우직하고 우매해서 바보같아 보이

---

34) 이병렬, 『이태준 문학연구』, 19~20쪽에서 도시화, 산업화에 대한 반발로서 땅 혹은 원초성에 대한 집착이 이태준 문학세계의 순수를 이루는 한 면이라고 보고 있다. 여기서 다루고 있는 이무영의 작품들에서도 땅과 거기서 생활하는 소박한 농민모습에 주목하는 그의 문학세계를 살펴 볼 수 있는데 이는 작가가 초기부터 속악한 도시적 삶보다는 농촌의 삶을 순수한 세계로 인식하고 있었다는 증거이다.

는 인물이다. 그러나 그에게도 분명히 표현하는 자신의 의지가 있는데 다시는 머슴을 살지 않겠다는 것이다. 이런 오도령의 태도에 동네 인텔리들은 그를 가리켜 '극단의 자유주의자'라고 부르기도 한다. 그런 그가 어느 날 정생원집 머슴으로 자청해서 들어간다. 그 이유는 마소와 같이 일 잘하는 오도령을 정생원이 탐을 내어 마흔 줄에 가까운 오도령에게 예쁜 색시를 얻어준다는 제의를 했기 때문이다. 오도령의 순진한 마음은 정생원이 자신의 딸을 준다는 것으로 믿고 있다 서울 양복쟁이에게 혼처가 정해진 것을 알고 상처받는다. 동네 사람들이 오도령을 바보라고 놀리자 누가 바보냐며 도끼를 들고 밖으로 나간다.

바보스러울만치 우직한 한 인물의 순수함이 비인간적인 가진 자의 계략으로 이용당하는 모습이 묘사된 작품이다. 작가는 오도령의 모습을 인간적 이해를 불러일으킬 만큼 선하게 그리고 있다. 그러나 이런 그에게도 인간적 모욕과 불의 앞에서는 저항할 힘이 있다는 것도 보여준다. 오도령의 모습이야말로 이무영이 생각하는 전통적인 농민상이라 할 수 있다.

「우심」과 「만보노인」은 일제의 식민지 정책에 의해 몰락해가는 궁핍한 농촌현실을 묘사한 작품이다. 「우심」의 덕칠네 집안 몰락과정은 당대 농민들의 비참한 생활상을 그대로 보여준다. 이 작품은 의인화된 소인 내가 덕칠네로 팔려가 그들의 생활상을 목격하면서 전개된다. 덕칠이는 농사를 지어 더이상 생계를 해결할 수 없다고 생각해 땅을 팔고 빚을 얻어 소를 산다. 덕칠네 집안 형편을 알고 있는 나는 있는 힘을 다해 열심히 일해 줘도 '죽이나마 못끓이는 날이 점점 늘어'만 간다. 설상가상으로 화물자동차의 등장은 그나마 마차로 짐을 나르던 것도 여의치 않게 만들고 빚 때문에 집과 마차에 차압 딱지가 붙는 비극적 상황에 처하게 된다. 결국 덕칠네 집안은 몰락하게 되고 소를 팔 수밖에 없어 우시장에 나오게 되지만 여기서 비참함은 더욱 가중된다. 형편없이 소 값이 폭락하여 헐값에 팔리게 되는 것이다.

왜곡된 근대 기계문명의 산물인 화물자동차의 출현과 고리대금 피해로 인해 몰락하게 된 덕칠이 집안은 당시 농민의 실상을 극명하게 보여주는 전형적인 예이다. 작가가 나아질 것 없는 생활형편과 그로 인한 비극적인 농민들의 참상을 형상화하기 시작한다는 것은 당대의 농촌을 단순히 문명 비판적인 시각으로 도시와 비교해 그려내던 이전과는 달리 농촌현실에 대해 구체적인 인식을 하기 시작한 증거라 하겠다.

「만보노인」에서는 이러한 작가의식이 만보영감의 비극적인 삶의 형상화를 통해 더욱 리얼하게 나타나고 있다.[35] 만보영감의 사는 형편은 저승만도 못하다. 육십 평생 그는 낮에는 호미와 낫으로 밤에는 논두렁이나 짚단을 베고 잘 만큼 성실하고 근면한 생활을 해온 인물이다. 그러나 가난한 살림은 나아지지 않는다. 다만 변한 것이 있다면 예전에는 양반이면 최고였는데 요즘은 돈이 없으면 소용이 없는 세상이 되었다는 것뿐이다. 만보노인은 아들 내외가 자신이 과거에 아내와 가난 때문에 싸우던 것과 똑같이 싸우는 것을 보고 아들도 역시 살림이 좀 나아지겠지 하며 속고 살 생각을 하니 착잡해 진다. 만보영감은 인생이라고 태어나서 한번 배불리 먹어보지도 못하고 논두렁에서 죽는 것이 자기들이고 가난은 팔자라고 생각하며 체념 상태에 빠진다. 이런 만보영감의 독백이야말로 농민의 비참한 일생을 극면하게 드러내 준다. 그러나 만보영감에게도 한가닥 희망은 있다. 가을에 빚을 내어 고친 물레방아가 잘 돌아가고 농사를 지어 돌아올 수확이 바로 그것이다. 하지만 타작마당에서 도지, 장리벼, 조합돈으로 제하고 나니 오히려 부족한 실정이다. 또한 물레방아로 인한 수입의 기대도 무너지고 만다. 새로 들어온 발동기 방아 때문이다. 만보영감의 소박한 꿈이던, 며느리 생일날 쌀밥에 청어 한 마리 사주려던 것도 역시 무산된다.

  하루 밤 세끼는 고사하고 한 끼씩이라도 밥 맛을 보겠다고 애를 쓰는 사람들의 창자에는 멀건 조당죽이나 시래기죽도 변변히 안 떠넣어 주고 몇백 석씩 추수를 하고도 해마다 땅을 사들이는 부자집 창고에만 쌀 짝을 갖다 백여

---

35) 김동인, 「일취월장—이무영씨 「만보노인」」, 『매일신보』 1935. 3. 30 에서 '조선 현문단에서 매우 중요한 자리를 점령'하고 있다고 호평한다. 임영환, 앞의 논문, 41~42 쪽에서 '무영의 경향적 농민소설 가운데서 가장 빼어난 작품인 동시에 그의 소설문학 전체를 통해서 볼 때에도 가장 탁월한 작품의 하나'라고 보고 있다.

주는 이 세상에 대한 울분과 다 쓰러져가는 물방아를 버언히 지키고 섰는 자기를 조소하는 듯이 콩닥콩닥 재미나게 찧는 기계방아에 대한 원한이 만보영감의 가슴 속에 불을 부어주는 것이었다. (「만보영감」, 『이무영대표작전집2』, 263쪽)

결국 만보영감은 자살을 결심하고 한밤중에 물방아간의 대들보에 목을 매려고 한다. 그러자 들려오는 발동기 소리에 발작적으로 기계 방아간으로 달려가 불을 지르고 솟아오르는 화염을 바라보며 실성한 사람처럼 웃는다.

앞 작품의 화물자동차와 마찬가지로 발동기 방아 역시 일제의 경제침탈을 위한 왜곡된 기계문명의 산물로 볼 수 있다. 그뿐 아니라 타작마당에서 보인 고율의 소작료, 갖가지 세금, 고리대금 등은 절망적이고 비참한 농촌 현실을 '어둠'으로밖에 인식할 수 없게 한다. 만보영감의 지나온 비참한 일생과 젊은 아들 내외의 삶 속에서 되풀이되는 농촌의 현실과 농민의 고난이 잘 나타나 있다.

위의 작품들은 땅에 대해 애착을 갖고 있는 소박한 농민의 모습을 그려내면서도 그들의 비참한 생활을 보여주고 있다. 이무영이 농촌의 현실을 작품화하던 시기는 카프문학이 퇴조하고 농촌계몽 소설이 한참 창작되던 때라고 볼 때 그의 구체적인 농촌현실의 형상화는 소재 차원에서의 전환뿐만 아니라 창작태도에 있어서도 변화가 있음을 알 수 있다. 이런 작가태도는 앞서 지식인의 고뇌 모습을 형상화 하면서 보인 관념적이며 윤리적인 작가의식이 농촌현실을 천착해 나가는 과정에서는 주체와 객체의 통일로서 리얼리티가 확보되어 나타났기 때문이다.

4.

본고에서는 이무영에 관한 기존의 평가가 대부분 귀농 이후의 농촌소설에 국한되어 진행되었다는 점을 비판하며 초기의 작품들을 중심으로 작가의식을 살펴보았다. 초기 작품들에는 대부분 지식인들이 주인공으로 등장하며 이들은 당대 사회현실의 모순에 문제의식을 갖고 있지만 이념의 실천은 어려운 형편에 놓여 있었다. 이들은 개인적 차원의 삶의 제약뿐만 아니라 양심의 갈등까지 일으키게 하는 생활고와 애정관계 그리고 점점 가중되는 부정적 현실로 인해 고뇌와 방황에서 쉽게 벗어나지 못한다. 작가는 이러한 다양한 지식인의 삶의 양태들을 그려나가는 데 있어 윤리적으로 선한 인물과 타락한 인물을 대비시키고 희망적인 미래를 암시하는 데 집중해 묘사하고 있다.

또한 '소설은 진실을 추구하는 것이요 민족과 인류에 이바지할 수 있어야 하는 것'으로 보고 있던 이무영은 초기 농촌소설에서 인간애 넘치는 전형적인 농민상과 농촌현실을 그려가면서 진실된 삶에 접근하게 되었다. 즉 작가가 귀농 이전 썼던 농민소설에는 카프계 소설에 뒤떨어지지 않는 현실인식의 면모와 작가의 윤리의식도 화자의 목소리로 생경하게 노출되지 않고 자연스럽게 형상화되어 나타났다.

결국 이무영의 초기 작품에는 계급문학의 경직성 비판에서 출발하여 문학의 순수성과 자율성을 주장하던 구인회를 거치면서 갖게 된 초기 미의식이 반영되기도 하지만 식민지 현실의 지식인 역할에 더 관심을 갖게 됨으로써 윤리적 작가의식이 더 강하게 나타나게 되었다. 그리하여 초기 작품들에는 점차 창작자의 삶과 예술의 일치라는 문학세계가 구축되어 가면서 형상성을 획득하게 되었다. 그러나 이러한 과정에서 문학의 자기 목적성에 주목했던 미의식은 점차 공리적 기능성에 대한 비중이 커져 감으로써 상대적으로 예술성의 약화 현상을 빚었다. 이는 이후의 작품세계에서도 완전히 극복되지 못하고 한계점으로 나타나게 된다.　　　　(숙대 강사)

1930년대 순수문학의 한 양상
-김환태론

전 승 주

1. 머리말

　근대 초기 이광수의 계몽주의와 김동인의 예술주의, 1920－30년대의 계급주의문학과 민족주의문학, 60년대의 순수/참여 논쟁 등 우리 문학사의 전개과정은 문학의 계급성 및 정론성의 강조와, 이와는 대립적인 순수성의 지향이라는 두 경향의 갈등과 발전의 역사라 할 수 있다. 이러한 시각에서 문학사를 바라보는 경우, 비록 문학예술이론과 예술성을 둘러싼 논쟁이라 할지라도 결과적으로는 예술 자체의 고유성은 사라진 일방적인 사회적 실천만을 주장하게 되거나, 현실과의 절연성에만 집착하여 추상적 미의식만을 강조하는 부정적 현상을 볼 수 있는 것도 사실이지만, 문학사에서의 이러한 대립과 논쟁이 우리 문학사를 풍부하게 하는 긍정적 요인이 되었던 점이나 특히 각 시대의 문학이, 문학가들이 처한 당대의 역사적 상황과 현실적 토대 자체에 대한 정치적 입장의 표명이라는 의미를 지니지 않을 수 없도록 만든 우리 역사의 특수성을 생각하면, 근대문학사의 전체적인 흐름을 일목요연하게 정리하고 구분할 수 있는 이러한 시각은 매우 효율적일 수 있다. 1930년대의 프로문학의 융성 및 쇠퇴와 이에 맞섰던 '순수'문학이나, 30년대 후반 '세대론'에서 파생된 '순수문학' 논쟁은 이러한 우리 문학사의 특수성을 명백히 보여주는 대표적인 사례 중의 하나일 것이다. 이러한 시각에서 이 글의 대상인 김환태의 비평 역시 30년대 순수문학의 한 구체적 양상으로서 그 문학사적 위치를 자리매김할 수도 있을 것이다.

김환태는 프로문학과의 대결의식에서 출발한 이래 절필에 이르기까지 '순수'의 영역을 조금도 벗어나지 않는다. 그의 비평이 지니는 문학사적 의미로, 30년대 중반 이후 문단의 위기를 극복하려는 방법의 일환으로 비평의 정론성 및 지도성을 배제한 인상주의적 비평을 내세워 '예술비평'의 길을 선구적으로 개척하고자 한 점, 또 이러한 태도가 〈구인회〉라는 예술파의 득세에 속도를 부여하고 비평의 방향전환에 앞장서게 만들었다는 점[1]을 거론할 수 있는 것도 모두 프로문학과의 대립 속에서 파악할 때만 가능한 것이다. 그런데 여기서 주목해야 할 점은, 현실극복의 수단으로서의 문학을 강조했던 프로문학이나 이에 대립하여 문학의 자율성을 강조하고 문학을 현실로부터 절연시킬 것을 주장했던 김환태의 '순수'문학도 근원적으로는 동일한 토대 위에서 산출된 문학이라는 점이다. 그 토대란 다름아닌 식민지적 특수성이라 할 수 있는 파행적 근대사회였다. 즉 이들에게는 식민지라는 삶의 조건과 그 속에서도 필연적으로 전개되어 나갔던 자본주의가 이미 하나의 보편성으로 자리잡고 있었다. 타율적 근대화와 식민지라는 이중적 조건이 바로 그들로 하여금 근대에 대한 동경과 환상을 가지게 하면서도 동시에 그 근대적 삶의 조건 자체를 부정하도록 만든 것이 아닐 수 없다. 따라서 김환태의 비평을 검토하는 데 있어 가장 먼저 고려해야 할 사항은 '과학주의에 맞서는 순수문학'이라는 그의 비평의 핵심적 명제이자 동시에 그의 비평의 성립을 가능하게 만든 당대의 시대적 상황이다. 그의 비평의 핵심이라 할 '순수'의 의미를 제대로 밝혀낼 수 있는 것도 이러한 맥락 속에서만 가능한 것이며, '근대성의 인식과 실천'이라는 우리 문학사의 핵심과제에 대한 본격적 논의도 이를 벗어나서는 불가능할 것이다. 김환태 비평의 의의를 밝히는 것은 그의 비평문의 상식적 내용을 분석하는 데 있는 것이 아니라 문학과 정치의 등질성을 문제삼는 곳에 있다[2]

---

1) 김윤식, 「순수문학의 의미 ─붙인 김환태 연구」, 『근대한국문학연구』, 일지사, 1983, 406쪽.

2) 김윤식, 〈김환태 비평의 비평사적 의의〉, 「김환태 전집」 문학사상 자료조사연구실 편, 문학사상사, 395쪽.

는 지적도 바로 이러한 의미에서 이해할 수 있다. 따라서 김환태의 비평 연구는 30년대의 큰 문학적 흐름의 하나였던 순수문학의 이론적 기반을 확인하는 작업일 뿐만 아니라 30년대 문학 전체의 구도를 그릴 수 있는 작업의 일환이기도 하다.

우리가 주목해야 할 것은 우리의 근대문학에 나타나는 근대성 자체에 대한 굴절된 인식이다. 이식된 문명은 근본적으로 근대문명으로서의 성격을 지니기 마련이지만 식민지라는 왜곡된 발전조건으로 인해 필연적인 사회적, 문화적 굴절을 겪기 마련이기 때문이다. 이에 따라 근대성에 대한 인식 자체가 가로막히고 각자의 선택과 입장에 따라 근대의 인식 자체가 파편적으로 이루어진다. 프로문학이 온전한 근대의 성취 자체가 어려운 식민지 현실실속에서도 근대를 일거에 뛰어넘는 이론으로 무장한 채 자신들의 목소리를 마음껏 높일 수 있었던 사정도 이에서 비롯된 것이다. 프로문학의 퇴조에 맞춰 자신들의 목소리를 드러내기 시작했던 모더니즘 역시, 근대문명과 그로 인한 인간의 왜소화에 그 관심을 두었지만 그들이 구현하고자 했던 미적 영역에서의 근대성을 미적 자율성이란 이름 아래 사회적 인식과 고립시켰다는 점에서는 파편적 인식을 드러내고 있는 것이 아닐 수 없다. 순수문학의 자리는 바로 이러한 파행적 근대인식으로 인한 전망의 상실 속에서 마련된 것이다.

2. 김환태 비평의 궤적과 '순수'문학의 의미

(1) 구인회에의 참여

김환태의 프로문학과의 대결의식이 소위 '예술파'로 알려진 구인회의 성원으로서 또 구인회의 유일한 이론비평가로서 이루어졌다는 점에서도 그의 비평은 우선 주목할 만하다. 하지만 구인회와 관련하여 김환태에 대한 연구는 거의 이루어지지 않았다고 해도 과언이 아니다. 이는 우선 구인회 자체에 대한 연구의 어려움에서 기인하는 것으로 말할 수 있을 것이다. 즉 "순연한 연구적 입장에서 상호의 작품을 비판하며 다독다작을 목적으로"

(『조선일보』 1933. 8. 30) 모임을 가질 뿐이라거나 "문단의식을 가지고 했다느니보다는… 지나요리를 먹으면서 지껄이는 것이… 나중에는 구보와 상이 그 달변으로 응수하는 것이 듣기 재미있어서 한 것"[3]이라는 발언 등에서 보듯이 그 이념이나 방향성을 알 수 있을 만한 어떤 언급도 하지 않음으로써, 구인회의 문학단체로서의 정체성 규정 자체가 어려운 것이 사실이다. 그러나 바로 이러한 존재방식 자체가 30년대적 상황의 문학적 반영이며 구인회의 문학사적 의미를 드러내는 것이라는 점을 인식한다면 사정은 달라진다. 구인회 성원들은 당시 4대신문 문예란의 실질적인 책임자였고 따라서 그들은 한눈에 어떤 존재방식이 가장 효율적인가를 알고 있었다고 말할 수 있다. 특히 이러한 존재방식이 곧 바로 그들의 작품 경향과 연결된다는 점에서 어떻게 자신들의 존재가치와 문학적 가치를 드러내야 하는가를 보여주었다고 할 수 있다. 즉 그들은 당대의 문단적 상황에 대한 철저한 인식 속에서 구인회를 결성하고 그들의 문학적 행위를 펼쳐 나갔던 것이다. 이처럼 구인회는 단순히 친목단체로 존재한 것이 아니라 30년대 문학의 성격을 파악하는 데 없어서는 안 될 중심적 위치에 놓여 있으며 김환태의 비평도 그 파장 속에서 이루어지고 있는 것이라 할 수 있다. 그러나 구인회의 유일한 이론비평 전공자로서 김환태의 이론이 이들 다른 구인회 회원들의 창작상의 이론적 근거가 되고 있다거나 또 구체적인 논리가 되고 있다고는 보기 어렵다. 이는 그의 이론 자체가 체계적이지 못하며 매우 상식적일 뿐만 아니라 무엇보다도 비평의 지도성이나 정론성을 거부하고 있기 때문이다. 바로 이러한 성격이 자신들의 예술적 이념이나 주장을 표명할 필요가 없는 친목단체임을 표나게 내세웠던 구인회에 이론비평가로서 김환태가 참여할 수 있도록 한 것이다. 말하자면 구인회 성원들의 실제 작품활동상 가장 대립적인 집단인 프로문학의 이념성에 대한 부정이라는 기본적인 유대가 상호간의 이질성에도 불구하고 그 구성원들을 묶어 주는 가운데 정지용, 박용철 등과의 친분관계, 본질적으로는 예

---

3) 김기림, 「문단불참기」, 『문장』 2권 2호, 1940. 2.

술 애호가로서의 성격 즉 문학의 순수정신을 옹호하는 '순문학파'라는 근본적인 지점에서 구인회 성원이 될 수 있었던 것이다. 김환태가 구인회의 유일한 비평가임에도 불구하고 제대로 논의가 이루어지지 않는 실제적인 이유는 바로 이러한 사실에 있다고 할 것이다.

⑵ 1930년대의 비평계 동향과 김환태 등장 배경

군국주의로 무장하기 시작한 일본이 1931년 만주침략을 시도한 이래 식민지에 대한 탄압은 더욱 심화된다. 그 결과 모든 정치, 사상적인 운동이나 행위가 금지되고 오직 예술행위만이 가능했던 20년대에 정치 사상을 내면화한 이데올로기의 형식으로 문단을 주도해 왔던 프로문학은 주도권을 상실하게 된다. 이러한 프로문학 진영의 퇴조와 맞물려 평단은 자연 침체일로에 빠져 들게 된다. 객관적 정세의 변화에 따른 이러한 프로문학의 권위 하락은, 문학이 정치의 하위개념으로서 정치적 목적을 위한 수단이나 도구로 더 이상 기능할 수 없게 되었음을 말해주는 것으로, 이는 20년대와 같은 비평의 지도성이 자리할 기반이 더 이상 존재할 수 없게 되었음을 의미하는 것이다. 비평의 권위상실이라는 이러한 당대의 위기는, 현실을 통찰할 수 있는 뛰어난 평론사상가의 부재와 이로 인한 표절과 같은 비양심적 문자 유희, 단순한 어구의 나열로 지도성을 잃어버린 평론, 객관적 정세에 눌려 난해하고 미온적인 문구와 논조를 나열함으로써 긴장미를 상실한 평론, 편가르기와 오평(誤評)속에서 피상적 격칭만매(激稱漫罵)의 추태를 연출하는 평론⁴⁾등으로 압축적으로 표현되기도 했는데, 이러한 문단적 위기상황은 「평론계의 SOS」⁵⁾라는 저널리즘의 기획에서 비평무용론으로 표출된다. 이종명, 양주동, 방인근, 이무영, 이효석, 이헌구, 이태준 등 그동안 비평계에 눌려 왔던 작가들은 이 기획에서 비평의 위기는 '비평정

---

4) 이헌구,「평론계의 부진과 그 당위」,『동아일보』1933. 9. 15~19.
5)「평론계의 SOS─비평계의 권위확립을 위하여」,『조선일보』1933. 10. 3~19.

신의 결여, 탈선행위의 횡행'등 비평계 자체의 문제에서 발생하는 것이라는 진술을 통해 비평의 횡포에 대한 비판을 가함으로써 비평무용론을 제기한 것이다. 그런데 주목할 점은 이 기획에서 작가들이 비판의 일차적인 대상으로 삼고 있는 것은 무엇보다도 비평의 정론성과 지도성을 내세웠던 프로문학쪽이라는 사실이다. 즉 기획의 진정한 의미는 작가들의 마음 깊은 곳에 자리잡고 있던 프로비평에 대한 불만의 표현이자 프로문학의 퇴조를 맞이하여 새로운 질서 재편을 위한 방향모색의 시도라는 점을 알 수 있다. 이후 김동인, 이기영, 이무영, 이석훈, 엄흥섭, 채만식 등에 의해, 작가들이 평론을 다시 평하는 「문예비평가론」[6]이 이어지는데, 이들의 비평불신론은 단순한 감정적 태도가 아니라 평단의 객관적인 상황을 조망하려는 모습을 보여주고는 있지만, 프로문예를 비판 대상으로 하고 있다는 점에서는 마찬가지였다. 결국 당대의 비평위기론은 다름아닌 프로문예 비평에 대한 비판과 위기를 말하는 것이며, 이는 곧 프로문학이 객관적 상황의 악화 속에서 더 이상 지배적 힘을 발휘할 수 없게 된 현실적 상황의 적나라한 반영이라고 말할 수 있다. 따라서 「평론계 SOS」는 카프 비평에 대한 SOS이며 '구인회'를 비롯한 예술파가 그 공백을 메우게 만든 계기로 작용하는 것이었다고 할 수 있다. 이후 대부분의 비평은 사상성이 제거되거나 저하된 구체적 창작평 및 창작해설의 형태를 띠게 되는데, 이 과정에서 기존의 비평과는 다른 전문직 비평예술가 즉 프로문학 비평과 정면에서 대립하면서 그들의 정론성을 비판하고 작가들의 권위를 세워줄 수 있는 전문직 비평가의 등장이 요청되었던 것이다. 창작의 가치와 작가들의 입장을 옹호하고 비평의 정론성, 지도성과 객관적인 가치체계를 부정하는 대신 작품의 내적 법칙을 중시한 김환태가 등장은 바로 이런 문단상황을 배경으로 한 것이었다.[7]

---

6) 『조선일보』, 1934. 1. 31~2. 16.

7) 강경화, 「김환태 비평론 연구」, 성균관대 석사학위논문, 1993, 82쪽.

⑶ 비평 태도의 문제와 이론적 근거

김환태 비평이론의 핵심은 다음의 두 글에서 고스란히 드러난다.

A〉 "문예비평이란 문예작품의 예술적 의의와 심리적 효과를 획득하기 위하여 대상을 실제로 있는 그대로 보려는 인간정신의 노력입니다. 따라서 문예비평가는 작품의 예술적 의의와 딴 성질과의 혼동에서 기인하는 모든 편견을 버리고 순수히 작품 그것에서 얻은 인상과 감동을 충실히 표출하여야 합니다. 즉 비평가는 언제나 실용적 정치적 관심을 버리고 작품 그것에로 돌아가서 작자가 작품을 사상한 것과 꼭같은 견지에서 사상하고 음미하여야 하며, 한 작품의 이해나 평가란 그 작품의 본질적 내용에 관련하여야만 진정한 이해나 평가가 된다는 것을 언제나 잊어서는 안됩니다.

예술은 예술가의 감정을 여과하여 온 외계의 표현입니다. 그리하여 그것은 언제나 감정에 호소합니다. 그곳에는 이론도 정치적, 실용적 관심도 있을 수 없습니다. 예술의 세계는 관조의 세계요, 창조의 세계입니다. 이념의 실현의 세계가 아니요, 실현된 이념을 반성하는 세계입니다. 따라서 문예작품을 이해하고 평가하려면, 評家는 매슈 아놀드가 말한 '몰이해적 관심'으로 작품에 대하여야 하며 그리하여 그 작품에서 얻은 인상과 감동을 가장 충실히 표현하여야 합니다."[8]

B〉 "나는 비평에 있어서 인상주의자다. 즉 비평은 작품에 의하여 부여된 정서와 인상을 암시된 방향에 따라 가장 유효하게 통일하고 종합하는 '재구성적 체험'이요, 따라서 비평가는 그가 비평하는 작품에서 얻은 효과 즉 지적, 정적 전 인상을 표현하고 전달하기 위하여 어느 정도까지 창조적 예술가가 되지 않으면 안된다."[9]

졸업논문의 요약본인 A〉의 핵심은 '대상을 있는 그대로 보'아야 한다는

---

8) 김환태, 「문예비평가의 태도에 대하여」, 『김환태전집』, 문학사상 자료조사연구실 편, 문학사상사, 17쪽. (이후 「김환태전집」에 수록된 김환태의 글은 『전집』으로만 표기)
9) 「나의 비평의 태도」, 『전집』, 27쪽.

것이다. 이는 직접적으로는 매슈 아놀드의 문학사상을 그대로 빌려온 것이
며 근원적으로는 칸트의 '무목적의 합목적성'에 연결되어 있는 것이다.[10]
예술은 그 자체가 목적으로 추구되는 것으로 그 자체 이외의 특정한 목적
을 갖지 않지만 본래 이성적 사고의 산물이기 때문에 궁극적이며 결정적
인 합목적성을 그 자체 속에 갖고 있기도 하다는 이러한 인식이 궁극적으
로 예술의 자율성을 강조하기 위한 것임은 말할 필요도 없다. 이에 따라
그는 작품의 구조, 문체 및 생명은 영감에 의한 유기체이므로 분석하거나
해부해서는 안 된다는 것을 강조한다.[11] 말하자면 문학작품은 그 자체의
고유법칙에 의한 '자기 목적적인 존재'이므로 그 어떤 수단이나 도구가 될
수 없다는 것을 강조하기 위함이다.

B)에서 김환태는 작품의 의미를 파악하고 해석하는 기본방법을 드러낸
다. 대상을 있는 그대로 본 다음 그 속에서 파악된 정서와 인상을 암시된
방향에 따라 통일, 종합함으로써 얻을 수 있는 '재구성적 체험'이 바로 그
것이다. 이러한 재구성적 체험은 생(生)의 체험이나 그 해석보다는 작품을
이루고 있는 작가의 의도와 사유의 바탕을 재구성하는 것에 목적을 두는
것으로, 이는 작품을 무엇을 위한 수단이 아니라 그 자체가 곧 목적이 되
는 것으로 이해하고 있기 때문이다. 즉 비평이란 작품에서 파악한 작가의
의도와 사유방식을 전달함에 목적이 있다고 보았던 것이다. 이를 위해 전
제되는 것이 '몰이해적 관심과 가장 유연성 있고 가능성이 있는 심적 포즈
로 그 작품에 몰입'[12]하는 평자의 자세이다. 그의 진정한 비평 방법의 요
건은 이처럼 평자의 태도에 관한 것으로 요약되는데, 실제 비평에서 이러
한 방법은 비평가의 자기 배제와 겸손으로 나타난다. 김환태가 이러한 겸
손의 자세를 내세우는 것은 아놀드의 '비평적 능력은 창조적 능력의 하위
에 속한다'는 명제를 바탕으로 한 것이지만 엄밀한 의미에서 말한다면 비
평의 방법이 아닌 태도를 제시한 것에 불과한 것이다. 기존의 비평 즉 프

---

10) 김윤식, 앞 글, 396~397쪽.
11) 「문예비평가의 태도에 대하여」, 『전집』, 18쪽.
12) 「작가, 평가, 독자」, 『전집』, 50쪽.

로 문학의 과학주의적 방법론에 대한 비판이 새로운 비평 방법의 제시를
통해 이루어지는 것이 아니라 다만 겸손한 비평의 태도의 제시로 이루어
지고 있는 사실13)이 이를 증명한다. 따라서 김환태가 재구성적 체험을 자
신의 비평 방법으로 내세운 것은 그가 비평의 방법론으로 내세웠던 과학
적, 정론적 비평을 멀리 하는 인상주의의 속성 때문이기도 하지만, 보다
직접적인 이유는 작품의 창조적 해석을 가로막는 프로 비평의 정론성과
지도성을 비판하기 위함이었다고 할 수 있다. 결국 김환태가 작가의 생명
현상으로서의 작품 혹은 불가침의 영역으로서 작품의 독자성을 강조하는
자율적 문학론을 개진하고 그 이론적 근거로서 '유기체적 문학론'을 내세
웠던 것은 문학을 수단이나 도구로서 외적 목적에 복무하게 하고 사회의
기계론적, 물질론적 해석을 내세우는 프로문학측의 문학론을 강력하게 비
판하고 부정하기 위한 것이었다고 할 수 있을 것이다.

  이처럼 출발부터 인상주의를 공언했던 김환태가 입장 표명을 시작하면
서 공격한 대상이 프로문학이었다는 사실은 그의 인상주의가 프로문학의
대타의식의 소산이라는 점을 말해 주는 것이며, 또한 프로문학의 존재가
김환태 비평에 있어서의 구체적 현실이자 의미의 원천이라는 사실을 역설
적으로 말해 주는 것이기도 한데, 이는 곧 그의 비평이 당대의 문단 상황
과 긴밀히 연관되었음을 의미하는 것이 아닐 수 없다.

  이러한 사실은 그의 영문학 선택 동기와 인상주의 수용의 과정을 보면
더욱 분명해진다. 그가 영문학을 전공하게 된 것은, 중학 2년 때 신소설
「능라도」를 읽고 문학을 할 것을 결심한 이후 아는 외국어가 영어뿐이었
다든지, 세익스피어에 일생을 바칠 각오가 되어 있다는 이유 외에, 우리
문단의 경우 프로문학처럼 극단적 이론으로만 치우쳐 상식적인 문학을 찾
아볼 수 없는 바 상식문학으로서의 영문학이 곧 '중정(中正)을 얻은 문학'
이며, 외국문학 연구의 사명과 목적이 "외국문학 연구를 자기나라에 소개
하고 그 연구를 통해 자기나라 문학을 반성, 비판"하는 것이라 할 때 그

---

13) 김윤식, 앞 글, 416쪽.

건실한 영향은 이 '중정의 문학'에서 오는 것이라 할 수 있으며, 따라서 영문학이 앞으로 우리 문학이 상도(常道)를 지시해 줄 것이기 때문이라고 말한다.[14] 즉 그의 영문학 선택은 당대의 문단이 문학의 상도를 걷고 있지 못하다는 인식에서 이루어진 것이라 할 수 있다. 그러나 이러한 문학적 상황에 대한 인식이 곧 당대의 상황을 타개할 만한 외국이론의 선택과 수용으로 이어졌다고 말하기는 어렵다. 그것은 그의 영문학 선택과 아놀드 이론의 수용이 당대 사회의 문학적, 사회적 상황에 대한 인식과 분석에 따른 것이라기보다는 일종의 분위기에 포함되어 있었던 까닭이라고 말할 수 있다.[15] 동경으로 가는 도중 경도에서 만난 정지용의 영향으로 중간에 눌러앉게 된 김환태는 곧 영문학을 전공했던 이들 경도파의 분위기에 휩쓸리게 되는데, 그 분위기란 감각의 세련성, 순수한 미학 추구를 지향점으로 삼는 모더니즘, 이미지즘의 영향하에 있는 것이었다.[16] "〈이 작가요〉하고 내세울 수 있을 만큼 어떤 작가를 골똘히 연구해 오지는 못했다. 지금까지 나의 연구는 말하자면 이 작가 저 작가, 이작품, 저작품으로 뛰어 다니는 낭만적 연구였다."[17]는 말에서 드러나듯 그가 깊이있는 연구를 할 수 없었던 것도 이처럼 그의 연구 자체가 현실적 토대의 분석 위에서가 아니라 일종의 분위기에서 비롯되었기 때문인 것이다.

그가 아놀드의 이론을 수용한 이유도 아놀드의 이론이 유행하던 당시의 전반적 분위기에 힘입은 것이며 또한 졸업논문 제출 시간에 임박하여 쫓기듯이 선택[18]했다는 그의 말에서 어느 정도 짐작할 수 있듯이 치밀한 연구끝에 선택한 것이 아님을 알 수 있다. 그가 졸업논문인 「문예비평가로서 매슈 아놀드와 월터 페이터」에서 아놀드의 'disinterestedness'를 '몰이해적 관심'으로 표현하고 적극 수용해야 할 것을 말하고 있지만, 이들의 이

---

14) 「외국문학 전공의 변」, 『전집』, 192~194쪽.
15) 이은애, 「김환태의 '인상주의 비평' 연구」, 서울대 석사학위 논문, 1985, 23~27쪽.
16) 김윤식, 앞 글, 412~413쪽.
17) 「외국문학 전공의 변」, 『전집』, 193쪽.
18) 「외국 문인의 諸像 ─내가 영향받은 외국작가」, 『전집』, 181쪽.

론을 정밀하게 소화하고 있지 못한 것도 그런 맥락에서 이해할 수 있다. 아놀드의 'disinterestedness'는 대상을 있는 그대로 보려는 것으로 정치적 사회적 인문학적 분야에 있어서의 즉각적인 실천의 영역에서 벗어나 대상 그 자체의 본성의 법칙을 단호하게 따를 것을 의미하는 것이다.[19] 그런데 아놀드의 이러한 비평관은 예술에 국한된 것이라기보다는 시대적인 삶의 문제와 관련된 것이다. 즉 실천의 편향으로 인해 현실을 왜곡하는 문학을 바로잡기 위해서는 그러한 문학의 창조 이전에 창작의 기반이 되는 정신적 배경과 이론적 체계를 형성하는 것으로서의 비평정신을 강조하는 것이었다. 아놀드에게 있어 문학은 시대적인 문제를 해결하고 사회를 개선하는 역할을 담당해야 할 것이었는 바, 그러한 문제 해결과 사회개선을 도덕적 차원이 아닌 지적 차원에서 가장 효과적으로 기여할 수 있는 것으로 채택된 것이 문학이었던 셈이다. 이러한 문학의 창조력을 발휘하기 위해 요구된 것이 바로 대상을 있는 그대로 보려는 비평의 기능인 것이다. 비평의 몰이해적 관심'을 강조한 것은 이처럼 문학이 그 창조력을 충분히 발휘할 수 있는 지적 상황을 조성하기 위한 비평적 자세의 차원에서 나온 것이었다. 바로 이 지점에서 아놀드는 비평이 창작력보다 열등하다는 사실을 인정하고 있다. 아놀드에게 있어 비평이란 단지 문학이나 예술에 국한된 것이 아니라 인생을 진지하게 성찰하고 해석하는 정신으로서 시대적 사회문제를 해결하기 위한 노력의 일환이었는 바, 그의 비평론이 궁극적으로 사회, 문화적 '의미로서의 교양을 지향하게 된 것은 바로 이러한 이유에서였던 것이다. 이처럼 아놀드가 미와 지성의 조화로서 교양을 강조한 반면 김환태는 아놀드와 달리 문학의 사회적 역할을 제거하고자 하였으며, 지성의 특성을 배제한 채 미의 특성만을 받아들여 '심미적 효과'를 역설하였다.[20] 그가 "예술은 사람에게 사랑과 동경을 가르치며 이상적 정열과 인생에 대한 새로운 희망을 고취하고 실생활의 감정보다 일층 고아한"[21] 것, "예술

19) 강경화, 앞 글, 18쪽.
20) 같은 글, 22~25쪽.
21) 「예술의 순수성」, 『전집』, 25쪽.

의 생산에 있어서 가장 근본적이요 중요한 것은 사회적 설명이 불가능한 이 예술가의 천재(天才)와 개성(個性)이다.…… 이성과 의지는 감정을 억제하고 표현을 죽인다"[22]고 말하면서 예술가의 천재나 개성을 절대적인 것으로 바라보면서 문학의 사회와의 연관성을 배제해 버리려 한 것도 이러한 입장의 산물인 것이다.

그럼에도 불구하고 30년대 비평계의 환영을 받고 중심적 논의 속에 낄 수 있었던 점은 아놀드와 페이터의 문학에서 빌려온 것이 당시 시대적 흐름에 부합할 수 있었던 사실 때문이다. 즉 프로문학의 정론성과 지도성에 대한 강조를 시대적 한계에 부딪히게 만들었던 30년대적 상황 자체가 현실과 무관한 미적 주장을 성립 가능하게 만들고 의미 있는 것으로 만들었던 것이며, 나아가 프로문학의 시대적 한계에 대한 비판으로 유의미하게 만든 것이다. 그가 아놀드의 인생비평이 지니는 효용성, 교양의 강조, 바람직한 사회의 설정, 근대적 합리성 회복의 노력을 받아들이지 않은 것도 이러한 시대상황과 밀접한 연관을 맺는 것이다.

(4) 프로문학에의 대타의식

지도비평을 거부하며 문학이론이나 정신 이전에 비평가의 태도를 문제 삼는 입장에 서 있기 때문에 김환태 비평의 구체적 양상은 철저히 프로문학에 대한 대타적이고 비판적인 형태로 이루어지고 있다. 그가 문학 원론에의 탐구나 이론 제시를 거부하는 점이나 그의 비평행위가 월평이나 시평 등의 형태로 이루어지고 있는 점 또 작품론, 작가론이 비평의 근본이라는 주장을 내세우는 것도, 이념적 원론의 추구에 힘을 기울인 프로문학에의 대타성에 기반하고 있기 때문일 것이다.

그는 우선 당대의 비평계 전반에 대해, 문단의 동향을 감지할 필연성이나 이론의 심화, 작가적 실천이 없는 공론(空論)만이 무성한 상태[22]라 비

---

22) 같은 글, 22쪽.
22) 「동향없는 문단」, 『전집』, 289쪽.

판하고, 이는 외국의 이론을 모방, 이식한 '가공적 동향'만 있을 뿐 내면적 욕구에서 출산된 작품만이 낳을 수 있는 새로운 문단의 진정한 동향이 없기 때문이라고 말한다. 이러한 비판은 곧 프로문학 비판으로 이어지는데, 비평의 존재가치가 위협받는 상황은 프로문학 진영의 비문학적인 문학 행위에서 비롯된 것이라는 주장이 그것이다. 이에 따라 프로문학측이 평단의 주도권 장악과 비평의 권위를 세우기 위해 내세웠던 비평의 정치성과 정론성을 비판하고, 이들 요인들을 제거하고자 하는 작업에 초점을 맞추고 있다.

그러한 비판의 대상은 구체적으로 "한 작품이 얼마만한 선전과 계몽의 힘을 가졌다거나 어떠한 사상과 현실과 의도를 가졌"는가를 지시하는 문예비평가와 또 그러한 문예비평가를 낳는 이론 즉 "정치이론에서 연역한 유물변증법적 창작방법이니 사회주의적 창작방법이니 하는 것"[24]으로 표현된다. 이는 선전과 계몽의 힘, 사상과 의도를 적출하려는 창작방법을 무기로 작가의 천재와 개성을 재단하는 비평가의 비문학적이고 정치적인 태도가 비평가의 존재 의의를 부정하는 비평무용론의 근원으로 작용하고 있음을 말하는 것이며, 또한 외국 이론 특히 동경 문단의 이론들을 베끼거나 직수입하여 남발함으로써, 프로문예 창작에서 여실히 드러나듯이 문단을 황폐하게 만들었다는 인식을 바탕으로 한 것이다. 따라서 이 경향파 작가, 비평가들의 관념성과 정치성을 청산할 때에만 창작의 질적 향상은 이루어질 수 있으며, 비평이 그 대상인 문학의 영역권을 벗어나 외적 목적을 지향하거나 작품에 어떤 규준을 강요하는 비문학적인 비평 행위로 나아가 문학의 황폐화를 초래하는 것을 막을 수 있을 것이라고 주장하고 있다.

임화는 이처럼 문학의 독자성만을 강조하고 문학의 이론화를 거부하는 김환태의 인상주의와 같은 풍조가 발생하게 된 과정을 첫째, 객관적 비평에 대한 혐오 둘째, 프로문학의 창작방법에 대한 격렬한 반발에서 구하고 이를 '예술지상주의자들의 주요한 일 특성'[25]이라 규정한 바 있는데, 이러

---

24) 「비평문학의 확립을 위하여」, 『전집』, 80~81쪽.
25) 임 화, 「문학의 비규정성의 문제」, 『동아일보』 1936. 1. 28~2. 4.

한 프로문예측의 비판에 대해 김환태는 스스로 예술지상주의자가 아님을 역설한다. "인류의 각 문화영역은 각각 그 특유한 법칙과 가치를 지니고 있어서 어떠한 딴 영역의 침범도 허락하지 않는다는 것과 그러함으로써 그 독자의 가치를 가장 잘 발휘할 수 있다는 것을 역설하는 것뿐이다. … 정치나 사회나 사상이나 종교는 그것이 문학 속에 나타날 때에는 그 본래의 목적이나 사명을 버리고 문학 그것에 봉사하지 않으면 안된다. 다시 말하면 선전이나 교화의 역할을 버리고 사람을 감동시키고 기쁘게 하지 않으면 안된다."[26] 여기서 김환태는 문학의 독자성과 자율성을 인정하는 것과 문학을 다른 모든 문화영역의 우위에 두려는 예술지상주의는 다르고, 문학 외 다른 영역의 개입을 용인하되 문학은 그 자율적인 체계를 지닌 만큼 문학의 법칙에 따라야 한다는 문학의 독자성에 대한 나름대로의 주장을 펼치고 있다. 하지만 이러한 그의 논리는 단순히 문학의 정치성뿐만 아니라 문학 속에 내포될 수 있는 사회, 정치, 사상을 원천적으로 부정하는 결과를 낳음으로써, 프로문학의 도식성을 극복하고자 한 원래의 의도와는 달리 예술로의 침잠이라는 또다른 극단적 입장의 천명으로 그칠 수밖에 없었다.

이처럼 비평이 과학적인 체계를 갖추어야 한다거나 객관적인 가치 척도를 필요로 한다는 비평의식을 원천적으로 부정하는 김환태의 비평은 따라서 작품이 지니는 사회적, 역사적 의미에 대해 아무런 판단을 내릴 수 없게 되며 오직 주관적 감상에 의존할 수밖에 없는 것이었다. 그 결과 작품의 가치평가는 논외의 사항으로 유보되고 비평의 존재의의 자체까지 상실할 위기를 맞게 된다. 즉 비평의 객관성을 확보하는 길은 근원적으로 불가능하게 되는 것이다. 이러한 한계를 염두에 두고 김환태는 '주관에 철저'할 것을 강조한다. 자신의 인상에 철저할 때 인상의 보편성에 도달할 수 있으리라[27]는 믿음이 그것이다. 그런데 주관에 철저하면 그것으로 객관에

---

26) 「비평문학의 확립을 위하여」, 『전집』, 79쪽.
27) 「평단전망」, 『전집』, 294쪽.

철저하게 된다는 이러한 주장은 사실상 엄밀한 전제를 지니고 있는 것인데, 그것은 '순수한' 주관이 '순수한' 객관이라는 것이다.[28] 여기서 순수의 세계는, '진정한 예술가는 아직 사상에 의하여 통제되고 지배되지 않은 세계, 즉 모든 방면으로의 발달과 생산의 가능성이 창일(漲溢)한 소박한 상태로 돌아가 새로운 방법으로 인간이나 자연을 이해하기 위하여 사상의 고대(高臺)에서 내려 다시 한 번 무지의 세계로 돌아가야 한다'[29]는 말에서 드러나듯 사상을 배제한 것 그리고 아무런 주관적 분식(扮飾)도 이론적 편견도 가지지 않고 다만 경이와 동경으로 가득찬[30] 어린아이의 정신과도 같은 것이다. 이태준의 동정심과 선량함, 언제나 경이와 동경 속에 사는 정지용의 어린아이 같은 인간적 품성, '외로운, 슬픈, 서글픈 그리고 안타까운'이라는 형용사로 수식되고 있는 김상용의 관조의 아름다움과 '내 생의 가장 진실한 느껴움'이 주는 순수성을 상찬하고 있는 것은 이러한 인식에 기반하고 있는 것이다. 그가 '진정한/저급한' 예술가의 대비를 통해 강조하고자 하는 것도 바로 이러한 의미에서의 '순수'인 것이다.

(5) '순수'의 의미

일반적으로 순수의 본질을 문학의 공리성을 배격하고 미적 자율성을 옹호하는 것이라 할 때, 1930년대에 등장한 '순수문학' 역시 크게는 그러한 범주를 벗어나지 않는 것이라 할 수 있을 것이다. 그러나 우리 근대문학사에서의 순수문학은 근본적으로 일제의 군국주의화와 그에 따른 식민지 탄압의 강화라는 시대적 상황에 의해 우선적으로 조건지워진 것이고, 내적으로는 20년대 식민지 문학을 좌우했던 목적문학(프로문학의 정론성과 민족주의문학의 계몽성)의 대타개념으로서의 '편협한 의미의 순수문학'으로, 문학과 현실의 그 어떤 관련도 배제하고 거부하는 특성을 보인다. 이는

---

28) 「문예비평가의 태도에 대하여」, 『전집』, 19쪽.
29) 「예술의 순수성」, 『전집』, 23쪽.
30) 같은 쪽.

'순수문학'의 개념 자체가 어떤 실체에 대한 규정이라기 보다는 항상 '목적문학'에 대한 대타적 존재로만 성립해 온 우리 문학사의 특성과도 연관이 있는 것이다. 그러나 목적문학과 순수문학이란 각 시대의 사회적 조건에 대한 문학적 두 양상이라고 할 수 있다. 30년대의 순수문학의 의미 역시 이러한 조건하에서만 설명 가능하다. 비록 왜곡된 형태였지만 1930년대는 자본주의적 근대성이 관철되는 과정이었으며, 이에 따른 합리성의 제고와 가치영역들의 분화가 이루어지고 있었던 시기였다. 프로문학과 모더니즘이 공히 근대적 삶과 그에 기반한 합리적 이성을 자신의 문학적 기반으로 삼고 있는 것이었다면 순수문학은 현실로부터의 절연과 합리적 이성의 거부를 바탕으로 하는 것이었다. 실제 삶에 있어서는 전주고보 시절의 스트라이크 사건으로 인한 퇴학, 도산 안창호와의 친분 관계 및 그로 인한 검거 등 강력한 민족의식을 엿볼 수 있게 하는 김환태가 문학상에서는 오히려 현실을 철저히 분리하고 문학으로 세계를 대치하고자 했던 것은 이러한 인식을 바탕으로 하기에 가능한 것이었다. 그에게 있어 문학적 현실은 문학을 계급적 이데올로기를 고취하는 수단으로 삼았던 프로문학이었던 것이다.

순수문학의 본격적 등장은 1938년 임화에 의해 제기된 세대론에서 시작하여 '세대-순수논쟁'을 통해 이루어진다. 임화에 의해 제기된 세대론은 표면적으로는 30년대에 등장한 20대 신인들과 20년대부터 활동을 해 왔던 30대 기성작가들간의 언어불통에 의한 논전이었지만, 본질적으로는 예술과 일반에 대한 비판의 성격을 지닌 것이었다. 즉 신인들의 역사의식 미비에 대한 비판인 임화의 「신인론」은 대부분의 신인들이 지용과 상허의 아류라는 사실에 대한 공격이자, '구인회'중심의 순문학파에 대한 프로문학의 비판인 것이다.[31] 이러한 세대론은 유진오에 의해 순수와 비순수의 문제로 발전되어 논의되기 시작하여 유진오와 김동리, 이원조와 김환태 등의 논쟁

---

31) 김윤식, 「순수문학의 의미—놀인 김환태 연구」, 『근대한국문학연구』, 일지사, 1983, 428~429쪽.

으로 이어진다. 김환태가 이 과정에서 신인측의 입장을 대변하는 평론가로 나설 수 있었던 것은 기성 비평가들의 신인에 대한 비판이 사실상 예술파 전체에 대한 비판의 의미를 지니는 것이었고, 그가 예술파의 대표격인 구인회 중의 유일한 비평가였기 때문이다.

최명익, 김동리, 허 준 등의 작품을 두고 순수하지 못하다는 유진오를 비롯한 기성작가들의 비판에 대해, 김환태는 '순수'란 말에 대한 해석과 '30대 작가의 불행과 신인의 행복'설에 대해 의문을 제기한다. '비문학적인 야심과 정치와 책모'는 신진작가보다는 오히려 기성작가의 병폐이며 '오로지 빛나는 문학정신만을 옹호하려는 의열한 태도'에 있어서도 기성작가들은 신진작가들을 도저히 따르지 못하므로 오히려 그런 비판은 기성작가들에게로 돌려져야 할 것임을 주장한다. 또 신문학 30년 동안 실로 많은 '주의'가 있었지만 문학정신보다는 그 주의들을 우선 받아들인 기성의 작가들에게서 결코 좋은 작품을 볼 수 없다고 비판한다. 그와 반대로 별다른 주의를 주장하지 않은 이태준, 박태원, 정지용 등에게서 더 많은 좋은 작품을 얻을 수 있는 바 이는 이들 작가들이 순수한 문학정신의 토대가 되는 강렬한 표현의 노력을 가지기 때문이라는 것이다.[31] 이처럼 그는 창작과 관련없는 비평의 지배에서 벗어나야만 순수한 문학정신의 확보가 가능하다는 주장을 펼치는데, 이는 문학정신의 옹호라는 순수의 개념 자체에 관련된 것이라기보다는 현실적인 이념과 사상에 관여하거나 동조하지 않는 태도로서의 순수를 주장하는 것이라 할 수 있다. 즉 순수와 비순수의 구분은 작가가 현실에 대해 자신의 태도를 표명하고 개입하고자 하는 그 순간 이루어지는 것인데, 프로문학과의 차별화를 꾀하는 '진정한'과 '저급한'이라는 대립적 구도 속에서 그 구분은 더욱 선명해진다. 기성 작가들이 비문학적이고 순수하지 못한 것은 20년대 이후 문학의 정론성에 치우쳐 온 프로문학을 겪은 당연한 결과이며 이러한 경험을 거치지 않고 순문학에서 출발한 신인이 오히려 순수하다는 주장이 그것이다. 그러나 이러한 주장은

---

31) 「순수시비」, 『전집』, 138~139쪽.

기성의 작가들이 겪은 프로문학의 정론성만을 떠 올리고 그러한 정론성을 가능하게 했던 시대적 상황과 그로 인한 작가들의 고투에 대해서는 무시하는 피상적 인식을 기반으로 삼을 때 가능한 것이다. 기성작가들의 문학에서 드러나는 정론성 역시 김환태 자신이 "문예비평가가 사회와 정치를 논하는 것을 나는 조금도 비난하지 않는다. 그러나 그가 사회비평과 정치론을 하는 것이 아니요, 문학을 하고 있다면 그는 무엇보다도 먼저 문학과의 연관하에서 논하지 않으면 안된다."[32]고 언명했던 바에서 조금도 벗어나지 않는 것이 사실이다. 인간정신에 대한 심각한 탐구도 적고 심각한 사상적 동요도 볼 수 없는 작가나 시인이 어떻게 순수한 작가가 될 수 있으며, 표현의 형상화에만 성공한다고 해서 인간성의 탐구라는 내용까지 완전한 예술적 작품이라 할 수 있는가, 이러한 잘못은 사상이나 주의에서 공리적인 것밖에 인식하지 못하고 그것이 세계관 형성에 작용하는 양질적 부분을 사상(捨象)하기 때문[33]이라는 이원조의 비판이 곧 바로 이어지는 것도 정론성을 불가피하게 만들었던 상황을 파악하려는 노력 없이 소박한 문학 일반론만을 반복하는 김환태의 논리의 허약성 때문인 것이다.

하지만 김환태의 의도와는 상관없이 그의 순수 주장이 근대주의에 입각한 기존 문학(운동)의 시대적 한계를 드러내고 있는 것은 사실이다. 기성 세대의 문학이야말로 외래관념의 수입으로 일관되어 왔으며 프로문학 역시 그러한 역사적 한계에서 벗어나지 못하고 있다는 지적이 그것이다. 온전한 근대를 성취하지도 못한 마당에서 그 근대를 곧바로 뛰어넘고자 하는 프로문예의 역사적 한계, 즉 근대 자체가 미숙한 마당에 추상적으로 고도화된 이론을 도입하여 적용시키고자 했던 프로문학의 이론은 필연적으로 식민지적 현실정합성의 문제를 드러낼 수밖에 없었다. 이론 자체는 옳은 것이라 할지라도 그 이론의 적용을 받아야 할 대상이 아직 충분히 성숙하지 못한 상태에서는 그 이론은 아무런 실질적 힘을 발휘할 수 없게

---

32) 「비평문학의 확립을 위하여」, 『전집』, 78~79쪽.
33) 이원조, 「순수는 무엇인가」, 『문장』 1권 11호, 1939. 12.

되며 자칫하면 현실을 왜곡하고 족쇄를 채우는 이데올로기로 변해버리기 마련이다. 이처럼 개념화된 공식적 법칙으로 문학을 설명하고자 했던 프로문예의 약점을 건드릴 수 있었던 것이 바로 '순수'였으며 김한태의 비판이 비평사적 의의를 가질 수 있는 것도 그런 차원에서이다. 그러나 이러한 비판이 곧 외래적인 속성의 모방과 이식으로 이루어진 근대문학사의 주체적 전환을 이루어낼 수 있는 것은 아니었다. 한국 근대문학사가 외래적인 속성의 이식과 모방으로 일관한 것은, 내재적 발전이 이루어지기도 전에 식민지로 떨어져 버리고 그 속에서 왜곡된 근대에의 발전을 겪어야 했던 한국 근대사의 특수성에 의한 것이다. 따라서 그 극복은 온전한 근대 발전을 위한 주체회복으로서의 민족적 주체의 회복과 정립에 의해서만 해결 가능한 문제라고 할 수 있다. 그러나 김환태를 비롯한 순수문학파가 대안으로 내세우는 작가로서의 개인적 주체성의 확립이라는 주장이나 문학을 정치와 그 도구성으로부터 절연시키려 하는 김환태의 비평의식 역시 프로문학의 정론성을 불가능하게 만들었던 시대적 상황이 낳은 또 다른 현실의 문학적 왜곡이 아닐 수 없었다. 프로문학을 문학 곧 정치라는 인식을 바탕으로 한 이데올로기의 표현이라고 한다면 김환태의 순수론 역시 문학의 정론성과 지도성을 배제할 것을 강요하는 프로문학만큼이나 이데올로기적인 것이었다. 이는 그의 문학 자체가 철저하게 프로문학에 대한 대타의식에서 비롯되었다는 사실과 깊은 연관을 지닌다. 경직된 대타의식은 자신의 비판적 입장은 상대적으로 부각시킬 수 있었지만 결국 그의 비평론에서 현실과의 연결고리를 끊어버림으로써 또 다른 극단으로 치닫게 만든 것이다.

3. 맺음말

식민지 자본주의는 당대의 지식인들에게 근대적 삶의 방식과 합리성의 인식에 도달할 기회와 능력을 부여해 주는 것이었지만 그 수준은 극히 제한적인 것이었으며 또한 식민지 지식인과 민중들의 주체성을 빼앗고 권력과 생산수단으로부터 체계적으로 배제시킴으로써 '소외된 의식'을 체질화하도록 만드는 끝없는 회의와 부정의 대상이기도 했다. 이처럼 왜곡된 것이었음에도 식민지에서의 자본주의적 축적과 발전은 한편으로는 근대적 발전에 대한 동경을 갖게 하고 다른 한편으로는 식민지의 농민, 노동자들을 더욱 빈곤하게 만들었다. 이러한 근대 자체의 극복을 통해 현실의 부정성을 극복하고자 하는 것이 프로문학이었으며 근대문명의 발전과 그로부터의 개인의 소외를 느끼고 방황한 것이 모더니즘이었다고 할 수 있다. 그러나 그 근대의 극복은 어디까지나 일정한 근대의 성숙을 기반으로 하는 것이었기에 이들의 운동은 일종의 이념으로서만 존재할 수밖에 없는 것이었다. 따라서 1930년대 식민지 현실의 변화와 문학의 위기를 제국주의 즉 야만의 승리의 필연적인 결과로 인식하게 되는 그 순간부터 절망적 인식만이 깊어갈 뿐 그 어떤 문제해결의 단서도 찾을 수 없었다. 그것은 그들이 보편적인 것으로 상정하고 매달렸던 근대성 자체가 20세기초 출발부터 왜곡되었던 미완의 근대성이었던 까닭이다. 그것은 넘어서야 할 근대성이기 이전에 온전히 실현되어야 할 것이었으며, 또 빛나는 문명으로 인식하기 전에 그것이 지닌 파행적이고 왜곡된 성격을 보아야 했던 것이다. 30년대 초중반까지 이념적 문학이 압도적으로 지배할 수 있었던 것은 이러한 상황에 기인한다. 이처럼 왜곡된 근대성의 발현은 현실의 미적 인식에 있어서도 굴절을 겪게 했다. 사소한 일상이나 개인적 내면풍경의 토로를 억압에 의해 이루어진 시대적 환경이 허용하지 않았던 것도 그러한 이유에서였다. 그 결과 개인의 참된 다양성과 개별성은 가려졌고, 현실을 이념과 도식으로 획일화시켜 파악하게 만들었던 것이다. 이처럼 역사가 강제하는 한계가 30년대 문학적 '위기'의 깊은 원인이 된 것이라 할 수 있다. 30년대의 순수문학이나 모더니즘이 프로문학의 이념적 문학을 비판하는 자리에서 출발하면서 사회적 근대성의 추구와는 무관한 모습을 보이며 현실의 미학적 초월이나 개인적 주체에 일면적으로 치우친 문학으로 나아가는 것도 그런 까닭에서 연유하는 것이다.

식민지라는 부정적 현실세계를 극복하는 대안으로 어떤 미래의 상을 설정하고, 사회주의 이념이라는 강력한 무기로 현실을 비판하고 부정하는 방식을 채택한 것이 프로문학이었다면, 김환태를 비롯한 예술파의 순수문학이란 그러한 현실부정의 대안과 그 대안 추구방식이 지니는 이념, 그리고 그 이념이 식민지적 조건 속에서 필연적으로 지닐 수밖에 없었던 지도성과 일종의 정치성을 부정하는 것을 자신의 문학적 방식으로 채택한 것이라 말할 수 있다. 김환태에게 있어 부정의 대상은 현실 그 자체의 부정성이 아니라 '순수'라는 이름하에 비판하고 있는 프로문학의 정론성이었고 이는 프로문학에 대한 대타적 인식에서 비롯된 것이었다. 이러한 대타성이 그의 문학의 중추요 그의 비평을 이루는 근간요소인 셈이다. 그리하여 진정 부정해야 할 대상이었던 실제 현실을 자신의 문학 밖으로 밀쳐 버린 형국이었다. 그의 문학이 시대성을 지니지 못하는 것은 이러한 점에서 어쩌면 당연한 것이기도 하다. 김환태가 같은 구인회 회원이면서도 이상이나 박태원 등과는 엄밀하게 구분되는 까닭이 여기에 있다. 이상이나 박태원 역시, 부정적 현실을 대신할 어떤 미래를 설정하고 이를 추구한 것은 아니지만, 이들의 문학에는 어떤 방식으로든지 항상 부정적 현실의 삶 자체가 창작의 토대를 이루고 있었다. 그러나 김환태의 경우에는 그러한 삶의 부정성을 배제함으로써 현실세계를 떠난 허공의 자리로 나아갈 수밖에 없게 된다. 프로문학에 대한 대타성을 그 근본으로 삼는 한 어떤 실체도 가지지 못하며 다만 끊임없는 부정성으로 자신의 주장을 지속할 수밖에 없었던 것이다. 그의 비평이론이 절필에 이르기까지 아무런 변화나 발전이 없는 것도 바로 이 점에서 설명 가능하다. 이성과 의지에 바탕을 둔 문학상의 목적의식은 필연적으로 예술의 존재가치를 부정게 된다는 논리와 문학의 사회적 효용성에 대한 그 어떤 가능성도 찾으려 하지 않는 인식을 바탕으로 하고서는, 깊이 있는 현실인식이나 이론적 치밀함을 통한 객관성이나 보편성의 획득이 불가능하기 때문이다. 결국 김환태 비평이 전혀 변화, 발전의 모습을 보이지 못하는 것은 현실에 대한 고민이 가장 요청되던 30년대 중반의 전환기에, 의식적으로 시대적 현실의 고민을 외면했기 때문이다. 따라서 문학적 상도가 보이지 않는 식민지 문단을 비판하고자 내세웠던 '순수'나 아놀드의 사상과 이론도 현실적 상황과는 무관한 당위적 차원에서의 원론적인 반복에 지나지 않는 것이었다.

그럼에도 구인회와 신세대의 대변자로서 프로문학에 대한 김환태의 비판이 의미를 지니는 것은 30년대 중반이라는 시대적 여건에 의해 가능한

것이었다. 그러나 이 점이 곧 그의 이론과 그에 따른 실제비평을 진정한
문학이론으로서의 성과를 보장해 줄 수 있는 것은 아니었다. 박영희의 지
적처럼 '처녀적 순진성'과 '친화력'[35]를 바탕으로 한 특유의 겸허한 자세
로 이론의 제시보다는 그 자신이 비평의 본질이라 했던 작가론이나 작품
론을 쓰는 데 주력하고자 했지만, 본격적인 작품론은 한 편도 남기지 못하
고 다만 이태준, 정지용, 김상용에 대한 세 편의 짧은 작가론만이 있을 뿐
이다. 작품이 없는 곳에 진정한 비평이란 있을 수 없으므로 작가들이 좋은
작품을 쓰기만 하면 좋은 비평을 쓸 것[36]이라는 일종의 변명을 하고 있듯
이, 예술을 위한 예술이라는 주장이 힘을 지니기 위해서는 이론적 바탕은
물론이려니와 그에 걸맞는 예술적 수준을 지닌 작품의 존재 여부가 관건이
다. 그렇지 못할 경우 비평가는 작품에 대한 주관적 인상에 대한 해설가로
전락하게 되는 것이지만, 김환태의 비평이, 자신이 말했던 창조적 해석의 수
준에 미치지 못하고 감상문의 수준을 크게 넘어서지 못한 근본적인 이유는
그의 순수론이 단지 비평가의 태도에 관한 것에 불과했기 때문이다. 그의
이론을 뒷받침해 줄 만한 작품의 존재여부와 상관없이 자신의 주장을 지속
적으로 말할 수 있었던 것도 이러한 사정에 연유하는 것이다.

결국 김환태의 '순수'의 의미를 유지시켜 주는 것은 문예 곧 정치로 인
식했던 프로문예이고 근본적으로는 그러한 프로문학의 인식을 가능하게
했던 식민지 근대사회 자체였다고 할 수 있다. 즉 문학의 지도성과 정론성
은 바로 거부와 부정의 대상이면서 동시에 바로 그 만큼의 무게로 그의
비평에서의 '순수'의 의미를 유지시켜 주는 근원이 되었던 것이다.

(서울대 강사)

---

35) 박영희, 「현역평론가群像」, 『조광』 3권 3호, 257쪽.
36) 「작가, 평가, 독자」, 『전집』, 58쪽.

사회적 신념과 추상적 계몽주의

-박팔양의 『정열의 도시』론

강 진 호

1.

문학사에서 구인회는 단일한 규약도, 그렇다고 공통된 경향도 갖지 않은 하나의 친목단체로 규정되고 있다. 초기 결성하는 과정에서는 염상섭을 회장으로 추대하고, 카프에 대한 비판적 태도를 분명히 하려 했으나 회원들의 반대로 무산되고 결국 친목단체의 성격을 벗어나지 못했다는 게 관여했던 사람들의 증언이고, 기존의 대체적인 평가이다. 하지만 이런 평가와는 달리 당시 구인회의 파장은 상당히 컸다고 할 수 있다. 카프측에서 이들에 대한 견제를 늦추지 않았던 것이나, 김동리를 위시한 이른바 신세대 작가들이 구인회의 이태준이나 박태원 등을 여러 면에서 추종했던 점 등은 구인회가 단순한 친목단체만은 아니었음을 말해준다. 더구나 구인회 작가들의 대부분이 해방후 월북이라는 정치적 결단을 보여주었다는 사실 역시 이들이 공통된 가치와 태도를 갖고 있었음을 뜻한다. 이런 점에서 구인회는 단체의 입장을 표명하지 않았다 뿐이지 문학 단체로서의 위상과 영향력을 갖고 있었다고 할 수 있다.

구인회 작가들을 공통적으로 규율했던 요소의 하나는 미적 근대성에 대한 자각이다. 언어와 문장에 대한 집요한 관심을 보였던 이태준이나 부단한 형식 실험을 통해서 새로운 형태의 소설을 추구했던 박태원, 소시민적 가치를 부정하고 새로운 가치를 추구하면서 형식 실험을 멈추지 않았던 이상 등은 모두 기성 세대와는 다른 미의식을 갖고 있었다. 이들은 더 이상 문학을 '만인적(萬引的)'이고 대가적인 것으로 생각하지 않으며, 대신 고유의 형식과 자율성을 갖는 것으로 이해하는데, 이는 칸트가 언급한 미적 자율성론에 고스란히 부합되는 것이다. 이를테면 미란 작가 외부의 이념이나 제도에 의해 주어지는 것이 아니라, 선험적으로 획득되고 구성된다. 따라서 기성 작가들처럼 미를 정치적 이념이나 사회 활동의 도구로 이해한다면, 작품은 작가의 개성을 반영하기보다는 현실에 종속되고 궁극적으로 아름다움을 잃을 수밖에 없다. 이런 생각에서 이들은 이광수나 프로 작가들에게 강한 대타의식을 갖고 언어와 형식미에 몰두하여 30년대 중반 이후 문학사의 새로운 주체로 등장했다고 볼 수 있다.

구인회에 대한 기존 연구는 대체로 이런 측면에서 이루어졌다.[1] 그렇지만 구인회를 살피면서 또 하나 주목해야 할 점은, 언급한 대로, 사회 현실과는 거리를 두고 언어와 형식에 남다른 관심을 보였던 이들 작가의 대부분이 아이러니하게도 해방후 월북이라는 정치적 결단을 보여주었다는 사실이다. 알려진 대로, 이태준이나 박태원, 조벽암, 정지용, 김기림, 박팔양 등 회원의 대부분이 해방후 혼란한 현실에서 좌익에 가담하고 월북했는데, 이는 미의식과는 다른 차원에서 이들이 현실에 대해서도 상당한 관심을 갖고 있었음을 뜻한다. 그렇기 때문에 구인회를 제대로 이해하기 위해서는 이러한 정신적 태도까지도 온당하게 살펴야 한다. 구인회에는 카프에 참가했다가 탈퇴한 이종명과 박팔양이 있었으며, 한때 동반작가로 카프에 적극적인 지지를 표명했던 이효석도 있었다. 이들이 어우러져 활동을 같이했다는 것은 세계관이나 정치적 태도에서 어떤 공감대를 가졌기 때문이다.

이 글이 박팔양을 통해서 살펴보고자 하는 것은 바로 이 점이다. 한때 프로 작가로 활동하면서 현실에 남다른 관심을 표시했던 박팔양이 그것을 부정하고 구인회에 참가하여 활동할 수 있었던 정신적 특질은 무엇이며, 아울러 그것이 구인회의 집단적 성격을 어떤 식으로 대변한 것인가 하는

---

1) 구인회에 대한 연구로는 다음 글을 참고할 수 있다. 서준섭의 『한국 모더니즘 문학 연구』(일지사, 1988), 졸고 「구인회의 문학적 성격과 의미」(『한국근대문학 작가연구』(깊은샘, 1996)) 등.

점이다.

문학사에서 여수(麗水) 박팔양은 소설가로보다는 시인으로, 그리고 구인회 작가라기보다는 카프 작가로 더욱 알려진 인물이다.[2] 그는 한때 김화산 등과 함께 다다이즘에 관심을 보이기도 했으며(당시의 필명은 '김 니콜라이'였다), 또 신경향파적인 작품을 발표하고 카프에도 참여하는 등 강한 정치 지향성을 보여주기도 했다. 26년에는 카프에 참가했다가 조직 개편이 있기 직전인 27년에 탈퇴했고, 정지용, 김용준, 김화산 등과 동인지 『요람』(1921년)을 발간한 바 있고, 『폐허의 염군(焰群)』(1923년)이라는 근대 시문학사 최초의 사화집(詞話集)을 낸 적도 있다. 그리고 경성법전을 졸업한 뒤에는 동아일보와 조선중앙일보에서 기자 생활을 하면서 '구인회'에 참가했는데, 이 글의 대상이 되는 『정열의 도시』는 이 시기에 발표된 작품으로, 특이하게도 프로 계열에 대한 강한 비판을 담고 있다.

한편 해방후에는 『로동신문』의 전신이라고 할 수 있는 『정로(正路)』의 주필로 활약하면서 조선 프롤레타리아 예술동맹의 중앙집행위원으로 참가하고, 1946년에는 '북조선예술총동맹'의 부위원장 겸 출판국장을 맡아 보았다. 이후 박팔양은 작가동맹 부위원장, 중앙선거위원회 위원 등을 맡으면서 활발한 활동을 벌이다가 1967년 반종파투쟁 과정에서 숙청된 것으로 전해지는데[3], 이렇듯 여수는 초기 문학사의 진폭을 대변하듯 다양한 경향과 변화를 보여주었다. 말하자면 박팔양은 어느 한 경향에 긴박된 작가는 아니며, 그렇다고 현실의 움직임에 둔감했던 인물도 아니었다. 유성호의 지적처럼 그의 시에는 가난한 현실에 대한 아픔과 비판이 두드러지며[4], 장편 『정열의 도시』에서도 사회활동에 대한 남다른 관심이 피력되고 있다.

---

2) 박팔양의 생애는 유성호의 「여수 박팔양 시 연구」(연세대 석사, 1990. 2)와 권영민 편의 『한국근대문인대사전』(아세아문화사, 1990)을 참조하였다.

3) 김재용, 「북한문학계의 반종파투쟁과 카프 및 항일혁명문학」, 『역사비평』, 92년, 봄, 252쪽.

4) 유성호의 앞의 논문 참조.

박팔양이 시에서 두드러진 성과를 냈음에도 불구하고, 이 글이『정열의 도시』5)에 주목하는 것은, 그것이 소설이라는 장르적 특성상 작가의 사회적 태도를 숨김없이 보여주며 따라서 박팔양의 다양한 행적을 뒷받침하는 세계관의 일단을 파악할 수 있으리라는 이유 때문이다. 시에서 볼 수 있는 사회적 태도가 추상적이고 주관적 열정에 지배된 것이라면, 소설에서의 그것은 보다 구체화되어 드러난다. 더구나『정열의 도시』는 박팔양이 구인회에 참가하여 활동하던 시기에 쓰여졌고, "독자 제씨에게 마음으로 호소하고 싶은 만흔 무엇"6)을 전하고 싶어서 쓴다는 작가의 말처럼 당대 현실에 대한 작가의 태도가 구체적으로 표명되어 있다. 사회 지상(至上)주의를 대변하는 정인수가 비판되고, 연애와 사회활동의 조화를 강조하는 김준일이 옹호된다는 사실은 프로 계열에 대한 박팔양의 사회적 태도를 말해주는 것이며 동시에 그가 관여했던 구인회의 집단적 성격까지를 대변하는 것이다. 작가의 사회적 태도는 그가 소속한 집단이나 당대의 사상 조류와 무관한 것이 아니기 때문에 박팔양에 대한 고찰은 구인회의 집단적 성격을 이해할 수 있는 매개와도 같은 셈이다. 아울러『정열의 도시』가 종결되고, 그것에 뒤이어서 이태준의『제이의 운명』이 연재되었으며, 그 역시『정열의 도시』와 비슷한 문제의식을 담고 있다는 점 또한 간과할 수 없는 대목이다.

이 글은 이런 견지에서 박팔양을 중심으로 구인회 작가들의 사회적 태도를 살피는 데 목적이 있다.

2.

『정열의 도시』는 1934년 1월 11일부터 5월 6일까지『조선중앙일보』에 103회에 걸쳐서 연재된 장편이다. 박팔양이 주로 시를 써 왔기 때문에 소

---

5) 박팔양,「정열의 도시」,『조선중앙일보』, 1934. 1. 11~5. 6(총 103회). 인용문은 연재 회수만을 표기한다.
6)「新小說豫告」,『조선중앙일보』 1934. 1. 4.

설로는 콩트 두 편과 이 작품이 전부인 셈이다. 콩트 「오후 여섯시」와 「방랑의 수부와 이국 계집아이」는 소설이라기보다는 산문시의 형태를 갖추고 있어서 박팔양의 장르적 관심이 시에 있음을 말해주며, 『정열의 도시』 역시 주관적 의도의 과잉 표출로 초기시에서 발견되는 시적 파토스[7]가 여과되지 않은 채 드러나 있다. 그래서 작품의 서사 구조가 파괴된 경우가 많은데, 가령 장면 연결이 자연스럽지 못할 경우 작가가 갑자기 개입하여 다음 장면을 지시해 준다든가, 분량을 늘이기 위해서 지리하고 불필요한 삽화를 남발하는 등 작위성이 곳곳에서 발견된다. 그렇다고 시를 쓰는 작가에게 기대해봄직한 아름다운 장면 묘사나 미문도 발견할 수 없으며, 아울러 남녀간의 사랑 문제가 작품의 대부분을 차지하여 작가의 문제의식 역시 혼란스럽다. 이 작품이 강한 계몽성을 갖는 것은 이런 데 원인이 있거니와, 이를테면 『정열의 도시』는 작가의 교훈적 의도와 작위성으로 말미암아 마치 이광수의 계몽주의 소설과도 같은 양상을 보여준다. 김준일과 정인수를 중심으로 연애와 사회활동이라는 유학생들의 고민이 한 축이 되고, 안유갑과 오혜원을 중심으로 한 타락한 생활이 그것에 대비되

---

7) 박팔양의 초기를 대표하는 「젊은 사람」에는 조국을 향한 열정과 감격이 힘있게 노래되어 있는데, 『정열의 도시』에서도 그것은 그대로 유지된다.

  열정과 감격
  세상과 나라를 생각하고 주먹으로 책상을 치는
  뜨거운 열정과 감격, 분화구 상의 불길가튼
  작열한 그 열정과 감격!
  이것은 오즉 그대에게만 잇네.
  젊은 그대에게만 잇네.
                        ─「젊은 사람」(3연), 조선일보(1925. 4. 13)

현실이 암울하고 고통스럽더라도 분화구같은 열정과 감격을 지닌다면, '백두산상에 빛나는 저 해'처럼 세상을 환하게 밝힐 수 있으리라는 점, 『정열의 도시』는 이런 시적 파토스를 바탕으로 쓰여진 작품이다.

면서, 젊은이들은 모름지기 '정열의 도시'를 건설하기 위해 노력해야 한다는 메시지는 전형적인 계몽소설의 서사원리를 답습한 것이다.

이런 한계를 갖고 있음에도 불구하고 이 작품이 의미를 갖는 것은 언급한 대로 작가의 의도, 예컨대 작품 예고란에서 밝힌, 즉 "독자 제씨에게 마음으로 호소하고 십은 만흔 무엇"이 내재되어 있기 때문이다. "주인공들이 걸어가는 발자취"를 통해서 제시된 작품의 의도가 작가의 현실과 문학에 대한 태도를 암시하거니와, 따라서 이 작품에 대한 이해는 박팔양이 의도한 것이 무엇이고, 그것이 어떠한 사회적 입장을 대변한 것인가 하는 점에 있다.

『정열의 도시』에서 먼저 주목되는 것은 준일을 통해서 제시된 연애와 사회 활동의 조화론이다. 김준일은 작가의 의도를 구체적으로 대변하는 인물로, 보통학교 시절 성적이 우수하여 교비 장학생으로 추천되어 일본에 유학 와 있는 인물이다. 그는 정인수처럼 사회운동에 열성적이지도, 그렇다고 안유갑처럼 쾌락만을 일삼지도 않는 평범한 학생이다. 김준일이 고민에 빠지는 것은 지난 여름 원산 해수욕장에서 우연히 알게 된 안순자가 뜻하지 않게 동경으로 찾아온 뒤부터이다. 계모가 자신을 갑부의 아들과 강제로 결혼시키려 하자 그것을 피해서 일본으로 도망온 것이다. 김준일은 그녀를 사랑하지만 선뜻 동거에 들어갈 수도 없고, 그렇다고 그녀를 다시 조선으로 돌려보낼 수도 없는 곤란한 처지에 놓인다. 남의 돈으로 공부를 하는 까닭에 연애를 한다는 사실이 탄로나면 당장 학비를 받을 수 없다. 그래서 수완이 뛰어난 정인수에게 안순자의 직업을 부탁하지만, 정인수는 그런 준일을 오히려 금전에 구속되어 자유를 잃고 있다고 비웃는다. 남의 돈으로 공부를 하기 때문에 사사로운 생활에서도 자유를 잃고 있다는 것이다. 여기에 대해서 준일은 '그렇다면 모든 것을 희생해서라도 사랑의 자유'를 찾겠다는 결의를 보이는데, 이 과정에서 두 사람은 심각한 갈등을 빚게 된다.

이처럼 이 작품은 남녀간의 사랑이 중심축이 됨으로써 마치 통속 연애소설과도 같은 양상을 보이며, 더구나 안유갑과 오혜원의 타락한 행실이 작품의 중요한 축을 이루어 욕망의 만화경과 같은 모습을 띠기도 한다. 통속소설이 삼각연애 관계를 기본 골격으로 하면서 선인의 승리와 악인의 몰락을 보여주는 형식이라면, 『정열의 도시』에는 삼각연애 관계가 등장하지 않는다 뿐이지 선인이 승리하고 악인이 몰락한다는 점에서 그것과 별 차이가 없다. 그런데 김준일의 연애관이, 친구이자 사회활동에 강한 집착을 보이는 정인수와 뚜렷한 대조를 보인다는 점에서 작가의 의도가 단순한 연애 예찬론에 머무는 것은 아님을 알 수 있다.

정인수는 『건설자』라는 잡지를 내면서 농민들을 계도하고 이끌어야 한다는, 마치 프로 소설의 '의식 분자'와도 같은 인물이다. 그는 『건설자』라는 잡지를 발간하면서 농민들을 계몽하려는 의도를 갖고 있다. 더구나 사회적 사명감이 남달라서 퇴폐적 행위를 일삼는 안유갑에게 린치[私刑]를 가하는 단호함을 보이기도 한다. "연애가 제일이라고 그리고 연애가 가장 신성한 물건이라고 떠드는 자식들은 개자식"(26회)이라고 비난하며, 유학생들이 공부는 하지 않고 "피아노를 배러다닌다 승마를 하러다닌다 땐스를 하러다닌다 그야말로 부르조아 취미에만 미쳐서 도라다니"는 것은 가난에 찌들린 조선의 아픈 현실을 외면하는 것이라고 생각한다. 그에게 무엇보다 중요한 것은 민중을 위한 사업이며, 연애란 단지 부차적인 것에 지나지 않는 셈이다.

김준일은 정인수의 이러한 태도를 '사회 지상주의'라고 비판하는데, 왜냐하면 사랑이란 단순히 두 남녀 사이에만 존재하는 것이 아니라 전 사회로 확산되어야 참된 의미를 지닐 수 있다고 믿기 때문이다. 그래서 두 사람은 심한 논쟁을 벌이게 되고, 이를 통해서 작가는 바람직한 사회운동의 모형을 제시하는 것이다.

> 「사회 생활을 하는 우리들로서는 우리들이 모혀 잇고 의지하고 잇는 이 사회를 위해서 맛당히 하지 아니하면 아니될 여러 가지 일이 잇슬 것이 아닌가? 거의 의무적으로라도 하지 아니하면 아니될 그 일 ─ 그것을 하여야 할 것이 더 급한 일이오, 더 소중한 일이오 더 가치잇는 일이기에 사랑을 위해서 그 사람의 전 인생을 희생한다는 것은 넘우나 의미업는 일이오 넘우나 가치업는 일 아닌가.」 (중략)

그러나 준일이도 그의 말을 그대로 승인하지는 안엇다.

「그것은 자네가 사회 생활이라는 것만 넘어나 과대하게 평가하는 까닭에 일어난 독단이오 오류일세, 다시 말하면 연애에 대한 과소평가! — 사랑이란 것은 이것은 넓은 의미 말일세, 넓은 의미의 사랑이란 것은 사회 생활의 기조가 되는 것이 아닌가? 사랑업는 사회! 그것은 한개의 차디찬 돌맹이와 무엇이 달을 것인가, 그러한 사회는 우리에게 아모런 필요가 업네.」[8]

정인수의 생각은 사회활동이 개인의 연애보다 우선한다는 것이고, 준일의 생각은 연애와 사회 생활은 배치되는 것이 아니라 참된 연애가 있는 곳에 비로소 건전한 사회의 발전이 있으리라는 것이다. 그렇기 때문에 정인수는 김준일을 "소부르조아 이데올로기를 청산하지 못한 사람"으로 보며, 준일은 정인수를 "사회 지상주의자 또는 사회병자"로 비난하게 된다.

이 과정에서 작가는 준일에게 우호적인 태도를 보이는데, 박팔양을 프로 작가들과 구별시켜 주는 주요한 특성은 바로 이런 데 있다. 정인수는 언급한 대로 프로 소설의 의식 분자와 같은 인물로, 항상 조직과 이념을 중심으로 생각하고 활동한다. 마치 『고향』(이기영)에서 김희준이 안갑숙을 사랑하면서도 그녀의 유혹을 '주의자(主義者)'적 결단으로 냉정하게 뿌리치듯이[9], 정인수에게 있어서 최대의 관심사는 사회운동이다. 그렇기 때

---

8) 『정열의 도시』, 42회.
9) 희준은 원터에 정착한 후 농민운동을 전개하면서 끊임없는 갈등에 시달리는데, 갈등의 두 축은 지식인적 속물근성과 주의자로서의 품성이다. 희준은 이 둘 사이를 오가면서 방황하는데, 전자는 안이한 생활에 대한 동경과 젊은 여인에 대한 '야수적 욕망'으로 나타나고, 후자는 그것을 비판하고 견제하는 도덕성으로 제시된다. 마을 청년회에 관여하면서 일이 뜻대로 되지 않자 심한 자괴감에 빠진 희준은 하는 일을 팽개치고 안일한 생활을 할까 고민하지만, 그것을 냉정하게 비판하고 흐트러진 마음을 바로잡는데 그 바탕에는 '주의자'로서의 품성이 견지되어 있다.

(저는 선생님을 사랑해요)

옥희(갑숙의 별칭-인용자)는 별같이 빛나는 눈이 이렇게 희준에게 신호(信號)를 보내는 것 같았다. 그러나 희준이는 괴로운듯이 눈을 아래로 깔었다.

문에 정인수에 대한 비판은 프로 계열의 사회 지상주의를 향하는 것으로 이해할 수 있으며, 준일을 통해서 제시된 연애와 사회활동의 조화론은 작가의 입장이 되는 것이다. 이를 통해서 우리는 카프에 가담했다가 곧바로 탈퇴했던 박팔양의 내면 심리를 짐작할 수 있거니와, 작가는 사랑이나 연애라는 개인의 감정을 무시한 채 사회활동에만 전념하는 정인수의 행동에는 공감하지 못했던 것이다.

　그런데 정인수의 사회 지상주의에 대한 비판은 구체적 대안 없이 이루어진 것이며, 따라서 어떤 식이든 대안을 제시해야만 구체성을 확보할 수 있다. 작가가 정인수를 통해서 다시 김준일을 비판한 것은 이같은 의도를 반영한 것으로, 이를테면 정인수는 준일의 주장을 한갓 '부르조아의 이데올로기'에 지나지 않는 것이라고 재비판한다. 준일이 주장한 사랑과 사회활동을 조화시켜야 한다는 것은 구체적인 방법론이 제시되지 않는다면 현실적으로 무력한 것일 수밖에 없고 기껏 관념에 불과하다는 것이다. 따라서 작품의 후반부에서 진학인 일행이 동경에 건너 오고 그것을 계기로 김준일이 가혹한 시련을 겪은 뒤 귀국하여 공장 노동자로 취직하는 것은 모두 이같은 작가의 대안을 구체화하는 과정으로 볼 수 있다.

　정인수에게 폭행을 당한 안유갑을 위문하기 위해서 작가는 오혜경과 그의 남편이자 부호인 진학인을 동경으로 불러들이고, 괴단체로 하여금 진학인을 납치하게 한다. 조선의 거물급 인사인 진학인이 납치되자 일본 경찰은 긴장하게 되고 광범위한 수사를 전개하는데, 이 과정에서 정인수를 비롯한 유학생들이 의심을 받고 대거 검거된다. 정인수와 같은 하숙에 묶고 있는 김준일 역시 애매한 이유로 유치장 신세를 지는데, 거기서 준일은 현실의 부조리함과 조선인으로서의 비애를 느끼고, 그것이 계기가 되어 출옥 후 학업을 중단하고 귀국한다. 정인수가 심하게 고문당하고 괴로워하는 모습, 이유도 없이 죄를 뒤집어 씌우려는 경찰의 강압적인 태도 등을 목격한

───────────

　그렇다! 역시 옥회를 사랑하지 않는 것이 좋다. 그래야만 내가 정당하게 주의에 사는 사람이 된다.

　　　　　　　　　　　　　　　　　　　　(『고향』(하), 아문각, 1948, 419쪽)

김준일은 더 이상 일본에 머물 필요를 느끼지 못하는 것이다. 그래서 출감한 다음 날, 조선으로 압송되는 정인수 일행과 동행이 되어 급거 귀국하게 된다.

이런 체험을 통해서 김준일은 보다 적극적이고 실천적인 인물로 변신하는데, 김준일은 귀국한 뒤 취직운동을 전개하지만 실업자가 넘치는 현실에서 그것이 생각대로 용이한 것은 아니었다. 그래서 준일은 생각을 바꾸어 육체노동을 택하며, 마침내 양말공장에 취직하고, 아내가 된 순자 역시 고무공장에 들어간다. 그렇지만 둘만의 행복을 추구하지 않고 가난하고 무지한 근로대중을 계몽하려는 목적으로 공우회(工友會)를 조직하는 등 적극적인 사회활동을 벌이게 된다.

이러한 준일의 행동은 작가가 앞에서 제기한 연애와 사회 활동의 조화를 몸소 실천하는 것으로 이해할 수 있다. 둘만의 행복을 위해서 가정의 울타리에 칩거할 것이 아니라 가난한 근로 대중을 위해서 한평생 바쳐야 한다는 주장은 정인수의 사회 지상주의를 비판하면서 내세운 김준일의 논리이자 바로 작가 자신의 주장인 셈이다. 작가는 사회활동의 필요성에 대해서 남다른 관심을 가졌고, 젊은이들은 사회를 위해서 자신의 일생을 바쳐야 한다고 생각하였다. 그래서 준일을 노동자로 만들어 공장활동에 투신하게 한 것이다. 그런데 주목할 점은 준일의 행동이 특정 이데올로기에 의거한 것은 아니라는 사실이다. 감옥에서 겪은 일제의 차별정책에 대한 반감과 민족의 뼈아픈 현실을 목격하면서 준일은 노동자가 되었는데, 이는 이념에 의거한 행위가 아니라 개인의 양심에서 비롯된 행위였다. 그렇기 때문에 준일의 행위는 『고향』의 희준이나 『황혼』의 여순과는 다를 수밖에 없다. 만일 박팔양이 이기영이나 한설야처럼 목적의식적으로 인물의 성격을 형상화했더라면 김준일은 희준이나 여순과 흡사한 인물로 그려졌을지 모른다. 그렇지만 박팔양은 이념적 행동에 대해서 공감하지 못했고 그래서 준일과 같은 양심적인 인물을 내세워 사회 운동을 실천하게 한 것이다. 이 작품이 계몽성을 갖는 것은 이처럼 젊은이들의 사회적 정열을 강조하는 작가의 메시지가 서사의 기본원리를 이루기 때문이다.

3.

『정열의 도시』에서 작가의 윤리의식 못지 않게 주목되는 것은 사회 활동의 다양성에 대한 작가의 개방된 시각이다. 작가는 어느 하나의 방법만으로는 사회가 변혁되지 않으며, 가능한 한 여러 방법을 동원해야 한다고 보는데, 이 역시 프로 작가들과 구별되는 박팔양의 독특한 세계관이 투사된 것이다. 주지하듯이 프로문학에서 중요한 것은 사회적 관계와 과정의 전체상이다. 그래서 작가가 파악하고 있는 사회적 인간 관계, 역사적 과정의 객관적 현상과 본질이 사회과학적으로 올바른가 하는 점이 중요하며, 동시에 상승하는 계급의 세계관과 정치·경제적 투쟁이 중시된다. 그런데 『정열의 도시』에서는 이와는 달리 다양한 사회 활동이 주목되고 있다.

작품 속에는 크게 세 가지 유형의 사회 운동이 소개된다. 첫째는 준일과 안순자의 연애와 사회 운동을 병행하는 공우회 활동이고, 둘째는 최홍립을 비롯한 〈건설사〉 동인들의 배타적인 농촌 운동이며, 세째는 정인수와 안경숙의 이념 지향적인 'XXXX당' 운동이다. 이 셋 중에서 작가가 가장 애정을 보이는 것은 물론 첫번째이다. 그렇지만 작가는 나머지 둘에 대해서도 따스한 시선을 보낸다는 데 이 작품의 독특함이 있다.

정인수에 대한 작가의 애정은, 비록 김준일에는 못 미치더라도, 상당한 것이라고 할 수 있다. 그는 준일과는 다른 방식으로 사회 활동을 하는 인물이지만, 작가는 그에게도 호의적 시선을 거두지 않는다. 작품의 말미에서 밝혀지지만 그는 'XXXX당' 조직원 안경숙과 연결되어 있다. 안경숙은 카페 마담으로 주변 사람들에게 알려졌지만 실상은 조직의 명령에 따라 움직이는 운동원이다. 그래서 정인수에게 관심을 보이고 옥 뒷바라지를 하는 등 헌신적인 태도를 보여준다. 작가는 이 안경숙을 상해로 보내고 정인수와 결합하게 하여 이들 역시 '정열의 도시'를 만들기 위해 적극적으로 헌신하고 있음을 암시한다. 말하자면 해외에서 전개되는 공산주의 운동에도 따스한 시선을 보내는 것이다.

한편 최홍립을 비롯한 〈건설사〉 동인들 역시 사회 운동을 위해서 모두 농촌에 투신하는 적극성을 보여준다. 이들은 조선으로 압송된 후 서대문 형무소에 수감되었다가 일 년 만에 풀려난 뒤, 조선에서 가장 시급한 일은 농촌운동이라는 사실에 의견을 모으고 전원 농촌에 투신한다. 평소 농촌운동에 관심을 갖고 있었기 때문에 남의 땅을 소작하거나 막노동을 해서라도 농민을 교화하고 '새로운 농촌'을 건설하리라는 것이다. 작가는 이들에 대해서도 우호적인 시선을 거두지 않으며, 이 모두의 행동이 모여야 마침내 '새로운 도시'가 탄생할 수 있으리라고 전망한다.

> 준일이나 순자 정인수나 경숙이 그리고 「건설사」 동인들─그 외에 많은 젊은 조선의 일꾼들이 지금 도회에서 또는 농촌에서 또 혹은 외지에서 불붓는 듯한 정열을 가지고 꾸준히 일하고 잇지 아니한가, 그들은 그들이 이상으로 하고 잇는 새로운 도시를 건설하기 위하여 그들의 젊은 정렬을 다하고 잇다.
> 「정열의 도시 ! 그들의 정열이 반드시 낳어 놓고야 말 새로운 도시! 그것은 임이 잉태되여 잇는 한개의 생명임에 틀림이 업다.」[10]

여기서 우리는 작가가 중시하는 것이 젊은이들의 사회적 정열이지, 그것이 이념적이든 개인의 양심에 의거한 것이든 그리 문제시되지 않고 있음을 알 수 있다. 물론 이러한 주장은 추상적이고 구체적 방법론을 갖추지 못한 것이다. 그러나 다양한 운동 방법을 인정하고 점차 속물화되는 젊은이들에게 사회적 관심을 환기시켰다는 점, 아울러 카프에 대한 박팔양의 비판적 견해를 구체적으로 보여주었다는 점에서 일정한 의미를 찾을 수 있다.

작가가 안유갑을 비롯한 타락한 청년들에게 단호한 태도를 취한 것도 사실은 이같은 의도에서 비롯된 것이다. 안유갑은 진학인의 도움으로 동경에 와 있지만, '육욕의 화신'인 오혜원과 눈이 맞아 서로 정부관계를 유지하는 파렴치한이다. 그는 공부에는 전혀 뜻이 없으며, 대신 많은 여학생들과 사귀면서 육체를 향락한다. 또 진학인의 납치사건에 휘말려 곤욕을 치

---

10) 박팔양, 앞의 작품, 마지막회(103회).

르면서도 주위의 시선을 피해 오혜원과 쾌락을 나누는 부도덕한이기도 하다. 한편 오혜원은 남편 진학인이 납치되어 생사조차 알 수 없는 상황인데도 육체적 쾌락에 몰두하며, 심지어 김준일에게도 추파를 던진다. 오혜원의 의붓아들인 진병구 역시 아버지가 실종된 상황에서도 카페를 전전하여 여급들과 놀아난다. 이 부류 인물들은 철저히 향락적이며 부도덕하다. 그런 관계로 작가의 비판은 신랄할 수밖에 없는데, 정인수 일행이 이들에게 린치를 가하는 것은 작가의 단호한 의도를 표현한 것이다. 후일담에서 오혜원이 진학인 집에서 쫓겨나 길거리에서 웃음을 파는 매소부로 전락한 사실 역시 작가의 이러한 계몽적 의도를 반영한 것이다. 이렇듯 작가는 『정열의 도시』를 통해서 다양한 사회운동에 관심을 보이며, 그것이 어우러질 때 희망이 넘치는 사회가 건설될 수 있음을 말하고 있다.

　박팔양의 이런 태도는 카프에 참가한 경험이 있지만, 그것에 전적으로 공감하지 못했던 동반자적 태도를 표현한 것이며, 아울러 구인회의 세계관적 특질을 단적으로 대변한 것이다. 구인회의 초기 멤버였던 이효석이나 김유영, 조벽암, 이무영 등은 모두 동반자로 분류되었던 작가들이다. 그리고 이태준이나 박태원 역시 같은 태도를 갖고 있었는데[11], 이런 점에서 보자면 박팔양의 시각은 한 개인의 견해라기보다는 구인회 부류의 사회적 태도를 일정하게 대변한 것이라 할 수 있다.

4.

　구인회는 현실의 충실한 반영과 상승하는 집단의 세계관을 표현하기보다는 문학적 대상에 대한 새로운 인식과 미적 가공 기술의 혁신 및 언어의 세련성을 추구하여 문학의 새로운 활로를 모색한 단체였다.[12] 이들을 공통적으로 규율했던 것은 미적 자율성에 대한 자각이었으며, 그것이 넓은

---

11) 졸고, 앞의 「구인회의 문학적 성격과 의미」 참조.
12) 앞의 서준섭의 책 참조.

파장을 형성하여 많은 수의 에피고넨을 낳았던 것이다. 그리고 박팔양 소설에서 단적으로 확인되듯이, 이들은 프로 계열의 정치 일변도의 사회운동에 대해서 강한 비판의식을 갖고 있었다. 구인회 작가들의 대부분이 신문기자나 기업체 임원 등 사회적으로 안정된 생활을 했고, 그런 이유로 노동자나 농민의 관점 대신에 양심적 중간층의 시각에서 현실을 이해하고 설명하려 했다.

이런 점에서 구인회 작가들은 프로 계열보다는 이광수와 많은 점에서 닮아 있다. 민족의 현실을 외면하고 개인적 쾌락에 빠져있는 인물들에게 단호한 적대감을 표시하며, 사회적 양심을 강조하는 계몽적 언술은 정도의 차이는 있을지언정 이광수 식의 계몽소설과 흡사하다. 더구나 선악 이원적 인물구도를 통해서 표출된 작가의 사회적 열정은 작품 분위기에서도 상당한 유사성을 갖게 한다. 그렇지만 이들의 계몽성이란 지극히 원론적이고 추상적이라는 사실을 부인할 수는 없다. 계몽이란 합리적 이성에 대한 믿음을 바탕으로 불합리한 제도와 사회를 변혁시키려는 것이며, 근대적 가치에 대한 믿음과 사회 현실에 대한 객관적 인식을 전제하는 것이다. 프로 작가들이 근대적 가치의 핵심을 경제적인 측면에서 파악하고, 사회의 구조적 변혁을 통해서 근대성을 추구했던 것은 이런 믿음에 바탕을 둔 것이다. 이런 견지에서 보자면 이광수의 계몽주의가 근대 사회에 대한 강한 지향성을 보여준 것은 분명하지만 방향성과 방법론을 갖추지 못한 추상적 계몽주의였다는 사실 또한 명백하다.

　벽초;금후에 있어서 조선작가들의 중요한 임무는 대중을 계몽하는 계몽적 작품을 많이 써야 할 줄 아우. 대중을 계몽하자면 문학을 통하는 것이 가장 효과적인 첩경이니까. 시굴가서 가만히 농민 대중의 생활을 살펴보니 생활내용은 미신과 인습 두 가지뿐인 것 같습듸다. (중략) 그 미신과 인습을 타파하자면 과학사상을 보급식히는 것이 제일이구 과학사상을 보급시키는 데는 문학작품을 매개로 하는 것이 제일일께요. 정면으로 나서서 미신을 타파해라 인습을 벗어나라 하고 구호만 부른대서는 오히려 반감만 살는지 모르지. 작품으로 그

들의 생활을 취급해가면서 생활을 통해서 개선하도록 해얄게야.[13]

한 문학 대담에서 벽초가 보여준 계몽성에 대한 인식은 이 부류 소설을 이해하는 데 많은 시사점을 제공하는데, 이를테면 대중을 계몽하기 위해서는 구호적 주장이 아니라 대중들의 실생활을 취급하면서 그것을 통해서 개선을 유도해야 하고, 그 방향은 과학사상의 보급이라는 점이다. 이러한 주장은, 젊은이들은 사회적 열정을 가져야 하고 연애와 사회운동을 조화시켜야 한다는 박팔양의 주장과 비교하자면 훨씬 구체적이고 현실적이다. 『정열의 도시』에서, 김준일이 안순자와 더불어 공우회 활동을 하면서도 조직의 필요성을 자각하지 못하는 것이나 운동의 대상인 사회 현실에 대한 체계적 인식을 갖추지 못한 점 등은 벽초의 인식과 비교하자면, 지극히 소박하고 추상적이다. 이들의 활동이 현실성을 갖기 위해서는 계몽의 내용과 대상이 분명해야 하며, 활동 역시 실생활과 결부되어 있어야 한다. 이런 견지에 비추어 보자면 박팔양이 강조한 계몽적 열정은 실질을 갖추지 못한 관념에 불과한 것이며, 진정한 계몽은 이 작품이 마무리되는 시점에서 다시 시작되어야 함을 알 수 있다. 우리가 『정열의 도시』를 통해서 현실 인식의 구체적 계기나 새로운 시각을 제공받지 못하고, 단지 계몽주의적 열정과 추상화된 신념만을 엿볼 수 있는 것은 여기에서 비롯된 것이다.

이런 한계는 구인회의 다른 작가들에게서도 두루 발견되는 것으로 예컨대 이태준과 조벽암의 경우도 마찬가지다. 이태준의 『제2의 운명』은 박팔양의 『정열의 도시』가 완결된 뒤 같은 신문에 연재된 이태준의 첫 장편으로, 여기서 이태준이 문제삼는 것은 주인공의 윤리적 정결성과 사회적 정열이다. 악인들의 농간에 넘어가 파렴치한과 결혼하게 된 애인을 잊지 못하고 방황하던 윤필재가 시련을 떨치고 일어나 '진정한 문화 진정한 문명'을 위해서 교육운동에 투신하는 것이나, 결혼 생활에 실패한 여주인공

---

13) 「벽초 홍명희 선생을 둘러싼 문학담의(談議)」, 『대조』(1946. 1), 『〈임꺽정〉의 재조명』(사계절, 1988, 280쪽), 재인용.

심천숙이 제 2의 인생을 시작하면서 농촌학교에 뛰어든 것은 모두 작가의 계몽적 발상에서 비롯된 행동들이다. 그렇지만 이들의 행위는 지극히 충동적이며 내적인 필연성을 갖고 있지 못하고, 극단적으로 말하자면 사회 '봉사'의 수준을 벗어나지 못하고 있다. 조벽암의 「호박꽃」 역시 마찬가지의 경우로, 여기서 작가는 도시에서 노동자 생활을 하다가 낙향하여 머슴살이를 하고 있는 '칠성이'를 통하여 농촌 현실을 문제삼은 작품으로 작가의 시선은 시종일관 윤리적 측면에 모아진다. 칠성이가 김참봉 집에 농악을 끌어들이는 것이 그에 대한 개인적 분풀이에서 비롯된 점이나 리서방의 죽음을 김참봉 일가의 비도덕성에 기인한 것으로 보는 점, 그리고 이쁜이를 겁탈하는 김상훈의 행동을 단지 도덕적 차원에서만 문제삼는 점 등은 모두 문제의 본질을 직시하지 못한 태도이다. 문제의 근본 원인이 지주 — 소작이라는 경제적 불평등 관계에 놓여 있건만 작가는 그것을 전혀 문제삼지 않는 것이다.

이처럼 이태준이나 조벽암 역시 현실을 변혁시킬 구체적 방법론에 대해서는 관심을 보이지 않으며, 단지 계몽적인 언술만을 구호처럼 되풀이하고 있다. 이런 점에서 박팔양을 비롯한 구인회 작가들의 사회적 관심은 추상적이고 소박한 수준임을 알 수 있다. 박팔양이 보여준 사회 지상주의에 대한 비판 역시 같은 맥락에서 이해할 수 있으며, 그런 태도가 박팔양으로 하여금 카프에 오래 남지 못하고 그와 비슷한 부류들이 모였던 구인회에 가입하여 활동하게 한 것으로 볼 수 있다. 그렇지만 참된 의미의 계몽은 준일을 비롯한 젊은 청년들이 농촌과 공장에 투신한 이후부터 본격화되어야 하며, 벽초의 말처럼 실생활과 구체적으로 결부되어야 한다. 30년대 중반 이후 문단에서 구인회 부류의 활동이 두드러졌던 것은 이러한 의사(擬似) 계몽성이 프로문학의 공백을 대신했기 때문이다. 그렇지만 내용 없는 계몽주의의 한계란 너무나 분명한 것이어서, 30년대 후반기 들어서 구인회 작가들의 대부분은 통속·대중문학에 함몰하고 만다. 말하자면 이전까지 유지되었던 미적 자율성에 대한 자각과 계몽적 열정이 일제의 강압으로 더 이상 유지되지 못하고 안이하고 내용 없는 계몽성으로 함몰하고 마는 것이다. 『정열의 도시』는 이같은 구인회 작가들의 특성과 한계를 단적으

로 보여주는 작품이라는 데서 의미를 찾을 수 있다.　　　(고려대 강사)

3부

■부　　록

• 『시와 소설』

九人會會員編輯月刊

詩와 小說

─內 容─

創刊號

株式會社彰文社出版部刊行

會　員

朴八陽, 金尙鎔, 鄭芝溶, 李泰俊, 金起林
朴泰遠, 李箱, 金裕貞, 金煥泰

값있는삶을살고싶다. 비록 단 하로를 살드라도 　　　　　　麗 辂

緖局은 『인텔리겐챠』라고하는것은 끈어진 한部分이다. 全體에대한
끈임없는鄕愁와 또한 그것과의 먼距離때문에 그의마음은하로도 鎭定
할줄모르는 괴로운種族이다. 　　　　　　　　　　　　　　　　起 林

小說은 人間辭典이라 느껴졌다. 　　　　　　　　　　　　　　尙 虛

벌거숭이 알몸으면 가시밭에 둥그러저 그님한번 보고지고 　裕 貞

勢力도 天ㅇ이다.

어느時代에도 그現代人은 絶望한다. 絶望이 技巧를 낳고 技巧때
문에또絶望한다. 　　　　　　　　　　　　　　　　　　　　李 箱

言語美術이 存續하는以上 그民族은 熱烈하리라 　　　　　　지 용

불탄잔디의 싹이 더욱푸르다. 　　　　　　　　　　　　　尙 鎔

藝術이 藝術된 本領은 描寫될對像에있는것이아니라 그를 綜合하고
再建設하는自我의內部性에있다. 　　　　　　　　　　　　　煥 泰

傑作에 대하야

金起林

作家나 詩人이 늘 傑作만 쓴다고하는것은 견딜수없는일이다. 萬若에 누가 계속해서傑作을 쓴다고 假定하면 그것은 벌서 傑作이 될 수 없다 라고 하는 말은 決코 여러개의 같은水準은 許諾하지 않는다. 한時代 한年度한派 或은 한作家에게있어서 뛰여나게 좋은作品이 나타났을때에 만 그 作品에 傑作이라 稱號를부처주는것이다. 그러니까 傑作이라는말 은 그말自體에 英雄性을가지고있다고생각한다. 그러고 民衆이나時代가 作家나 詩人에게 바치는 最高의 榮譽를 意味하는 말이다.

一生동안에 한개의傑作도 내놓지못한 作家나詩人의生涯란 그것처럼 慘憺한것은 없을것이다. 그러나 우리는 또한 누구나 계속해서 傑作을 쓸수는없으니까 安心해도 좋을것이다.

「T・S・엘리옷트」는 作家의製作過程에서 傑作이 나오는것은 五年 或은 十年만에나 있는일이라고말했다.

卽 經驗의成長이라고하는것은 매우 遲遲한것으로서 거의 意識에조차 떠오르지않는다는것이다. 그經驗이 눈에 띠이지 않는동안에는 쉴새없 이자라서 五年이나 十年에 한번식 그總體가 뭉여서는 한 큰 傑作이생 기는 것이다.

그래서 詩人은 그 傑作을쓸瞬間에 다닥칠때에 멍서리지않도록 平素 에 一週日에 다못時間식이라도 詩作의 練習을 계속해야한다고말했다.

또 詩人의일의成長을 그는 詩人으로서의 技術的修練의線하고 人間으 로서의 成長의線의 두線으로난호아서假想하고는 그러한經驗이 어떠한 絶頂에서는 一致하는것이라고 推斷햇다. 그가말하는 經驗이란 다름이

아니라 情熱과 冒險의所産이며 또 讀者와 思索 그밖에 여러方面의 興
味와交際까지도 包含시킬것이라고 說明했다.

(「엘리옷트」의 「파운드選詩集」 序文參照)

그런데 나에게는 作家를따라서는 性格的으로傑作을쓰지못할사람과
쓸수있는사람이 區別되여 있는것같이 생각된다.

假令 어떤사람은 한번도 駄作은 發表하는 일이없고 쓰는것마다 珠玉
같은 佳作인사람이 있다. 그는 『호메로쓰』의 한번失手조차 할상싶지않
다. 그대신 그는 一生을 통해서 한번도 傑作을 쓰지못할는지모른다.

그러나 한편에는 항용 駄作을 쓰는데 가끔가다가 엉뚱한 傑作을 내
놓아서 사람들을 놀래이는 作家나詩人도있다. 그의많은 駄作은 말하자
면 그의 傑作의 못準備인것같이보인다. 그래서 第三流以下의 批評家는
그의 駄作만들어서 惡評을하고 第一流의 批評家는 傑作을위하야 駄作
을 가려버리는 寬大를보인다.

願컨대 一生에 한篇의 駄作도 낳고싶지는않다. 그러나 한편으로는
一生에 단 한篇이라도좋으니 傑作을 남기고도싶다.

그러나 그중에서 다만하나만 가려야된다고하면 나는 차라리 後者의
편을들고싶다.

日常生活에있어서도 한뉘를 아모失手없이 얌전하게사는사람이있다.
또 항용 失手를하는데 그러다가도 가끔 뛰여난 冒險이나 飛躍을 敢行
하는사람도있다.

前者와같은 生活態度를 나는 얼마 尊重하지않는다. 그러한生涯는 自
然主義作家의 小說에나 마껴두면 그만이다.

그의 政治的 道德的 功罪에대한 判斷은 物論다르지만單純히 生活態
度로서는 萬人의選良한市民보다도 한사람의 「나폴레옹」에 나는 無限히
마음을끌린다.(끝)

雪中訪蘭記

李泰俊

所謂 蘭이라고 할게 두어盆 있으나 기를줄을 몰라 잎이 막된데다 建蘭은 지난 九月에 꽃이 졌고 絲蘭은 아직 부리가 어린때문인지 朝夕으로 드려다보나 花莖이 나오지않는다. 잎만으로는 單調롭다. 꽃보다도 잎을 더 사랑하는 이가있다 하나 우리 初戀者에겐 먼저 꽃이요 그 꽃이떨치는 香氣가아쉽다.

日前에 누가 三越濕室에서 蘭을 보았다 하기에 가보니 絲蘭과 豊歲蘭몇盆이 나와있었다. 臺만産인 豊歲蘭은 活葉樹와같이 잎이 번질번질하고 바야흐로 피이려는 花莖이 고사리처럼 서너대씩 솟아있었다. 다른 蘭보다 雅趣는 적어보히나 여름 그리운 雪中에 여름을 多分히 품은 豊歲는 마음을 몹시 끌었다. 그러나 마침 年末이라 내여보내기만한 내 주머니는 그것을 바라보기만 할밖에 없었다. 그 이튿날도 가보고 또 그 다음날도 가 보되 꽃봉오리는 날래 열리지 않었다. 날래 열리지 않는것을보니 더욱 집으로 가저오고싶었다.

『이 豊歲蘭이란것두 香氣가 있읍니까』

『建蘭처럼 퍽 香氣가 좋습니다』

店員은 그 潤澤한잎을 쓰다듬어까지보히었다.

그러나 메칠뒤에 가보니 내가 사고싶든 盆은 이미 임자를얻어 팔려버리고 말았다. 憂鬱하게 돌아온 數三日後이다. 芝溶兄에게서 편지가왔다.

『가람先生께서 蘭草가 꽃이 피였다고 二十二日저녁에 우리를 오라십니다.

모든일 제처놓고 오시오. 淸香馥郁한 忘年會가 될듯하니 질겁지않으리까』

果然 즐거운편지었다. 동지섯달 꽃본듯이 하는 노래도 있거니와 이 零下二十度라는 嚴雪寒속에 꽃이피였으니 오라는 消息이다.

이날 저녁 나는 가람宅에 제일 먼저드러섰다. 미다지를 열어주시기
도前인데 어느듯 呼吸속에 훅 끼처드는것이 香氣였다.

옛사람들이 開香十里라 했으니 房과 마당사이에서야 놀라는者ㅣ어리
석거니와 大小十數盆中에 제일 어린 絲蘭이피인것이요 그도 단지 세송
이가 핀것이그러하였다. 蘭의 本格이란 一莖一花로, 다리를 옴츠리고
막 날아오르는 나나니와 같은 姿勢로 세송이가 피인것인데 房안은 그
다지도 香氣에 찼고 窓戶紙와 문틈을새여 밖앝까지 풍겨나가는 것이였
다.

우리는 옷깃을여미고 가까이 나아가서 잎의푸름을보고 뒤로 물러나
橫一編의 墨畵와같이 百千劃으로 壁에 어리인그림자를 바라보았다. 그
리고가람께 養蘭法을 드르며 이房에서 눌러 一卓의 盛餐을 받았으니
술이면 蘭酒요 고기면 蘭肉인듯 잎마다 香氣였었다.

豊歲蘭 두어盆도 내가 三越溫室에서 보든것처럼 花莖들이 불숙불숙
올려솟았다. 이것들이 모다 피인다면 그때는 문을 열어놓지않고는 앉
았기 어려울것이다.

主人 가람先生은 이야기를잘하신다. 客中에 芝溶兄은 웃음소리가맑
다. 淸香淸談淸笑聲속에 塵雜을 잊고 半夜를즐기였도. 다만 限됨은
옛선비들을따르지못하야 如此良夜를有感而無詩로 도라온것이다.

丙子年正月下澣

「詩」

金尙鎔

 골작이를 혼자 거를때……. 별안간 무슨소리고 내보고싶은 衝動에
난다. 입술을 새주둥아리 처럼 한데 모아야겠다. 새주둥아리로 壓縮되
였든『김』이 疾走한다.

 그소리가(分明 소리 리라) 건너편 絶壁에서 反撥한다. 곳곳에 적은
炸裂의 불꽃, 이때『나』의 새發見이 있다하고 가슴이 외처준다. 驚異다.

 『詩』란 炸裂이다. 『저』以外의 아모것도 아니라 해서 罪는 안된다.
『돌』이 갈려 玉이될수없다. 예서더 陳腐한 常識이 있겠는가, 능금꽃은
능금나무가지에 피고…….

 『詩와 生成』은 아며-바的 分裂作用에서만 由來한다. 『詩』와『詩人』은
같은조각이다. 파란詩의 詩人의 얼골빛의 분홍色의 虛僞性의 眞正을알
어야한다.『詩는 나다』할수있는 詩人이 『피로ㅇ다』할수도있다.

 『달이 請牒을보냈다』. 이 患者를 夢遊病者라 診斷한名醫의科學에誤
謬가없다. 그러나. 이때『詩』의 産褥은 어수선하얏다. 眞理는 詩를딸이
라하나 詩는虛無의 아들로 自處한다. 詩에서 矛盾을發見치 못하는건
白痴다. 그러나 詩의 矛盾을사랑치못하는 건 白痴를 부러워해야할 俗
漢이다.

 식컴언 바위에서 愛情을 느낄수있을가? 있다. 어더케? 식컴언 바위
에서 愛情을 느낄수없으니까 느낄수없는것과마찬가지로 식컴언 바위에
서 愛情을느낄수있으니까 느낄수있다. 이때 偉大한詩人은 月桂冠을쓰
고 洞口악에서있게되는게다.

쥐 둥지 하나의 破上를 『로-마』城의 陷落보라 설어한 天痴가있었다.
이날世上은 度量衡의 異狀을 警告했다.

阿諛한때 詩는 죽는다

질흙에서 蓮꽃이핀다. 이點에서 自然은 詩人이다.

詩를 職業으로는 못한다. 貞節을 職業으로 할수 있을까.

詩가 거울일때 그는 孤獨의 단젓을 빤다.

R氏와도야지

朴泰遠

어떻게 어떻게 따저서 나의 兄벌이되는 R氏가 그의 안해의故鄕인 P
村으로 나려가서 살림을始作한것은 바로 二年前의일이다. 그는 그의
僅少한年收入으로 서울서옹색하게 지내느니보다는 若干 不便한 点은
있다드라도 차라리 시골서 좀더 餘裕있는 生活이하고싶었든것인지도
몰은다. 그는 나려가는길로 그곳에 새로히 집을짓고 조고만 雜貨商을
벌리고 또『재미삼어』도야지를 쳤다.

그는 한달에 한두번式은 物件을살어 또 볼일을볼어 서울로 올려오는
데 大槪는 自轉車로八十里ㅅ길을往復하였다. 어느틈엔가 아조 完全히
시골紳士가되어버린 그는 그의 두루막이자락을재처매고 뒤에 商品을
한짐잔뜩 묶어 달은 自轉車우에 올을때 그모양이 퍽으나 어울렸다.

그는 上京할때마다 으레히내집에들러 시골 消息을傳하고 때로 亦是
서울이 그리워 못견듸겠다고 그러한말을하다가는 그래도 結局 돈만있
다면 돈 한가지만 있다면 시골에서의 生活도 ○○不愉快하지는 않겠다
고 結論하였다.

바로 요前番에 올려왔을때 그는볼일을 다보고 돌아가기에 미처생각
난듯이 나의 藥房안을둘러보고 참 머리 까맣게 물들이는 藥이 있지않
으냐고물었다. 누가 쓰려고 그러느냐 하니까 그는말하기前부터 싱글
싱글 웃으며 事實은 自己가 치고있는 도야지털에다발러주려고 그러는
것이라 말하였다.

一年에 한번이라든가 春秋로두번이라든가 郡에서 滿洲로 들여보내는
種豚을 사들이는데 檢査에 通過만되고보면 그냥팔어 七八圓밖에 더받
지 못하는 놈도 二十餘圓이나 그렇게 값이나간다고 그는 說明하였다.
그러나 그가 치고있는 도야지는 到底히 檢査에 合格될수없을것이 元來
가 優良種이란것은 네굽과 또 이마ㅅ백이라든가 或은 ○○이라든가에

만 흰털이 있어야하는것을 그의 도야지는 왼 全身이 희끗 희끗한 까닭에 그는 가장 巧妙하게 藥品을使用하야 네굽과 또꼬랑지라든가 或은 이마ㅅ백이만 남겨놓고는 왼통全身의 흰털을 까맣게 물들여 주지않으면 안된다고 人總 藥을 칠해주면 三四日假量은 그대로 있겠느냐고 그 것이 적지아니 念慮가 된다고 그는 말하였다.

까닭에 이번에 그가上京하였을때 나는 그일이 적지아니궁금하였으나 그는 그의 이웃사람이라는 상투를틀고 갓을 써야만 어울릴 中年紳士와 같이 우리店앉에 들어오는길로 只今 急한 볼일이 없거든 같이 좀나가자고 急하다고 내가 勸한椅子에 앉으려고도 안한 까닭에 나는 그러한 것에 關하야 그에게 물을수는 없었다. 그는 時計를 치어다보고 官廳時間은 必然넉點까지일터인데 벌서 두時半이나 되였으니 곳 나서지 않으면 或은 일이 狼狽될지도 물으겠다고 혼자 서둘렀다. 나는 萬若 官廳으로戶籍謄本이라도 내러가는것이라면 집이 아이를 식히는것이 좋지않겠느냐고 提하였으나 그는 決코 그러한 아이를 식혀될 일이 아니라고 꼭 나와 같이 가야만 한다고 ○○하였다. 그때 나는 무슨일인지 까닭을 물으면서도 불이 낳게 옷을 갈어입고 그리고 그들을 딸어 나서지 않으면 안되었다.

우리들이 只今 바로 鷺梁津에 있는 選鑛硏究所로 向하여 가는것이라 내가 알수 있었든것은 漢江나가는 電車속에서의ㅅ일이다. R氏가 조심스러히 周圍를 둘러보고나서 가장 秘密하게 내게 이야기한바에 依하면 그는바로 數三日前에 自己집울안에다 우물을 求하기 爲하야 땅을 五六尺일이나 팠든것인데 그는 그 卽時 그곳 土質의 非常함을 느끼지 않으면 안되였다 한다. 그가 그속에서파내인 흙이 普通아모데나 있는 그러한 흙이 아님은 그 特異한 色彩하나만 볼뿐으로 어린아이라도 能히알어낼수 있을것이요 더구나 그속에無數히 섞이여있는 一見白雲母와 恰似한 鑛物等으로 밀우어 그것은 分明히 專門技師의受苦를 빌기에 足한 것이라고 그는 그點을 强調하고 亦是興奮을 스스로 抑制할수 없이 사람의 連이란 어듸 알수 있나하고 그러한 말을하고는 또다시 周圍를 둘러보았다.

나는 그의무릎우에 놓인 아마 分明히 그問題의 흙을 싼듯싶은 보통이를 潛間 興味깊게 나려다보다가 다시 그의 化粧한 도야지의 일이궁금하야 그에게 그것을 불어볼여 하였으나 그는 또 생각난듯이 이番 이일에關하여서는 自己와 또 自己를도아 같이 땅을 파준 S氏外에는 오즉自己의 안해가 알고 있을뿐이라 그래 村사람들에게는 一切 秘密로 S氏와 單둘이서만 이렇게 온것이니까 泰遠이도 決코 아모에게나 말하지말라고 注意하고 그는또 潛間窓밖을 내여다보고있다가 오늘 日氣가 散策에 適當함을指摘하고 오늘 이렇게 나선것도 漢江 鐵橋놓는 求景도할兼 그저 散步하는셈치면 좋을께라고 事實 自己는 自己집 울안의 土質에 關하야 十分의 一도 僥倖을바라는것이 아니라고 말하였다. 그것에는 S 氏亦是 同感인듯싶어 結局 若干 疑惑이나니까 確實히 알어나보자는게지 手數料 二圓은 애당초에 술사먹은셈치고있다고 그는 泰然하였다.

그러나 選鑛硏究所『分析 受付』좋은 房안에서 금테眼鏡쓴 늙은事務員이 민망스러히 우리들의 얼골을 번갈어 보고 그것은 分析하야 結果를 볼것도없이 그냥 한줌의흙에 지나지 않는것이요 그 一見 白雪母와 恰似한 鑛物은 바로 白雪母 그 自體에 틀림없다고 일러주는것을 내가그들에게 通譯하여 주었을때 亦是 그들은 그들의 얼골에서 失望의 빛을 감추지못하였다.

우리가 그곳을나와 강가ㅅ길을 뻐스 停留所로 向하야 걸어 갔을때R氏는 또다시 그냥 散步한셈 치면 그만이라 말하고 S氏도 또한번 그와 비슷한 意見을發表하였다. 내가 그機會를 타서 참 도야지는 어떻게되였느냐고 下回를물었드니 그는 갑작이 기운이나서 세마리 中에 두마리나 無事히 合格이 되였다고 아모리 學問을하였드라도 그것이 本來까만털인지 染色한털인지를 눈으로보아 分揀하는 재주는 없나보다고 크게웃고 自己는 이뒤로도 같은方法으로 利를보겠노라고 그는 자못 愉快한듯싶었다.

流線哀傷

鄭芝溶

생김생김이 피아노보담 낫다.
얼마나 뛰여난 燕尾服맵시냐.

산뜻한 이紳士를 아스팔트우로 곤돌란듯
몰고들다니길래 하도 딱하길래 하로 청해왔다.

손에 맞는 품이 길이 아조 들었다.
열고보니 허술히도 半音키-가 하나 남었더라.

줄창 練習을 시켜도 이건 철로판에서 밴 소리로구나.
舞台로 내보낼 생각을 아예 아니했다.

애초 달랑거리는 버릇때문에 구진날 막잡어부렸다.
함초롬 젖어 새초롬하기는새레 회회떨어 다듬고 나슨다.

대체 슬퍼하는 때는 언제길래
아장아장 꽉꽉거리기가 위주냐.

허리가 모조리 가느러지도록 슬픈行列에 끼여
아조 천연스레구든게 옆으로 솔처나쟈-

春川三百里 벼루ㅅ길을 냅다 뽑는데
그런 喪章을 두른 表情은 그만하겠다고 꽉- 꽉-

몇킬로 휘달리고나 거북처럼 興奮한다.
징징거리는 神經방석우에 소스듬 이대로 견딜 밖에.

쌍쌍히 날러오는 風景들을 뺨으로 헤치며
내처 살폿 어린 꿈을 깨여 진저리를 쳤다.

어늬 花園으로 꾀여내여 바늘로 찔렀더니만
그만 蝴蝶같이 죽드라.

눈오는아츰

金尙鎔

지금은 눈오는 아츰,
가장 聖스러운 祈禱의 때다.

純潔의 언덕,
水墨빛가지들의
솜씨가 곱고……

연기는 새로 誕生된 아기네의 呼吸,
닭이 울어
永遠의 보금자리가 더한층 다스하다.

물고기하나

웅뎅이에 헤엄치는 물고기하나
그는 호젓한 내心思에 길리웠다.

들ㅅ새, 너겁밑을 갸웃거린들
지난밤에 저버린 달빛이
虛無로이 아즉도 비처줄理야 있겠니?

지금 너는 또다른 웅뎅이로 길을 떠나노니
나그네될運命이
永遠 끝날수 없는 까닭이냐.

湯 藥

白 石

눈이오는데
토방에서는 질하로웋에 곱돌탕관에 약이끓는다.
삼에 숙변에 목단에 백복령에 산약에 택사의 몸을 보한다는 六味湯
이다.
약탕관에서는 김이 올으며 달큼한 구수한 향기로운 내음새가나고
약이끓는 소리는 삐삐 즐거웁기도하다.

그리고 다딸인약을 하이얀 약사발에 밭어놓은것은
아득하니 깜하야 萬年녯적이 들은듯한데
나는 두손으로 공이 약그릇을들고 이약을내인 녯사람들을 생각하노
라면 내마음은 끝없시 고요하고 또 맑어진다.

伊豆國湊街道

넷적본의 휘장마차에
어느메 촌중의 새새악시와도 함께타고
먼ㄴ바다가의 거리로 간다는데
금귤이 눌 한 마을마을을 지나가며
싱싱한 금귤을 먹는것은 얼마나 즐거운일인가.

街外街傳

李鵬亮

喧噪때문에磨滅되는몸이다. 모도少年이라고들그리는데老爺인氣色이
많다. 酷刑에씻기워서算盤알처럼資格넘어로튀어올으기쉽다. 그렇니까陸
橋우에서또하나의편안한大陸을나려다보고僅僅이산다. 동갑네가시시거
리며떼를지어踏橋한다. 그렇지안아도陸橋는또月光으로充分히天秤처럼
제무게예꼬덱인다. 他人의그림자는위선넓다. 微微한그림자들이얼떨김에
모조리앉어버린다. 櫻桃가진다. 種子도煙滅한다. 偵操도흐지부지-있어
야옳을拍手가어쩔서없느냐. 아마아버지를反逆한가싶다. 默默히-企圓를
封鎖한체하고말을하면사투리다. 아니-이無言이喧噪의사투리리라. 쏟으
랴는노릇-날카로운身端이싱싱한陸橋그중甚한구석을診斷하듯어루많이기
만하다. 나날이썩으면서가르치는指向으로奇蹟히골목이뚤렸다. 썩는것들
이落差나며골목으로몰린다. 골목안에는侈奢스러워보이는門이있다. 門안
에는金니가있다. 金니안에는추잡한혀가달닌肺患이있다. 오-오-. 들어가
면서나오지못하는타잎기피가臟腑를 닮는다. 그우로짝바뀐구두가비철거
린다. 어느菌이어느아랫배를앓게하는것이다. 질다.

反芻한다. 老婆니까. 마즌편平滑한유리우에解消된政體를塗布한조틈오
는惠澤이뜬다. 꿈-꿈-꿈을짓밟는虛妄한勞役-이世紀의困憊와殺氣가바둑
판처럼넓니깔였다. 먹어야사는입술이惡意로구긴진창우에서슬몃이食事
흉내를낸다. 아들-여러아들-老婆의結婚을거더차는여러아들들의육중한
구두-구두바닥의징이다.

層段을몇벌이고아래도나려가면갈사록우물이드물다. 좀遲刻해서는텁
텁한바람이불고-하면學生들의地圖가曜日마다彩色을곷인다. 客地에서道
理없어다수굿하든집웅들이어물어물한다. 卽이聚落은바로여드름돋는季

節이래서으쓱거리다잠꼬대우에더운물을붓기도한다. 渴-이渴때문에견듸
지못하겠다.

太古의湖水바탕이든地積이짜다. 幕을버린기둥이濕해들어온다. 구름이
近境에오지않고娛樂없는空氣속에서가끔扁桃腺들을앓는다. 貨幣의스캔
달-발처럼생긴손이염치없이老婆의痛苦하는손을잡는다.

눈에띠우지안는暴君이潛入하얏다는所聞이있다. 아기들이번번이애총
이되고되고한다. 어디로避해야저어른구두와어른구두가맞부딧는팔을안
볼수있스랴. 한창急한時刻이면家家戶戶들이한데어우러저서멀니砲聲과
屍斑이제법은은하다.

여기있는것들은모도가그尨大한房을쓸어생긴답답한쓰레기다. 落雷심
한그尨大한房안에는어디로선가窒息한비들기만한까마귀한마리가날어들
어왔다. 그렇니까剛하든것들이疫馬잡듯픽픽씰어지면서房은금시爆發할
만큼精潔하다. 反對로여기있는것들은통요사이의쓰레기다.
간다. 「孫子」도搭載한客車가房을避하나보다. 速記를펴놓은 床几웋에
알뜰한접시가있고접시우에삶은鷄卵한개-으포-크로터뜨린노란자위겨드랑
에서난데없이孵化하는勳章型鳥類-푸드덕거리는바람에方眼紙가가찌저지
고永原웋에座標잃은符牒때가亂舞한다. 卷煙에피가묻고그날밤에遊廓도
탔다. 繁殖하고거즛天使들이하늘을가리고溫帶로건는다. 그렇나여기있는
것들은뜨뜻해지면서한꺼번에들떠든다. 尨大한房은속으로곪마서壁紙가
가렵다. 쓰레기가막붙ㅅ는다.

除 夜

金起林

光化門 네거리에 눈이오신다.
꾸겨진 中折帽가 山高帽가 「배레」가 조바위가 四角帽가 「샷포」가 帽
子 帽子 帽子가 중대가리 고치머리가 흘러간다.

거지 아히들이 感氣의 危險을 列擧한
노랑빛 毒한 廣告紙를
軍縮號外와함께 부리고갔다.

電車들이 주린 鰶魚처럼
殺氣띤 눈을 부르뜨고
사람을찾어 안개의 海底로 모여든다.
軍縮이될리있나? 그런건
牧師님조차도 믿지않는다드라.

「마스크」를 걸고도 國民들은 感氣가 무서워서
酸素吸入器를 携帶하고 댕긴다.
언제부터 이不穩에 우리는 이다지 特待生처럼 익숙해버렸을까?
榮華의 歷史가 이야기처럼 먼 어느 種族의 한쪼각부스러기는 조고만
한 醜聞에조차 쥐처럼卑怯하다.
나의外奪는 어느새 껍질처럼 내몸에 피여났구나.
크지도 적지도않고 신기하게두 꼭맞는다.

市民들은 家族을 위하야
바삐바삐 「레파-트」로 달린다.

(그 榮光스러운 遺傳을 지키기위하야……)
愛情의 牢獄속에서 나는 언제까지도 얌전한 捕虜냐?
안해들아 이 달지도못한 愛情의 찌꺽지를
누가 목숨을 내놓고 아끼라고 배워주드냐?
우리는 早晚間 이 기름진 補藥을 嘔吐해버리자.

아들들아 여기에 준비된것은
어여쁜 曲藝師의 敎養이다.
나는 차라리 너를들에노아보내서
獅子의 우름을 배호게하고싶다.

컴컴한 골목에서 우리는 또
차디찬손목을 쥐였다놓을게다.
그리고 뉘우침과 恨歎으로 더려펴진
간사한 一年의 옷을찢고
피묻은 몸둥아리를 쏘아보아야 할게다.

戰爭의요란소리도 汽笛소리도 들에 멀다.
그무슨 感激으로써 나에게
「카렌다」를 바꾸어달라고 命하는
「바치칸」의 鍾소리도 아모것도 들리지않는다.

光化門 네거리에 눈이오신다. 별이어둡다.
몬셀卿의演說을 짓밟고 눈을차고
罪깊은 복수구두 키드구두
강가루 고도반 구두 구두 구두들이 흘러간다.
나는 어지러운 安全地帶에서
나를삼켜갈 鱷魚를 초조히 기다린다.(끝)

芳蘭莊主人
星群 中의 하나

朴泰遠

그야 主人의 職業이 職業이라 決코 팔리지않는 油畫 나부랭이는 제
법 넉넉하게 四面 壁에가 걸려있어도 所謂 室內裝飾이라고는 오즉 그
뿐으로, 元來가 三百圓남즛한돈을가지고 始作한장사라 무어 茶ㅅ집다
웁게 꾸며볼려야 꾸며질 턱도없이 茶卓과 椅子와 그러한 茶房에서의
必需品들까지도 專혀 素朴한것을 趣志로 蓄音機는「子爵」이 寄附한 포
-타불을 使用하기로하는等 모든것이 그러하였으므로 物論 그러한 簡略
한 裝置로 무어 어떻게 한미천잡어 보겠다든지 하는 그러한엉뚱한 생
각은꿈에도먹어본일없었고 한 洞里에서사는 같은不過한 藝術家들에게도
장사로하느니보다는 오히려 우리들의 俱樂部와같이 利用하고싶다고 그
러한 말을하여 그들을 感激시켜주었든것이요 그렇길래「子爵」은 自己
가 敎三年間 愛用하여온 手提型 蓄音機와 二十余枚의 黑盤 레코-드를
自進하여 이茶房에 寄附하였든것이요,「晚成」이는또「晚成」이대로 어
데서어떻게 蒐集하여두었든것인지 大小 七八個의 재터리를들고 왔든것
이요, 또 한便「水鏡先生」은 아즉도 이 茶房의 屋」가決定되지않었을때
그의 조고만庭園에서 한盆의蘭草를 손소 運搬하여가지고 와서 茶店의
이름은 芳蘭莊이라든 그러한것이 좋을것같다고 提議하여 주는等, 이
茶房의 誕生에는 그 裏面에 이러한類의 佳話 美談이적지않으나, 그러
한것이야 어떻든, 美術家는 別로 이장사에 아모러한 自信도있을턱없이
그저茶한잔 팔어 담배한갑사먹고 술한잔 팔어 쌀한되사먹고 어떻게 그
렇게라도 지내갈수있었으면하고 一種 悲壯한생각으로 開業을하였든것
이 바로 開業한 그날부터 그것은 참말 너무나 뜻밖의ㅅ일로 낮으로밤
으로 찾어드는客들이 決코 적지않어, 大體이곳의 住民들은 芳蘭莊의무
엇을보고 반해서들 오는것인지, 아모렇기로서니 그 조곰도 어여쁘지않

은 그리고 또 品도 愛嬌도없는 「미사에」 하나를 볼어온다든 그러한理
가 萬無하여 참말 그들의속을알수없다고 가난한 藝術家들은 새삼스러
히 너무나 簡素한店안을 둘러보기조차하였든것이나, 그것은 어찌면
「子爵」이 指摘하였든바와같이 이 지나치게 素朴한 茶房의雰圍氣가 도
리혀 적지아니 이市外住民들의 「尙에 맞었는지도몰으겠다고 그것도 分
明히 一理가 있는 말이라고 모다들 그럴법하게 고개를끄덕이였고 何如
튼무엇때문에 客이 이 茶房을 찾어오는것이든 한사람이라도 더 茶를팔
어주는데는 아모러한 不平이나不滿이있을턱없이 萬若 참으로 이 洞里
의 住民들이 質樸한氣風을 愛好하는것이라면 決코 넉넉하지못한 주머
니를털어서 床褓 한가지라도 작만한다든할 必要는없다고 그래 畵家는
첫달에 남은 돈으로 前부터 은근히생각하였든것과같이 茶卓에 올려놓
을몇個의 電氣스탠드를 산다든 그러지는않고 그날밤은 다 늦게 가난한
親舊들을이끌어 新宿으로 「스끼야끼」를 먹으러갔든것이나, 그것도 이
제와서 생각하여보면 亦是 한때의 덧없는 꿈으로 어이된 까닭인지 그
다음달 들어서부터는 날이 지날수록에 營業成積이 漸漸不良하여 장사
에 익숙하지 못한藝術家들은 새삼스러히 唐慌하여가지고 어쩌면 이 近
處에 喫茶店이라고는없다가 하나 처음으로생긴통에 이를테면 一種 好
奇心에서들 찾어왔든것이 인제는 이미 물리고 만것인지도 몰으겠다고
萬若 그러하다면 將次 어떻게하여야 좋을지 그들이 채 그 對策을講究
할수 있기前에 그곳에서 相距가 二三十間이나 그밖에더안되는 鐵路뚝
넘어에가 一金 一千七百圓也를들였다는 同業 「모나미」가 생기자 芳蘭
莊이받은 打擊은 자못 큰바가있어 그뒤붙어는 어떻게 한때의弄談이 그
만眞談으로 그것은 참말 한個의喫茶店이기보다는 宛然 몇名不遇한 藝
術家들의 專用俱樂部인것과같은感이없지않으나 그렇다고 돈없는 몸으
로서 「모나미」와 그 豪華로움을 다툴수는없는일이였고 그래 世上일이
란 結局되는대로밖에는 되지않는것이라고 그대로 그래도 이래저래끌어
온것이 於焉間 二年이나되여 俗務에 어두은 「子爵」같은사람은 何如튼
二年이나 그대로 어떻게 維持하여온것이 神通하다고 이제 그대로만 붙

들고앉었으면 當場 아모일은 없을것이라고 그러한말을 하기조차 하였든것이나 近來에 이르러서 이 茶房에 빚쟁이들의 來訪은 자못 頻繁하여 自己의 그동안의 負債라는것이 自己自身 莫然하게 생각하였든것보다는 엄청나게 많은 金額이라는것을 새삼스러히 깨닫고 비로소 啞然한 요지음의그는 아모러한 樂天家로서도 어찌 하는수 없이 곳잘 자리에 누어 있는채 혼자 속으로 「모나미」의 하로 收入이 平均 二十圓이라는 것은 이 貧弱한 芳蘭莊이 開業當時에 十餘圓이나 그렇게는 되였든것으로 밀우어 事實일것이나 自己는 勿論 그렇게 많은 收入을 발아는것은 아니요 더도 말고 하로에 五圓式만들어 온다면 三五는 十五, 달에 一百五十圓만 있다면 그야 勿論 옹색은 한대로 그래도 어떻게 이대로 장사는 하여가며 自己와 「미사에」와 두食니 입에 풀칠은 하겠구면서도 아모리 閑散한 市外이기로 그래도 名色이 茶房이라 하여 놓고 하로 賣上高가 二三圓이나 그밖에 더 안되니 그걸 가지고 大體 무슨 수로 半年이나 밀린 집貰며 食料品店 其他에 갚을 빚이며 거기다 電氣값에 瓦斯값에 또 「미사에」의 月給에 하고 그러한것들을 모조리 속으로 꼽아 보느라면 다음은 으레히 쓰듸쓰게 다시는 입맛으로 참말이지 수히 아모러한 方途라도 차리지 않으면 안되겠다고 芳蘭莊의 젊은 主人은 저물으게 嚴肅한 表情을 지어도 보는것이나 그러면 方途는 大體 무슨 方途ㄴ고하고 늘 하는 그 모양으로 潛間동안은 숨도 쉬지 않고 물끄럼이 天井만 치어다보아도 勿論 이제 일으러 새삼스러히 머리에 떠올을 제법 方途라 할 方途가 있을턱 없이 문득 뜻하지 않고 눈악에 아른거리는 왼갖 빚쟁이들의 賤俗한 얼골에 그는 거의 瞬間에 눈쌀을 찦으리고서 누구보다도 第一에 그집 主人놈 아니꼬아 볼수 없다고, 바로 어제도 아침부터 찾어와서는 남의 店에가버리고 앉어 무슨 手續을 하겠느니 어쩌느니 하고 不遜한 言辭를 戱弄하든것이 생각 나서 무어 밤 낮 미찌는 장사를 언제까지든 붙잡고 앉어 무어니 무어니 할것이 아니라 이 機會에 아주시원하게 茶ㅅ집이고 무어고 모다 떠 엎어 버리고서 내 알몸 하나만 들고 나선다면 참말이지 「晩成」이 말맞다나 하다 못해

「시나소바」 장수를 하기로서니 설마 굶어 죽기야 하겠느냐고 그는 거
의 興奮이 되여 가지고 얼마동안은 그러한 생각을 하기에 골몰이였으
나 事實은 말이 그렇지 그것도 亦是 어려운 노릇이 或 自己 혼자라면
어떻게 그렇게라도 길을 찾는 수가 없지않겠지만 그러면 그렇게 한 그
뒤에 돌아 갈 집도 父母도 兄弟도 무엇 하나 가지지 않은 「미사에」를
大體 自己는 어떠케 處理하여야 할것인고 하고 그러한것에 생각이 미치
면 그는 그만 제풀에 풀이죽어 事實이지 이 「미사에」問題를 解決하여놓
은 뒤가 아니면 아모러한 方途도 自己에게는 決코 方途일수가 없다고
아지못하는 사이에 가만한 한숨조차 그의 입술을 새여 나오는것도 決
코 까닭 없는 일이 아닌것으로 元來가 「水鏡先生」집 下女로 있든 「미
사에」를 어채피 茶房에 젊은 女子가 한명은 必要하였고 己往 쓰는바에
는 생판 몰으는 사람보다는 亦是 지내보아 着實하고 믿음직한 사람이
좋을께라고 그래 事實은 어느모로 뜯어 보든 茶房의 女給으로는 適當
치 않은것을 그 늙은 벗이 薦擧하는 그대로 十圓 月給을 定하고 데려
다둔것이 정작 茶房의 事務라는것은 奔忙치 않어 그렇다고 主人便에서
는 아모러한 暗示도 한일은 없었든것을 主婦도 下女도 있지 않은 집안
에 어느틈엔가 저 혼자서 모든 所任을 도맡어 가지고 아즉 獨身인 젊
은 主人의 身邊을 精誠껏 돌보아 주는데는 정말 未安스러운 일이라고
도 또 고마운 일이라고도 마음속에 참말 感謝는 하면서도 지나치게 가
난한 몸에 뜻같이 안되는 장사는 아모렇게도 하는수 없어 그래 定한
月給을 三갑절 하여 「미사에」의 勞役에 謝禮하리라고는 오직 그의 마
음속에서뿐으로 그도 그만 두고 그나마 十圓式이나 어쨋든 칠어 준것
도 茶房을 始作한뒤 겨우 서너달이나 그동안만의ㅅ일이요, 그뒤로는
그저 形便되는대로 或 二圓도 집어주고 또 或 三圓도 쥐여 주고 그리
고 남어지는 새달에 새달에 하고 밀어 온것이 그것도 어느틈엔가 二年
이나되고 보니 그것들만 셈처 본다드라도 거의 二百圓돈은 着實이 될
것이나 大體 아모리 淳朴한 시골 處女라고는 하지만서도 어떠케 생겨
난 女子이길래 그래도 金錢問題는 父子之間에도 어떻다고 일러 오는것

을 이제까지 그것을 입밖에 내여 單 한번 말하여 보기는커녕 참말 마
음속으로라도 언제 暫時 생각하여 보는일조차 없는듯 싶어 그저 한갈
같이 主人 한사람만을 爲하여 眞心으로 일하는것이 젊은 藝術家에게는
一種 悚懼스러웁기조차 하여 언젠가는 이내 견듸지못하고 그에게 어듸
달은데 일자리를 求하여 볼 마음은 없느냐고 그러면 自己도 또「水鏡
先生」도 힘껏 周旋은 하여 보겠노라고 마주 對하여 앉어서도 거의 外
面을 하다싶이 하여 간신히 한 말을 愚直한 시골 색씨는 어쩌면 自己
에게 무슨 크나큰 잘못이라도 있어 그래 主人의 눈에 벗어난것인지도
몰으겠다고 어떻게 그렇게라도 잘못알어 들었든것인지 瞬間에 얼골이
샛밝애저 가지고 元來 口辨이라고는 없는 女子가 금방 울음을 텃들일
수있는 準備아레 한참을 더듬거리며 그저 뜻몰을 謝過를 하여 經歷 적
은 畫家를 어리둥절하게 만들어 놓았으므로, 그래, 그는 다시 그러한類
의 말을 「미사에」앞에서 끄내여보지 못하고 생각끝에 「水鏡先生」에게
라도 問議를 하여 보면 惑은 뜻밖에 무슨 妙策이라도 있을지 몰으겠다
고 마침 沐浴湯에서 그와 맞났을때 그 일을 詳細히 報告하고서 나이
많은 이의 意見을 물었드니 그는 또 어떻게생각을 하고 하는 말인지
무어니 무어니 할것이 아니라 아주 이 機會에 둘이서 結婚을 하라고
自己는 애초부터 그러한것을 생각하였었고 그리고 또 그것은 아름다운
因緣에 틀림 없다고, 萬若 그가 直接말을 끄내는것이 거북하기라도 하
다면 自己가 아주 이길로라도 「미사에」를 맞나 보고 作定을 하여 주마
고 혼자서 모든 일을 알어 차렸다는듯이 그렇게 한바탕을 서둘르는통
에 젊은 美術家는 거의 少女와 같이 얼골조차 붉히고 그것만은 限死하
고 말리면서 문득 어쩌면 「水鏡先生」이 自己와 「미사에」와 사이에 무
슨 疑惑이라도 가지고 그러는것이나 아닐까 하고 그러한것에 새삼스러
히 생각이 미치자 그는 그제서야 다 늦게 唐慌하여 가지고 萬若 人格
이 圓滿한 「水鏡先生」으로서도 自己들에게 그러한類의 疑惑을 품지 않
을수 없는것이라면 洞里의 輕薄한 무리들의 입에는 어쩌면 이미 오래
前부터 別의 別소리가 모다 올으 나렸을지도 몰으겠다고 또다시 얼골

이 귀바퀴까지 밝에졌든것이나 이제 도리켜 생각하여 보면 設惑 그러
한 말들이 생겨났다드라도 그것은 어쩌는수 없다고 밖에는 할수 없을
것이, 事實 젊은 男女만 單 둘이 그렇게도 오랜동안을 한집안에가 맞
붙어살어 오면서 그들의 純潔이 그래도 維持되었으리라고는 그러한것
을 믿는 사람이 어쩌면 도리혀 怪異할지도 몰으나 亦是 事實이란 어찌
하는수 없는것으로 그것은 惑은 自己가 「미사에」에게 愛情이라든 欲情
이라든 그러한것을 느낄수 있기前에 僞先 그렇게 쉽사리는 갚어 질듯
도싶지않는 너무나 큰 負債를 그에게 갖었든까닭에 이미 그것만으로
그를 對하는때마다 마음속에 짐은 묵어워, 그래 무슨 다른 雜스러운
생각을 먹어 볼 餘地가 없었은것인지도 몰으나 그러한것이야 事實 어
떻든 이제 일러서는 設使 그에게 支拂할 그동안의 給料 全額의 準備
가 있다손 치드라도 그것을 칠어 주었을 그뿐으로 어데로든 가라고 그
렇게 말할수는 없을것 같했고 또 「미사에」도 그러면 그러겠노라고 선
선히 나가 버릴듯도싶지 않어 생각이 어떻게 이러한곳에까지 미치니까
다음은 必然的으로 그러면 大體 이 女子는 그 自身 自己 將來에 關하
여 어떠한 생각을 가지고 있는 것인지 그것부터 밝힐 必要가 있다고
그는 그러한것을 생각하여 보았으나 아모래도 「미사에」에게는 그러한
方針이니 計劃이니 하는것이 全혀 없는듯도싶어 그러한것은 마치 自己
의 主人이나 또는 「水鏡先生」이 아르켜 줄 것으로 自己는 그들이 하라
는 그대로 하여 가기만 하면 그만일것 같이 어째 꼭 그렇게만 생각하
고 있는지도 몰을일이다. 그렇게 되고 보니 이것은 바로 어듸 마땅한
곳이라도 있어 그의 婚處를 定하여 준다든 그러기라도 하지 않으면 惑
은 한 平生을 自己가 데리고 지내지않으면 안될른지도 몰으겠다고 事
態는 뜻밖으로 커지여 그는 얼마동안은 啞然히 天井만 울어러 보았든
것이나 문득 萬若에 「미사에」로서 아모런 異議도 없는 것이다 하면 무
어 일을 어려웁게만 생각할것이 아니라 아주 이 機會에 둘이 結婚을
하여 버리는것이 좋지나 않을까, 그래 가지고 새로히 自己의 나아갈길
을 開拓한다든 하는 밖에는 아모 달은 道理가 없지나 않을까 하고 언

젠가 沐浴湯에서의 「水鏡先生」말이 생각나서 그야 「미사에」는 오즉 小
學을 마쳤을 그뿐으로 決코 聰明하지도 어여부지도 않었으나 어쩌면
藝術家에게는 도리혀 그러한 女子가 안해로서 가장 適當한것일지도몰
랐고 남이야 어떻든間에 이 女子는 적어도 自己 한사람을 能히 幸福되
게 하여 줄수는 있을것이라고 그는 어느틈엔가 「미사에」가 가지고있는
왼갓 美德을 속으로 셈처 보았든것이나, 허지만 그러면 自己도 그를
또한 幸福되게 하여 줄수 있을것인가 하고 그러한것을 도리켜 생각하
여 보았을때 그는 새삼스러히 그렇게도 經濟的으로 無能한 自己自身이
느껴졌고 어제 왔든 집主人의 자못 强硬하든 그 態度로 밀우어 어쩌면
來日로라도 집을 내여 놓고 갈곳없는 몸이 거리로 나서지 않으면 안될
지도 몰을 일이라고 그렇게 생각하니 그는 그러한 自己가 潛時라도
「미사에」와 結婚을 하느니 그래 가지고 어쩌느니 하고 그러한 꿈같은
생각을 하였든것이스스로 어이 없이 픽 自嘲에 가까운 웃음을 웃어 보
고는 어느틈엔가 房안이 어두어온것에 새삼스러히 놀라 그제서야 자리
를 떠나서 게을으게 아래로 나려와 보니 店에는 「미사에」가 혼자 앉어
있을뿐으로 오늘은 밤에나 들를 생각들인지 「子爵」도 「晩成」이도 와
있지않은 店안이 좀더 쓸쓸하여 그는 洗手도 안한채 그대로 「미사에」
에게 短杖을내여 달래서 그것을 휘저으며 黃의 그곳 벌판을 한참이나
散策하다가 문득 一週日以上이나 「水鏡先生」을 보지 못하였든것이 생
각나서 또 무어 小說이라도 始作한것일까 하고 그의 집으로 밤길을 向
하며 문득 自己가 그나마 茶ㅅ집이라고 붙잡고 앉어 있는 동안 마음은
이미 完全히 게으름에 익숙하고 畫筆은 決코 손에 잡히지 아니하여 이
대로 가다가는 永永 그림다운 그림을 單 한장이라고 그리지는 못할지
도 몰으겠다고 그러한 自己몸에 비겨 무어니 무어니 하여도 爲先 衣食
걱정이 없이 整頓된 房안에 고요히 있어 얼마든 自己 藝術에 精進할수
있는 「水鏡先生」의 處地을 限없이 큰 幸福인거나같이 불어워도 하였으
나 그가 정작 늙은 벗의 집 검은 板墻 밖에 일으렀을때 그것은 또 어
찌된 까닭인지 그의夫人이 히스테리라고 그것은 所聞으로 그도 들어

알고 있는것이지만 실상 自己의 두눈으로 본 그 光景이란 참으로 駭怪
하기 짝이없어 무엇이라 쉽사이 없이 쫑알거리며 무엇이든 손에 닺는
대로 팽겨치고 깨틀이고 찢고 하는 中年婦人의 狂態 앞에「水鏡先生」
은 完全히 萎縮되여 連해 무엇인지 謝過를 하여 가며 그 狂亂을 鎭定
시키려 애쓰는 모양이 障紙는 닫히여 있어도 亦是 女子의 所行인듯싶
은 그 찢어지고 불어지고 한 틈으로 너무나 歷歷히 보여 芳蘭莊의 젊
은 主人은 좀더 오래 머믈러 있지 못하고 거의 달음질을 처서 그곳을
떠나며 문득 黃昏의 가을 벌판우에서 自己 혼자로서는 아모렇게도 할
수 없는 孤獨을 그는 그의 全身에 느꼈다.

—「芳蘭莊主人」完, 丙子二月五日—

두·꺼·비

金裕貞

내가 학교에 다니는것은 혹 시험전날 밤새는 맛에 들렷는지 모른다. 내일이 영어시험이므로 그렇다고 하룻밤에 다 안다는 수도 없고 시험에 날듯한놈 몇대문 새겨나볼가, 하는 생각으로 책술을 뒤지고 잇을때 절컥, 하고 밖앝벽에 자행거 세놓는 소리가 난다. 그리고 행길로 난 유리창을 두드리며 리상, 하는것이다. 밤중에 웬놈인가, 하고 찌부둥이 고리를 따보니 캡을 모루 눌러붙인 두꺼비눈이 아닌가. 또 무얼, 하고 좀 떠름햇으나 그래도 한 달포만에 만나니 우선 반갑다. 손을 내밀어 악수를 하고 어여 들어슈, 하니까 바뻐서 그럴 여유가 없다하고 오늘 의론할 이야기가 잇으니 한시간쯤 뒤에 즈집으로 꼭좀 와주십쇼, 한다. 그뿐으로 내가 무슨 의론일가, 해서 얼떨떨할 사이도없이 허둥지둥 자전거종을 울리며 골목밖으로 사라진다. 권연 하나를 피어도 멋만 찾는 이놈이 자전거를 타고 나를 찾아왔을 때에는 일도 어지간히 급한 모양이나 그러나 제 말이면 으레히 복종할걸로 알고 나의 대답도 기다리기 전에 다라나는건 썩 불쾌하엿다. 이것은 놈이 아직도 나에게 대하야 기생오래비로써의 특권을 가질랴는것이 분명하다. 나는 사 놈실이 필요한데까지 이용 당할대로 다 당하엿다, 더는 싫다, 생각하고 애★은 창문을 딱 닫힌 다음 다시 앉어서 책을 뒤지자니 속이 부걱부걱 고인다. 허지만 실상 생각하면 놈만 탓할것도 아니요 어디 사람이 동이 낫다구 거리에서 한번 홀낏 스처본, 그나마 잘 낫으면 이어니와, 쭈그렁 밤송이같은 기생에게 정신이 팔린 나도 나렷다. 그것도 서루 눈이 맞어서 달떳다면이야 누가 뭐래랴 마는 저쪽에선 나의 존재를 그리 대단히 녀겨주지 않으려는데 나만 몸이 달아서 답장 못받는 엽서를 매일같이 석달동안 썻다.하니까 놈이 이 기미를 알고 나를 찾아와 인사를 떡 붙이고는 하는소리가 기생을 사랑할랴면 그 오래비부터 잘 얼러야 된다는것을 명백히 설명하고 또 그리고 옥화가 즈 누의지만 제 말이면 대개 들을것이니 그건 안심하라 한다. 나도 옳게 여기고 그담부터 학비가 올라오면 상전같이 놈을 모시고 다니며 뒤치다꺼리 하기에 볼 일을 못본다. 이게 버릇이 돼서 툭하면 놈이 찾아와서 산보 나가자고 끌어내서는 극장으로 카페로 혹은 저 좋아하는 기생집으로 데리고 다니며 밤을 패기가 일수다. 물론 그 비용은 성냥 사는 일전까지 내가 내야되니까 얼뜬 보기에 누가 데리고 다니는건지 영문모른다. 게다 즈 누님의 답장을 맡아올테니 한번 보라고 연일 장담은 하면서도 나의 편지만 가저가고는 꿩 구어먹은 소식이다. 편지도 우편보다는 그 동생에게 전하니까 마음에 좀 든든할뿐이지 사실 바루 가는지 혹은 공동변소에서 콧노래로 뒤지가 되는지 그것도 자세 모른다. 하루는 놈이 찾아와서 방바닥에 가 벌룽 자빠저 콧노래를 하다가 무얼 생각햇음인지 다시 벌떡 일어나앉는다. 올퉁한 낯짝에 그 두꺼비눈을 한 서너번 끔벅어리다 나에게 훈게가 너는 학생이라서 아즉 회류게를 모른다.멀리 앉어서 편지만 자꾸 띠면 그게 뭐냐고 톡톡이 나물르드니 기생은 여학생과 달라서 그저 맞붙잡고 주물러야 정을 쏟는데, 하고 사정이 딱한듯이 입맛을 다신다. 첫사랑이 무언지 무던히 후려맞은 몸이라 나는 귀가 번쩍 띠이어 그럼 어떻게 좋은 도리가 없을가요, 하고 다가서 물어보니까 잠시 입을 다물고 주저하드니 그럼 내 즉접 인사를 시켜줄테니 우선 누님 마음에 드는걸로 한 이삼십원어치 선물을 하슈, 화류게 사랑이란 돈이 좀 듭니다, 하고 전일 기생을 사랑하든 저의 체험담을 좍 이야기한다. 따는 먹이는데 싫달 게집은 없으려니, 깨닷고 나의 정성을 눈악에 보이기 위하야 놈을 데리고 다니며 동무에게 돈을 구걸한다, 양복을 잡힌다, 하야 덩어리돈을 만들어서는 우선 백화점에 들어가 가치 점심을 먹고 나오는 길에 사십이원짜리 순금 트레반지를 놈의 의견대로 사서 부디 잘해달라고 놈에게 들려보낸다. 그리고 약속대로 그 이튿날 밤이 늦어서 찾아가니 놈이 자다 나왔는지 눈을 부비며 제가 쓰는 중문간 방으로 맞어드리는 그태도가 어쩐지 어제보다 탐탁지가 못하다. 반지를 전하다 퇴짜나 맞지 않엇나 하고 속으로 조를 부비며 앉엇으니까 놈이 거기 관하얀 일절 말없고 딴통같이 알범 하나를 끄내 여 어러 기생의 사진을 보여주며 객적은 소리를 한참 지꺼리드니 우리 누님이 리상 오시길 여태 기다리다가 고대 막노름 나갓읍이다, 낼은 요보다 좀 일즉 오서요, 하고 주먹으로 하품을 끄는것이다. 조곰만 일 즉 왓드면 졸걸 안돼다, 생각하고 그럼 반지를 전하니까 뭐래드냐 하 니까 누의가 퍽 기뻐하며 그 말이 초면인사도없이 선물을 받는것은 실 례로운 일이매 즉접 만나면 돌려보내겟다 하드란다. 이만하면 일은 잘 얼렷구나, 안심하고 하숙으로 돌아오며 생각해보니 반지를 돌아보낸다 면 나는 언턱거리를 아주 잃을터이라 될수잇다면 만나지 말고 편지로 만 나에게마음이 동하도록 하는것도 좋겟지만 그래도 옥화가 실례롭다 생각할만치 고만치 나에게 관심을 가젓음에는 그담은 내가 가서 붙잡 고 조르기에 달렷다, 궁리한것도 무리는 아닐것이다. 마는 그 담날 약 한시간을 일즉 찾어가니 놈은 여전히 구찮은 하품을 터트리며 좀더 일 즉이 오라하고, 또 고 담날 찾어가니 역시 좀더 일즉이 오라하고, 이렇 게 연나흘을 햇을때에는 놈이 괜스리 제가 골을 내가지고 불안스럽게 구르므로 내자신 너머 웃읍게 대접을 받는것도 같고 아니꼬와서 망할 자식 인전 느구 안놀겟다 결심하고 부낳게 하숙으로 돌아와 이불전에 눈물을 씻으며 지내온지 달포나 된 오늘날 의론이 무슨 의론일가. 시 험은 급하고과정낙제나 면할가 하야 눈을 까뒤집고 책을 뒤지자니그렇 게 똑똑하든 글짜가 어느듯 먹줄로 변하니 글렀고, 게다 아련히 나타 나는 옥화의 얼골은 보면볼수록 속만 탈뿐이다. 몇번 고개를 흔들어 정신을 바루 잡아가지고 드려다보나 아무 효과가 없음에는 이건 공부 가 아니라, 생각하고 한구석으로 책을 내던진뒤 일어서서 들창을 열어 놓고 개운한 공기를 마셔본다. 저 건너 서양집 웃층에서는 붉은 빛이 흘러나오고 어디선지 울려드는 가냘픈 육짜배기, 그러자 문득 생각나 느니 게집이란 때없이 잘 느끼는 동물이라 어쩌면 옥화가 그동안 매일 같이 띠인 나의 편지에 정이 돌아서 한번 만나고자 불럿는지 모르고 혹은 놈이 나에게 끼친 실례를 깨닷고 전일의 약속을 이행하고자 오랫는지도 모른다. 하여튼 양단간에 한시간후라고 시간까지 지정하고 갓을 때에는 되도록 나에게 좋은 기회를 줄랴는데 틀림이 없고 이렇게 내가 옥화를 얻는다면 학교쯤은 내일 접어쳐도 좋다 생각하고, 외투와 더부러 허퉁허퉁 거리로 나슨다. 광화문통 큰 거리에는 목덜미로 스며드는 싸늘한 바람이 가을도 이미 늦엇고 칭진동 어구로 꼽들며 길옆 이발소를 디려다보니 여덟시 사십오분, 한시간이 될려면 아즉도 이십분이 남엇다. 전봇대에 기대어 권연 하나를 피우고나서 그래도 시간이 남으매 군밤몇개를 사서들고는 이분에 하나식, 십기로하고 서성거리자니 대체 오늘일이 하회가 어떻게 될려는가, 성화도 나고 게집에게 첫인사를 하는데 뭐라해야 좋을는지, 그러나 저에게 대한 내 열정의 총양만 보여주면 고만이니까 만일 네가 나와 살아준다면 그리고 네가 원한다면 내 너를 등에 업고 백리를 가겟다, 이렇게 다짐을 두면 그뿐일듯도 싶다. 그외에는 아버지가 보내주는 흙 묻은 돈으로 근근히 공부하는 나에게 별 도리가 없고 아 아 이런때 아버지가 돈 한뭉텡이 소포로 부쳐줄수 잇으면, 하고 한탄이 절로 날때 국숫집 시게가 늙은 소리로 아홉시를 울린다. 지금쯤은 가도되려니, 하고 곁 골목으로 들어섯으나 옥화의 집 대문악에 딱 발을 멈출때에는 까닭없이 가슴이 두군거리고 그것도 좋으련만 목청을 가다듬어 두꺼비의 이름을 불러도 대답은 어디 갓는지 안채에서 게집사내가 영문모를 소리로 악장만 칠뿐이요 그대로 난장판이다. 이게 웬 일일가 얼뚤하야 떨리는 음성으로 뒤 서너번 불러보니 그제야 문이 삐걱 열리고 뚱뚱단 안잠재기가 나를 치다보고 누구를 찾느냐 하기에 두꺼비를 보러왔다 하니까 뾰죽한 입으로 중문간 방을 가르키며 행주치마로 코를 쓱 씻는 냥이 긴치않다는 표정이다. 전일 같으면 내가 저에게 편지를 전해달라고 패를 끼치는 일이 한두번 아니라서 저를 만나면 담배값으로 몇푼식 집어주므로 저도 나를 늘 반기든터이련만 왜 이리 기색이 틀렷는가, 오늘 밤 일도 아마 헛물 켜나부다. 그러나 우선 툇마루로 올라서서 방문을 쓰윽 열어보니 설혹 잣다 치드라도 그 소란통에 놀래깨기도 햇으련만 두꺼비가 마치 떡메로 얻어맞은 놈처럼 방 한복판에 푹 엎으러저 고개하나 들줄모른다. 사람은 불러놓고 이게 무슨 경온가 싶어서 눈살을 찌프릴랴다 강형 어디 편찬으슈, 하고 좋은 목소리로 그 어깨를 흔들어보아도 눈하나 뜰줄 모르니 이놈은 참 암만해도 알수없는 인물이다. 혹 내일을 잘되게 돌보아주다가 집안에 분란이 일고 그 끝에 이렇게 되지나 않엇나 생각하면 못할바도 아니려니와 그렇다 하드라도 두꺼비 등뒤에 똑 같은 모양으로 어프러젓는채선이의 꼴을 보면 어떻게 추칙해볼 길이 없다. 누님이 수양딸로 사다가 가무를 가르치며 부려먹는다든 이 채선이가 자정도 되기전에 제법 방바닥에 어프럿을 리도 없겠고 더구나 처음에는 몰랏든것이나 두 사람의 입코에서 멀건 콧물과 게거품이 뺨밑으로 검흐르는걸 본다면 웬만한 작난은 아닐듯 싶다. 머리끝이 쭈뼛하도록 나는 겁을 집어먹고 이 머리를 흔들어보고 저 머리를 흔들어보고 이렇게 눈이 둥그랫을때 별안간 미다지가 딱, 하드니 필연 옥화의 어머니리라 얼골 강총한 늙은이가 표독스리 들어온다. 그 옆에 장승같이 섯는 나에게는 시선도 돌리랴지 않고 두꺼비 악에 가 팔삭 앉어서는 도끼눈을 뜨고 대뜸 들고들어온 장죽통으로 그 머리를 후려갈기니 팡, 하고 그 소리에 내등이다 선뜻하다. 배지가 꿰저죽을 이 망할 자식, 집안을 이래 망해놓니, 죽을테면 죽어라, 어여 죽어 이자식, 이렇게 독살에 숨이 차도록 두손으로 그 등어리를 대구 꼬집어뜯드니 그래도 꼼짝 않는데는 할수없는지 결국 이자식 너 잡아먹고 나 죽는다, 하고 목청이 찢어지게 발악을 치며 귓배기를 물어뜯고자 매섭게 덤벼든다. 그러니 옆에 섯는 나도 덤벼들어 뜯어말리지 않을수 없고 늙은이의 근력도 얏볼게 아니라고 비로소 깨다랏을만치 이걸 붙잡고 한참 싱갱이를 할 즈음, 그자식 죽여버리지 그냥 둬, 하고 천동같은 호령을 하며 이번에는 늙은 마가목이 마치 저와같이 생긴 투박한 징작개피 하나를 들고 신발채 방으로 뛰어든다. 그 서드는 품이 가만두면 사람 몇쯤은 넉넉히 잡아놀듯 함으로, 이런 때에는 어머니가 말리는 법인지는 모르나

내가 고대 붙들고 힐난을 하든 안늙은이가 기급을하야 일어나서는 영
감 참으슈, 영감 참으슈, 연실 이렇게 달래며 허겁지겁 밖으로 끌고 나
가기에 조히 골도 빠진다. 마가목은 끌리는대로 중문안으로 들어가며
이자식아 몇째냐, 벌서 일곱째 이래 놓질 않엇니 이 주릴틀 자식, 하고
씨근벌떡하드니 안 대청에서 뭐라고 주책없이 게걸거리며 발을 구르며
이렇게 집안을 떠엎는다. 가만히 눈치를 살펴보니 내가 오기 전에도
몇번 이런 북새가 일은듯 싶고 암만하여도 내 자신이 헐없이 도까비에
게 흘린듯 싶어서 손을 꽂고 멀뚱이 섯노라니까 빼꿈이 열린 미다지
틈으로 살집 좋고 허여멀건 안잠재기의 얼골이 남실거린다. 대관절 웬
셈속인지 좀 알고자 미다지를 열고는 그 어깨를 넌즛이 꾹 찍어가지고
대문밖으로 나와서 이게 어떻게 되는 일이냐고 물으니 이 망할게 콧등
만 찌끗할뿐으로 전 홍미없단듯이 고개를 돌려버리는게 아닌가. 몇번
물어도 입이 잘 안 떨어지므로 등을 뚜덕여주며 그 입에다 권연 하나
피어물리지 않을수 없고 그제서야 녀석이 죽는다고 독약을 먹엇지 뭘
그러슈, 하고 퉁명스리 봉을 따자 나는 넌덕스러운 그의 소행을 아는
지라 왜, 하고 성급히 그 뒤를 채우첫다. 잠시입을 삐죽이 내밀고 세상
다 더럽단듯이 삐쭈거리드니 은근히 하는 그 말이 두꺼비놈이 제 수양
조카딸을 어느틈엔가 꿰차고 돌아치므로 옥화가 이것을 알고는 눈에
쌍심지가 올라서 망할자식 나가 빌어나 먹으라고 방추로 뚜들겨 내쫓
앗드니 둘이 못살면 차라리 죽는다고 저렇게 약을 먹은것이라하고 에
이 자식두 어디 없어서 그래 수양조카딸을, 하기에 이왕 그런걸 어떻
거우 그대루 결혼이나 시켜주지, 하니까 그게 무슨 말슴이유, 하고 바
루 제일같이 펄쩍뛰드니 채선이년의 몽둥이가 인제 약으로 몇천원이
될지 몇만원이 될지 모르는 금덩어리같은 게집앤데 온, 하고 넉살을
부리다가 잠간 침으로 목을 추기고나서 그리고 또 일곱째야요, 머처럼
수양딸로 데려오면 놈이 꾀꾀리 주물너서 버려놓고 버려놓고 하기를
이렇게 일곱, 하고 내 코밑에다 두손을 디려대고 똑똑이 일곱 손가락
을 펴 뵈는것이다. 그럼 무슨 약을 먹엇느냐고 물으니까 그건 확적히

모르겠다하고 아까 힝하게 자전거를 타고 나가드니 아마 어디서 약을
사가지고 와 둘이 얼러먹고서 저렇게 자빠진 듯하다고 그러다 내가 저
게 정말 죽지나 않을가 겁을 집어먹고 사람의 수액이란 알수없는데,
하니까 뭘이요 먹긴 좀 먹은듯허나 그러나 온체 알깍쟁이가 돼서 죽지
않을만큼 먹엇을테니까 염녀없어요, 하고 아닌밤중에도 두들겨깨워서
우동을 사오너라 홋떡을 사오너라하고 펄쩍나게 부려는먹고 쓴 담배하
나 먹어보라는 법 없는 조녀석이라고 오랄지게 욕을 퍼붓는다. 나는
모두가 꿈을 보는것 같고 어리광대같은 자신을 깨다랏을때 하 어처구
니가 없어서 벙벙히 섯다가 선생님 누굴 만나러오섯슈, 하고 대견히
묻기에 나도 펴놓고 옥화를 좀만나볼가해서 왓다니까 홍, 하고 콧등으
로 한번 웃드니 응 즈이끼리 붙어먹는 그거 말슴이유, 이렇게 비웃으
며 내 허구리를 쿡 찌르고 그리고 곁눈을 슬쩍 흘리고 어깨를 맞부비
며 대드는 냥이 바루느믈러든다. 사람이 볼가봐 내가 창피해서 씨러기
통께로 물러스니까 저도 무색한지 시무룩하야 노려만보다가 다시 내
옆으로 다가서서는 제 빰따귀를 손으로 잡아다녀 보이며 이래 뵈도 이
팔청춘에 한창 피인 살집이야요, 하고 또 넉살을 부리다가 거기에 아
무 대답도 없으매 이 망할것이 내 궁뎅이를 꼬집고 제얼골이 뭐가 옥
화년만 못하냐고 은근히 혹닥이며 대든다. 그러나 나는 너보다는 말라
꿩이라도 그래도 옥화가 좋다는것을 명백히 알려주기 위하야 무언으로
땅에다 침 한번을 탁 뱉아던지고 대문으로 들어슬랴 하니까 이게 소맷
자락을 잡아다니며 선생님 저 담배 하나만 더 주세요. 나는 또 느물려
켯구나, 생각은 햇으나 성이가셔서 갑채로 내주고 방에 들어와 보니
아까와 그풍경이 조곰도 다름없고 안에서는 여전히 동이 깨지는 소리
로 게걸게걸 떠들어댄다. 한시간후에 꼭좀 오라든 놈의 행실을 생각하
면 괘씸은허나 체모에 몰리어 두꺼비의 머리를 흔들며 강형 강형 정신
을 좀 채리슈, 하여도 꼼짝 않드니 약 시간반가량 지나매 어깨를 우쩔
렁거리며 아이구 죽겟네, 아이구 죽겟네, 연해 소리를 지르며 입코로
먹은 음식을 울컥울컥 돌라놓는다. 이놈이 먹기는 좀 먹엇구나, 생각하

고 둥어리를 두드려주고 잇노라니 얼마 뒤에는 웃목에서 체선이가 마
자 똑같은 신음소리로 똑같이 돌르고 잇는것이 아닌가. 이렇게 되면
나는 즈들 치닥거리하러 온것도 아니겟고 너머 밸이 상해서 한구석에
서서 담배만 뻑뻑 피고잇자니 또 미다지가 우람스리 열리고 이번에는
나드리옷을 입은채 옥화가 들어온다. 아마 노름을 나갓다가 이 급보를
받고 다라온듯 싶고 하도 그리든 차라 나는 복장이 두군거리어 나도모
르게 한거름 악으로 나갓으나 그는 나에게 관하얀 일절 본척도 없다.
그리고 정분이란 어따 정해놓고 나는것도 아니련만 앙칼스러운 음성으
로 이놈아 어디 게집이 없어서 조카딸허구 정분이 나, 하고 발길로 두
꺼비의 허구리를 활발하 퍽 지르고나서 돌아스드니 이번에는 채선이의
머리채를 휘어잡는다. 이년 가랑머릴 찢어놀 년, 하고 그 머리채를 들
엇다 놓앗다 몇번 그러니 제물콧방아에 코피가 흐르는것은 보기에 좀
심한듯 싶고 얼김에 달겨들어 강선생 좀 참으십쇼 하고 그 손을 콱 잡
으니까 대뜸 당신은 누구요, 하고 눈을 똑바루 뜬다. 뭐라 대답해야 좋
을지 잠시 어리둥절하다가 이내 제가 리경홉니다, 하고 나의 정체를
밝히니까 그는 단마디로 저리 비키우 당신은 참석할 자리가 아니유,
하고 내손을 털고 눈을 흘기는 그 모양이 반지를 받고 실례롭다 생각
한 사람커녕 정성스리 띠인 나의 편지도 제법 똑바루 읽어줄 사람이
아니다. 나는 고만 가슴이섬쩍하야뒤로 물러서서는 넋없이 바라만보며
따는 돈이 중하고나, 깨닷고 금덩어리같은 몸둥이를 망처논 채선이가
저렇게까지 미울것도 같으나 그러나 그 큰 이유는 그담 일년이 썩 지
난 뒤에서야 알은거지만 어느날 신문에 옥화의 자살미수의 보도가 낫
고 그 까닭은 실연이라해서 보기 숭굴숭굴한 기사엿다. 마는 그 속살
을 가만히 디려다보면 그렇게 간단한 실연이 아니엇고 어떤 부자놈과
배가 맞어서 한창 세월이 좋을때 이놈이 고만 드팀을 하고 버듬이 나
둥그러지므로 게집이 나는 너와 못살면 죽는다고 음포로 약을 먹고 다
시 물어드린 풍파이엇든바 그때 내가 병원으로 문병을 가보니 독약을
멋엇는지 보제를 먹엇는지 분간을 못하도록 깨끗한침대에 누어 발장단

으로 담배를 피는 그 손등에 살의 윤책이 반드르하엿다. 그렇게 최후
의 비상수단으로 써먹는 그 신숭한 비결을 이런 루추한 행낭방에서 함
부루 내굴리는 채선이의 소위를 생각하면 콧방아는 말고 빨고잇든 권
연불로 그 둥어리를 짖은 그것도 무리는 아닐것이다. 그렇다 하드라도
자정이 썩 지나서, 얼만치냐 속이 볶이는지는 모르나 채선이가 앙카슴
을 두손으로 훼뜯으며 입으로 피를 들름에는 옥화는 허둥지둥 신발채
드나들며 일변 즈 부모를 부른다, 어멈을 시키어 인력거를 부른다, 어
렇게 눈코 뜰새없이 들몰아서는 온집안식구가 병원으로 달려가기에 바
빴다. 그나마 참례못가는 두꺼비는 빈 방에서 개밥의 도토리로 끙끙거
리고 그 꼴을 봐하니 가여운 생각이 안나는것도 아니나 그러나 즈 집
에서는 개돼지만도 못하게 여기는 이놈이 제말이면 누의가 끔빽한다고
속인것을 생각하면 곧 분하고 나는 내분에 못이기어 속으로 개자식 그
렇게 속인담, 하고 손등으로 눈물을 지우고 섯노라니까 여지껏 말 한
마디없든 이놈이 고개를 쓰윽 들드니 리상 의사좀 불러주슈, 하고 슬
픈 낯을 하는것이다.신음하는 품이 괴롭기도 어지간히 괴로운 모양이
나 그보다도 외따로 떠러저서 천대를 받는데 좀 야속하얏음인지 잔뜩
우그린 그울상을 보니 나도 동정이 안가는것은 아니다마는 그러나 내
생각에 두꺼비는 독약을 한섬을 먹는대도 자살까지는 걱정없다, 고 짐
작도하엿고 또 한편 즈 부모누의가 가만잇는데 내가 어쭙지않게 의사
를 불러댓다간 큰코를 다칠듯도 하고해서 어정정하게 코대답만 해주고
그대로 섯지 않을수 없다. 한 서너번 그렇게 애원하여도 그냥만 섯으
니까 나종에는 이놈이 또 골을벌컥 내가지고 그리고 이건 어따 쓰는
버릇인지 너는 소용없단듯이 손을 내흔들며 가거라 가 가, 하고 제법
해라로 혼동을 하는데는 나는 고만 얼떨떨해서 간신이 눈만 끔벅일뿐
이다. 잘 따저보면 내가 제손을 붙들고 눈물을 흘려가면서 누의와 좀
만나게 해달라고 애걸을 하엿을때 나의 처신은 잇는대로 다 잃은듯도
싶으나 그 언제이든가 놈이 양돼지같이 띵띵한 그리고 알몸으로 찍은
제 사진 한장을 내보이며 이래뵈도 한때는 다아, 하고 슬몃이 뻐기든

그것과 겹처서 생각하면 놈의 행실이 번이 꿀쩍찌분한것은 넉히 알수
잇다. 입때까지 잇은것도 한갓 저때문인데 가라면 못갈줄 아냐, 싶어서
나도 약이 좀 올랏으나 그렇다고 덜렁덜렁 그대로 나오기는 어렵고 생
각다끝에 모자를 엉거주춤이 잡자 의사를 불르러 가는듯 뒤를 보러 가
는듯 그 새 중간을 채리고 비슬비슬 대문밖으로 나오니 망할 자식 인
전 참으로 느구 안논다, 하고 마치 호랑이굴에서 놓진 몸같이 두 어깨
가 아주 가뜬하다. 밤 늦은 거리에 인적은 벌서 끊젓고 쓸쓸한 골목을
휘돌아 황급히 나올랴할때 옆으로 뚫린 다른 골목에서 기껍지않게 선
생님, 하고 거름을 방해한다. 주무시고 가지 벌서 가슈, 하고 엇먹는
거기에는 대답않고 어떻게 됏느냐고 무르니까 뭘 호강이지 제깐년이
그렇챦으면 병원엘 가보, 하고 내던지는 소리를 하드니 시방 약을 먹
이고 물을 집어넣고 이렇게 법썩들이라하고 저는 지금 집을 보러가는
길인데 우리 빈 집이니 가치 가십시다, 하고 망할게 내팔을 잡아 끄는
것이다. 이렇게도 내가 모조리 처신을잃엇나, 생각하매 제물에 화가 나
서 그 손을 홱 부리치니 이게 재미잇단듯이 한번 빵끗 웃고 그러나 팔
꿈치로 나의 허구리를 쿡 찌르고나서 사람괄세 이렇게 하는거 아니라
고 팬스리 성을 내며 토라진다. 그래도 제가 아수운지 슬쩍 능치어 허
리춤에서 내가 아까 준 담배를 끄내어 재입으로 한개를 피어주고는 그
리고 그 잔소리가 선생님을 뚝 꺾어서 당신이라 부르며 옥화가 당신을
좋아할줄 아우 발새에 낀 때만도 못하게 여겨요, 하고 나의 비위를 긁
어놓고나서 편지나 잘 받아봣으면 좋지만 그것두 채부가 가저오는대로
무슨 편지구간 두꺼비가 먼저 받아보고는 치고치고 하는것인데 왜 정
신을못채리고 이리 병신짓이냐고 입을 내대고 분명히 빈정거린다. 그
렇다 치면 내가 입때 옥화에게 한것이 아니라 결국은 두꺼비한테 사랑
편지를 썼구나, 하고 비로소 깨다르니 아무것도 더 듣고싶지 않어서
발길을 돌리랴니까 이게 콱 붙잡고 내손에 끼인 먹든 권연을 쑥 뽑아
제입으로 가저가며 언제 한번 찾어갈테니 노하지 않을테냐, 묻는것이
다. 저분저분이 구는것이 너머 성이가서서 대답대신 주머니에 남엇든

돈 삼십전을 끄내주며 담배값이나 하라니까 또 골을 발끈 내드니 돈을 도루 내양복 주머니에 치뜨리고 다시 조련질을 하기 시작하는 것이 아닌가. 에이 그럼 맘대로 해라, 싶어서 그럼 꼭 한번 오우 내 기다리리다, 하고 좋도록 떼놓은 다음 골목밖으로 불이나게 나와보니 목노집 시게는 한점이 훨썩 넘엇다. 나는 얼 빠진 등신처럼 정신없이 나려오다가 그러자 선뜻 잡히는 생각이 기생이 늙으면 갈데가 없을것이다, 지금은 본체도 안하나 옥화도 늙는다면 내게 밖에는 갈데가 없으려니, 하고 조곰 안심하고 늙어라, 늙어라, 하다가 뒤를 이어 영어, 영어, 영어, 하고 나오나 그러나 내일 볼 영어시험도 곧 나의 연애의 연장일것만 같애서 예라 될대로 되겟지, 하고 집어치고는 휑한 광화문통 큰 거리를 한복판을 나려오며 늙어라, 늙어라, 고 만물이 늙기만 마음껏 기다린다.

編輯後記

전부터 몇번 궁리가있었으나 여의치못해, 그럭저럭해오든일이 이번에이렇게 탁방이나서 會員들은 모두 기뻐한다. 위선 高友 具本雄氏에게 마음으로 치사해야한다. 쓰고싶은것을 써라 채을낭내 만들어주마해서 세상에혼이있는별별글란 하나격지않고 깨끗이誕生했다. 일후도 딴부터 걱정없을것은 勿論이다. 깨끗하다니 말이지 겉表지에서뒷表지까지 예서더할수있으랴 보면알계다.

九人會처럼 탈많을수 참 없다. 그러나 한번도 대꾸를한일이없는 것은말하자면 그런대꾸 일일이하느니 할일이 따로많으니까다. 일후라도 默默부답채지날계다.

으쩌다 例會라고 뫃이면 出席보다缺席이 더많으니 변변이 이야기도 못하고 흐지부지 헤어지곤하는수가 많다. 게을은탓이겠지만 또 다 各各 매인일이 있고 역시 그도그럴수밖에 없다고 해서 會員을 너무동떨어지지안는限에 맞어보자고 꽤오래전부터 말이있어와왔는데 그도 또 자연 허명무실해오든차에이번機會에 金裕貞, 金煥泰 두군을맞었으니 퍽 좋다. 두군은전부터 會員들과 친분이없지않든터에 잘됐다.

차차 페이지도늘일작정이다. 회원밖외人분것도 勿論실닌다. 誌面벨으는것은 의논껏하고 編輯만 印刷所關係上 李箱이 맡아보기로한다. 그것도 역 의논후ㅅ일이지만.

지난달에 泰遠이 첫따님을나았다. 아주 귀애죽겠단다. 命名曰『雪英』 —장내 기가맥힌모던껄로꾸미리라는 父親泰遠외遠大한企業이다.

『詩와小說』에 대한 일체通信은 彰文社出版部 李箱안테하면된다.(李箱)

會員住所錄

朴八陽 —— 花洞四九

鄭芝溶 —— 齊洞四五의五

金尙鎔 —— 杏村洞二一○의 二

李泰俊 —— 府外城北里二四八

金起林 —— 中學洞一一○의 一의八

朴泰遠 —— 茶屋町七

李 箱 —— 水下町二九의七

金裕貞 —— 新堂里三○四 金濤七方

金煥泰 —— 府外開蓮寺中學均方

昭和十一年三月 五日 印刷

昭和十一年三月 十三日 發行

頌價 十錢

京城府西大門町二丁目一三九

編輯兼發行人 具本雄

京城府西大門町二丁目一三九

印刷人 高應敏

京城府西大門町二丁目一三九

印刷所 株式會社彰文社

京城府西大門町二丁目一三九

發行所 株式會社彰文社出版部

電光 一二三三番

振替京城一八三四○番

出版部新設 諸般圖書出版議論에應함
純文藝雜誌「詩와 小說」發刊
株式會社彰文社出版部 電光一二三三番 振替京城一八三四〇番

근대문학과 구인회

1996년 9월 1일 인쇄
1996년 9월 10일 발행

지은이 **상 허 문 학 회**
펴낸이 **박 현 숙**
박은곳 **아 우 내 인 쇄**

⑴⑴⓪ － ②⑨⓪ 서울시 종로구 인사동 153-3 금좌B/D 305호
T : 722-3019, 723-9798 F : 722-9932

펴낸곳 도서출판 깊 은 샘

등록번호/제2-69. 등록년월일/1980년 2월 6일

ISBN 89-7416-067-6
＊깊은샘은 HiTEL ID kpsm으로 만나실 수 있습니다.
※ 잘못된 책은 교환해 드립니다.
값 12,000원